ullstein

Das Buch

»Ich heirate nur, wen ich wahrhaft liebe!« Standhaft weigert sich Prinzessin Brianna, die Frau eines Fremden zu werden. Nachdem Gavin Fitzgerald aber die Festung Tullymullagh erobert hat, bleibt ihr nichts anderes übrig, als sich für einen seiner drei Söhne zu entscheiden. Um die Hochzeit hinauszuzögern, denkt sich Brianna eine List aus: Sie will nur den Ritter heiraten, der sie zum Lachen bringt. Während die jüngeren Brüder mit allen Mitteln um die Prinzessin kämpfen, spottet der ältere Sohn über den Wettstreit. Luc, der schon seit Jahren dem Rittertum abgeschworen hat, wartet nur noch darauf, von seinem Vater das Siegel für sein Anwesen in Wales zu erhalten. Einerseits ist Brianna wütend, daß Luc sich ihren Wünschen widersetzt. Andererseits weckt er ihre Neugierde: Was für ein Geheimnis verbirgt er? Warum legte Luc einst Schwert und Rüstung ab?

Die Autorin

Claire Delacroix begann im Jahr 1992 zu schreiben und hat mit ihren mehrfach ausgezeichneten Romanen die internationalen Bestsellerlisten erobert. *Prinzessin meiner Liebe* ist das erste Buch der beliebten Brautsuche-Serie der Autorin. Delacroix lebt mit ihrem Mann in Toronto, Kanada.

Von Claire Delacroix sind in unserem Hause bereits erschienen:

Dame meines Herzens
Die geraubte Schöne
Die schöne Verführerin
Geliebte Gräfin

Claire Delacroix

Prinzessin meiner Liebe

Roman

Aus dem Amerikanischen
von Stephanie Hendel

Ullstein

Besuchen Sie uns im Internet:
www.ullstein-taschenbuch.de

Für Angela Catalano,
mit herzlichem Dank für alles.

Umwelthinweis:
Dieses Buch wurde auf chlor- und säurefreiem Papier gedruckt.

Ungekürzte Ausgabe im Ullstein Taschenbuch
1. Auflage November 2007

Titel der amerikanischen Originalausgabe: *The Princess*
(Dell Publishing, a division of Bantam Doubleday Dell Publishing Group, New York)
Umschlaggestaltung: HildenDesign, München
Titelabbildung: © Albert Slark/Uwe Luserke
Gesetzt aus der Sabon
Satz: KompetenzCenter, Mönchengladbach
Druck und Bindearbeiten: Ebner & Spiegel, Ulm
Printed in Germany
ISBN 978-3-548-26790-6

Prolog

Burg Tullymullagh, Irland Oktober 1171

Tullymullagh durfte nicht verloren sein!
Brianna stürzte den Gang hinunter, ohne die kostbar gewirkten Teppiche an den Wänden zu beachten und ohne jeden Blick für die kunstvoll aneinandergefügten Steine des Fußbodenmosaiks, das ihr Vater hatte legen lassen. Sie stolperte über ihr Gewand, fluchte mit einer Heftigkeit, die bei ihrem Vater ein vorwurfsvolles Stirnrunzeln hervorgerufen hätte, raffte dann mit beiden Händen die mit aufwendigen Stickereien gesäumten Röcke und lief weiter.

Die tödliche Stille, die über dem Bergfried ruhte, stand im krassen Gegensatz zu den dröhnenden Männerstimmen und dem dumpfen Geräusch von irdenen Tellern und Töpfen, die für gewöhnlich von unten erschallten.

Eine bange Vorahnung ließ Briannas Herz schneller schlagen. Trotz der Stille war der Saal voller Männer, das wußte sie. Der Geruch von nasser Wolle und Leder drang ihr in die Nase, vermischt mit den scharf riechenden Ausdünstungen vieler Menschen. Eine ganze Armee mußte da unten sein.

Und doch standen sie still und reglos.

Zwei Wochen lang war Tullymullagh umzingelt gewesen, eine fremde Flagge hatte über den zahllosen Truppen geweht. Doch Briannas Vater, König Connor von Tullymullagh, hatte sich bis zuletzt nicht ergeben. Allen war es ein Rätsel gewesen, weshalb die Angreifer den Bergfried nicht schon längst eingenommen hatten, doch offensichtlich schien ihr Anführer auf etwas zu warten.

Oder auf jemanden.

Bis zu diesem Morgen. Die Schlacht um die Tore war kurz und brutal gewesen, seitdem hatte Stille über dem Bergfried geherrscht. Ihre Furcht konnte Brianna jedoch nicht davon abhalten, der Wahrheit ins Gesicht zu sehen. Sie atmete tief durch und eilte die Treppe zum großen Saal hinunter.

Auf halbem Wege nach unten blieb sie fassungslos stehen, als sie all der Männer in Rüstung gewahr wurde, die sich in dem Saal drängten. Sie standen Schulter an Schulter mit den breiten Rücken zur Tür, und keiner von ihnen bemerkte ihr Kommen. Alle Blicke waren wie gebannt auf das Podium gerichtet.

Dort kniete Briannas stolzer Vater vor einem fremden Mann, sein langes silbernes Haar fiel ihm ins Gesicht. Er sprach klar und deutlich, doch der Ernst in seiner Stimme schnürte Brianna vor Entsetzen die Kehle zu; den Worten ihres Vaters war deutlich anzumerken, daß sein Herz zerriß.

Die Kunde, die ihre Gemächer erreicht hatte, entsprach also der Wahrheit. »Ich, Connor von Tullymullagh, trete meinen und meiner Ahnen Besitz von Tullymullagh nebst Ländereien, einschließlich Burg Tullymullagh, der Gärten und Felder, des Dorfes und der Mühle sowie das Priorat von Endlist ab an ...«

»Nein!« rief Brianna. »Vater, das könnt Ihr nicht tun!«

Die drei unbekannten Männer auf dem Podium drehten sich überrascht nach ihr um, doch Brianna hatte nur Augen für ihren Vater. Als er den Kopf hob, sah sie mit Schrecken, wie sehr er an diesem Tage gealtert war.

Brianna wußte, daß ihm Tullymullagh alles bedeutete, und sie durfte nicht zulassen, daß er es aufgab – um keinen Preis. Connor von Tullymullagh hatte als rechtmäßiger König zwanzig lange und fruchtbare Jahre das Land seiner Ahnen weise regiert, sein Vater vor ihm sogar noch länger. Und Connor hatte eben jenen Bergfried bauen lassen, in dem sie jetzt standen.

Er hatte ein zweifaches Recht darauf.

»Vater, bitte unterwerft Euch nicht! Versprecht ihnen alles, aber, ich flehe Euch an, gebt Tullymullagh nicht auf!«

Nun wandten sich auch die anderen Männer im Saal, die Reihen fremder Söldner und Ritter, nach der Ursache für die Unterbrechung um. Briannas Wangen glühten, als sie sich von ihnen begutachtet fühlte, und sie war sich ihrer goldenen Mähne, die in weichen Wellen auf ihre Schultern floß, sehr wohl bewußt.

Ihr Vater hatte schon oft gesagt, beim Anblick dieser Locken würde ein Mann unentrinnbar von Begierde überwältigt werden, und deshalb hatte er Brianna verboten, mit offenem Haar ihre Gemächer zu verlassen. Zu spät kam ihr in den Sinn, daß zudem der taillierte smaragdgrüne Mantel, den sie sich in der Eile umgeworfen hatte, die schlanken Kurven ihres Körpers nur zu sehr betonte. Und das war unter den gegebenen Umständen mehr als unangebracht.

Erst jetzt erkannte Brianna, welchen Luxus sie innerhalb der Mauern dieses sicheren Hauses genossen hatte. Nun, da sie eines solchen Privilegs beraubt war, begriff sie, daß man Schutz und Geborgenheit nicht als selbstverständlich ansehen durfte.

Diese Männer waren daran gewöhnt, nach der Schlacht die Kriegsbeute zu teilen. Brianna las die Wahrheit an ihren rauhen Gesichtern ab und entdeckte bei mehr als einem ein Leuchten in den Augen, das sie erschauern ließ.

Doch sie wollte sich der Herausforderung stellen. Sie hob ihr Kinn und war fest entschlossen, sich diese noch nie dagewesene Angst nicht anmerken zu lassen.

Beschämt verzog Connor den Mund, als er ihre Bitte vernahm. »Ich habe keine andere Wahl, mein Kind«, sagte er leise, doch seine Worte drangen mühelos an Briannas Ohr. »Des Königs eigener Vasall hat uns besiegt.«

Der König.

Endlich musterte Brianna die drei Männer, die neben ihrem Vater auf dem Podium standen. Derjenige, vor dem ihr Vater kniete, trug einen einfachen goldenen Reif in seinem hellen Haar. Die wertvollen Ringe an seinen Fingern und die Pracht des Kettenhemdes verrieten seinen edlen Stand. Die bedeutungsvollen Insignien auf dem Banner, das über der Estrade gehißt war, die drei goldenen Löwen von Anjou, offenbarten unmißverständlich, wer er war.

Connor übergab Tullymullagh den Händen König Heinrichs II. von England.

Sein Vasall.

Briannas Blick wanderte zwischen den beiden Männern, die neben Heinrich II. standen, hin und her. Sie vermutete, daß mindestens einer von ihnen für die Belagerung ihres Heims verantwortlich war. Der schwarzhaarige Mann zur Linken des Königs sah von Kopf bis Fuß aus wie ein grober normannischer Ritter. Der ältere Mann an seiner Seite war augenscheinlich ein verrohter Söldner von gewöhnlicher Herkunft.

Wie Brianna ärgerlich bemerkte, blickte der Söldner mit gierig glänzenden Augen im Saal umher. Sein wettergegerbtes, zerfurchtes Gesicht zeigte die Spuren unzähliger Jahre im Freien und im Wirtshaus. Er trug eine einfache, abgenutzte Rüstung, das Leder seiner Handschuhe war mit der Zeit glatt geworden. Seine kleinen Augen funkelten begehrlich, und seine Lippen waren so fest zusammengepreßt, daß sie kaum noch zu sehen waren.

Ja, das war ein echter Söldner, dessen Treue gekauft und verkauft wurde – zu einem hohen Preis. Ein Söldner, der ausgesandt worden war, um Tullymullagh für den englischen König zu erobern. Dies mußte der Mann sein, dessen fremde Flagge im Wind geflattert hatte, während er auf seinen Herren wartete. Auf den Großkönig, der ihrem Vater alles wegnehmen würde, was ihm lieb und teuer war.

Brianna ergriff erneut das Wort. »Ihr könnt Tullymullagh nicht ausliefern!«

Connor schüttelte den Kopf. »Wir haben tapfer gekämpft, Kind, aber verloren. Wir können nichts mehr tun.« In seinen Augen blitzte eine Warnung auf, die Brianna nicht entging. »Es ist bereits eine äußerst großherzige Geste, daß dieser redliche König es uns nicht mit dem Tode vergilt, seinen Vasallen mit dem Schwert begrüßt zu haben.«

Brianna musterte die Armee im Saal und begriff. Sich ergeben oder sterben, eine andere Wahl hatte ihr Vater nicht gehabt. Es war einfach ungerecht!

»Und wer«, wollte König Heinrich mit einem neckischen Zwinkern wissen, »mag diese liebliche Erscheinung hier sein?«

Brianna war empört, doch sie biß sich auf die Zunge und schwieg tapfer. Männer, die leichtfertig Komplimente machten, waren selten aufrichtig.

Den Mund zu halten, gehörte jedoch nicht zu Briannas größten Begabungen. Sie wehrte sich heftig gegen das Verlangen, diesem unverschämten König deutlich zu sagen, was sie über ihn und seinen Vasallen dachte.

»Dies ist meine Tochter Brianna«, sagte ihr Vater stolz, und die Art wie er sie vorstellte, wäre eher einem fröhlichen Anlaß angemessen gewesen. »Meine einzige Tochter«, fügte er hinzu, denn zweifelsohne hatte auch er das Leuchten in den Augen des Königs bemerkt.

Standhaft erwiderte Brianna den Blick des Königs. Heinrich II. war dafür bekannt, daß er hübsche Frauen schätzte. Tatsächlich wärmte keine andere als die sagenumwobene Schönheit Eleonore von Aquitanien sein Bett.

Obwohl man den englischen König nur selten darin fand.

»Und sie ist wunderschön«, gab Heinrich zu. Er lächelte, doch Brianna stand stocksteif da und zeigte keinerlei Reaktion. »Mir ist bereits zu Ohren gekommen, daß die Rose von Tullymullagh über alle Maßen lieblich sei, aber ich hätte niemals geglaubt, daß sich ein derart holdes Geschöpf dahinter verbirgt.«

Connor richtete sich auf und atmete scharf ein. »Sie ist keine Kriegsbeute«, verkündete er mit plötzlicher Härte in der Stimme.

Mit geheuchelter Überraschung wandte sich Heinrich an Briannas Vater. »Connor! Euer Mißtrauen überrascht mich!«

Doch Connors Augen brannten voller Zorn, tief dröhnte seine Stimme: »Sollte ein Mann jemals so dumm sein und meine Tochter rauben, werde ich ihn unerbittlich jagen und dafür sorgen, daß ihm nichts bleibt, womit er die Tat wiederholen könnte.«

Ein beklommenes Raunen ging durch die Reihen der versammelten Männer. Der König sah Brianna an, die noch immer die Arme vor der Brust verschränkt hielt.

»Vorausgesetzt, daß seine Waffe die Tat an sich überlebt«, fügte sie hinzu und betonte das Wort »Waffe«, was die Männer erneut unruhig werden ließ. Brianna war noch nie eine Frau gewesen, die einfach tatenlos zusah, bis das Schicksal für sie entschied – und sie würde es auch jetzt nicht darauf ankommen lassen.

Ganz gleich, ob der König damit einverstanden war oder nicht.

Heinrich räusperte sich. Die Männer in Briannas Nähe traten zur Seite und gewährten ihr am Fuß der Treppe Platz. Heinrich, der diese Bewegung beobachtet hatte, lächelte ihr auffordernd zu.

Er hatte einen Plan, da war sie sicher, und der würde weder ihr noch ihrem Vater gefallen.

»Ihr müßt meine Männer für ziemlich niederträchtige Schurken halten, um überhaupt eine solche Anklage zu erheben«, sagte er ruhig.

Brianna und ihr Vater widersprachen nicht.

Einen Moment lang umwölkte sich die Stirn des Königs, dann winkte er ab. »Doch ich kann einen Mann nicht dafür tadeln, daß ihm sein einziges Kind so lieb und teuer ist. Andererseits sehe ich keinen Grund, nicht jedes verfügbare Mittel zu nutzen, um die Sicherheit zu erlangen, die wir jetzt brauchen.«

Der König machte eine ungeduldige Geste, damit Connor sich erhebe. »Betrachtet Euch von der Macht über Burg Tullymullagh und die zugehörigen Ländereien enthoben«, sagte er kurz. »Ich will Euren Treueid auf die Eroberer akzeptieren.«

Brianna unterdrückte ein Keuchen der Entrüstung, doch Heinrich winkte ungerührt den älteren Söldner zu sich heran. »Und Ihr, Gavin Fitzgerald, sollt als Lohn für Eure treuen Dienste mir und meiner Familie gegenüber diesen Bergfried Euer eigen nennen.«

War das etwa der Mann, dem man ihr geraubtes Heim zuerkannte? War das etwa der Mann, der anstelle ihres Vaters regieren sollte? Das konnte sie nicht zulassen! Was verstand dieser ungehobelte Söldner schon davon, ein guter Burgherr zu sein? Gavin grinste von einem Ohr zum anderen und zeigte dabei mehr als einen fehlenden Zahn, während Brianna innerlich kochte.

»Ich danke Euch, Mylord, für dieses Zeichen Eurer Großzügigkeit«, murmelte er und verneigte sich unbeholfen. Dabei streckte er das linke Bein seltsam nach vorne, als sei es steif.

Nun wandte sich der König Brianna zu, und sein strahlender Blick schien ihre rebellischen Gedanken zu lesen.

Welchen Plan hatte Heinrich wohl für sie auf Lager?

»Und sorgt Euch nicht, Connor. Euer Wunsch ist mir Befehl«, verkündete er mit einer Bestimmtheit, die Brianna in Angst versetzte. »Eure reizende Tochter wird bei der ganzen Sache nicht vergeudet werden.«

Der Söldner grinste. Briannas Herz stockte, und ein schrecklicher Verdacht stieg in ihr auf.

Noch bevor irgend jemand eine Frage stellen konnte, fuhr Heinrich fort: »Auf mein Geheiß wird Briannas Vermählung Alt und Neu zusammenfügen.«

Ihre Vermählung? Etwa mit diesem Söldner? Nicht, so lange noch ein Hauch von Leben in ihr war!

»Ihr könnt mich doch nicht mit diesem alten Bock verheiraten! So leicht werde ich mich Eurem Willen nicht unterwerfen!« Die Worte sprudelten aus ihr heraus, noch bevor Brianna abwägen konnte, ob sie nicht besser geschwiegen hätte. Zornig durchschritt sie den Raum, und die Männer im Saal wichen angesichts ihrer Wut zurück. Unmittelbar vor dem König blieb sie stehen.

Ihr Zeigefinger schoß nach vorn und wies anklagend auf den König, der ausgesprochen verärgert wirkte. »Ich werde diesen Mann *nicht* heiraten, und Ihr könnt mich auch nicht dazu zwingen!«

Die Krieger grinsten über ihre offensichtliche Abneigung, doch der König lächelte nicht.

»Da habt Ihr ganz recht.« Heinrichs allzu schnelles Beipflichten machte Brianna nur noch unruhiger. »Ich befürchte, Margaux de Montvieux würde es nicht billigen, wenn ihr Ehemann einer zweiten Braut sein Jawort gäbe.« Er zog eine Braue hoch. »Und ich halte es für nicht sehr klug, eine Frau wie Margaux herauszufordern.«

Gavin errötete bei Heinrichs Kommentar, doch Brianna war es egal, welche ehelichen Probleme er – oder der König – haben mochte.

Es sah vielmehr so aus, als würde sie bald eigene haben.

»Wen soll ich denn dann heiraten?« fragte sie ungeduldig, als der König ihrer Meinung nach nicht schnell genug weitersprach. Obgleich es aussichtslos war, hoffte sie dennoch, daß ihre Stimme ihre Angst nicht verriete.

»Gavins Sohn natürlich«, lächelte Heinrich kalt.

Und in ebenjenem Moment begriff Brianna, weshalb der Ritter mit dem ebenholzfarbenen Haar auf dem Podium stehen durfte.

Als sie sich nach ihm umwandte, verneigte sich der junge

Mann tief und mit einer Anmut, die seinem Vater völlig fehlte. »Chevalier Burke de Montvieux, zu Euren Diensten«, sagte er mit einer Stimme, die sie unter anderen Umständen als überaus angenehm empfunden hätte.

Brianna hatte sehr klare Vorstellungen von der Ehe, und dieser Plan entsprach ihnen ganz und gar nicht. Vor langer Zeit bereits hatte sie beschlossen, dem Beispiel ihrer Eltern zu folgen und sich einzig und allein aus Liebe trauen zu lassen.

Es schien nun an der Zeit, ihre Gefühle offenzulegen.

Brianna straffte die Schultern und sah dem König fest in die Augen. »Ich kann keinen Fremdling heiraten! Ich werde mich mit diesem Mann nicht vermählen, nur weil Ihr es befehlt.«

»Ihr habt keine andere Wahl«, entgegnete der König scharf und verzog seinen Mund vor Ungeduld zu einer schmalen Linie.

»Vater?« flehte Brianna, wohl wissend, daß ihr Vater noch keine ihrer Bitten abgeschlagen hatte.

Zu ihrem Entsetzen schüttelte Connor den Kopf. »Ich kann in dieser Sache nichts ausrichten, mein Kind. Dem Willen des Königs muß Folge geleistet werden.«

Brianna war nicht bereit, dieses Opfer zu erbringen. Fieberhaft suchte sie nach einem Ausweg aus dieser mißlichen Lage.

Der König hatte zwar gesagt, sie habe keine andere Wahl, doch sie würde soviel daraus machen, wie sie nur konnte. Sie schaute sich diesen Gavin an und wußte instinktiv, daß er ein Mann war, der sich selbst nichts versagte, ganz gleich, ob er mit einer Furie verheiratet war oder nicht.

Brianna vermutete sogar, daß er bereits einige Nachkommen in die Welt gesetzt hatte.

Die Chance war zwar sehr gering, aber es war die einzige, die sie hatte. Sie atmete tief durch, kreuzte die Finger und hoffte, ihr Verdacht würde sich als richtig erweisen. Sie richtete sich an den abgehärteten Söldner und fragte mit aller Anmut, derer sie fähig war:

»Ich möchte Euch nicht beleidigen, Sir, aber ist dieser Mann Euer einziger Sohn?«

»Brianna!« Ihr Vater mißbilligte ihre Unverschämtheit, doch zu Briannas Freude scharrte Gavin mit den Füßen und antwortete nicht. Seine Ohren überzogen sich mit einem schwachen Rot, und er preßte verlegen die Lippen aufeinander. Gavin blickte erst zu dem Ritter an seiner Seite, dann zum König; zweifelsohne war er alles andere als bester Stimmung.

»Gewiß«, bemerkte Heinrich trocken, »habt Ihr die Zahl Eurer eigenen Nachkommen nicht vergessen, Gavin?«

Der Söldner sah Brianna voller Abscheu an. »Mylord, ich glaube wirklich, daß diese Verbindung am besten von Burke eingegangen werden sollte ...«

Der König unterbrach ihn abrupt. »Aber ich habe mich gerade dazu entschlossen, der Prinzessin einen Gefallen zu tun. Sie besitzt trotz allem einen gewissen Liebreiz.«

Brianna ignorierte das flüchtige Lächeln, das der König ihr zuwarf.

»Aber Mylord«, rief Gavin und trat bestürzt einen Schritt vor. »Rowan reist mit meiner Gemahlin, und ich weiß nicht, wo sie sich dieser Tage aufhalten.«

»Dann werdet Ihr sie eben finden«, erwiderte der König kalt. »Und zwar sofort.«

»Mein Weib wird protestieren. Sie hängt sehr an Rowan.«

Heinrich richtete sich auf, seine Stimme war schneidend. »Ihr könnt versichert sein, Gavin Fitzgerald, sollte Margaux de Montvieux tatsächlich Einwände gegen diese Vereinbarung haben, darf sie die Angelegenheit gerne mit mir persönlich besprechen.« Heinrich zog seine königlichen Augenbrauen hoch. »Habt Ihr mich verstanden?«

»Ja, Mylord. Natürlich, Mylord. Euer Wunsch ist mir Befehl, Mylord.« Und Gavin verbeugte sich nicht nur einmal, sondern gleich zweimal, um seine Ehrerbietung zu zeigen.

Kriecherische Kreatur.

»Und?« fragte der König bissig.

Gavin bemühte sich vergebens um einen unschuldigen Gesichtsausdruck. »Und, Mylord?«

Heinrichs Lächeln verschwand, als er seinem Vasallen ins Gesicht sah. »Vergeßt Ihr da nicht jemanden?« fragte er scharf. Erneut errötete Gavin tief. »Mylord, ich glaube wirklich nicht, daß es angebracht wäre ...«

»Die Prinzessin hat eine Wahl verlangt«, fuhr Heinrich ihn streng an, »und sie soll unter allen Euren Söhnen wählen können, ungeachtet Eurer Ansichten in dieser Angelegenheit.«

»Ihr habt drei Söhne?« fragte Connor ruhig.

»Ja«, räumte Gavin mit offensichtlichem Widerwillen ein. »Da wäre auch noch Luc, der älteste.«

»Der älteste?« wiederholte Connor und richtete sich angesichts dieser Beleidigung zu seiner vollen Größe auf. Wahrlich, nun war er wieder ganz der stolze Krieger, den Brianna kannte, und ihr Herz tanzte vor Freude. Connor durchbohrte Gavin mit seinem kalten Blick, für den er weit und breit bekannt war. »Es gibt noch einen älteren Sohn als diese zwei?«

Gavin nickte zögerlich. »Aber ...«

»Nichts aber!« Connor richtete seinen Blick wieder auf Heinrich. »Ihr wollt meine Tochter entehren, indem Ihr sie nicht mit dem ältesten Sohn verheiratet, mit dem Erben? Was ist das hier für ein Spiel? Was für einen Scherz erlaubt Ihr Euch eigentlich mit mir inmitten meiner Niederlage?«

»In Wirklichkeit ist das alles gar nicht so bedeutend«, protestierte Gavin mit unerwarteter Leidenschaft. »Burke ist mein rechtmäßiger Erbe.«

Weshalb sollte der zweitgeborene Sohn der Erbe sein? Brianna war entgegen ihrer Art neugierig. Warum wollte Gavin seinen ältesten Sohn übergehen?

War er etwa ein Bastard?

»Connor«, warf Heinrich ein, augenscheinlich um die Rolle des vernünftigen Schlichters bemüht: »Burke erbt tatsächlich das größere Vermögen, obwohl er der zweite Sohn ist. Der Besitz seiner Mutter von Montvieux in der Normandie ist beachtlich und wird komplett auf ihn übergehen.«

»In der Normandie?« wiederholte Brianna erbleichend. »Aber was geschieht dann mit Tullymullagh?«

»Darf ich zu hoffen wagen, daß Eure Großzügigkeit es für meinen Sohn vorsieht, Tullymullagh erst nach meinem Ableben zu erben, Mylord?« ersuchte Gavin den König mit einer tiefen Verbeugung.

Um ein Haar hätte Brianna den Mund verzogen. Noch nie hatte sie einen Mann gesehen, der wie ein Hund am Boden entlangkroch und auf einen Bissen vom Tisch wartete – bei Gott, sie würde ein solches Verhalten noch nicht einmal bei Tullymullaghs Hunden tolerieren!

»Selbstverständlich«, stimmte Heinrich zu. Er schenkte Brianna ein erheitertes Lächeln. »Ich sehe jedoch keinen Nachteil darin, die Prinzessin zwischen all Euren Söhnen wählen zu lassen.« Er betrachtete sie ganz unverhohlen, und es erzürnte Brianna, daß er von ihr sprach, als sei sie nicht anwesend. »Es hat den Anschein, als könne man viel einfacher mit ihr fertig werden, wenn man ihr ab und zu ihren Willen läßt.«

Brianna spürte, wie sich ihre Wangen bei dieser Bemerkung purpurrot überzogen. Oh, sie würde schon darauf achten, daß man ihre Zustimmung nicht so einfach erhielte!

»Dann werde ich eben nach beiden Söhnen schicken«, sagte Gavin mit einer weiteren peinlichen Verbeugung.

Plötzlich blickte der König Brianna eindringlich an, so daß sie befürchtete, er habe ihre Gedanken gelesen. »Überlegt Euch gut, welchen dieser drei Männer Ihr wählt, Brianna von Tullymullagh«, riet er ihr streng, »denn Ihr werdet keinen von ihnen besser kennenlernen als bisher. Ich habe Euch eine Bitte gewährt, wie Euer Vater es zweifelsohne schon viele Male vor mir getan hat, doch verwechselt meine Güte nicht mit Schwäche.«

Stolz und aufrecht begegnete Brianna Heinrichs Blick. Sie war kein begriffsstutziges kleines Kind, das sich von irgendeinem fremden König, der ihren Vater beleidigen wollte, eine Lektion erteilen ließ.

»Und darf ich Euch empfehlen, Mylord«, konterte sie mit zuckersüßer Stimme, »ein Zugeständnis meinerseits nicht mit Unterwerfung zu verwechseln?«

Ihr Vater sog scharf die Luft ein, doch Heinrichs Lippen kräuselten sich, unfreiwillig amüsiert. Er sah sie eine ganze Weile lang an und wandte sich dann abrupt von ihr ab. »Mit Bedauern muß ich die Angelegenheit hier beenden, gerade da sie interessant wird, doch meine Pflicht ruft mich weiter nach Cashel.«

»Wir werden Eure erhabene Anwesenheit vermissen, Mylord«, verkündete Gavin.

Der König bedachte den älteren Mann mit einem ironischen Seitenblick. »Habt keine Angst um Euren Preis, Gavin. Ich werde Euch noch heute zum Herrscher von Tullymullagh ernennen.« Dann richtete er sich an Brianna. »Lady Brianna? Werdet Ihr uns bei dieser Feierlichkeit mit Eurer Anwesenheit beehren?«

Wie konnte er nur erwarten, daß sie der Niederlage ihres Vaters beiwohnte?

»Ich werde keinesfalls Zeugin einer solchen Ungerechtigkeit sein«, sagte Brianna schnippisch, drehte sich auf dem Absatz um und stolzierte die Treppe hinauf. Das spöttische Gelächter des Königs folgte ihr, und sie bemerkte mit Abscheu, wie schnell Gavin in das höhnische Lachen seines Herrschers einstimmte.

Man würde ihrem Vater Tullymullagh nicht einfach wegnehmen, beschloß Brianna, als sie den Gang hinunterstürzte. Irgendwie würde sie ihnen schon noch einen Strich durch die Rechnung machen. Sie würde gewiß keinen von Gavins Söhnen heiraten.

Brianna blieb abrupt stehen, als ihr ein Gedanke kam. War dies nicht eigentlich ein Wettstreit um ihre Hand?

Ein *Wettstreit.*

Könnte sie vielleicht sogar sicherstellen, daß es keinen Sieger in diesem Wettstreit gab? Ja! Wenn sie nämlich ihre Wahl von einer Bedingung abhängig machte, die die Brüder erfüllen müßten. Es wäre genau wie in dem berühmten Lied eines Barden: Die Prinzessin verlangte, daß drei Bewerber gegeneinander kämpften, um ihre Gunst zu erlangen.

Wenn sie nur eine verteufelt schwere Aufgabe ersinnen könnte, war es sehr unwahrscheinlich, daß einer von Gavins Söhnen dieser Herausforderung gewachsen war.

Allein schon die Idee entlockte Brianna zum ersten Mal an diesem Tage ein Lächeln. Sie mußte sich eine außergewöhnlich schwierige Mutprobe ausdenken, die sicherstellte, daß sie diese Heirat schließlich doch nicht eingehen müßte.

Wäre die Prüfung überdies anspruchsvoll genug, würde der alte Söldner vermutlich seinen letzten Atemzug tun, noch bevor alles beendet war. Denn Gavin sah ganz gewiß nicht so aus, als seien ihm noch allzu viele Jahre in seiner traurigen Haut beschieden.

Und sollten wirklich alle drei Brüder scheitern, könnte sogar die Herrschaft über Tullymullagh an ihren Vater zurückfallen. Ja, es wäre nur gerecht, wenn der Eroberer stürbe und Connor dem König von England Lehnstreue geloben müßte.

Perfekt.

In diesem Augenblick stürmte Briannas Zofe aus ihren Gemächern. Fenella, die brünette Tochter eines entfernten Vetters, war ein Jahr zuvor nach Tullymullagh geschickt worden, um die Führung eines Haushalts zu erlernen. Es mochte ihr noch ein wenig an Ernsthaftigkeit fehlen, und sie schenkte dem Küchenklatsch gar zu leicht Glauben.

Doch nun waren ihre dunklen Augen weit aufgerissen und

voller Ungewißheit, verzweifelt wollte sie wissen: »Mylady, stimmt es wirklich?«

»Ja, Fenella«, gab Brianna zu und legte einen Arm um das Mädchen, als es niedergeschlagen die Schultern hängen ließ. Sie spürte, wie eine Woge der Zuversicht den in ihr heranreifenden Plan bestärkte, und drückte die Zofe kurz an sich.

»Sorge dich nicht, Fenella«, sagte sie beschwichtigend. »Sie mögen vielleicht Anspruch auf Tullymullagh erheben, doch dadurch sind wir noch lange nicht besiegt.«

Die Hoffnung, die im Gesicht der Zofe aufflammte, war ihr Ansporn genug. Sie würde den Kampf mit ihren Waffen schon gewinnen – für ihren Vater und all diejenigen, die schutzsuchend zu ihm aufblickten.

Das war nur recht und billig.

Kapitel 1

November 1171

Luc Fitzgavin hatte sich gegen seinen Willen auf den Weg nach Tullymullagh gemacht, und mit jeder Meile, die er hinter sich ließ, wuchs sein Unmut.

Gavin kannte nicht nur das beste Mittel, sich bei seinem ältesten Sohn Gehorsam zu verschaffen, der alte gerissene Söldner besaß auch als einziger die Dreistigkeit, das Druckmittel anzuwenden: Das walisische Baronat von Llanvelyn stand auf dem Spiel.

Erneut.

Aus einem geringeren Anlaß hätte Luc Llanvelyn gewiß nicht verlassen. Und er wollte weder wahrhaben, daß seine Rastlosigkeit in den letzten Jahren stärker geworden war, noch, wie sehr er die lange Reise nach Irland genossen hatte.

Luc hatte schließlich einst gelobt, den Rest seiner Tage ein einfaches Leben in Llanvelyn zu führen. Nur, weil er die Angelegenheit wieder in Ordnung bringen mußte, hatte er den Befehl seines Vaters befolgt. Und dieses Mal wollte Luc dafür sorgen, daß er mit dem Siegel von Llanvelyn in seine Wahlheimat zurückkehrte.

Schon aus Prinzip weigerte sich Luc, irgend etwas an Tullymullagh zu mögen und am allerwenigsten diese verzogene Prinzessin. Doch der erste Anblick des hohen rechteckigen Bergfrieds erfüllte ihn unwillkürlich mit Bewunderung.

Ihm war diese Gefühlsschwankung recht unangenehm, und das trug keineswegs dazu bei, seine Stimmung zu verbessern.

Tullymullagh freilich – das Lucs Gedanken nicht kannte – schmiegte sich gefällig an die grünen Hügel des Tals. Ein Wasserlauf umfloß die Ringmauer, und die Burg war so sehr mit der Landschaft verschmolzen, daß sie wirkte, als habe sie schon immer an dieser Stelle gestanden. Der gewaltige Turm reckte sich in die Höhe, als wolle er mit dem Kreuz an seiner Spitze die Wolken in den Himmel zeichnen. Nebel stieg vom Fluß auf und hüllte die Mauern in einen hauchdünnen Schleier, wie ein Speer durchdrang die Sonne den Dunst und malte einen Regenbogen in die Luft.

So sehr Luc sich auch wehrte, der Anblick von Tullymullagh überwältigte ihn. Er hatte in seinem Leben schon unzählige Bergfriede gesehen, manche waren sogar sein Zuhause gewesen, doch es gab keine Burg, die Tullymullagh gleichkam.

Als er die Erhabenheit des Bergfrieds wahrnahm, wurde Luc bewußt, wie schlicht sein Gewand war, daß er ohne Gefolge unterwegs war und nur ein gewöhnliches Pferd ritt. Luc hatte kein Schwert, er trug noch nicht einmal ein Kettenhemd, sondern lediglich einen schmucklosen Wappenrock.

Zum ersten Mal in elf Jahren vermißte er alles, was er damals hinter sich gelassen hatte.

Doch das war Unsinn! Er hatte eine Wahl getroffen und würde nun auch damit leben! Mißgestimmt stieß Luc seinem Pferd die Fersen in die Flanken und versuchte an etwas anderes als an die Sporen zu denken, die seine Absätze nicht mehr schmückten.

Diese Burg würde ihre Mängel schon noch schnell genug offenbaren. Und war Tullymullaghs Prinzessin nicht eine Frau, die nur auf ihre eigene Belustigung bedacht war? Ja! Welche Dame läßt schon aus einem solch lächerlichen Grund wie einer Hochzeit alles, was Beine hat, herbeikommen?

Luc schnaubte verächtlich. Heiraten war schließlich die Wurzel sämtlicher Probleme seines Vaters. Drei Söhne von drei Frauen und allerlei Schwierigkeiten über die Jahre hinweg. Mehr als genug Scherereien für einen vernünftigen Mann. Frauen konnten einem viel Freude bereiten, doch Luc hatte genug erlebt, um zu wissen, daß die Ehe nur etwas für Dummköpfe war.

Dummköpfe wie Gavin Fitzgerald.

Nein, je eher Luc seinen törichten Vater traf und das Siegel von Llanvelyn in Empfang nahm, desto schneller konnte er zu seinem einfachen Leben zurückkehren, das er bereits jetzt schon so sehr zu vermissen meinte.

Obwohl Luc fest davon überzeugt war, daß sich hinter Tullymullaghs makelloser Fassade einige Fehler verbargen, konnte er auch nach seiner Ankunft in der Burg keinen einzigen entdecken. Der hohe gewölbte Saal war schlicht und doch prächtig: nirgends hatte er kunstvoller gewirkte Gobelins an den Wänden gesehen als hier. Die steinernen Kamine an den Enden des Saals waren unglaublich kunstfertig gemauert, und kostbares Leinen bedeckte die erhöhte Tafel.

Angesichts dieser Pracht, die ihm unbarmherzig vor Augen hielt, was er alles aufgegeben hatte, verblaßte das schlichte bezaubernde Llanvelyn zu einem armseligen Stück Land. Luc verwünschte seine verräterischen Gedanken und ließ seine Augen mißbilligend über die prunkvolle Einrichtung des Saals wandern.

Es mußte doch etwas geben, das er verachten konnte.

Aber selbst die Ritter, ihre Knappen und die Edelknaben waren in vornehme Gewänder gekleidet. Alle Rüstungen glänzten, und ihre Wappenröcke waren mit reichen Stickereien verziert. Luc vermutete, daß all diese Männer seinem Vater dienten, auch wenn sie in ihren Herzen einem anderen Herren die Treue hielten. So ungeschickt sich sein Vater auch mit Frauen anstellte, wenn es um taktische Überlegungen ging, war er alles andere als nachlässig.

Bereits der bloße Gedanke an seinen Vater erinnerte Luc daran, wie unvereinbar die grausame Brutalität der Adligen mit der vornehmen Eleganz ihrer Wohnstätten war. Luc suchte den Saal nach einem Zeichen von Gavin ab, doch er konnte ihn nicht entdecken. Daß sein Vater ihm so lange wie möglich aus dem Weg ging, war kein Zufall, das wußte Luc nur zu gut.

Bestimmt kümmerte sich Gavin zuerst um seine eigenen Bedürfnisse. Der Adel sorgte sich letztendlich immer nur um sich selbst. Verstimmt verzog Luc den Mund.

Eins war jedenfalls sicher, wenn diese Prinzessin Brianna beachtet werden wollte, hatte sie an diesem Tag ihr Ziel in jeder Hinsicht erreicht. Der Saal war nicht nur bis zum Bersten gefüllt, die Anwesenden waren auch in ihrem festlichsten Staat erschienen. Überall glänzte Damast, an vielen Kleidern schimmerte Seide, allenthalben wippten Federn und blitzten Edelsteine. Obwohl Luc sein bestes Gewand angelegt hatte, kam es gegen all diese Herrlichkeit nicht an.

Aber das machte ihm nichts aus.

Er würde sich nichts daraus machen.

Luc entdeckte das vertraute Wappen von Montvieux und sagte sich, daß sein Bruder sicherlich wußte, wo Gavin sich aufhielt. Als er durch den Saal auf ihn zuging, bemerkte er, daß Burke sich in all den Jahren, seitdem sie sich zuletzt begegnet waren, kaum verändert hatte. Seine Schultern waren etwas breiter geworden, und mit den leicht ergrauten Schläfen sah Burke sogar noch besser aus als früher.

Das war beruhigend. Luc beschloß, daß diese anspruchsvolle Prinzessin Burke niemals widerstehen könnte. Sie würde einen Blick auf die drei Brüder werfen und sogleich in grenzenlosem Verlangen nach dem edlen, ritterlichen Burke dahinschmelzen. Dann müßte Luc nur noch die Llanvelyn-Angelegenheit mit Gavin klären, und seiner Rückkehr nach Hause stünde nichts mehr im Wege.

Er mußte sich schließlich vergewissern, daß die Garben richtig gebunden waren. Luc verbannte diese erfreulichen Aussichten aus seinen Gedanken und spähte hoffnungsvoll nach der Gestalt seines Vaters hinter dem Lieblingssohn. Doch er wurde enttäuscht.

Burke indessen lächelte und ging mit geschmeidigen Schritten auf ihn zu. »Sei gegrüßt Luc, es ist lange her, seit wir uns zuletzt getroffen haben.«

»Das stimmt.« Luc schüttelte die ausgestreckte Hand. Der Griff seines Bruders war fest, und er war mal wieder voller Bewunderung für Burke, der seinen Kahn sicher durch die Wasser steuerte, die Luc nie hatte befahren wollen. »Wie geht es Margaux?«

»Ausgezeichnet. Und Llanvelyn?«

Luc nickte. »Es war eine gute Saison. Hast du Gavin schon gesehen?«

»Heute noch nicht.« Burke musterte Lucs Gewand mit einem abschätzigen Blick. »Ich könnte dir einen Wappenrock leihen, wenn du möchtest.«

Luc schüttelte störrisch den Kopf. Das saubere Leinenhemd und der schmucklose grüne Wappenrock aus Wolle, den er über der dunklen Hose trug, entsprachen nunmal seinem Lebensstil. Auch seine Lederstiefel waren derber als die von Burke, dessen elegantes Schuhwerk zweifellos aus einer italienischen Stadt stammte, doch sie erfüllten ihren Zweck.

Auch ohne Sporen.

»Das ist wirklich nicht nötig«, lehnte Luc entschieden ab, ohne auf seine protestierende innere Stimme zu hören. »Ich bin so, wie ich bin. Die Dame soll das ruhig sehen.«

Burke lächelte ironisch. »Und möge der beste von uns sie zur Frau bekommen?«

»Und mögest *Du* sie zur Frau bekommen«, verbesserte Luc, der keine Gefahr darin sah, seine wahren Gefühle zu offenbaren.

»Und zwar schnell, wenn ich bitten darf, denn ich muß sobald wie möglich nach Llanvelyn zurückkehren.«

Burke runzelte die Stirn. »Ich dachte, es gäbe dort einen Verwalter.«

»Pyrs ist vor zwei Jahren gestorben.« Lucs knappe Antwort war das einzige Zeichen dafür, wie tief der Tod des alten Mannes ihn getroffen hatte.

Burke sah ihn eingehend an, doch Luc hielt bereits wieder Ausschau nach seinem Vater.

»Und du bereust deine Wahl von einst noch nicht?« bemerkte Burke schließlich, und sein eitler Ton vermochte ein gewisses Interesse nicht zu verbergen.

»Ich?« Luc schüttelte den Kopf und sagte nachdrücklich: »Kein bißchen.«

Ein anerkennendes Leuchten erhellte Burkes Augen: »Wer hätte gedacht, daß dieses enthaltsame Leben dich zufriedenstellen würde?«

»Für meine Mutter und ihre Familie war es stets gut genug.«

»Hmmm. Jetzt stehst du hier wie ein Bauer gekleidet inmitten von Reichtum und Privilegien, und die Ungleichheit macht dir gar nichts aus.« Eine leichte Verwunderung schwang in Burkes Stimme mit. »Du bist edler als ich, Luc Fitzgavin.«

Luc lächelte. »Das bezweifle ich.«

Burkes Blick ruhte auf seinem Bruder, und er schmunzelte erheitert. »Am meisten verwundert mich, daß du mir offensichtlich nichts mißgönnst.«

Luc zuckte mit den Schultern, für ihn hatte es nie einen Grund gegeben, seinen Bruder zu beneiden. »Wir können uns nicht miteinander vergleichen, denn wir haben nicht dieselbe Mutter und sind auch grundverschieden erzogen worden. Es ist daher nur einleuchtend, daß auch unsere Leben sich nicht gleichen.«

»Einst war das aber nicht so«, bemerkte Burke leise. Lucs

Züge wurden hart, als er sich daran erinnerte, und er blickte in eine andere Richtung, doch Burke wollte es nicht dabei belassen. »Du hättest all das, was ich mein eigen nenne, ebenfalls erringen können und vielleicht sogar mehr, wenn du das Schwert nicht niedergelegt hättest.« Luc fühlte sich unbehaglich, und erneut verfinsterte sich sein Blick. »Dennoch sollst du wissen, Luc, daß du eine einmalige Begabung hattest«, fügte Burke hinzu.

»Schon möglich.« Luc räusperte sich: »Aber mir hat dieses Leben lange nicht so sehr behagt, wie es offenbar bei dir der Fall ist.«

»Ist das denn wirklich so?« Burke sah weg, Unzufriedenheit zeichnete sich auf seinen Lippen ab. Luc hatte diesen Ausdruck noch nie zuvor auf Burkes Gesicht gesehen, doch bevor er ihn danach fragen konnte, erklang eine Trompetenfanfare.

Die Versammlung wandte sich dem Podium zu. Tullymullaghs betagter Verwalter erschien atemlos an Lucs Seite. »Geschwind, geschwind! Hier herüber, ihr beiden. Wo ist denn der Dritte? Er muß doch auch hier sein!«

Der Verwalter schnalzte ungeduldig mit der Zunge, während er mit besorgtem Blick die Versammlung absuchte. Die Menge wich vor den beiden Brüdern zurück, gerade als der vermißte Dritte mit dem leuchtendroten Haar zu ihnen stieß.

Rowan. Luc warf seinem jüngsten Bruder, der wie immer sehr stattlich aussah, einen neugierigen Blick zu. Es überraschte ihn, daß Rowan nicht das gewohnte unbekümmerte Lächeln auf den Lippen hatte.

Offensichtlich war auch er nicht aus freien Stücken hier. Lucs Zorn wuchs, als er daran dachte, wie viele Unannehmlichkeiten ihnen allen bereits zugemutet worden waren.

»Dort herüber!« krähte der Verwalter. »So folgt mir doch, kommt, wir dürfen Prinzessin Brianna an diesem besonderen Tag nicht warten lassen.«

Sie hatte wohl keine Geduld und verlangte von ihnen tatsächlich, alles stehen und liegen zu lassen und unverzüglich die weite Reise nach Irland anzutreten. Die verzogene Prinzessin von Tullymullagh ließ wirklich alle nach ihrer eigensinnigen Pfeife tanzen.

Luc stellte sich eine verwöhnte und anmaßende Frau vor, die ungeduldig auf alles deutete, was sie haben wollte, und es stets bekam. Sicherlich war sie eine alte Jungfer, die keine gute Partie mehr machen konnte, außer durch dieses alberne Spiel. Oder aber sie war hübsch, jedoch mit dem Verstand eines Schafes ausgestattet und wollte nur immer und überall im Mittelpunkt stehen.

Heute freilich konnte sie sich der Aufmerksamkeit aller Anwesenden sicher sein. Einzig Luc wartete statt dessen ungeduldig auf die Besprechung mit seinem Vater.

Die Musikanten spielten auf, und alle Köpfe hoben sich erwartungsvoll. Eine Schar blumenstreuender Mädchen mit Bändern in den Haaren hielt Einzug. Neue Gewänder nur für diesen Anlaß, bemerkte Luc, dem die sorglose Geldverschwendung nicht gefiel.

»Lady Brianna«, kündigte der Verwalter an, »Prinzessin von Tullymullagh!«

Bei diesen Worten trat die schönste Frau, die Luc je gesehen hatte, durch das Portal in den Saal. Die Prinzessin lächelte schüchtern, als sie die Stufen hinabschritt. Sie bestieg anmutig das Podest, und Lucs verächtliche Gedanken waren wie weggewischt.

Luc konnte nicht anders, er mußte die Prinzessin anstarren.

Brianna war die vollkommene, winzige Elfenkönigin aus den Geschichten, die Pyrs ihm immer vor dem Einschlafen erzählt hatte. Nie hätte Luc für möglich gehalten, daß es ein so wunderschönes Wesen außerhalb der Märchenwelt wirklich geben könnte, und er wurde von einem derartig mächtigen Verlangen gepackt, daß ihm fast der Boden unter den Füßen schwand.

Die grenzenlose Bewunderung, die Luc überkam, strafte seine vorgefertigte Meinung von Tullymullagh Lügen.

Luc spürte sein Herz schneller schlagen, während er nach einem Fehler oder Hinweis suchte, der sein schlechtes Bild von der Prinzessin bestätigen würde. Doch vergebens. Lady Briannas Gesicht wurde nur noch hübscher, je länger er es betrachtete. Die feinen Hände wirkten so zerbrechlich wie Schmetterlinge, und ihre Haut glich frischer Milch. Sie lächelte herzzerreißend unschuldig, als sich die Aufmerksamkeit aller auf sie richtete, und ihre Wangen überzogen sich mit einem leichten Rot. Der grüne Umhang, den sie trug, war an den Seiten ein wenig zurückgebunden, wodurch ihr schlanker Körper betont wurde.

Luc konnte sich lebhaft vorstellen, wie sie zusammengerollt in der Knospe einer Blume schlief.

Ein solch liebliches Geschöpf hatte er nie und nimmer erwartet.

Er schluckte und rief sich ins Gedächtnis, daß vor ihm die egoistische Frau stand, deren Befehle sie alle befolgen mußten. Sicherlich war ihr Herz so schwarz, wie ihr Gesicht schön war, und sie hatte einen schlechten Charakter. Sie war bestimmt selbstsüchtig und verhätschelt, aber konnte noch nicht einmal bis drei zählen. Diese Frau würde ihre Zeit gewiß nicht mit geistreichen Gesprächen vertun oder sich ihren wohlgeformten Körper durch die Geburt ruinieren.

Doch trotz dieser vernichtenden Gedanken konnte Luc seinen Blick nicht von ihr wenden.

»Sie ist wunderschön«, flüsterte er unwillkürlich und voller Staunen.

»Das kann schon sein.« Zu Lucs Verwunderung zuckte Burke gleichgültig mit den Schultern und meinte: »Doch wahre Schönheit zeigt sich in den Taten.«

Zu diesem Schluß war auch Luc gekommen, und es beruhigte ihn, daß Burke diesen Gedanken in Worte gefaßt hatte. Er sah seinen Bruder an. »Wirst du sie denn trotzdem heiraten, wenn sie dich erwählt?«

Burke warf Luc einen vielsagenden Blick zu. »Du nimmst dir ganz schön viel heraus, Luc.«

»Nun sei doch nicht so bescheiden, Burke.« Rowans gemurmelter Kommentar war kaum zu vernehmen. »Wenn sie nicht in der Lage sein sollte, eine vernünftige Wahl zu treffen, wird ihr sicherlich jemand die Entscheidung abnehmen.«

Rowan sah Luc an, und das vertraute spitzbübische Funkeln blitzte wieder in seinen dunklen Augen auf. »Sie wird weder einen Bauern wählen noch einen unehelichen Schurken, da kannst du dir sicher sein«, fuhr er fort. »Nein, Burke, dir wird die Ehre zuteil werden, diese Schönheit zu entjungfern.«

Bei dem bloßen Gedanken daran krampfte sich Lucs Herz plötzlich zusammen. Was war nur mit ihm los? Frauen hatten noch nie eine derartige Wirkung auf ihn ausgeübt. Hatte er sich auf der Schiffsreise etwa ein Fieber zugezogen?

Das wäre dann eine weitere Unannehmlichkeit, die zu Lasten dieser Dame ging. Grimmig verzog Luc den Mund und ließ seinen Blick wieder auf der makellosen Prinzessin ruhen. Zum allerersten Mal in seinem Leben empfand er Burke gegenüber Neid, und dieses ungewohnte Gefühl verwirrte ihn.

Burke würde mit dieser Schönheit vor den Altar treten, sie zu Bette führen und für den Rest seiner Tage in ihr liebliches Gesicht sehen dürfen. Es erschien ihm falsch, daß sein Bruder ihre Reize nicht gebührend schätzte.

Luc hätte es an seiner Stelle ganz bestimmt getan.

Dieser Gedanke ließ ihn innehalten. Wie konnte ihm nur so etwas Törichtes in den Sinn kommen? Er verschränkte die Arme vor der Brust und starrte dieses bildhübsche Edelfräulein zornig an, schließlich war sie dafür verantwortlich, daß ihm plötzlich die aberwitzigsten Gedanken durch den Kopf gingen.

Brianna betrachtete die Brüder mit unverhohlener Neugierde.

Ihn würdigte sie mit Sicherheit nicht eines einzigen Blickes. Sie würde ihre Wahl bestimmt nur vom äußeren Erscheinungsbild abhängig machen und sich nicht im geringsten um ihre inneren Werte kümmern. Burkes offensichtlicher Reichtum und Erfolg mußten einfach ihre Aufmerksamkeit erregen, da war Luc sich ganz sicher.

Allerdings konnte er sich nicht erklären, weshalb ihn diese Erkenntnis so sehr aus der Fassung brachte.

Die Prinzessin sah Rowan an, und ihr äußerst höfliches Lächeln versetzte Lucs Herz einen Stich. Nun blickte sie Burke an, und Luc meinte zu bemerken, wie sich ihre Augen erhellten, sicherlich hatte sie gerade ihre Wahl getroffen.

Endlich war die Reihe an Luc. Heiß durchfuhr es ihn, als sich ihre Blicke trafen. Die vollen Lippen der Prinzessin öffneten sich leicht, und ihm war, als wären sie allein im Saal.

Brianna lächelte, ihre Mundwinkel hoben sich so langsam wie die Morgenröte am Horizont. Luc konnte einfach nicht wegschauen.

Ihm wurde plötzlich furchtbar warm.

Luc wußte, daß er kein besonders gutaussehender Mann war, wenn er auch nicht gerade einen üblen Anblick bot. Er war recht groß und hatte breite Schultern, seinem Gesicht indessen fehlten Burkes feine Züge.

Er hatte nämlich eine ziemlich große Nase. Und über der rechten Schläfe waren seine Haare bereits an einer Stelle ergraut. Pyrs hatte einmal gesagt, dies sei ein untrügliches Zeichen für ein ungewöhnliches Schicksal. Alles in allem sah Luc mit dem dunklen Haar und den blauen Augen seiner Meinung nach nicht besonders auffällig aus. Ganz bestimmt waren es die Eigentümlichkeiten seines Aussehens, die jetzt den Blick dieser Frau bannten.

Vielleicht hätte er Burkes Angebot, ihm ein feineres Gewand zu leihen, doch annehmen sollen.

»Ritter und Edelfrauen«, begann Brianna mit einer Stimme, die tiefer war, als Luc sie sich vorgestellt hatte. Sie war eigentlich recht angenehm, und zu seiner Überraschung ließ sie auf ein gewisses Maß an Verstand schließen.

Die Versammlung applaudierte höflich, doch Luc konnte sich nicht rühren. Es schien ihm, als spreche Brianna allein zu ihm, obwohl er sich beim besten Willen nicht vorstellen konnte, weshalb sie dies tun sollte.

Sie würde sich am Ende doch für Burke entscheiden. Und er wäre froh, daß diese Angelegenheit ein für allemal erledigt war.

»Ich heiße Euch in Tullymullagh herzlich willkommen«, sagte Brianna und nickte Luc kaum merklich zu. »Und ich hoffe, die Gastlichkeit dieses Saals hat Euch nicht enttäuscht.« Erneut heftete sie ihren Blick einen Moment lang auf ihn, als wollte sie vor allem wissen, ob er gut behandelt worden sei, und Luc bemerkte, wie er ebenso leicht zurücknickte.

Ihr Lächeln wurde breiter, als freue sie sich darüber, und Lucs Herz wollte vor Freude zerspringen.

Ganz gewiß hatte er sich auf dem Schiff eine Verkühlung zugezogen. Mehr konnte es nicht sein.

»Am heutigen Tage sind viele in der Hoffnung zusammengekommen, an einer Hochzeit teilzunehmen, doch ich fürchte, daß ich Eure Erwartungen nicht erfüllen kann.« Brianna blinzelte Luc zu, und ihm war, als lade diese zarte Erscheinung ihn allein ein, sich ihr hinzugeben.

In diesem Augenblick war er versucht, der Prinzessin alles zu gewähren, was sie sich wünschte. Doch gleich darauf ärgerte er sich bereits über seine Leichtgläubigkeit. Ein aufgeregtes Gemurmel ging durch die Menge, so daß Luc die Worte der Prinzessin nicht verstehen konnte.

»Euch war befohlen, einen meiner Söhne als Bräutigam zu wählen!« rief Gavin erbost und trat damit zum ersten Mal an diesem Tage in Erscheinung. Der Verwalter runzelte die Stirn, doch Gavin bahnte sich ruppig einen Weg durch das Gedränge, bis er an Briannas Seite stand.

Es wunderte Luc nicht, daß sich das grobe Benehmen seines Vaters nicht geändert hatte. Gavin trat einen Schritt vor, doch Brianna bedachte ihn lediglich mit einem einschüchternden Blick.

»Wenn ich eine Wahl treffe, bedeutet das noch lange nicht, daß die Hochzeit heute stattfinden muß«, erklärte die Prinzessin bestimmt. Sie schlug ihren Schleier zurück und enthüllte das Ende eines blonden Zopfes, dann wandte sie sich mit strahlendem Lächeln an die drei Brüder.

Und abermals schaute sie Luc lange an. Vor Aufregung darüber, daß sie ihn mit ihrer ungeteilten Aufmerksamkeit bedachte, wurde sein Mund ganz trocken. »Ich werde keinen Mann heiraten, der sich nicht vor mir bewährt hat«, verkündete Brianna. »Da ich bisher nicht mehr über Euch weiß als Eure Abstammung...« ihr Gesichtsausdruck und der schnelle Blick, den sie Gavin zuwarf, ließen unschwer erkennen, was sie darüber dachte »kann nur eine Prüfung mich davon überzeugen, wer von Euch sich am besten zu meinem Gatten eignet.«

Das Getuschel wurde lauter, denn die Gäste im Saal machten aufgebracht ihrem Ärger über diese unvorhergesehene Wendung der Dinge Luft. Sie waren schließlich zu einer Hochzeit gekommen, und nun sollten sie um dieses Vergnügen gebracht werden.

Luc hingegen war zu seiner eigenen Überraschung neugierig geworden. Vielleicht hatte er den Verstand der Prinzessin zu schnell verurteilt.

Und das allein verstärkte sein Interesse an ihr.

Entschlossen, den Lärm zu übertönen, erhob Brianna die Stimme und ließ sich kein bißchen davon einschüchtern, daß man um sie herum anderer Meinung war. Energisch richtete sie das Wort an die drei Brüder: »Ich fordere jeden von Euch auf, sich in der ganzen Welt auf die Suche nach einem Geschenk zu machen, das mich von der Ehrenhaftigkeit Eurer Absicht überzeugt.«

Ein Geschenk? Die wachsende Bewunderung, die Luc bis zu diesem Zeitpunkt für Brianna verspürt hatte, fiel in sich zusammen wie ein Kartenhaus. Vertraue niemals einer verwöhnten Frau, die ihre Wahl von kostbaren Geschenken abhängig macht!

»Ein Geschenk?« tobte Gavin. »Das könnt Ihr nicht verlangen! Ihr könnt die Vereinbarung nicht einfach ändern!«

Diesmal warf ihm Brianna einen vernichtenden Blick zu. »Ich werde gewiß *keinen* Fremdling heiraten, am allerwenigsten, wenn er mich nicht achtet.« Gebieterisch wandte sie sich wieder an die Brüder: »Ihr sollt mir ein Geschenk machen, das mich zum Lachen bringt. Denjenigen, über dessen Geschenk ich am längsten und lautesten lachen muß, werde ich gerne zum Gemahl nehmen.«

Die Menge hielt die Luft an und brach dann in aufgeregtes Getuschel aus, als die Prinzessin majestätisch aus dem Saal rauschte.

Ein Geschenk, um sie zum Lachen zu bringen?

Luc blinzelte erstaunt, und seine Meinung von Brianna änderte sich abermals. Damit hatte er nun wirklich nicht gerechnet.

Brianna war alles andere als die törichte Frau, die er erwartet hatte. Ihr Wunsch zeugte nicht nur von wachem Verstand, sondern verriet auch, daß sie eine seltene Entschlossenheit besaß und ihr Schicksal selbst in die Hand nehmen wollte. Wenige Frauen würden es wagen, eine solche Forderung zu stellen.

Die letzte von Briannas Zofen verschwand gerade über die Treppe, als Gavin sich besann. »Das könnt Ihr doch nicht tun!« schnaubte er.

Ein Mann mit silbernem Haar schüttelte den Kopf und trat

Gavin würdevoll in den Weg. »Es ist bereits zu spät«, sagte er nur.

»Ich bin aber der neue Herr von Tullymullagh!« rief Gavin wutschnaubend. Rowan verdrehte die Augen. Gavins Benehmen war das völlige Gegenteil von der Gelassenheit und Güte des Mannes, der vor ihm stand. »Ich habe die Macht über diese Burg! Und ich verlange, daß Eure Tochter auf der Stelle in den Saal zurückkehrt. Ich befehle ihr, noch heute einen meiner drei Söhne zu wählen!«

Der alte Mann schüttelte entschlossen den Kopf. Ein kaum wahrnehmbares Lächeln huschte über seine Lippen. »Das wird meine Tochter ganz bestimmt nicht tun.«

Dies war also der König, den Gavin besiegt hatte.

»Ich werde sie zwingen, mir zu gehorchen!« Gavin stieß den ehemaligen Burgherren zur Seite. Der alte König prallte, von Gavins energischem Stoß überrumpelt, gegen die Wand, und seine Augen funkelten zornig. Doch Gavin eilte bereits die Treppe hinauf, und der Verwalter lief fluchend herbei, um seinen Herren zu stützen.

Deutlich waren dem Verwalter und dem ehemaligen König anzusehen, wie sehr sie Gavins Schmähungen verachteten. Die letzte Zofe spähte noch einmal kurz in den Saal und verschwand dann durch das Portal nach oben.

Schallend fiel die Tür hinter ihr ins Schloß.

Als Gavin den schmiedeeisernen Türgriff erreichte, hörte er nur noch, wie auf der anderen Seite ein Riegel vorgeschoben wurde. Der alte König konnte ein Lächeln nicht unterdrücken, während der Verwalter sich gar nicht erst bemühte, es zu verbergen. Rowan lachte geradeheraus.

Auch Luc konnte nicht anders, als sich ebenfalls über die Vorkehrungen der Prinzessin zu amüsieren. Sein Vater wurde schließlich nicht oft überlistet. Es war sogar sehr selten, daß es überhaupt jemand wagte, denn Gavin war berüchtigt für seine

Rachegelüste, die schon von der kleinsten Beleidigung ausgelöst wurden.

Lady Brianna konnte natürlich nicht ahnen, mit was für einem Widersacher sie es hier zu tun hatte. Ganz plötzlich überkam Luc das Bedürfnis, sie beschützen zu wollen, doch er verdrängte es schnell wieder, da er wußte, daß seine Sentimentalität hier nur fehl am Platze war.

Er war schließlich kein Ritter mehr. Damen in Not sollten lieber woanders nach ihrem Helden Ausschau halten.

Und zweifellos verfügte diese reizende Dame über ganze Legionen von Rettern.

Wie auch immer, anscheinend hatte dieses eigensinnige Edelfräulein sehr viel Erfahrung darin, ihren Kopf durchzusetzen. Luc ließ seinen Blick durch den Saal schweifen. Er war fasziniert, wie viele Menschen sie mit den Fallstricken ihres Willens gefangen hatte.

Doch er würde ihre Zahl nicht vermehren.

Obendrein erzwang die Aufgabe, die sie ihnen gestellt hatte, daß Luc Llanvelyn länger fernbleiben müßte als erwartet. Sollte Burke sich doch über dieses Geschenk den Kopf zerbrechen. Luc würde nicht vor dem Frühjahr nach Hause zurückkehren können, und das zögerte die Aussaat hinaus. Nicht eine, sondern gleich zwei Ernten waren gefährdet!

Verflucht sei diese Frau, die eine solche Forderung stellte!

Gavin rüttelte an der Tür. »Ich verlange umgehend Zutritt zu diesen Gemächern! Ich bestehe darauf, daß Lady Brianna noch heute einen Bräutigam wählt!«

Er schlug gegen die schwere Eichentür, doch er erreichte dadurch nur, daß die Stimmen im Saal immer lauter wurden. Schließlich gab er auf und errötete beschämt, als er bemerkte, daß alle Gesichter ihm zugewandt waren.

»Sie hat die Tür verriegelt«, bemerkte er überflüssigerweise.

»Freilich«, bestätigte der ehemalige König ohne Überraschung. »Und sie wird nicht eher herunterkommen, bis Ihr Eure Zustimmung gegeben habt.«

Ein amüsiertes Lachen ging durch die Reihen der Versammelten, und Luc sah, daß viele von ihnen geradezu darauf brannten, diese Sensation weiterzuerzählen. Sie hatten an diesem Tag mit Sicherheit mehr gesehen und gehört als erhofft. Mit einem trotzigen Blick auf den ehemaligen König stolzierte Gavin wie ein eingeschnapptes Kind die Treppe hinunter.

Verbissen betrachtete er die Menschenmenge und trat dann wieder vor den alten König. »Ich werde abwarten! Sie kann schließlich nicht ewig dort oben bleiben!« Er stieß mit der geballten Linken in die rechte Handfläche. »Ich werde mir diese Respektlosigkeit nicht bieten lassen!«

»Sie kann eine beträchtliche Zeit dort aushalten«, sagte ihr Vater mild. »Brianna legt oft Vorräte an, bevor sie eine solch wagemutige Tat ausführt.«

Gavins Gesicht wurde tiefrot. »Diese Frechheit werde ich nicht dulden! Ihre Erklärung verstößt gegen König Heinrichs Willen!«

Seine Augen verengten sich beängstigend, als er noch einen Schritt auf den alten König zuging und mit dunkler, drohender Stimme sagte: »Vielleicht wird die Nachricht, daß ihr Vater im Verließ sitzt, die junge Dame wieder zur Vernunft bringen.«

Der alte König holte tief Luft und hob zum Sprechen an, doch er kam nicht dazu, etwas zu sagen.

Burke hatte sich geräuspert, und alle Augen waren auf ihn gerichtet. »Der König hat ihr das Recht zugesprochen, eine Wahl zu treffen«, bemerkte er besänftigend.

Gavin starrte seinen Lieblingssohn an. Luc war sehr erstaunt, daß Burke die Laune der Prinzessin unterstützte.

Brianna hatte anscheinend höchst unverhofft einen Verbündeten gewonnen.

Mit einer beschwichtigenden Geste wandte sich Burke an die Menge: »Und ich erinnere Euch alle daran, daß König Heinrich nicht bestimmt hat, daß Brianna ihre Wahl am heutigen Tage treffen muß.«

Luc konnte es einfach nicht fassen. War es möglich, daß Burke diese wunderschöne Frau wirklich nicht heiraten wollte?

Wütend verzog Gavin den Mund. »Willst du dich etwa den törichten Wünschen einer Frau beugen?«

Burke zuckte mit den Schultern. »Ich kann es nicht verurteilen, wenn sich die Prinzessin durch eine Prüfung von der Persönlichkeit ihres zukünftigen Ehemannes überzeugen will. Wer von uns sie am Ende zur Frau nehmen darf, wird zugleich ihr Herz erobern.«

Der alte König strahlte glücklich über diese ritterliche Erklärung. Luc sah, daß Gavin die anerkennende Freude des Königs nicht entging und er schlagartig seine Meinung änderte.

»Wenn Burke meint, die Aufgabe sei gerechtfertigt, dann werde ich die Forderung der Dame eben anerkennen«, stimmte Gavin zu.

»Auf in den Wettstreit!« rief der alte König mit neuer Kraft.

»Wie gut, daß du noch immer stets das Richtige zu sagen weißt«, murmelte Rowan ironisch. Burke ignorierte die Bemerkung. Die beiden stritten sich ständig, Luc hingegen hatte gegen Burkes Verhalten nichts einzuwenden.

Er wollte Burkes hochtrabenden Ambitionen nicht gleichkommen müssen, zumal sein Bruder diese Bürde so bewundernswert mühelos trug.

Hunderte von Fäusten schnellten jetzt in die Luft, mit den Füßen stampfend und applaudierend taten die Versammelten ihre Zustimmung kund.

»Auf in den Wettstreit um die Braut!« riefen sie, hocherfreut über die Geschichte, die sie später zu erzählen hatten. Die Sänger und Musikanten hatten schon ihre Köpfe zusammengesteckt, und einer von ihnen ersann bereits eine Melodie auf seiner Laute.

»Auf in den Wettstreit!«

Die Menge brach in Freudenrufe aus und bildete einen Gang, durch den die Brüder den Saal verlassen sollten. Unter tosendem Beifall wurden sie hinausgeleitet.

»Auf in den Wettstreit! Auf in den Wettstreit!«

Ernst blickte Gavin seine Söhne an. »Dann also fort mit euch!« rief er und winkte zum Abschied. »Sucht allerorten nach einem Kleinod, das die Dame zum Lachen bringt!«

Der Jubel schwoll an, als Burke sich tief vor Briannas Vater und Gavin verneigte. Luc tat es ihm gleich, wobei er Burkes Anmut mit einem befremdlichen Neidgefühl zur Kenntnis nahm. Luc ertappte sich sogar dabei, wie er bereits überlegte, was die Prinzessin wohl erheitern könnte.

Heiraten stand schließlich nicht auf seinem Plan, egal wie schlau oder hübsch Lady Brianna war.

Je schneller Burke mit der Gabe zurückkehrte, desto besser, dachte Luc. Und während die drei Brüder durch die jubelnde Menge in den Burghof hinausschritten, zwang Luc sich, an die Feldfrüchte, die Ernte und andere vernünftige Dinge zu denken – so langweilig sie im Vergleich mit einer gewissen betörenden Prinzessin auch waren.

Draußen erhaschte der beklagenswert verwahrloste Obstgarten von Tullymullagh die letzten Strahlen der Nachmittagssonne.

Luc hielt inne, um sich den Garten näher anzusehen. Alles war von Unkraut überwuchert, das sich nur so um die Stämme der Obstbäume flocht, und die Äste waren schon lange nicht mehr gestutzt worden. Aber ihm fiel auch sofort das gute Bewässerungssystem auf und daß der Hang sich gefällig gen Süden neigte.

Die Bäume jedoch waren arg vernachlässigt, geradezu eine tragische Verschwendung.

Vielleicht war auch hier jemand wie Pyrs vom Tode ereilt worden, und niemand hatte ihn ersetzt. Lucs Herz wurde schwer vor Kummer darüber, daß ein solches Vermächtnis unbeachtet verkommen würde.

Ohne noch einen Gedanken an den Wettstreit zu verschwenden, war er hinter seinen Brüdern zurückgeblieben. Er wollte in den Obstgarten gehen und sich die Bäume ansehen, vielleicht konnte er ja noch irgend etwas tun.

»Luc! Zu den Ställen geht es hier entlang!« rief Burke, der offensichtlich dachte, sein Bruder habe die Orientierung verloren.

»Meine Aufgabe liegt hier«, verkündete Luc, ohne seine Schritte zu verlangsamen.

Verwundert meinte Rowan: »Dort wirst du nichts finden, um diese Frau zum Lachen zu bringen.«

»Finde du doch etwas, das sie erheitert«, gab Luc zurück und beschäftigte sich bereits wieder mit den Bäumen. Einst hatte sich jemand große Mühe gegeben, damit jeder einzelne Stamm genug Platz hatte.

»Du kannst deine Teilnahme nicht einfach verweigern!« rief Burke ihm zu.

Luc schaute sich lächelnd um, und die Idee gefiel ihm, kaum daß er sie vernommen hatte.

Er würde nicht für Brianna auf die Suche gehen.

Ganz einfach. Er wollte sich schließlich nicht verheiraten, und mit einer verwöhnten Prinzessin konnte er sowieso nichts anfangen. Außerdem würde er noch schneller an das Siegel von Llanvelyn kommen können, wenn er in der Nähe seines Vaters blieb.

Großartig.

»Doch, und genau das habe ich soeben getan. Ich werde nicht mit Euch ausziehen«, gab er zurück.

Burke konnte seine Verwunderung nicht verbergen. »Aber...«

»Nichts aber! Ich kenne meinen Platz, und da ist keine Prinzessin an meiner Seite vorgesehen«, sagte Luc energisch und grüßte seine Brüder zum Abschied: »Geht! Eilt euch und bringt ihr Geschenke. Nehmt sie zur Frau, noch ehe der erste Schnee fällt, denn ich habe noch viel Arbeit in Llanvelyn zu erledigen.«

Rowan lachte freundlich: »Ach Luc, was ist nur aus dem Mann von einst geworden?« Als Luc seine Worte ignorierte, zuckte Rowan mit den Schultern und ging zu den Ställen, doch Burke blieb zurück und starrte seinen älteren Bruder fassungslos an.

Luc vergaß beide, sobald er die Rinde des ersten Baumes unter den Händen spürte. Er war noch immer derselbe, und es kümmerte ihn nicht, ob irgend jemand das verstand. Luc sah Insektennarben, spürte geschäftiges Wachstum und erkannte, daß die Äste dringend zurückgeschnitten werden mußten. Er runzelte die Stirn und machte sogleich Pläne für die Genesung der Bäume.

Dies, so beschloß er und nickte den vergessenen Bäumen zu, würde er zum Andenken an Pyrs tun.

Fenella platzte mit leuchtenden Augen in Briannas Gemächer. Zweifellos war sie wieder bei den Bediensteten am Herd gewesen. Brianna überlegte, wie schwer dem jungen Edelfräulein die bevorstehende Umstellung zur Herrin eines Landgutes fallen würde, denn dann wäre sie in ihrer eigenen Küche nicht mehr willkommen.

Zumindest würde der Klatsch verstummen, sobald sie eintrat, und Fenella würde vor Neugierde schier platzen, da war sich Brianna sicher.

Zu dieser vorgerückten Stunde war das Tageslicht in der Kammer bereits so schwach geworden, daß Brianna gerade die verhaßte Stickerei beiseite legen wollte. Der Hufschlag der Pferde war schon vor Stunden verhallt, während die Prinzessin darüber nachgedacht hatte, wie lange es wohl dauern würde, bis einer der Brüder zurückkehrte.

Es war ein ermutigender Tag gewesen, vor allem, da sie den ersten Teil ihres Plans erfolgreich ausgeführt hatte, aber auch, weil es ihr gelungen war, sich zu beherrschen, obgleich ihre Mädchen sich nach Leibeskräften darum bemüht hatten, ihr einen Lachanfall zu entlocken.

Brianna würde gewiß siegreich aus dieser Schlacht hervorgehen. Mehr konnte sie vorerst nicht tun. Ihr Vater, der seit dem Verlust von Tullymullagh jegliche Kraft und Energie verloren hatte, war wieder stärker und zuversichtlicher. Den ganzen Tag über hatte sich Brianna in den schönsten Träumen ausgemalt, wie ihr Vater zurück auf den Thron gelangen würde.

Sogar sein vor Glück strahlendes Gesicht, wenn der letzte Stein in Tullymullaghs Mauer gesetzt wurde, sah sie lebhaft vor sich.

»Ihr werdet niemals erraten, was gerade passiert ist«, rief Fenella begeistert. Sie setzte sich auf einen Hocker, doch ihre Füße klopften ungeduldig auf den Boden, als ob die Neuigkeiten ihr gleich von selbst entfahren würden. Die anderen Hofdamen sahen neugierig von ihrer Arbeit auf.

»Dann mußt du es mir wohl erzählen«, lächelte Brianna und nahm ihre Handarbeit wieder auf.

»O Mylady, Ihr werdet es nicht für möglich halten!« Fenella schlug die Hände vor der Brust zusammen und neigte sich mit großen Augen näher zu ihrer Herrin: »Einer von ihnen ist nicht ausgezogen.«

Die Frauen hielten die Luft an, doch Brianna zog die Stirn kraus. »Du meinst einen der Brüder? Er ist nicht auf die Suche gegangen?«

»Ja, der in den gewöhnlichen Kleidern. Ihr müßt Euch an ihn

erinnern, auch wenn er von allen am unscheinbarsten aussah.«

Brianna hätte ihr in diesem Punkt widersprechen mögen, doch ihre Hofdamen pflichteten Fenella sogleich bei. Sie konnte sich nur zu gut des Mannes in dem schlichten Gewand entsinnen, denn er hatte sie jedesmal, wenn sich ihre Blicke trafen, mißbilligend angesehen. Seine abweisende Haltung hatte sie erstaunt, denn mit der großen Nase und einer bereits ergrauten Strähne, die aus dem dunklem Haar hervorstach, war er von den dreien der unansehnlichste.

Und dennoch hatte er etwas Unwiderstehliches, das vielleicht von seinem vorwurfsvollen Blick herrührte. Uther, der Verwalter, hatte ihr anvertraut, daß er tatsächlich der älteste Sohn war, den Gavin nicht hatte einladen wollen.

Vielleicht war Brianna auch nur neugierig, was dieser Luc wohl getan haben mochte, um von seinem Vater verleugnet zu werden.

Es machte ihr nichts aus, daß dieser Mann sie angesehen hatte, als könne er kaum erwarten, ihrer Gegenwart zu entkommen. Doch es war der bildhübschen jungen Frau zum ersten Mal widerfahren, und sie konnte das sonderbare Gefühl nicht vergessen.

Möglicherweise verspürte sie nur das natürliche Bedürfnis, Lucs offensichtlich schlechte Meinung von ihr korrigiert zu sehen. Denn es hatte gar nichts bewirkt, ihn mit all ihrer Anmut direkt anzusprechen, das war leider allzu deutlich gewesen.

Ebensosehr beunruhigte es Brianna, daß ihr sein Gesicht noch ganz deutlich vor Augen stand.

Besonders sein finsterer Blick. Brianna hatte bereits darüber nachgedacht, womit dieser humorlose Mann sie wohl zum Lachen bringen wollte. Und nun sollte sie es nie erfahren.

Deshalb ärgerte sie sich so über Fenellas Neuigkeit!

»Aber er *muß* gehen«, beharrte Brianna. »Das ist schließlich die Bedingung. Es ist ein Wettstreit. Sie müssen alle auf mein Geheiß hin ausziehen, wie in den alten Erzählungen.«

Fenella indessen schüttelte den Kopf und rückte noch näher heran. Ihre Stimme war nur noch ein empörtes Flüstern, und die Hofdamen scharten sich eng um sie. »Ich habe sogar gehört, wie er seine Brüder gebeten hat, Euch möglichst schnell zu ehelichen, damit er zu seinen Feldern heimkehren kann.«

»Unmöglich!« lachte eines der Mädchen zweifelnd.

»Wie kann es nur sein, daß er unsere Herrin nicht heiraten will?«

Die Hofdamen fingen an zu kichern, doch Brianna richtete sich ernst auf.

Genau das brachte ihren Plan in Gefahr: Es war erforderlich, daß alle drei Brüder Tullymullagh verließen. Sie mußten gegeneinander in den Wettstreit treten, um darin zu versagen! Brianna war wütend und verzweifelt.

Dieser Mann durchkreuzte allen Ernstes ihren Plan.

Für wen hielt er sich eigentlich?

»Er hat sich«, fuhr Fenella genüßlich fort, »in Tullymullaghs Obstgärten geflüchtet. Der Koch hat gesagt, er habe vom Stallknecht gehört, daß der Mann seine Zeit hier angeblich nicht vergeuden, sondern sich nützlich machen wolle.«

»Er arbeitet lieber in den Obstgärten, als um die Hand einer Prinzessin zu kämpfen?« Wie ein Schwarm junger Spatzen redeten die Mädchen alle gleichzeitig drauflos.

Davon mußte sie sich mit eigenen Augen überzeugen! Brianna stand auf und ging ans Fenster, die aufgeregt plappernden Jungfrauen im Gefolge.

Dort, im schwindenden Licht der Abenddämmerung, konnte sie zwischen den Obstbäumen die Gestalt eines Mannes ausmachen.

Und Brianna war sich ganz sicher, wer es war. Das Herz stockte ihr.

Es stimmte also.

»Aber Lady Brianna ist eine berühmte Schönheit! Unzählige Männer haben bereits um ihre Hand angehalten!«

»Genau, ich habe sogar von einem gehört, der ein Vermögen dafür geboten haben soll, um in die Reihe von Gavins Söhnen aufgenommen zu werden!«

»Das stell sich nur mal einer vor!«

»Was fehlt dem Mann bloß?«

Doch Gavins Sohn schien es an nichts in der Welt zu mangeln. Vom Fenster aus konnte man lediglich erkennen, daß er die Bäume beschnitt und so eifrig bei der Sache war, als sei ihm alles andere gleichgültig.

Dieser Mann war derartig in seine Arbeit vertieft, daß er offensichtlich die hereinbrechende Dämmerung noch nicht einmal bemerkte. Ihn so voller Hingabe beschäftigt zu sehen, stachelte Briannas Stolz nur noch mehr an.

Sie war empört. Wozu hatte sie denn die Spielregeln aufgestellt, einen Wettstreit ausgerufen und den perfekten Plan geschmiedet, um ihre Unabhängigkeit sowie den verlorenen Besitz ihres Vaters wiederzugewinnen – dieser Mann hatte einfach kein Recht darauf, sich der Teilnahme zu entziehen!

Wenn er noch nicht einmal auf die Suche gehen wollte, konnte Brianna sich auch nicht weigern, über sein Geschenk zu lachen, und das bedeutete, daß sie seine Hand nicht ausschlagen konnte.

Das durfte sie unter keinen Umständen zulassen.

Glücklicherweise hatte Brianna keine Hemmungen, Luc Fitzgavin die Leviten zu lesen.

Sie schwebte aus ihren Gemächern, ließ ihre erregt schwatzenden Hofdamen hinter sich zurück und schritt einem Mann entgegen, der unbedingt zurechtgewiesen werden mußte.

Kapitel 2

Luc war nicht besonders überrascht, als er Brianna mit wehenden Röcken über den Burghof laufen sah. Allerdings wunderte ihn, daß sie erst jetzt kam, denn er hatte die Erfahrung gemacht, daß verwöhnte Frauen sehr schnell merkten, wenn man sich ihrem Willen widersetzte. Brianna riß ihren Schleier herunter und warf ihn ungeduldig zu Boden, ohne sich darum zu kümmern, ob es sich schickte oder nicht. Sie ging geradewegs auf den Obstgarten zu und war eindeutig nicht in bester Stimmung.

Noch mehr versetzte es Luc jedoch in Erstaunen, daß ihn bei Briannas Anblick eine sonderbare Ahnung durchfuhr. Brianna erschien ihm noch verführerischer als im Burgsaal, und Luc spürte, wie ihm beim Anblick der aufgebrachten Prinzessin das Blut schneller durch die Adern floß, denn schließlich war er das Objekt ihres Zornes.

Als sie näherkam, bemerkte Luc das wütende Glitzern in ihren Augen und die roten Flecken auf ihren Wangen. Sie raffte ihre Röcke und trat entschlossen in den Obstgarten, offensichtlich war es ihr vollkommen gleichgültig, ob ihre eleganten Schuhe den Gang über ein so unwegsames Gelände überleben würden. Kletten und trockenes Unkraut verfingen sich in ihrem Kleid, doch sie ging weiter, ohne es zu bemerken, und aus ihren Augen sprühte smaragdgrünes Feuer.

Sie war umwerfend. Luc merkte, wie er sich der Prinzessin unwillkürlich in der Erwartung zuwandte, ein Wortgefecht mit ihr auszutragen.

»Luc Fitzgavin!« rief Brianna zornig. »Ihr dürft nicht hierbleiben. Unter gar keinen Umständen!«

Luc verschränkte die Arme vor der Brust und musterte die Prinzessin mit gespielter Gleichgültigkeit. »Ich muß aber hierbleiben«, sagte er und zuckte mit den Achseln, nur um sie zu ärgern.

Er hatte Erfolg.

»Oh! Ihr seid unverschämt! Ich bin die Prinzessin von Tullymullagh und ich erlaube nicht, daß Ihr hierbleibt.« Briannas Rock blieb an einem Ast hängen, und sie zog ärgerlich daran. Man hörte, wie der Stoff zerriß. Luc hätte erwartet, daß sie sich über den Schaden beklagen würde, doch er wurde enttäuscht.

Die Prinzessin fluchte nur, hob ihre weiten Röcke und ging dann weiter auf ihn zu. Atemlos, aber mit erhobenem Kopf blieb sie dicht vor Luc stehen und sah ihm in die Augen.

Aus dieser Nähe erschien sie Luc gefährlich verführerisch. Er konnte ihren Atem auf der Haut spüren und hätte nur die Hand heben müssen, um Briannas wohlgeformten Brüste zu berühren. Sie duftete so süß – Luc vermeinte Rosenöl zu erkennen –, daß es in seinem Bauch ganz heiß wurde.

Bei Gott, hatte er je eine betörendere Frau gesehen?

»Ich werde Euch zwingen, für mich in den Wettstreit zu ziehen!« erklärte sie leidenschaftlich, und ihre Augen funkelten.

Luc grinste. Brianna war so klein und zart, und ihn erheiterte die Vorstellung, wie sie es ganz allein schaffen wollte, daß er sich auf die Suche nach einem Geschenk für sie machte.

»Tatsächlich?« entfuhr es ihm.

Sein Lächeln verstimmte sie nur noch mehr. »Ja, tatsächlich!« gab sie wütend zurück. »Ich kann jederzeit den Torwächter rufen und Euch hinauswerfen lassen.«

Luc zog eine Braue hoch und blickte zum Burgtor. »Die Tore sind seit Sonnenuntergang verschlossen.«

Brianna wirbelte herum, sie mußte sich mit eigenen Augen

davon überzeugen, und einige golden wallenden Locken, die sich aus dem Zopf befreit hatten, wehten ihr um die Schultern. Luc hatte noch nie Haar von so unglaublicher Farbe gesehen. Er wollte es gerade berühren, da drehte sich Brianna auch schon wieder zu ihm um.

Sie biß sich auf die Lippen, und Luc wußte, daß er recht gehabt hatte, doch die Prinzessin wollte sich nichts anmerken lassen und straffte gebieterisch die Schultern.

Lady Brianna gab nicht so leicht auf. Luc bewunderte ihre Hartnäckigkeit.

»Ihr könnt die Burg durch die zerstörte Mauer verlassen, dort, wo die Angreifer eingedrungen sind«, bemerkte sie.

»Ach, aber das schickt sich doch nicht«, erwiderte Luc würdevoll.

»Das schickt sich nicht?« fauchte Brianna empört. »Euer Verhalten ist viel eher unschicklich, Ihr seid noch immer hier, obwohl ich einen Wettstreit ausgerufen habe.«

»Und ich werde auch hier bleiben.« Luc wandte sich um und kappte mit seinem Messer bedächtig einen Trieb vom erstbesten Ast, wohl wissend, daß ihr seine Gleichgültigkeit überhaupt nicht gefallen würde.

Und tatsächlich, dieser Provokation konnte sie einfach nicht widerstehen.

»Es ist keine Schlafstätte für Euch hergerichtet«, behauptete sie und warf ihr wunderschönes Haar nach hinten. »Heute nacht sind bereits alle Betten belegt.«

»Ich werde in den Ställen schlafen. Das ist überhaupt kein Problem«, räumte Luc mit seinem liebenswürdigsten Lächeln ein.

Sie schnaubte zornig. »Das erlaube ich nicht!«

»Aber es ist schon alles geregelt.« Luc lehnte sich ungerührt gegen den Baum, fasziniert von ihren beharrlichen Versuchen, ihn loszuwerden. »Euer Stallknecht ist wirklich überaus freundlich.«

Brianna stampfte mit dem Fuß auf den Boden. »Das geht aber nicht! Ihr müßt für mich in den Wettstreit ziehen.« Sie schien ihn mit ihren Blicken durchbohren zu wollen und senkte drohend die Stimme. »So überliefern es die Erzählungen der Barden – wie könnt Ihr nur so furchtbar stur sein?«

Noch bevor Luc ihr die gleiche Frage stellen konnte, fügte sie hinzu: »Habt Ihr denn vergessen, daß man nur nach Euch gesandt hat, damit ihr um meine Hand kämpft?«

»Das mag sein«, lenkte Luc schnell ein. »Doch hergekommen bin ich aus einem ganz anderen Grund.«

Brianna blinzelte ihn einen Moment lang ratlos an. »Wie bitte?«

»Ja. Ich bin gekommen, um eine wichtige Angelegenheit mit meinem Vater zu besprechen.«

Die Prinzessin schien unsicher, wie sie auf diese Erklärung reagieren sollte. Sie sah Luc an, schaute auf ihre Hände und dann auf den Fußboden. So wie er Brianna bisher einschätzte, vermutete Luc, daß es nicht lange dauern würde, bis sie einen neuen Entschluß faßte. Gelassen betrachtete er sie und wartete geduldig, was sie ihm entgegnen würde.

Er mußte tatsächlich nicht lange warten.

»Soll das etwa heißen, daß Ihr Tullymullagh gar nicht gewinnen wollt?« fragte Brianna erstaunt, und der bloße Gedanke schien ihr unvorstellbar zu sein. »Und ihr wollt auch nicht meine Hand?«

Luc schüttelte entschlossen den Kopf. »Nein. Ich habe weder Interesse an Eurer Hand noch an dieser Burg.«

Seine unverblümte Antwort verschlug ihr die Sprache, und ihre Augen weiteten sich voller Überraschung. Sie waren mandelförmig, wie die Augen einer Katze oder der verführerischen Frauen aus dem Orient, und von langen goldenen Wimpern umrahmt.

In der Tiefe dieser Augen sah Luc ihren Verstand aufblitzen, und sein Widerstand gegen die Reize der Prinzessin schwand beträchtlich. Sein Herz hämmerte, als wolle es zerspringen, und Luc wurde sich bewußt, daß er mit der schönsten Frau, die er je gesehen hatte, in einem halbdunklen Obstgarten stand.

Brianna benetzte die vollen roten Lippen, runzelte die Stirn und sah sich dann verwirrt in dem verwilderten Garten um. Fassungslos stammelte sie schließlich: »Ihr bevorzugt tatsächlich die Gesellschaft von alten Obstbäumen, anstatt in einen Wettstreit zu ziehen, aus dem Ihr als mächtiger Burgherr hervorgehen könntet?«

»O ja, ganz bestimmt.« Eine solche Ungehörigkeit war Brianna noch nie zu Ohren gekommen, und sie mußte Lucs Antwort erst einmal verdauen. Luc freilich gefiel es, Brianna in Erstaunen zu versetzen und ihr zu zeigen, daß sich nicht jeder ihren Erwartungen oder Wünschen gemäß verhielt. Zudem war er sich ziemlich sicher, daß Brianna nur selten überrascht wurde.

Und daß man ihr noch seltener etwas verweigerte.

Sie öffnete ihren rubinroten Mund, und Luc überlegte unversehens, wie es wäre, diese entschlossene irische Prinzessin zu küssen. Sie hatte bestimmt sehr zarte, weiche Lippen, und mit den Händen könnte er gerade eben ihre schlanke Taille umfassen. Briannas Kuß wäre gewiß süß und unschuldig, doch mit der Zeit würde sich ihre Leidenschaft zu einer hell lodernden Flamme entzünden.

Plötzlich verspürte Luc den übermütigen Wunsch, dieses Feuer in ihr zu entfachen. Brianna stand so dicht vor ihm, daß Luc nur den Kopf hätte neigen müssen, um sie zu küssen. Es wäre so einfach.

Der Gedanke war über alle Maßen verlockend.

Doch das war purer Unsinn! Er wollte schließlich nicht verheiraten, und einem Edelfräulein wie Brianna durfte nicht jeder Mann den Hof machen. Allein ihre Keuschheit würde ihr eine gute Partie garantieren.

Trotzdem konnte er das Verlangen, ihre Lippen mit einem Kuß zu verschließen, nicht abschütteln.

Luc eignete sich fürwahr noch weniger zum Ritter, als er noch vor wenigen Stunden geglaubt hatte.

Brianna, die gar nicht bemerkte, was in ihm vorging, krauste auf überaus bezaubernde Weise die Nase. »Aber, warum?« fragte sie mit aufrichtiger Betroffenheit. »Alle Männer wünschen sich, irgendwann Lord, Baron oder König oder jedenfalls etwas besseres als bei ihrer Geburt zu sein. Sicher begehrt auch Ihr mehr, als in Eurem Besitz ist?«

Erstaunt zog Luc eine Braue hoch. »Und was sollte das sein?«

»Nun, vielleicht ein kleineres Anwesen als Tullymullagh.« Doch Brianna war plötzlich nicht mehr ganz so sehr davon überzeugt, sie stockte. »Nehme ich an. Ich meine, Eure Kleidung gleicht der eines Bauern...« Die Prinzessin verstummte. Ein sanftes Rot legte sich über ihre Wangen, und sie blickte verlegen auf den Boden.

Nach einer Weile meinte sie: »Es sei denn, ich habe Eurer schlichtes Gewand falsch gedeutet.«

Sie errötete noch tiefer und mit einer solchen Natürlichkeit, daß es schwer zu glauben war, sie habe Luc und seine Brüder aus einer bloßen Laune heraus nach Tullymullagh befohlen. Sie sah so unschuldig und verletzlich aus, daß Luc plötzlich das Bedürfnis verspürte, sie vor jeglichem Schaden zu bewahren.

Doch das war ein vermessener Gedanke, denn Edelfrauen zu beschützen gehörte immerhin zu den Aufgaben eines edlen Ritters, und Luc hatte sich schon vor langer Zeit gegen den Ritterstand entschieden.

Er atmete tief durch. Er würde diese Prinzessin nicht beschützen oder an diesem albernen Wettstreit um ihre Hand teilnehmen, doch er konnte sie auch nicht weiter so ungehobelt behandeln, nur weil er sich darüber ärgerte, daß ihm ihr Zuhause gefiel.

»Mit Eurer Vermutung liegt Ihr gar nicht so falsch. Ich verwalte für meinen Vater ein Baronat in Wales«, gestand Luc ruhig. »Es ist nur ein bescheidener Landbesitz, doch er genügt meinen Ansprüchen vollkommen.«

Brianna hielt den Kopf gesenkt, ihre Wangen leuchteten noch immer feuerrot. »Ich bitte um Verzeihung, wenn ich Euch beleidigt habe. Ich wollte Euch nicht kränken.«

Luc zuckte mit den Schultern, sah sie jedoch freundlich an. Die Prinzessin lächelte zaghaft zurück, und sein Herz schlug erneut schneller. »Die meisten Adligen denken nicht weiter darüber nach, weshalb ihre Tafel üppig gedeckt ist«, begann er, und obwohl es ihm nicht entging, wie sich ihr Gesicht erhellte, versuchte Luc, seiner Stimme einen gleichgültigen Tonfall zu verleihen. »Aber es sind schließlich die Bauern und Landarbeiter, die sich Tag für Tag plagen, um ihren Lehnsherren die Abgaben zahlen zu können.«

Diese Worte verscheuchten das Lächeln von Briannas Gesicht, noch ehe es sich voll entfaltet hatte.

»Oh!« Brianna richtete sich stolz auf, das Feuer loderte wieder in ihren Augen. Mit einem Finger fuchtelte sie Luc unter der Nase herum. »Mein Vater fordert von seinen Leibeigenen keine überhöhten Abgaben!«

»Wirklich nicht?« Luc rollte mit den Augen über ihr naives Vertrauen, und nickte dann zu dem steinernen Bergfried, der drohend hinter ihm aufragte. »Und was hat den prachtvollen Bau von Tullymullagh ermöglicht? Einen solchen Bergfried errichten zu lassen, ist nicht billig, und die Einnahmen der Burgherren stammen stets aus der gleichen Quelle.« Er stemmte die Hände in die Seiten und sah auf die trotzige Prinzessin hinunter. »Es sei denn, Euer Vater hat dreimal ein Kleeblatt beschworen, um die Feen zu rufen, damit sie des Nachts Tullymullagh verzaubern?«

Aus Briannas Augen sprühten Funken. »Es war der Kreuzzug

meines Vaters ins Heilige Land«, erklärte sie mit leiser Stimme. »Nach seiner Rückkehr begann er sogleich mit dem Bau von Tullymullagh, die Handwerker und Arbeiter bezahlte er mit dem, was er dort verdient hatte.«

Es gab Taten, die selbst eine so heilige Pflicht wie der Kreuzzug nicht rechtfertigte. Luc wußte nur zu gut, wie die meisten Kreuzritter ihr Vermögen »gewannen«!

»Verdient?« wiederholte er skeptisch. »Kreuzritter, die aus dem Orient zurückkehren, haben ihre Schätze nicht verdient.«

Briannas Augen verengten sich. »Was wollt Ihr damit sagen?«

»Die Reichtümer werden meist den Ungläubigen und Heiden geraubt, so edel sind die Kreuzritter.«

Brianna schnaubte. »Mein Vater ist ein ehrenhafter Ritter, der großes Ansehen genießt! Wie könnt ihr es wagen, ihm schlechte Absichten zu unterstellen? Ihr kennt ihn doch gar nicht und habt selbst noch nie einen Kreuzzug geführt.«

»Noch nie?« Luc biß die Zähne zusammen, beinahe hätte er ihr etwas über seine Vergangenheit erzählt. Verärgert sah er Brianna an, weshalb war er nur auf sie eingegangen und wie hatte sie es bloß geschafft, diese alten Erinnerungen in ihm heraufzubeschwören?

Kreuzzüge gehörten nicht mehr zu seinem Leben. Er wandte sich wieder dem Baum zu und entfernte hastig einen Trieb.

»Dann wißt Ihr also etwas über Kreuzzüge?« stellte Brianna fest.

Luc warf ihr einen verdrießlichen Blick zu. »Es ist nicht der Rede wert.«

Die Prinzessin hatte nicht begriffen, daß ihm dieses Thema unangenehm war, aber das hatte er auch gar nicht erwartet.

»Ihr seid schließlich ein Ritter«, hielt sie ihm sanft vor.

Kühl drehte Luc sich zu ihr um. Er sah Brianna ruhig in die

Augen und wechselte bestimmt das Thema. »Ist nicht eigentlich alles ganz einfach? Ihr erwartet von mir, daß ich in den Wettstreit um Eure Hand ziehe. Ich habe daran jedoch kein Interesse. Es ist schon spät, Mylady, Ihr solltet Euch jetzt besser zurückziehen, auch wenn Ihr es offensichtlich sehr eilig habt, mich loszuwerden.«

Zu Lucs Überraschung blitzte bei diesen Worten Angst in den unvergleichlich schönen Augen der Prinzessin auf. Anscheinend wollte sie wirklich, daß er ging – doch warum fürchtete sie, er könne die Wahrheit herausfinden?

Luc hatte plötzlich das Gefühl, daß mehr dahintersteckte, als sie zugeben wollte.

Er ging auf sie zu, und Brianna wich einen großen Schritt zurück, was seinen Verdacht nur bestärkte. »Weshalb liegt Euch soviel daran, daß ich gehe?« fragte er. Anmutig tänzelte Brianna davon, doch Luc folgte ihr dicht auf den Fersen.

»Mir liegt gar nicht so viel daran!« protestierte sie, freilich war unverkennbar, daß genau das Gegenteil zutraf.

»Was macht es denn für einen Unterschied, ob ich hier im Obstgarten bleibe oder nicht, Mylady?« fragte Luc sanft. »Verfolgt Ihr etwa einen bestimmten Plan?«

Brianna wurde so blaß wie ein Laken. Was führte sie bloß im Schilde? »Nein! Ich verfolge keinen Plan!« log sie schnell. In ihrer Eile, ihm und seinen Fragen zu entkommen, trat sie auf ihre Röcke und stolperte.

Luc machte einen Satz nach vorn und packte sie gerade noch rechtzeitig an den Ellenbogen. Die Prinzessin rang nach Atem, als er sie auffing. Einen verführerischen Augenblick lang hielt sie sich an seinen Schultern fest, dann stand sie wieder sicher auf den Füßen.

Luc spürte das heftige Pochen ihres Herzens an seiner Brust, es konnte nicht nur der Sturz sein, der sie so erschreckt hatte. Mit den Zehenspitzen stand sie auf seinen derben Stiefeln, ihre kleinen Hände lagen auf seinen Schultern, die zerbrechlichen Ellenbogen sicher in Lucs festem Griff. Er sah in Briannas leuchtende Augen, und gänzlich unvorbereitet durchfuhr ihn ein plötzliches Begehren.

Sie erschien ihm so winzig, so bildschön.

Und sie war wirklich sehr gerissen. Luc hatte noch nie einem Puzzle widerstehen können, und Brianna von Tullymullagh schien wesentlich komplizierter zu sein, als er erwartet hatte.

Er wollte unbedingt herausfinden, was für einen Plan sie geschmiedet hatte. »Ich muß jetzt gehen«, sagte sie beharrlich und versuchte, sich ihm zu entwinden.

Luc verstärkte seinen Griff und lächelte sie beruhigend an. Er wollte sie nicht erschrecken, aber auch nicht loslassen, da er des Rätsels Lösung so nahe war.

»Erzählt mir erst, was Ihr vorhabt«, verlangte er.

Ihre Augen weiteten sich vor Schreck. »Nein!« rief Brianna atemlos.

Luc runzelte die Stirn. »Ich verstehe das einfach nicht. Weshalb solltet Ihr Euch davor fürchten, daß ich hierbleibe.«

»Ich möchte eben, daß Ihr in den Wettstreit zieht«, stammelte sie hastig.

Doch Luc war nicht so leicht zu überzeugen. »Warum?«

Brianna schluckte und schaute weg, dann hob sie den Kopf und sah Luc kühn an. »Ihr gefällt mir am besten«, sagte sie, und ihre Wangen wurden feuerrot.

Die Lüge war so offensichtlich – nicht nur ihr Verhalten, sondern auch Burkes Attraktivität sprachen ganz unmißverständlich dafür –, daß Luc laut auflachen mußte.

»Tatsächlich?« meinte er schließlich. »Ich glaube, Mylady, Ihr wollt lediglich, daß ich Eurem Willen nachkomme.«

Brianna errötete noch tiefer. »Nein, das stimmt nicht.« Sie riß die Augen weit auf und starrte Luc an, als könne sie ihn auf diese Weise dazu bringen, ihr Glauben zu schenken. »Ich mag Euch nun mal am liebsten«, beteuerte sie und berührte leicht seinen Arm. »Wirklich.«

Luc glaubte Brianna nicht ein Wort, doch er hatte plötzlich einen recht unverfrorenen Einfall.

Und ihm gefiel der Gedanke, die Prinzessin abermals zu überraschen. »Ach ja? Wenn ich wirklich so hoch in Eurer Gunst stehe, warum gewährt Ihr mir dann nicht ein Zeichen Eurer Zuneigung?«

Brianna blinzelte ein wenig ratlos. »Meinen Ärmel?« fragte sie hoffnungsvoll, als wüßte sie, daß ihm das nicht genügen würde.

Luc schüttelte entschieden den Kopf. »Einen Kuß.«

Brianna starrte ihn mit offenem Mund an. Sie erbleichte, dann färbten sich ihre Wangen wieder rot. Mit mädchenhafter Bescheidenheit senkte sie den Blick, doch er konnte in ihren Augen ein neugieriges Funkeln erkennen.

Das allein brach seinen Widerstand.

Luc neigte den Kopf und berührte mit seinen Lippen sanft die ihren. Bereits diese kleine Kostprobe war süßer als Honig und erweckte in Luc den Hunger nach mehr. Könnte er Brianna doch nur noch näher zu sich heranziehen und sie so innig küssen, daß sie nicht mehr wußte, wie ihr geschah.

Aber er hielt inne und wartete auf ein Zeichen ihrer Einwilligung.

Endlich sah Brianna kurz zu ihm auf, und in den smaragdgrünen Tiefen ihrer Augen lag wieder dieses neugierige Funkeln. »Einen Kuß«, flüsterte sie atemlos.

Luc ließ der Prinzessin keine Zeit, es sich anders zu überlegen.

An diesen Kuß, so beschloß er, würde sie sich noch lange erinnern.

Er zog Brianna an seine Brust, seine Finger schlossen sich um ihre schmale Taille. Langsam beugte er sich über sie und eroberte mit einem zärtlichen Kuß ihre Lippen. Brianna schmeckte nach Wein und duftete nach Rosen, noch nie zuvor hatte Luc eine so zarte Frau in den Armen gehalten.

Es verging nur ein kurzer Moment, bevor sie seinen Kuß zaghaft erwiderte.

Luc brauchte keine weitere Ermutigung. Er küßte sie voller Leidenschaft, liebkoste ihre Lippen, bis sie ihm den Mund öffnete.

Als er ihn mit seiner Zunge erforschte, rang Brianna nach Luft, dann seufzte sie tief. Lucs Herz klopfte laut, als ihre schmalen Finger seine Wange streiften. Die Berührung war so leicht wie die einer Feder, und er spürte das Gewicht ihres Körpers wie eine Versuchung, der er kaum widerstehen konnte.

Doch ihr Kuß offenbarte ihre Unschuld, und Luc hatte nicht das Recht, mehr zu nehmen, als ihm zustand.

Auch wenn er ahnte, daß sie ihn gewähren lassen würde.

Schließlich stellte er Brianna wieder auf den Boden und löste seine Lippen widerwillig von ihrem Mund. Die Prinzessin war völlig durcheinander und wich Lucs Blick aus.

Überraschenderweise waren ihr die Worte ausgegangen. Sie atmete heftig, und ihre Finger waren auf Lucs Schulter gefallen. Liebevoll barg er ihre Hand in der seinen.

Briannas Haut war so weich, und ihre zarten Finger lagen zerbrechlich in Lucs breiter grober Hand. Als er sie so hilflos sah, überkam ihn erneut das heftige Gefühl, sie beschützen zu müssen, und er gab ihr einen einzigen keuschen Kuß auf die Handfläche.

Sogar hier war ihre Haut atemberaubend weich.

Brianna kam durch diese zärtliche Geste wieder zu sich und führte die andere Hand an die Lippen. Bedächtig drückte Luc ihre Finger über die Stelle, die er geküßt hatte, und preßte seine Lippen auf ihr Handgelenk, dabei sah er Brianna fest in die Augen. Die Prinzessin starrte ihn an, scheinbar hatte sie Neuland betreten und war nun völlig unsicher, was sie tun sollte.

Luc lächelte zufrieden, es gefiel ihm, sie abermals aus der Fassung gebracht zu haben. Er hätte auch nichts dagegen, wenn es ihm noch öfter gelingen würde.

»Geht jetzt zurück in Eure Gemächer, Mylady«, flüsterte er. »Es ist zu spät, um allein mit gefallenen Rittern im Obstgarten spazierenzugehen.« Brianna sah ihn überrascht an, und Luc zwinkerte ihr ironisch zu. »Selbst wenn es sich um denjenigen handelt, der Euch am *besten* gefällt.«

Briannas Gesicht färbte sich erneut glühend rot. Sie schnaubte empört, entzog ihm die Hand und floh aus dem Obstgarten. Erst hinter der sicheren Gartenmauer blickte sie sich um.

Von dort aus rief sie drohend: »Das werde ich nicht vergessen, Luc Fitzgavin!« Und beleidigt fügte sie hinzu: »Ihr seid zu weit gegangen.«

»Ganz im Gegenteil, Mylady«, grinste Luc. »Ich habe mich nur Eurem Willen gebeugt. Und das wollt Ihr doch, nicht wahr?«

»Oh! Oh, jetzt werdet Ihr auch noch unverschämt!« Brianna suchte verzweifelt nach einer schlagkräftigeren Antwort, doch ihr Kopf war völlig leer. Sie öffnete den Mund und schloß ihn wieder, dann drehte sie sich um, stolzierte über den Burghof, sammelte ihren Schleier wieder auf und ging, ohne innezuhalten, die Treppe zum Saaleingang hinauf.

Sicher dachte sie, Luc würde es nicht bemerken, daß sie sich noch einmal nach ihm umwandte.

Er winkte ihr lässig zu, als sie zurücksah, und glaubte ihr verächtliches Schnauben zu hören. »Ich werde Euer Geheimnis herausbekommen, Mylady«, rief er ihr leise nach. »Dessen könnt Ihr Euch sicher sein.«

Obgleich er wußte, daß man seine Worte auch am anderen Endes des stillen Burghofs vernehmen konnte, wunderte es Luc nicht, daß Brianna ihm darauf keine Antwort gab.

Pfeifend wandte sich Luc den Ställen zu – entgegen seinen

Erwartungen erwies sich Tullymullagh schließlich doch noch als überaus interessant.

Ganz zu schweigen von einer gewissen Prinzessin. Aber allein Briannas Scharfsinn hatte Luc in seinen Bann gezogen, nichts sonst. Und natürlich der geheimnisvolle Plan, den sie ausgeheckt hatte.

Doch eigenartigerweise hielt der Geschmack ihres Kusses ihn in dieser Nacht noch lange wach.

Was für ein unverschämter Mann!

Brianna stürmte erbost durch den Saal, ohne darauf zu achten, ob ihr jemand im Weg stand oder nicht. Wie konnte er es wagen, auf einem Kuß zu bestehen? Eine dumpfe Stimme in ihrem Inneren beharrte darauf, daß es ihr eigener Fehler gewesen war, doch Brianna ignorierte sie.

Was hätte sie denn sonst tun sollen, als behaupten, daß sie ihn am liebsten mochte? Dieser Luc Fitzgavin hatte wirklich einen wachen Verstand! Wer sonst hätte so schnell erkannt, daß sie ihn lediglich loswerden wollte und der Wettstreit ihr gar nicht so wichtig war?

Und nun war er fest entschlossen, in Tullymullagh zu bleiben, um ihr auf die Schliche zu kommen.

Das hatte ihr gerade noch gefehlt.

Kochend vor Wut kletterte Brianna die Stufen zu ihren Gemächern hinauf. Konnte sie wirklich sicher sein, daß Luc ihr Vorhaben nicht noch weiter durchschaute? Schlimm genug, daß er nicht weggehen wollte und es genoß, sich ihrem Willen zu widersetzen, doch würde er dem wahren Grund für den Wettstreit auch ganz bestimmt nicht auf die Spur kommen?

Leider war sich Brianna darüber nicht annähernd so sicher, wie sie es gerne gewesen wäre.

Als sie endlich allein in ihrer dunklen Kammer war, führte sie die Finger an die brennenden Lippen und erkannte eine weitere beunruhigende Tatsache.

Möglicherweise war es gar keine Lüge gewesen, als sie behauptet hatte, Luc gefalle ihr von Gavins Söhnen am besten. Er war bei weitem der interessanteste der drei Brüder, denn sie konnte ihn nicht so leicht durchschauen.

Es war nur ein erster Eindruck, nichts weiter, und Brianna wußte sehr wohl, daß sie sich getäuscht haben konnte. Schließlich hatte sogar Gavin seinen ältesten Sohn für nicht beachtenswert gehalten.

Trotzdem fragte Brianna sich, weshalb Luc kein Ritter mehr war.

Und was er am folgenden Morgen tun würde.

Connor von Tullymullagh stand am Fenster seines Gemachs und beobachtete, wie der zunehmende Mond über der Festung aufstieg, die er hatte errichten lassen. Das fahle Licht schien auf den Burghof, die Ringmauer und das dahinterliegende Dorf, es erhellte die Turmspitze der Pfarrkirche und die Felder, die für den Winter brachlagen.

Connors umherschweifender Blick fiel immer wieder auf die Ringmauer. Es gab nicht nur ein oder zwei, sondern gleich drei Stellen, an denen die Mauer noch nicht fertiggestellt war. Drei Breschen – obendrein auch noch neben dem Tor –, die einen Angriff nicht aufhalten konnten, drei große Schwächen in Tullymullaghs Abwehr. Drei Gründe, weshalb der Bergfried in fremde Hände gefallen war.

Zu spät verwünschte Connor sein törichtes Vertrauen. Der Treueid auf den Großkönig von Irland war ihm Sicherheit genug gewesen, außerdem hatte er stets geglaubt, Tullymullagh sei ein zu kleiner Besitz, um ein gieriges Auge anzulocken, und Irland im Grunde ein friedliches Königreich.

Doch er hatte sich geirrt.

Angesichts dieser Umstände fragte Connor sich, ob nicht jemand sein Geheimnis entdeckt hatte. Dabei war er all die Jahre unglaublich vorsichtig gewesen, hatte er sich etwa die ganze Zeit über nur selbst getäuscht? War es am Ende sein Geheimnis, das Gavin und Englands König vor Tullymullaghs Tore gebracht hatte? Am liebsten hätte Connor sich umgedreht und schnell nachgesehen, ob alles in Ordnung war.

Aber ein Mann wie Gavin Fitzgerald konnte es unmöglich herausbekommen haben.

Connor sog zitternd die Atemluft ein und betrachtete das Land, das sich vor ihm ausbreitete. Es hatte zwei Dekaden gedauert, bis die Burg erbaut war, und nun würde in dem Bergfried, der all seine Erinnerungen und Schätze barg, dieser einfältige Gavin Fitzgerald residieren.

Und er konnte nichts dagegen tun. Er mußte diesen bitteren Kelch bis auf den Grund leeren. Seit langem hatte Connor geplant, daß Brianna hierblieb. Er hatte stets den Wunsch gehegt, daß Ruarke de Rossiers sie zur Frau nehmen und das Paar einen Sohn nach dem anderen bekommen sollte.

Connor suchte die lange leere Straße nach einem Zeichen von seinem siegreichen Ritter ab, doch da war nur Stille. Er stützte die Hände auf das Fensterbrett und fühlte sich plötzlich alt und schwach. Er war immer voller Pläne gewesen, und nun hatte ein dahergelaufener Söldner sie alle zunichte gemacht.

Traurig strich Connor über die glatten Steine des Fensterrahmens und verlor sich in Gedanken an bessere Zeiten. Die glühende Sonne brannte ihm im Nacken, er verspürte die Hitze scharfer, erlesener Gewürze im Magen und sah eine stolze Menge funkelnder Edelsteine durch seine viel jüngeren Hände rieseln.

Und eine warme, vertraute Stimme erklärte ihm die Eigenschaften der einzelnen Perlen, während er versuchte, die Namen der glänzenden Kügelchen – dieser wunderbaren Schätze aus dem Meer, in deren schimmernder Oberfläche sich das Mondlicht spiegelte – in dieser fremden Sprache auszusprechen.

Kostbares Salz aus dem Roten Meer, seltene Süßigkeiten aus dem Oman.

Connor starrte auf die leere Straße, die sich durch die Landschaft schlängelte und überlegte, ob es ihm noch einmal vergönnt sein würde, sich an diesen wunderbaren Köstlichkeiten zu erfreuen. Aus diesem Fenster konnte man an klaren Tagen in der Ferne das Meer sehen, dahinter lag Outremer, das wunderbare Land jenseits des Meeres. Gedankenverloren ließ Connor seine Augen über den Horizont wandern.

Als wäre es gestern gewesen, entsann er sich des ersten steinernen Bergfrieds, den er je gesehen hatte. Auf der Reise nach Outremer war Connor an Burgen vorbeigekommen, die sagenhafter waren als die Schlösser seiner kühnsten Träume. Nach seiner Rückkehr hatte er sie nicht mehr vergessen können und beschlossen, seine eigene steinerne Festung zu bauen.

Und so war Tullymullagh entstanden. Noch immer staunte er, wie geschickt die Aborte und Kleiderkammern in den Ecken eines jeden Stockwerks verborgen lagen, und bewunderte das System aus Holzrinnen an der Außenseite der Mauern, die den Unrat in den Fluß an der Nordflanke leiteten. In die Mauern waren Zisternen eingelassen, die den Regen auffingen, um für den Fall einer Belagerung die Trinkwasserversorgung zu gewährleisten.

Der hohe massive Burgsaal war erhaben genug für einen König und bot Versammlungen jeglicher Art genügend Raum.

Gegenüber dem Podium führte eine Treppe durch eine schwere Tür in den zweiten Stock. Diese Etage hatte einen Dielenfußboden und war in drei Räume unterteilt, von denen einer Brianna und die anderen beiden den Hofdamen und Bediensteten zustanden.

Die Treppe führte weiter hinauf zum Gaden, Connors großzügigem Gemach, das den ganzen dritten Stock einnahm und für ihn voller Erinnerungen war. Jede Holzbohle war mit Sorgfalt verlegt, jeder Stein mit großer Kunstfertigkeit behauen worden. Die Fenster hier und in den anderen Räumen bestanden aus kleinen Öffnungen, die mit Läden aus Eichenholz versehen waren. Sie gingen nur gen Osten und Süden, um die beißenden Winterwinde nicht einzulassen.

Eine schmale Wendeltreppe führte vom Gaden nach oben zu Connors Privatkapelle an der Turmspitze. Der Bischof persönlich hatte das Kreuz auf dem Dach geweiht.

Unter Connors Fenster lag der große Burghof, in dem jeden Tag geschäftiges Treiben herrschte. Hier befanden sich auch der Brunnen, die Waffenkammer und die Schmiede.

Connors Blick fiel auf das Tor mit dem Fallgitter, das diesen Zufluchtsort hätte schützen sollen, und er dachte verbittert daran, wie nutzlos ein befestigter Torbau in einer halbfertigen Ringmauer war. Jetzt wußte er, daß die Mauer zuerst und nicht zuletzt errichtet werden mußte.

Doch die Erfahrung hatte es ihn zu spät gelehrt.

Hinter Connor, an der Ostseite des hohen Turmes, lag der Garten, der seiner geliebten Eva so viel bedeutet hatte. Darin hatten sie sich stets unterschieden – er mußte jenseits des Horizontes Geheimnisse entdecken, während sie innerhalb der Mauern ihres Gartens glücklich war.

Es war seine Art des Gedenkens, daß er nach Evas Tod den Garten hatte völlig verkommen lassen. Er konnte es einfach nicht ertragen, daß der Garten, den Eva so geliebt hatte, weiterhin blühte und gedieh, nachdem sie nicht mehr war.

Vielleicht war es gut, daß er von hier aus das verwilderte Gestrüpp nicht sehen konnte. Der Anblick des verwahrlosten Gartens würde ihm sicherlich keine schönen Träume bescheren.

Connor seufzte. Hinter den Toren standen die eng zusammengedrängten Häuser von Tullymullagh, und der Rauch von Torffeuern stieg in dieser kalten Nacht gen Himmel. Das Kreuz auf dem Dach der Pfarrkirche hob sich gegen den dunklen Himmel ab, und im Mondlicht konnte man sogar die Umrisse der fernen Hügelkette erkennen.

Connor kniff die Augen zusammen und stellte sich vor, er könne am Horizont das Meer glitzern sehen. Es war unendlich lange her, seit er es das letzte Mal gewagt hatte, Tullymullagh zu verlassen. Nun blieb er hier, weil es ihm die Laune eines Söldners gestattete. Er könnte ebensogut gezwungen werden, zu gehen.

Aber Connor wußte nicht einmal, wohin er dann gehen sollte.

Er blickte auf seine Hände, die im Mondlicht noch zerbrechlicher aussahen, als er für möglich gehalten hatte. Er war nicht mehr jung und idealistisch, die Zeit hatte ihn schließlich das Gegenteil gelehrt.

Ja, er fühlte sich alt und müde.

Zwei Dinge wollte Connor in seinem Leben noch erleben: Er wünschte sich, daß Brianna einen ehrbaren Mann heiratete und das für sie bestimmte Erbe sicher in ihrem Besitz war. Seine Augen richteten sich ganz von selbst auf die Treppe, die zur Kapelle hinaufführte, und er mußte sich zwingen, wieder aus dem Fenster zu schauen.

Zeter und Mordio vor dem Gemach rissen Connor aus seinen Träumen. Erschreckt drehte er sich um, als Gavin Fitzgerald die Tür aufriß und erbost in den Gaden stürzte. Connors Verwalter Uther folgte ihm in heller Panik.

»Mylord! Verzeiht mir!« rief Uther atemlos vom schnellen Treppensteigen. »Er bestand darauf, hochzugehen, und ich konnte ihn nicht davon abhalten!« Der Söldner kümmerte sich offensichtlich nicht weiter um die mißbilligende Bemerkung des Verwalters.

»Na endlich!« rief Gavin zufrieden. »Eure törichte Tochter

hat die Tür offen gelassen. Jetzt werde ich nehmen, was mir zusteht!«

Connors Herz krampfte sich vor Angst zusammen.

Kannte Gavin etwa sein Geheimnis?

Allein Gavins Anwesenheit in Connors Gemach, die grobe Erscheinung des Söldners in dem vornehm ausgestatteten Gaden war schon eine Beleidigung.

Ganz zu schweigen von seinem kostbaren Geheimnis.

Connors Herz raste vor Angst, daß es entdeckt werden könnte. »Nein!« widersprach er heftig. »Das hier ist *mein* Gemach, wenigstens bis einer Eurer Söhne um Briannas Hand anhält.«

Selbstherrlich wanderte Gavin durch den Raum. »Meine Geduld ist zu Ende, alter Mann. König Heinrich hat Euch der Macht über Tullymullagh enthoben und sie mir übertragen.«

Dagegen konnte Connor kaum etwas einwenden, obwohl er es liebend gern getan hätte.

Der Söldner schlug sich stolz auf die Brust. »Das hier ist nun mein Bergfried, schon seit einem Monat, und es ist an der Zeit, daß einiges innerhalb dieser Mauern geändert wird. Ich werde als rechtmäßiger Herr von Tullymullagh ab sofort alle Annehmlichkeiten genießen, die mir diese Burg nur bieten kann.« Er begaffte das prächtige Gemach. »Auch den Gaden.«

Das war zwar sein gutes Recht, doch Connor war überhaupt nicht darauf vorbereitet, seine trauten vier Wände für diesen ungeschliffenen Mann zu räumen. Und ganz bestimmt nicht jetzt sofort. Zuerst mußte Connor seine letzten beiden Pläne verwirklichen. Er verschränkte die Arme vor der Brust und richtete sich zu seiner vollen Größe auf. »Ich werde dieses Zimmer gewiß nicht verlassen. Erst für Brianna und ihren Gatten, für niemandem sonst.«

Gavin lachte höhnisch. »Ihr habt keine Wahl, alter Mann.« Mit unerwarteter Schnelligkeit zog er sein Schwert aus der Scheide und setzte grinsend die Spitze an Connors Hals.

Uther erstarrte vor Schreck. Connor wich nicht von der Stelle und sah Gavin voller Verachtung an.

»Es sei denn, Ihr wollt die Angelegenheit mit dem Schwert regeln«, spottete Gavin.

Connor stand dem Söldner ruhig und würdevoll gegenüber, aber innerlich kochte er vor Wut. Seine Burg zwar mochte in Gavins Besitz übergegangen sein, doch dieser besaß nach wie vor keinerlei Anstand und entbehrte jeglicher Ritterlichkeit.

Leider war der Söldner auch um einiges jünger und skrupelloser als Connor. Diesen Kampf konnte Connor nicht gewinnen, so sehr es ihn auch schmerzte, sich die schonungslose Wahrheit vor Augen halten zu müssen. Doch obwohl alles gegen ihn sprach, würde Connor sein Gemach nur aus eigenem Willen verlassen. Das mußte er einfach riskieren.

»Es ist wirklich sehr kühn von einem Ritter, unbewaffnete Männer mit einer Klinge aus spanischem Stahl zu bedrohen«, bemerkte er und versuchte tapfer, den bezwingenden Blick aufzusetzen, für den er berühmt war.

Gavin sog scharf die Luft ein, doch bevor er noch weitere Verleumdungen ausstoßen konnte, schob Connor die Klinge bestimmt zur Seite. Er war sich keinesfalls sicher gewesen, ob Gavin dies zulassen würde, und atmete erleichtert auf.

Sein kalter Blick hatte seine Wirkung offensichtlich noch nicht verloren, sogar in dieser schlimmen Zeit.

Ermutigt räusperte Connor sich und sagte ernst, als rede er mit einem bockigen Kind: »Ihr könnt doch nicht erwarten, daß ich dieses Gemach, das ich ein Leben lang bewohnt habe, widerstandslos räume, nur weil es Euch gefällt. Hättet Ihr mich beizeiten über Euren Wunsch in Kenntnis gesetzt, wäre es kein Umstand gewesen, meine persönliche Habe zu einer angemesseneren Tageszeit entfernen zu lassen.«

Zu Connors Freude wußte Gavin nicht, was er hierauf erwidern sollte.

»Zu dieser späten Stunde kann ich keine Hilfe mehr kommen lassen.« Connor neigte leicht den Kopf. »Gleich morgen früh aber werde ich das Zimmer für Euch herrichten lassen ...«, sagte er und biß die Zähne zusammen, »wie es Tullymullaghs neuem Herren geziemt.«

Wie Connor vorausgesehen hatte, nahm diese letzte Bemerkung Gavin den Wind aus den Segeln. Der Mann sah sich habgierig um und wandte sich sodann mit verengten Augen erneut an Connor.

»Ihr werdet mir morgen zur Mittagsstunde Rechenschaft über die Einrichtung des Gadens ablegen«, brummte er. »Morgen mittag.«

Connors Mund verzog sich zu einem ironischen Lächeln. »Wie der Burgherr befehlen.«

»Und Eure Tochter muß endlich eine Edelfrau werden, die sich dem Stand meines Sohnes entsprechend benimmt«, forderte Gavin. »Burke soll kein impulsives Geschöpf an seiner Seite haben, sondern eine Frau, die verläßlich ist und seinen Haushalt führen kann.«

Es ärgerte Connor, daß seine Tochter nicht gut genug sein sollte, doch er bezwang seinen Zorn, denn Uther war vorgetreten und log geistesgegenwärtig: »Wir haben bereits begonnen, sie darin zu unterweisen.« Gavin grunzte anerkennend.

»Gut. Dann haben wir uns also verstanden.«

Gavin blickte Connor noch einmal drohend an. »Ich werde Euch die Haut abziehen, wenn das Bett verrückt wird oder diese Truhe oder irgend etwas anderes ...«

»Ich nehme lediglich jene Dingen mit, die zu meinem ganz persönlichen Hab und Gut gehören«, unterbrach Connor ihn scharf. Uther schäumte vor Wut über diese geschmacklose Vereinbarung, doch Connor bedeutete seinem treuen Verwalter, zu schweigen.

Er wollte vor allem einen ganz bestimmten Gegenstand von

großem Wert so gründlich verschwinden lassen, daß man ihn gar nicht erst vermissen würde.

»Und Ihr werdet mich auch nicht hereinlegen?« fragte der Söldner so mißtrauisch, daß Connor befürchtete, Gavin hätte seine Gedanken gelesen. »Ihr sperrt mich auch nicht noch einmal unten im Saal ein, wenn ich jetzt gehe?«

Connor verzog erbittert den Mund und sagte sehr deutlich: »Ich gebe Euch mein Ehrenwort.«

Gavin schnaubte. »Worte!« rief er höhnisch. Er durchschnitt die Luft mit seinem Schwert und richtete es erneut auf den alten Mann. »Ich werde im zweiten Stockwerk direkt unter Eurem Gemach ruhen, damit Ihr oder Eure unberechenbare Tochter mich nicht wieder betrügt. Der Gaden soll von morgen mittag an mein sein, Connor *einst* von Tullymullagh, macht bloß keinen Fehler.«

Er fuchtelte wild mit dem Schwert umher und ging auf Connor zu: »Und faßt den Begriff ›persönliches Eigentum‹ nicht zu weit.«

Connor erwiderte den Blick des Söldners hartnäckig, während dieser sein Schwert in die Scheide zurückstieß. Gavin drehte sich um, schob den empörten Verwalter zur Seite und stolzierte durch die Tür.

»Erlaubt auch Ihr Euch keinen Fehler, Gavin Fitzgerald«, sagte Connor mit ruhiger Entschlossenheit. Gavin hielt auf der Türschwelle inne und wandte sich noch einmal um. »Ich werde immer Herr von Tullymullagh sein. Das liegt mir im Blut, ganz im Gegensatz zu Euch.«

Einen spannungsgeladenen Moment lang maßen sich die beiden Männer mit den Augen. Vielleicht leuchtete in Connors Blick etwas von seiner früheren Unbezwingbarkeit, denn Gavin überlegte es sich anders und sagte nichts mehr.

Leise vor sich hin fluchend, ging er endlich weg.

»Widerlicher Barbar«, flüsterte Uther.

»Wie wahr«, stimmte Connor zu. Die Auseinandersetzung hatte ihm wieder etwas von seiner früheren Entschlußkraft zurückgegeben, und er wußte, was er zu tun hatte. »Ruft sofort Brianna herbei. Ich werde auf gar keinen Fall zulassen, daß sie in der Nähe dieses Mannes schläft. Auch sie hat sich seinem Willen widersetzt, und ich kann mir vorstellen, daß dieser Gavin eine persönliche Beleidigung nicht so schnell vergißt.«

Das war ein guter Vorwand, um seine Tochter bei sich zu haben, obwohl Connor Gavin nicht wirklich zutraute, daß er einen Preis beschmutzen würde, der für einen seiner Söhne bestimmt war.

Uther indessen erstarrte bei der bloßen Vorstellung, doch dann verneigte er sich tief und schlug die Hacken zusammen: »Zu Befehl, Mylord. Ich werde dafür sorgen, daß Lady Brianna so rasch wie möglich zu Euch kommt.«

Connor gab ihm keine Antwort, er dachte bereits an das nächste Problem, das er zu lösen hatte. Er mußte einen Weg finden, wie er seinen Schatz in Briannas Besitz bringen konnte und von dort aus in Sicherheit, ohne daß seine Tochter den Wert dessen, was sie in Händen hielt, erahnen würde.

Leider war die Prinzessin von Tullymullagh ebenso scharfsinnig wie ihre Mutter. Connor legte die Stirn in Falten und tippte nachdenklich mit dem Fuß auf den Boden.

Brianna teilte aber auch Evas Liebe zu romantischen Geschichten. Dieser Gedanke entlockte dem alten König ein nachsichtiges Lächeln.

Vergib mir, meine kleine Eva, doch der Zweck heiligt die Mittel.

Kapitel 3

Luc lag noch lange wach und versuchte, Brianna aus seinen Gedanken zu verbannen und es sich im Heu bequem zu machen. An beiden Seiten des Stalles stampften die Streitrosse und Zelter in den Verschlägen und schnaubten in ihre Futterkrippen. Ansonsten war der ganze Stall still und dunkel.

Plötzlich durchschnitt ein Flüstern die Stille. Niemand kann widerstehen, einer gedämpften Stimme in Hörweite zu lauschen. Auch Luc nicht.

»Warum hast du denn so lange gebraucht?« fragte die Stimme, und obwohl die Person sehr leise sprach, konnte man ihren Ärger deutlich hören. »Ich habe gewartet und gewartet, ohne auch nur die geringste Nachricht von dir zu erhalten.«

»Das Land wird belagert«, gab eine zweite, kaum vernehmbare Stimme ungeduldig zurück.

Es waren zwei Männer, da war Luc sich sicher. Aber er konnte sie an ihren Stimmen nicht erkennen, dafür redeten sie zu leise. Zudem gab es in diesem Bergfried sehr viele Möglichkeiten, denn auf Tullymullagh lebten gut hundert Menschen, und darunter waren nur wenige Frauen.

Doch wer sollte sich mitten in der Nacht in den Ställen treffen? Solche Geheimnistuerei konnte keinen rechtschaffenen Anlaß haben. Hatte es vielleicht etwas mit Briannas Plan zu tun? Luc spitzte die Ohren, damit er die Männer besser verstehen konnte.

»Man kann in diesen Zeiten nicht einfach nach Belieben kommen und gehen. Ihr habt doch sicher genug Verstand, um das zu erkennen. Nun erzählt schon, was gibt es denn für Neuigkeiten?«

»Der Bergfried ist an einen walisischen Söldner verloren, der Land und Gunst beim englischen König erlangen will«, erklärte der Erste.

Der Zweite fluchte ausgiebig.

»Er hat dem König bereits den Treueid geschworen.«

Luc hörte einen Schwall von Verwünschungen. »Und wer ist nun der neue Herr von Tullymullagh? Wie heißt denn dieser Söldner?« fragte der Zweite weiter.

»Gavin Fitzgerald, aber ihm ist bisher als Vasall des Königs lediglich das Siegel übergeben worden.«

Eine ungläubige Pause entstand . »Und was hat das zu bedeuten?«

»Der Söldner ist bereits verheiratet, deshalb hat der König angeordnet, daß Brianna mit einen von seinen Söhnen vermählt werden soll. Er hat drei Söhne, und die Prinzessin hat sie zu einem Wettstreit um ihre Hand aufgefordert.«

Nun drang das leise Kichern des zweiten Mannes an Lucs Ohr. »Das sieht Brianna mal wieder ähnlich, ohne es zu wissen, spielt sie mir in die Hände.«

»Und welche Neuigkeiten bringt Ihr mit?« Die Stimme des Ersten wurde ungeduldig. »Was habt Ihr herausbekommen?«

»Ach, nur, daß alle Gerüchte, die wir gehört haben, wahr sind.«

Der erste Mann rief erfreut: »Es stimmt wirklich alles?«

»Ja, die Rose von Tullymullagh ist weit mehr wert als erwartet, obwohl ich nicht mit dieser ungünstigen Wendung der Dinge gerechnet habe, das kompliziert die Angelegenheit natürlich ungemein.«

»Einer von den dreien ist hiergeblieben.«

»Nein!«

Luc horchte auf, die Männer sprachen über ihn.

»Doch, die Prinzessin hat natürlich versucht, ihn wegzuschikken, aber es war vergeblich.«

Der Zweite fluchte wieder. »Das sind wirklich überaus schlechte Nachrichten. Die Rose von Tullymullagh *muß* mein sein!«

Die Männer verstummten, und Luc wagte kaum zu atmen, aus Angst, daß man ihn entdecken könnte. Wer waren diese Männer, welche dunklen Absichten hegten sie, und was hatten sie mit Brianna vor?

»Vielleicht kann man die Dinge doch noch zu unserem Vorteil wenden«, sagte der Zweite nachdenklich.

»Wir brauchen einen Plan«, beschloß der andere.

Luc schlich vorsichtig näher zur Stalltür, dabei raschelte das Stroh unter seinen Füßen. Der Hengst in der nächsten Box hob den Kopf und schnaubte unruhig. Er riß ein paar Mal kräftig an seinem Strick, und Luc erstarrte vor Schreck.

»Was ist das?« fragte der erste Mann nervös.

»Nur der dumme Hengst Raphael«, sagte der Zweite wegwerfend. »Ich habe noch nie ein so blödes Pferd gesehen. Bestimmt kommt gleich der Stallknecht, um nachzusehen, was er hat. Wir reden besser woanders weiter.«

Man hörte verhaltene Schritte, und Luc sprang zur offenen Seite des Verschlags. Er sah gerade noch den Stiefel eines Mannes durch die Stalltür verschwinden. In dem schwachen Licht konnte er jedoch noch nicht einmal die Farbe erkennen.

Das Flüstern und die Schritte wurden immer schwächer.

Luc warf sich in das Stroh zurück, und das nervöse Pferd schnaubte und stampfte ungeduldig. Ohne Raphael zu beachten, verschränkte Luc die Arme hinter dem Kopf und starrte in die Schatten der Dachsparren.

Die Männer hatten über Brianna gesprochen, als Braut war sie wirklich für jeden ehrgeizigen Mann ein besonders wertvoller Gewinn. Aus den Worten, die Luc vernommen hatte, konnte er zwar nichts Bestimmtes schließen, doch er hatte ein ungutes Gefühl.

Aus welchem Grund sollten sie sich sonst in den Ställen treffen, wenn alle anderen schliefen?

Und flüstern.

Luc verspürte erneut das starke Verlangen, Brianna zu beschützen. Daran war nur seine verfluchte Erziehung schuld, Luc wünschte sich inständig, daß dieses übermäßig starke Bedürfnis bald nachlassen würde.

»Gavin will *hier* schlafen?« Brianna stand fassungslos vor ihrem Vater, während drei Kammerfrauen eifrig ihre Sachen verstauten. Grimmig bewachte Uther das Treiben.

Brianna erkannte ihren Vater kaum wieder – vor weniger als einem Monat hatte der schwere Verlust ihn noch niedergedrückt, und er war ihr um Jahre gealtert erschienen. Nun stand er groß und aufrecht vor seiner Tochter, majestätisch, so wie er gewesen war, bevor Gavin kam. In dieser Nacht leuchteten seine grauen Augen energischer denn je. Der ehemalige König von Tullymullagh strotzte nur so vor Entschlußkraft.

Brianna konnte sich kaum darüber wundern, als Connor ihr auch schon mitteilte, daß er den Gaden für keinen Geringeren als den Söldner räumen wollte.

Diese Nachricht verschlug Brianna förmlich die Sprache. Fast alle Gedanken an Luc Fitzgavin wichen aus ihrem Kopf.

Aber nicht alle.

»Ja, so ist es.« Ihr Vater spie die Worte geradezu aus. »Morgen wird dieses Gemach für Tullymullaghs neuen Herren hergerichtet.«

Hatte Connor etwa den Verstand verloren? »Vater, das können wir doch nicht erlauben! Der Gaden ist Euer Gemach, und ich bin fest entschlossen, alles zu tun ...«

»Brianna!« Connors Stimme glich einem Peitschenhieb. Alle im Raum richteten sich erschrocken auf und sahen ihn an, denn der alte König wies seine Tochter selten zurecht. Brianna konnte sich den lodernden Augen ihres Vaters nicht entziehen.

Sie wußte, daß sie bereits zuviel gesagt hatte.

Ihre Wangen glühten, doch sie hielt Connors Blick stand und beendete den Satz, den sie begonnen hatte. »Damit die Übergabe so reibungslos wie möglich vonstatten geht. Es ist wirklich unverantwortlich, von meinen Hofdamen und Uther zu erwarten, daß sie um diese Stunde meine Sachen hierherbringen.«

Das Feuer in den Augen ihres Vaters verlosch, und Brianna wußte, daß sie es richtig gedeutet hatte. Er räusperte sich und machte wieder ein freundlicheres Gesicht.

»Eigentlich ist Gavin für diesen Umzug gar nicht verantwortlich«, gestand er Brianna und den Kammerfrauen und lächelte entschuldigend. Mit seinem Charme nahm er die Anwesenden sofort für sich ein, und aller Unmut schmolz von ihren Gesichtern.

»Ich wollte nur dafür sorgen, daß meine Tochter heute nacht in Sicherheit ist«, erklärte er und fügte sanft hinzu: »Gavin hat beschlossen, im Stockwerk unter dem Gaden zu schlafen, direkt neben Briannas Gemächern.«

»Das glaube ich nicht!« rief Fenella und ließ vor Schreck ein feines Federkissen fallen.

»Doch, es stimmt«, bestätigte Uther grimmig. »Er war sehr ungehalten, daß unsere Lady Brianna ihn ausgesperrt hat…« Fenella kicherte bei dem Gedanken, doch der Verwalter blieb ernst. »Und er ist fest entschlossen, es nicht noch einmal zuzulassen.«

Brianna ließ sich die vielen Neuigkeiten durch den Kopf gehen und kam zu dem Schluß, daß ihr Vater mal wieder übervorsichtig war.

Fenella stand noch immer regungslos da, und Uther gemahnte

sie verdrießlich, wieder an die Arbeit zu gehen. »Wie oft muß ich Euch denn noch sagen, daß Ihr die Bettücher unserer Herrin aufdecken sollt? Sie muß nach diesem langen Tag sehr müde sein.«

»Ja, Uther.« Fenella wurde ganz verlegen und beeilte sich, seinem Befehl nachzukommen.

»Ich kümmere mich schon darum, Uther.« Auch die anderen beiden Mägde richteten nun die Schlafstatt her.

»Wie viele müßt Ihr denn eigentlich noch sein, um eine so einfache Aufgabe zu verrichten?« beschwerte sich der Verwalter gereizt. »Ihr zwei, holt gefälligst die Stickerei und die Gewänder der Herrin für morgen.« Ungeduldig schnippte er mit den Fingern.

»Jawohl, Uther.« Die beiden eilten davon.

»Und wo ist das Bad der Herrin?« fragte Uther weiter, ganz offensichtlich gefielen ihm diese eiligen Vorkehrungen ganz und gar nicht. »Habt Ihr denn alle vergessen, wie man die einfachsten Dinge erledigt? Muß ich denn wirklich jede Kleinigkeit beaufsichtigen?« Er atmete scharf ein und ließ seinen Blick verächtlich umherschweifen.

»Ich werde mich sofort um das Bad kümmern«, bot Fenella so eilfertig an, daß der Verwalter sie zweifelnd ansah.

Er verzog den Mund und sagte: »Um dann in der Küche verlorenzugehen, sobald die ersten Gerüchte an Euer Ohr dringen, ich kenne Euch doch.« Fenella errötete und ging rasch hinaus, aber Uther folgte ihr kurzerhand.

Auf der Türschwelle drehte er sich um und verneigte sich tief vor Connor. »Ich bitte Euch um Verzeihung, Mylord. Es herrscht zur Zeit ein schreckliches Durcheinander im Bergfried, aber ich werde mich bemühen, die Dinge so schnell wie möglich wieder in Ordnung zu bringen.«

»Natürlich, Uther.«

»Und gleich morgen bringe ich der Prinzessin alles bei, was sie wissen muß.«

»Was würde ich nur ohne Euch tun, Uther.«

Der Verwalter eilte davon, und Brianna war sich sicher, daß er bereits wieder voller Eifer irgendwelchen Mißverständnissen nachjagte.

Endlich war sie mit ihrem Vater allein. Nun konnte sie Connor endlich ihren Plan eröffnen und unter vier Augen seine Zustimmung gewinnen.

»Sieh mich nicht so an«, sagte Connor sanft. »Gavin hat verlangt, daß du die Pflichten einer Burgherrin lernst, und es ist gar kein so schlechter Zeitpunkt dafür. Uther wird die Sache schon in die Hand nehmen.«

»Vater, das ist mir gar nicht so wichtig.« Brianna ging schnell auf ihn zu und ergriff seine Hände. »Wir dürfen Gavin nicht den Gaden überlassen«, sagte sie nachdrücklich. »Ich habe einen Plan, wie ich keinen von seinen Söhnen wählen muß. Und wie König Heinrich bereits erklärt hat, kann Gavin mich nicht ehelichen, weil er schon eine Gattin hat. Ich werde dafür sorgen, daß alle seine Söhne bei dem Wettstreit versagen, und damit Ihr die Oberhoheit über Tullymullagh wiedererlangt, müssen wir Gavin dann nur noch dazu bringen ...«

»Brianna!« unterbrach Connor sie scharf und preßte ihre Finger fest zusammen. »Du mußt endlich einsehen, daß Gavin Tullymullagh um keinen Preis verlassen wird. Er hat sehr hart darum gekämpft.«

Brianna war jedes Opfer, das Gavin freiwillig erbracht haben mochte, völlig gleichgültig. Ihr schien, als müsse ihr Vater die Niederlage doppelt bezahlen.

Und das auch noch zu Unrecht.

»Aber Vater, Tullymullagh gehört Euch! Ihr habt lange gearbeitet, um es von Grund auf errichten zu können, und es ist nicht recht, daß Euch die Burg kurz vor ihrer Vollendung einfach weggenommen wird.«

Brianna verstummte, als Connor ihr einen Finger auf die Lippen legte. Sie sah ihm in die Augen, und die tiefe Traurigkeit, die sie dort entdeckte, zerriß ihr beinahe das Herz.

»Das Leben ist nicht immer gerecht, mein Kind«, sagte er ernst. Brianna wollte ihm widersprechen, doch Connor gemahnte sie noch nachdrücklicher zu schweigen. »Brianna, du mußt der Wahrheit ins Auge sehen. Ich werde nie wieder König oder Herr von Tullymullagh sein.«

»Aber ...«

»Nichts aber!« Die Augen ihres Vaters blitzten. »Man gewinnt einen Krieg nicht, indem man immer wieder den gleichen Kampf führt.«

Verunsichert wich Brianna zurück. »Das verstehe ich nicht.«

»Für mich ist Tullymullagh zwar verloren, aber nicht für dich«, sagte ihr Vater eindringlich. »Du mußt wissen, mein liebes Kind, daß du immer Herrin von Tullymullagh sein wirst, und wenn es das letzte ist, wofür ich in meinem Leben noch kämpfen werde.«

Brianna legte die Stirn in Falten. »Aber ich habe nicht vor, einen von Gavins Söhnen zu heiraten, und König Heinrich wird mich als lediges Edelfräulein nicht zur Herrin von Tullymullagh machen.«

Connors Mund verzog sich langsam zu einem Lächeln, in seinen Augen tanzten silberne Funken. »Meinst du etwa, ich hätte darüber noch nicht nachgedacht, mein Kind?«

Als Brianna den Gesichtsausdruck ihres Vaters sah, wurde ihr klar, daß nicht nur sie einen Plan geschmiedet hatte. Doch seine Bemerkung verwirrte sie. »Aber Vater, wie könnt Ihr meine einzig wahre Liebe ohne mein Wissen gefunden haben?«

Connor sah sie verständnislos an. »Wie bitte?«

»Meine einzig wahre Liebe.« Ihr Vater begriff offensichtlich noch immer nicht. Brianna lächelte. »Ich werde nur den Mann heiraten, den ich auch wirklich liebe, Vater. Wenn es jemals einen

Lord von Tullymullagh geben soll, der um meine Hand anhält, kann das nur meine einzig wahre Liebe sein.«

Ihr Geständnis schien Connor zu verblüffen, doch Brianna drückte unverzagt seine Hände. »Vater, sicher wißt Ihr, daß nur Eure Erzählung von der Kraft der Liebe zwischen Euch und Mutter in mir den Wunsch erzeugen konnte, ebenfalls eine Verbindung aus Liebe einzugehen.«

Connor ließ Briannas Hände los, ging durch den Raum und rieb sich die Schläfen. Im Schatten der Öllampe blieb er stehen.

Angespannt fragte er: »Hast du vielleicht deine einzig wahre Liebe bereits gefunden?«

Zu ihrer Überraschung mußte Brianna plötzlich an sehr ruhige blaue Augen denken, die leuchteten, als habe ein gewisser Mann sie gerade geneckt.

Unsinn! Das war nur ihre rege Phantasie.

»Natürlich nicht!« rief sie leidenschaftlich. »Aber wenn ich ihn jemals zu Gesicht bekomme, werde ich sofort wissen: Das ist er.«

Mit einem zärtlichen Lächeln sagte Connor: »Du könntest ihn also jederzeit erkennen? Aber woran willst du festmachen, daß er es wirklich ist?«

Brianna zuckte mit den Schultern. »Warum fragt Ihr, ich werde es einfach wissen, wie damals bei Euch und Mutter. Ihr habt es gewußt, weil Eure Herzen eins waren.« Sie machte einen Schritt auf ihren Vater zu. »Erzählt mir genau, woran Ihr die Wahrheit erkannt habt.«

Connor räusperte sich. »Ich merkte nichts, als wir uns das erste Mal trafen. Ich war schon lange fortgegangen, bevor mir bewußt wurde, daß deine Mutter mein Herz erobert hatte«, vertraute er seiner Tochter ruhig an. »Und ich fürchtete, daß ich die Wahrheit zu spät erkannt hatte, um noch um ihre Hand anhalten zu können.«

»In Outremer«, flüsterte Brianna, die jedes Detail dieser Geschichte liebte.

»Alleingelassen in Outremer, weil man mich für tot hielt«, korrigierte ihr Vater ernst.

»Doch Ihr seid heimgekehrt, zu Mutter. Es ist so unglaublich romantisch!«

»Ja«, pflichtete Connor ihr bei. Seine Augen funkelten sogar im Dunkel der Schatten. »Doch ich war mir im Innern meines Herzen nie ganz sicher, ob Eva mir die gleichen Gefühle entgegenbrachte. Es war nicht mehr als eine Hoffnung, eine unbestimmte Hoffnung, bis ich zurückkehrte und ihr bei der Begrüßung zum ersten Mal wieder in die Augen sah.«

»Aber sie hat Euch geliebt. Und Ihr habt eine ebenso starke Zuneigung für sie verspürt. Könnt Ihr denn nicht verstehen, daß ich mir einer ebenso innigen Liebe auf beiden Seiten sicher sein möchte, ehe ich heirate?«

Connor legte einen Arm um Briannas Schultern. »Mein Kind, du mußt verstehen, daß die zärtlichen Gefühle, die wir damals füreinander hegten, nur ein schwacher Schatten der Liebe waren, die schließlich zwischen uns wuchs. Es ist nicht ausgeschlossen, daß du die große Liebe bereits getroffen hast.«

»Woran sollte ich das erkennen?«

»Denk ein wenig nach, Kind. Denk an einen Mann, der ehrenhaft an deiner Seite steht, an einen Mann, der dich zum Lachen bringt und den du stolz den Vater deiner Söhne nennen würdest. Einen Mann, der seinen Platz neben dir in diesem Gemach einnehmen und über Tullymullagh wie über sein eigenes Zuhause gebieten würde.«

Brianna konnte sich des Gefühls nicht erwehren, daß ihr Vater bereits eine sehr genaue Vorstellung davon hatte, wer dieser Mann war.

Sie hätte möglicherweise weiter darüber nachgedacht, wenn es ihr gelungen wäre, jene blauen Augen aus ihren Gedanken zu verbannen. Gavins sturer Sohn konnte einfach nicht für sie bestimmt sein, das wußte Brianna.

Und Luc Fitzgavin hatte ihr mehr als einmal deutlich zu verstehen gegeben, daß er zu dem gleichen Schluß gekommen war.

Wie merkwürdig war es da, daß die Worte ihres Vaters Brianna alles andere als ermutigten.

Connor drückte seine Tochter an sich, und sagte eindringlich: »Mach jetzt bitte keinen Fehler, Brianna, es steht noch immer viel auf dem Spiel. Gebrauche deinen Verstand und bedenke unsere Situation. Unsere Streitkräfte haben wir bereits an Gavin verloren, und viele tapfere Ritter mußten einen hohen Preis dafür bezahlen. Nimm dich in acht, denn jeder weitere Widerstand gegen diesen Eindringling kann seine unbarmherzige Vergeltung über uns bringen.«

Dies war auch Briannas Sorge, doch ihr Vater ließ sie nicht zu Wort kommen. »Du mußt verstehen, Brianna, daß Gavin Fitzgerald kein Mann ist, der eine persönliche Beleidigung einfach so vergißt.«

Erschrocken dachte Brianna daran, daß sie sich dem Söldner bereits entschieden widersetzt hatte, und ihr war, als schlösse sich eine kalte Hand um ihr Herz. Dabei verteidigte sie doch nur das rechtmäßige Eigentum ihres Vaters!

Sie hätte sich noch viel länger darüber ereifern können, doch ihr Vater fuhr bedeutungsvoll fort: »Ab morgen wird Gavin in diesem Gemach wohnen. Aber es gibt da etwas, das unter keinen Umständen in seine Hände fallen darf, und dafür brauche ich deine Hilfe.«

Brianna bekam große Augen. »Was ist es? Was soll ich tun?«

Da erklangen Schritte auf der Treppe, und Connor fuhr zusammen. »Niemand darf uns hören!« flüsterte er. Als jedoch nur Uthers Beschwerden durch die Tür drangen, atmete Connor erleichtert auf.

»Bei allen Heiligen im Himmel, man könnte meinen, du hättest noch nie ein Bad in das Gemach des Herren heraufgebracht! Hast du denn schon wieder vergessen, daß Lady Eva ihre Mußestunden hier oben verbrachte?« Der größte Küchenjunge rollte eine hölzerne Wanne herein und grinste Connor und Brianna entschuldigend an.

Trotzdem war Uther unzufrieden und machte ein großes Theater um die Aufstellung der Badekufe. Er war noch immer ganz aufgebracht, als drei Männer dampfende Eimer mit Wasser brachten.

»Nein, nein, nein, setzt sie dort hinüber. Sonst steht die Wanne ja mitten im Zug. Ihr beide, holt sofort zwei Kohlenpfannen von unten, und wir brauchen noch mehr Holz aus dem Saal. Die Prinzessin darf sich nicht erkälten!« Uther klatschte in die Hände, und die Bediensteten liefen eilig davon.

Plötzlich blinzelte Connor Brianna kaum merklich zu und sagte entrüstet:

»Was muß ich da hören, mein Kind? Du bist heute nicht zur Messe gegangen?«

Brianna war natürlich zur Kirche gegangen, aber sie spielte mit und ließ betrübt den Kopf hängen. Ganz sicher war dies nur ein Trick ihres Vaters, damit sie wieder ungestört miteinander reden konnten. Deshalb murmelte sie: »Es tut mir leid, Vater.«

»Das ist keine Entschuldigung vor Gott!« schimpfte Connor. Er straffte die Schultern und wandte sich an Uther, von Kopf bis Fuß die verletzte Moral. »Uther! Schickt bitte auf der Stelle nach Vater Padraig. Fragt ihn, ob er die Freundlichkeit hätte, Brianna und mir sogleich die Messe zu lesen. In der privaten Kapelle.«

Brianna verstand sofort. Sie wären einen Augenblick lang in der Kapelle allein und Connor blieb genug Zeit, ihr zu sagen, was er vor Gavin in Sicherheit bringen wollte.

Uther verneigte sich. »Selbstverständlich, Mylord. Ich glaube, er war gerade unten im Saal. Anschließend wird auch das Bad der Herrin bereitstehen.«

»Sehr gut, Uther. Wie immer habt Ihr alles im Griff.« Connor wandte sich wieder streng an seine Tochter. »Mein liebes Kind, du mußt endlich lernen, daß es keine Entschuldigung gibt, Gott nicht für jeden Tag deines Lebens zu danken.«

»Es tut mir sehr leid, Vater.« Brianna neigte erneut den Kopf, als schäme sie sich über ihr Verhalten. Connor führte sie zu der engen Wendeltreppe am anderen Ende des Gemachs, doch plötzlich blieb er stehen, als käme ihm ein Gedanke.

»Nimm deinen Umhang mit, mein Kind«, sagte er leise, aber laut genug, damit Uther es hören konnte. »Es ist in diesen Nächten ziemlich kalt in der Kapelle.«

Brianna holte so rasch sie konnte einen Mantel, gespannt, was sie gleich erfahren würde. Connor nahm eine kleine Öllampe und folgte seiner Tochter. Als sie die Stufen hinaufstiegen, kamen gerade die Kammerfrauen schwer beladen zurück.

»Beeile dich!« zischte Connor nervös.

Brianna ging schneller. »Aber warum habt Ihr denn nach Vater Padraig geschickt?« flüsterte sie.

»Wir brauchen vielleicht einen Zeugen, der bestätigen kann, daß wir nichts aus der Kapelle entfernt haben«, erklärte Connor ruhig.

Und Brianna begriff, daß das Geheimnis ihres Vaters dort verborgen war.

Vater und Tochter betraten die Kapelle, Connor ging in die Knie, dann hielt er die Lampe hoch. Das flackernde Licht erhellte die schlichte Einrichtung des Raumes, und wie immer war Brianna von seiner Schönheit überwältigt.

In der Mitte der Kapelle befand sich ein schmuckloser Altar aus geschnitztem Holz. Er war mit einem Leintuch bedeckt, in dessen vordere herunterhängende Seite mit goldenen Fäden die Lettern I.H.S. gestickt waren. Einzig ein Kelch und ein Teller aus Silber standen darauf. Der eichene Fußboden war mit einem dicken Teppich ausgelegt, um die Knie der Betenden zu schützen. Die Kapelle war in jeder Hinsicht klein, das Dach fiel an den Seiten so schräg ab, daß man nur in der Mitte aufrecht stehen konnte.

Doch hinter dem Altar auf der Ostseite erhob sich ein hölzernes, massives Kruzifix, das Brianna seit ihrer Kindheit faszinierte. Die Schnittstelle der Balken kennzeichnete ein Quarzkristall, das zu einer schimmernden Halbkugel geschliffen war. Wo auch immer sich die Lichtquelle in der Kapelle befand, der Stein schien von innen heraus zu leuchten.

Man erzählte, daß ein Stück des echten Christuskreuzes in dem Stein eingeschlossen war, doch Brianna hatte ihn nie aus der Nähe betrachten können.

Ihr Vater zündete schnell die beiden dicken Bienenwachskerzen neben dem Altar an, die Dochte zischten unruhig, bevor sie die Flamme annahmen. Plötzlich tanzte der kleine Raum im warmen Kerzenschein, und die goldenen Verzierungen auf dem Kruzifix funkelten. Der Quarz strahlte wie immer geheimnisvoll.

Rasch hatte Connor die Lampe beiseite gestellt und griff nach dem Stein. Brianna sah seine Hände darübergleiten. Die Bewegung war allerdings so schnell, daß sie nicht genau sagen konnte, wo ihr Vater den prächtigen Edelstein berührte.

Doch sie sah, daß er sich wie der Deckel einer Schatulle öffnete, und hörte das leise Quietschen eines Scharniers. Brianna hielt die Luft an, mißtrauisch sah sich ihr Vater in der Kapelle um, und in ebenjenem Moment erschollen Schritte. Hastig griff Connor in den kleinen Hohlraum, der hinter dem Stein verborgen war, nahm etwas Quadratisches heraus und schloß das Fach wieder.

Von unten war der Segen des Priesters zu vernehmen. Brianna

hörte, wie die Bediensteten den Mann murmelnd begrüßten. Der scharfe Geruch von Weihrauch aus dem Gefäß, das Vater Padraig immer mit sich herumtrug, stieg Brianna in die Nase, dann hallten seine Schritte auch schon auf der Treppe.

Ihr Vater flog regelrecht durch die Kapelle. Er drückte Brianna vor dem Altar auf die Knie und schloß ihren Umhang.

Gerade als die rasierte Tonsur des Priesters durch die Tür lugte, steckte Connor den Schatz aus dem Kreuz in Briannas Hände. Es war ein flaches, kaltes Kästchen, und sie verbarg es sofort tief in den Falten ihres Umhangs. Sie konnte fühlen, daß es aus unverziertem Metall war, ungefähr so groß wie ihre ausgestreckte Hand und so dick wie beide Hände zusammen.

»Briefe, die deine Mutter mir geschrieben hat, als wir noch verlobt waren«, flüsterte Connor. »Wir müssen sie an einem sicheren Ort verstecken.«

Brianna umklammerte das kostbare Andenken an ihre Mutter und zog den wollenen Umhang fester um sich. »Aber wo?« wisperte sie und wagte kaum, die Worte auszusprechen, da der Priester schon auf sie zukam.

»In Evas Gruft«, sagte ihr Vater ohne Zögern. »Du kennst den Ort. Deine Mutter wird sie bewachen, denn sie wollte immer, daß sie einmal dir gehören.«

Briannas Finger schlossen sich um das kalte Metall unter dem schweren Umhang. »Ich werde sie nachher gleich lesen!« flüsterte sie begeistert, aber Connor blickte sie streng an.

»Nein!« sagte er schnell. »Sie müssen umgehend versteckt werden, und niemand darf dich dabei beobachten.« Fast übereilig nahm er Briannas Hand. »Schwöre mir, daß du alles genau befolgen wirst«, flüsterte er hastig.

Brianna blieb nur ein kurzer Augenblick, um Connor ihr Wort zu geben, auch wenn sie nicht ganz verstand, weshalb sie die Briefe nicht lesen durfte. Die Anspannung wich aus Connors Zügen, und beide neigten die Köpfe zum Gebet.

»Guten Abend«, sagte der Priester hinter ihnen.

Connor wandte den Kopf und antwortete mit lauter Stimme: »Guten Abend, Vater Padraig. Ich danke Euch, daß Ihr heute nacht noch zu uns gekommen seid.«

Der Priester in dem groben Leinenumhang lächelte, als er den Raum durchschritt. Er war ein schlanker, fast hagerer Mann im mittleren Alter. Sein stoppeliges Haar um die Tonsur herum war bereits stahlgrau. Er hatte stets einen nachdenklichen Gesichtsausdruck, und Brianna empfand seine Gegenwart als sehr beruhigend.

Wahrlich, Vater Padraig war der lebende Beweis für die innere Ruhe, die man durch Meditation erlangen konnte.

»Das ist schließlich meine Aufgabe, Connor«, sagte er jetzt ernst und schwenkte sein Räuchergefäß aus Messing, um den Duft des Weihrauchs in der Kapelle zu verteilen. »Wenn die Herde ihren Hirten braucht, ist es meine Pflicht zu kommen.«

Briannas Vater neigte leicht den Kopf. »Und wie glücklich können wir uns schätzen, daß Ihr hier auf Tullymullagh weilt. Ich habe Brianna gerade gesagt, sie solle beten und darüber nachdenken, wie wichtig es ist, täglich an der Messe teilzunehmen.«

Das Lächeln des Priesters wurde breiter. Er benetzte die Finger mit Weihwasser aus dem Gefäß an seinem Gürtel und zeichnete ein feuchtes Kreuz auf Briannas Stirn. »Macht Euch keine Sorgen, Connor. Sie ist ein gutes Kind, und ihr Herz ist rein.« Und mit einer leichten Verwunderung in der Stimme fügte er hinzu: »Allerdings erinnere ich mich an Lady Briannas Anwesenheit in der Morgenmesse, auch wenn sie es nicht tut.«

Auch auf Connors Stirn machte der Priester sein Zeichen und sagte dabei feierlich: »Das ist das Zeichen des Erlösers, das gelegentlich irrt und zu schwer bestraft.« Vater Padraig ging vor dem Kreuz in die Knie. Er schwenkte das Räuchergefäß ein letztes Mal, stellte es neben den Altar und faltete die Hände. »Laßt uns zu dem allmächtigen Vater im Himmel beten, der niemals irrt.«

Connor neigte den Kopf, ohne seine Tochter noch einmal anzublicken. Brianna hielt das Andenken ihrer Mutter fest in den Händen, schloß die Augen und betete inbrünstig, daß sie eines Tages die Gelegenheit haben würde, das Kästchen zu öffnen und die kostbaren Seiten in seinem Inneren zu entfalten.

Eines Tages würde sie gewiß mit den Fingern über die Liebesschwüre ihrer Mutter fahren und das Echo ihrer Stimme vernehmen. Eines Tages würde sie in den Worten ihrer Mutter lesen, woran eine Frau erkennt, daß ein Mann ihr Herz erobert hat.

Dieses Geschenk übertraf alles, von dem Brianna je geträumt hatte. Als Vater Padraig begann, die Messe zu singen, gelobte sie, daß niemand ihr jemals dieses Andenken wegnehmen sollte.

Ihr Vater mochte vielleicht übervorsichtig sein, doch Brianna wollte das Versprechen halten. Sie konnte nicht riskieren, dieses kostbare Geschenk zu verlieren.

Kapitel 4

Raphaels nervöses Stampfen riß Luc aus dem Schlaf. Unzufrieden schnaubte der Hengst und zog temperamentvoll an seinem Strick. Das kühle Grau des Wintermorgens war in die Ställe gekrochen, und Luc spürte die Kälte in allen Gliedern.

Er setzte sich auf, fuhr sich mit der Hand durchs Haar, verwundert, was das Pferd zu dieser frühen Stunde gestört haben mochte. Die Feuer im Saal waren bestimmt noch nicht entfacht.

Da hörte er die schrille Stimme einer Frau. »Was soll das heißen, es ist kein Platz im Stall? Tullymullagh hat sich immer wegen seines großen Stalles gerühmt, und ich kann einfach nicht verstehen, weshalb du uns schon so früh am Morgen abweist.«

Neugierig geworden stand Luc auf, zog sein Unterhemd glatt und streifte sich das Stroh von der Hose. Dann schlüpfte er rasch in Stiefel und Wappenrock, steckte sein Messer in den Gürtel und lugte vorsichtig über die Trennwand des Verschlags.

Am anderen Ende des Stalls, nahe des Eingangs, trat eine Frau ungeduldig von einem Fuß auf den anderen. Sie mochte etwas mehr als zwanzig Sommer gesehen haben, aber ihre kleinen bösartigen Augen und der verkniffene Mund gaben dem Gesicht einen wenig reizvollen Ausdruck. Unzufrieden sah sie sich im Stall um. Ihr einst vornehmes Gewand war voller Flecken und am Saum mit Schlamm verkrustet.

Lediglich ihr hochmütiges Verhalten verriet ihre edle Herkunft. Sie beschimpfte Denis, den Stallknecht, der mit seiner Situation gar nicht glücklich zu sein schien.

Denis war ein großer, kräftig gebauter, einfacher Mann, gut zehn Jahre älter als Luc. Sein Kopf war so kahl wie ein Ei, und seine dichten Augenbrauen bewegten sich lebhaft, wenn ihn etwas beunruhigte.

Denis' große Gabe war seine sichere Hand für Pferde. Bereits am Tag zuvor hatte Luc bemerkt, wie geschickt Tullymullaghs Stallknecht mit den Tieren umging. Er sprach leise auf sie ein, und jedes Pferd schien ihn zu bewundern und folgte seinen Befehlen – selbst diejenigen, die niemanden sonst in ihre Nähe ließen.

Der Umgang mit Menschen hingegen fiel Denis nicht so leicht. In diesem Augenblick stand er zwar noch verschlafen, aber bereits mit aufgekrempelten Ärmeln und schmutzigen Stiefeln vor der Dame, die ihn mit Forderungen überhäufte.

Luc konnte seine Not gut nachfühlen. Es gab nichts Schlimmeres als eine zänkische Edelfrau, die meinte, sie habe Anspruch auf etwas, besonders so früh am Morgen.

»Ich kann beim besten Willen nicht glauben, daß es tatsächlich keinen einzigen freien Platz für unsere Pferde gibt! Sag mir lieber die Wahrheit! Ist es nicht vielmehr so, daß dein neuer Herr gar nicht gewillt ist, seine nächsten Nachbarn zu empfangen?« rief die Dame. Sie tippte mit dem Finger gegen die Brust des Stallknechts, und ihre Stimme überschlug sich beinahe. »Ist es nicht so?«

Der Hengst Raphael schnaubte und schüttelte sich, als könne er diese hohen, schrillen Töne nicht ertragen.

»Nein, nein, es ist nicht so wie Ihr glaubt, Lady Ismay«, begann Denis mit einer tiefen Verbeugung. Er räusperte sich, als brauche er Zeit, um nach einer Erklärung zu suchen. Dann sagte er langsam: »Ich bin mir ganz sicher, daß Gavin Fitzgerald Euch liebend gerne auf Tullymullagh willkommen heißen würde, doch er hat bereits sehr viele Gäste.«

»Tatsächlich? Ich kann mir wirklich nicht vorstellen, daß auch nur einer dieser Menschen von so vornehmer Herkunft ist wie wir«, gab die Dame zurück und zog ihren Schleier zurecht, während Luc prüfend ihr Pferd betrachtete.

Wenn sie tatsächlich einer wohlhabenden und angesehenen Familie entstammte, dann hatte sie ihr Vermögen jedenfalls nicht für prächtige Gewänder, Bedienstete oder ein edles Roß ausgegeben. Die Stute hinter der Dame war im wahrsten Sinne des Wortes eine Schindmähre.

Denis seufzte und rang die Hände, als er merkte, wie wenig er mit seinen Worten bei der Edelfrau ausrichten konnte. »Ein Teil von König Heinrichs Gefolge ist hiergeblieben, ebenso die Männer des neuen Herrn.«

Lady Ismay schnaubte verächtlich. »Erzähl mir bloß nichts vom englischen König! Seine Günstlinge sind natürlich willkommen, aber treue Nachbarn wie wir nicht? Was ist dieser Mann nur für ein Barbar?«

Der liebenswürdige Stallknecht wand sich vor Verlegenheit, und er hielt die Hände nervös ineinander verschlungen, während er verzweifelt versuchte, die Dame zu beschwichtigen. »Außerdem ist es noch zu früh, Lady Ismay, fast jeder im Bergfried schläft noch, selbst Gavin Fitzgerald ...«

»Dann wirst du ihn eben augenblicklich wecken!« Die Wut der Dame schien sich im ganzen Stall auszubreiten. Hochmütig warf sie sich in die Brust und wies fordernd auf den Bergfried, eine Geste, die ihr nicht gerade gut stand. »Beweg dich gefälligst und sorge auf der Stelle dafür, daß wir angemessen empfangen werden!«

Denis behagte die Aussicht, Gavin wecken zu müssen, ganz und gar nicht, denn er machte ein überaus bestürztes Gesicht, und Luc bemitleidete ihn zutiefst. Gavin reagierte auf Störungen besonders gereizt, und zweifellos hatte Denis bereits die Unbarmherzigkeit des neuen Herrn von Tullymullagh zu spüren bekommen. Andererseits war diese Lady Ismay so sehr darauf bedacht, ihren Willen durchzusetzen, daß sie nichts und niemand aufhalten konnte.

Wäre der Stallknecht nicht in einer so mißlichen Lage gewesen, Luc hätte diese Edelfrau gerne noch etwas länger zappeln lassen.

Doch Denis war ein liebenswürdiger Mann, der es beileibe nicht verdient hatte, so respektlos behandelt zu werden.

Luc räusperte sich und trat aus dem Stall. »Ich wünsche einen angenehmen Morgen«, sagte er, als sich das streitende Paar nach ihm umwandte. Unendliche Erleichterung zeigte sich auf Denis' Zügen, die Dame hingegen sah nur noch verärgerter aus.

»Von überall her tauchen Stallknechte auf, aber niemand nimmt einem hier das Pferd ab«, schimpfte sie. »Die ganze Christenheit scheint heuer zur Hölle gefahren zu sein.« Denis sah Lady Ismay völlig entrüstet an, doch Luc bedeutete ihm mit einer Handbewegung, ihr nicht zu widersprechen.

»Wie viele Pferde führt Ihr denn mit Euch?« fragte Luc gelassen.

»Drei«, antwortete die Dame giftig. Sogar der schwarzen Stute, deren Zügel Lady Ismay festhielt, schien die Gegenwart ihrer Herrin unangenehm zu sein. Das Tier mit der silbernen Blesse trat so weit zurück, bis die Zügel straff gespannt waren. Die Stute sah wirklich erbärmlich aus, sie hatte kurze Beine und einen stämmigen Körperbau.

Sie konnte unmöglich das Pferd einer Edelfrau sein. Tullymullagh hatte wirklich Nachbarn mit erstaunlich hochtrabenden Bestrebungen. Luc nahm an, daß diese Frau sich regelmäßig bei anderen einlud, um sich an einer üppigen Tafel den Bauch vollzuschlagen. Er hatte schon viele Edelleute kennengelernt, die das ganze Jahr über die Gastfreundlichkeit anderer in Anspruch nahmen.

Seine Vermutungen warfen nicht gerade ein gutes Licht auf Lady Ismays Charakter.

»Dermot!« schrie die Dame plötzlich aus vollem Halse, so laut, daß sie einen Toten hätte aufwecken können. Luc fuhr erschreckt herum und hörte, wie Raphael sich gequält schüttelte.

Ein Mann, der etwas gepflegter aussah als Lady Ismay, erschien in der Stalltür. Er hatte helles, fast weißes Haar und bleiche Haut. Sogar seine Augen waren unnatürlich farblos, grau wie der Regen. Er schien aus Eis und Wasser zu bestehen, so fahl und wächsern war seine gesamte Erscheinung. Luc entging die offene Feindseligkeit in seinen Augen nicht, als er die Frau anblickte.

Doch der unfreundliche Ausdruck war sofort wieder verschwunden, und der Mann lächelte matt. »Hier bin ich, Ismay«, sagte er weich, und seine Stimme war ebenso ausdruckslos wie sein Äußeres. »An deiner Seite, wie immer.«

»Pah!« schnaubte Lady Ismay verächtlich. »Du warst gerade ganz bestimmt nicht sehr nah an meiner Seite. Ich konnte dich noch nicht einmal sehen, Dermot! Wo hast du dich nur wieder herumgetrieben?«

»Ich dachte, ich hätte einen alten Freund gesehen, meine Liebe, doch ich habe mich geirrt. Das war alles.« Dermots Stimme war tief und leise, fast wie ein Flüstern. Und obwohl Luc nicht sagen konnte, ob er diese Stimmen in der Nacht schon einmal gehört hatte, ließ die Erwähnung des vermeintlichen Freundes ihn aufhorchen.

Das und der boshafte Blick, den Dermot kurz zuvor Lady Ismay zugeworfen hatte. Luc überlegte, wer dieser Freund, von dem der Mann gesprochen hatte, wohl gewesen sein könnte.

»Das klingt ja wirklich sehr glaubhaft. Ein Freund.« Lady Ismay verdrehte die Augen. »Wahrscheinlich hast du dich mal wieder verirrt! Wirklich, Dermot, du würdest eines Tages sogar deinen Kopf verlieren, säße er nicht so fest auf deinem Körper. Wo bist du nur gewesen? Und was in aller Welt hast du gemacht?«

Dermot lächelte mit der stillen Anmut einer Madonna. »Das ist doch jetzt nicht mehr wichtig, meine Liebe, wir sind ja wieder zusammen. Hast du dich bereits um die Unterbringung der Pferde gekümmert?«

Er hatte geschickt das Thema gewechselt, und die Dame hatte überhaupt nicht bemerkt, daß ihre Aufmerksamkeit auf etwas anderes gelenkt worden war. Sie lächelte ihren Freund oder Liebhaber, oder was auch immer Dermot für sie war, an.

Dann warf sie dem Stallknecht einen anklagenden Blick zu. »Das wäre alles längst erledigt, wenn es hier nur jemanden mit etwas mehr Diensteifer gäbe!« sagte sie und wandte sich wieder an Denis. »Und nun sieh zu, daß du diese unerfreuliche Situation endlich regelst!«

»Hier ist noch eine Box«, ging Luc dazwischen und sah, wie Denis' Augen dankbar leuchteten.

»Ich wußte doch, daß es eine infame Lüge war. Es ist kein Platz im Stall. Daß ich nicht lache!« rief Lady Ismay ärgerlich.

»Die Box, in der ich geschlafen habe«, erwiderte Luc gelassen, »die also gerade eben noch belegt war.«

Die Dame verzog angewidert das Gesicht. »Du willst meine Stute allen Ernstes in einer Box unterbringen, in der dein Gehilfe geschlafen hat?« Sie schüttelte sich und sah Denis böse an. »Er wird gründlich ausgemistet werden müssen, verstehst du, man kann nie wissen, welches Ungeziefer sich in den Kleidern dieser Leute eingenistet hat.«

Weder Luc noch Denis machten eine Bemerkung über die Gewänder des gerade eingetroffenen Paares. Sie sahen aus, als hätten sie die Nacht auf einem Feld verbracht.

Denis richtete sich stolz auf. »Ich weiß sehr wohl, wie man ein Pferd behandeln muß, Lady Ismay.« Er wollte die Zügel der Stute nehmen, und die Dame warf sie ihm rücksichtslos zu.

Die schwarze Stute machte sogleich ein paar vorsichtige Schritte auf Denis zu. Der Stallknecht lächelte, dann beförderte er einen

Apfel aus seiner Hosentasche und hielt ihn dem mißtrauischen Tier hin. Unverzüglich ließ es seine Herrin stehen, beschnupperte Denis und verzehrte lautstark die ihm dargebotene Frucht. Luc sah das glückliche Gesicht des Stallknechts, der die Nüstern des Pferdes streichelte, aber er bemerkte auch Denis' flüchtiges Stirnrunzeln, als dieser das Gebiß der Stute untersuchte.

Das Tier war hart an die Kandare genommen worden, darauf konnte Luc wetten.

»Gut! Achte bloß darauf, das sie nicht zu fett wird.« Lady Ismay preßte die Lippen fest aufeinander und sah Luc an. »Und wo willst du die anderen beiden unterbringen?«

»Sicherlich werden im Laufe des Morgens noch weitere Ställe frei werden«, antwortete Luc. »Warum vertraut Ihr Eure Pferde nicht einfach der Obhut des Stallknechts an und nehmt ein Frühstück zu Euch?«

Noch bevor die Frau irgendwelche Einwände erheben konnte, trat Luc zu ihnen und nahm Dermot die Zügel ab. Dabei berührten sich ihre Hände, die Haut des Mannes war kalt wie Eis.

Luc unterdrückte ein unwillkürliches Erschauern.

Verächtlich rümpfte Lady Ismay die Nase und sagte: »Immerhin gibt es wenigstens einen hier, der den Höhergestellten gebührenden Respekt zollt.«

Sie führten eine zweite schwarze Stute mit sich, die einen weißen Stern auf der Stirn hatte und beim Gehen das Hinterteil sanft hin und her wiegte. Ein kleiner grau-weiß gescheckter Zelter trug die Habe der beiden. Die Neuankömmlinge sahen zwar auch schon recht mager aus, aber ihr Lasttier war derartig abgezehrt, daß es unter dem Gepäck zusammenzubrechen drohte.

Luc konnte den grausamen Anblick nicht länger ertragen und befreite das Pferd so schnell wie möglich von seiner Bürde. Die arme Kreatur schüttelte sich erleichtert, und es überraschte Luc nicht, daß weder Lady Ismay noch ihr Begleiter es zu bemerken schienen.

Denis hingegen sah es und zog seine Augenbrauen höchst mißbilligend zusammen. »Edward! Cedric! Andrew! Steht auf!« rief er laut. »Die Pferde hier müssen unverzüglich versorgt werden.« Zärtlich streichelte er die Tiere.

Der Stallknecht kehrte den Gästen den Rücken zu und war wieder ganz in seinem Element. In wenigen Augenblicken würde er mit den Pferden allein sein, und Luc wußte, daß Denis dann glücklich war. Beruhigt übergab Luc die Zügel der zweiten Stute den beiden Knappen, die mit verschlafenen Augen herbeigelaufen kamen.

Denis sah Luc noch einmal dankbar an. »Ich danke Euch für Eure Hilfe, Sir.«

»Gern geschehen, Denis.« Überzeugt davon, daß alles wieder seine Ordnung hatte, wollte Luc davongehen.

Doch Lady Ismay, die in ihren Habseligkeiten herumgesucht hatte, war zur Salzsäule erstarrt. »Sir?« wiederholte sie ungläubig, und ihr scharfer Blick wanderte zwischen Luc und dem Stallknecht hin und her. Ihre Lippen verzogen sich verächtlich. »Ihr nennt ihn Sir?«

Denis grinste, zweifellos war er froh, daß er etwas wußte, was ihr nicht bekannt war. »Ja, Lady Ismay. Dies ist Luc *Fitzgavin.*« Er betonte Lucs Nachnahmen und vermochte damit sogar Lady Ismays Aufmerksamkeit auf den Namen zu lenken, der Lucs Herkunft eindeutig verriet.

Gavins Sohn.

Lady Ismay erbleichte, und Luc wußte, daß sie keinerlei Zweifel darüber hegte, welcher Gavin sein Vater war. Ein vielsagendes Leuchten blitzte in Dermots Augen auf, das er aber sogleich wieder unterdrückte.

Noch ehe Lady Ismay die Fassung wiedererlangen und eine übertriebene Entschuldigung loswerden konnte, auf die zweifellos die Bitte um eine Audienz bei seinem Vater gefolgt wäre, winkte Luc dem Stallknecht zu und schritt über von dannen.

Er füllte seine Lungen mit der kalten Morgenluft. Nur im Herbst konnte sie so frisch und sauber sein. Unverzüglich wandten sich Lucs Gedanken und Schritte dem Obstgarten zu, während er prüfend den Himmel betrachtete. Die Morgensonne war noch schwach, doch er stellte erfreut fest, daß es nicht regnen würde.

Nach diesem unerfreulichen Zwischenfall mit der Edelfrau war Luc wieder einmal unendlich froh, daß er dieses Leben hinter sich gelassen hatte. Die Welt der Ritter und Edelleute war einfach nichts für einen vernünftigen Mann. Luc duckte sich unter den ausladenden Zweigen der Apfelbäume, die sich wie ein Dach über seinem Kopf ausbreiteten, und pfiff eine lustige Melodie.

Gavin würde bestimmt lange schlafen, da er am Abend zuvor ausgiebig gefeiert hatte. In der Zwischenzeit wollte Luc mit der Arbeit im Obstgarten Pyrs' Andenken alle Ehre machen. Er fragte sich, was wohl Lady Ismays Reaktion gewesen wäre, wenn er ihr erzählt hätte, daß er ein innigeres Verhältnis zu einem walisischen Verwalter als zu seinem leiblichen Vater gehabt hatte.

Luc konnte sich ihr Entsetzen bildlich vorstellen. Bereits der Gedanke daran ließ ihn schmunzeln.

Doch plötzlich stellte er ernüchtert fest, daß er sich hingegen nicht ausmalen konnte, was Prinzessin Brianna davon halten würde.

Ja, sie war wirklich schwer einzuschätzen.

Außerdem war sie eine sehr interessante Frau.

Unwillkürlich schweifte Lucs Blick über die hohen Mauern des Bergfrieds. Was für einen Plan hatte Brianna bloß geschmiedet? Und bestand etwa ein Zusammenhang zwischen ihrem Plan und dem heimlichen Gespräch, das Luc in der letzten Nacht im Stall belauscht hatte?

Erst am nächsten Morgen erkannte Brianna, wie schwer es werden würde, die Briefe ihrer Mutter zu verstecken. Fenella und die anderen Hofdamen waren schon seit Stunden damit beschäftigt, Briannas Habseligkeiten und die Sachen ihres Vaters aus dem Gaden in die Gemächer im zweiten Stockwerk zu räumen. Die ganze Zeit über lief Gavin gereizt hin und her, unter gar keinen Umständen wollte er den Rat von Uther und Connor befolgen und unten im Saal warten.

Brianna stand am Fenster ihrer Kammer und schaute über den Burghof zu der steinernen Grabstätte ihrer Mutter, die sich am Rande des Gartens befand.

Genau neben dem Obstgarten. Sie würde die Briefe unmöglich sicher in der Gruft ihrer Mutter verstecken können, ohne daß Luc sie dabei sah.

Die einfachste Lösung wäre natürlich, Luc darum zu bitten, sie am Grab ihrer Mutter kurz allein zu lassen. Brianna biß sich nachdenklich auf die Lippen, denn sie wußte, daß dieser Plan nur wenig Aussichten auf Erfolg hatte. Luc Fitzgavin widersetzte sich ihr nicht allein aus Prinzip, ihre Bitte würde überdies ganz bestimmt sein Mißtrauen erwecken.

Sie mochte sich gar nicht ausmalen, was geschähe, wenn er sie dabei beobachtete, das mußte sie um jeden Preis verhindern.

Es sei denn, er verließe den Obstgarten, um seinen Vater zu suchen. Vielleicht schlief er ja auch noch! Zuversichtlich spähte Brianna durch die Fensterläden, ohne den kalten Wind zu spüren, der durch ihr Unterkleid drang.

Im Morgennebel, der vom Fluß heraufzog, konnte Brianna die Gestalt von Luc Fitzgavin ausmachen, als er gerade mit entschlossener Miene die Ställe verließ.

Fassungslos lehnte sie sich gegen die Mauer. Es kam ihr vor, als sei er nur so früh aufgestanden, um sie zu ärgern.

Abermals.

Brianna lugte noch einmal aus dem Fenster und sah Luc unter den Bäumen versteckt durch den Garten schlendern. Sie überlegte, was er in seiner Vergangenheit Schlimmes erlebt haben mochte. Warum sollte ein Ritter alles aufgeben, wonach er gestrebt hatte? Ritter führten ein Leben voller Privilegien, voller Abenteuer und Glanz; ein Bauer dagegen hatte ein sehr hartes Los. Brianna konnte sich nun wirklich nicht vorstellen, ihr Leben zum Beispiel für das einer Wirtin einzutauschen.

Es sei denn, es gäbe einen sehr guten Grund dafür. Der Gedanke machte sie stutzig. Was hatte Luc wohl veranlaßt, diese Wahl zu treffen?

Verwundert stellte Brianna fest, wie gerne sie die Antwort gewußt hätte.

Doch das war lediglich ihre Neugier, sagte sie sich. Ihr Interesse hatte nichts damit zu tun, wie dieser Mann sie ansah, sie wirklich ansah, anstelle lediglich ihr hübsches Äußeres wahrzunehmen. Und er hörte ihr zu, er sprach sogar ganz ernsthaft mit ihr, obwohl ihm offensichtlich alles an Brianna mißfiel.

Aber an seinen Kuß wollte sie lieber nicht denken. Schon die bloße Erinnerung daran löste ein warmes Kribbeln in ihrer Magengrube aus.

Nein, allein die rätselhafte Vergangenheit dieses Mannes hatte sie neugierig gemacht.

Luc war sehr zurückhaltend damit gewesen, Einzelheiten über sich zu verraten. Statt dessen schien er sie jedoch nur zu gern mit seinen Fragen in die Enge zu treiben – was wäre, wenn sie ihn mal ausfragte? Brianna könnte sich ein wenig über seine Vergangenheit erkundigen! Wahrscheinlich würden ihre Fragen ihm jedoch nicht gerade genehm sein.

Könnte sie ihn vielleicht mit ihrer Neugier aus Tullymullagh vertreiben? Es war einen Versuch wert. Hätte Luc erst einmal den Obstgarten verlassen, könnte Brianna das Andenken ihrer Mutter in aller Ruhe verstecken. Danach müßte sie nur noch Gavin dazu bringen, auf seine Ansprüche zu verzichten.

Und ihr war bewußt, daß dies die größere Herausforderung sein würde.

Als ihr Plan feststand, suchte Brianna sich anstelle des bestickten Rockes, den Fenella für sie bereitgelegt hatte, aus ihrer Truhe einen Umhang, der ihr bis zu den Knien reichte, und eine derbe Hose.

Die gute Fenella machte ein erstauntes Gesicht. »Aber, Mylady, Ihr habt in all der Zeit, die ich nun schon bei Euch bin, noch nie solche Kleidung getragen! Das schickt sich doch nicht für eine hübsche Edelfrau!«

»Fenella, wenn ich zur Arbeit im Obstgarten feine Gewänder tragen würde, müßtet Ihr Eure gesamte freie Zeit darauf verwenden, sie hinterher wieder auszubessern.« Entschlossen zog sich Brianna die wollene Hose an und warf ihrer Hofdame ein ermunterndes Lächeln zu. Die Kammerfrau hatte sich erst vor wenigen Augenblicken über den zerrissenen Rock der vergangenen Nacht beschwert.

Doch Fenella sperrte fassungslos den Mund auf. »Ihr wollt im Obstgarten arbeiten?«

»Ich werde keine wirkliche Arbeit verrichten«, sagte Brianna leichthin. »Ich möchte mich lediglich mit Luc Fitzgavin unterhalten, während er arbeitet.«

Fenella machte große Augen, was für ein Aufsehen würde diese Neuigkeit in der Küche erregen. »Ist das nicht der Sohn, der hiergeblieben ist?« Schnell lief sie ans Fenster und drückte die Fensterläden auseinander, um besser hinausspähen zu können.

»Ist er sehr verführerisch?« fragte sie und sah ihre Herrin neckisch an.

Brianna zog eine Grimasse. »Überhaupt nicht.«

»Aber Ihr habt Euch gestern abend sehr lange mit ihm unterhalten.« Fenella kicherte. »Gefällt er Euch, Mylady?«

»Nein!« Energisch band sich Brianna die Hose zu, doch ihre Wangen erröteten. »Ich wollte ihn davon überzeugen, daß es auch in seinem Interesse ist, wenn er Tullymullagh umgehend verläßt.«

»Im Mondschein.«

Brianna warf ihrer Hofdame einen entrüsteten Blick zu. »Das hat nichts zu bedeuten. In Wahrheit haben wir sogar gestritten. Er ist ein sehr lästiger Mensch.«

Fenella grinste. »Natürlich, Mylady. So ist es meistens, wenn ein Mann und eine Frau einander zugetan sind.«

»Wir sind nicht ineinander verliebt!« Brianna sprang auf, fest entschlossen, dieses Gespräch zu beenden. »Könntet Ihr jetzt bitte meine alten Stiefel suchen?« fragte sie hastig. Fenella beeilte sich, in der Truhe am anderen Ende des Gemachs nachzusehen.

»Habt Ihr Euer persönliches Eigentum denn noch immer nicht weggeschafft?« Als Gavins ungeduldiges Gebrüll von unten aus dem Saal erschallte, wurde Brianna klar, daß sie die Briefe ihrer Mutter nicht in diesen Gemächern lassen durfte. Sie hatte ihrem Vater schließlich versprochen, das Kästchen sicher aufzubewahren. Der Umhang hatte keine Taschen, doch das kostbare Kästchen wäre unter dem breiten Gürtel, fest an ihren Körper gepreßt, vorerst sicher.

»Hier sind sie, Mylady, aber solche Stiefel geziemen sich nun wirklich nicht für Euch.« Fenella verzog mißbilligend den Mund. »Seht nur, wie abgetragen sie aussehen! Alle werden denken, Euer Vater habe sein ganzes Vermögen verloren.«

»Die Meinung anderer interessiert mich nicht«, sagte Brianna ruhig und nahm die Stiefel. Fenella schien die Kleiderwahl ihrer Herrin so sehr zu enttäuschen, daß Briannas Trotz gegenüber ihrer Hofdame langsam schmolz. »Vielleicht könntet Ihr mir einen Gefallen tun, Fenella.«

»Ja, Mylady.«

»Ich möchte heute abend bei Tisch mein bestes Gewand tragen, das blaue, goldgesäumte Kleid. Könntet Ihr bitte dafür sorgen, daß nachher alles bereitliegt?«

»Oh!« Fenella klatschte erfreut in die Hände. »Und die Schuhe, die ich so bewundere?«

»Natürlich.«

Das Mädchen lachte glücklich. »Oh, Mylady, Ihr werdet wunderschön aussehen. Kommt, ich will schnell Euer Haar flechten. Wenn Ihr den Tag im Obstgarten verbringen wollt, könnt Ihr es unmöglich offen tragen. Und heute abend werde ich die blauen Bänder benutzen, die dieser Verehrer aus Dublin Euch geschenkt hat...«

Brianna mußte sich zusammenreißen, um stillzustehen, als Fenella ihr mit flinken Handgriffen das Haar kämmte. Dem Geplauder ihrer Hofdame über die Gespräche des vergangenen Abends, darüber, was dieser und jener gesagt hatten, folgte sie nur mit halbem Ohr. Brianna war viel zu sehr damit beschäftigt, zu überlegen, wie sie das Kästchen unbemerkt aus seinem Versteck holen konnte.

Die Rettung kam höchst unerwartet.

Ein Pferd wieherte auf dem Burghof, und die Hofdame flog zum Fenster, um die Läden aufzustoßen. In ihrem ständigen Hunger nach Neuigkeiten hatte sie alles andere sofort vergessen. Brianna fischte nach dem Ende ihres Zopfes und knotete rasch ein Band darum, während sie die Entfernung zu dem wertvollen Kästchen abschätzte.

»Oh, Mylady! Ist das dort unten nicht Lady Ismay?« Fenella lehnte sich ohne Scham aus dem Fenster.

Brianna verzog das Gesicht. Lady Ismay war wirklich die letzte Person, die sie heute morgen sehen wollte.

Oder an irgendeinem anderen Morgen.

Jedenfalls war Fenella abgelenkt, und Brianna nutzte die Gelegenheit, um das Kästchen zwischen der Wäsche hervorzuholen und es unter ihrem Umhang zu verbergen. Sie steckte es hastig in den Hosenbund und suchte in der Kammer nach einem passenden Gürtel, ohne auf das Geplapper ihrer Kammerfrau zu achten.

»Und Lord Dermot ist an ihrer Seite, wie immer«, rief Fenella erfreut. »Er ist wirklich ein sehr ergebener Gatte. Ist es nicht ein Wunder, daß ein Mann seine Frau mit solcher Leidenschaft anbeten kann? Und wie sie zu ihm spricht!« Die Hofdame rollte mit den Augen. »Man kann ganz deutlich erkennen, daß sie sich unwiderstehlicher findet denn je. Lord Dermot muß ein wahrer Heiliger sein. Seht nur! Jetzt spricht Lady Ismay mit Eurem Luc.«

Diese Worte lenkten Brianna von ihrer Beschäftigung ab.

»Er ist nicht *mein* Luc«, wies sie Fenella zurecht, konnte sich indessen aber nicht zurückhalten, selbst vorsichtig ans Fenster zu treten. Brianna machte sich gar nicht erst die Mühe, Lady Ismay zu suchen, ihr Blick richtete sich ganz von selbst auf den Obstgarten.

Dort stand Luc Fitzgavin und sah direkt zu ihr hoch.

Briannas Herz klopfte schneller. Sie wich ins Dunkel der Kammer zurück, und ihre Finger umklammerten den Stoff der Hose an der Stelle, wo das Kästchen ihrer Mutter verborgen war.

Obgleich sie es bei der großen Entfernung nicht mit Sicherheit sagen konnte, wußte Brianna, daß Luc ihrem Blick nicht ausgewichen war. Es kam ihr so vor, als wisse er von dem Kästchen und ihrem Vorhaben, der feste Blick seiner blauen Augen war wirklich überaus entmutigend.

Ganz unversehens erinnerte sie sich an Lucs Kuß, und ein Kribbeln durchfuhr ihre Lippen. Brianna spürte, wie sie errötete und kehrte dem Fenster entschlossen den Rücken.

»Ach nein, ganz gewiß nicht Euer Luc«, murmelte Fenella mit einem vielsagenden Leuchten in den Augen. »Meint Ihr denn, ich hätte nicht bemerkt, was Euch schon den ganzen Morgen über beschäftigt?«

Brianna fühlte sich ertappt. Um ihre Hofdame auf andere Gedanken zu bringen, deutete sie erneut zum Fenster und sagte: »Sind es nur meine Augen, oder ist Lady Ismays Gewand diesmal noch armseliger als gewöhnlich?«

Fenella lehnte sich wieder hinaus und spähte gierig nach den Details. »Ja, das stimmt! Hat die Frau denn gar keinen Anstand? Wie kann sie nur, ihr Kleid ist sogar wirklich richtig dreckig!«

Brianna kümmerte es nicht, wie sich Lady Ismay kleidete, und noch weniger interessierte sie deren Benehmen. Sie war lediglich froh, daß Lady Ismay Fenellas Neugierde geweckt hatte und die Hofdame am Fenster blieb.

Das Mädchen kräuselte mißbilligend die Nase. »Vielleicht sollten wir ihr das Kleid schenken, das Ihr letzte Nacht zerrissen habt, das wäre schon mal eine erhebliche Verbesserung ihrer Garderobe. Die beiden haben auch keinen einzigen Diener im Gefolge.« Fenella schnalzte mit der Zunge wie eine alte Matrone. »Welcher Teufel reitet bloß diese Frau? Hat sie denn gar keinen Stolz? Sie benimmt sich völlig grundlos, als sei sie von gewöhnlicher Herkunft.«

Brianna band eilig einen Gürtel um ihre Hüfte und verknotete ihn, dann wand sie ihn noch zweimal um sich selbst, damit der Stoff die Form des Kästchens verbarg.

Fenella schien sich plötzlich wieder an die Arbeit machen zu wollen. Während Brianna sich noch hektisch an dem Knoten zu schaffen machte, sagte sie das erste, was ihr in den Sinn kam. »Meint Ihr, Dermot ist krank?«

»Nein, obwohl er immer sehr blaß ist«, erwiderte Fenella und lehnte sich wieder aus dem Fenster. »Es ist seine Hautfarbe, glaube ich. Sehr vornehm bei einem Mann.« Sie seufzte, und ihre Stimme wurde schwermütig. »Glaubt Ihr, er ist glücklich mit der Partie, die er da gemacht hat?«

Brianna zuckte gleichgültig die Schultern. Das Kästchen war endlich sicher versteckt. »Ich würde mir nie ein Urteil darüber erlauben.«

»Verflucht!« Gavins Gebrüll erklang nur ein paar Schritte entfernt. Beide Frauen sprangen auf. »Wie lange braucht Ihr denn, um ein paar Truhen zu bewegen? Ich will den Gaden *jetzt* beziehen!«

Plötzlich hatte Brianna eine viel bessere Idee, wie sie Luc Fitzgavin vertreiben könnte, als mit ein paar Fragen über seine Vergangenheit. Schließlich hatte Luc ihr anvertraut, daß er lediglich nach Tullymullagh gekommen war, um mit seinem Vater zu sprechen.

Das konnte ganz bestimmt in die Wege geleitet werden.

»Luc Fitzgavin! Was tust du da?«

Luc schreckte hoch, das war doch das Geschrei seines Vaters. Er verzog das Gesicht, als er Gavin entdeckte, der wutentbrannt über den Burghof humpelte. Hinter ihm tänzelte Prinzessin Brianna in auffallend einfacher Kleidung, anscheinend wollte sie persönlich verfolgen, was sie da angestiftet hatte.

Denn Luc war ganz sicher, daß der unangekündigte Besuch seines Vater ihr Werk war. Bestimmt hatte sie Gavin darauf aufmerksam gemacht, daß er noch auf Tullymullagh weilte. Verärgert preßte Luc die Lippen zusammen.

Er hätte wissen müssen, daß Brianna ihm Schwierigkeiten bereiten würde, wo sie nur konnte. Sie wollte schließlich durchsetzen, daß er die Burg verließ und umgehend in diesen Wettstreit auszog.

So hatte er sich die Unterredung mit seinem Vater freilich nicht vorgestellt, doch Luc blieb keine andere Wahl. Dennoch hatte er noch immer nicht vor, es einer gewissen Prinzessin recht zu machen.

Ohne das Siegel von Llanvelyn würde er Tullymullagh nicht verlassen.

Gefaßt richtete Luc sich auf und wartete auf seinen Vater. Gavin kochte vor Wut, seine groben Züge waren dunkelrot, und er spuckte beim Sprechen. Zum Glück hatte Luc bereits viele

Zornausbrüche seines Vaters überlebt, er hätte sogar ein Lied davon singen können.

Luc bemerkte, daß Brianna am Eingang des Obstgartens zögernd stehenblieb. Offenbar wollte sie sich kein Wort entgehen lassen, und hatte ihr indiskretes Verhalten zu spät bemerkt.

Sollte sie doch ruhig alles hören, Luc würde vor ihr bestimmt nicht die Fassung verlieren. Von ihm bekäme sie kein Schauspiel geboten, oder was auch immer sie sehen wollte. Luc war fest entschlossen, die Regeln der Prinzessin nicht zu befolgen.

Hier ging es schließlich ums Prinzip.

»Luc! Du elender Schuft!« brüllte Gavin. Er stieß eine Reihe von Verwünschungen aus, fuchtelte zornentbrannt mit dem Finger in der Luft herum und deutete auf seinen mißratenen Sohn. »Seit deiner Geburt hast du mir Unglück gebracht! Was machst du noch hier auf Tullymullagh? Hast du denn nicht begriffen, was gestern morgen beschlossen wurde?«

»Soweit ich verstanden habe, ist es Euer Wunsch, daß Burke Tullymullagh gewinnt«, gab Luc ruhig zurück.

Gavin hielt einen Augenblick inne, als sein Sohn ihm die Wahrheit so unverblümt ins Gesicht schleuderte, dann verfinsterte sich jedoch seine Miene, und er wetterte weiter. »Scher dich endlich fort und suche ein Geschenk für die Prinzessin! Nimm ein Pferd, irgendein Pferd, nimm meines, aber mach dich gefälligst auf den Weg. Schließlich steht ein hoher Gewinn auf dem Spiel, du dummer Esel!«

»Ein Preis, den ich gar nicht gewinnen will«, konterte Luc.

Die Augen seines Vaters verengten sich. »Was soll das denn schon wieder heißen?« brüllte er händeringend. »Das ist doch garantiert das Erbe deiner Mutter! Du hast schon immer das Zeichen ihrer unwürdigen Familie über der rechten Augenbraue getragen!«

Außer sich vor Wut über diese Beschuldigung, antwortete Luc hitzig: »Der Charakter meiner Mutter und vor allem meine

Haarfarbe haben mit dieser Angelegenheit nicht das geringste zu tun.«

Gavin stemmte die Hände in die Seiten. »Willst du mir etwa die Schuld für deine erbärmlichen Verhältnisse in die Schuhe schieben? Es ist doch immer das gleiche mit dir – nie erkennst du eine einmalige Gelegenheit, selbst wenn man sie dir direkt unter die Nase hält.«

»Ich sehe meine Möglichkeiten sehr wohl«, erwiderte Luc. »Trotzdem, Tullymullagh und seine Prinzessin sind nicht das, wonach ich strebe.«

Gavin funkelte seinen ältesten Sohn böse an. »Nichts hat sich in all den Jahren geändert«, tobte er. »Du klammerst dich doch nur an Llanvelyn, weil du Angst hast, nach mehr zu greifen.«

Dieser Vorwurf verletzte Luc zutiefst, doch er versuchte die Fassung zu bewahren. Zu deutlich war ihm die Gegenwart einer Person mit goldenem Haar bewußt. »Ich habe mich noch nie davor gefürchtet, um die Verwirklichung meiner Wünsche zu kämpfen. Und wenn es Euch nicht gefällt, daß ich Euer kriegerisches Erbe ausschlage, verrät das mehr über Euren Charakter als über meinen.«

Gavin schnaubte wutentbrannt. »Das ist ganz sicher das Blut deiner Mutter.« Er spie vor Luc auf den Boden. »Du glaubst wohl, über jegliche Gewalt erhaben zu sein, aber manchmal muß man eben etwas nachhelfen.«

»Es gibt keine Rechtfertigung für Gewalt«, gab Luc ärgerlich zurück. »Und am sinnlosesten sind jene Gemetzel, die nur die eigene Gier befriedigen.« Gavin atmete scharf ein, doch Luc stellte sich dicht vor seinen Vater und begegnete unnachgiebig seinem harten Blick. »Wie viele müssen noch sterben, bevor Eure Truhen ausreichend gefüllt sind?«

Gavins Augen sprühten vor Zorn, und er antwortete wie so oft mit der Faust. Luc hörte, wie Brianna leise aufschrie, als der Schlag seines Vaters ihn am Kinn traf.

Bei Gott, Gavins Kraft hatte mit seinem Alter leider nicht nachgelassen! Luc wollte weder seinem Vater noch Brianna den Gefallen tun und zeigen, wie schmerzhaft der Schlag war. Er wankte nur einen Schritt zurück, dann straffte er die Schultern und sah seinem Vater wieder fest in die Augen.

»Das war nicht halb so hart wie früher«, log er. »Gibt man Euch nicht genug zu essen?«

»Und doch schlägst du nicht zurück«, lachte Gavin höhnisch. »Du bist nicht besser als eine Frau.«

»Im Gegensatz zu Euch kann ich Gewalt nicht gutheißen.«

»Feigling!«

»Ich habe meinen Weg gewählt«, sagte Luc emotionslos. »Und ich werde ihm weiter folgen.«

»Du hast noch immer keine Vernunft angenommen, weißt du denn nicht, daß du dich besser vor mir fürchten solltest? Du hast dich wirklich kein bißchen geändert.«

Luc rollte mit den Augen. »Von Menschen wie Euch habe ich nichts zu befürchten«, sagte er und nickte demonstrativ Brianna zu, die mit großen Augen dastand. Sie war erschreckt und entsetzt über das, was sie in Gang gesetzt hatte. Dann wandte Luc sich wieder seinem Vater zu und brachte trotz der Schmerzen in seinem Kiefer ein kaltes Lächeln zustande. »Es sei denn, Ihr seid inzwischen so töricht geworden, daß Ihr Eure Taten vor Zeugen begeht.«

Gavin fuhr herum, erblickte die Prinzessin und fluchte. »Eines Tages«, grollte er mit drohendem Zeigefinger, »eines Tages werde ich dir deine Gelassenheit schon noch austreiben. Was hat dir dein verfluchter Scharfsinn denn bisher schon Gutes eingebracht?«

Luc verzog den Mund. »Ein Mann mit Verstand muß sich nicht mit Fäusten durchs Leben schlagen.«

Gavin sah aus, als wolle er seinen Ältesten erneut schlagen. Statt dessen schüttelte er jedoch den Kopf und schickte sich an zu gehen. Nach wenigen Schritten drehte er sich noch einmal mißtrauisch um. »Warum bist du dann eigentlich gekommen, wenn du nicht um die Braut kämpfen willst? Warum bist du meinem Gesuch überhaupt gefolgt?«

Luc zog eine Braue hoch und sagte mit einem ironischen Unterton in der Stimme: »Ich wünschte nur, mit Euch zu sprechen, Vater.«

So erstaunlich sich diese Antwort auch anhören mochte, sie entsprach der Wahrheit.

Gavin runzelte die Stirn. »Mit mir? Warum? Das ist doch Unsinn!« Entrüstet stieß er den Finger durch die Luft. »Mein Schreiben hat die Situation doch ganz klar beschrieben!«

»Aber ebenso deutlich ging daraus hervor, daß Ihr ein altes Versprechen brechen wollt.« Entschlossen begegnete Luc dem Blick seines Vaters. »Ich bin lediglich gekommen, um Euch daran zu erinnern, daß Ihr einst mir Euer Wort gegeben habt.«

Obwohl Gavin Lucs Blick standhielt, stieg eine leichte Röte seinen Hals empor. »Ich kann mich nicht an jedes Wort erinnern, das ich vielleicht einmal fallengelassen habe, um ein Kind zu beschwichtigen«, schnauzte er.

»Es war kein Zugeständnis, und das wißt Ihr sehr wohl«, erwiderte Luc mit schneidender Stimme. »Ihr habt mir Llanvelyn versprochen, sobald eine Dekade verstrichen sein würde. Elf Jahre sind seitdem vergangen, und ich habe das Siegel von Llanvelyn noch immer nicht erhalten.«

Er streckte die Hand aus.

Gavin starrte auf Lucs ausgestreckte Hand, und seine Lippen verzogen sich zu einem schmalen Strich, dann schüttelte er energisch den Kopf. »Llanvelyn! Warum machst du dir nur so viel aus diesem unbedeutenden Baronat in Wales?« Er wies auf Tullymullaghs hohen Bergfried. »Hiernach sollte ein stolzer Mann trachten! Das hier ist ein Ziel, nach dem all dein Streben gerichtet sein sollte!«

»Das hier ist ein Preis, den Ihr für Burke aufbewahren könnt«, erwiderte Luc fest. »Ich verspüre kein Verlangen danach.«

Seltsamerweise schwang ein Hauch von Unaufrichtigkeit in diesen Worten mit, doch Luc blieb stur bei seiner Meinung.

»Llanvelyn ist armselig.«

»Es war mir versprochen.« Luc trat einen Schritt zurück. »Was ist ein Ehrenwort heutzutage noch wert, Gavin Fitzgerald?« fragte Luc und zog eine Augenbraue hoch. »Doch sicher nicht weniger, als ich verlange?«

Zornentbrannt starrte Gavin seinen Sohn an, immer wieder ballte er die Fäuste. Eine Weile sagte keiner etwas, und Luc spürte Briannas gespannte Blicke.

»Ich schulde dir gar nichts«, knurrte Gavin schließlich.

»Aber ich würde Euch doch von einer Last befreien, Vater, von einem Landbesitz, der Euch an schwierigere Zeiten erinnert.« Luc grinste. »Und an eine gewöhnlichere Herkunft als Euch heutzutage noch lieb ist.«

Ein gerissenes Lächeln glitt über Garvins Gesicht. »Zieh in den Wettstreit, und ich werde dir Llanvelyn übertragen, ob du nun gewinnst oder verlierst.«

Luc seufzte. »Ein weiteres Versprechen, das Ihr brechen könnt? Nein, Ihr hättet Euer Wort schon längst einlösen müssen. Gebt mir auf der Stelle das Siegel.«

Ärgerlich verzog Gavin den Mund. »Ich weiß ja gar nicht, ob du überhaupt ein geeigneter Herr für Llanvelyn bist?«

Luc enthielt sich eines Kommentars über Gavins verspätetes Interesse am Zustand seines ersten Landbesitzes. »Ihr könnt Euch selbst davon überzeugen. Das Land gedeiht sehr gut.«

Gavin verbarg seine Abscheu nicht. »Ich werde mich nicht noch einmal mit dem Anblick dieses erbärmlichen Ortes belasten.«

»In den Augen Eures Vaters war Llanvelyn ein erstrebenswerter Besitz für einen ehrgeizigen Mann«, setzte Luc hinzu.

Gavin rümpfte die Nase. »Mein Vater war ein bedauernswerter Mann, der nichts von der Welt verstand. Ein Mann mit jämmerlichen Ambitionen.« Verächtlich sah er Luc an. »Vielleicht ist es ja sein Blut, das in deinen Adern fließt.«

Luc meinte sehr wohl zu wissen, von wem er seine Fehler geerbt hatte, doch er biß sich auf die Zunge. Er hatte seinen Vater bereits zur Genüge provoziert.

Gavin winkte ab. »Aber in einem Punkt hast du recht. Erst der Erlaß des Königs hat dich und Rowan überhaupt in diesen albernen Wettstreit hineingezogen.« Er seufzte und betrachtete voller Stolz den steinernen Bergfried. »Allein Burke würde einen angemessenen Herren für Tullymullagh abgeben.«

Eigenartigerweise mißfiel Luc diese Behauptung. Daß Gavin seine Fähigkeiten nicht anerkannte, hatte ihn doch noch nie geärgert. Nun aber konnte er sich des Gedankens nicht erwehren, daß er die gleiche Ausbildung genossen hatte wie sein Bruder und mindestens über ebenso viel Wissen verfügte, um einen Besitz wie Tullymullagh regieren zu können.

Luc sah zu der Prinzessin hinüber, die mit großen Augen und leicht geöffneten Lippen dastand, und erinnerte sich sogleich an den zärtlichen Kuß, den er ihr gegeben hatte.

Ein Kuß, den Burke höchstwahrscheinlich immer wieder und wieder kosten würde. Diese Vorstellung verärgerte Luc nur noch mehr, doch er verdrängte den Gedanken.

Er hatte wirklich kein Interesse an einer verwöhnten Prinzessin.

Brianna würde sich sowieso für Burke entscheiden.

»Und das Siegel von Llanvelyn?« forderte er scharf.

Gavin runzelte die Stirn und seufzte. »Wenn Tullymullagh Burke endgültig übertragen worden ist«, räumte er widerwillig ein, »dann soll das Siegel von Llanvelyn dein sein. Keinen Tag früher.«

Zu Lucs Überraschung stellte ihn dieses Zugeständnis nicht

zufrieden. Sicherlich lag es daran, daß sich erst noch erweisen mußte, ob sein Vater das Versprechen überhaupt halten würde. Erst, wenn er das Siegel tatsächlich in Händen hielt, würde Luc wissen, ob seine Bemühungen erfolgreich gewesen waren.

Er verneigte sich vor seinem Vater. »Ich danke Euch für Eure Großzügigkeit.«

Zur Antwort verzog Gavin zornig den Mund. »Bedanke dich nicht, Luc. Und gib mir bloß nicht die Schuld, wenn du als alter Greis einmal bereust, das alles hier verschmäht zu haben.« Streng sah er seinen Sohn an, bevor er sich abwandte: »Llanvelyn ist und bleibt ein armseliges Stück Land.«

Ohne Brianna überhaupt zu beachten, humpelte Gavin aus dem Obstgarten und ging über den Burghof zum Saal.

Aber Gavins Verschwinden erweckte Brianna zum Leben. Die Augen voller Sorge weit aufgerissen, rannte sie durch den Obstgarten auf Luc zu. Obwohl es ihm zuwider war, daß sie ihm ihren Willen aufzwingen wollte, stockte Lucs abtrünniges Herz, als sie näher kam.

»Hat er Euch sehr weh getan?« fragte sie atemlos und blieb ein paar Schritte von Luc entfernt stehen, als traue sie sich nicht recht an seine Seite. Brianna war tatsächlich um sein Wohlergehen besorgt, auch wenn sich Luc das kaum vorstellen konnte.

Dennoch begann sein Herz schneller zu schlagen.

Luc machte eine Grimasse und fuhr mit der Zunge über die Zähne, um sich zu versichern, daß alle noch an ihrem Platz waren. Dann spuckte er ins Gras und bemerkte erleichtert, daß kein Blut in seinem Speichel war. »Nein. Seine Kraft hat wirklich nachgelassen.«

Brianna seufzte, und Luc fragte sich, ob dies ein Zeichen ihrer Erleichterung war. »Ich kann einfach nicht fassen, daß er Euch geschlagen hat!« rief sie.

Luc schaute sie ironisch an. »Wo es doch lediglich Eure Absicht war, daß er mich zum Tor hinausbefördert.«

Brianna errötete und senkte schuldbewußt den Blick. Doch das genügte Luc als Bestätigung.

Trotzdem war es ihm noch immer ein Rätsel, weshalb die Prinzessin ihn unbedingt loswerden wollte. Brianna benetzte die Lippen und richtete dann plötzlich ihren durchdringenden Blick auf Luc. »Es ist entsetzlich, wie er Euch behandelt! Seid Ihr nicht sein ältester Sohn?«

Er zuckte mit den Schultern. »Aber weder sein Lieblingssohn noch das Ergebnis einer heißen Leidenschaft. Wirklich, es gibt niemanden, den er lieber schlägt.« Die Prinzessin blickte ihn noch immer fassungslos und besorgt an. Luc lächelte schief. »Ich erinnere ihn nun mal an seine Herkunft, die er lieber heute als morgen vergessen würde.«

»Oh!« Prüfend kniff sie die Augen zusammen. »Seid Ihr etwa ein Bastard?«

Anstatt ihr eine Antwort zu geben, verschränkte Luc die Arme vor der Brust und musterte die junge Frau eingehend. »Ihr seid heute morgen voller Fragen, Mylady. Ist das ein weiterer Bestandteil Eures Plans, um mich aus Tullymullagh zu vertreiben?«

Wie am Abend zuvor erschienen zwei rote Flecken auf ihren Wangen, doch dieses Mal wandte Brianna sich nicht verlegen ab. »Ich möchte einfach nur mehr über Euch erfahren«, erklärte sie tapfer.

Luc grinste. Er machte einen großen Schritt auf sie zu und bemerkte erfreut, wie ihre Augen erschrocken aufblitzten.

Doch Brianna wich nicht von der Stelle, obwohl sie offensichtlich versuchte, ihre Aufregung zu verbergen.

Unbeirrt schenkte Luc ihr sein gewinnendstes Lächeln. »Eine andere Antwort habe ich auch nicht erwartet«, sagte er sanft. »Da ich doch schließlich derjenige bin, den Ihr am liebsten mögt.«

Er beugte sich zu ihr hinunter, um ihr einen Kuß auf die niedliche kleine Nasenspitze zu geben, und schaute ihr tief in die Augen. Brianna rang auf überaus befriedigende Weise nach Luft. »Ist es nicht so, Mylady?«

Kapitel 5

Brianna starrte in Lucs leuchtendblaue Augen und schluckte. Ihr blieb keine andere Wahl, sie mußte lügen.

Erneut.

Die Dinge liefen wirklich nicht so, wie sie es sich vorgestellte hatte. Noch immer war es ihr nicht gelungen, Luc aus Tullymullagh zu vertreiben, und es hatte ihm auch nichts ausgemacht, von Gavin geschlagen zu werden.

Nur widerwillig gestand Brianna sich ein, daß sie Luc dafür bewunderte, wie er den Schikanen seines Vaters entgegentrat. Doch Bewunderung war das letzte, was sie für diesen Mann empfinden wollte!

Es ärgerte sie, daß Luc ihre innersten Gedanken lesen konnte, und dann hatte er sich auch noch die Frechheit erlaubt, sie auf die Nase zu küssen! Wie sollte sie überhaupt einen vernünftigen Gedanken fassen, wenn ihr Herz solche Kapriolen schlug?

Diese durchdringenden blauen Augen waren ihr gefährlich nah. Brianna atmete tief durch und schickte ein Stoßgebet gen Himmel, damit sie nicht vom Schlag getroffen würde, weil sie ihre Lüge wiederholte.

Vater Padraig predigte oft von den furchtbaren Strafen, die Gott den Lügnern auferlegte.

»Ja, ich mag Euch am liebsten«, brachte Brianna über die Lippen, obwohl ihr Hals wie zugeschnürt war. Sie hoffte, Luc würde ihr Erröten als ein Zeichen mädchenhafter Scham deuten. »Deshalb ist es doch nur natürlich, wenn ich neugierig bin, nicht wahr?« Brianna setzte ihr anmutigstes Lächeln auf, während sie sich verzweifelt fragte, ob Lucs flüchtiger Kuß sie wirklich so sehr verwirrt haben konnte.

Luc grinste breit, und Brianna wußte, daß er ihr nicht im geringsten glaubte. Sie hatte Neuland betreten. Aber sie war entschlossen, ihr Ziel dennoch weiterzuverfolgen.

Welche Folgen dies jedoch für sie haben würde, darüber wollte Brianna lieber nicht nachdenken.

»Und es ist ebenso natürlich, wenn man nicht gerne über seine Vergangenheit spricht«, entgegnete Luc sanft. Er trat noch näher an sie heran, doch Brianna wich hastig zurück.

Luc verringerte abermals die Entfernung zwischen ihnen, und Brianna verwünschte ihre Schwäche. Erneut floh sie nach hinten, und Luc nahm träge die Verfolgung auf, bis Brianna mit dem Rücken gegen einen Baumstamm stieß.

Wie töricht! Sie schloß die Augen und gab sich geschlagen, ganz sicher, daß Luc dicht vor ihr stehen würde, wenn sie die Augen wieder öffnete.

Doch er war ein paar Fuß von ihr entfernt stehengeblieben, und betrachtete sie. Sein Grinsen erinnerte Brianna an einen hungrigen Wolf auf der Jagd.

Obwohl sie doch eigentlich ihn in die Flucht hatte schlagen wollen! In ihrem Ärger spürte Brianna auch das Kästchen wieder, das gegen ihren Bauch drückte. Sie mußte Luc dazu bringen, den Obstgarten zu verlassen, aber das würde nicht genügen, denn er könnte sie auch vom Burghof aus beobachten. Er durfte nicht länger auf Tullymullagh bleiben! Wie würde sie nur das Blatt wenden können?

Luc hatte zugegeben, daß er nicht gerne über seine Vergangenheit sprach. Vielleicht würde Briannas Plan, ihn so lange auszufragen, bis er Tullymullagh freiwillig verließ, schließlich doch von Erfolg gekrönt sein!

Sie mußte es darauf ankommen lassen. Aber Lucs Nähe verwirrte Brianna, so daß sie unmöglich über eine Alternative nachdenken konnte.

Statt dessen mußte sie wieder an den Kuß unterm Sternenhimmel denken, der ihr durch Mark und Bein gegangen war.

Unwillig verbannte sie diese Erinnerungen aus ihren Gedanken und hob trotzig das Kinn, als habe sie schon die ganze Zeit über den Plan gehabt, zu diesem Baum zu flüchten. »Dann seid Ihr also tatsächlich ein Bastard?« erkundigte sie sich forsch.

Zu ihrer Enttäuschung schien ihre Frage Luc überhaupt nicht weiter zu stören. »So viele Fragen«, sagte er amüsiert, »und dann auch noch an einen Mann, der nicht geneigt ist, Eure Neugier zu befriedigen.« Er schaute Brianna tief in die Augen. »Was machen wir da wohl am besten?«

Brianna atmete schwer ein, wie gebannt von seinem festen Blick. »Ihr müßt mir aber eine Antwort geben«, erklärte sie eilig. »Ich bin schließlich die Prinzessin von Tullymullagh.«

Zu ihrer Überraschung lachte Luc laut auf.

Es war ein volles, vergnügtes Lachen. Die vielen Fältchen um seine faszinierenden Augen verrieten, daß er nicht immer so ernst war. Brianna fand, daß dieses unbeschwerte Lachen Luc viel jünger aussehen ließ.

»Ich soll mich also Eurem Willen beugen, wie alle hier?« fragte er ruhig und zog skeptisch eine Augenbraue hoch.

Brianna räusperte sich, und obwohl sie wußte, daß diese Forderung noch nie zuvor so anmaßend geklungen hatte, sagte sie steif: »Das würde sich nur geziemen, als Anerkennung meines Standes.«

»Ah!« Luc ließ seinen Blick durch den Obstgarten schweifen, dann sah er Brianna offen an. »Vielleicht wäre es angemessener, wenn wir beide eine Abmachung träfen.«

Sein neckischer Tonfall warnte Brianna, daß sein Vorschlag, wie immer er auch lauten mochte, ihr nicht gerade gefallen würde. Ein überaus listiges Funkeln hatte sich nämlich in seine blauen Augen geschlichen.

Trotzdem war sie sehr neugierig.

»Was für eine Vereinbarung denn?« fragte sie argwöhnisch.

Ein flüchtiges Lächeln huschte über sein Gesicht, und Brianna wußte, daß ihm der mißtrauische Unterton in ihrer Stimme nicht entgangen war. »Ganz einfach«, sagte er leichthin. »Für jede Frage, die ich beantworte, bekomme ich einen Kuß von Euch.«

»Oh!« Brianna richtete sich auf, schon der bloße Gedanke daran ließ sie erschauern. Weshalb kribbelte es nur immer so beunruhigend in ihren Lippen, wenn sie an Lucs Kuß dachte! »Das wäre wohl kaum schicklich.«

Luc zuckte mit den Schultern. »Na gut, es war auch nur so eine Idee.« Er drehte sich um, zog sein Messer heraus und entfernte stirnrunzelnd einen Trieb von dem Apfelbaum.

»Aber was macht Ihr denn da?« rief Brianna, kein bißchen bereit hinzunehmen, mit welcher Bereitwilligkeit Luc sie vergaß.

Überrascht hob er den Kopf. »Ich muß sowieso auf Burkes Rückkehr warten, und in der Zwischenzeit kann ich doch ebenso gut etwas Nützliches tun«, erklärte er und wandte sich wieder dem Baum zu.

Brianna biß sich auf die Lippen. Damit war sie ganz und gar nicht einverstanden. Luc war weder in den Wettstreit ausgezogen, noch hatte Gavin es geschafft, ihn zum Gehen zu zwingen, und auch vor ihren neugierigen Fragen war er nicht geflohen.

Aus den Augenwinkeln betrachtete sie den jungen Mann, der offenbar ganz und gar in seine Arbeit vertieft war, und überlegte, was sie bloß tun sollte. Luc Fitzgavin würde sich ihr immer wieder unnachgiebig entgegenstellen.

Gab es denn gar kein Mittel, ihn aus der Fassung zu bringen? Freilich erwartete er nicht, daß sie sich mit seiner Abmachung einverstanden erklärte. Um ihr Ziel zu erreichen, würde sie doch bestimmt ein paar Küsse ertragen können, auch wenn bereits der Gedanke daran ihr Herz schneller schlagen ließ.

Aber könnte sie wirklich Fragen ersinnen, die diesen wortkargen Mann ernsthaft in Verlegenheit brachten?

Brianna hatte keine andere Wahl. Luc mußte Tullymullagh verlassen, koste es, was es wolle. Sie atmete tief durch und straffte entschlossen die Schultern. Luc sah erwartungsvoll zu ihr herüber, und Brianna fragte sich, ob sie ihm wirklich so gleichgültig war, wie er sie glauben lassen wollte.

Der Gedanke machte ihr Mut.

»Ich nehme Euren Vorschlag an«, sagte sie und sah befriedigt, wie Lucs Augen überrascht aufleuchteten. Es war nur ein flüchtiges Aufblitzen, doch Brianna hatte das vage Gefühl, ihrem Ziel einen Schritt nähergekommen zu sein.

Sie würde ihren Plan schon noch verwirklichen!

Beherzt trat sie vor und warf ihr blondes Haar zurück.

»Aber nur unter einer Bedingung.«

»Und die wäre?«

»Ihr müßt jede meiner Fragen vollständig und ehrlich beantworten und dürft nicht mehr so einsilbig sein wie bisher.«

Luc war zutiefst getroffen, sein Blick wurde eisig. »Wollt Ihr damit etwa sagen, daß ich keine edle Gesinnung habe?« fragte er kalt.

Brianna nahm die gleiche Haltung ein. »Ihr nennt Euch immerhin einen gefallenen Ritter!«

Luc starrte sie einen Augenblick lang an, murmelte etwas Unverständliches und schüttelte den Kopf. Dann senkte er den Blick, doch Brianna hatte das eigenartige Leuchten in seinen Augen gesehen. »Also gut«, sagte er mit frostiger Stimme, die Brianna unwillkürlich erschauern ließ.

War sie etwa eine törichte Vereinbarung eingegangen? Überraschenderweise kümmerte das Brianna eigentlich gar nicht.

Luc schaute ihr wieder fest in die Augen, und Brianna hörte nur noch seine aus tiefster Seele überzeugten Worte. »Ich verspreche Euch, Mylady, jede Eurer Fragen so vollständig zu beantworten, wie ich es vermag.«

Brianna vertraute Luc. Die entschiedene Linie um seinen Mund und die Aufrichtigkeit in seiner Stimme bestärkten sie, ihm zu glauben. In diesem Augenblick war er trotz seiner gewöhnlichen Gewänder ein fest entschlossener Ritter, und sie erkannte seine außergewöhnliche Willensstärke. Einst mußte er ein furchterregender Ritter gewesen sein.

Was hatte ihn nur dazu veranlaßt, die Sporen abzulegen? Er mußte wirklich einen schwerwiegenden Grund gehabt haben.

Ihre Augen weiteten sich. Hier lag mit Sicherheit eine Geschichte verborgen, die er ihr nicht ohne weiteres offenbaren würde! Brianna öffnete den Mund, um ihre Frage zu stellen, doch Luc legte ihr einen Finger auf die Lippen.

Seine rauhe Haut fühlte sich warm an. Brianna konnte sogar in dieser sanften Berührung Lucs Kraft spüren und mußte unvermittelt an die besitzergreifende Art denken, mit der er in der letzten Nacht ihre Taille umfaßt hatte. Doch dann blickte sie in seine tiefblauen Augen und vergaß alles um sich herum.

Plötzlich gewahrte sie wieder dieses Leuchten in Lucs Augen und wußte, daß sie auf die nächsten Worte dieses unberechenbaren Mannes gefaßt sein mußte. Langsam nahm er den Finger von ihren Lippen, und Brianna überlegte, ob er nicht vielleicht doch ihre Gedanken lesen konnte.

Oder das Kribbeln spürte, das seine Berührung in ihr ausgelöst hatte.

»Ich glaube, Mylady«, sagte Luc freundlich, »die Punkte stehen zu meinen Gunsten.«

Brianna rang verblüfft nach Atem. »Aber wir haben die Abmachung doch gerade erst geschlossen!«

»Und uns gerade erst kennengelernt.« Luc zuckte mit den

Schultern. »Es ist doch sicher nur recht und billig, Buch zu führen, nicht wahr?«

»Ihr! Ihr seid wirklich unverfroren!«

Luc grinste. »Ihr hingegen nicht?«

Brianna errötete und suchte vergeblich nach einer Rechtfertigung. Wirklich, dieser Mann kehrte jedes ihrer Worte gegen sie. »Das ist etwas ganz anderes!« erklärte sie schließlich.

»Ach! Nur weil Ihr eine Prinzessin seid und ich kein Prinz? Oder weil Ihr eine Frau seid und ich ein Mann?« sagte Luc heftig, und Brianna dachte bei sich, daß er sie daran nun wirklich nicht erinnern mußte.

Sie war sich ihrer Weiblichkeit noch nie so stark bewußt gewesen, wie in der Gegenwart dieses Mannes. Er schien etwas in ihr erweckt zu haben, das bisher geschlummert hatte. Doch Brianna beschloß trotzig, sich nicht das geringste anmerken zu lassen.

Wenn es ihr doch bloß auch gelingen würde. Vielleicht war sie lediglich in ein Alter gekommen, in dem die Reize von Männern sie leichter beeindruckten. Es konnte einfach nichts mit diesem Mann zu tun haben. Er war viel zu unverschämt!

Brianna sah Luc an und zählte an den Fingern die Küsse ab, die er ihr bereits gegeben hatte. »Ihr habt mich gestern abend geküßt«, begann sie, »und ein weiteres Mal heute morgen.«

»Ich?« Luc stellte sich unschuldig. »Ihr habt dem Kuß gestern doch zugestimmt.«

Ärgerlich verzog sie den Mund. »Aber Ihr habt ihn von mir gefordert!«

Luc schüttelte den Kopf. »Und er war für Euch wahrlich eine schwere Bürde.« Brianna wollte leidenschaftlich zustimmen, doch Luc zog spöttisch eine Augenbraue hoch, und sie erkannte, daß sie ihn nicht hatte täuschen können.

»Er zählt«, sagte sie statt dessen beharrlich.

»Aber nicht der von heute«, gab er zurück. »Das war ja nur ein ganz flüchtiger Kuß.«

»Aber es war ein Kuß«, behauptete Brianna eisern. »Und ich verlange, daß er gezählt wird.«

»Also gut«, lenkte Luc plötzlich so bereitwillig ein, daß Brianna mißtrauisch wurde. Nun hob er seinerseits die Hand. »Und jetzt zählen wir Eure Fragen. Gestern abend allein ...« Er verdrehte die Augen. »O Mylady, wirklich, ich kann mich gar nicht mehr an alle erinnern, es waren so viele.« Er sah sie mit gespielter Verzweiflung an. »Sollen wir ein Dutzend sagen, der Einfachheit halber?«

Brianna spürte, wie ihre Wangen glühten. Sie hatte ihm am vergangenen Abend tatsächlich sehr viele Fragen gestellt. »Nein! Es wäre ungerecht, sie alle zu zählen!« rief sie hitzig. »Wir beginnen erst bei dem Kuß.«

Luc runzelte die Stirn. »Oh, ich bin mir nicht sicher, ob das richtig ist, Mylady, schließlich ...«

»Schließlich habt Ihr heute bereits oft genug Euren Willen durchgesetzt«, unterbrach Brianna ihn abrupt und setzte eine strenge Miene auf. »Ihr seid wirklich der schamloseste Mensch, dem ich je begegnet bin.«

Luc grinste. »Auch wenn meine Umgangsformen ein wenig zu wünschen übrig lassen, könnte ich das Kompliment ebensogut an Euch zurückgeben, Mylady«, sagte er neckisch.

»Ich falle niemandem zur Last!«

»Bestimmt nicht denjenigen, die Euch auf der Stelle gehorchen, darüber besteht kein Zweifel«, flachste Luc, ganz eindeutig zählte er sich nicht zu diesen Personen.

Sein zuversichtliches Lächeln ließ einen Schwarm Schmetterlinge in ihrem Bauch umherflattern, doch Brianna versuchte dieses Gefühl zu ignorieren. Was für ein entwaffnender Mann!

Sie atmete tief durch und sah Luc herausfordernd an. »Wir beginnen die Liste mit dem Kuß von gestern abend«, entschied sie.

»Und was ist mit Euren Fragen von heute morgen?«

»Einverstanden.« Brianna lächelte triumphierend, sicher, daß sie bei dieser Rechnung im Vorteil war.

»Dann laßt uns mal sehen«, grübelte Luc und tippte die Zeigefinger gegeneinander. »Ihr habt gefragt, ob ich verletzt sei«, sagte er und sah sie eindringlich an.

Tatsächlich. Brianna zog die Nase kraus. Das hatte sie schon ganz vergessen, doch selbst wenn sie diese Frage zuließ, würde die Rechnung noch immer zu ihren Gunsten aufgehen. Sie nickte stumm.

Luc streckte zwei Finger in die Höhe, und Brianna betrachtete seine schlanken, sehnigen Hände, doch als ihr bewußt wurde, daß sie ihn anstarrte, wandte sie ihren Blick rasch ab. »Und Ihr wolltet wissen, ob ich nicht Gavins ältester Sohn bin.«

»Das zählt nicht! Das wußte ich bereits!«

»Weshalb habt Ihr mich dann gefragt?« erkundigte sich Luc freundlich. Das Leuchten seiner Augen verriet, daß ihm klar war, wie recht er hatte, und Brianna verwünschte ihre eigene Dummheit.

Beim nächsten Mal würde sie besser aufpassen. Sie würde diesen lästigen Mann mit seinen eigenen Waffen schlagen.

Oder bei dem Versuch sterben.

Zähneknirschend sagte sie: »Ja, das habe ich gefragt.«

Luc grinste und streckte den dritten Finger hoch. »Und ich habe ebensowenig Eure Frage vergessen, ob ich ein Bastard sei, Mylady.«

Wahrhaftig, das stimmte! Erinnerte sich dieser Mann denn an alles?

Am Ende hatte sie einer geradezu tollkühnen Abmachung zugestimmt.

Nein! Sie würde die Sache schon durchstehen.

Luc senkte die Stimme. »Wollt Ihr eigentlich wirklich eine Antwort auf diese Frage, meine holde Dame?« fragte er so sanft, daß Briannas Knie ganz weich wurden.

Und sein Blick war geradewegs auf ihren Mund gerichtet.

Es war ganz offensichtlich, welchen Preis ihre Antwort haben würde.

Brianna wollte protestieren, doch sie brachte keinen Ton heraus. Sie spürte, wie sie feuerrot anlief, starrte in Lucs Augen und gestand sich ein, daß sie Lucs Kuß stärker begehrte als seine Antwort.

Doch das war Unsinn!

Trotzdem nickte Brianna, noch bevor sie sich fragen konnte, ob diese impulsive Entscheidung vernünftig war. Lucs Augen leuchteten wie Saphire, als er sich über sie beugte und zum zweiten Mal sanft Briannas Lippen eroberte.

Sein Kuß schmeckte ebenso verführerisch wie in der Nacht zuvor. Zärtlich wanderte Lucs Zunge über Briannas Lippen, als wolle er sie dazu überreden, es ihm gleichzutun. Seine Finger lagen unter Briannas Kinn, dann glitten sie ihren Hals hinunter und hinterließen ein Kribbeln, das ihr den Atem nahm.

Seine Zärtlichkeit war unwiderstehlich. Als Brianna dem sanften Drängen seiner Zunge nachgab und den Mund öffnete, drückte Luc sie so heftig an sich, daß ihr Herz wie rasend klopfte. Er küßte sie so innig, daß ihr Hören und Sehen verging.

Sie stellte sich auf die Zehenspitzen, und ihre Hände fanden seine breiten Schultern. Etwas in Lucs Liebkosung, vielleicht war es die Art, wie er auf ihre Erlaubnis wartete, bevor er fortfuhr, oder die sanfte Umarmung, gab Brianna die Gewißheit, daß sie aufhören konnte, wann immer sie wollte.

Der Gedanke daran erfüllte Brianna hingegen nur mit dem unbändigen Wunsch nach mehr. Sie erschauerte, und eine unbekannte, wohlige Wärme breitete sich in ihrem Bauch aus, als Lucs warme Zunge sie liebkoste. All diese Gefühle waren so neu für sie und erschienen ihr noch wunderbarer als das, was sie bei Lucs erstem Kuß empfunden hatte.

Als er endlich den Kopf hob und ein wenig zurücktrat, mußte

Brianna sich eingestehen, daß sie ein wenig enttäuscht war. Der Kuß hätte ruhig noch länger dauern können. Luc atmete scharf ein, und das lebhafte Blau seiner Augen ließ ihr Herz wie wild schlagen. Luc schien die Zähne zusammenzubeißen.

War es denn möglich, daß der Kuß auch ihn nicht ganz kaltgelassen hatte?

Natürlich bedeutete Brianna das eigentlich nichts, und sie verwarf den Gedanken sogleich wieder. Dieser Mann sollte endlich ausziehen, damit sie sein Geschenk verschmähen konnte. Ihr einziger Wunsch war, daß ihr Vater wieder die Oberhoheit über sein Reich zurückbekam.

Mit dem größten Vergnügen würde sie Luc so lange behelligen, bis er Tullymullagh endlich verließ.

Obwohl seine feurigen Blicke Brianna durchaus dazu bringen konnten, all ihre guten Vorsätze zu vergessen.

Oder ihnen jedenfalls weniger Gewicht beizumessen. Was ihr für wunderliche Einfälle kamen, wenn Luc sie küßte! Sollte es etwa das Schicksal aller heiratsfähigen Frauen sein, bei der bloßen Berührung eines Mannes die Besinnung zu verlieren?

»Hier ist Eure Antwort«, sagte Luc mit einem schiefen Lächeln. »Ich bin kein Bastard, Mylady, aber sozusagen das Produkt einer Beziehung aus Pflichtbewußtsein.«

Brianna runzelte verständnislos die Stirn, doch Luc fuhr gedankenverloren mit dem Daumen ihre Lippen entlang. Gebannt betrachtete er die Linien ihres Mundes und schluckte.

An Briannas Mundwinkel hielt der Daumen kurz inne, dann beschrieb er denselben Weg zurück. Brianna konnte sich weder rühren noch wegschauen.

Sie sah, wie sich Lucs Nasenflügel leicht blähten, und wußte instinktiv, daß nicht nur ihr Herz raste.

»Keine Angst, Mylady«, sagte Luc weich, »Ihr sollt die vollständige Antwort erhalten. Das habe ich Euch versprochen.«

Er lächelte sie an, Brianna wurde ganz flau.

»Mein Großvater, Gavins Vater, wußte, daß sein einziger Sohn Ambitionen hatte, die weit über die Sattlerei der Familie hinausgingen«, erzählte Luc. »Als Gavin das erste Mal in den Krieg auszog – wie so viele in Wales auf der Seite von Mathilde, der Mutter von König Heinrich –, ließ mein Großvater alle seine Beziehungen spielen, um die weltlichen Wünsche meines Vaters zu erfüllen.«

Luc schüttelte den Kopf, seine Stimme war nur noch ein vertrauliches Flüstern. Noch immer fuhr er mit dem Daumen bedächtig ihre Lippen entlang, und Brianna durchlief ein Schauer. Ihr Blick hing an Lucs Lippen, gierig nahm sie jede kleine Veränderung seiner Züge auf.

»Es erfüllte ihn mit großem Stolz, als ein unbedeutender Baron aus der Gegend, der Baron von Llanvelyn, schließlich zustimmte, seine einzige Tochter mit Gavin zu vermählen. Der Baron war bereits sehr alt. Es herrschten unruhige Zeiten in Wales, und viele Adlige waren nicht aus dem Krieg zurückgekehrt. Zweifellos wußte er die Aussicht zu schätzen, daß nicht nur die Zukunft seiner Tochter gesichert war, sondern er auch einen kampferprobten Erben bekommen würde, der im Ernstfall sein Land beschützen könnte.«

Grimmig zog Luc die dunklen Augenbrauen zusammen. »Wie Ihr Euch denken könnt, erschien Gavin Llanvelyn viel zu schäbig. Der Heiratsvertrag war jedoch bereits unterschrieben, und zwischen Vater und Sohn entbrannte ein erbitterter Streit. Es ist bezeichnend für den Charakter meines Vater, daß er erst in die Vermählung einwilligte, als der alte Baron plötzlich verschied.«

»Und er dessen Platz einnehmen konnte«, fügte Brianna hinzu.

Luc sah sie traurig an und nickte. Ein anerkennendes Leuchten lag in seinen Augen, als gefiele ihm ihr schneller Verstand, und Brianna spürte, wie sie verlegen wurde.

»Sobald die Ehegelübde abgelegt waren, wurde Gavin zum Baron von Llanvelyn ernannt. Doch er hatte noch immer kein Interesse an dem Land und eilte zurück in den Krieg, mit der Hoffnung auf größere Gewinne.« Luc lächelte reuevoll. »Ich war das Ergebnis der Hochzeitsnacht.« Er verzog den Mund. »So wie der Tod meiner Mutter die Folge meiner Geburt war. Gavin ließ sich jedoch nicht dazu herab, zu bleiben oder zumindest für eine gewisse Zeit zurückzukehren.«

Brianna schwieg betroffen, Luc ließ die Hand fallen und trat zurück, er hatte ihre Frage mehr als ausführlich beantwortet. Brianna zitterte plötzlich, als sie die Wärme seines Körpers nicht mehr spürte. Luc hatte sich von ihr abgewandt und strich mit der Hand über die Rinde des Baumes, als sei er in Gedanken bereits wieder bei der Arbeit, die er verrichten wollte.

Doch sein zorniger Gesichtsausdruck verriet Brianna, daß die Erinnerung Luc stärker berührt hatte, als er wahrhaben wollte.

Brianna verspürte das starke Bedürfnis, ihn zu trösten. Wie furchtbar mußte die Gewißheit sein, daß man unerwünscht war, wenn man die eigene Mutter nie gesehen hatte und von seinem Vater immerzu vernachlässigt wurde. Luc mußte in der Obhut von Bediensteten aufgewachsen sein.

Wie vollkommen anders hatte dagegen Brianna ihre Kindheit verlebt, von allen Seiten verhätschelt und umsorgt und stets von der Liebe ihrer Eltern umgeben. Und ihre Mutter fehlte Brianna sehr. Sie schaute zu Evas Grab und erinnerte sich plötzlich wieder an ihre eigentlichen Absichten.

Luc durchkreuzte schließlich noch immer ihre Pläne. Brianna preßte die Lippen aufeinander. Sie mußte ihn vertreiben und kein Mitleid mit ihm haben! Durch seine Gegenwart verhinderte er, daß sie Evas Briefe verstecken und damit das Versprechen, das sie ihrem Vater gegeben hatte, einlösen konnte.

In dieser Hinsicht war sein Zorn der hoffnungsvollste Augenblick des Tages gewesen.

Plötzlich warf Luc ihr einen heiteren Blick zu. Er hatte seine zuversichtliche Art wiedergefunden, wie Brianna empört bemerkte, und sie wünschte von ganzem Herzen, diesem Mann das Leben ebenso schwer machen zu können wie er ihr.

Doch sein Blick rief schon wieder ein Kribbeln in ihren Lippen hervor.

»Das war Eure Antwort, Mylady.« Luc schaute unverblümt auf ihre Lippen, als könne er erkennen, wie sehr sie brannten. »Es sei denn, Ihr habt weitere Fragen?«

»Nein!« Brianna eilte davon, die Gedanken wirbelten ihr nur so im Kopf herum. Obwohl sie genau wußte, welche Frage sie ihm stellen wollte, mußte Brianna erst neue Entschlußkraft sammeln, bevor sie einem weiteren Kuß dieses Mannes standhalten könnte.

Doch sie würde wiederkommen.

Wenige Schritte von Luc entfernt blieb sie abrupt stehen, ihr Stolz hinderte sie daran, einfach zu gehen. Luc sollte nicht denken, daß sie vor ihm floh! »Wollt Ihr nicht hineingehen, um ein Frühstück einzunehmen?« fragte sie.

Er schüttelte den Kopf. »Nein. Es gibt hier viel Arbeit, und das beste ist, ich beginne jetzt gleich damit.«

Ungeduldig runzelte Brianna die Stirn. »Seid Ihr sicher, daß Ihr den ganzen Tag hierbleiben wollt?«

Luc sah erst sie und dann den Baum an: »Ja, ganz sicher. Die Tage sind in dieser Jahreszeit schon ziemlich kurz, und man muß das Licht ausnutzen.«

Damit war sie ganz und gar nicht einverstanden!

»Aber Ihr müßt doch etwas zu Euch nehmen!« verlangte sie.

Er zuckte gleichgültig mit den Schultern. »Denis wird mir bestimmt einen Burschen schicken können, der mir etwas zu essen bringt.«

Brianna stampfte mit dem Fuß auf. »Nein! Das geht nicht! Ihr müßt nach oben in den Saal kommen.«

Luc hob den Kopf und sah sie prüfend an. Brianna wäre am liebsten im Erdboden versunken, wie hatte sie nur derart die Beherrschung verlieren können, krampfhaft suchte sie nach einer glaubwürdigen Erklärung.

»Es geziemt sich nicht für Euch, wie ein Tagelöhner im Freien zu essen«, sagte Brianna. »Ihr seid schließlich Gast auf Tullymullagh.« Sie setzte ihr bezauberndstes Lächeln auf und hoffte inständig, daß Luc ihr nur dieses eine Mal die Lüge abnehmen würde. »Das kann ich unter gar keinen Umständen erlauben.«

Zu Briannas Bestürzung kam Luc näher, und sie hatte das ungute Gefühl, daß es ihr wieder nicht gelungen war, ihn zu täuschen. »Tatsächlich?« fragte er ein wenig gereizt. »Eure Bedenken sind absolut unangebracht, Mylady, denn ich bin solche Arbeit gewohnt.«

Brianna hätte sich am liebsten seinem festen Blick entzogen, doch es gelang ihr irgendwie, sich nicht von der Stelle zu bewegen. »Das ist doch aber nicht nötig«, sagte sie endlich. »Bitte, kommt nach oben in den Burgsaal und nehmt eine Mahlzeit zu Euch.«

Luc stand die Skepsis ins Gesicht geschrieben. »Mylady, wenn ich nicht wüßte, daß Ihr mich eigentlich loswerden wollt, könnte ich noch zu dem Schluß gelangen, daß Ihr heute vor allem beabsichtigt, mich aus dem Obstgarten zu locken.«

Brianna stockte der Atem, sie wußte, daß sich ihre Augen weiteten, und brachte nicht ein Wort des Protestes über die Lippen.

»Die einzige Frage wäre *warum*?« Luc sah sich im Obstgarten um, als könne er dort die Antwort auf seine Frage finden. Als sein Blick auf Evas Grab fiel, verspürte Brianna einen Kloß im Hals.

Er sah sie durchdringend an. »Und wer wurde hier zur letzten Ruhe gebettet?«

»Meine Mutter«, stieß Brianna atemlos hervor, hastiger, als

ihr lieb war. Sie zwang sich zu einem Lächeln. »Der Garten war ihr Lieblingsplatz.«

Luc musterte sie prüfend, und Brianna hatte das Gefühl, nichts vor ihm verbergen zu können. »Und was ist mit Euch?«

»Ich verstehe nichts von Bäumen.«

»Wenn Ihr möchtet, könnte ich es Euch lehren.«

Briannas Herz hüpfte vor Freude. Natürlich nur, weil dies eine großartige Möglichkeit war, Luc weiterhin zu behelligen. Zunächst mußte sie sich jedoch zurückziehen, damit sie sich ein wenig sammeln konnte.

Dieser Mann hatte sie heute morgen vollkommen durcheinandergebracht. »Das ist sehr freundlich von Euch.« Fieberhaft suchte Brianna nach einer glaubwürdigen Entschuldigung, um ihn mit seiner Arbeit allein lassen zu können, und sagte das erste, was ihr in den Sinn kam. »Aber ich habe noch einige Verpflichtungen in der Küche.«

Luc unterdrückte ein Grinsen und meinte mit gespielter Überraschung: »Sieh mal einer an! Eine Prinzessin muß in der Küche arbeiten? Ich dachte immer, Tullymullagh sei ganz gut mit Bediensteten ausgestattet.«

Verärgert bemerkte Brianna, wie schnell sie errötete, Luc ließ sie einfach nicht entkommen. Obwohl es in gewisser Weise auch erfrischend war, nicht immer so leicht die Oberhand zu gewinnen. Aber darüber wollte sie jetzt nicht nachdenken.

»Es müssen verschiedene Entscheidungen gefällt werden«, sagte sie beherzt, »über das heutige Mahl.«

»Und mir war, als hätte ich bereits Bratenduft gerochen«, sagte Luc nachdenklich. »Wie merkwürdig.«

Brianna biß die Zähne zusammen und unterdrückte das Verlangen, etwas nach ihm zu werfen. »Dann eben für morgen.«

Luc grinste sie so belustigt an, daß sie fast der Mut verließ. »Natürlich«, sagte er, und seine Stimme verriet, daß er weit davon entfernt war, ihr zu glauben.

Brianna stemmte entrüstet die Hände in die Hüften und sah ihn an. »Ich *habe* meine Pflichten.«

»Stickarbeiten?« fragte Luc mild, ohne Tadel in der Stimme.

Brianna öffnete den Mund und wollte ihm erklären, daß ihr das Sticken zuwider war, doch dann schloß sie ihn wieder.

Es stimmte tatsächlich, daß sie herzlich wenig tat, so ungern Brianna es auch zugab. Luc sah sie noch immer prüfend an, und sie fühlte sich zusehends unwohl in ihrer Haut.

»Lady Brianna!« rief plötzlich jemand. Sie fuhr herum und sah einen der Küchenjungen herbeilaufen.

»Lady Brianna, ich bitte Euch, kommt schnell, es herrscht großer Lärm im Saal!« erklärte er eilig. »Der Koch hat mich gebeten, Euch umgehend zu holen, Uther befindet sich in arger Bedrängnis, wegen der Unterbringung unserer neuen Gäste.«

Oh, Ismay.

Brianna stöhnte innerlich, als sie daran dachte, daß diese Furie am Morgen angekommen war, und empfand sogleich vollstes Mitgefühl für Uther. Sie konnte nur zu gut verstehen, wie sich der Verwalter, der immer alles ganz genau nahm, von den jüngsten Ereignissen überrumpelt fühlen mußte. Uther legte stets großen Wert auf korrekte Umgangsformen und einen peinlich genau geführten Haushalt.

Und er würde wohl beides in nächster Zeit missen müssen.

»Wir brauchen dringend Eure Hilfe!« bat der Junge.

Brianna warf Luc einen triumphierenden Blick zu, und er senkte den Kopf. »Ich möchte Euch nicht aufhalten, wenn so ausdrücklich nach Euch verlangt wird, Mylady«, murmelte er verschmitzt.

»Wenn die Pflicht Euch ruft.«

Ihre Blicke trafen sich, und Brianna hatte das Gefühl, als bliebe alles um sie herum stehen. Ein flüchtiges Lächeln huschte über Lucs Züge. Er wußte genau, daß nur der Zufall sie aus dieser Situation gerettet hatte, da war Brianna sich ganz sicher.

Beinahe hätte sie sogar zurückgelächelt, doch sie unterdrückte entschlossen ihre Erheiterung. Plötzlich war ihr klar, daß sie Lucs Angebot annehmen würde. Dann könnte sie mehr über diesen interessanten Mann erfahren, auch wenn der Preis ein oder zwei weitere berauschende Küsse waren.

Sie freute sich sogar ein wenig auf die Herausforderung. Doch jetzt durfte sie den armen Uther nicht länger mit Ismay allein lassen.

Brianna wandte sich um und lächelte den Jungen an. »Selbstverständlich. Der Koch hat recht. Gemeinsam werden Uther und ich schon eine Lösung finden und vielleicht sogar eine, die selbst Lady Ismays Vorstellungen entspricht.«

Die Erleichterung war dem Jungen deutlich anzusehen. »Ich danke Euch, Lady Brianna!« sagte er mit einer tiefen Verbeugung. »Sie sind im Saal, kommt, wir sollten uns beeilen.«

Während sie den Burghof überquerten, spürte Brianna Lucs Blick im Rücken. Es war leider nur allzu wahr, daß sie so gut wie gar keine Arbeit auf Tullymullagh verrichtete. Das mußte sich endlich ändern. Sie war schließlich kein Kind mehr und könnte sicherlich mehr für den Bergfried tun als sticken.

Eines Tages würde sie ganz bestimmt allein einen Haushalt führen müssen. Auf Tullymullagh würde man schließlich nicht ewig mit Uthers Tüchtigkeit rechnen können. Briannas Entschluß stand fest. Sie würde Lady Ismay beruhigen und danach Uther bitten, sie in alles einzuweisen.

Brianna konnte sich des Gedankens nicht erwehren, was Luc Fitzgavin wohl davon halten würde.

Luc beobachtete verstohlen, wie sich Lady Brianna in den Saal zurückzog. Von zwei Dingen war er fest überzeugt: Brianna wollte ihn loswerden, und sie war überaus erleichtert gewesen, ihn endlich allein lassen zu können.

Er wünschte nur, er wüßte, warum.

Außerdem zweifelte Luc nicht daran, daß sie die betörendste Frau war, der er je begegnet war. Ihr süßer Kuß war wie ein tückisches Gift und ihre Entschlossenheit reizend. Je mehr Gefallen Luc daran fand, sie zu überraschen, desto öfter gelang es der Prinzessin, ihn zu verblüffen.

Er hätte nie im Leben geglaubt, daß sie sein spontanes und kühnes Angebot akzeptieren würde. Doch nachdem er mit Brianna diese Vereinbarung einmal getroffen hatte, bereitete es ihm beträchtliche Schwierigkeiten, sich auf das Zurückschneiden der Bäume zu konzentrieren.

Er dachte an honigsüße Lippen und sah mit einem Auge immer wieder zum Eingang des Saals hinüber. Jedenfalls versprach die Zeit, bis Burke wiederkam, interessanter zu werden, als er erwartet hatte.

Der Gedanke an seinen Bruder brachte Luc auf den Boden der Tatsachen zurück, und voller Leidenschaft machte er sich wieder an die Pflege der Bäume. Heiraten war etwas für Dummköpfe, und Brianna war die richtige Braut für einen edlen Ritter, der den Wunsch hegte, einen Besitz wie Tullymullagh zu übernehmen.

Zum ersten Mal in elf Jahren erschienen Luc die Gründe, Schwert und Sporen niedergelegt zu haben, nicht mehr so zwingend wie bisher. Beinahe hätte er seinen Entschluß sogar in Frage gestellt.

Eine Frau war tatsächlich auf dem besten Weg, ihm den Kopf zu verdrehen.

Dabei hatte er doch geschworen, nie mehr an diesem Leben teilzunehmen. Ein Mann, der sein Wort nicht hielt, galt nichts auf dieser Welt – und Luc Fitzgavin war sehr stolz darauf, daß man ihm stets vertrauen konnte. Diese Lehre hatte er aus dem Leben seines Vaters gezogen, ebenso wie die Überzeugung, daß Heiraten eine Tollkühnheit war.

Warum sollte Luc nach allem, was er bisher erlebt hatte, plötzlich eine Ehe eingehen wollen?

Besonders wenn es sich um eine so eigensinnige Braut handelte wie Brianna von Tullymullagh? Nein, sie war keine Frau für ihn. Und dennoch gefiel es ihm, sie zu necken.

Und zu küssen. Diese Erkenntnis, wie auch das wachsende Gefühl, daß der Obstgarten ohne eine gewisse Prinzessin ziemlich langweilig war, verbesserten Lucs Laune auch nicht gerade.

Dennoch würde er Tullymullagh nicht verlassen. Schließlich wollte das die Prinzessin unbedingt. Und je länger er sich ihrem Willen widersetzte, desto größer war die Möglichkeit, daß sie zurückkam, um ihn zurechtzuweisen.

Allein diese Aussicht ließ Luc schließlich eine Melodie pfeifen. Er würde Augen und Ohren offenhalten und einfach auf Briannas unvermeidliche Rückkehr warten.

Und auch wenn Luc sich einredete, nur deshalb nach ihr Ausschau zu halten, weil er sich auf ein neues Wortgefecht mit der Prinzessin freute, wußte er doch tief in seinem Herzen, daß dies eine Lüge war. Lady Brianna verstand es wirklich, die Aufmerksamkeit eines Mannes auf sich zu ziehen.

Luc konnte nur hoffen, daß sie niemals die Wahrheit über seine Gefühle erriet.

Kapitel 6

Uther war kein glücklicher Mann.

Sein Herr hatte den Gaden für den ruchlosen Gavin räumen müssen – und Uther war der Ansicht, daß der alte König trotz allem das Recht hatte, dort zu wohnen. Es war eine Beleidigung, die der Verwalter nicht so leicht hinnehmen konnte.

Der Umzug hatte sämtlichen Beteiligten bereits genug Arbeit bereitet, doch zu allem Überfluß war Gavin auch noch ständig um die Männer herumgeschlichen und hatte den gesamten Vorgang gestört, wo er nur konnte. Es gefiel Uther ganz und gar nicht, wenn ein solches Durcheinander herrschte.

Gavin hatte mehrfach betont, er wolle sich lediglich vergewissern, daß ihn niemand hinterging, doch der Verwalter glaubte dem habgierigen Söldner nicht. Uther vermutete, daß Tullymullaghs neuer Herr es den Männern so schwer wie möglich machen wollte, Connors Besitztümer aus dem Gaden zu entfernen, damit dieser schließlich beschloß, einfach alles stehen zu lassen, was ihm in dem Raum lieb und teuer war.

Uther wollte dies jedoch unter keinen Umständen zulassen. Connor hatte ihn fast zwanzig Jahre lang respektvoll und freundlich behandelt, und davor war dessen Vater ihm über drei Jahrzehnte ein guter Herr gewesen. Auch an Lady Evas Herzlichkeit konnte sich Uther noch immer erinnern. Und wenn es sein mußte, würde er höchstpersönlich dafür sorgen, daß Connor diesem durchtriebenen Rohling Gavin keinen höheren Preis zahlte als unbedingt nötig.

Das war das mindeste, das er der Familie seines Herren schuldig war.

Leider brachte Lady Ismays ungelegener Besuch nun eine Menge zusätzliche Arbeit mit sich, die Uther sich gerne erspart hätte. Und obendrein lief ihm bei dem Anblick ihres Gatten stets eine Gänsehaut über den Rücken. Dermot war unnatürlich blaß und stahl sich stets so still und leise davon, daß man meinen konnte, er löse sich in nichts auf wie ein Geist.

Und so war er auch jetzt wieder verschwunden, ohne daß Uther sein Weggehen bemerkt hatte.

»Wie könnt Ihr es wagen, Dermot und mir kein angemessenes Gemach zur Verfügung zu stellen?« beschwerte sich Lady Ismay mit schriller Stimme. »Ich sage Euch ganz ehrlich, Tullymullagh hat lange den Ruf gehabt, eine Stätte vornehmer Umgangsformen und anständiger Bedienung zu sein.« Zornig verzog sie den Mund, Uther unterdrückte eine unhöfliche Antwort. »Was ist bloß in Euch gefahren, Uther? Ihr hattet in solchen Angelegenheiten doch stets einen exzellenten Geschmack.«

Uther versuchte angestrengt, diese überaus unwillkommene Besucherin nicht allzu unfreundlich anzustarren. Doch an diesem Tag war seine Geduld bereits arg strapaziert worden, und Ismay behelligte ihn nur noch mehr. Er konnte gerade noch die Bemerkung unterdrücken, daß die Schlafmöglichkeiten, die er ihr angeboten hatte, weitaus besser waren, als alles, was ihr in ihrem eigenen Bergfried zur Verfügung stand. Tullymullagh war schließlich eine außergewöhnliche Burg. Vor nicht allzu langer Zeit hatte hier noch ein einfacher Bergfried aus Holz gestanden, der sich lediglich eines einzigen Saales mit dem Gemach des Herren an der einen Seite rühmen konnte. Und obwohl Tullymullagh sogar schon vor Connors großartiger Vision den Vorzug einer Wand hatte, die das Schlafgemach vom Saal trennte, wußte Uther ganz sicher, daß es in Lady Ismays Burg Claremont lediglich einen Vorhang zwischen den beiden Räumen gab.

Ein eigenes Zimmer im zweiten Stockwerk zu verlangen, besonders wenn alle anderen mit weniger Raum auskommen mußten als gewöhnlich, war wirklich äußerst anmaßend. Uther würde Connor keinesfalls bitten, sein Gemach mit irgend jemandem zu teilen, und er hatte bereits das Zugeständnis machen müssen, die anwesenden Edelfrauen in der Kammer der Prinzessin unterzubringen. Es war ihm nichts anderes übrig geblieben, als den Edelmännern den dritten und letzten Raum im zweiten Stock zu überlassen, während alle anderen im Saal schlafen mußten.

Und nun kam schon wieder jemand, dessen Erwartungen er erfüllen sollte, das paßte Uther ganz und gar nicht.

Gavin konnte man keinen Wunsch verweigern. Im Falle von Lady Ismay verhielt es sich freilich ganz anders.

Uther stellte sich stur.

»Darf ich Euch daran erinnern, Lady Ismay«, sagte er kalt, »daß Tullymullagh erobert worden ist. Es gibt daher viele Dinge, auf die ich in diesen Tagen keinen Einfluß habe.«

Lady Ismay schnüffelte. »Was für ein miserables Lager gedenkt Ihr uns also anzubieten?«

Uther sah der Edelfrau direkt in die Augen. »Ihr werdet Euch mit einem Schlafplatz im Saal zufriedengeben müssen.«

»Wie bitte?« stammelte Lady Ismay. Ihr Zorn erfüllte Uther mit Genugtuung, doch gleich darauf schalt er sich selbst wegen seiner Taktlosigkeit. »Was ist das denn für eine Farce?« schrie Ismay. »Wie könnt Ihr erwarten, daß ich im Saal schlafe wie eine gewöhnliche Magd?«

»Ist Euer Wohngemach in Claremont nicht auch Teil des Saales?« fragte Uther ungerührt. »Oder hat es größere Bauarbeiten gegeben, seitdem ich das letzte Mal dort war?«

Diese Bemerkung brachte Ismay nun gänzlich aus der Fassung. Sie holte so tief Luft, daß ihre Nasenflügel bebten und ihr Gesicht puterrot anlief.

Aber noch bevor sie eine schlagfertige Antwort hervorbringen konnte, erschien Lady Brianna an Uthers Seite. Erleichtert seufzte er auf. Brianna war zwar noch jung, dachte er stolz, doch in schwierigen Situationen besaß sie bereits die natürliche Liebenswürdigkeit ihrer Mutter.

Sie würde einmal eine gute Herrin von Tullymullagh abgeben.

Und es würde ihr bestimmt gelingen, diese Frau zu beruhigen.

»Ich wünsche Euch einen guten Morgen, Lady Ismay«, sagte Brianna sanft, und ihre Worte waren wie Balsam auf einer schmerzenden Wunde. »Was für eine Freude, daß Ihr nach Tullymullagh gereist seid, obwohl der Winter in der Luft liegt. Was gibt es für Neuigkeiten aus Claremont?«

Lady Ismay verneigte sich übertrieben steif. »Keine guten«, sagte sie kurz angebunden.

Besorgt schaute Brianna sie an. »Aber was stimmt denn nicht?«

Lady Ismay schluckte. »Es ist verloren«, stammelte sie bitter. »Wir haben Claremont und alles, was sich in seinen Mauern befindet, verloren.«

»Alles?« rief Uther erstaunt dazwischen.

Um Uthers Unhöflichkeit zu überspielen, fragte Brianna schnell: »An wen denn?«

Lady Ismay, das mußte man ihr zugute halten, antwortete überaus gefaßt. »An einen englischen Baron, der mit diesem verfluchten Stronbow verbündet ist. Seine Streitkräfte haben unsere Männer regelrecht überrannt, und vor zwei Monaten hat er seine Ansprüche auf den Besitz geltend gemacht.«

»Aber wir haben von all dem gar nichts vernommen«, sagte Brianna verwundert.

Lady Ismay sah sie verlegen an. »Ich zog es vor, niemanden meine Schande wissen zu lassen, und hoffte, daß Hilfe kommen würde, als dieser Unmensch vor einem Monat mit dem Großteil seiner Truppe auszog. Doch er ritt nur nach Cashel, wo er offensichtlich von König Heinrich mit den Ländereien ...« ihre Stimme bebte vor Zorn »– dem Besitz meiner Ahnen – beliehen wurde.«

Lady Ismay erschauerte, und sogar Uther verspürte ein kleines bißchen Mitgefühl für ihre Not. Auch wenn sich diese Frau nicht mit der Anmut durchs Leben bewegte, die Edelleuten für gewöhnlich eigen ist, so war sie doch hochgeboren.

Lady Brianna legte Ismay eine Hand auf den Arm. »Habt Ihr Euch bei seiner Rückkehr denn nicht gegen ihn zur Wehr gesetzt?«

»Wir waren ihnen gegenüber eindeutig in der Minderzahl, und Dermot, Dermot ist nun wirklich kein großer Stratege«, sagte Lady Ismay. All der Ärger, den sie in den vergangenen Wochen hinuntergeschluckt hatte, stand ihr in das verzerrte Gesicht geschrieben. »Nachdem dieser Eindringling den Bergfried erneut erobert hatte, warf er Dermot und mich mitten in der Nacht hinaus. Uns blieben nur die Kleider, die wir auf dem Leibe trugen.«

Sie schluckte beklommen und sagte voller Bitterkeit: »Ich glaube, wir sollten erfrieren.«

»Gewiß haben Eure Leibeigenen Euch Unterschlupf gewährt?« fragte Brianna voller Anteilnahme.

»Nur der Müller hatte den Mut, sich seinem neuen Herren entgegenzustellen, doch wir konnten ihn nicht lange der Gefahr aussetzen. Er trieb schließlich ein paar unansehnliche Pferde für uns auf, und wir schleppten uns auf den erbärmlichen Kreaturen hierher.«

Lady Ismay unterdrückte ein Schluchzen, und Uther wünschte, er wäre weit weg. Bei allen Heiligen im Himmel, er konnte es einfach nicht ertragen, eine Frau weinen zu sehen!

»Wir haben wirklich alles verloren!« klagte Lady Ismay, und Tränen traten ihr in die Augen.

Beschwichtigend tätschelte Brianna der Edelfrau den Arm, Uther war unendlich froh, daß er dieses Geständnis nicht alleine hatte anhören müssen. »Sicherlich habt Ihr Verwandte, die Euch helfen können«, meinte die Prinzessin ruhig.

Lady Ismay warf ihr einen zutiefst verzweifelten Blick zu. »Nein! Alles ist verloren! Mein Zuhause, mein Erbe, jede einzelne Münze aus dem Schatz meiner Ahnen ist vor meinen eigenen Augen geraubt worden. Ich besitze nur noch das, was ich in aller Eile in meinem Rock zusammenraffen konnte. Jedes Schlachtroß, jeder Ritter, jede Seele ist diesem Eindringling zuerkannt worden, während man mich – das wahre Blut von Claremont – wie ein Stück Dreck hinausgeworfen hat!«

Zornig schüttelte Ismay die Faust. »Niemand darf mich ungestraft derart erniedrigen!« rief sie trotzig, doch dann übermannte sie die Verzweiflung, und sie wurde von heftigen Schluchzern geschüttelt. »Ich bin kein Stück Dreck«, wimmerte sie.

»Ich habe in der Hütte eines Müllers geschlafen!« heulte Ismay. »Ich mußte auf einem Feld nächtigen und einen Gaul reiten, der sonst den Bierkarren zum Markt zieht. Noch nie in meinem ganzen Leben habe ich so viele Demütigungen ertragen müssen.«

»Es tut mir unendlich leid für Euch«, sagte Brianna sanft und streichelte Ismays schwarzes Haar.

Endlich seufzte Lady Ismay zitternd, richtete sich auf und sah Brianna flehentlich an. »Ich bitte Euch unter Edelfrauen, entwürdigt mich nicht noch länger. Sagt Eurem sturen Verwalter, er könne mich nicht zwingen, im Saal zu schlafen, mitten unter all den Söldnern und Bediensteten.«

Voller Mitgefühl sah Brianna den entsetzten Uther an, und dem alten Verwalter wurde warm ums Herz.

Sie war ganz und gar die Tochter von Lady Eva.

»Vielleicht könnten wir es einrichten, daß auch Lady Ismay noch ein Bett in meiner Kammer bekommt«, schlug sie ruhig vor.

»Lord Dermot kann bei den anderen Edelmännern schlafen oder sein Lager im Saal aufschlagen, ganz wie es ihm beliebt.«

»Diese Möglichkeit habe ich bereits erwähnt«, sagte Uther steif, »doch sie entsprach leider nicht den Wünschen der Dame.«

»Ich muß bei Dermot liegen!« beharrte Lady Ismay. Sie klammerte sich an Briannas Arm. »Ich muß mit Dermot ein Zimmer teilen. Wir brauchen unsere Vertraulichkeit.« Unbeirrt wandte sie sich an Uther. »Könnt Ihr denn nicht dafür sorgen, daß so schnell wie möglich eine Kammer für uns hergerichtet wird?«

Das war zuviel für Uther. »Ich habe Euch doch bereits gesagt, wenn Ihr Euch nicht trennen könnt, müßt Ihr beide im Saal schlafen«, erklärte er kühl. »Es wäre mehr als ungehörig für jeden Mann – sei es nun Euer Gatte oder nicht –, bei Nacht das Gemach meiner Herrin Brianna zu betreten. Und ich werde gewiß nicht die Verantwortung für Euer Schicksal übernehmen, wenn Ihr Euch dazu entscheidet, im Gemach der Edelmänner zu nächtigen. Zusammen im Saal oder getrennt in den Gemächern der Edelleute. Ihr habt die Wahl.«

Mit ihren kleinen Augen sah Lady Ismay ihn zornig an, dann strömten ihre Tränen erneut. Sie warf sich Brianna an den Hals und stöhnte mitleidheischend. »Wie tief sind wir nur in so kurzer Zeit gesunken!«

»Vielleicht sollten wir Lady Ismay jetzt nach oben bringen, Uther«, schlug Brianna mit einem stummen Flehen in den Augen vor. »Ich glaube, sie möchte eine Weile allein sein. Vielleicht würde ihr nach der langen Reise ein heißes Bad guttun?«

»Ich habe seit Wochen kein Bad genommen!« jammerte Ismay und begann abermals heftig zu schluchzen.

Das hatte Uther auch schon bemerkt. Er empfahl sich, nickte Lady Brianna höflich zu und dachte bereits beim Weggehen wieder an die zahllosen Dinge, die er heute noch erledigen mußte.

Da erblickte er den abtrünnigen Dermot.

Der enteignete Lord saß auf einer Bank zwischen den Bediensteten von Tullymullagh und stürzte Unmengen von Ale hinunter. Ganz im Gegensatz zu seiner Gattin schien es Dermot herzlich wenig auszumachen, von ihr getrennt zu werden.

Uther runzelte die Stirn und dachte an die Geschichten, die man sich erzählt hatte, als Lady Ismay, die damals gerade erst Waise geworden war, ihren Vormund davon überzeugt hatte, daß sie den Antrag des mysteriösen, erst vor wenigen Monaten in der Gegend aufgetauchten Dermot unbedingt annehmen müsse.

Damals waren Gerüchte im Umlauf gewesen, Dermot sei kein Edelmann, sondern nicht mehr als ein Ausländer von gewöhnlicher Herkunft, der ein Vermögen machen wollte. Ismays Vormund war daher nicht bereit gewesen, der Laune der Erbin nachzugeben. Manche hatten sogar behauptet, Ismay habe die Heirat erzwungen, indem sie Dermot ihre Jungfräulichkeit opferte.

Auf diese Weise konnte eine Frau natürlich ihren Willen durchsetzen. Uther fragte sich, wer von den beiden wohl auf diese Idee gekommen war. Claremont war damals in der Tat ein überaus vermögender und heißbegehrter Landbesitz gewesen. Uther vermutete, daß dies noch immer so war, trotz der jahrelangen Mißwirtschaft, schließlich hatten ein paar Engländer sich die Mühe gemacht, Claremont zu erobern.

Es war doch eigenartig, wie einige Dinge mit den Jahren in Vergessenheit gerieten, etwa diese Geschichten über Dermot, und in den merkwürdigsten Situationen erinnerte man sich plötzlich wieder mit überraschender Klarheit daran.

Uther wurde jäh in seinen Gedanken unterbrochen, als ein Küchenjunge zu ihm eilte. Auch sollten die vielen Aufgaben, die er an jenem Tag noch zu erfüllen hatte, dem Verwalter keine Zeit mehr lassen, an die alten Geschichten über Tullymullaghs Nachbarn zu denken.

Entgegen ihrem ursprünglichen Entschluß konnte Brianna erst am nächsten Morgen wieder in den Garten zurückkehren. Uther war ihrer Bitte mit solcher Beflissenheit nachgekommen, daß Brianna ihm den ganzen Tag hinterhergeeilt war, stets in der verzweifelten Hoffnung, sie würde wenigstens die Hälfte von dem behalten, was der Verwalter ihr erklärte. Interessant war es freilich gewesen, das mußte sie zugeben. Auch wenn sie immer wieder zum Obstgarten hinübergespäht hatte, um zu sehen, ob Luc noch bei der Arbeit war. Und jedes Mal, wenn sie hingeschaut hatte, war er dort gewesen.

Welch ein Glück, daß Ismay so laut schnarchte, denn Brianna erwachte bereits, als es in der Kammer noch dunkel war. Sie zog sich hastig an, voller Zuversicht, die Briefe ihrer Mutter in Sicherheit bringen zu können, bevor Luc erschien.

Eilig lief sie die Treppe hinunter und stürzte aus dem Saal in den Burghof. Das Herz stockte ihr, als sie eine vertraute Gestalt im Obstgarten ausmachte, obwohl der Morgen gerade erst hinaufdämmerte.

Dieser verfluchte Kerl! Luc war sogar noch vor ihr im Obstgarten.

Außerdem gefiel es Brianna gar nicht, daß ihr Herz plötzlich wieder so heftig pochte. Sie war schließlich vorbereitet, sagte sie sich ermutigend. Sie hatte sich genau überlegt, welche Frage sie ihm stellen wollte, und war bereit, den Kuß zu ertragen, den Luc für seine Antwort fordern würde.

Dennoch wünschte Brianna, die ganze Sache wäre bereits vorüber.

Beherzt raffte sie ihr Gewand und schritt schnellen Schrittes über den gepflasterten Burghof. Sie hatte das beunruhigende Gefühl, daß mit jedem neuen Tag die Hoffnung auf das Gelingen ihres Planes schwand. Gavin könnte jederzeit neue Streitkräfte anwerben, oder es würden vielleicht schon bald weitere seiner Männer eintreffen. Jede Minute war kostbar!

Doch als Luc zu ihr herübersah, dachte Brianna nur noch an seine Küsse. Ein flüchtiges Lächeln spielte um seine Lippen, als habe er sie erwartet, und dieses stillschweigende Geständnis verursachte ein mulmiges Gefühl in Briannas Magengrube. Luc steckte sofort das Messer in den Gürtel und sah ihr entgegen.

Wäre sie nicht vom Gegenteil überzeugt gewesen, so hätte Brianna glauben können, Luc habe sie vermißt.

»Habt Ihr inzwischen all Eure Verpflichtungen erfüllt?« fragte er freundlich und zwinkerte ihr zu. »Oder hat es so lange gedauert, Lady Ismay zufriedenzustellen?«

Beinahe hätte Brianna zurückgelächelt. »Dann ist sie Euch also bereits begegnet?«

Luc rollte mit den Augen. »Bei ihrer Ankunft hat sie ja alle aus dem Schlaf gerissen. Sie scheint sehr verwöhnt zu sein.«

»So wie ich?« fragte Brianna spöttisch und bahnte sich einen Weg durch das Unterholz.

Lucs Augen blitzten auf, er zögerte einen Augenblick, bevor er ihr antwortete. »Nein«, gab er sanft zu und sah sie forschend an. »Nein, ganz und gar nicht wie Ihr.«

Das klang beinahe wie ein Kompliment. Und sogar Luc war überrascht, daß er der Prinzessin schmeichelte.

Brianna wollte ihn gerade fragen, weshalb er dieser Ansicht war, als Tullymullaghs Fallgitter quietschte. Der Torwächter stieß einen fröhlichen Willkommensgruß aus, und Brianna wandte den Kopf nach dem Tor. Wer war denn schon so früh am Tag angekommen?

Mitten auf dem Burghof glitt ein hochgewachsener Ritter mit einem eleganten Schwung von seinem weißen Streitroß. Stolz warf das Pferd den Kopf zurück und bäumte sich auf. Die Satteldecke war von der gleichen leuchtendroten Farbe wie der Wappenrock des Ritters, den er über einem schimmernden Kettenhemd trug.

Rasch war sein Knappe zur Stelle, um den Helm entgegenzunehmen. Ein zweites Willkommen hallte über den Burghof, als Denis eilig aus dem Stall gelaufen kam und überrascht feststellte, wer eingetroffen war.

»Ruarke!« rief Brianna.

Der Ritter grinste selbstgefällig und schüttelte sein sandfarbenes, vom Wind zerzaustes Haar. »Brianna! Herzensmädchen!« brüllte er vergnügt und lachte dröhnend.

»Ihr seid zurück!«

»Endlich«, gab der Ritter fröhlich zur Antwort. Denis begrüßte murmelnd das Kriegspferd, das sich von ihm bereitwillig hinter den Ohren kraulen ließ. Sodann führten Knappe und Stallknecht das Streitroß und die beiden Lastpferde in den Stall.

Ruarke sah Brianna strahlend an. »Nun kommt schon her und laßt Euch ansehen!«

Doch Brianna blieb im Obstgarten stehen. Sie stemmte die Hände in die Taille und starrte den Ritter frech an. »Wo seid Ihr überhaupt gewesen?« fragte sie streng, und ihre Ernsthaftigkeit war nicht bloß gespielt. Sie spürte förmlich, daß Luc ihre Unterhaltung verfolgte. »Was seid Ihr nur für ein Ritter, der die Burg seines Herren in ihren schwersten Stunden im Stich läßt?«

Ruarkes Lachen verstummte, und seine Miene verfinsterte sich. Kühl fragte er: »Und was, mein liebes Kind, meint Ihr, habe ich die ganze Zeit über getan?«

Kind. So behandelte Ruarke sie also. Brianna war irritiert und spürte, wie sie vor Empörung rot wurde.

Luc hielt sie gewiß nicht für ein Kind, dachte Brianna.

War es nicht merkwürdig, daß sie in Ruarkes Gegenwart nichts Besonderes empfand, während sie bei Lucs Anblick stets ein Kribbeln in der Magengrube verspürte, und ihr Herz zu klopfen begann?

»Ich habe Euch vor gut zwei Monaten mit meinem Vater sprechen sehen«, sagte sie leise anklagend, und die Augen des Ritters blitzten auf.

»Dann wißt Ihr doch, daß ich meinen Herren nicht im Stich gelassen habe«, entgegnete er mit gedämpfter Stimme.

»Er hat Euch also ausgesandt, um Hilfe zu holen?« riet Brianna.

Ruarke nickte enttäuscht. »Aber ich konnte niemanden gewinnen. Ganz Irland ist besetzt.«

Brianna zog die Stirn kraus. Ruarke hatte ihrer Meinung nach viel zu lange gebraucht, um nach Tullymullagh zurückzukehren. Wäre er früher wiedergekommen, hätte er Gavins Eroberungsversuch vielleicht abwenden können.

»Seid Ihr denn über ... Frankreich zurückgekehrt?« wollte sie wissen.

Ruarke lächelte betrübt, und seine Stimme wurde noch leiser. »Brianna«, sagte er vorwurfsvoll und doch sanft, als erkläre er einem Kind eine hochkomplizierte Angelegenheit. »Ich mußte in jeder Burg anfragen. Ich habe an jedes Tor geklopft, um Eurem Vater Hilfe zu bringen.«

Er blickte sich traurig um. »Alleine zurückzukehren, ist eine schwere Niederlage für mich. Ihr solltet wissen, daß ich Euren Vater nicht gerne enttäusche.«

Brianna tat es schon wieder leid, ihn so hart verurteilt zu haben. Das sah Ruarke ähnlich, jede noch so kleine Möglichkeit auszuschöpfen, bevor er sich geschlagen gab. Er hatte mit Sicherheit alles versucht, auch wenn seine lange Abwesenheit Tullymullagh nicht im geringsten von Nutzen gewesen war.

Ruarke konnte ja gar nicht wissen, was hier geschehen war, seit er Tullymullagh verlassen hatte.

»Nun kommt endlich her und laßt Euch anschauen«, rief er plötzlich wieder fröhlich.

Brianna straffte stolz die Schultern und sah den Ritter mit gespieltem Hochmut an. »Ich soll zu Euch kommen? Ihr solltet vielmehr vor mir auf die Knie fallen!«

Ruarke warf lachend seine Handschuhe zur Seite, mit zwei

Sätzen war er bei Brianna und fiel vor ihr auf die Knie. »Euer Wunsch, meine Prinzessin, ist mir Befehl.«

Ruarke ergriff ihre Hand, und Brianna hielt den Atem an, ganz sicher, daß sie gleich etwas spüren würde.

Doch sie fühlte nichts. Seine Hand war ebenso warm und rauh wie die von Luc. Zwischen seinen kräftigen Fingern sah Briannas Hand ganz klein aus.

Aber Ruarke hätte ebensogut ihr Vater sein können. Selbst als er ihr einen zarten Kuß auf die Finger hauchte, spürte Brianna nichts.

Schleunigst verscheuchte sie den Gedanken, was dies wohl zu bedeuten hatte, und entzog dem Ritter ihre Hand. »Du Tor«, spottete sie, als ihr bewußt wurde, daß Luc die Szene mit angesehen hatte.

Luc, der scheinbar ohne die geringste Anstrengung all diese unbekannten Gefühle in ihr erweckt hatte.

»Tor? Gott bewahre!« Ruarke sprang auf, faßte Brianna um die Taille und wirbelte sie durch die Luft. »Was soll das? Wieso tragt Ihr keines Eurer eleganten Gewänder?« Er verdrehte die Augen und taumelte, als müsse er sie fallen lassen. »Du liebe Zeit, Kind, was habt Ihr nur gegessen? Ihr seid ja richtig dick geworden, während ich weg war!« sagte er augenzwinkernd.

Brianna klopfte ihm herzlich auf die Schulter. »Ich glaube eher, Ihr seid schwächer geworden, weil Ihr zuviel Schach gespielt habt, anstatt Euer Schwert zu schwingen!«

Dieser Vorwurf ließ Ruarke sogleich wieder ernst werden, und er blickte zu der fremden Flagge, die über dem Torhaus wehte. »Kommt«, murmelte er. »Ich brauche einen Becher Ale, und dann müßt Ihr mir erzählen, was in der Zwischenzeit alles geschehen ist.«

Brianna konnte es nicht unterlassen, sich noch einmal umzublicken. Ihr Herz stockte, als sie Luc gewahrte, er hatte die Arme vor der Brust verschränkt und starrte sie grimmig an.

Sogar aus dieser Entfernung konnte sie das leuchtende Blau seiner Augen erkennen.

Brianna zögerte, als sie seine Verärgerung bemerkte. Es sah ihm gar nicht ähnlich, sein Mißfallen so offen zu zeigen, und sie hatte das Gefühl, als gebe er ihr allein die Schuld dafür, denn er hielt den Blick genau auf sie gerichtet.

Wenn sie jetzt ginge, verpaßte sie vielleicht die beste Gelegenheit, Luc zu vertreiben. In ihrer Abwesenheit würde er sich wieder sammeln, und dann müßte Brianna noch einmal ganz von vorn beginnen mit ihrem Angriff auf seine starke Persönlichkeit.

Andererseits könnte sie Ruarke bestimmt dazu überreden, ihr in dieser Angelegenheit zu helfen, er konnte ein fabelhafter Verbündeter sein.

Brianna biß sich auf die Lippen, hin und her gerissen zwischen zwei Möglichkeiten.

»Was ist?« wollte Ruarke wissen. »Seid Ihr etwa auf eine Romanze mit dem Tagelöhner dort unten im Garten aus?« Obwohl seine Worte noch immer scherzhaft klangen, schwang doch ein drohender Unterton in seiner Stimme mit, der Brianna erschreckte. Er sah sie geradezu unfreundlich an, als sei er böse. Seine Augen hatten sich verengt, und er preßte die Lippen fest zusammen. Bestürzt sah Brianna ihn an, sie kannte Ruarke nur lächelnd und liebenswürdig.

»Weiß Euer Vater davon?« schnaubte er mißbilligend.

Das beruhigte Brianna sofort wieder. Wie typisch für Ruarke, zuerst an ihre Ehre und das Ansehen ihres Vaters zu denken und sich um ihren Ruf zu sorgen! Sie lächelte und schob ihre Hand unter seinen Arm.

»Es gibt nichts, was er erfahren müßte. Wir haben uns nur über Bäume unterhalten«, sagte sie und spürte die Anspannung aus Ruarkes Gliedern weichen. »Er wird mir zeigen, wie man den Garten wieder herrichtet, damit es dort wieder so schön blüht, wie damals, als Mutter sich noch um die Pflege der Bäume gekümmert hat.«

Sie hätte die beiden einander vorstellen können, doch Ruarke warf dem ruhig dastehenden Luc einen feindlichen Blick zu. »Diese Beschäftigung ziemt sich nicht für Euch«, sagte er kurz angebunden. »Laßt den Mann seine Arbeit verrichten. Ich werde umgehend dafür sorgen, daß Ihr noch vor dem Mittagessen anständig gekleidet am Feuer sitzt und stickt.« Er versetzte ihr einen liebevollen Nasenstüber. »Ihr solltet Euch um nichts anderes Gedanken machen müssen als um die Farbe des Seidengarns.«

Damit war die Angelegenheit für Ruarke offensichtlich beendet. Brianna starrte ihn mit offenem Mund an, sie konnte kaum fassen, daß er allen Ernstes von ihr erwartete, ihre Zeit mit Stikken zu vergeuden, wenn Tullymullaghs Zukunft auf dem Spiel stand.

Doch er zwinkerte ihr nur munter zu, seine gute Laune war wiederhergestellt. »Sollen wir einen Laib Brot aus der Küche stibitzen?«

»Der Koch wird Euch die Leviten lesen«, warnte Brianna ihn, wie sie es immer tat. »Ihr wißt, daß er jeden einzelnen Laib bis zum Mittag strengstens bewacht.«

»Ach! Es wird wie in alten Zeiten sein.« Ruarke grinste spitzbübisch und drohte Brianna mit dem Finger. »Ich glaube fast, daß Ihr zur gleichen Zeit ein zweites Brot stibitzen werdet.« Das war ihr altes Spiel. Der Koch würde natürlich Zeter und Mordio schreien, Ruarke würde zwar versuchen, ihn mit seiner Beredsamkeit versöhnlich zu stimmen, doch er würde sie gnadenlos mit einem hölzernen, vor Bratensoße triefenden Löffel aus der Küche vertreiben. An der Schwelle zum Saal würde er dann seine Verfolgungsjagd aufgeben, wenn auch nicht ohne ihnen die schrecklichsten Warnungen hinsichtlich ihres nächsten Besuches in der Küche hinterherzuschicken.

Dann würden sie lachend auf eine Bank im Saal fallen und ihre Beute verschlingen. Das Spiel war ihnen vertraut und hatte sich immer wieder als Quelle der Heiterkeit bewährt.

Doch weshalb erschien es ihr plötzlich so kindisch?

Bestimmt trübte nur die Sorge um ihren Vater Briannas Stimmung. Sie zwang sich, Ruarke anzulächeln, und nickte zustimmend. Vergnügt faßte er ihre Hand und zog sie zur Küche, doch bevor sie eintraten, blickte Brianna noch ein letztes Mal zum Obstgarten hinüber.

Dort riß Luc energisch Unkraut entlang der Baumwurzeln aus, schnell und grob und ohne sie weiter zu beachten. Brianna biß sich auf die Unterlippe und fragte sich, was er wirklich dachte.

Es bestand kein Zweifel darüber, daß Luc Fitzgavin es ihr niemals erzählen würde, selbst wenn sie ihn danach fragte. In der Gewißheit, daß der Ritter ihren kurzen Blick nach hinten nicht bemerkt hatte, wandte sie sich wieder Ruarke zu.

Doch sie hatte sich getäuscht.

Luc riß das Unkraut mit einer Brutalität aus, die er von sich gar nicht kannte. Wahrscheinlich lag es an seiner Unzufriedenheit über das Gespräch mit seinem Vater, sagte er sich, doch tief in seinem Innern gestand er sich ein, daß er sich nur etwas vormachte. Obwohl sein Kiefer noch immer schmerzte, besonders, wenn er energisch die Zähne zusammenbiß.

So wie in diesem Moment.

Ganz gewiß hatte er Lady Briannas lästige Gegenwart am Tag zuvor nicht vermißt. Er hatte weder nach ihr Ausschau gehalten noch unzählige Male an ihren berauschend süßen Kuß gedacht.

Nein, Luc doch nicht. Er hatte schließlich mehr als genug Arbeit zu tun. Und das Abendessen im Saal hatte er gestern natürlich nicht verpaßt, weil er der Prinzessin aus dem Weg gehen oder ihrer Gleichgültigkeit ihm gegenüber entgehen wollte. Nein, er hatte das Mahl schlichtweg vergessen.

Außerdem war der große Saal eines Bergfrieds kein Ort für Luc.

Jedenfalls nicht mehr.

Luc dachte ganz bestimmt nicht an sein Schwert und seine Sporen, die gut verstaut tief unten in einer Truhe lagen, weit weg von hier in Llanvelyn. Er wollte sich nicht an sein eigenes herrliches Streitroß mit der reichverzierten Satteldecke erinnern oder an das Gewicht einer Klinge in seiner Hand, und der Gedanke, auf einer Burg wie Tullymullagh anzukommen wie dieser Ruarke, erschien ihm gänzlich unvorstellbar.

Nein. Luc hatte schließlich einen Schwur geleistet, und er würde ihn auch halten.

Das bewegende Wiedersehen, dem er gerade erst beigewohnt hatte, sagte sowieso mehr, als Luc wissen mußte. Es überraschte ihn nicht besonders, daß er nur ein Zeitvertreib für Prinzessin Brianna gewesen war.

Zweifellos hatte dieser Ritter die Küsse der Prinzessin bereits ausgiebig gekostet.

Die bloße Vorstellung brachte ihn jedoch in Rage.

Stur verdrängte Luc die leise innere Stimme, die ihn an die Unschuld von Briannas Kuß erinnerte.

Bestimmt hatte sie nur mit ihm gespielt, sagte Luc sich immer wieder. Edelfrauen waren schließlich dafür bekannt, alles Erdenkliche zu ihrer eigenen Belustigung zu unternehmen. Doch was wußte er denn schon von dem, was im Kopf einer Frau vorging?

Herzlich wenig.

Alles, was Luc in seinem bisherigen Leben zufriedengestellt hatte, würde ihm auch in Zukunft genügen. Leider trug auch dieser Vorsatz nicht dazu bei, Lucs ungewöhnlich schlechte Stimmung aufzubessern.

Er konnte einfach nicht das Bild abschütteln, wie der Ritter Ruarke vor der errötenden Brianna auf die Knie fiel.

Eine Szene, die geradewegs den verfluchten romantischen Erzählungen der Barden entstiegen zu sein schien, und Luc kannte bereits die Vorliebe der Prinzessin für solchen Unsinn. Aber er verstand noch immer nicht, weshalb ihn das so beunruhigte. Es konnte ihm doch gleichgültig sein, ob Brianna etwas für Ruarke empfand oder ihr Romanzen gefielen. Und außerdem würde die Prinzessin endlich aufhören, ihn zu behelligen, wenn sie mit dem Held von Tullymullaghs beschäftigt war.

Diese Aussicht erschien ihm indes überaus langweilig.

Und so war Luc ausgesprochen erleichtert über die Ablenkung, als Denis mit besorgtem Gesicht durch den Obstgarten auf ihn zugeeilt kam.

Brianna hatte kaum die Schwelle zur Küche überschritten und den warmen Hefegeruch eingeatmet, als sie merkte, daß es um sie herum ungewöhnlich still war. Der Koch warf ihnen einen beklommenen Blick zu, den sie an dem sonst so fröhlichen Mann gar nicht kannte.

Und dieser Blick hatte nichts mit ihrem spitzbübischen Vorhaben zu tun.

»Was ...?« war alles, was Ruarke herausbrachte, bevor Brianna die Ursache für die angespannte Atmosphäre bemerkte.

Gavin hatte Uther am Schlafittchen gepackt und hielt etwas in der Hand, das aussah wie ein zerknülltes Stück Pergament. Das Gesicht des Söldners war dunkelrot angelaufen, und auf seiner Stirn trat eine dicke blaue Ader hervor; er schüttelte das Pergament aufgebracht und schrie: »Ihr wollt mich alle betrügen! Das Hauptbuch ist voller Fehler!«

Uther räusperte sich. »Sir«, – zweifellos hielt er im Augenblick diese Anrede für klüger – »ich kann Euch nur noch einmal versichern, daß die Bestandsaufnahme peinlich genau durchgeführt worden ist ...«

»Du wirst bald peinlich genau hingerichtet werden«, fuhr Gavin ihn an. Uther erbleichte, aber er rührte sich nicht, als Gavin ihm mit der Liste unter seiner Nase herumfuchtelte. »Dieser Bergfried ist nicht so groß, als daß es einen solchen Mangel an Zucker und Gewürzen geben könnte. Niemand kann mir weismachen, daß sogar das Salz zu einer so lächerlichen Menge zusammengeschrumpft ist.«

Er zog den vor Schreck erstarrten alten Mann näher zu sich heran. »Es wäre das beste für deine Gesundheit, wenn du schleunigst den Fehler im Haushaltsbuch findest«, fauchte Gavin.

Wie konnte er es wagen, Uther derart zu bedrohen! Brianna wollte gerade protestieren und den treuen Diener ihres Vaters verteidigen, als sie das Klirren von Stahl hörte.

Ruarke riß sein Schwert aus der Scheide und richtete es auf Tullymullaghs neuen Herren. »Wenn Ihr am Leben bleiben wollt, solltet Ihr die Bediensteten dieses Hauses ab sofort mit Respekt behandeln.«

Es wurde totenstill im Raum.

Gavin drehte sich gemächlich um und sah die Eingetretenen prüfend an. Er musterte den Ritter mit einem geradezu beleidigenden Blick und zog noch nicht einmal sein Schwert. Allein mit den Augen schien er Ruarkes Kraft abzuschätzen.

Dann zog er eine Augenbraue hoch, und seine Stimme wurde gefährlich leise. »Wer ist dieser dreiste Mann, der bewaffnet meine Burg betritt, ohne mir Treue geschworen zu haben?«

Ruarke richtete sich stolz auf. »Ich bin Ruarke de Rossiers, der ...«

»Der sogenannte erste Ritter von Tullymullagh«, vollendete Gavin grinsend den Satz. »Ihr kommt reichlich spät.«

Brianna konnte erkennen, wie Ruarkes Halsmuskeln sich spannten, wobei sich seine herausfordernde Haltung jedoch nicht änderte. »Ich mußte einige Aufträge im Ausland erledigen.«

»O ja, ich weiß genug über Eure *Aufträge*«, lachte Gavin höhnisch. Verächtlich grinste er Ruarke an. »Und auch, wie gründlich Ihr gescheitert seid. Macht bloß keinen Fehler, Ruarke de Rossiers, Euer Ritt zum Großkönig und das Gesuch um Hilfe für Tullymullagh sind selbstverständlich nicht unbemerkt geblieben.«

Brianna bebte vor Empörung, doch Ruarke ließ sich nichts anmerken. Gavin schlenderte durch die Küche auf sie zu, sein lahmes Bein schien noch steifer zu sein, als Brianna bisher angenommen hatte. Er blieb gerade eben außerhalb der Reichweite von Ruarkes Schwert stehen und sah die Klinge haßerfüllt an.

»Ein Erbstück?« fragte er im Plauderton.

Brianna spürte, wie Ruarke sich ein wenig entspannte. »Das Schwert meiner Väter«, erklärte er stolz. »Es ist seit neun Generationen im Besitz unserer Familie.«

Da zog Gavin blitzartig sein Schwert und schlug es gegen Ruarkes Waffe. Die Klingen trafen mit unglaublicher Wucht aufeinander. Gavins Streich war stärker.

Der Hieb und dessen brutale Härte hatten Ruarke völlig überrascht. Er schrie empört auf, doch Gavin hatte ihm mit Leichtigkeit die Waffe aus der Hand geschlagen. Scheppernd fiel Ruarkes Schwert zu Boden.

Gavin spie darauf, dann steckte er sein Schwert zurück in die Scheide.

Die Küchengehilfen waren erschrocken zurückgewichen. Brianna sah, daß Ruarkes Schwert eine Delle davongetragen hatte.

»Und trotz seines Alters ist es kein edler spanischer Stahl«, sagte Gavin kalt. »Ein Mann ist immer nur so stark wie seine Waffe, Chevalier, und Sentimentalitäten haben einem Krieger noch nie geholfen.« Er schnippte mit den Fingern, und sein kriecherischer Knappe eilte herbei, um Ruarkes Schwert aufzusammeln.

Dieser mußte zu Tode erschreckt sein, so unbeweglich stand er da.

Gavin warf Uther das Pergament zu und sah den Koch drohend an. »Es wäre das beste für dich, wenn du dem Verwalter diesmal beim Zählen der Vorräte hilfst.«

»Ja, Mylord!« stammelte der Koch mit einer tiefen Verbeugung, und die Mägde und Küchenjungen verneigten sich ebenfalls.

Ein zufriedenes Lächeln huschte über Gavins Gesicht, doch sogleich wandte er sich wieder mit strenger Miene Ruarke zu. »Auf die Knie, Chevalier. Bevor Ihr wieder aufsteht, werdet Ihr mir auf Euer zweitklassiges Schwert den Treueid geloben.«

Alle rangen entsetzt nach Atem. Briannas Hände wurden eiskalt. Der erste Ritter ihres Vaters durfte Gavin den Treueid unter keinen Umständen leisten!

»Ruarke, tut es nicht!« flüsterte sie.

Gavin warf ihr einen gebieterischen Blick zu und grinste. »Jeder Ritter auf dieser Burg muß mir Treue geloben, oder sein Leben ist verwirkt. Ich bin nicht so dumm und lasse einen Ritter laufen, der vielleicht mein Feind ist. Ihr habt die Wahl, Ruarke de Rossiers.«

Brianna sank das Herz, denn sie wußte, daß Gavins Worte ernst gemeint waren.

Ruarke atmete tief durch, dann sah er Brianna an. »Vergebt mir«, sagte er leise.

Fassungslos verfolgte Brianna, wie Ruarke widerwillig auf die Knie fiel. Obwohl ihr bewußt war, daß der Ritter keine andere Wahl hatte, fühlte sie sich betrogen, als er sich so schnell ergab.

Doch dann überkam sie ein schlechtes Gewissen, weil sie gewagt hatte, ihn zu verurteilen. Ruarkes Leben stand schließlich auf dem Spiel! Was hätte er denn sonst tun sollen?

Beklommen sah Brianna, wie er den Kopf neigte und die Hände zum Schwur erhob.

Doch Gavin trat nicht vor.

»Nein.« Gavin blickte auf den harrenden Ritter hinunter und genoß ganz offensichtlich dessen Unterwürfigkeit, dann schüttelte er energisch den Kopf. »So leicht sollt Ihr es nicht haben, Chevalier. Ich möchte mich zuerst davon überzeugen, daß Ihr wirklich bereit seid, mir zu dienen – und jeder auf Tullymullagh soll Zeuge Eures Schwurs werden.« Er schnippte abermals mit den Fingern. »Folgt mir. Auf den Knien, *Sir.*«

Gavin ließ Ruarke keine Zeit zu widersprechen, er drehte sich auf dem Absatz um und humpelte mit überraschender Schnelligkeit aus der Küche. Und Ruarke, der kühne, erfolgreiche und starke Ritter, kroch dem Mann, der sein neuer Gebieter sein sollte, auf den Knien hinterher.

So hatte Ruarke sich seine Rückkehr nach Tullymullagh allerdings nicht vorgestellt. Vor den Augen aller wurde er gedemütigt und mußte durch die vertrockneten Kräuter kriechen, die über den Boden des großen Saals verstreut waren.

Das war eine wahrhaft unwürdige Behandlung für einen Ritter, und er kochte vor Wut über diese Erniedrigung. Wie konnte dieser Mann, diese widerliche Kreatur, ein emporgekommener Söldner, wie konnte er es wagen, einen Mann wie Ruarke derart zu beschämen!

Doch er würde Tullymullagh unter gar keinen Umständen verlassen. Und am Leben bleiben hieß letztendlich, sich Gavin Fitzgerald zu unterwerfen.

Ganz gleich, wie schwer dies seinen Stolz treffen würde.

Ruarke kam es vor, als sei jedermann im Bergfried gekommen, um seiner Demütigung beizuwohnen, und er haßte Gavin Fitzgerald mit einer bisher unbekannten Leidenschaft. Ruarke warf seinem Peiniger einen finsteren Blick zu und sah ein Lächeln um Gavins Lippen spielen.

Der neue Herr von Tullymullagh wußte wirklich ganz genau, was er tat. Ruarke biß die Zähne zusammen. Seine Hosen würden durchgescheuert und das feine Leder seiner neuen Stiefel voller Schrammen sein.

Er hatte diesen neuen Widersacher vollkommen unterschätzt. Und Ruarke erkannte, daß er einige Dinge neu durchdenken mußte. Er konnte nur hoffen, daß er lang genug leben würde, um dies zu tun.

Gavin trat auf das Podium. Er lehnte sich gegen Tullymullaghs Thronsessel, und Ruarke kroch ihm bis vor die Füße.

Dieser walisische Rohling war der letzte Mann der gesamten Christenheit, dessen Vasall Ruarke werden wollte. Doch er hatte das grausame Blitzen in Gavins Augen gesehen, als dieser seine Drohung ausgesprochen hatte. Dieser Mann hatte schon oft getötet, und er würde keine Bedenken haben, es noch einmal zu tun.

Aber Ruarke de Rossiers wollte nicht sterben, wenn es so viel gab, wofür es sich zu leben lohnte. Dieser lächerliche Schwur sollte der Verwirklichung seiner Träume nicht im Wege stehen.

Es waren schließlich nur Worte, doch sie verhinderten, daß Gavin ihm nach dem Leben trachtete.

Und eines Tages würde Ruarke sich rächen.

Er neigte den Kopf, damit Gavin den Widerstand in seinen Augen nicht bemerkte. Erneut hob er die Hände in der Hoffnung, daß das beschämende Zeremoniell schnell vorübergehen würde. Sofort schlossen sich die schwieligen Pranken des Söldners um seine Hände, als wolle auch Gavin diese Angelegenheit endlich hinter sich bringen.

Ruarke gelobte Gavin mit dem jahrhundertealten Schwur die Treue. Als Gavin ihm erst die eine und dann die andere Wange küßte, schloß er, überwältigt von dem scharfen Geruch des Söldners, die Augen. Er hegte keinen Zweifel darüber, sein Schwert einem Mann geweiht zu haben, der nicht besser war als ein Barbar.

»Küßt meine Stiefel.«

Ruarke blinzelte verwundert, sicher hatte er sich gerade verhört. Er blickte auf, und Gavin lächelte von seinem Hochsitz aus kalt zu ihm herunter. »Ich habe Euch geheißen, meine Stiefel zu küssen, edler Ritter. Ich möchte mich davon überzeugen, daß Euer Herz auch Euren Worten folgt.«

Die Menge im Saal verstummte bestürzt. Ruarke sah die Stiefel an und kämpfte gegen das Verlangen, diesem entwürdigenden Spiel zu entfliehen.

Doch es würde ihm nichts nützen, sich Tullymullaghs neuen Herren zu widersetzen. Und er hatte bereits vor Dutzenden von Zeugen den Treueid abgelegt. Ruarke konnte nur hoffen, daß diese letzte Beleidigung Gavin endgültig zufriedenstellen würde.

Er biß die Zähne zusammen, lehnte sich vor und streifte flüchtig mit seinen Lippen über die Spitze eines der schweren Lederstiefel.

Und spürte fassungslos, wie Gavin ihm mit voller Wucht ins Gesicht trat.

Ein brennender Schmerz explodierte in seinem Gesicht, benommen fiel er nach hinten, und die Versammlung schnappte erschrocken nach Luft.

»Nein!« schrie Brianna aus einiger Entfernung. »Tut ihm nicht weh!«

»Mit meinem Feind innerhalb der Mauern meiner Burg tue ich, was mir beliebt«, verkündete Gavin, während Ruarke stöhnend nach Atem rang.

Noch bevor sich der Ritter wieder sammeln konnte, ergriffen zwei Männer seine Arme und rissen ihn hoch. Vergeblich versuchte er, sich zu befreien.

Gavin trat ganz dicht vor ihn. »Euer Widerwille, meine Stiefel zu küssen, ist mir völlig gleichgültig, Chevalier«, säuselte er. »Aber mir scheint, daß Ihr ganz und gar nicht mit dem Herzen hinter Euren Worten steht.« Gavin gab den Männern, die Ruarke festhielten, ein Zeichen. »Entwaffnet ihn, und werft ihn ins Verließ. Sich selbst überlassen, wird er meine Großzügigkeit schon noch einsehen.«

Ruarke schäumte vor Wut. Noch nie in seinem ganzen Leben war er so gedemütigt worden! Es war ungerecht! Es war falsch! Er würde sich nicht einsperren lassen wie ein gewöhnlicher Verbrecher!

»So könnt Ihr mich nicht behandeln!« entfuhr es ihm. »Ich bin der erste Ritter von Tullymullagh! Und ich werde mich nicht auf diese Weise erniedrigen lassen!«

Gavin verzog spöttisch den Mund und beugte sich noch näher zu ihm. »Genau«, flüsterte er. »Und darum werde ich Euch erst zermürben, bevor ich Euch wieder frei durch diese Burg laufen lasse.«

Da spie Ruarke dem Barbar in die Augen.

Gavin erwiderte diese Beleidigung mit einem Schlag, der Ruarke den Atem nahm. Der Ritter sackte in den Armen von Gavins Männern zusammen, als ein zweiter Schlag ihn in der Magengrube traf, dann hagelte es mehrere Hiebe auf sein Gesicht.

Doch Ruarke gab sich noch lange nicht geschlagen. Der Zorn, den Gavin in ihm entfacht hatte, brannte wie eine weißglühende Flamme. Und Ruarke wußte, daß er irgendwann die Gelegenheit bekommen würde, sich seinen Anteil zu holen – und wenn Gavin Fitzgerald ihm dabei in den Weg trat, um so besser.

Dann schwanden ihm die Sinne.

Kapitel 7

Hört auf!« schrie Luc, als er sah, was im Burgsaal vor sich ging.

Zu seinem großen Erstaunen tat Gavin genau das. Er hielt inne und sah seinen Sohn an, die Faust verharrte in der Luft über dem bewußtlosen, entsetzlich zugerichteten Ritter.

»Luc!« Dann verzogen sich seine Lippen zu einem spöttischen Grinsen. »Wie kannst ausgerechnet du wagen, mir etwas zu befehlen?«

»Ich appelliere lediglich an Euren Verstand«, gab Luc zurück und bemerkte, wie die Menge im Saal den Atem anhielt. Die Augen seines Vaters blitzten, doch Luc ging unbeirrt auf ihn zu. Er hatte sich noch nie vor Gavin gefürchtet und würde es auch jetzt nicht tun.

Und er würde Gavin erst recht nicht gestatten, kaltblütig einen hilflosen Mann zu schlagen. Der Anblick solchen Unrechts brachte Luc zur Weißglut.

»Wozu schlagt Ihr ihn denn überhaupt noch?« wollte er zornig wissen. »Der Mann kann sich doch gar nicht mehr wehren, er ist ja längst nicht mehr bei Bewußtsein.«

»Er soll seine Lektion lernen«, knurrte Gavin. »Er soll wissen, wer der neue Herr von Tullymullagh ist.«

Luc zeigte mit dem Kopf auf den ohnmächtigen Ritter und sagte sarkastisch: »Es sieht wahrhaftig so aus, als verfolge er Eure Lektion sehr aufmerksam.«

Gavins Lippen wurden schmal, drohend ging er auf seinen Sohn zu. »Ich werde dich an seiner Stelle auspeitschen lassen.«

»Und was wollt Ihr damit erreichen?« Luc wich nicht von der Stelle, sondern sagte mit aller Ruhe: »Ich weiß bereits, daß Ihr es vorzieht, mit den Fäusten zu sprechen – darin könnt Ihr mir keine Lektion erteilen.«

Gavin holte scharf Luft. »So eine Frechheit!« brüllte er. Die Augen des alten Söldners glühten zornig, und der gesamten Versammlung stockte der Atem, als er Luc mit der Faust drohte.

Doch der zuckte noch nicht einmal mit der Wimper, unerschütterlich sah er seinem Vater in die Augen. Gavin fluchte und ließ die Hand fallen.

»Du warst noch nie normal«, knurrte er, dann blickte er unzufrieden auf den zu Boden geschlagenen Ruarke. »Schafft ihn weg! Er soll die Gastlichkeit des tiefsten und dunkelsten Verlieses in diesem Bergfried genießen, damit er ungestört über seine Treue nachdenken kann.«

Drei Männer zogen den Ritter aus dem Saal. Statt dem Sieger hatte er dem Verlierer Treue geschworen, das war sein einziges Verbrechen, doch der Preis, den er dafür zahlen mußte, erfüllte Luc mit Abscheu. Gavin hatte in den vergangenen Jahren nicht das geringste über ehrenhaftes Verhalten gelernt.

Luc erhaschte einen flüchtigen Blick von Connors erbleichten Zügen und wußte, daß der alte König jeden Schlag, der auf seinen Ritter niedergegangen war, an seinem eigenen Körper gespürt hatte. Ihn überkam eine Woge der Sympathie für Briannas Vater, der noch im Herbst seines Lebens den Verlust von all seinen Errungenschaften erleben mußte.

Plötzlich sah Connor auf, einen Moment lang trafen sich ihre Blicke, und Luc fühlte sich von dem ehrwürdigen alten Mann prüfend gemustert. Dann ging Connor zur Treppe, gebückter denn je.

Durch die Menschenmenge konnte Luc Brianna erkennen, die ihrem Vater folgte. »Vater? Fühlt Ihr Euch nicht wohl?« Ihre Stimme klang angespannt, und Luc wußte, daß er nicht der einzige war, der bemerkt hatte, welch schwere Last Connor niederdrückte.

Mühsam brachte er ein schwaches Lächeln für seine Tochter zustande. »Ich muß mich nur ein wenig ausruhen, mein Kind. Vielleicht magst du mich später besuchen«, sagte er und winkte seinen Verwalter herbei. »Uther, wenn Ihr beliebt.« Die beiden schlurften die Treppe hinauf, um Jahre gealtert, und Luc preßte verbittert die Lippen zusammen. Sein eigener Vater war für diese Unbill verantwortlich!

Er wußte sehr wohl, daß Gavin seine Augen allein aus Habgier auf Tullymullagh gerichtet hatte. Niemand hier hatte ihn beleidigt, und die Burg war nicht weiter von strategischer Bedeutung, zudem lag sie sehr weit entfernt von Gavins anderen Ländereien. Gavin hatte lediglich beschlossen, Tullymullagh sei gut genug für seinen Burke, und es kümmerte ihn nicht, wie viele Menschen bei der Eroberung umkamen oder zu Krüppeln wurden.

Vielleicht stand Burke deshalb der Vermählung mit Brianna so kritisch gegenüber. Er war schließlich bei dem Angriff dabeigewesen. Lucs Blick fiel auf die Prinzessin, und sein Herz krampfte sich zusammen, als er ihrer Verzweiflung gewahr wurde.

Und plötzlich wünschte sich Luc, er könnte dieser bezaubernden Frau helfen und alles wieder in Ordnung bringen. Sie war ein so aufgeweckter Mensch, strahlend wie ein Leuchtfeuer in der Nacht, und es erschien ihm nicht gerecht, daß sie all dieses Unglück erleiden mußte.

Brianna beobachtete, wie ihr Vater hinaufging, er hatte ihren Beistand ausgeschlagen, und augenscheinlich war sie keineswegs davon überzeugt, daß er sie nicht brauchte, andererseits wollte sie sich aber auch um Ruarke kümmern. Unentschlossenheit spiegelte sich auf ihrem holden Gesicht, bis sie sich schließlich anschickte, Gavins Männern zum Verlies zu folgen.

Aber Gavin hatte ihre Absicht erkannt, denn er drehte sich um, stieß einen Finger durch die Luft und brüllte seinen Männern hinterher: »Und sorgt dafür, daß er zwei Tage und Nächte lang keinen Besuch empfängt!«

Brianna erbleichte, doch dann wandte sie sich empört an Gavin. »Aber er ist verwundet! Er muß versorgt werden!« Luc bewunderte es, daß sie sich sogar jetzt noch traute, seinem brutalen Vater die Meinung zu sagen, nachdem sie Gavins Grausamkeit unmittelbar miterlebt hatte.

Doch ihre Kühnheit ließ ihn auch um Briannas Sicherheit fürchten. Schnell ging er einen Schritt auf seinen Vater zu, damit dieser nicht auf die Idee kam, Tullymullaghs Prinzessin ebenso zu behandeln wie Connors ersten Ritter.

Zu Lucs Erleichterung begnügte Gavin sich jedoch mit einem drohenden Blick in Briannas Richtung. »Er braucht nichts als Einsamkeit und ein unbehagliches Verlies.«

Brianna sah dem Ritter besorgt hinterher. Und plötzlich hatte Luc Angst, sie würde Gavins Worten nicht mehr Beachtung schenken als den Befehlen anderer. Ein ungutes Gefühl breitete sich in seiner Magengrube aus bei dem Gedanken, wie Gavin ihr die Mißachtung seiner Befehle vergelten würde.

Sie verlangte freilich nicht viel, lediglich, die Verletzungen eines Mannes zu pflegen.

Luc räusperte sich. »Sicher kann es nicht schaden, dafür zu sorgen, daß seine Wunden gut heilen.« Gavin starrte ihn ratlos an, und Luc begriff, daß er deutlicher werden mußte, damit sein Vater ihn verstand. »Keiner hat einen Nutzen davon, wenn ein so tapferer Ritter stirbt, und es könnte großen Ärger für Euch bedeuten, wenn der Kerker seinen Tod bedeutete.«

Gavins Züge erhellten sich, und er sah sich abwägend um. Luc vermutete, sein Vater könnte in den eigenen Reihen sehr gut ein erfahrenes Schwert gebrauchen.

Und zweifellos erkannte sogar Gavin die Beliebtheit des Ritters, den er gerade geschlagen hatte. Bei seinem Tod würden sich nicht wenige gänzlich gegen ihren neuen Herren wenden.

Soweit dies noch nicht geschehen war. Nachdenklich ging Gavin im Saal auf und ab, und die Leute wichen vor ihm zurück, als flüchteten sie vor seinen Blicken.

»Vielleicht«, meinte Luc weiter, »solltet Ihr der Prinzessin erlauben, persönlich nach den Wunden des Ritters zu sehen. Schließlich zählt so etwas zu den Aufgaben einer Burgherrin.«

Gavin schürzte die Lippen und musterte die Prinzessin, als wöge er ab, wie sehr sie sich zur Braut seines Lieblingssohnes eigne.

»Nicht vor morgen«, beschloß er plötzlich. »Er soll eine Nacht allein und ohne Pflege verbringen, damit er sein Verhalten überdenken kann.«

»Aber ...« protestierte Brianna.

»Nein!« rief Luc. Sein Mund wurde ganz trocken vor Schreck, daß Brianna so leichtsinnig ihre eigene Haut in Gefahr brachte.

Sie sah ihn flüchtig an und krauste verwirrt die Stirn. Obwohl Luc sicher war, daß sie ihm keine Beachtung schenken würde, bedeutete er ihr mit einem kurzen Kopfschütteln, zu schweigen.

Und zu seiner unendlichen Erleichterung biß sich Brianna auf die Lippen und sagte nichts mehr.

Gavin sah Luc verächtlich an, er hatte den Blickwechsel zwischen Luc und Brianna nicht übersehen, und das gefährliche Funkeln seiner Augen schürte Lucs Angst um Brianna.

Er mußte unbedingt dafür sorgen, daß sie einen weiten Bogen um Gavin machte, jedenfalls, bis die Hochzeit vorüber war. Luc glaubte zwar nicht, daß Gavin eine Frau verletzen würde, die er für seinen Burke bestimmt hatte, doch Luc beschloß, lieber auf Nummer sicher zu gehen.

»Bist du etwa nur gekommen, um mein Mitleid zu erregen?« knurrte Gavin.

»Nein.« Luc straffte die Schultern. »Der Stallknecht hätte gerne Euer Einverständnis, um einen Anbau hinter dem Stall zu errichten. Offenbar überschreitet die Zahl der Pferde auf Tullymullagh bei weitem die Möglichkeiten des vorhandenen Stalles.« Er zog eine Augenbraue hoch. »Und alle, die Euch untergestellt sind, scheinen sehr bestrebt zu sein, Euer ausdrückliches Einverständnis einzuholen, bevor sie handeln.«

Gavin winkte ab. »Er kann machen, was immer ihm beliebt. Ganz bestimmt kannst du ihn in solchen unbedeutenden Haus- und Hofangelegenheiten sowieso besser beraten«, sagte er und verzog den Mund. »Ein echter Mann kümmert sich nur um den Krieg.«

Luc biß ganz bewußt nicht auf den Köder an, den sein Vater ihm ausgelegt hatte.

Dann rollte Gavin mit den Augen, sah stirnrunzelnd zur Hohen Tafel hinüber und wandte sich wieder weltlicheren Dingen zu. »Gibt es denn auf dieser Burg nichts zu essen?« brüllte er, und alle sprangen auf. »Ein Mann könnte hier glattweg verhungern!« Er gab dem pummeligen Koch eine Kopfnuß. »Rühr dich, Koch, oder ich werde mich gezwungen sehen, dich zu ersetzen.«

»Jawohl, Mylord. Sofort, Mylord!« Luc hätte nie gedacht, daß der beleibte Koch so schnell laufen könnte. Und während der Koch schleunigst in der Küche verschwand, stürzte Gavin zur Hohen Tafel und stieß alle zur Seite, die ihm im Weg standen. Luc seufzte erleichtert auf, daß der große Sturm vorüber war.

Da sah er, wie Lady Brianna mit leuchtenden Augen auf ihn zukam, und war sich plötzlich nicht mehr ganz so sicher. Sie mochte vielleicht für den Augenblick nachgegeben haben, doch wahrscheinlich war die Schlacht noch lange nicht gewonnen.

Und mit einem Mal wurde ihm bewußt, daß er sich freute, wenn sie zu ihm kam, was auch immer sie sagen oder tun würde.

»Luc!« sagte Brianna leise. »Das war wirklich wunderbar!«

»Ach, das ist nicht der Rede wert«, entgegnete er schroff, verwundert, weshalb ihr Lob ihn so befangen machte. Er nickte Brianna zu, in der Annahme, die Angelegenheit sei damit erledigt, und ging mit schnellen Schritten hinaus, aber sie lief flink an seine Seite.

»Geht bitte nicht! Ich möchte Euch erst noch gebührlich danken, daß Ihr Ruarke geholfen habt.«

Luc sah sich im Saal um, in dem langsam das gewohnte Durcheinander von Rittern, Edelleuten und Bediensteten ausbrach, und verspürte plötzlich das Bedürfnis, mit der Prinzessin allein zu sein. Dieser Wunsch hatte allerdings ganz sicher nichts damit zu tun, daß sie »gebührlich« gesagt hatte.

»Nicht hier«, meinte er, und zu seinem Erstaunen nickte Brianna sofort.

Sie plauderte freundlich drauflos, als sie die Stufen hinunterstiegen und den Weg zum Obstgarten einschlugen. Es überraschte Luc, daß sie mit dieser Richtung vollkommen einverstanden zu sein schien.

Stimmte etwas nicht? Dieses Verhalten sah der Prinzessin gar nicht ähnlich, das wußte Luc nur zu gut.

»Ich möchte mir gar nicht ausmalen, wie lange Gavin Ruarke noch geschlagen hätte«, sagte sie vertraulich. »Es war furchtbar mit anzusehen, aber noch schlimmer war, daß ich nichts dagegen tun konnte. Meint Ihr, er ist sehr schwer verwundet?«

Ihre Sorge um Tullymullaghs ersten Ritter ärgerte Luc. Dieser Mann verdiente diese große Treue kaum. Was hatte er denn schon dafür getan. Tullymullagh verlassen, als er dringend gebraucht wurde? Luc schritt auf den Obstgarten zu, und mit jedem Wort, das die Prinzessin über den wunderbaren Ruarke fallenließ, verschlechterte sich seine Laune.

Doch dann ließ ein plötzlicher Gedanke Luc innehalten. Er blieb mitten auf dem Burghof stehen – jetzt wußte er, weshalb die Prinzessin so sehr um diesen Ritter besorgt war. Luc sah Brianna an und war sich mit einem Mal ganz sicher, weshalb sie wollte, daß er Tullymullagh verließ.

Es paßte alles so gut zusammen, und diese Frau hatte schließlich einen wachen Verstand.

»Ist also das Euer Plan?« fragte er kurzerhand. »Soll ich gehen, damit Euer erster Ritter Gavin herausfordern kann, und es niemanden gibt, der meinem Vater beisteht?«

Brianna rang nach Atem, und die Art, wie sie die Hand zum Mund führte und erbleichte, verriet Luc genug. »Ich verstehe nicht, was Ihr meint«, flüsterte sie, doch Luc sah, daß sie log.

Sie wußte ganz genau, was er meinte! Er hatte richtig geraten! Es ärgerte ihn, daß sie ihre eigene Sicherheit so leichtsinnig aufs Spiel setzte.

Andererseits hatte sie mit Männern wie Gavin Fitzgerald noch keine Erfahrung.

Doch Ruarke hätte es besser wissen sollen. Der Ritter offenbarte in Lucs Augen immer mehr negative Eigenschaften.

Luc trat auf Brianna zu, erhitzt fragte er: »Was ist dieser Mann nur für ein Dummkopf, daß er Euch in solche Gefahr bringt?« Briannas Augen weiteten sich. »Merkt er denn nicht, wie leicht Gavin Euch etwas antun könnte? Und was ist mit dem Eid, den er gerade meinem Vater geschworen hat?« Luc rang die Hände. »Bedeutet ihm sein Wort so wenig? Wie kann er allen Ernstes glauben, daß Gavin diesen Schwur jemals vergessen würde?«

Brianna schüttelte verwirrt den Kopf. »Aber Ruarke weiß doch gar nichts von all dem«, begann sie und biß sich auf die Lippen, als sie bemerkte, daß sie sich verraten hatte. Schuldbewußt blickte sie zu Luc auf, als hoffe sie, er habe ihren Ausrutscher nicht bemerkt.

Doch das hatte er.

Luc durchfuhr die schmerzliche Gewißheit, daß er die Gedanken dieser Frau richtig gelesen hatte. Er fluchte leise und warf einen finsteren Blick auf den Bergfried, dann packte er Brianna an den Ellenbogen und zog sie zum Obstgarten.

»Was tut Ihr da?« rief sie und versuchte, sich aus seinem Griff zu befreien. »Ihr könnt mich nicht einfach über den Hof ziehen und erwarten, daß ich Eure schlechte Laune ausbade!«

Luc sah sie zornig an. »Ich will gewiß nur Euer Bestes, Mylady, und Ihr werdet jetzt schön anhören, was ich zu sagen habe.«

Brianna blinzelte, doch dann hörte sie auf, sich zu wehren. Leichtfüßig lief sie neben Luc her und mußte für jeden seiner zornigen Schritte zwei machen. Offensichtlich wollte sie ihm lieber nicht mehr widersprechen.

Mitten im Obstgarten, wo niemand sie belauschen konnte, blieb Luc stehen und faßte die Prinzessin an den Schultern. Sie war so klein und zart, daß es ihm unerträglich war, sich vorzustellen, was Gavin ihr bei der bloßen Vermutung, sie könnte ihn hintergehen, antun würde.

»Mylady«, sagte Luc grimmig und sah ihr in die Augen. »Es ist doch wohl nicht Euer Plan, meinem Vater Tullymullagh wieder wegzunehmen.«

Brianna öffnete den Mund und schoß ihn wieder. Sie runzelte die Stirn, schlug den Blick nieder und sah Luc schließlich mit gesenktem Kopf an.

»Glaubt bloß nicht, Ihr könntet mich schon wieder belügen«, knurrte er.

Sie errötete und schob das Kinn vor, aus ihren Augen sprach Trotz. »Und was würde geschehen, wenn ich es doch täte?«

Luc wollte Brianna heftig schütteln, damit sie wieder Vernunft annahm. Die Angelegenheit war schließlich sehr ernst. »Mylady! Gebraucht endlich den Verstand, den Gott Euch gegeben hat. Mein Vater vergißt niemals eine Beleidigung – und er läßt auch keine ungerächt. Er wird dafür sorgen, daß Ihr Eure Unternehmungen schon bald verwünscht, denn *niemand* kann sich ihm mit Erfolg widersetzen.«

Störrisch schürzte Brianna die Lippen, anscheinend war sie nicht so leicht zu überzeugen. Sie verschränkte die Arme vor der Brust und blickte unwillig zu ihm auf. »Das ist nicht wahr! Ihr habt ihm erst vor wenigen Augenblicken die Stirn geboten!«

»Ich habe nichts zu verlieren.«

Nachdenklich tippte sich die Prinzessin gegen das Kinn. »Und was ist mit Llanvelyn?«

Luc schüttelte den Kopf. »Ihr habt recht, er könnte mir das Siegel verweigern, so wie er es all die Jahre über getan hat, und mit Leichtigkeit meine gesamte Arbeit zunichte machen«, gestand er und schaute in Briannas smaragdgrüne Augen. »Doch auch dann wäre der Preis, den Gavin von mir forderte, vergleichsweise klein.«

Brianna zuckte mit den Schultern. »Von mir fordert er nichts.«

»Nein!« Ihre Sorglosigkeit erzürnte Luc, und er faßte sie noch fester an den Schultern. »Mylady, Ihr müßt verstehen, daß mein Vater kein Mitgefühl kennt! Ihr habt doch gerade erst gesehen, mit welchem Ergebnis sich Euer erster Ritter gegen ihn aufgelehnt hat.«

Brianna rollte mit den Augen. »Ich habe Euch doch bereits gesagt, daß Ruarke nichts von all dem weiß.«

Luc starrte sie entgeistert an, als ihm klar wurde, was sie da eigentlich sagte. »Ihr wollt meinen Vater allein bezwingen?« fragte er ungläubig. »Was ist das denn für ein Unsinn? Und ich hielt Euch bisher für eine vernünftige Frau!«

Sie richtete sich stolz auf. »Es ist kein Unsinn, um sein Zuhause zu kämpfen! Ihr kämpft schließlich auch um Llanvelyn.«

»Doch wenn Gavin es mir verwehren würde, wäre ich deswegen nicht fürs Leben gezeichnet«, gab Luc zurück. Briannas Augen weiteten sich, und er nickte grimmig. »Glaubt mir, Gavin würde Eure Schönheit zerstören, allein um seine wahnsinnigen Rachegelüste zu befriedigen.«

Brianna konnte nicht verbergen, daß seine Worte sie erschreckten. Hastig sagte sie: »Mein Aussehen ist unwichtig.«

So war die Prinzessin offensichtlich auch nicht umzustimmen. Luc zwang sich, seine schlimmsten Befürchtungen auszusprechen. »Und was ist mit Eurer Jungfräulichkeit? Was mit Eurer Unschuld, wenn er Euch für eine Nacht seinen Männern läßt?« Luc schaute auf sie hinunter, entschlossen, ihr das Ausmaß von Gavins Vergeltung deutlich zu machen. »Und was ist mit Eurem Leben, Mylady?«

Brianna erbleichte und sackte unter seinen Händen leicht zusammen. »Das würde er nicht wagen«, flüsterte sie, doch Luc sah in der Tiefe ihrer Augen Unsicherheit aufleuchten.

Er nickte traurig, unendlich erleichtert, daß Brianna schließlich die Gefahr erkannte. »Das und noch mehr, wenn er erst einmal in Rage gerät«, fügte Luc hinzu, dann drückte er kurz ihre Schultern. »Ihr müßt Euren Plan aufgeben.«

Doch Brianna preßte nur unentschlossen die Lippen aufeinander und ließ ihren Blick über den Fluß schweifen.

Verzweifelt biß Luc die Zähne zusammen, noch nie war er einer so hartnäckigen Person begegnet. »Mylady, besinnt Euch, wer würde Euch denn helfen, wenn Euer Plan mißlingt.« Sie schluckte. »Ruarke könnte Euch nicht helfen, schon gar nicht, wenn er im Verlies sitzt. Euer Vater und sein Verwalter sind schon sehr alt, die anderen Ritter haben alle Gavin die Treue geschworen.«

Er senkte die Stimme. »Niemand hat gewagt, Ruarke zu helfen. Bedenkt doch nur, wer würde oder könnte dann Euch helfen.«

Die Prinzessin sah ihn flehentlich an. »Würdet Ihr mir denn nicht helfen?« fragte sie sanft. Brianna legte eine Hand auf seine Schulter, und Luc wurde von dem Verlangen gepackt, ihr von diesem Tag an seine Treue zu schwören. »Ihr habt Ruarke doch auch geholfen.«

Luc schluckte mühsam. Brianna würde Burkes Braut sein – es war nicht seine Pflicht, sie zu schützen.

Er hatte das Leben eines Ritters vor langer Zeit aufgegeben.

Trotzdem brachte Luc es nicht übers Herz, ihr die Bitte abzuschlagen. »Ich werde nicht für immer hierbleiben«, erinnerte er sie ausweichend.

Tränen füllten die grünen Augen der Prinzessin. Sie nahm seine Hand, als wollte sie sich auf ihn stützen. »Luc, es verletzt meinen Vater so sehr, diesen Umsturz mitzuerleben«, sagte sie mit bebender Stimme. »Habt Ihr denn nicht sein Gesicht gesehen, als Ruarke fiel?«

Lucs Herz krampfte sich zusammen. Voller Ehrfurcht dachte er, daß diese Frau an nichts anderes dachte als an das Unglück ihres Vaters und sogar ihr Leben aufs Spiel setzen würde, um Connor glücklich zu machen.

Dieser Vorsatz war so edel, so selbstlos und ungewöhnlich für eine junge Edelfrau, daß Luc sie wortlos anstarrte. Sie blickte nur verzweifelt zu ihm auf.

»Ja, das habe ich«, brachte Luc hervor. Er drückte sie kurz, noch immer hatte er sie nicht vollkommen von der Auswegslosigkeit ihres gefährlichen Unterfangens überzeugt. »Bedenkt doch – wäre es einfacher für Euren Vater, mit ansehen zu müssen, wie Gavins gesammelte Wut über Euch hereinbricht?«

»Nein!« Plötzlich strömten Briannas Tränen, sie fielen ihr über die Wangen wie glitzernde Juwelen. »Ich weiß einfach nicht, was ich tun soll«, flüsterte sie mit unsicherer Stimme und ließ den Kopf hängen.

Diesen Anblick konnte Luc nicht ertragen. Sie so niedergeschlagen zu sehen, zerriß ihm schier das Herz. Er beugte sich zärtlich über Brianna, legte einen Arm um ihre Schulter und wischte ihr sanft die Tränen ab. Sie lehnte sich still weinend gegen seine Schulter, und Luc spürte, wie sein Umhang von ihren Tränen feucht wurde.

Es beschämte ihn, daß sie bei ihm Trost suchte, auch wenn es nur für einen kurzen Augenblick war, denn er hatte das Gefühl, daß sich diese Frau nur selten auf die Kraft anderer verließ. Sie besaß nämlich selbst erstaunlich viel davon.

»Heiratet Burke. Das wäre das beste für Euch«, riet er ihr ruhig und ignorierte den lauten Protestschrei in seinem Herzen.

Brianna erwiderte nichts auf seine Worte, und Luc überlegte, wie er sie nur beruhigen könnte. Hatte sie sich nicht dagegen verwahrt, einen Fremden zu heiraten? Was wußte sie schon über Burke?

»Er ist ein guter Mann, ein edler und ehrenhafter Ritter«, murmelte er. »Er wird Euch bestimmt beschützen.«

Doch zu seiner Überraschung reagierte die Prinzessin voller Leidenschaft auf diese leisen Worte. Luc sah das zornige Blitzen ihrer Augen, bevor sie seinen Arm abschüttelte und sich ein wenig von ihm entfernte. »Ich werde Burke gewiß nicht heiraten!« fuhr sie ihn an und stemmte die Hände in die Seiten, ihre Wangen glühten.

Luc sah sie fassungslos an, verwundert über diese abrupte Stimmungsänderung. Die eben vergossenen Tränen glänzten noch auf Briannas Wangen, doch ihre Entschlossenheit war mit neuer Stärke zurückgekehrt. Womit hatte er sie nur so sehr gereizt? »Aber warum denn nicht?«

»Weil ich ihn nicht liebe!« Ungeduldig wischte Brianna sich die Tränen ab. »Ich kenne ihn doch kaum!«

Sie wollte also keinen Fremden ehelichen. »Er ist ein guter Mann ...«

»Das ist mir gleichgültig!« Brianna sah Luc trotzig an.

Luc verschränkte die Arme vor der Brust und betrachtete sie ruhig. »Es ist Euch gleichgültig, ob er ein guter Mann ist oder nicht?«

»Ich weiß nur, daß ich ihn nicht liebe!« Luc wollte sie wohl nicht verstehen, Brianna schüttelte traurig den Kopf und seufzte.

»Luc, vor langer Zeit habe ich mir geschworen, nur meine einzig wahre Liebe zu heiraten. Und das werde ich auch tun, egal, was Ihr davon haltet – oder mein Vater oder Euer Vater oder sogar der König von England persönlich!«

Luc traute seinen Ohren kaum, ungeduldig fuhr er sich mit der Hand durchs Haar. »Was ist das denn für ein Unsinn? Also wirklich, Ihr lauscht wohl zu oft den Erzählungen der Barden.«

»Nein, ganz bestimmt nicht!«

Ratlos hob er die Hände. »Und woher, Mylady, habt Ihr diesen Unsinn denn sonst?«

»Es ist kein Unsinn!« rief Brianna aufgebracht. Nachdenklich betrachtete Luc sie und fragte sich, woher sie nur immer ihren Mut nahm. »Meine Eltern verband auch eine tiefe Liebe, die sie schon vor ihrer Hochzeit füreinander empfanden.«

Er konnte seine Zweifel nicht verbergen. »Tatsächlich?«

»Ja!« Brianna schürzte die Lippen und wandte den Blick ab, sah ihn dann jedoch wieder an. Mit überraschend sanfter Stimme sagte sie eindringlich: »Ich weiß, daß es für Euch schwer vorstellbar ist, denn Eure Kindheit kann nicht leicht gewesen sein. Aber meine war anders.«

Sie zögerte und schien zu überlegen, ob sie ihm noch mehr anvertrauen sollte. Schließlich sah sie ihn mit leuchtenden Augen erwartungsvoll an.

Luc wußte, daß Brianna nur auf seine Ermutigung wartete.

»Ihr könnt aber nicht wissen, was die Zukunft bringt«, sagte er ruhig. »Vielleicht gewinnt Ihr Burke doch noch lieb.«

»Oder auch nicht!« erwiderte Brianna. »Ich muß es aber vor der Hochzeit wissen! Könnt Ihr das denn nicht verstehen?«

»Die Wirklichkeit sieht jedoch ganz anders aus, und das wißt Ihr ebensogut wie ich. Ehen werden geschlossen, um Bündnisse zu besiegeln, und nicht aus Liebe.« Luc schüttelte fast verzweifelt den Kopf, doch Brianna faßte ihn am Arm.

Ihre Wangen röteten sich leicht, und als sie Luc in die Augen schaute, schlug auch sein Herz schneller. »Ich würde Euch gerne etwas erzählen, vielleicht versteht Ihr mich dann besser? Bitte!«

Die Prinzessin sah ihn so hoffnungsvoll an, daß Luc ihr nichts hätte abschlagen können. Einer Geschichte zu lauschen, war wirklich sehr wenig verlangt.

Und was hatte er heute schon sonst zu tun? Nichts, das von größerer Wichtigkeit gewesen wäre, als dafür zu sorgen, daß Brianna ihren Plan verwarf – nichts, das dringender gewesen wäre, als sicherzustellen, daß dieser bezaubernden Schönheit nichts zustieß.

Bis zu Burkes Rückkehr.

Dieser letzte Gedanke wollte ihm gar nicht recht behagen. Luc zwang sich zu lächeln, da er keinen Grund hatte, sich nicht auf die Rückkehr seines Bruders zu freuen. »Natürlich.«

Doch als Brianna zurücklächelte, ihm ein Lächeln schenkte, das allein für ihn bestimmt war, dachte er schon fast gar nicht mehr an Burke.

Und als Luc der Prinzessin seinen Arm bot und sie schüchtern die Finger auf seine Hand legte, war Burke de Montvieux den Gedanken seines älteren Bruders so fern wie nur irgend möglich.

Sie saßen zusammen auf der niedrigen Mauer an der Flußseite des Obstgartens, und Brianna baumelte nachdenklich mit den Beinen, als suche sie nach den richtigen Worten, um ihre Erzählung zu beginnen. Aber eigentlich betrachtete sie Lucs kräftigen Beine, die fest auf dem Boden standen.

Es gefiel ihr sehr, daß er sich um sie sorgte, und sie fühlte sich sicher und geborgen, solange Luc auf Tullymullagh war.

Deshalb war sie auch so enttäuscht gewesen, als er sie daran erinnerte, daß er bald gehen würde.

»Ihr müßt Eure Mutter sehr geliebt haben«, meinte Luc beiläufig, als sich ihr Schweigen immer länger hinzog.

»Ja.« Sie sah auf und bemerkte wieder einmal das strahlende Blau seiner Augen. Sie wäre jede Wette eingegangen, daß ihre Antwort Luc stärker interessierte, als er je zugeben würde. Es schien ihr sogar, als sei das Leuchten seiner Augen stärker, wenn seine Leidenschaft erweckt war. Wie neulich, als er sie geküßt hatte.

Briannas Lippen kribbelten bei der Erinnerung an seine Küsse, doch sie zwang sich, seine Frage zu beantworten. »Ja, das habe ich«, sagte sie leise. »Es ist sehr still geworden hier seit ihrem Tod, obwohl sie die ruhigste Person war, die ich je kennengelernt habe. Ich habe Euch letztens bereits gesagt, daß dort drüben ihre Grabstätte ist.«

Lucs Blick folgte ihrem ausgestreckten Finger, und er nickte. »Weil sie den Garten so liebte.«

»Ja, genau.« Brianna mußte sich zusammenreißen, doch zu ihrer Erleichterung schien Luc ihre Betroffenheit zu bemerken und betrachtete taktvoll die fernen Berge. Brianna war ihm sehr dankbar, daß er ihr ein wenig Zeit gab, um sich sammeln zu können, und staunte wieder, mit wieviel Achtung Luc sie behandelte.

»Und Ihr habt vorhin gesagt, daß Eure Eltern eine tiefe Leidenschaft verband.«

»Ja.« Brianna lächelte, als sie an die Geschichte dachte, die sie schon so oft gehört hatte. »Sie trafen sich, bevor mein Vater das Kreuz nahm.« Brianna warf Luc einen schüchternen Blick zu, plötzlich fühlte sie sich befangen. »Ich liebe diese romantische Geschichte, doch ich fürchte, Euch wird sie nur langweilen.«

Lucs Augen funkelten wieder lebhaft, und er zog verschmitzt eine Braue hoch. »Da ich offensichtlich kein romantischer Mann bin?« neckte er sie, und es ärgerte Brianna, daß sie so schnell errötete.

»Ich weiß zu wenig über Euch«, meinte sie und spürte Lucs zärtlichen Blick, obwohl sie auf ihre Füße starrte.

Das stimmte jedoch nicht ganz, stellte sie plötzlich fest, denn sie wußte bereits, daß Luc seine Versprechen ernst nahm. Auch hatte er Einhalt geboten, als Gavin den wehrlosen Ruarke demütigte und schlug, und er zeigte sich mit einer Entschlossenheit um ihr Wohlergehen besorgt, daß es Brianna ganz warm ums Herz wurde.

Sie mußte an den Eid denken, den ein Edelknappe ablegte, wenn er zum Ritter geschlagen wurde: Er schwor, stets sein Wort zu halten, und all diejenigen zu beschützen, die in Not waren.

Warum wollte Luc nur kein Ritter mehr sein? Die ritterlichen Tugenden entsprachen doch voll und ganz seinen Ansichten. Brianna wußte, wie stark Luc war, und vermutete, daß er ein furchterregender Gegner sein konnte.

Doch wenn sie ihn jetzt danach fragte, würde Luc wieder seinen Preis fordern, dachte sie und errötete noch tiefer.

Sie hatten schließlich eine Übereinkunft getroffen, und Brianna gestand sich ein, daß diese Vereinbarung eigentlich gar nicht so schlimm war, wie sie geglaubt hatte.

Brianna sah Luc lange an, der ihren Blick erwiderte, und sie hatte wieder einmal das merkwürdige Gefühl, er könnte ihre Gedanken lesen. Ein Lächeln spielte um seine festen Lippen, als fände er ihre Feststellung überhaupt nicht beunruhigend.

»So erzählt mir doch Eure Geschichte«, bat er ungeduldig.

Brianna räusperte sich nachdenklich. »Als Edessa verloren war, und die Weisung aus Rom kam, die Stadt zurückzuerobern, stand der Ritterschlag meines Vaters gerade bevor. Heute beteuert er, das Kreuz genommen zu haben, weil es der Fluch der Toren und Jungen ist, zu glauben, sie könnten eigenhändig die Welt verändern.«

Luc schnaubte leise, doch Brianna wußte nicht, warum. Sie machte eine Pause, doch er sagte nichts, also fuhr sie fort.

»Er wurde vom König persönlich zum Ritter geschlagen, und bei dieser Zeremonie sah meine Mutter ihn zum ersten Mal. Ein ganzes Dutzend Männer sollte an diesem Ostertag die Ritterweihe erhalten, jeder von ihnen stammte aus einer hohen adligen Familie, und wie Ihr Euch denken könnt, war ganz Irland an den Hof des Königs gekommen, um den Tag gebührend zu feiern.«

Brianna lächelte, als sie daran dachte, wie oft sie ihre Mutter gebeten hatte, ihr diese wunderschöne Geschichte zu erzählen. Sie zog die Beine hoch, schlang die Arme darum und legte das Kinn auf die Knie. »Von dem Augenblick an, da sie ihn erblickte, wußte meine Mutter, daß Connor von Tullymullagh der Richtige war, denn das Funkeln in seinen Augen, schlug sie völlig in seinen Bann.«

»Das war alles?« fragte Luc skeptisch.

Brianna schnalzte ungehalten mit der Zunge und sah ihn beinahe streng an. »Ihr solltet mir lediglich zuhören!«

Luc grinste und neigte leicht den Kopf. »Vergebt mir, Mylady«, sagte er mit gespielter Förmlichkeit. »Bitte, fahrt fort.«

»Sie waren einfach dazu bestimmt, sich zu lieben«, erklärte Brianna stolz. Als Luc auch darauf nichts erwiderte, warf sie ihr Haar zurück und erzählte weiter. »Nachdem sie immer wieder zusammen getanzt hatten, war sich meine Mutter ganz sicher, doch mein Vater gestand ihr, daß er bereits gelobt hatte, das Kreuz zu nehmen. Meine Mutter unterdrückte ihre Einwände und schwieg, obwohl sie sehr enttäuscht war, aber sie hatte kein Recht, ihn um etwas zu bitten, wenn er eine so wichtige Aufgabe übernommen hatte.

So machte sich mein Vater auf den Weg und reiste gen Süden, um dem heiligen römischen Kaiser und dem König der Franken ins Heilige Land zu folgen.« Brianna krauste die Stirn. »Doch der Kreuzzug scheiterte. Bei Damaskus unterlag das Heer den Ungläubigen, und als klar war, daß sie eine aussichtslose Schlacht schlugen, flohen König und Kaiser. Mein Vater war unter jenen Rittern, die von ihren Herren verlassen und plötzlich auf sich selbst gestellt waren.

Mitten im Kampfgetümmel bekam er hinterrücks einen Schlag auf den Kopf und verlor die Besinnung. Als er wieder erwachte, lag er vollkommen entkleidet unter den Toten, die man zum Verfaulen in der Sonne liegen gelassen hatte. Mein Vater verließ so rasch er konnte diesen Ort des Grauens, in der Hoffnung, er möge irgendwo Zuflucht finden.«

Brianna blickte auf und sah, wie Luc mit einem grimmigen Gesichtsausdruck auf seine Stiefel starrte. Hatte sie ihn vielleicht ungewollt an etwas erinnert?

Oder an jemanden?

Brianna fand keine Antwort darauf, also erzählte sie weiter. »Mein Vater hatte das unermeßliche Glück, von einem Kaufmann gefunden zu werden, dem der Krieg völlig gleichgültig war. Er nahm ihn zu sich nach Hause und hieß sein Weib, die Wunden zu versorgen.

Nachdem mein Vater genesen war, dachte er oft an ein hübsches Mädchen, das er einst beim Tanz am Hofe des Königs kennengelernt hatte. Er erinnerte sich an ihr Lachen und das Leuchten ihrer Augen, wenn er sie geneckt hatte, und wunderte sich, weshalb er die Wahrheit nicht früher erkannt hatte.

Doch er wußte, daß er nicht nach Tullymullagh zurückkehren konnte, ohne seinem Namen Ehre gemacht zu haben, das hätte seine Familie über alles beschämt. Deshalb bat er den Kaufmann, für ihn arbeiten zu dürfen, damit er wenigstens so viel verdienen könnte, um sein Schlachtroß und sein Schwert zu ersetzen.

Der Kaufmann erklärte sich sehr schnell damit einverstanden, denn er hatte keinen Sohn, und sein Geschäft florierte. Auch war mein Vater, nachdem er seine Gesundheit wiedererlangt hatte, jung und stark. In jenen Tagen war sein Haar schwarz, und um nicht aufzufallen, setzte er sich häufig in die Sonne, damit seine

Haut dunkler wurde. Mein Vater vermied es, öfter als nötig unter Leute zu gehen, außerdem lag das Haus des Kaufmanns am Stadtrand und war bereits bekannt für das stete Kommen und Gehen ausländischer Händler.

Dieser Mann handelte mit Edelsteinen, Rubinen und Smaragden aus dem Osten, Bernstein aus dem Norden, Amethysten aus dem Abendland und Perlen aus dem Meer. Mein Vater hat mir oft von den wunderbaren Schätzen des Kaufmannes erzählt, denn sie verbrachten viele lange Abende mit der Bewunderung ihrer Schönheit. Und stets hat mein Vater mit großer Zuneigung und Ehrerbietung von dem Ehepaar gesprochen.

Der Kaufmann war sehr zufrieden mit meinem Vater, und er entlohnte ihn mit Edelsteinen. Nach zwei Jahren wurde er plötzlich krank. Mein Vater war ebenso besorgt wie die Frau des Kaufmannes, denn mit der Zeit waren ihm die beiden sehr ans Herz gewachsen.

In der schwersten Stunde seiner Krankheit ergriff der Kaufmann die Hand meines Vaters und bat ihn, in seine Heimat zurückzukehren und ein fröhliches Weib zu finden – er bat ihn auch, Kinder auf die Welt zu bringen. Denn der Kaufmann bedauerte, daß seine Frau und er kinderlos geblieben waren. Mein Vater, so gestand der Kaufmann, sei für ihn immer wie ein Sohn gewesen, und er wolle ihn in Erinnerung bleiben, wie er zu Lebzeiten gewesen war, nicht als Toter. Er übergab meinem Vater ein Säckchen mit Edelsteinen, die ein Vermögen wert waren, und schickte ihn fort, während er im Sterben lag.

Gemeinsam mit der Kaufmannsfrau nähte mein Vater die Edelsteine in ärmliche Kleider. Sie gab ihm noch Wegzehrung für die Reise, küßte ihn auf beide Wangen und weinte, als er für immer ihr Haus verließ. Auf seiner Reise trug er stets einfache Gewänder, in denen er aussah wie ein Pilger, der aus Jerusalem zurückkehrt.«

Brianna spürte, wie ihre Stimme schwächer wurde. »Er hat oft erzählt, wie lang und einsam die Reise war, denn die ganze Zeit über mußte er an den toten Kaufmann in Damaskus und dessen Witwe denken.«

Brianna holte tief Luft und warf Luc einen verstohlenen Blick zu. Er sah sie leidenschaftlich an, vor Aufmerksamkeit waren seine Gesichtszüge ganz angespannt. »Nach seiner Rückkehr verkaufte mein Vater die Edelsteine, so wie der Kaufmann es ihm geraten hatte, immer nur wenige auf einmal, zuerst in London, dann auf dem Markt in der Champagne, dann in Paris. Nie zu viele auf einmal, nie zu auffällig, nie zwei besondere Steine am selben Ort. Und als alle Edelsteine verkauft waren, wuchsen Tullymullaghs Steinmauern nach und nach aus dem Boden.«

Als Luc sich räusperte, unterbrach Brianna ihre Erzählung und begegnete seinem festen Blick. »Ich schulde Euch eine Entschuldigung«, sagte er sanft. »Euer Vater hat diesen Bergfried nicht auf den Opfern anderer erbaut. Es tut mir leid, daß ich ihn solcher Vergehen beschuldigt habe, ohne nach der Wahrheit zu fragen.«

Brianna lächelte, es gefiel ihr, daß Luc den Mut besaß, seine Fehler einzugestehen. »Wahrscheinlich habt Ihr viele andere gekannt, die dieses Verbrechen begangen haben.«

Luc wandte den Blick ab und runzelte die Stirn, eilig wechselte er das Thema. »Und was geschah in der Zwischenzeit mit Eurer Mutter?«

Briannas Lächeln wurde breiter, ihre Begeisterung kehrte wieder zurück. »Also, das ist der beste Teil der Geschichte! Wißt Ihr, sie hatte keine guten Nachrichten aus dem Orient erhalten und bangte um das Leben meines Vaters. Ihre Gebete für ihn schienen vergeblich zu sein, denn die Jahre vergingen, und er kehrte nicht zurück. Ihr Vater drängte von Zeit zu Zeit, sie solle endlich heiraten, denn sie würde nicht jünger, doch bei dem Gedanken daran wurde ihr das Herz schwer. Sie konnte sich für keinen Mann entscheiden, sie wollte keinen anderen als den, den sie nicht haben konnte.

Und dann, eines Tages, als ihr Vater schließlich darauf bestand, daß sie nun einen Mann wählen müsse, kam Eva in den Burgsaal hinunter, noch immer unentschlossen, und traf dort einen Pilger, der auf sie wartete. Einen Pilger mit einem fröhlichen Funkeln in den Augen.« Brianna seufzte genußvoll. »Einen Pilger, der vor ihr auf die Knie fiel und um ihre Hand anhielt.«

»Wie romantisch«, murmelte Luc, und der Glanz in seinen Augen verriet, daß er sich nicht über sie lustig machte.

Brianna klopfte ihm neckisch auf die Schulter. »Es ist eine wunderbare Geschichte! Es war über fünf Jahre her, seit sie am Hofe des Königs miteinander getanzt hatten, und meine Mutter konnte kaum glauben, daß Connor leibhaftig vor ihr stand. Ihr Vater war natürlich heilfroh über den Antrag des einzigen Erben von Tullymullagh.«

Lucs Lippen verzogen sich zu einem Lächeln. »Kein Wunder, daß Ihr den Erzählungen der Barden so viel Glauben schenkt«, bemerkte er. »Ihr scheint immerhin aus einer hervorgegangen zu sein.«

Brianna versetzte ihm einen leichten Tritt. »Ich finde die Geschichte wunderschön!«

Luc nickte und betrachtete den Obstgarten. »Ja, das stimmt. Hätte doch nur jedes Kind eine solche Geschichte zu erzählen, hmm?«

Brianna hörte die Traurigkeit in Lucs Stimme und empfand plötzlich tiefes Mitleid für ihn. Er konnte über seine Eltern keine glückliche Geschichte erzählen, und als sie Luc von der Seite ansah, wurde ihr bewußt, wie sehr die Liebe ihrer Eltern ihr eigenes Leben geprägt hatte.

Plötzlich wünschte sie, mehr über Lucs Vergangenheit zu erfahren. Und ohne sich über die Folgen ihres Handelns Gedanken zu machen, legte Brianna ihm eine Hand auf den Arm. »Weshalb seid Ihr kein Ritter mehr?« fragte sie atemlos.

Luc durchbohrte sie mit einem tiefblauen Blick, dann zog er

langsam eine Braue hoch. »Ist das etwa eine Frage, Mylady?« sagte er mit dröhnender Stimme.

Briannas Blick fiel auf seine Lippen, ihr Herz hämmerte, und sie konnte kaum atmen. Eine süße Wärme durchdrang ihren Körper, sie bebte in Erwartung der Schauer, die Lucs Kuß in ihr hervorrufen würde, und sehnte sich unendlich nach der Geborgenheit, die sie in den Armen dieses Mannes verspürte.

Doch Brianna konnte kein Wort herausbringen. Sie nickte nur steif, als Luc sich zu ihr neigte, seine Augen loderten. Besitzergreifend preßte er seine Lippen auf die ihren, und sie schloß die Augen.

Ihre Finger fanden seine Brust, und Brianna seufzte zufrieden, als sie das schnelle Pochen seines Herzens spürte. Es war ermutigend zu wissen, daß diese Küsse nicht nur ihre Gefühle durcheinanderbrachten.

Dann dachte Brianna an nichts anderes mehr als an Luc und seine Umarmung.

Dreimal wurde ihr Name gerufen, bevor Brianna die Stimme des Verwalters hörte. Luc hob den Kopf und sah stirnrunzelnd zum Saaleingang, dann löste er sich von ihr. »Man sucht nach Euch«, sagte er sanft.

»Ich werde meine Antwort bekommen«, sagte sie beharrlich, und Luc lächelte.

Er lehnte sich vor und tippte mit dem Finger auf ihre Nasenspitze. »Morgen, Mylady. Die Geschichte ist nicht gerade kurz, doch Ihr sollt sie vollständig zu hören bekommen.« Er sah ihr fest in die Augen, als wollte er, daß sie ihm glaubte. »Ich verspreche es Euch.«

Brianna lächelte, sie wußte, daß Luc sein Wort halten würde. »Ich weiß«, flüsterte sie, und ihre Blicke trafen sich einen atemlosen Moment lang.

»Lady Brianna!« Brianna fuhr bei Uthers ungeduldigem Ruf schuldbewußt auf. »Lord Connor verlangt nach Euch!«

»Geht ruhig«, bat Luc sie eindringlich.

Sie sprang von der Mauer und rannte durch den Obstgarten. Vom Eingang des Saales aus blickte sie noch einmal zurück, und das Herz stockte ihr, denn auch Luc sah ihr nach.

»Morgen«, flüsterte sie zu sich selbst, dann eilte sie zu ihrem Vater. Morgen würde sie erheblich mehr über Luc Fitzgavin wissen, da war Brianna sich sicher.

Und die Aussicht darauf ließ sie zwei Stufen auf einmal nehmen, als sie die Treppe zum Saal hinaufstürmte.

Kapitel 8

Vater?«

Connor schreckte hoch, als er die Stimme seiner Tochter vernahm, und setzte sich im Bett auf. Er blickte um sich und erkannte erleichtert Briannas vertraute Gestalt in der Tür. Er hatte tatsächlich mitten am Tag geschlafen.

Er war wirklich alt geworden.

Brianna trat aus dem Schatten des Türrahmens, ihre Züge waren besorgt. Doch sie sprühte förmlich vor Leben, dachte Connor stolz. Ihr Haar schimmerte golden im Schein des Kohlenbeckens, das Connor angezündet hatte, und ihre Wangen glühten in jugendlicher Frische. Die Art, wie Brianna das Kinn vorschob, erinnerte Connor an die junge Frau, die ihm einst, vor seiner Reise nach Outremer, einen Abschiedskuß gewährt hatte.

Und nun lag in den Augen seiner Tochter das gleiche Leuchten. Hatte es etwa mit Ruarkes Rückkehr zu tun? Durfte er zu hoffen wagen, daß sein Plan in Erfüllung ging?

»Geht es Euch gut, Vater?«

»Ein wenig müde, mein Kind. Ich bin nur müde.« Connor zwang sich zu lächeln und klopfte auf die Bettkante. »Komm und plaudere ein Weilchen mit mir. Was gibt es Neues über Ruarke?«

»Gavin würde ihn ohne jeden Skrupel zu Grunde gehen lassen, doch Luc hat durchgesetzt, daß ich wenigstens seine Wunden versorgen darf.« Der Stolz in der Stimme seiner Tochter ließ

Connor aufhorchen. Und daß dieser Stolz nicht Ruarke galt, erregte seine Aufmerksamkeit nur noch mehr. »Ich darf ihn morgen früh besuchen.«

Connor blickte zur Tür, um sich zu versichern, daß sie allein waren, trotzdem flüsterte er. »Und unsere Aufgabe?«

»Oh!« Brianna senkte den Kopf und errötete. »Ich habe sie noch nicht erfüllt, Vater. Es tut mir leid.« Sie strich mit der Hand über den breiten Gürtel, der um ihre Taille geschlungen war, und Connor wußte, daß sie sein Kästchen dort sicher aufbewahrte. »Ich habe noch keine Gelegenheit gefunden, Luc ist ständig im Obstgarten«, erklärte sie und errötete noch tiefer.

Connor richtete sich ein wenig auf, versuchte aber, seine Stimme beiläufig klingen zu lassen. »Ist Luc nicht Gavins ältester Sohn, der nicht in deinen Wettstreit ausgezogen ist?«

»Ja«, sagte Brianna kurz angebunden und betrachtete fasziniert ihre Hände.

Vielleicht, so dachte Connor, hatte Lucs edelmütiges Verhalten seine Tochter ebenso beeindruckt wie ihn. Es war bemerkenswert, wie dieser Luc seinem Vater die Stirn geboten und Ruarke geholfen hatte.

War es denn möglich, daß wenigstens einer von Gavins Söhnen nicht den grausamen Charakter des Söldners geerbt hatte? Er sollte Luc besser im Auge behalten. Denn wie seltsam ihm der Entschluß seiner Tochter, nur aus Liebe zu heiraten, auch erschien, so wollte er sie trotzdem glücklich machen.

Das war seine große Schwäche.

Und eigentlich hatte Ruarke ihn bisher ziemlich enttäuscht. Weshalb war er erst jetzt zurückgekehrt?

Die ungewöhnliche Schweigsamkeit seiner Tochter hatte Connors Aufmerksamkeit erregt, und so versuchte er, die Unterhaltung in eine ganz bestimmte Richtung zu lenken. »Mir scheint, daß dieser Luc seinem Vater so unähnlich ist wie nur irgend möglich.«

Brianna blickte kurz auf, zu kurz, um ihr Interesse an dem Thema zu verbergen. »Wie meint Ihr das?«

»Man braucht viel Mut, um sich einem Mann wie Gavin Fitzgerald entgegenzustellen, dennoch hat Luc es getan, und das auch noch für einen ehrenhaften Zweck.« Connor betrachtete seine Tochter aufmerksam. »Es ist wirklich ungewöhnlich, einen derart prinzipientreuen Mann zu treffen. Verwaltet er nicht ein kleines Baronat in Wales?«

»Aber Vater, Luc war früher einmal Ritter!« entfuhr es Brianna, und ihre Augen glänzten.

Connor runzelte die Stirn. »Und nun bestellt er die Felder?«

»Es muß ihm irgend etwas widerfahren sein, ich weiß leider nicht, was, aber er ...« sie errötete wieder » ... hat versprochen, es mir morgen zu erzählen.«

Brianna war also entschlossen, das Geheimnis dieses Mannes zu lüften, und sie hatte einen starken Willen.

Diese Feststellung erschien Connor nun wirklich außerordentlich interessant.

Da fügte Brianna voller Mitgefühl hinzu: »Es muß ein schwerer Schicksalsschlag gewesen sein, denn er ist kein Mann, der leichtfertig so einen Entschluß fassen würde.«

Genau das hatte Connor erwartet. Luc Fitzgavin besaß eine Entschiedenheit, die ihm gefiel – und Connor konnte gut verstehen, daß das Leben eines Ritters viele Gründe bot, um nach einem ruhigeren Dasein zu streben. Es war eine schwere Last für die Seele, wenn man immerzu kämpfen und dem Tod ins Auge sehen mußte. Er konnte keinem ehrlichen Mann vorwerfen, sich auf einen friedlicheren Weg begeben zu haben.

Und die Ereignisse dieses Tages gaben ihm das Gefühl, daß Luc solch ein ehrenwerter Mann war. Connor betrachtete seine Tochter und dachte an Ruarke und seine langgehegten Pläne; er würde sich nun schweren Herzens von ihnen trennen.

Doch Briannas Augen hatten nie so geleuchtet, wenn sie von

Ruarke sprach. Würde Connor Brianna mit seinem Plan glücklich machen? Hatte sich Ruarke tatsächlich unbeabsichtigt verspätet? Connor zweifelte nicht an der Treue seines Ritters und ebensowenig an Ruarkes Zuneigung für Brianna.

Er müßte die ganze Sache einmal gründlich überdenken, und er wollte in nächster Zeit ein Auge auf diesen Luc haben. Connor zwang sich zu einem Lächeln und gab Brianna einen liebevollen Nasenstüber.

»Es geht Euch wohl schon wieder besser!« Sie küßte ihn auf die Wange, und ihr Lächeln erwärmte Connors altes Herz wie eine Sonne. Wenn sie so fröhlich lachte, ähnelte Brianna ihrer Mutter sehr. »Ich denke, es kann nicht schaden, wenn ich Euch verrate, daß der Koch Alantblüten kandiert hat, und zwar ganz allein für Euch.«

»Ihr verwöhnt mich alle viel zu sehr«, sagte Connor ein wenig barsch, wohl wissend, daß ihm die Freude deutlich ins Gesicht geschrieben stand. Ein Küchenjunge klopfte an die Tür. Vorsichtig balancierte er ein Tablett herein. Hinter ihm schob sich die massige Gestalt des Kochs in das Gemach.

»Ihr müßt überrascht tun«, flüsterte Brianna und wandte sich mit einem Begrüßungslächeln um. »Nur herein!«

Sie war wirklich eine außergewöhnliche Persönlichkeit, dachte Connor voller Stolz. Brianna würde niemanden auch nur um die kleinste Freude bringen. Es war, wie Vater Padraig sagte – sie hatte ein reines Herz.

Und ihre Nächstenliebe war ohnegleichen.

Connor hüstelte und setzte ein verwirrtes Gesicht auf, als die beiden näherkamen. »Uther hat mir vorhin bereits einen Teller Suppe gebracht«, begann er, dann entdeckte er mit gespielter Überraschung das Zuckerwerk, das der Koch und sein Gehilfe ihm stolz präsentierten. »Meister Koch! Du übertriffst dich förmlich in letzter Zeit! Alantbonbons! Du weißt doch, wie sehr ich sie liebe.«

Der Koch strahlte übers ganze Gesicht. »Ich hoffe, sie werden Euch ein wenig aufheitern, Mylord.«

»Ganz bestimmt.« Connor nahm ein rosafarbenes Bonbon und kostete es. »Ich fühle mich bereits viel besser! Koch, dein Talent wird von Tag zu Tag größer. Komm, Kind, schüttel diese Kissen auf, damit ich mich aufsetzen kann.«

Der Koch schnippte mit den Fingern, und der Junge sprang schnell herbei, um Brianna zu helfen. Als Connor den beiden dankte, verneigten sie sich tief. Überglücklich drückte sich der Koch zur Tür hinaus. »Gut gemacht!« lobte Brianna ihren Vater, nahm sich selbst eine der kandierten Blüten und setzte sich auf das massive Bett. »Kommt, Vater, erzählt mir die Geschichte von Eurer Reise in den Orient. Wie war es genau, als Ihr Mutter wiedersaht?«

»Das hast du doch schon oft genug gehört«, murrte er.

Brianna lächelte. »Und ich möchte es noch einmal hören.«

Nur zu gern willigte Connor ein, behaglich lehnte er sich zurück, um die Geschichte zu erzählen, die auch er so sehr liebte.

Luc wußte nicht mehr ein noch aus. Er hatte den ganzen Tag wie besessen im Obstgarten gearbeitet und fieberhaft über einen Ausweg nachgedacht, doch seine Gedanken hatten sich immer nur im Kreis gedreht.

Es gab einfach keine Lösung. Luc hatte Brianna nicht nur sein Wort gegeben, jede ihrer Fragen zu beantworten, er hatte der Prinzessin sogar noch einmal ausdrücklich versprochen, ihr morgen diese besondere Geschichte zu erzählen.

Und Luc Fitzgavin hielt sein Wort.

Auch wenn er bisher noch keinem Menschen anvertraut hatte, weshalb er die Sporen nicht mehr trug. Luc war es noch nicht einmal in den Sinn gekommen, diese Geschichte mit jemandem zu teilen! Der bloße Gedanke daran erzeugte in ihm ein Gefühl, als reite er ohne Schwert und Rüstung ganz allein in die Schlacht.

Doch er hatte Brianna sein Wort gegeben.

Verzweifelt suchte Luc nach einer Ausrede, doch ihm wollte nicht ein triftiger Grund einfallen. Er verwünschte sich selbst dafür, daß er im schwindenden Licht des Nachmittags schwach geworden und im Austausch für den Kuß einer Frau ein solches Versprechen gegeben hatte.

Für Briannas Kuß.

Luc stellte ernüchtert fest, daß er diese wunderschöne Prinzessin immer mehr begehrte. Und zwar nicht nur wegen ihrer berauschenden Küsse oder dem süßen Nektar ihrer Lippen.

Ihm gefielen Briannas funkelnde Augen, ihr wacher Verstand und ihre mutige Entschlossenheit. Jedes Gespräch mit ihr war ein aufregendes Kräftemessen, denn Luc war sich nie sicher, wer von ihnen siegen würde.

Briannas Gesellschaft war für ihn mehr als unterhaltsam. Außerdem bewunderte Luc an ihr, daß sie stets bestrebt war, diejenigen glücklich zu machen, die sie liebte, ohne dabei auf ihr eigenes Wohl zu achten.

Er hatte in der Welt bereits genug Selbstsucht gesehen.

Doch Brianna kam keiner der Frauen gleich, die Luc bisher kennengelernt hatte. Und ihre Küsse konnte er sowieso nicht vergessen.

Luc blickte zum Bergfried, wo sie sich gerade aufhielt, dann runzelte er die Stirn und machte sich wieder an die Arbeit. Denis und die Jungen waren damit beschäftigt, Steine für den neuen Stall herbeizubringen, überall im Burghof herrschte geschäftiges Treiben.

Doch Luc vermißte die Prinzessin mit dem goldenen Haar. Er sagte sich, daß dieses sentimentale Gefühl gewiß nur auf seine Sorge um Brianna zurückzuführen war, und Gavins sporadisches Erscheinen auf dem Burghof beruhigte ihn. Hoffentlich blieb Brianna bei ihrem Vater. Luc konnte sich gut vorstellen, daß sie den alten König in dieser schweren Zeit aufheiterte.

Und plötzlich hoffte er voller Leidenschaft, daß Burke die Prinzessin ebenso beschützen möge, wie er es an seines Bruders Stelle getan hätte. Doch als er sich daran erinnerte, wie gleichgültig Burke Briannas Reizen gegenüber gewesen war, kamen ihm starke Zweifel.

In diesem Moment riß der Stallknecht ihn ein zweites Mal an diesem Tage aus seinen Gedanken an Brianna, und Luc mußte sich eingestehen, daß er eigentlich ganz gerne an Tullymullaghs Prinzessin dachte.

Als zum Abendessen gerufen wurde, konnte Luc der Verlokkung, in den Burgsaal zu gehen, nicht länger standhalten. Er war sich sicher, daß ihn nur das Verlangen nach einer warmen Mahlzeit in den Bergfried getrieben hatte, doch dann schaute er sich besorgt nach Brianna um.

Er wollte sich lediglich vergewissern, daß es ihr gutging, nichts weiter.

Als Luc indessen die Prinzessin entdeckte, schlug ihm das Herz bis zum Hals, und zwar nicht nur vor Erleichterung. Brianna saß bereits an der Hohen Tafel auf dem Podium, sie wirkte bezaubernd in ihrem goldbestickten, leuchtendblauen Kleid. Aber ihre vornehmen Gewänder waren nichts im Vergleich zu der natürlichen Schönheit, die sie ausstrahlte, und Luc stand einen Moment regungslos da, um sie zu betrachten.

Sie war wirklich eine Elfenkönigin.

Brianna bewegte sich mit der gleichen Anmut wie bei ihrem ersten Aufeinandertreffen, und ihr unbefangenes Auftreten zeigte Luc, daß sie sich bester Gesundheit erfreute. Er spürte die Anspannung aus den Gliedern weichen.

Brianna plauderte ungezwungen mit den Gästen an der Hohen Tafel, trotz Kummer und Sorgen war sie eine perfekte Gastgeberin. Connor saß an ihrer Seite, ein Lächeln spielte um seine Lippen, und sein Gesicht hatte ein wenig Farbe bekommen. Er war wieder der weise, wenn auch entthronte König. Daß sich die Verfassung des alten Mannes so schnell gebessert hatte, war zweifellos Briannas Verdienst, dachte Luc.

Dermot und Ismay saßen zu Briannas Linken, und sogar dieser ungesellige Mann beteiligte sich an der Unterhaltung. Ismay hingegen schien ausschließlich übermäßiges Interesse an dem Inhalt ihres Bechers zu haben.

Und wie eine Motte vom Licht wurde Lucs Blick immer wieder von Brianna angezogen. Die Prinzessin strahlte geradezu, und die Stimmung im Saal hatte sich seit dem Vormittag bedeutend gebessert.

Gavin war dem Mahl ferngeblieben, doch Luc vermutete, daß ein Großteil der ausgelassenen Fröhlichkeit Briannas Bemühungen zu verdanken war. Gewiß hatte keiner der Anwesenden Gavins Grausamkeit oder den Ritter tief unten im Verlies vergessen, doch etwas Feiertagsstimmung an der Tafel konnte nicht schaden.

Als Brianna ihrerseits Luc entdeckte, erhellten sich ihre Züge, und sie lächelte. Luc starrte die Prinzessin wie gebannt an, völlig gefangen von ihrem Blick, und sein Herz klopfte wie rasend.

Und plötzlich dachte er an Pyrs. Ganz unversehens überkam Luc die Erinnerung an ihren letzten gemeinsamen Ausflug in Llanvelyns Gärten. Niemand hatte den alten Mann an diesem Tag von dem Spaziergang abhalten können, wie schlimm sein Husten auch gewesen war.

Schließlich waren sie doch losgegangen, weil es dem bescheidenen Mann, der zu Luc stets sehr großmütig gewesen war, so sehr am Herzen gelegen hatte.

Pyrs hatte ihn unverdrossen zu einer toten, knorrigen Eiche

geführt und hatte Luc geheißen, sich den Baum näher anzusehen. Luc hatte in dem geschwärzten Stamm die Geschichte der Krankheit erkannt, die den Baum getötet hatte. Er war mit Pyrs nach Hause zurückgekehrt, ohne zu verstehen, weshalb sie zu diesem Ort gepilgert waren.

Luc erinnerte sich noch immer an die Entschlossenheit in Pyrs müden Augen. »Ich besaß nicht genug Verstand, um zu erkennen, woran der Baum litt«, gestand der alte Mann. »Als ich schließlich die Krankheit herausschnitt, die ihm den Lebenswillen nahm, war es zu spät.«

Dann hatte Pyrs Luc fordernd angesehen, als hätte er ihm die Wichtigkeit seiner Worte deutlich machen wollen. »Ihr müßt den Mut haben, Luc, tief zu schneiden, wenn eine Wunde das Herz vergiftet. Ihr müßt das gesamte Gift entfernen, das die Zukunft zerstört. Und Ihr müßt handeln, ehe es zu spät ist.«

Damals hatte Luc vermutet, daß Pyrs mit diesem Geständnis sein Gewissen erleichtern wollte, weil er die Eiche nicht rechtzeitig gerettet hatte, doch nun fragte er sich, ob Pyrs ihm nicht einen ganz persönlichen Rat hatte geben wollen?

War es möglich, daß Lucs Herz durch den schweren Verlust, wegen dessen er die Sporen abgelegt hatte, bitter geworden war? Er wußte es nicht, doch plötzlich befürchtete er, es könnte tatsächlich so sein. Nachdenklich starrte Luc in die Augen der Prinzessin, deren wunderschöne Farbe durch die Entfernung verschleiert wurde.

Vielleicht hatte Pyrs recht gehabt.

Doch bevor Brianna ihn an die Hohe Tafel bitten konnte, falls sie es überhaupt vorhatte, setzte Luc sich hastig an den nächstbesten Tisch. Er mußte eine Weile mit seinen Gedanken allein sein.

Voller Bewunderung für das seltene Mitgefühl, mit dem Brianna allen Menschen begegnete, sah Luc zum Podium hinüber. Ihre Anteilnahme für Lady Ismay, aber auch das Verständnis, mit dem sie die Geschichte ihres Vaters in Outremer erzählt hatte, zeugten von ihrer großen Empfindsamkeit.

Plötzlich wußte er, daß Brianna seinen Schwur nicht verurteilen würde. Und diese Gewißheit, ließ Luc einen Entschluß fassen.

Schließlich konnte man nicht vorsichtig genug sein, wenn man einer anderen Person sein Herz öffnete.

Der Wein war gut, das Mahl besser, die Gesellschaft angenehm, und nachdem Luc seinen Entschluß gefaßt hatte, konnte er dies alles genießen. Er fühlte sich so wohl und gelöst wie schon seit Jahren nicht mehr – und lebendig. Mehr als einmal ertappte er sich dabei, wie er zur Hohen Tafel hinübersah.

Die Kerzen waren bereits heruntergebrannt, als ihn plötzlich eine überwältigende Duftwolke aus Moschus und Amber umhüllte. Luc hustete. Da er wußte, daß es keine Huren auf Tullymullagh gab, sah er sich verwundert um und war überrascht, als er in Lady Ismays verklärte Augen blickte.

»Da seid Ihr ja!« Durch die Hitze im Saal war die Kohle, mit der Ismay ihre Augen umrandet hatte, ein wenig verlaufen, die Hälfte des Karmins zierte anstatt der Lippen nun den rechten Ärmel ihres Hemdes. Ihre Wangen waren gerötet, und der Schleier hing schief, Lady Ismay sah wirklich alles andere als hübsch aus.

Sie wankte ein wenig, und der rote Inhalt ihres Bechers schwappte über. Als sie das Gleichgewicht wiedergewonnen hatte, zwinkerte sie Luc zu. »Ich habe Euch den ganzen Abend gesucht, Luc Fitzgavin«, sagte sie lallend.

Luc konnte sich nicht erklären, weshalb sie gerade ihn gesucht haben sollte. »Tatsächlich?«

Ismay beugte sich zu ihm hinunter und senkte die Stimme – eine betrunkene, in die Jahre gekommene Frau, die glaubte, sie könnte noch einen Mann verführen. Ihr Kleid stand offen und bot Luc einen Anblick, den er sich lieber erspart hätte. Luc wußte, daß sie die Bänder ihres Ausschnittes absichtlich gelockert hatte, doch diese zur Schau gestellten schlaffen Brüste würden bei keinem Mann Lust erzeugen.

Es war ein unangenehmer Moment.

»O ja«, schnurrte sie. »Ich weiß, Ihr seid ein Mann der Tat.« Ein Schluckauf unterbrach sie. »Ein Mann, der vor keiner Herausforderung zurückschreckt. Ein echter Mann.« Ismay warf einen vernichtenden Blick zur Hohen Tafel, bevor sie wieder Luc anlächelte. Er überlegte fieberhaft, wie er ihren Annäherungsversuchen entkommen könnte, bevor sie noch aufdringlicher wurde.

Versehentlich trat Ismay auf das verdreckte Ende ihres langen Ärmels, taumelte und schrie verwundert auf, als ihr Wein durch die Luft flog.

Luc mußte sie auffangen, sonst wäre sie auf den Steinboden gefallen.

Halb ohnmächtig, mit einem verzerrten, berauschten Lächeln sank Ismay in seine Arme. Dabei rutschte ihr eine Brust aus dem Hemd. Widerstrebend setzte Luc sie neben sich auf die Bank, zog ihr hastig das Kleid über die entblößte Brust und wünschte von ganzem Herzen, er sei weit weg.

Luc sah sich nach Hilfe um, doch Dermot war verschwunden. Uther trug gerade eine Kerze zur Treppe, während Connor und Brianna sich umarmten, offensichtlich wollte sich der alte König bereits zurückziehen.

Niemand kümmerte sich um Lucs mißliche Lage.

Er sprang auf und griff wie ein Ertrinkender, der sich an einen Strohhalm klammert, nach Ismays leerem Becher. »Ich werde Euch mehr Wein holen, Lady Ismay.«

Doch die Dame legte einen Ellenbogen auf den Tisch, stützte das Kinn in die Hand und sah ihn verträumt an. »Ich brauche keinen Wein mehr, Luc. Was ich brauche, ist ein Mann.«

Wo steckte bloß dieser verdammte Dermot?

»Kommt.« Ismay klopfte auf die Bank neben sich. »Kommt und plaudert ein wenig mit mir, Luc, ich brauche dringend Gesellschaft.«

Luc konnte sie nicht barsch abweisen. Er konnte nicht einfach weggehen, doch er brachte es auch nicht über sich, neben ihr Platz zu nehmen. Gottlob war die Bank auf der anderen Seite der Tafel frei geworden, und Luc setzte sich dorthin.

Unruhig drehte er den Becher in den Händen und flehte Dermot still an, sich zu beeilen.

Wo auch immer er sich aufhalten mochte.

Ismay lehnte sich mit leuchtenden Augen über den Tisch, und ihre Brüste fielen bei dieser Bewegung wieder aus dem Kleid. »Was habt Ihr, Luc? Begehrt Ihr mich denn nicht?«

Luc räusperte sich und versuchte, ihre bleichen Brüste nicht anzuschauen. »Sicherlich gebührt doch Dermot diese Ehre?«

Ismay zog eine Grimasse. »Aber er liegt nicht oft bei mir, nur wenn er sich dazu verpflichtet fühlt oder sein Anrecht sichern will.«

Wie konnte er nur so töricht sein und sich auf Ismay einlassen? Lucs Lage war wirklich heikler, als er noch vor einigen Momenten gedacht hatte. Das Eheleben von Ismay und Dermot interessierte ihn nun wirklich nicht!

Als er sich entschuldigen wollte, packte Ismay seine Hand und hielt sie mit überraschender Kraft fest. Luc blickte ihr widerwillig in die Augen und sah unverhohlenen Zorn darin lodern.

»Glaubt nicht, daß mein Gatte noch zärtliche Gefühle für mich hegt. Es gab eine Zeit, da war ich so dumm und dachte, Dermot sei wirklich all das, was er mir vorspielte, doch diese Tage sind lange vorüber.«

Ihre Lippen verzogen sich reuevoll, und sie schien plötzlich nicht mehr ganz so betrunken zu sein. »Und nun ist auch der einzige Grund für unsere Eheschließung verloren. Ja, erst jetzt habe ich erkannt, was für ein niederträchtiger Mann all diese Jahre neben mir gelegen hat.« Sie lachte verächtlich. »Und in wie vielen Nächten er neben anderen Frauen gelegen hat.«

Luc sah sich unvermittelt nach Dermot um, sein Blick fiel auf das Podium. Brianna hatte sich von der Tafel erhoben, und die Unruhe der Hofdamen um sie herum zeigte, daß auch sie sich zurückziehen wollte.

Von Dermot war noch immer keine Spur zu sehen.

Doch Luc konnte nicht die ganze Nacht dasitzen und Ismays Hand halten. Diese Unterhaltung wurde immer verfänglicher, und er war todmüde. »Es tut mir leid, Lady Ismay ...«, begann Luc sich zu entschuldigen.

Ismay schnaubte lachend. »Mir auch, das könnt Ihr mir glauben.«

Luc wußte nicht, was er darauf antworten sollte.

Doch Ismay drückte seine Hand. »Warum soll ich mich noch an das Ehegelübde halten?« Sie streichelte mit den Fingern über Lucs Arm und versuchte, ihn verführerisch anzusehen.

Luc mußte an eine alte Hure denken, die sich vor vielen Jahren, als er noch jung und leicht zu beeindrucken gewesen war, einem Heer von Rittern und Söldnern angeschlossen hatte. Doch schon damals hatte er kein Mitgefühl für diese verbrauchte Kreatur empfinden können. So wie jetzt.

»Lady Ismay!« Tullymullaghs Priester schnalzte leise mit der Zunge, als er an ihrem Tisch vorbeikam. Er gehörte zu der hageren, ruhigen Art von Priestern, und Luc konnte sich nicht vorstellen, daß dieser Mann je lächelte.

Vater Padraig zog die Augenbrauen hoch und blieb neben ihnen stehen, nicht einen Moment lang fiel sein Blick auf das sündige Fleisch, das Lady Ismay zur Schau stellte, obwohl der Priester die entblößte Brust bemerkt hatte. »Meint Ihr nicht, Ihr seid für den Saal ein wenig zu zwanglos gekleidet?« Die Mißbilligung in seiner Stimme war nicht zu überhören.

Ismay hatte den Anstand, zu erröten und griff murmelnd nach ihrem Hemd. Als sie an den Bändern ihres Gewandes nestelte, gelang es Luc endlich, ihr seine Hand zu entziehen.

Der Priester sah nachdrücklich von Ismay zu Luc. »Ich hoffe, ich sehe Euch beide in der Messe morgen früh?«

Luc nickte nur, doch Ismay hielt dem Blick des Priesters herausfordernd stand. »Ja, Vater Padraig. Wenn alles gutgeht, werde ich auch etwas zu beichten haben.«

Der Priester blickte sie streng an, entsetzt über die schamlosen Worte der Edelfrau. Er holte tief Luft, um eine vermutlich boshafte Bemerkung zu machen, doch Ismay hatte sich bereits den Becher geschnappt und schrie nach mehr Wein. Luc fiel auf, daß Vater Padraig erst jetzt erkannte, wie betrunken sie war.

»Das wird wohl eine lange Beichte werden«, murmelte der Priester stirnrunzelnd. Er nickte Luc zu und ging zum nächsten Tisch weiter.

»Kommt, Luc, ich zeige Euch, was eine wahre Frau ist«, gurrte Ismay. Der Auftritt des Priesters hatte sie von ihrer Absicht nicht abbringen können, doch Luc setzte sich entschlossen auf.

»Es tut mir leid, Ismay, aber es ist nicht meine Art, mit verheirateten Frauen anzubändeln.«

Ismay sah ihn einen Augenblick lang an und preßte die Lippen aufeinander. Dann schaute sie zur Hohen Tafel hinüber, Luc kämpfte gegen das Verlangen, ihrem Blick zu folgen.

Mit einem bedeutungsvollen Funkeln in den Augen wandte sie sich wieder ihm zu. »Die Rose von Tullymullagh«, sagte sie spöttisch, und Luc ärgerte sich, daß sein Interesse so offenkundig war. »Jeder Mann verliert sein Herz, wenn er auch nur einen Blick auf sie wirft.«

Noch bevor Luc den Zustand seines Herzens rechtfertigen konnte, lehnte sich Ismay zu ihm herüber und fuchtelte mit einem Finger unter seiner Nase herum. »Aber Ihr sollt wissen, Gavins Sohn, ich erinnere einiges über die Rose von Tullymullagh, was andere längst vergessen haben.« Ihre Augen verengten sich. »Es gibt da eine Geschichte, die schon lange nicht mehr erzählt worden ist, eine Geschichte, die Eure Meinung über vieles hier ändern wird.«

Doch Luc wollte in dieser Nacht nicht länger mit einer betrunkenen Edelfrau zusammensitzen. Er war todmüde, weil er Denis beim Stallanbau geholfen hatte, außerdem wurde Brianna gerade von ihren Hofdamen in ihr Gemach geleitet.

Alles würde heute nacht in Ordnung sein.

»Vielleicht mögt Ihr mir die Geschichte ein anderes Mal erzählen«, sagte er höflich und verneigte sich.

»Ich wünsche Euch eine gute Nacht, Lady Ismay.« Und ohne eine Antwort abzuwarten ging Luc hinaus.

Er ahnte nicht, daß er nie wieder die Gelegenheit haben würde, Ismays Geschichte zu hören, weder am nächsten, noch an irgendeinem anderen Tag.

Brianna erwachte mit dem dumpfen Gefühl, das etwas nicht stimmte.

Das gleichmäßige Trommeln des Regens gegen die Fensterläden hatte sie aus ihrem Schlaf gerissen. Im Bergfried war es kalt und dunkel.

Der November war mit aller Gewalt hereingebrochen. Sie kuschelte sich tiefer in die Laken und lauschte dem sanften Atmen der anderen Frauen. Da bemerkte sie, daß etwas fehlte.

Ismay schnarchte wie ein Bär.

Doch heute morgen schnarchte niemand.

Brianna setzte sich auf und betrachtete die schlafenden Frauen, ohne den kalten Luftzug auf ihrer Haut zu spüren. Sie krauste die Stirn und schaute sich mit wachsender Sorge noch einmal in dem Gemach um, doch es bestand kein Zweifel.

Ismay war nicht da.

Hatte sie vielleicht irgendwo ein abgeschiedenes Plätzchen gefunden, um bei Dermot zu liegen?

Nein, Dermot hatte sich ziemlich früh von der Tafel entfernt, aber Ismay war zurückgeblieben und hatte gehörig dem Wein zugesprochen. Brianna stockte das Herz, als ihr einfiel, was sie gesehen hatte, bevor sie zu Bett gegangen war.

Ismay hatte Lucs Hand festgehalten und ihm tief in die Augen geblickt.

In Dermots Abwesenheit.

Brianna rang entsetzt nach Luft. Wie der Blitz sprang sie aus dem Bett und zog sich hastig Hosen, Stiefel und Umhang über; plötzlich war sie sich ganz sicher, wo Ismay die Nacht verbracht hatte. Und mit wem.

Luc Fitzgavin war also doch kein ehrenwerter Mann!

Briannas Kehle schnürte sich zusammen, sie hatte sich von ihm täuschen lassen.

Aber ihr Unbehagen rührte gewiß nicht daher, daß Luc ihr etwas bedeutete.

Er konnte ihr einfach nichts bedeuten.

Nein, es war allein die Gewißheit über den begangenen Ehebruch auf Tullymullagh, die Brianna beunruhigte. Genau! Ihr Vater hatte stets darauf bestanden, daß sich alle Menschen innerhalb der Burgmauern an strenge moralische Regeln hielten. Darüber ärgerte sich Brianna so maßlos. Auch wenn sie damit das flaue Gefühl in ihrer Magengrube nicht erklären konnte.

Glücklicherweise hatte Brianna keine Gewissensbisse, Luc und Ismay ihr falsches Verhalten vor Augen zu führen.

Gleichgültig, ob sie die beiden zu dieser frühen Stunde störte.

Luc faltete die Hände hinter dem Kopf und lauschte, wie der Regen rhythmisch auf das Stalldach trommelte. Das strohgedeckte Dach war so dicht über seinem Kopf, daß er nur die Finger hätte ausstrecken müssen, um den leichten Aufprall der Tropfen zu spüren. Tief atmete er den Geruch des nassen Strohs und der vielen Pferde ein.

Und ganz entgegen seiner Gewohnheit blieb er liegen. Hier auf dem Heuboden war es warm, und Luc hatte keine Lust aufzustehen. Zudem war es noch sehr früh, noch nicht einmal Denis hatte sich von seinem Lager erhoben. Nur die Pferde schnaubten leise, hin und wieder winselte ein Hund im Schlaf, und auch die Knappen um ihn herum träumten noch.

Der Stall war so voll, daß sie alle auf dem Heuboden übernachten mußten, bis der Anbau fertiggestellt sein würde. Einige Pferde hatten sie sogar vorerst in den Gängen zwischen den Boxen unterbringen müssen. Nur in der Mitte des Heubodens, wo eine Leiter in den Stall hinunterführte, konnte man aufrecht stehen. An den Seiten hatten sie Stroh ausgebreitet, in dem die Stalljungen, Knappen und Söldner nun eingekuschelt wie Mäuse schliefen.

Luc betrachtete die vielen schlafenden Männer und überlegte, wo Dermot wohl die Nacht verbracht haben mochte. Seine lange Abwesenheit war wirklich auffällig. Führte er vielleicht etwas im Schilde?

War Dermot einer der beiden Männer, die sich vor zwei Nächten hier im Stall getroffen hatten? Luc wünschte von Herzen, er könnte Gewißheit darüber haben – oder wüßte jedenfalls, was die Verschwörer mit Brianna vorhatten.

Er befürchtete, daß es nichts Gutes war.

Luc hatte plötzlich das Gefühl, als nähmen die Gefahren, die seine Prinzessin bedrohten, kein Ende.

Natürlich bedurfte Brianna seiner verfehlten ritterlichen Dienste nicht. Wenn sie erst mit Burke vermählt war, würde sie genug Ritterlichkeit im eigenen Bett haben.

Dieser Gedanke ärgerte Luc viel zu sehr. Plötzlich schlug er ungeduldig die Decke zurück und kleidete sich an. Er hatte gerade sein Hemd über den Kopf gezogen, als die Stalltür aufgestoßen wurde. Blasses Licht fiel durch die Spalten zwischen den lose aneinandergefügten Holzbohlen des Heubodens und erhellte das Ende der Leiter.

Gebieterisch flüsterte jemand von unten: »Luc Fitzgavin, zeigt Euch!«

Luc stockte das Herz, als er die vertraute zornige Stimme vernahm, dann mußte er grinsen. Es war, als habe er sie mit seinen Gedanken gerufen!

Aber seine Freude über diesen frühen Besuch war sicherlich nur Erleichterung, weil er es nun schnell hinter sich bringen konnte, Brianna die versprochene Geschichte zu erzählen. Rasch zog er seine Hose an.

Die Prinzessin hingegen schien es noch eiliger zu haben als er.

»Luc!« rief sie wieder.

»Seid still!« zischte er. »Ihr weckt noch alle auf.«

Glücklicherweise schwieg Brianna daraufhin, obwohl Luc vermutete, daß sie sich nicht sehr lange ruhig verhalten würde. Hastig suchte er in der Dunkelheit nach seinen Stiefeln.

Er hatte sich gerade den einen angezogen, da war Brianna auch schon die Leiter zum Heuboden hinaufgeklettert. Mit zornig blitzenden Augen und glühenden Wangen stand sie vor ihm und preßte mißbilligend die vollen Lippen zusammen. Regentropfen glitzerten wie Edelsteine in ihrem langen, offenen Haar, die schlechte Laune der Prinzessin war unverkennbar.

Luc fragte sich, was sie so erzürnt haben könnte. Doch er hatte keine Gelegenheit, sie zu fragen.

»Luc Fitzgavin!« sagte Brianna erbost, und ihre Stimme wurde vor Zorn ein wenig lauter. »Ich habe geglaubt, Ihr wärt nicht so wie die anderen! Ich habe geglaubt, Ihr wärt wirklich ein ehrenhafter Mann!«

Luc sah sie verwirrt an – den Stiefel noch in der Hand – und überlegte fieberhaft, was er wohl getan haben mochte, damit sie zu diesem Schluß gekommen war. »Und nun?« wagte er zu fragen.

»Wo ist sie?« zischte Brianna.

Luc runzelte die Stirn. »Wer?«

»Ismay!« Brianna kochte vor Wut. »Nun tut nicht so unschuldig, Sir. Ich weiß doch, daß sie hier ist!«

Luc war sich da nicht annähernd so sicher. Warum sollte Ismay ausgerechnet hier sein? »Ich verstehe nicht ganz, was Ihr meint«, begann er, doch Brianna ließ ihn nicht zu Wort kommen.

Sie ging auf ihn zu und drohte ihm mit dem Finger. »Ich weiß nicht, was Ihr heute morgen mit Ismay gemacht habt, aber ich habe Euch gestern abend gesehen, und ich sage Euch, kein Mann – kein Mann! – darf sich auf dieser Burg ein solches Verhalten erlauben!«

Luc zog den anderen Stiefel an und ließ den Blick über die schlafenden Jungen schweifen, dann ging er entschlossen auf die zornige Prinzessin zu. Hier mußte ein Mißverständnis vorliegen, denn er wußte, daß er nichts Falsches getan hatte.

»Wir sollten uns besser woanders unterhalten«, sagte er ruhig und griff nach ihrem Ellenbogen, weil er sie in der Dunkelheit sicher geleiten wollte.

Doch Brianna zog ihren Arm weg. Es wunderte Luc, daß seine angebliche Tat sie so sehr beunruhigte, vor allem, da er nicht wußte, was es gewesen sein konnte.

»Ihr bringt mich jetzt nicht hier weg!« sagte sie heftig. »Ihr wollt mich wohl ablenken, damit Ismay sich aus Eurem Lager fortstehlen kann!«

Luc sah die Prinzessin ungläubig an, dann zeigte er nachdrücklich auf seine eindeutig leere Schlafstätte. »Aus meinem Lager?«

»Ich habe Euch gestern abend mit ihr zusammen gesehen, und sie ist heute nacht nicht in meine Gemächer gekommen«, entgegnete Brianna und schob trotzig das Kinn vor. »Zweifellos hat sie ein anderes Lager gefunden, und nach dem Anschein Eurer Unterhaltung gestern abend hat sie mit Euch angebändelt.«

Brianna wich Lucs Blicken entschieden aus. »Ich habe wirklich geglaubt, Ihr wärt ein ehrenhafter Mann«, sagte sie zornentbrannt. »Ich hätte niemals geglaubt, daß Ihr verheiratete Frauen verführt, und das auch noch vor den Augen Ihres Gatten.«

Brianna rang heftig nach Luft, und Luc brach es fast das das Herz, doch er fand keine Gelegenheit, sich zu verteidigen, denn Brianna redete mit unverminderter Leidenschaft weiter. »Ismay ist sehr verletzlich, sie hat in letzter Zeit große Verluste erleiden müssen. Ich hätte es niemals für möglich gehalten, daß Ihr die Notlage einer Frau derart schamlos ausnutzen würdet.« Mit geballten Fäusten starrte sie Luc an. »Das ist wirklich ein unsäglich niedriges Verhalten, Ihr, Ihr *Ehebrecher*!«

Ismay? Sie dachte, daß er mit Ismay geschlafen hatte? Luc konnte kaum ein Lächeln unterdrücken. Wie kam Brianna nur auf den Gedanken, daß eine Frau wie Ismay ihn verführen könnte? Die bloße Vorstellung davon brachte Luc bereits zum Lachen.

»Oh!« Briannas Augen blitzten. »Macht Euch bloß nicht über mich lustig!« rief sie und wollte ihm eine Ohrfeige versetzen.

Doch Luc hielt ihre Hand fest und barg sie in der seinen. Schäumend vor Wut versuchte Brianna, ihre Hand aus seinem fast sanften Griff zu befreien. »Brianna!« sagte Luc eindringlich. »Ich habe die Nacht nicht mit Ismay verbracht.«

»Das glaube ich Euch nicht!«

»Und wo sollte sie dann sein?« fragte Luc.

Brianna ließ den Blick über den Heuboden schweifen, Luc wußte, daß sie nur Männer und Jungen sah. Dann wandte sie sich wieder Luc zu, als wollte sie ihm nur zu gern glauben. »Aber ich habe sie doch gestern abend mit Euch gesehen. Ihr hieltet ihre Hand!«

»Sie hielt meine Hand«, berichtigte Luc. »Ismay fühlte sich einsam, und Dermot war verschwunden. Ich habe ein wenig mit ihr geplaudert, das stimmt, aber ich versichere Euch, Mylady, ich habe Ismay im Saal zurückgelassen, als ich mich zurückzog.«

Die Prinzessin sah Luc prüfend an, noch durchdringender als sonst, als wollte sie ihm geradewegs in die Seele schauen. Luc hielt ihrem Blick stand, denn er wollte diese Frau von ganzem Herzen überzeugen, daß er ein ehrenhafter Mann war.

Auch wenn er sich nicht zu fragen wagte, weshalb dies von so großer Wichtigkeit für ihn war.

»Ihr habt die Nacht nicht mit ihr verbracht?« fragte Brianna hoffnungsvoll.

»Nein!« Luc schüttelte entschlossen den Kopf. »Das habe ich nicht. Wie könnt Ihr nur glauben, daß ich bei ihr überhaupt in Versuchung geraten könnte?« Er machte eine Grimasse und sah erleichtert, wie Briannas Zorn langsam verflog.

»Ihr seid aber sehr hartherzig,«, schalt sie ihn, doch ganz unverkennbar teilte sie seine Meinung. Mit einem verschmitzten Glänzen in den Augen flüsterte sie: »Ich werde es wohl Vater Padraig erzählen müssen.«

Luc grinste. »Nun, das ist eine Drohung, die einem das Blut in den Adern gerinnen läßt. Euer Priester ist ein wahrlich verdrießlicher Mann. Kann er überhaupt lächeln?«

Brianna schüttelte den Kopf, dann runzelte sie besorgt die Stirn. »Aber was ist dann mit Ismay? Sie ist heute nacht nicht in mein Gemach gekommen, Luc.« Besorgt drückte sie seine Hand. »Kommt Euch das nicht auch seltsam vor? Vielleicht ist ihr etwas zugestoßen?«

Lucs Herz hüpfte vor Freude, daß Brianna ihm nicht nur glaubte, sondern auch noch ihre Sorgen anvertraute.

»Vielleicht hat sie Dermot irgendwo gefunden«, meinte er

achselzuckend. »Und sie haben sich ein ruhiges Eckchen gesucht. Gestern abend schien sie... Bestätigung zu brauchen.«

Briannas Lippen kräuselten sich amüsiert über Lucs diskrete Wortwahl. »Und doch habt Ihr Ismay keine gewährt.« Erleichtert bemerkte Luc, daß in ihrer Stimme keine Frage war, kein erneuter Zweifel an seiner Aufrichtigkeit.

»Keine«, betonte er noch einmal.

Und die Prinzessin lächelte.

Der Wandel in ihren Zügen erschien Luc, als käme die Sonne nach einem heftigen Regenschauer wieder zum Vorschein. Er konnte den Blick nicht von ihren leuchtenden Augen lösen. Sie standen ganz nah voreinander, über ihren Köpfen war das stete Trommeln des Regens. Die Mischung aus dem warmen Moschusgeruch nach Schlaf und ihrem bevorzugten Rosenwasser verriet Luc, daß Brianna aus dem Bett gesprungen und mit ihrem Verdacht geradewegs zu ihm gelaufen sein mußte.

Aber noch bevor er weiter über den warmen, vertrauten Duft ihres Körpers nachdenken konnte, regte sich ein Stalljunge im Schlaf und schnarchte laut. Erschreckt blickte sich die Prinzessin um.

Sie hatte sich nur für einen Augenblick von ihm abgewandt, doch lang genug, damit Luc sich Briannas Torheit bewußt wurde.

»Mylady, man sollte Euch hier besser nicht sehen«, sagte er ruhig. »Eure Anwesenheit könnte mißverstanden werden. Ich möchte nicht, daß man Euch auf Eurer eigenen Burg einen schlechten Ruf anhängt.«

Brianna seufzte und krauste die Nase. »Aber ich möchte jetzt nicht in meine Gemächer zurückgehen. Es ist noch niemand aufgestanden.«

»Dann kommt«, sagte Luc einladend und bot Brianna galant den Arm. »Ich weiß eine gute Lösung.«

»Und die wäre?«

»Laßt uns im Regen spazierengehen, dann erzähle ich Euch die versprochene Geschichte.« Luc lächelte Brianna ein wenig befangen an, denn er wußte, daß ihm diese Geschichte nicht leicht über die Lippen kommen würde.

Doch er hatte ihr sein Wort gegeben, und er würde dieses Versprechen auch halten.

Kapitel 9

Der Nebel verhüllte die fernen Gipfel der Berge, und alles um sie herum war grau verhangen. Im Obstgarten herrschte Stille, nur das gedämpfte Plätschern der Regentropfen auf den heruntergefallenen Blättern und ihre Schritte waren zu hören.

Brianna freute sich sehr, diesen Augenblick mit Luc teilen zu können, und erwartete gespannt seine Geschichte. Er hatte sanft ihren Arm genommen und geleitete sie an die Steinmauer über dem Fluß, doch dann ließ er seine warme Hand fallen.

Tief unter ihnen gluckerte die Darrow, und mit seinem kalten Flüstern schien das eilig dahinströmende Wasser vom Winter zu künden. In der Ferne verschwammen Tullymullaghs Ländereien hinter einem Regenschleier. Brianna sah Luc erwartungsvoll an. Sie zitterte vor Kälte und hüllte sich fester in ihren Mantel.

Als Luc ihr einen bedeutungsvollen Blick zuwarf, wußte sie, daß er nun beginnen würde. Brianna spürte die Anspannung in allen Gliedern, denn sie ahnte, Lucs Geschichte würde keine gewöhnliche Erzählung sein. Es ehrte sie, daß er ihr sein Vertrauen schenkte.

»Früher war ich ein Ritter«, begann Luc leise. Er stemmte die Hände in die Seiten und blickte unverwandt über die fernen Berge. »Und ich glaube, auf die eine oder andere Weise bin ich es noch immer. Der Rittereid soll schließlich ein Schwur fürs ganze Leben sein, und auch wenn ich das Leben eines Ritters inzwischen weit hinter mir gelassen habe, bestimmen dennoch die Worte, die ich einst schwor, alle meine Taten.«

Luc machte eine lange Pause, als suchte er nach den richtigen Worten. »Ich wuchs in Llanvelyn auf und habe es während meiner gesamten Kindheit nie verlassen, ich kannte gar nichts anderes … Mein Vater hatte den Ruf, ein unnahbarer Mann zu sein, aber als er im Sommer meines achten Lebensjahres nach Llanvelyn kam, war ich von seiner stattlichen Erscheinung schier geblendet. So vornehme Gewänder, wie er sie trug, hatte ich bisher noch nie gesehen, und sein Streitroß war größer und stolzer als jedes Pferd innerhalb meines beschränkten Horizontes.«

Luc schnitt eine Grimasse. »Vielleicht ist es auch ein Zeichen für die Einfachheit meines Lebens bis zu diesem Sommer, daß ich so leicht zu beeindrucken war. Oder ich wollte einfach nicht an die Gerüchte über die Grausamkeit meines Vaters glauben. Und als Gavin mir eröffnete, er habe bereits alles veranlaßt, damit ich auf einer Burg in der Nähe von Montvieux zum Ritter erzogen würde, hätte mich nichts auf der Welt abhalten können, mit ihm zu gehen.«

Luc schaute Brianna an und sagte bitter: »Es war für mich einfach unglaublich, daß dieser Mann seinen vergessenen Sohn aufsammelte und es dem Jungen ermöglichte, Schwert und Sporen zu erlangen.«

»Wie in der Geschichte eines Barden«, warf Brianna ein, und Luc lächelte anerkennend.

»Genau.«

»Aber wo liegt eigentlich Montvieux?« fragte Brianna. »Weshalb solltet Ihr gerade dort zum Ritter ausgebildet werden?«

»Die zweite Ehefrau meines Vaters ist Margaux de Montvieux«, erklärte Luc und lehnte sich gegen die Mauer. Nun überragte er Brianna nicht mehr, sondern konnte ihr direkt in die Augen sehen. »Nach dem Tod meiner Mutter hielt Gavin um die Hand von Margaux an, und sie bekamen schließlich Burke.«

»Und Rowan.«

»Nein.« Luc schüttelte den Kopf. »Rowan ist der Sohn einer

der Geliebten meines Vaters.« Er warf Brianna einen vielsagenden Blick zu. »Sie gehörte einer Truppe fahrender Gaukler an.«

»Oh.«

»Das kannst du laut sagen.« Luc grinste. »Doch Margaux ließ sich Gavins Ausschweifungen nicht gefallen. Sie lebt nach strengen Prinzipien, und als Rowan im Alter von vier Jahren nach Montvieux gebracht wurde, verbannte die resolute Frau Gavin endgültig aus ihrem Bett. Es war ein erbitterter Kampf auf beiden Seiten, doch Margaux konnte sich schließlich durchsetzen.«

Brianna runzelte nachdenklich die Stirn. »Aber als König Heinrich hier war, sagte Gavin, Rowan sei bei Margaux.«

»Ja, sie gewann ihn mit der Zeit lieb, und es war sehr großherzig von ihr, dem Jungen nie seine Herkunft vorzuwerfen. Margaux erzog Rowan wie ihren eigenen Sohn, und sie stehen sich noch immer sehr nahe. Sie hat Rowan sogar ihren Namen verliehen, ganz entgegen Gavins Willen. Rowan ist zwar nicht der Erbe, dieses Vorrecht gebührt natürlich Burke, aber er trägt ebenfalls den Namen ›de Montvieux‹.

Als Gavin nach Llanvelyn kam, muß Rowan allerdings noch ein Säugling gewesen sein, wenn er überhaupt schon geboren war. Ich kannte damals niemanden aus meiner Familie, weder Gavin noch Margaux oder Burke. Ich kannte nur Pyrs, den Verwalter von Llanvelyn, der mich stets wie seinen Sohn behandelte, obwohl er selbst nie geheiratet hatte.«

Luc verzog den Mund. »Pyrs war nicht gerade erfreut über die plötzliche Ankunft meines Vaters, und mein Weggehen muß ihn sehr geschmerzt haben. Doch er wollte mir die Freude nicht verderben und sagte nichts.« Luc zuckte die Schultern. »Ich war damals noch ein Junge und verstand seine Bedenken nicht.«

»Er wußte doch, was für ein Mann Gavin war«, bemerkte Brianna.

Luc nickte, dann fuhr er fort. »Gavin und ich ritten nach Cardiff, und von dort aus segelten wir in die Normandie, wo uns eine große Schar Ritter und Knappen empfing. Sie geleiteten uns zu einer prachtvollen Burg an der Küste, die hoch oben auf einer Klippe thronte. Dort übergab Gavin mich dann der Obhut des Burgherren, und ich übte mich entschlossener im Schwertkampf als jeder andere Edelknabe auf dieser Burg.«

»Ihr wolltet Euren Vater sicher zufriedenstellen«, meinte Brianna sanft.

Lucs durchdringender Blick bestätigte ihr, daß sie die Wahrheit erraten hatte. »Ich wollte mich seiner Aufmerksamkeit würdig erweisen«, gab er ruhig zu. »Doch er kam nie vorbei. Nach zwei Jahren erlangte ich schließlich das Recht, dem Burgherren als Knappe zu dienen.«

Luc machte eine kleine Pause.

»Damals lernte ich auch Tyrell kennen. Er war ebenfalls ein Knappe des Burgherren, ein Jahr älter als ich und alles andere als ehrgeizig. Aber das hatte er auch nicht nötig, denn auf ihn wartete als ältester Sohn eines mächtigen Lord ein großes Erbe. Er war ein ziemlich lustiger Bursche, immer zu Streichen oder Scherzen aufgelegt. Er konnte sogar den strengen Hofmarschall zum Lachen bringen. Nichts schien er ernst zu nehmen, außer seinen Späßen, jemanden wie ihn hatte ich noch nie kennengelernt.

Wir waren so verschieden wie Tag und Nacht, doch Tyrell nahm mich unter seine Fittiche. Er stand mir stets mit Rat und Tat zur Seite, wenn ich Hilfe brauchte, und gab sich große Mühe, mir die höfischen Umgangsformen beizubringen, die ich nie gelernt hatte. Es war offensichtlich, daß ich keine privilegierte Erziehung genossen hatte wie die anderen Edelknaben, doch Tyrell machte sich nichts aus meiner bäuerlichen Vergangenheit. Und trotz unserer Verschiedenheit waren wir in vielen Dingen einer Meinung.«

Ein flüchtiges Lächeln huschte über Lucs Lippen. »Tyrell und ich waren einfach unzertrennlich, und eines Nachts – als wir wieder einmal wegen einem seiner Streiche in Ungnade gefallen waren – schworen wir, nach unserer Schwertleite für immer zusammenzubleiben.«

Brianna lächelte und lehnte sich neben Luc gegen die Mauer. »Es ist schwer vorstellbar, daß Ihr damals solchen Unsinn getrieben habt«, neckte sie ihn.

»Ich war sehr jung«, sagte er lachend und zwinkerte ihr zu. »Tyrell hegte eine große Vorliebe für die Geschichten und Lieder der Barden, genau wie Ihr. Wir erfanden lange Erzählungen, in denen wir Damen retteten, Schätze errangen und Burgen belagerten. Sechs Jahre lang wurden wir zusammen ausgebildet, und die ganze Zeit über lebten wir in der Überzeugung, daß der Mensch gut und die Welt ein gerechter Ort sei.«

Luc senkte den Blick, und seine Stimme wurde leiser. »Aber das war ein kindischer Glauben, den wir eines Tages verlieren mußten.«

Er verfiel in ein langes Schweigen. Brianna wagte nicht, etwas zu sagen. Luc war ganz ernst geworden, zu ernst für ihren Geschmack, er erinnerte sich offensichtlich an ein schmerzvolles Ereignis.

Brianna befürchtete, ihre Frage sei zu vermessen gewesen.

Luc schien sie vergessen zu haben, denn er stand lange nur ganz still da und starrte abwesend in die Ferne, doch dann warf er den Kopf zurück.

Ein unheilvoller Zug lag auf seinem Gesicht.

Plötzlich sprudelten die Worte nur so aus ihm hervor, seine Stimme war dabei vollkommen ausdruckslos. »Am Tag des heiligen Johannes wurden wir dann im Rahmen eines großen Festes zusammen mit sechs anderen Knappen zum Ritter geschlagen. Der Burgherr selbst verlieh uns mit seinem Schwert den Ritterschlag, Tyrells Vater hatte für uns beide Schwerter schmieden lassen, und unser Herr übergab jedem von uns ein edles Streitroß. Meines war ein Apfelschimmel, der den Namen Grisart trug«, fügte Luc hinzu und schluckte. »Ich hatte noch nie so viel Großzügigkeit erlebt und war an diesem Tag fest davon überzeugt, in die Reihen einer vornehmen und erhabenen Gesellschaft aufgenommen worden zu sein.«

»Und das Geschenk Eures Vaters?«

Luc schnaubte. »Er kam selbst diesmal nicht vorbei und schickte auch nichts.«

Brianna war empört, daß Gavin ein so wichtiges Ereignis im Leben seines Sohnes einfach vergessen hatte. »Wie konnte er Euch das antun? Es war doch ein sehr wichtiger Tag für Euch, und er hatte ihn in die Wege geführt!«

Luc wandte den Blick ab. »Meine Ausbildung war ihm gleichgültig. Mein Vater hatte das alles nur in seinem eigenen Interesse veranlaßt. Er wollte sich mit dem Burgherren verbünden, indem er mich in dessen Dienste stellte. Doch dieser Plan war ganz offensichtlich gescheitert, mein Herr verabscheute nämlich Gavin, und es ist ein Zeichen seines guten Charakters, daß er trotzdem die Kosten für meine Ausbildung trug.«

Brianna konnte sich gut vorstellen, daß dieser Lord auf den ersten Blick den Unterschied zwischen Luc und Gavin erkannt hatte. »Er muß Euch für einen vielversprechenden jungen Mann gehalten haben«, meinte sie.

»Oder für einen entschlossenen jungen Mann.« Luc sah ihr fest in die Augen. »Ich wollte die Sporen, Mylady, Ich wollte sie mit Leib und Seele. Ich war der Meinung, daß allein ihr Fehlen mich aus dem erlesenen Kreise der Adligen ausschloß und daß ich als Ritter ebenso großes Ansehen genießen würde wie zum Beispiel Tyrells Familie. Ich wußte damals nicht, wie falsch ich damit lag, doch ich war jung und hatte noch viel zu lernen.«

»Was ist denn geschehen?«

»Tyrell gelobte sofort seinem Vater die Treue, und ich tat es ihm natürlich gleich. Wir waren ja schließlich Schildgefährten fürs ganze Leben, wie Ihr Euch erinnern könnt, und ich hatte keine anderen Verpflichtungen.«

Brianna lächelte ein wenig. »Ja, Ihr zwei mußtet Edelfrauen retten und Burgen erobern, im Namen der Gerechtigkeit.«

Luc nickte, aber er lächelte nicht. »Tyrells Vater sandte uns aus, um einem seiner Vetter im normannischen Sizilien beizustehen. Der Ort unserer Bestimmung lag in einem fernen und exotischen Land, und es war eine erhabene Aufgabe, Tyrells Vater dort zu repräsentieren. Wir freuten uns sehr und glaubten, dies wäre die beste Gelegenheit, unseren Ruhm als Ritter zu begründen. Es war, als würde unser glanzvolles Schicksal eher beginnen, als wir zu hoffen gewagt hatten.«

Luc stieß einen Stein weg und fuhr bitter fort: »Doch nichts war exotisch. Es war glühend heiß und dreckig, und wir wurden beide krank. Von den Ländereien dieses Vetters aus marschierte unser Heer gen Süden und segelte dann übers Meer nach Ifriqiya, wo die Schlacht tobte.

Richtig grausam war es dann, als wir zum ersten Mal in den Kampf zogen, denn das Abschlachten war kein Spiel. Viele der Männer, mit denen wir geritten waren, starben, und das nicht gerade ehrenhaft. Dabei drehte sich alles nur um ein unbedeutendes Stück Land, das an sich wertlos war, aber eine vorteilhafte strategische Lage hatte. Die Mauren wollten es ihrem großen Reich anschließen, und die Normannen wollten dadurch Oberhand über den Handel am Mittelmeer gewinnen.

Die Schlacht war grausam.

Und noch furchtbarer war der Preis, den all die unglücklichen Seelen zahlen mußten, die dort lebten. Sie hatten goldbraune Haut, ganz anders als alle Menschen, die ich bisher gesehen hatte, doch sie mühten und plagten sich ebensosehr auf den Feldern wie die mir vertrauten Menschen in Llanvelyn.«

Luc schluckte verlegen. »Ich konnte sie nicht ansehen, ohne an Pyrs zu denken«, sagte er und verstummte.

Brianna wagte nicht, das Schweigen zu unterbrechen, das sich erneut zwischen ihnen ausbreitete. Sie konnte sich diese fremde Welt kaum vorstellen. Über Kriege oder das, was die Männer auf dem Schlachtfeld erwartete, wußte sie kaum etwas.

Endlich sprach Luc weiter: »Doch die Adligen, die durch ihr Land zogen, behandelten diese Menschen wie Dreck oder Tiere.« Seine Stimme bebte vor Zorn. »Jene Ritter nahmen sich alles, was sie haben wollten, ohne sich darum zu kümmern, welche Zerstörung sie dabei anrichteten. Sie nahmen sich wirklich alles.«

Brianna wußte nicht, was sie darauf sagen sollte. Sie konnte sich kaum die Schrecken vorstellen, die Luc miterlebt hatte, doch sie sah in seinen Augen, daß er sich noch an jede Einzelheit erinnerte. Plötzlich wurde ihr bewußt, was für ein behütetes Leben sie geführt hatte, jedenfalls bis vor zwei Monaten.

Luc fuhr sich mit der Hand durchs Haar. »Ich kann die Verbrechen nicht aufzählen, die ich in diesen unendlich langen zwei Jahren miterlebt habe. Und ich möchte nicht wissen, wie viele Bastarde die beiden Armeen in die Welt setzten.«

Brianna rang nach Luft. »Nein!«

»Doch. Häuser wurden geplündert, die Kirchen geschändet, Menschen wurden beraubt, nur weil sie einem anderen Glauben angehörten. Unsere Armee hinterließ ein völlig verwüstetes Land.«

Zorn stieg in Brianna auf bei dem bloßen Gedanken daran. In den Liedern der fahrenden Sänger wurden die Schlachten stets als ein edles Unterfangen beschrieben, doch Lucs Erzählung führte ihr die Grausamkeit des Krieges sehr deutlich vor Augen. Seine Worte ließen ein so lebendiges Bild entstehen, daß Brianna wußte, er sagte die Wahrheit.

Luc würde ihr niemals Lügenmärchen erzählen.

Er preßte die Lippen aufeinander und sagte leise: »Und doch hatten seltsamerweise alle Ritter den gleichen Schwur geleistet.«

Er warf Brianna einen traurigen Blick zu, aber sie konnte ihn nur mit großen Augen anstarren.

»Ihr könnt mir glauben, daß wir dieses Verhalten ganz und gar nicht guthießen, doch solche Ansichten waren bei unseren Kameraden überhaupt nicht willkommen. Nach einem handgreiflichen Streit erkannten Tyrell und ich, daß wir das Verhalten dieser plündernden Ritter niemals ändern würden. Wir konnten nur versuchen, unseren eigenen moralischen Grundsätzen treu zu bleiben. In unseren Augen waren diese Normannen, die schon so lange in Sizilien kämpften, vom ehrlichen Pfad der Ritter abgekommen.

Es freute uns geradezu, als die Ländereien in Ifriqiya schließlich unwiederbringlich verloren waren. Man hörte unzählige Gerüchte über Krieg in Sizilien, denn der Papst hatte angeblich verkündet, daß das Heilige Römische Reich lediglich ein päpstliches Lehen sei, Friedrich Barbarossa bereite sich darauf vor, seinen Anspruch, wenn es denn sein mußte, auch unter Blutvergießen durchzusetzen. Doch Tyrells Vater hatte seinen Sohn bereits nach Hause befohlen.«

»Und Ihr habt Tyrell begleitet.«

»Ja.« Luc nickte. »Wir glaubten beide fest daran, daß unsere Träume auf heimatlichem Boden endlich in Erfüllung gehen und daß wir im Dienste von Tyrells hochangesehenem Vater zu Ruhm und Ehre gelangen würden.«

Der ironische Unterton in Lucs Stimme ließ Brianna aufhorchen. »Ihr hattet Euch also doch nicht geirrt?«

Luc warf ihr einen Blick zu, der Bände sprach, und die Bitterkeit in seinen Augen schnitt Brianna ins Herz.

Er beantwortete ihre Frage nicht gleich, sondern fuhr einfach mit der Erzählung fort. »Stellt Euch doch nur unsere Rückkehr in Tyrells Heimat vor, nach fast drei Jahren in der Fremde. Die ganze Burg feierte, um den ältesten Sohn und Erben willkommen zu heißen. Die Leute waren der Meinung, Tyrell habe durch seine Verdienste in der Schlacht großen Ruhm erlangt, doch ich sah den deutlichen Schatten auf seinen Zügen, den unsere Erfahrung hinterlassen hatte.

Sein Vater bemerkte davon jedoch nichts. An jenem Abend erhob dieser mächtige Mann seinen Becher und trank auf die Gesundheit seines zurückgekehrten Sohnes. Er verkündete, daß seinem habgierigen Nachbarn dringend eine Lektion erteilt werden müßte, Tyrell sollte den Angriff auf dessen Burg anführen.«

Lucs Stimme klang bei diesen Worten so streng und hart, daß es Brianna vorkam, als schlössen sich kalte Finger um ihr Herz. Seine leuchtendblauen Augen waren unverwandt auf eine unbestimmte Stelle des Obstgartens gerichtet.

Dann räusperte sich Luc entschlossen, doch er sah sie nicht an. Hastig fuhr er fort: »Es war ungewöhnlich kalt in jenem April, und wir brauchten beinahe eine Woche, um die Burg zu erreichen, die ganze Zeit über regnete es. Nichts hätte jedoch unsere Begeisterung trüben können. Als die Festung schließlich still und schwarz vor uns aufragte, war sich Tyrell ganz sicher, daß die Burg nahezu unverteidigt war.«

»Hatte er denn keine Späher ausgesandt?«

Lucs Blick verfinsterte sich. »Er glaubte, sein Vater hätte sichergestellt, daß dies ein leichter Sieg sein würde, sozusagen ein Willkommensgeschenk für seinen Erben.«

Brianna hob die Hand an die Lippen, plötzlich fürchtete sie, das Ende dieser Geschichte bereits zu kennen. Erschrocken sah sie Luc an, der mit monotoner Stimme weitersprach.

»Am Abend unseres Angriffs blies ein beißender Wind, der uns den Eisregen ins Gesicht peitschte. Die Pferde rutschten auf der glitschigen Straße aus, wir waren bis auf die Knochen durchgefroren. Die Nässe drang durch das Leder unserer Handschuhe, und ließ unsere Finger vor Kälte steif und klamm werden. Als wir die Burg stürmten, waren wir bereits völlig geschwächt.

Doch wir nahmen die Tore ein und dachten, der Sieg unser und die Burg erobert. Triumphierend preschten wir in den Burghof und liefen geradewegs in eine Falle.«

Brianna rang nach Luft, aber Luc fuhr erbittert fort: »Hunderte von Männern warteten im Schatten der inneren Ringmauer, sie waren uns in Zahl und Erfahrung weit überlegen. Mein Streitroß wurde unter mir erschlagen, noch bevor ich das Ausmaß unserer Gefahr erkannt hatte. Zu Fuß und ganz auf mich gestellt, versuchte ich mich der Angriffe von allen Seiten zu erwehren.

Nach kurzer Zeit stand im Burghof ein knöcheltiefer schwarzer Schlamm aus Blut und Regen, die überlebenden Pferde waren durchgegangen und in wilder Panik geflohen. Als ich Tyrell erblickte, wollte ihm gerade ein niederträchtiger Söldner mit einem Schwertstreich den Bauch aufschlitzen. So schnell meine Beine mich trugen, rannte ich zu ihm, doch es war zu spät.«

Luc schloß die Augen, sein Gesicht war bleich. »Es war zu spät. Tyrell hielt sich die Wunde zu, doch die Gedärme quollen unter seinen Händen hervor. Er war noch bei vollem Bewußtsein und merkte genau, was er da in Händen hielt. Das war das Schrecklichste an der ganzen Sache.«

Briannas Kehle schnürte sich zusammen. Sie konnte sich nicht vorstellen, was sie angesichts dieses Grauens getan hätte.

Luc schluckte schwer, sie bemerkte, wie er darum kämpfte, seine Stimme ruhig klingen zu lassen. »Ich hielt ihn in den Armen, als er starb, ich wollte ihm inmitten all dieses Durcheinanders einen würdigen Tod ermöglichen. Plötzlich schrie er auf, ich glaubte zuerst vor Schmerzen, und erkannte daher zu spät, daß er mich warnen wollte. Ein Schwert spaltete meinen Helm, ich sah mein eigenes Blut herunterlaufen, dann verlor ich die Besinnung.«

Luc holte tief Luft. »Ich bin außerhalb der Burgmauern aufgewacht, zwischen den Leichen all derjenigen, die mit uns geritten waren.« Seine Augen waren von den Erinnerungen verschleiert. »Es war verflucht kalt. Neben mir lag Tyrell, der niemals wieder seine Späße treiben würde.«

Brianna biß sich auf die Lippen, sie wußte, daß Luc der Verlust eines Freundes näher ging als den meisten Menschen.

»Ich konnte ihn kaum dort liegenlassen«, gestand Luc kopfschüttelnd. »Seine letzte Ruhestätte durfte keinesfalls ein so unwürdiger, grauenhafter Ort sein. Er war doch mein Freund, mein Gefährte, mein Kamerad. So hob ich Tyrell unter dem Adlerblick der Wachposten hinter den Zinnen auf meine Schulter und machte mich auf den langen Weg zur Burg seines Vaters. Sie ließen mich gehen, ich weiß bis heute nicht, warum.«

Er verstummte, und Brianna war, als spürte sie den Schmerz über seinen Verlust am eigenen Körper.

Behutsam legte sie ihm eine Hand auf den Arm. »Sie müssen gewollt haben, daß der Lord davon erfährt«, meinte sie sanft.

Lucs Miene wurde noch härter. »Dieser Mann zweifelte nie an dem Ausgang des Angriffs.«

Brianna runzelte die Stirn. »Aber warum? Das verstehe ich nicht. War er denn nicht untröstlich über den Tod seines Erben?«

Luc verzog den Mund und sagte kalt: »Ganz im Gegenteil, er sagte mir eiskalt, daß er noch zwei andere Söhne habe.«

Brianna war entsetzt. »Er konnte aber doch unmöglich wissen, daß Ihr den Kampf verlieren würdet!«

»Doch, sein Verhalten hinterließ bei mir keinen Zweifel daran. Er freute sich sogar darüber, daß er durch Tyrells Niederlage in den Besitz eines wohlhabenden Klosters gekommen war.«

»Das verstehe ich nicht.«

Luc schürzte verächtlich die Lippen. »Tyrells Vater war vor allem ein Stratege. Ich bin davon überzeugt, er wußte die ganze Zeit über, daß seine Ritter den Kampf um jene Burg verlieren würden. Doch er wollte unbedingt in den Besitz eines wohlhabenden Klosters gelangen, das an seine Ländereien angrenzte und von dem anderen Lord gegründet worden war. Tyrells Vater vermutete wohl, es würde von seinen wahren Absichten ablenken, wenn sein ältester Sohn und Erbe auszöge, um die Burg jenes Lords anzugreifen. Er sandte gerade mal sechs Söldner aus, um das Kloster einzunehmen, während der Lord seine Burg verteidigte. Es war ein leichter Sieg, und Tyrells Vater bekam genau das, was er sich immer gewünscht hatte.«

Brianna rang nach Atem. »Er hat absichtlich seinen Sohn geopfert, nur um an mehr Land zu kommen?«

Luc nickte kaum merklich.

»Aber das ist ja unmenschlich!«

»Er dankte mir dafür, daß ich ihm Tyrell gebracht hatte, denn nun konnte er ihn angemessen in dem Kloster beerdigen. Er brüstete sich öffentlich damit, daß Tyrells Ruhm zweifellos die Gaben für die dortige Kapelle vermehren würden.«

Brianna stammelte entgeistert: »Wie entsetzlich!«

Lucs Stimme bebte vor Zorn und Enttäuschung. »Damals erkannte ich, daß Tyrell und ich uns geirrt hatten. Die Adligen im Norden waren genauso korrupt und ehrlos wie die im Süden. Edelmänner wie unsere Väter nahmen sich alles, was sie begehrten und kümmerten sich nicht darum, wieviel es andere kostete.

Wenn ein Edelmann seinen Sohn für eine so unbedeutende Eroberung kaltblütig opfern konnte, wollte ich nicht länger zu dieser Welt gehören. Damals wurde mir bewußt, daß die ehrenvollste Person in meinem Umfeld ausgerechnet der Mann war, der mich aufgezogen hatte.« Er warf Brianna einen vielsagenden Blick zu. »Und Pyrs war von äußerst gewöhnlicher Herkunft.«

»War?«

»Er ist vor zwei Jahren gestorben.« Luc preßte die Lippen fest zusammen; der Tod dieses Mannes war ihm offenbar sehr zu Herzen gegangen.

Tief bewegt legte Brianna ihre Hand auf die seine. »Es tut mir so leid. Er muß ein wunderbarer Mensch gewesen sein.«

Luc lächelte traurig und schloß seine Finger um ihre Hand. »Ja, das war er.«

Von dem unendlichen Verlangen erfüllt, diesen starken Mann zu trösten, der so wenig von den Menschen um sich herum erwartete, trat sie einen Schritt näher zu ihm. »Und Tyrell auch.«

»Ja.«

Zärtlich strich sie über seine Finger. »Und daraufhin habt Ihr Eure Sporen abgelegt?«

»Ja, ebenso wie alle anderen Attribute des Ritterlebens. Mein Streitroß war tot, den Rest verstaute ich in einer Truhe auf Llanvelyn.« Luc runzelte die Stirn. »Aber das Schwert, so schwor ich damals, sollten meine Hände nie wieder halten. Die Waffe war schließlich für all die Greueltaten, die ich mit angesehen hatte, verantwortlich.«

Luc blickte Brianna durchdringend an, seine blauen Augen funkelten entschlossen. »Die Waffe eines Ritters verleiht einem Mann die Macht, sich mehr zu nehmen, als ihm zusteht, Menschen zu ermorden, die sich ihm widersetzen, und ein nutzloses Blutbad anzurichten. Ich werde *niemals* wieder ein Schwert führen. Dieses Leben liegt weit hinter mir, ich habe meinem Schwert abgeschworen und werde es in meinem ganzen Leben nicht wieder aufnehmen.«

Brianna kam plötzlich etwas in den Sinn, das Luc in seiner Erzählung erwähnt hatte. »War Euer Schwert nicht ein Geschenk von Tyrells Vater?«

Luc nickte. »Es ist ein wahrer Schandfleck, ich werde es nie wieder in die Hand nehmen. Diese Ehre erweise ich ihm nie mehr.«

»Aber«, Brianna krauste die Stirn, »Ihr müßt doch sicher nicht allem abschwören?«

»Wollt Ihr damit etwa sagen, daß ich meinen Eid brechen soll?« Lucs Stimme war eiskalt.

Brianna errötete, denn sie wußte sehr wohl, daß dies für ihn nicht in Frage kam. Sie bewunderte Lucs Entschlossenheit, seinen Schwur zu halten.

»Nein, natürlich nicht. Ich weiß, daß Ihr so etwas niemals tun würdet.« Er entspannte sich ein wenig, doch Brianna überlegte noch immer fieberhaft, wie sie ihm erklären könnte, was sie meinte. »Aber Ihr könntet doch sicher einen Mittelweg finden!«

Luc starrte sie einen Moment lang an, dann schüttelte er energisch den Kopf und wandte sich ab.

Als er sie wieder ansah, bemerkte sie erleichtert einen Anflug von Humor in seinen Augen. »Ihr scheint überaus besorgt um meine Zukunft zu sein, Mylady«, sagte er, und Brianna hatte den Eindruck, Luc wechsele absichtlich das Thema.

Sie konnte jedoch nicht länger darüber nachdenken, denn Luc machte einen energischen Schritt auf sie zu, und Brianna wußte, daß sie dem verschmitzten Leuchten in seinen Augen nicht trauen konnte. »Seid Ihr denn an jedem Fremden so interessiert, der nach Tullymullagh kommt?«

Brianna wurde feuerrot. Hastig wich sie ein Stück zurück.

»Außerdem habt Ihr heute morgen eine Menge Fragen gestellt«, sagte Luc. »Sollen wir sie mal zählen?«

»Nein!« Brianna wich zurück. Sie wollte protestieren, doch der Gedanke, daß Luc seine Gebühr einholen könnte, verschlug ihr den Atem. »Diese Fragen zählen nicht!« brachte sie schließlich heraus.

Luc runzelte mit gespieltem Ernst die Stirn. »Alle Fragen zählen, Mylady«, beharrte er. »So lautet unsere Abmachung.« Er hielt inne und verschränkte die Arme vor der Brust. »Es sei denn, Ihr wollt Euer Wort brechen.«

Brianna lachte halb empört. Dieser Mann ließ sie nicht entkommen.

Und das gefiel ihr sehr gut.

»Einen Kuß«, schlug sie vor.

Lucs dunkle Augenbrauen hoben sich. »Mindestens vier«, gab er zurück und zählte an seinen Fingern ab: »Im Stall habt Ihr nach Ismay gefragt, Ihr wolltet wissen, wo Montvieux liegt, weshalb ich dort zum Ritter ausgebildet wurde, warum Rowan mit Margaux reist...«

»Das waren keine Fragen!« Brianna schüttelte erbost einen Finger. »Ich habe ganz genau darauf geachtet, daß dies nur Kommentare waren!«

Luc grinste. »Oh, da bin ich mir aber gar nicht so sicher, Mylady.« Er schüttelte bedächtig den Kopf. »Nein, ganz und gar nicht«, sagte er augenzwinkernd und zählte weiter. »Laßt mich mal sehen. Ihr wolltet auch wissen, was Gavin mir zur Ritterweihe geschenkt hat, was mit Tyrell geschah...« Luc sah sie vergnügt an. »Ich glaube, vier Küsse sind ein faires Angebot, das Ihr eigentlich mit offenen Armen annehmen müßtet.«

»Ihr!« stammelte Brianna. »Das ist unverfroren!«

»Und Ihr habt gesagt, daß Ihr mich am liebsten mögt«, sagte Luc und grinste von einem Ohr bis zum anderen. »Vier, oder sollen wir weiterzählen?«

»Oh!« Brianna lief aufgeregt hin und her und überlegte, wie sie vier Küsse von ihm so kurz hintereinander überleben sollte, dann drehte sie sich um und blickte ihm fest in die Augen. Beherzt hob sie den Kopf und wappnete sich gegen seinen Angriff auf ihre Sinne.

Das Herz schlug ihr bis zum Hals; sie war sich nicht sicher, ob es wirklich eine Niederlage war, wenn sie jetzt nachgab.

»Also gut, vier«, sagte sie. »Damit bin ich einverstanden.«

Doch Luc blickte mit zusammengekniffenen Augen über Brianna hinweg. Er schaute zum Fluß hinunter und runzelte die Stirn, als wollte er seinen Augen nicht trauen.

Brianna ging näher an die Mauer heran, neugierig, was es dort zu sehen gab. »Schaut bitte nicht hin, Mylady!« rief Luc und trat ihr in den Weg.

Doch er war nicht schnell genug und konnte nicht verhindern, daß Brianna den zertrümmerten Körper unten auf den Felsen erblickte.

Und erkannte, wer es war.

»Ismay!« schrie Brianna. »Sie ist hingefallen! Luc, wir müssen ihr helfen! Wer weiß, wie lange sie schon dort unten liegt? Sie muß verletzt sein ...«

»Mylady!« sagte Luc und sah Brianna eindringlich an. Sie erkannte die Wahrheit in seinen Augen, und das Blut erstarrte ihr in den Adern.

»Holt bitte den Priester«, bat er ruhig. »Mehr können wir für Lady Ismay jetzt nicht tun.«

Brianna spürte, wie jede Farbe aus ihrem Gesicht wich. Sie versuchte, die Tränen zurückzuhalten, und wandte den Blick ab, als es ihr zur Gewißheit wurde.

Ismay war tot.

»Vater Padraig«, bestätigte sie mit zitternder Stimme.

»Ja«, sagte Luc. Er drückte Briannas Schultern und sagte leise: »Und schaut bitte nicht zurück, wenn Ihr geht, Mylady.«

Brianna nickte, dankbar, daß Luc versuchte, sie vor dem Anblick von Ismays zerschmettertem Körper zu beschützen. Hätte sie doch nur Lucs Warnung befolgt und nicht hingesehen.

Denn dieses Bild würde ihr nicht so bald aus dem Kopf gehen. So wollte sie Ismay nun wirklich nicht in Erinnerung behalten.

Brianna nickte wieder und entschlüpfte schnell Lucs warmem Griff, um den Priester zu holen. Als sie über den Burghof ging, fühlte sie seine Augen in ihrem Rücken, doch sie drehte sich nicht um und blieb auch nicht stehen, bis sie Pater Padraig gefunden hatte. Der war bereits wach und saß im Saal.

Luc konnte den Blick nicht von Briannas kleiner werdender Gestalt wenden, die immer schneller über den Burghof lief, bis sie schließlich rannte. Sogar als er sie nicht mehr sehen konnte, blieb die Prinzessin noch in seinen Gedanken. Er wollte mehr als ihre Küsse, das wußte er jetzt.

Luc wollte mehr als vier Küsse.

Und plötzlich wurde ihm bewußt, daß er in den letzten elf Jahren niemandem so viel von sich erzählt hatte wie Brianna in den letzten paar Tagen. Es war die Art, wie sie zuhörte und jedem einzelnen Wort Bedeutung zumaß, das Leuchten ihrer Augen.

Es war die Anteilnahme, die sie für die Menschen um sich herum aufbrachte.

Luc fühlte sich mit einem Mal unglaublich erleichtert. Und zwar nicht nur, weil er die Erzählung jener Erlebnisse endlich hinter sich gebracht hatte, sondern weil er sie mit jemandem geteilt hatte. Endlich hatte er all seinem Schmerz und den Enttäuschungen Ausdruck verliehen, und es war ihm leichter gefallen als erwartet.

Er fühlte sich befreit. Die Welt schien plötzlich voller Möglichkeiten zu sein.

Nun, da er die Geschichte in Worte gefaßt hatte, erschien sie ihm gar nicht mehr so furchtbar. Luc fragte sich, ob er sich seine Erfahrungen zu sehr zu Herzen genommen hatte. Er hatte immerhin, betäubt von Wut und Trauer, einen Entschluß gefaßt und dann stur daran festgehalten, selbst nachdem der Schmerz über den Verlust längst schwächer geworden war.

Nachdenklich verzog er den Mund.

In diesem Augenblick stürzte der Priester aus dem Bergfried, ihm folgten Brianna, Connor, Gavin, Uther und der Koch sowie der gesamte Haushalt. Sie liefen eilig über den Burghof und stellten sich in einer Reihe an der Mauer auf, um die Leiche unten auf den Felsen anzustarren.

Behende sprang Vater Padraig über die Mauer und kletterte zu dem schlammigen Flußufer hinunter. Nachdem Luc sich vergewissert hatte, daß Brianna der Mauer fernblieb, folgte er dem

Priester. Es gefiel ihm außerordentlich, daß sie seinen Rat in einer so nichtigen Angelegenheit befolgte.

Als Luc das Ufer erreichte, beugte sich der knochige Priester gerade über Ismay und nickte. Lady Ismays Gesicht war kalkweiß, der Regen hatte die Kohle um ihre Augen völlig verwaschen, und die schwarze Farbe war ihr über die Wangen gelaufen. Aber auf ihren Lippen konnte Luc noch eine Spur von Karmin erkennen.

Was hatte sie bloß dazu getrieben, mitten in der Nacht den Saal zu verlassen und durch den dunklen Garten zu gehen? Sie mußte wirklich sehr viel Wein getrunken haben, um auf die Mauer zu klettern, ohne zu merken, wie gefährlich das war.

Und sie hatte ihren Leichtsinn teuer bezahlt.

Vater Padraig stimmte die letzten Gebete an, aber Luc konnte den Blick nicht von Ismays ausdruckslosen Zügen wenden. Hätte Tyrell wirklich gewollt, daß er dem Ritterleben abschwor?

Luc wußte, daß sein Freund dies nie von ihm erwartet hätte. Es wurde endlich Zeit, daß er einiges in seinem Leben änderte.

Das »Amen« des Priesters verhallte, als zwei Jungen mit einer Bahre den Abstieg zum Fluß begannen. Vater Padraig schloß Ismays weit aufgerissene Augen, dann zeichnete er ein Kreuz auf ihre bleiche Stirn. Sein Finger hinterließ für einen kurzen Augenblick eine trockene Linie, dann hatte der Regen das Symbol wieder weggewaschen.

»Das ist ein Zeichen«, murmelte Vater Padraig und hob seinen bedrohlichen Blick zu den Schaulustigen an der Mauer. Mit lauter Stimme sagte er: »Das ist ein Zeichen der gerechten Strafe Gottes.«

In seinem strengen Gesicht lag eine Spur von Befriedigung, als er Luc ansah. »Ich bin nicht der einzige, der gestern abend im Saal die Abwege dieser Frau bemerkt hat, das Auge Gottes blickt ständig auf uns herab.«

Luc brachte es nicht über sich, schlecht über die unglückliche

Frau zu sprechen, die nun tot zu seinen Füßen lag. »Ismay hatte vielleicht ein wenig zuviel Wein getrunken«, räumte er schließlich ein, denn der Priester sah ihn noch immer erwartungsvoll an.

»Vielleicht? Sie hat sich dem Alkohol hingegeben – und ich kann nur vermuten, wohin diese Schwäche des Fleisches führt!« Vater Padraig warf zum Ergötzen seiner Gemeinde die Hände in die Luft. »Völlerei! Stolz! Wollust!« Das letzte Wort spie er regelrecht aus, seine Augen glühten, dann blickte er kalt auf Ismay. »Und hier seht Ihr Gottes Urteil.«

Die Jungen blieben unsicher neben Luc stehen, und der Priester sah sie durchdringend an. »Ich erwarte Euch sofort in der Messe. Wir werden jede Stimme brauchen, um für Lady Ismays unsterbliche Seele zu beten.«

»Ja, Vater.« Die Jungen nickten, in Gegenwart des furchterregenden Priesters fühlten sie sich mehr als unbehaglich.

Luc trat vor und half ihnen mit der Bahre. Als er Ismays zerschmetterten Körper aus dem kalten Flußbett hob, dachte er an die schaulustige Menge hinter der Mauer und warf schnell seinen Mantel als Leichentuch über sie. Viel mehr konnte er nicht für Ismay tun. Doch Luc vermutete, daß sie entsetzt gewesen wäre, wenn man sie so gesehen hätte.

Der kalte Regen durchnäßte sogleich sein Hemd, aber Luc genoß das frische Brennen auf der Haut. Er war immerhin am Leben.

Und es war an der Zeit, daß er es endlich wieder in die Hand nahm.

»Jemand muß nach Endlist reiten«, sagte Vater Padraig, als sie die Felsen wieder hochkletterten. Er verlieh seinen Worten mit einem nachdrücklichen Blick in Lucs Richtung Gewicht. »Die Mönche des Priorats haben seit jeher Tullymullaghs Tote gekleidet.«

»Wo liegt dieses Endlist?«

Vater Padraig hob die Hand und deutete hinter sich nach Norden. »Hinter dem Berg geht ein Weg von der Straße ab. Nach zwei Meilen gelangt man zu dem Priorat, das Connors Vater einst gegründet hat.«

Lucs Entschluß war schnell gefaßt. Er würde die Aufgabe übernehmen. Die Gelegenheit, seine wiederentdeckte Lebendigkeit zu genießen, war unwiderstehlich. »Ich werde gehen.«

Vater Padraig nickte. Als sie die Mauer erreichten, wies er bedeutungsvoll auf die Bahre und wandte sich an die versammelte Menge. »Dieses Schaf kam gestern abend vom rechten Pfad ab und hat den Preis für seine Ausschweifungen teuer bezahlt.«

Die Leute blickten ihn betreten an, wie ungezogene Kinder, die man bei einem Streich erwischt hatte.

»Dies ist ein Zeichen, daß das Auge des Herren über uns wacht, ein Zeichen, daß keine Sünde unbemerkt bleibt.« Der Priester warf einen gebieterischen Blick auf seine regennasse Gemeinde. »Kommt alle in die Totenmesse. Wir werden unsere Stimmen im Gebet für Lady Ismays unsterbliche Seele erheben.«

Würdevoll rauschte der Priester über den Burghof auf die Dorfkirche zu. Die Jungen trugen die Bahre mit Ismay hinterher, und alle Einwohner von Tullymullagh fühlten sich verpflichtet, der traurigen Gruppe zu folgen.

Die aufgehende Sonne schickte einen orangefarbenen Strahl durch die grauen Wolken, schwarz hoben sich die Umrisse der Trauernden vor dem bedeckten Himmel ab. Connor bot Brianna bedrückt den Arm, und die beiden nahmen ihren Platz am Kopf des Zuges ein.

Luc betrachtete die Prinzessin und genoß das warme Gefühl in der Magengrube, das er bei ihrem Anblick verspürte. Ihm war, als habe er seit Tyrells Tod geschlafen und sich in seinen trüben Gedanken vergraben, aber nun hatte Brianna ihn geweckt.

Plötzlich drängte sich Dermot an ihm vorbei. Sein Gesicht war so ausdruckslos wie eine Maske, und Luc klangen Ismays Vorwürfe gegen ihren Gatten noch im Ohr.

Auf welche seltsame Geschichte über die Rose von Tullymullagh, an die sich angeblich niemand mehr erinnern konnte, hatte Lady Ismay letzte Nacht angespielt?

Würde Luc es je erfahren?

Kapitel 10

Vor dem Stall holte Luc Denis ein. »Hast du ein schnelles Pferd für mich, Denis? Vater Padraig hat mich gebeten, zum Priorat von Endlist zu reiten, und ich muß mich beeilen.«

Denis' Augenbrauen bewegten sich heftig auf und ab, während er nachdachte. »Es ist zwar nicht sehr weit, aber rasch hin- und zurückzureiten, und dann auch noch mit Bruder Thomas, da werdet Ihr tatsächlich ein starkes Pferd brauchen.«

»Bruder Thomas?«

»Ja, er näht immer die Totenhemden«, sagte Denis und fügte mit einem vieldeutigen Blick hinzu: »Er ist ein recht üppiger Mann.«

»Ah.« Luc verstand. »Ich brauche also zwei Pferde?«

Denis schüttelte den Kopf. »Bruder Thomas besteht immer darauf, bei jemandem mitzureiten.« Die Männer duckten sich unter dem tropfenden Eingang des Stalls und wurden von einem unruhigen Schnauben willkommen geheißen.

Luc blickte sich um und sah Raphael, den großen Apfelschimmel, der in einer Box am Ende des Stalls untergebracht war und sie mißtrauisch beäugte.

Offensichtlich hatte der Stallknecht seinen Blick bemerkt, denn er sagte: »Raphael wäre eine gute Wahl, wenn er Euch denn tragen würde.«

Zur Antwort blähte der Hengst die Nüstern. Luc bekam einen trockenen Mund. Seit Tyrells Tod hatte er kein Streitroß mehr geritten.

Er hatte sich all die Jahre über geweigert. Doch nun erschien ihm der Gedanke sehr verlockend.

»Würde das nicht seinem Ritter mißfallen?« Luc hatte noch nie einen Ritter kennengelernt, der einem anderen Mann bereitwillig sein Streitroß überlassen hätte. Zwischen Roß und Reiter mußte ein sehr starkes Band bestehen, das war überlebenswichtig, denn im Kampf konnten sich beide oft nur noch aufeinander verlassen.

Denis schüttelte den Kopf, und seine Miene verfinsterte sich. »Das ist es ja. Chevalier Gaultier starb letzten Monat, und keiner hat bisher vermocht, den Hengst an seiner Stelle zu reiten.«

»Wurde Gaultier bei Tullymullaghs Belagerung getötet?« fragte Luc, und Denis nickte traurig.

»Ja, es war ein tragischer Verlust. Ich kenne keinen Ritter, der ihm an Edelmut und Tapferkeit gleichkommt. Gaultier hatte vor vielen Jahren Connor nach Outremer begleitet und war anschließend auf der Suche nach Ruhe und Frieden hierhergekommen.«

»Dann müssen die beiden ungefähr gleich alt gewesen sein.«

»Ja, Gaultier erzählte mir einmal, er habe fünfzig Sommer gesehen, aber er war noch sehr rüstig.« Denis Miene wurde bitter. »Und man konnte sich auf ihn verlassen, ganz im Gegensatz zu den anderen hier. Als Tullymullagh belagert wurde und es kaum noch Hoffnung gab, die Angreifer in die Flucht zu schlagen, zog er noch zu unserer letzten Verteidigung aus.«

»Das ist aber eine äußerst undankbare Aufgabe für einen Mann im Winter seines Lebens.«

Denis' Mißbilligung war nicht zu übersehen. »Er war ein stolzer Ritter, der sich vor keiner Pflicht drückte, so schwer sie auch gewesen sein mag.«

»Aber Tullymullaghs erster Ritter war an jenem verhängnisvollen Tag nicht zugegen.« Luc sprach laut aus, was den Stallknecht so verärgerte.

Denis schnaubte. »Natürlich nicht!«

Luc spürte, wie ihn unbändiger Zorn überkam, daß dieser Ruarke kein Pflichtbewußtsein besaß, nicht nur weil er einen älteren Ritter an seiner Stelle in den Kampf ziehen ließ, sondern obendrein auch noch triumphierend zurückkehrte, nachdem das grausame Spektakel vorüber war.

Denis holte tief Luft. »Es war ein schlimmer Tag, das kann ich Euch sagen. Gaultier wurde schon bald erschlagen, aber Raphael stellte sich über ihn und verteidigte seinen Herren hartnäckig vor weiteren Angriffen. Die beiden waren sehr lange zusammengewesen, und als wir ihnen zu Hilfe eilten, vermochten wir das Streitroß kaum zu bändigen. Leider war es für Gaultier bereits zu spät.«

Denis lehnte sich gegen die Box und betrachtete den Hengst, der sie mißtrauisch anblickte. »Und jetzt steht hier ein Apfelschimmel von edelster Herkunft, der ein Vermögen wert ist und von dem besten Ritter eingeritten wurde, aber außer mir niemanden in seine Nähe läßt. Und selbst ich darf ihn nur aufzäumen und im Burghof herumführen.«

Denis schluckte und schüttelte den Kopf. »Ich befürchte, er vermißt Gaultier zu sehr.«

Das Streitroß wieherte, als wollte es ihm beipflichten. Dann sah es wieder zu Luc, und das Leuchten in den Augen des Tieres erinnerte ihn an einen Apfelschimmel, den er einst ebensogut gekannt hatte wie sich selbst.

»Ich bin früher auch einmal einen Apfelschimmel geritten«, gab Luc zu.

»Tatsächlich? Was ist mit ihm geschehen, Sir?«

Luc runzelte die Stirn und räusperte sich, denn seine Kehle war wie zugeschnürt. »Er starb viel zu früh, Denis.«

Und Luc hatte danach nie wieder ein anderes Streitroß besitzen wollen, denn es konnte keines geben, das Grisart gleichkam. Fürwahr, Luc hatte sich geradezu davor gefürchtet, daß ihm eine Kreatur je wieder soviel bedeuten würde wie dieses Pferd.

Doch heute hatte er beschlossen, die Vergangenheit endlich hinter sich zu lassen.

Bevor der Stallknecht weitere Fragen stellen konnte, nahm Luc eine Bürste aus dem Regal und trat entschlossen in Raphaels Box. Der Hengst blickte ihn prüfend an, aber Luc sprach beruhigend auf ihn ein, während er die Bürste an seine Flanken führte.

»Keine Angst, Raphael, das habe ich früher sehr oft gemacht«, sagte er leise. Die Bürste lag mit einer Vertrautheit in seiner Hand, die er schon fast vergessen hatte, und als die Borsten über das grauweiße Fell des Streirosses strichen, überwältigten ihn die Erinnerungen.

Das weiche, glänzende Fell eines gesunden Pferdes, der Geruch nach Heu, Leder und Pferdemist. Dies alles war vor langer Zeit einmal Teil seines Lebens gewesen, wie auch die gestrafften Muskeln eines Streitrosses im Galopp, der pfeifende Wind und das Echo der Hufschläge auf dem Pflaster.

Aber auch das Gewicht von Stahl – in der Hand, auf dem Rükken und an den Hacken.

Luc striegelte in langen, leichten Zügen über das Fell, wie er es immer getan hatte, wenn Grisart unruhig gewesen war. Nach einer Weile lief ein Schauer über Raphaels Rücken. Luc spürte, wie die Angst langsam aus dem Tier wich, und er striegelte bedächtig weiter.

Er flüsterte dem Hengst die gleichen Worte zu wie einst Grisart. »Ja, Raphael, du bist ein gutes Pferd.«

Das Streitroß verlagerte sein Gewicht auf die andere Seite und schnaubte, als sei es mit diesen Worten einverstanden.

»Nach zwei Monaten Stall und Burghof mußt du dich doch nach einem Ritt sehnen. Vermißt du denn nicht die frische Luft und den kühlen Wind?«

Raphael reckte sich der Bürste entgegen, obwohl er versuchte, sein Interesse zu verbergen, indem er in seiner Futterkrippe herumschnupperte. Doch Luc ließ sich von seinem Gehabe nicht täuschen. Er kannte diese Tricks.

»Ich würde mit dir zum Kloster von Endlist reiten«, sagte er leise. »Wenn du mich auf deinem Rücken tragen würdest, Raphael.«

Das Streitroß wandte den Kopf und sah Luc an, als müsse es sein Angebot überdenken.

»Ja«, fuhr Luc fort, während er weiterstriegelte, »ich hoffe, du kennst den Weg besser als ich, und bei so schlechtem Wetter wäre es klug, ein sicheres Pferd zu reiten. Ein schnelles und gutes Tier wie dich.«

Luc trat noch tiefer in die Box, und Raphael ließ ihn gewähren. Er hätte Luc mit Leichtigkeit wie eine Fliege an der Stallwand zerdrücken können. Aber das Streitroß sah ihn nur abwartend an – noch zögerte es, Luc sein Vertrauen zu schenken.

»Hat Denis deine Hufen gesäubert?« fragte Luc sanft. »Oder hast du es noch nicht einmal ihm erlaubt?« Als er begann, Raphaels kohlrabenschwarze Mähne zu striegeln, konnte das Pferd sein Wohlbehagen nicht mehr verbergen.

Es schüttelte stolz den Kopf, und Luc kamen plötzlich Silberglöckchen an einem edlen Geschirr in den Sinn. Sie waren vor langer Zeit verlorengegangen, so wie das Pferd, das sie mit soviel Stolz zum Klingen gebracht hatte.

Seine Augen füllten sich unverhofft mit Tränen.

»Ja, Raphael, einst hatte ich einen feurigen Apfelschimmel«, sagte er heiser. »Genauso edel und treu wie du.«

Luc seufzte und spürte, wie seine Lippen sich zu einem bittersüßen Lächeln verzogen. »Ich erinnere mich noch genau an seinen stolzen Gang, wenn er gut gestriegelt war und eine feine Satteldecke trug.« Luc schluckte, und seine Stimme wurde leiser. »Und niemand außer mir durfte seine Hufe säubern.«

Wie er so neben dem Apfelschimmel stand, verschwamm die Zeit. Der Stall hätte jeder andere Stall sein können, das Streitroß nur eines. Ohne nachzudenken, lehnte Luc sich gegen Raphael und kraulte dem Pferd die Ohren.

So wie er es immer bei Grisart getan hatte.

Er streichelte das vertraute grauweiße Fell, das sich warm und muskulös anfühlte, spürte das gewohnte Gewicht der Bürste in seiner Hand und sog tief den Geruch nach Pferden und Stall ein.

Und plötzlich schmeckte Luc das Salz einer Träne, die er unbemerkt vergossen hatte.

»Ja, Raphael«, flüsterte er mit unsicherer Stimme. »Ich erinnere mich.«

Luc wußte nicht, wie lange er so dastand und sich seinen Erinnerungen überließ, die er zu lange verdrängt hatte. Es war, als öffnete sich eine vergessene Truhe und er holte staunend die in ihr verborgenen Schätze hervor.

Luc erinnerte sich nicht nur, er gestand sich auch ein, daß sein Beschluß ein tiefes Loch in seinem Leben hinterlassen hatte. Wäre er damals nicht zum Ritter geworden, hätte er nichts von der Welt gesehen, nie Tyrell kennengelernt oder Grisart geritten.

Und Luc erkannte, daß er die Dinge, die zum Leben eines Ritters gehörten, schmerzlich vermißte. Wie es so oft im Leben geschieht, waren seine Erfahrungen sowohl gut als auch schlecht gewesen.

Und lange Zeit hatte Luc nur die dunkle Seite des ritterlichen Lebens sehen wollen, doch nun würde er sich auch wieder der hellen Seite zuwenden. Da beugte Raphael den Kopf und beschnupperte seinen Nacken, als hätte er Lucs Gedanken gelesen und wollte dessen Entschluß loben. Luc erstarrte, aber das Streitroß fuhr unbeirrt fort und beschnupperte sein Hemd. An Denis' verwundertem Gesichtsausdruck erkannte Luc, daß

Raphael noch nie zuvor einem anderen Menschen als Gaultier solche Zuneigung entgegengebracht hatte.

Offensichtlich hatten sie beide an diesem Tag ein Hindernis überwunden. Langsam hob der Ritter, der vor so langer Zeit seine Sporen abgelegt hatte, den Arm und kraulte erneut die seidigen Ohren.

»Dann werden wir beide also losreiten, Raphael«, sagte Luc ruhig. »Wir reiten im Regen nach Endlist, nur du und ich, und werden dann mit einem üppigen Mönch namens Thomas wiederkehren.« Er lächelte das Streitroß schief an. »Dann wirst du lernen, Mitleid mit einem Ritter zu haben, der seine Sporen abgelegt hat.«

Zur Antwort schnaubte Raphael und stampfte ungeduldig mit den Hufen. Luc hörte Denis freudig davonlaufen und mit bewegter Stimme nach einem Knappen rufen. »Edward! Hol Raphaels Sattel. Beeil dich, Junge!«

Brianna stürzte die Treppe hinunter, den alten Mantel ihres Vaters an die Brust gepreßt. Sie fand die Nachricht, daß Luc wegreiten würde, sehr bedauerlich, auch wenn das keinen Sinn ergab.

War es nicht seit Tagen ihr einziges Ziel gewesen, daß Luc Tullymullagh endlich verließ?

Trotzdem wünschte Brianna in diesem Moment, daß er nicht fortginge. Und wenn sie schon nichts dagegen tun konnte, so wollte sie Luc zumindest noch einmal sehen, bevor er durch Tullymullaghs Tore davonritt.

Atemlos trat sie auf den Burghof hinaus und zog die Kapuze über den Kopf; der Regen war noch stärker geworden. Dann traute sie ihren Augen kaum.

Gaultiers Streitroß Raphael duldete endlich wieder einen Reiter auf seinem Rücken.

Und dieser Reiter war Luc.

Der Hengst trabte mit stolz gebogenem Hals und geblähten Nüstern über den Burghof, bei jedem Schritt hob er die Hufe hoch in die Luft. Er spielte mit der Gebißstange, als sei sie ihm ungewohnt, doch Brianna wußte, daß er sich immer so aufführte. In jedem seiner Schritte lag eine ausgelassene Fröhlichkeit, als sei er überglücklich, wieder geritten zu werden.

Brianna sah Luc an, und ihr stockte der Atem. Er konzentrierte sich ganz auf das Streitroß, und sie hörte das leise Murmeln seiner Stimme, während er auf das Pferd einredete. In der einen Hand hielt er die Zügel, mit der anderen streichelte er Raphaels Hals. Das ebenholzfarbene Haar hing ihm in feuchten Strähnen ins Gesicht, sein Hemd war vollkommen durchnäßt und klebte wie eine zweite Haut an seinem muskulösen Oberkörper.

Er bot ein unglaublich fesselndes Bild – Kraft und sanfte Hingabe zugleich. Brianna hatte noch nie einen Mann gesehen, der mit solcher Sicherheit ritt und seine volle Aufmerksamkeit dem Pferd schenkte.

»Er reitet wie ein junger Gott, nicht wahr?« fragte Denis stolz, als wäre er Lucs Vater.

Brianna lächelte. »Ja. Ich dachte, Raphael würde niemanden auf sich reiten lassen.«

»Bis heute.« Denis nickte zu Luc und Raphael hinüber, die eine weitere Runde um den Burghof drehten. »Zwischen den beiden besteht ein tiefes Band, das kann ich Euch sagen, Lady Brianna. Sie wissen beide, was es bedeutet, einen Verlust zu erleiden.«

Brianna riß die Augen auf, als sie sich an Lucs Erzählung von seinem Apfelschimmel erinnerte. Sie konnte kaum glauben, daß dieser Mann, nachdem ihm soviel Grausamkeit widerfahren war, nicht den Verstand verloren hatte, sondern imstande war, so gut und freundlich zu sein.

Schließlich hatte sie selbst diese Zärtlichkeit in seinen Küssen gespürt.

Erst jetzt schien Luc sie zu bemerken, und ihre Blicke trafen sich. Brianna errötete, denn sie fühlte sich von ihm ertappt.

Elegant wendete er das Streitroß und ritt langsam auf sie zu. Raphael schnaubte enttäuscht über die Unterbrechung und stampfte ungeduldig mit den Hufen, als Luc ihn genau vor Denis und Brianna zum Stehen brachte. Der Hengst wartete mit einer Sanftmut, die er in den letzten Wochen nicht gezeigt hatte.

Denis strahlte.

»Er kann es gar nicht erwarten, endlich wieder auszureiten, Denis«, meinte Luc.

Er nickte Brianna mit einem sanften Lächeln auf den Lippen zu.

»Ja, es wird höchste Zeit«, pflichtete der Stallknecht ihm bei. »Nehmt ihn und reitet ihn zum Priorat von Endlist, meinen Segen habt Ihr. Zeigt ihm, wie es ist, die Straße endlich wieder unter den Hufen zu spüren, und wir werden ihn nicht mehr im Stall halten können.«

»Ihr werdet einen Mantel brauchen«, unterbrach Brianna das Gespräch. »Mein Vater benutzt diesen Mantel nicht mehr. Ich dachte, er würde Euch vielleicht von Nutzen sein.«

Brianna errötete noch tiefer, als Luc ihr mit einem breiten Grinsen das Kleidungsstück aus der Hand nahm. Er schien sich tatsächlich über ihre Befangenheit zu amüsieren! Bei der Übergabe berührten sich ihre Hände, und Brianna dachte sogleich wieder an Lucs Kuß.

Und verspürte den Wunsch nach weiteren Küssen.

»Ich danke Euch, Mylady.«

Sogar seine leise Stimme vermochte in ihr dieses kribbelnde Verlangen zu erwecken. Wie sehr verabscheute sie den Gedanken, daß er weggehen würde, auch wenn es nur für kurze Zeit war!

Luc zog an Raphaels Zügeln. »Ich wünsche Euch einen schönen Tag, Mylady«, sagte er und neigte den Kopf. »Denis.«

Geschickt wendete Luc das Pferd, während er sich den Mantel um die Schultern warf. Dann schnalzte er mit der Zunge, trieb mit den Hacken den Hengst an und galoppierte zum Tor.

»Für den Sattel geboren«, sagte Denis befriedigt.

Ja, das war offenkundig. Brianna konnte den Blick nicht von dem davonreitenden Luc abwenden. Es schien, als wäre er eins mit dem Pferd, als gäbe es für ihn nichts anderes in der Welt.

Ruarke schaute sich beim Reiten ständig um, weil er sehen wollte, ob man auch seine Eleganz und Geschicklichkeit bemerkte. Luc hingegen kümmerte sich überhaupt nicht darum, was für eine Figur er machte.

Wie eigenartig, beide waren Ritter und doch so verschieden, wie zwei Menschen nur sein konnten ...

Ruarke!

Brianna erstarrte vor Schreck. Sie hatte doch versprochen, diesen Morgen nach Ruarkes Wunden zu sehen! Eilig verabschiedete sie sich von Denis und lief in den Bergfried. Die Frauen im Saal steckten die Köpfe zusammen, als sie an ihnen vorbeistürmte.

Wie konnte sie Ruarke nur vergessen haben?

Ruarke lachte an diesem Tag nicht.

Während einer von Gavins Kriegern nach dem Schlüssel für das Verlies suchte, hatte Brianna die Gelegenheit, den ersten Ritter ihres Vaters ausgiebig zu beobachten. Sie spähte durch das kleine Gitter in der beschlagenen Tür und spürte eine Woge von Mitleid in sich aufsteigen.

Ruarke kauerte in einer Ecke der dunklen Zelle und blickte verdrießlich in die flackernde Flamme einer kleinen Öllampe, die in der Mitte des Raumes auf dem Boden stand. Sein linkes Auge war angeschwollen und leuchtete in den prächtigsten Farben, er trug kein Kettenhemd mehr, und seine Gewänder waren völlig verdreckt. Seine steifen Bewegungen verrieten, wie brutal Gavins Schläge gewesen sein mußten.

Brianna vermutete aber, daß die spärliche Beleuchtung den Ritter schlechter aussehen ließ, als er sich fühlte. Trotzdem war es verständlich, daß Ruarke nicht gerade fröhlich gestimmt war.

»Hier ist er ja«, brummte der Mann neben Brianna plötzlich und schüttelte das Schlüsselbund, Ruarke hob bei dem Geräusch erwartungsvoll den Kopf. Brianna setzte ihr strahlendstes Lächeln auf und versuchte guten Mutes in die Zelle zu treten, auch wenn sie alles andere als Zuversicht verspürte.

Sie fühlte sich auch nicht besser, als Gavins Mann die Tür wieder hinter ihr verschloß. Ruarke sah sie finster an, durch die Schwellung wirkte sein blutunterlaufenes Auge richtig boshaft.

»Ich hatte früher mit Euch gerechnet«, knurrte er, und Brianna tat es ehrlich leid, daß sie ihn auf die einzige Abwechslung an diesem Tag hatte warten lassen. »Und warum tragt Ihr noch immer diese schäbigen Gewänder? Damit erweist Ihr Eurem Vater keinen guten Dienst – kennt Ihr Euren Platz in diesem Bergfried denn nicht, Brianna?«

Brianna hob stolz den Kopf, sein Ton mißfiel ihr. Aber schließlich konnte sie Ruarke seinen Unmut kaum vorwerfen. Obwohl es in Tullymullaghs Verlies trocken war und es hier so gut wie kein Ungeziefer gab, so war es doch ein kalter, dunkler Ort.

Und noch immer ein Gefängnis. Die Gefangenschaft mußte einem Mann wie Ruarke arg zusetzen, besonders, weil er die Freiheit so sehr liebte und gewohnt war, Sonne und Wind auf der Haut zu spüren.

Deshalb beschloß Brianna, ihm seine schlechte Laune nicht übelzunehmen. »Es sind entsetzliche Dinge geschehen«, sagte sie besänftigend. »Lady Ismay ist letzte Nacht von der Mauer am Obstgarten gefallen, und wir haben sie tot in der Darrow gefunden.«

Ruarke machte ein überraschtes Gesicht, und seine Miene erhellte sich vor Neugierde. »Wirklich? Was hat sie denn auf der Mauer gemacht?«

Brianna zuckte die Schultern und senkte die Stimme, sie wollte Lucs Verdacht nicht laut aussprechen. »Sie hatte gestern abend sehr viel Wein getrunken.«

Ruarke schüttelte den Kopf. »Und ist wahrscheinlich daneben getreten. Ich sage Euch, Ismay hat noch nie viel Verstand besessen. War Dermot denn nicht bei ihr, um sie von solchem Unsinn abzuhalten?«

»Ruarke! Ihr sollt über die Toten nicht schlecht sprechen!«

Der Ritter grinste verschmitzt. »Ich langweile mich hier zu Tode und sterbe vor Hunger.«

Brianna mußte über diese Bemerkung lächeln. »Ihr habt großes Glück, daß ich das vorausgesehen habe.« Sie hockte sich neben den Ritter und zog das Leinentuch von ihrem Korb.

Der Geruch von frischem Brot stieg auf, und Ruarkes Lächeln wurde breiter, sein Magen knurrte laut.

»Ihr seid ein Engel, Mylady«, sagte er, dann griff er wie ein Verhungernder nach dem Brot.

Brianna wunderte sich über seinen Heißhunger. »Haben sie Euch denn nichts zu essen gegeben?«

»Nein, noch nicht einmal einen Kanten Brot.« Ruarke machte kurzen Prozeß mit dem Brot, und Brianna wünschte, sie hätte den Koch gefragt, was für Essen man ins Verlies gebracht hatte. Sie war überzeugt, daß Gavin dem Ritter zumindest ein einfaches Mahl nicht verweigern würde.

Brianna mußte offensichtlich noch viel über Männer und deren Umgangsformen lernen. Ihr klang wieder Lucs Geschichte in den Ohren, solche Grausamkeit hatte Brianna vorher nicht für möglich gehalten. Und sie zweifelte kein bißchen daran, daß Luc die Wahrheit gesagt hatte, schließlich war es ihm sehr schwer gefallen, ihr seine Erlebnisse zu schildern.

Wie hätte sie wohl mit der bitteren Last einer solchen Erfahrung im Herzen weitergelebt? Brianna wußte es nicht. Und diese Unsicherheit vergrößerte nur ihre Bewunderung für Luc.

Plötzlich wurde ihr bewußt, daß Ruarke sie erwartungsvoll ansah. Brianna mußte den armen Ritter doch ein wenig unterhalten. »Dann müßt Ihr Euch dieses Mahl einteilen«, empfahl sie ihm, da ihr kein besserer Gesprächsstoff einfiel. »Seht, hier sind noch ein Stück Käse und ein paar Äpfel aus dem Garten.«

»Habt Ihr auch Wein mitgebracht?« fragte Ruarke und suchte ungeduldig in dem Korb herum.

»Nein.« Der Ritter machte ein enttäuschtes Gesicht, und Brianna hatte plötzlich wieder ein schlechtes Gewissen. »Ich konnte ja nicht ahnen, daß man Euch überhaupt nichts zu essen gebracht hat«, erklärte sie eilig. »Ich wollte Eure Verpflegung lediglich etwas aufbessern, und zwar mit Tullymullaghs feinstem Brot und ein wenig Käse anstelle der harten Kanten.«

Ruarke verzog den Mund. »Ich bin hier im Gefängnis, Mylady, und nicht in einer Schenke«, sagte er vorwurfsvoll.

»Ich wußte wirklich nicht, daß man Euch hungern läßt«, entgegnete sie schnell und zwang sich zu lächeln. »Morgen bringe ich Euch mehr.«

Ruarke schnaubte und sah sich in der Zelle um. »Wenn dieser Hund sein Wort hält, läßt er mich morgen wieder frei«, brummte er finster, dann sah er Brianna mit einem entschuldigenden Lächeln an.

»Es schickt sich nicht für Euch, hierherzukommen, obwohl ich mich natürlich über Euren Besuch sehr freue«, sagte Ruarke und nahm ihre Hand. »Hier unten beschmutzt Ihr nur Eure Schuhe.«

Brianna starrte auf Ruarkes Hand und wunderte sich, daß sie nichts empfand. Seine Hand war ebenso warm wie die von Luc, und er sprach nicht weniger vertraulich mit ihr.

Trotzdem ließ seine Berührung Brianna vollkommen gleichgültig. Vielleicht spürte sie nicht bei allen Männern dieses aufregende Kribbeln im ganzen Körper, sondern nur, wenn ein ganz bestimmter Mann in ihrer Nähe war. Brianna biß sich auf die Lippen, darüber mußte sie umgehend einmal gründlich nachdenken.

Sie sah auf. Ruarkes Blick ruhte freundlich auf ihr, und sie lächelte ihn aufrichtig an. Es war doch trotz allem beruhigend, daß Ruarke allmählich seine liebenswürdige Art wiederfand.

»Was gibt es sonst für Neuigkeiten aus dem Saal?« fragte er in seiner unverwechselbar munteren Art. »Erzählt mir allen Klatsch, auch jene Gerüchte, denen Ihr niemals Glauben schenken würdet.«

»Laßt mich erst nach Eurem Auge sehen«, bat Brianna ausweichend und lächelte. »Schmerzt es sehr?«

Der Ritter zuckte die Schultern. »Mein Stolz ist am stärksten getroffen«, gestand er und grinste. »Habt Ihr dafür auch eine Salbe, holde Prinzessin?«

Die Gästekammer des kleinen Klosters war recht einfach möbliert: ein hartes Bett mit steifen Laken. Der Ritt zum Priorat von Endlist war weiter gewesen als erwartet, und ein Blick auf Bruder Thomas hatte Luc davon überzeugt, daß Raphael sich ausruhen mußte, bevor sie sich auf den Rückweg machten.

Trotzdem beunruhigte ihn diese Verzögerung. Luc lag in der dunklen Kammer, lauschte dem Regen und starrte an die Dekke.

Er dachte an eine gewisse betörende Prinzessin.

Lady Brianna hatte fürwahr einen außerordentlichen Eindruck auf ihn gemacht. Sie waren gar nicht so verschieden: beide gleichermaßen entschlossen, ihre Versprechen zu halten, sich um diejenigen zu kümmern, die sie liebten, und stets Ehre und Gerechtigkeit zu wahren. Sogar Briannas Gedanken schienen ähnliche Bahnen zu verfolgen wie die seinen. Das Herz hatte ihm gestockt, als sie ihn nach einem Mittelweg fragte, denn seine Gedanken waren in dieselbe Richtung gegangen.

Er empfand mehr als nur Verlangen für Brianna – etwas, das er noch nie zuvor empfunden hatte. Er konnte sie vielleicht küssen, doch es war einfach undenkbar, die Prinzessin mit einem größeren Zeichen seiner Bewunderung in Unehre zu bringen.

Bei diesen Gedanken fing Luc an, über den Bund fürs Leben zwischen Mann und Frau neu nachzudenken. Er runzelte die Stirn, die Geschichte von Briannas Eltern wollte ihm einfach nicht aus dem Kopf gehen. Ihre Ehe war glücklich gewesen.

Mit Gavin als einzigem Vorbild hatte er nie die Möglichkeit in Betracht gezogen, daß die Ehe ein schöner Zustand sein könnte. Luc wußte, daß er aus einer freudlosen Verbindung hervorgegangen war, und auch sein flüchtiger Eindruck von Gavins Eheleben mit Margaux hatte ihn schnell davon überzeugt, daß er solches Gezänk niemals ertragen könnte.

Doch Brianna war alles andere als zänkisch. Und sie hatte ganz klare Vorstellungen von einer glücklichen Verbindung. Luc war dem Beispiel seines Vaters noch nie gefolgt – weshalb sollte er es dann ausgerechnet bei der Ehe tun?

Pyrs hatte die Ehe oder gar Frauen nie geschätzt. Tyrell war, ohne sich zu beklagen, eine arrangierte Ehe eingegangen, Gavin hatte gleich zwei Ehen verpfuscht. Aber Luc konnte sich frei entscheiden.

Er hatte die Gelegenheit, etwas besseres aus seiner Heirat zu machen.

Es war nicht nur an der Zeit, alte Wunden zu heilen und die Geister der Vergangenheit zu verscheuchen, sondern auch, einen Neubeginn zu wagen. Und er mußte diese einmalige Gelegenheit nutzen.

Es war wirklich höchste Zeit, daß Luc beschloß, jene trotzige

Prinzessin mit dem lodernden Feuer in den Augen und den honigsüßen Küssen laut zum Lachen zu bringen.

Und am besten, bevor der von allen Frauen begehrte Burke wiederkehrte. Luc sprang aus dem Bett und schritt in dem kleinen Raum auf und ab, er konnte es kaum erwarten, sich wieder auf den Weg nach Tullymullagh zu machen.

Als Brianna die Treppe zum Verlies wieder hochstieg, war die Sonne schon fast versunken, ihr Licht nur noch ein schwaches Glühen hinter den tiefhängenden Wolken. Brianna wollte in den Saal treten, doch sie zögerte, stutzig über die Stille auf dem Burghof. Verstohlen sah sie sich um, Ruarke hatte sie auf der Stelle vergessen.

Es war kein Mensch zu sehen.

Und das kleine metallene Kästchen drückte immer noch gegen ihren Bauch. Sie trug sogar noch ihren weiten Umhang.

Dieser Moment war wie geschaffen für ihre Pläne. Dies war vielleicht sogar Briannas erste und letzte Gelegenheit, die Bitte ihres Vaters zu erfüllen.

Luc war nicht da, die meisten Bewohner von Tullymullagh hatten mit den Vorbereitungen für Ismays Beerdigung alle Hände voll zu tun, und die Stalljungen waren mit Denis in den Wald gegangen, um Holz für den neuen Stall zu holen. Der halbfertige Anbau stand still und verlassen im Regen.

Sie hatte keine Zeit zu verlieren, entschlossen zog Brianna den Mantel fester um die Schultern, stülpte die Kapuze über den Kopf und stürzte in den Nieselregen hinaus.

Ihr Vater hatte den perfekten Platz ausgewählt, um das Kästchen zu verbergen. Es war sehr unwahrscheinlich, daß jemals ein anderer Mensch dieses Versteck entdeckte und die Briefe ihrer Mutter stahl. Connor würde erleichtert sein, wenn er erfuhr, daß sein Kästchen in Sicherheit war. Brianna wollte ihre Aufgabe so rasch wie möglich erfüllen.

Und wenn jemand sie sah, würde sie einfach sagen, daß sie nach Ismays Tod das Bedürfnis verspürte, am Grab ihrer Mutter zu beten.

Es war perfekt.

Die Unterbrechung seines Schweigegelübdes schien Bruder Thomas nicht weiter zu stören, ganz im Gegenteil. Während der gesamten Reise nach Tullymullagh machte der Mönch kaum eine Pause, um Luft zu holen.

Denis hatte nicht übertrieben, der Körperumfang von Bruder Thomas war wirklich beachtlich. Es hatte Luc viel Mühe gekostet, ihn aufs Pferd zu heben.

Raphael ließ sich von der ganzen Prozedur jedoch überhaupt nicht beeindrucken.

Und glücklicherweise schien Bruder Thomas das Pferd nicht weiter zur Kenntnis zu nehmen. Er redete wie ein Wasserfall, jede Straßenbiegung brachte ihm eine neue Geschichte oder Begebenheit in Erinnerung.

Als Tullymullaghs Bergfried am Horizont auftauchte, rief Bruder Thomas begeistert aus: »Ach, Connor hat wirklich eine prachtvolle Burg gebaut, bei meiner Leibseele. Und wie weit der Bau der hohen Ringmauer inzwischen fortgeschritten ist! Als ich vor acht Jahren zuletzt hierherkam, stand gerade mal der Bergfried. Ist das ein Kreuz da oben auf dem Turm?«

»Ja. Ich glaube, dort befindet sich eine private Kapelle.«

»Wunderbar!« Bruder Thomas tippte Luc mit dem Finger auf die Schulter. »Es ist ein Zeichen für den beispielhaften Glauben der Herrscher von Tullymullagh. Ihr tiefer Glaube ist der Grundstein für den Wohlstand dieser Ländereien.«

Luc räusperte sich vorsichtig. »Euch ist doch bewußt, daß Tullymullagh erobert worden ist?«

»Pah!« Luc sah aus den Augenwinkeln, wie Bruder Thomas

mit seinen Wurstfingern eine wegwerfende Bewegung machte. »Eroberer kommen und gehen. Es ist Irlands Schicksal, immer wieder von gierigen Ausländern geplündert zu werden. Und irgendwann wird auch Gavin Fitzgerald wieder nach Wales zurückgehen.«

»Und was soll mit seinen Söhnen geschehen?« Luc konnte die Frage einfach nicht unterdrücken.

»Ach! Welchen Lady Brianna auch wählt, wir werden ihr schon helfen, einen ehrbaren Mann aus ihm zu machen – trotz seiner schlechten Herkunft.«

Luc biß sich auf die Lippen, konnte aber ein Lächeln nicht unterdrücken. Sie ritten einen Hügel hinauf, und das Dorf breitete sich zu ihren Füßen aus, schimmernd, in den silbrig grauen Farben des unablässig fallenden Regens.

Bruder Thomas stieß einen freudigen Ruf aus.

»Sie haben die Mühle erweitert! Das zeugt von großem Wohlstand. Und sieh nur! Ein neues Torhaus erhebt sich über Tullymullaghs Toren.« Der Mönch pfiff anerkennend. »Connor hat das Land seines Vaters wahrhaftig zu Reichtum und Ansehen geführt. Der alte Herr wäre über alle Maßen stolz auf ihn.«

»Ihr kennt Tullymullagh aber sehr gut«, meinte Luc. »Werdet Ihr denn oft zu Toten gerufen?«

Bruder Thomas lachte glucksend. »Nein, so oft nun auch wieder nicht.« Seine warme, massige Gestalt rückte ein wenig näher. »Aber ich bin auf Tullymullagh groß geworden. Mein Vater, Gott hab ihn selig, war einst der Müller im Dorf, und ich trieb ihn schier zur Verzweiflung.« Der Mönch lachte laut. »Ach, ich war sicherlich eine schwere Bürde für ihn.«

»Wie meint Ihr das?«

»Ich besaß keinerlei Begabung für sein Handwerk. Mein Vater konnte jedes Werkzeug reparieren, selbst wenn er nur einen Blick darauf warf. Er konnte nicht begreifen, weshalb sein eigener Sohn die einfachsten Mechanismen nicht verstand.«

Die Stimme des Mönchs wurde nachdenklich. »Zu seiner großen Erleichterung hatte mein jüngerer Bruder sein handwerkliches Geschick geerbt. Bei meinem letzten Besuch in Tullymullagh betrieb Matthew die Mühle mit großem Erfolg.«

»Wann starb Euer Vater?«

»Der Herr hat meine Eltern im Winter vor genau zehn Jahren zu sich genommen. Es waren schwere Monate für die Schwachen und Alten.« Bruder Thomas räusperte sich. »Aber Matthew hat unserem Vater immer alle Ehre gemacht.«

»Ihr müßt ihn unbedingt besuchen, wenn wir da sind.«

Die Stimme des Mönchs wurde wieder fröhlicher. »Ja, ja, das werde ich ganz bestimmt tun! Sein Weib ist eine gute Frau und macht die besten Klöße, die ich je gegessen habe. Und sie hat ein Gespür für Geschichten, bei meiner Leibseele. Manche Dinge, die sie mir vor Jahren erzählte, bringen plötzlich Licht in gegenwärtige Ereignisse. Was auch im Dorf und auf der Burg geschieht, es spricht sich schließlich doch immer herum.«

Noch ehe Luc dem beipflichten konnte, klopfte Bruder Thomas ihm auch schon wieder auf die Schulter. »Ich muß unbedingt einen Abend an Matthews Tafel sitzen. Die Winternächte im Priorat sind lang, und wir freuen uns über jede Geschichte.«

Der schalkhafte Unterton in den Worten des Mönchs war so unüberhörbar, daß Luc sich zu ihm umdrehte. Bruder Thomas hatte ein lustiges Funkeln in den Augen. »Ich betrachte es als meine höchste Pflicht, für die Mönche von Endlist so viele Gerüchte wie möglich zu sammeln«, gestand er und schlug sich auf den runden Bauch. »Und bei meiner Leibseele, ich vertrage eine Menge«, fügte er augenzwinkernd hinzu.

Luc mußte grinsen, sein Gefährte gefiel ihm. »Und wie wird der Sohn eines Müllers zum Mönch?«

»Ach, das ist eine lange Geschichte!« Bruder Thomas wies auf den hohen Bergfried, in dessen Schatten sie gerade um die Burg herumritten. »Connors Vater kümmerte sich stets um alles, was in seinen Ländereien geschah. Er hatte das Priorat mit einer großzügigen Spende gegründet, und das ganze Dorf sprach in jenen Tagen darüber. Solche Großzügigkeit im Namen des Herren!

Eines Tages, nicht lange danach, schickte er meinem Vater eine Nachricht und fragte an, ob ich auf der Burg aushelfen könnte. Tullymullaghs Bergfried war damals nicht annähernd so ansehnlich wie heute, es war nur ein kleines Gebäude aus Lehm und Flechtwerk. Connor hat als Burgherr große Verbesserungen vorgenommen. Doch trotzdem war es für einen Jungen sehr verwirrend, in den Saal des Herrschers gerufen zu werden.«

Er tippte Luc wieder auf die Schulter. »Du kannst mir glauben, ich war ruhiger als die meisten Kinder, denn ich hatte schon immer diese Figur. Als Junge war ich sehr schüchtern und ein Einzelgänger. Mein Vater dachte immer, ich hätte etwas angestellt, und der Burgherr wollte mich höchstpersönlich bestrafen.

Für mich war Tullymullaghs Saal damals der Inbegriff von Pracht und Reichtum. Sein Anblick blendete mich geradezu, ganz zu schweigen von dem prächtigen Gewand des Herrschers. Doch er rief mich ganz freundlich an seine Seite und ließ sich sogar dazu herab, mir eine Hand auf die Schulter zu legen. Die Güte in seinen Augen verscheuchte meine Furcht ein wenig.«

»Was wollte er denn von Euch?«

Bruder Thomas gluckste. »Er hatte einen Sohn in meinem Alter, Connor von Tullymullagh, sein Erbe. Der Bursche hatte keine Lust, seine Lektionen zu lernen, wie es sich für einen Jungen eigentlich gehörte, der später einmal eine so große Burg mit all ihren Ländereien beherrschen sollte. Connor übte sich lieber im Schwertkampf. Deshalb beschloß sein Vater, daß er beim Unterricht des Schriftgelehrten Konkurrenz bekommen sollte.«

»Und er wählte Euch aus?«

»Genau. Connors Vater hatte meine Begabung richtig erkannt, und ich stürzte mich mit einer Begeisterung in meine Studien, die ich bisher für nichts anderes gezeigt hatte. Hier war mein Platz! Diese Arbeit ließ mein Herz vor Freude lachen! Ich brachte den jungen Erben ganz schön ins Schwitzen, bei meiner Leibseele.«

Bruder Thomas kicherte. »Meine Mutter war so stolz darauf, daß ihr ältester Sohn im Bergfried lebte. Als Connor schließlich zum Ritter geschlagen wurde, versprach sein Vater, mir zum Dank einen Herzenswunsch zu erfüllen.«

»Und worum habt Ihr ihn gebeten?«

»Ich bat ihn, mich bei meinen Büchern zu lassen.« Die Stimme des Mönchs wurde leise. »Ich hatte gehofft, er würde mich als seinen Schreiber anstellen, doch seine Dankbarkeit war weitaus größer. Er ersuchte das Priorat um meine Aufnahme und schickte mich mit einer großzügigen Spende, die aus seinem persönlichen Vermögen stammte und jeglichen Protest gegen meine ärmliche Herkunft verstummen ließ, nach Endlist.«

Mit bewegter Stimme fügte Bruder Thomas hinzu: »Das war weit mehr, als ich je zu hoffen gewagt hatte.«

Er holte tief Luft und schnüffelte ein wenig hinter Lucs Rükken. »In den Adern von Tullymullaghs Königen fließt edles Blut. Ich zweifle nicht daran, daß es alle Hindernisse und Übel überwinden wird, so groß die Fehler auch sein mögen, die der Sohn von diesem Gavin hat.«

Luc wußte nur zu gut, welche Wunder ein Kind aus dem Geschlecht von Tullymullagh vollbringen konnte. Er lächelte in sich hinein und trieb Raphael an.

Wenige Augenblicke später hielten sie vor Tullymullaghs Dorfkirche, aus der ein Singsang von Gebeten erscholl. Luc saß ab und blickte Bruder Thomas erwartungsvoll an. Doch dieser blieb auf dem Pferd sitzen, offensichtlich hatte er seine Geschichte noch nicht beendet.

»Und seit jenem Tag komme ich immer dann nach Tullymullagh, wenn es einen Toten anzukleiden gibt«, schloß Bruder Thomas feierlich seine Erzählung.

In den Augen des Mönchs blitzten Tränen, und Luc bemerkte plötzlich, wie jung er im Gegensatz zu Connor aussah. »Seid Connor und Ihr wirklich im gleichen Alter?« entfuhr es ihm.

Bruder Thomas lächelte. »Ja, die Jahre in Outremer waren für ihn sehr hart. Aber sie haben auch seinen Geist geschmiedet und ihn auf harte Proben gestellt, die ich mir kaum ausmalen kann. Außerdem hat ihm die Reise einen wahrlich sagenhaften Schatz eingebracht.«

Luc wunderte sich, daß der Mönch so bereitwillig auf die Geschichte anspielte, die Brianna ihm anvertraut hatte. Kannte jeder in der Gegend den Grund für Connors Reichtum?

»Warum halten wir eigentlich hier an?« fragte der Mönch plötzlich und riß Luc aus seinen Gedanken.

»Lady Ismay ist bereits hierhergebracht worden.«

»Ach so!« Bruder Thomas runzelte die Stirn und schätzte die Entfernung zum Boden ab. »Hilf mir bitte. Es ist ein gutes Stück bis da unten, und ich fürchte um meine alten, zerbrechlichen Knochen.«

Luc mußte an seine eigenen Knochen denken, als er dem dikken Mönch die Hand gab. Er dachte daran, was für ein Kampf es gewesen war, Bruder Thomas in den Sattel zu heben, und befürchtete das Schlimmste.

Doch der Abstieg vom Pferd bereitete ihm glücklicherweise keine großen Schwierigkeiten. Bruder Thomas schwang das linke Bein mit überraschender Leichtigkeit auf die andere Seite, hielt sich am Sattel fest und rutschte grunzend zu Boden, die Spitzen seiner Sandalen voran.

Raphael schnaubte und schüttelte sich erleichtert. Der Mönch klopfte dem Streitroß auf das Hinterteil und sagte zu Luc: »Für deine Stellung reitest du aber ein gutes Pferd. Hilfst du nicht dem Stallknecht?«

»Ja«, gestand Luc, konnte es jedoch nicht unterlassen, dem Mönch unerwarteten Stoff für seine Geschichten zu geben. »Aber ich helfe Denis freiwillig, nicht weil es meinem Stand entspräche.« Der Mönch runzelte verständnislos die Stirn, und Luc erklärte: »Mein Name ist Luc Fitzgavin.«

Bruder Thomas' Augen weiteten sich vor Freude und Überraschung. »Ihr seid also derjenige, der nicht in den Wettstreit gezogen ist!« jauchzte er. »Oh, die Brüder werden erstaunt sein, daß Ihr in unserem Kloster übernachtet habt und niemand die Wahrheit geahnt hat!« Er grinste und klopfte Luc auf den Rücken. »Ach! Was für eine Geschichte werde ich nach dieser Reise zu erzählen haben, bei meiner Leibseele!«

Der Gesang in der Kirche schwoll erneut an, man hörte den vertrauten Segen. Die Messe war fast vorüber, und Luc war sich ganz sicher, wo sich eine gewisse Prinzessin an einem Sonntagmorgen aufhalten würde.

»Das Ave«, rief Bruder Thomas. »Wie sehr liebe ich das Ave Maria.«

»Genau wie ich«, sagte Luc entschlossen und knotete Raphaels Zügel um einen Baumstamm. Er konnte der Verlockung nicht widerstehen, seine Prinzessin so bald wie möglich wiederzusehen. »Sollen wir?«

Kapitel 11

Als Bruder Thomas in die Kirche schlüpfte und die Gemeinde anlächelte, begann Briannas Herz heftig zu klopfen. Wenn der Mönch aus Endlist hier war, dann mußte der Mann, den man ausgesandt hatte, um ihn zu holen, mit ihm eingetroffen sein.

Sie blickte verstohlen zum Eingang der Kirche und fühlte unbändige Freude, denn Luc stand nicht nur an der Tür, seine blauen Augen sahen sie geradewegs an. Brianna errötete und bemerkte, wie ihr Vater erst zu ihr und dann ebenfalls zum Eingang schaute.

»Hmmm«, brummte Connor und sah sie prüfend an. Sie schob das Kinn vor, konnte sich aber des freudigen Schauers, der sie durchströmte, nicht erwehren.

Luc war zurückgekehrt!

Endlich. Brianna hatte den ganzen Abend über im Saal auf ihn gewartet.

Jedenfalls, sobald sie nicht mehr mit den Vorbereitungen für Ismays Beerdigung beschäftigt gewesen war. Zu ihrer größten Überraschung hatte Dermot nur wenig Interesse an der Angelegenheit gezeigt und alle Entscheidungen Brianna und Uther überlassen.

Da Ismays Burg und Ländereien verloren waren und sie noch nicht die Bekanntschaft des neuen Herren von Claremont gemacht hatten, beschlossen sie, Ismay auf dem Friedhof von Tullymullaghs Pfarrkirche beizusetzen. Wenn sich dann eine Gelegenheit ergab, könnte man ihren Sarg später immer noch zu der Grabstätte ihrer Familie überführen.

Die Verwaltung einer Burg war wirklich eine außergewöhnlich schwere Aufgabe. Bis vor ein paar Tagen hatte Brianna nicht einmal geahnt, wie hart Uther arbeitete. Dabei war es viel spannender, die Speisefolge eines Mahls zu bestimmen und eine Bestandsaufnahme der Vorräte zu machen, als Stoffe zu besticken.

Brianna hatte das Gefühl, daß sie nun wirklich etwas im Haushalt tat und war sehr zufrieden mit ihrer neuen Rolle. Das verdankte sie ganz allein Luc, er hatte sie schließlich auf die Idee gebracht, sinnvollere Aufgaben zu übernehmen.

Ganz gewiß war dies der Grund, weshalb sie ihn so dringend sprechen wollte, denn sie verspürte den Wunsch, ihm von ihren neuen Verpflichtungen zu erzählen. Sie wippte ungeduldig mit dem Fuß, Vater Padraig schien die Messe noch langsamer als sonst zu lesen, und als er endlich das letzte »Amen« gesprochen hatte, lief sie schnell zum Ausgang der Kirche.

Es kümmerte sie nicht, daß Connor ihre Eile beim Verlassen der Kirche bemerkte.

Leider war es nicht einfach, sich einen Weg zur Tür zu bahnen, da natürlich alle in die gleiche Richtung strebten. Brianna tauschte mit Luc mehrere verzweifelte Blicke, und ihr Herz pochte wie wild, weil er so entschlossen auf sie wartete.

Als sie nur noch wenige Schritte von Luc trennten, fing Uther sie ab. Brianna seufzte enttäuscht, bemerkte aber aus den Augenwinkeln verständnisvolles Lächeln.

In Gedanken flehte sie Uther an, sich zu beeilen.

»Mylady, ich habe überlegt, ob Ismay nicht bis zu der Beerdigung am Dienstag in der Pfarrkirche bleiben kann, da es wegen der vielen Gäste auf Tullymullagh keinen angemessenen Raum gibt«, meinte Uther. »Wenn Ihr einverstanden seid.« Er führte Brianna, die Luc einen flehenden Blick zuwarf, bestimmt aus der Kirche und schlug mit ihr den Weg zur Burg ein.

Luc zuckte die Schultern und ging wie zufällig hinter den beiden her. Es war sicher Absicht, daß er so nah bei ihr blieb. Wünschte sich Luc vielleicht ebensosehr wie sie ein gemeinsames Gespräch?

Brianna verlor sich in Gedanken und hörte Uthers Erläuterungen schon gar nicht mehr.

»Mylady!« rief plötzlich der Koch von hinten. »Wenn Ihr einen Moment Zeit habt, würde ich gerne mit Euch den Speiseplan für die nächste Woche besprechen.«

»Und vielleicht könnten wir auch gleich die Buchführung von dieser Woche überprüfen?« warf Uther ein. »Vor allem Gavins Bedenken um den Gewürzbestand müssen noch geklärt werden.«

»Mylady, welches Gewand soll ich Euch für die Beerdigung vorbereiten?« fragte Fenella dazwischen.

Brianna überlegte noch, wann sie diese wachsende Liste von Pflichten erledigen sollte, als Gavin einen Freudenschrei ausstieß.

»Burke!« jubelte er. »Da ist Burke!«

Alle drehten sich um und sahen, wie der Söldner so schnell er konnte aus dem Kirchhof stürzte. Seine groben Züge strahlten vor Glück, als er sich wieder der Menge zuwandte und triumphierend auf Tullymullaghs Tore wies.

»Burke ist zurückgekehrt!«

Brianna erkannte einen Ritter, der auf einem Rappen vor Tullymullaghs Toren wartete.

Vor Schreck gefror ihr das Blut in den Adern, und sie erstarrte vor Bestürzung. Burke konnte doch nicht so schnell wiedergekommen sein! Sie schaute zu Luc und sah, daß sein Blick grimmig auf das Tor gerichtet war.

Was sollte sie nur tun? Luc hatte ihr geraten, Burke zu heiraten, er hatte sogar darauf bestanden. Brianna wußte, daß sein Rat das beste für sie war, doch sie konnte sich nicht entschließen, ihn zu befolgen.

Wenn Lucs Küsse das plötzliche Erwachen ihrer Sinne herbeigeführt hatten, weshalb ließen Ruarkes Berührungen sie dann kalt?

Was wäre, wenn Burke nicht das gleiche Feuer in ihr entfachte wie Luc?

Oder wenn Brianna trotz der Empfehlung seines Bruders auch mit der Zeit keine Liebe für Burke empfinden könnte?

Allein der Gedanke daran war entsetzlich. Sie hatte sich geschworen, niemals eine unglückliche Ehe einzugehen! Briannas Trotz kämpfte mit ihrem Vertrauen auf Lucs Urteil.

Versuchte sie lediglich, ihren Kopf durchzusetzen, und sah dabei nicht, was das beste für sie war? Würde sie es eines Tages bereuen, wenn sie Burke abwies? Und hatte Luc es nicht schon einmal besser gewußt als sie?

Brianna wünschte verzweifelt, sie könnte nur noch einmal mit ihm sprechen. Nur einen Augenblick lang. Er würde ihr gewiß helfen, die richtige Entscheidung zu treffen, das wußte sie.

Vielleicht waren diese fremden Empfindungen, die Luc erweckt hatte, längst wieder eingeschlafen, und auch unter seinen Berührungen würde sie dieses erregende Kribbeln nicht mehr verspüren.

Oh! Warum wußte sie auch nicht mehr über solche Dinge!

Nun war es zu spät, Luc zu fragen.

Brianna wurde von dem begeisterten Strom der fröhlich plaudernden Menge weitergedrängt. Denis rannte zum Tor, um Burke die Zügel abzunehmen, der Ritter saß ab, und Gavin klopfte seinem zurückgekehrten Sohn zufrieden auf den Rücken. Selbst Connor lächelte erwartungsvoll, als er Brianna den Arm bot und sie dann eilig weiterzog.

Der Augenblick der Entscheidung war gekommen.

Und Brianna wußte noch immer nicht, was sie tun sollte. Da ihre Entschlußkraft sie verlassen hatte, atmete sie tief ein und entschied, Lucs Rat zu befolgen.

Sie würde lachen, was auch immer Burke ihr mitgebracht hatte.

Als endlich alle im Saal versammelt waren, schlug Brianna das Herz bereits zum Zerspringen. Sie saß zwischen ihrem Vater und Gavin auf dem Podium und hatte die Hände im Schoß zu Fäusten geballt. Ihre Finger waren kalt, die Handflächen feucht, aber sie hielt den Kopf aufrecht.

Dann gewahrte sie Luc, der am anderen Ende des Saales stand, und ihre Kehle war plötzlich wie zugeschnürt. Mit nur einem Blick hatte sie seinen mürrischen Gesichtsausdruck bemerkt. Er stand mit vor der Brust verschränkten Armen regungslos da, und sein Blick durchbohrte Brianna, als wollte er sie dazu bringen, seinen Rat zu befolgen.

Sie war so aufgeregt, daß sie wußte, wenn sie jetzt lachte, klänge es furchtbar unnatürlich und überspannt. Ob sie die Anwesenden damit täuschen könnte?

Einerseits hoffte sie, daß Burke wirklich etwas Lustiges gefunden hatte.

Andererseits wünschte sie inständig, der Augenblick sei bereits vorüber und die ganze Angelegenheit erledigt.

Aber Luc vertraute ganz sicher darauf, daß sie den Verstand gebrauchte, den Gott ihr gegeben hatte. Und Brianna wollte ihn keinesfalls enttäuschen.

Uther räusperte sich, und die Menge im Saal verstummte erwartungsvoll. Alle blickten zum Podium, die Gesichter der Anwesenden strahlten vor Neugierde. Brianna krampfte die Finger zusammen.

»Edelfrauen und Edelmänner, Einwohner von Tullymullagh.« Der Verwalter sprach in seinem feierlichsten Tonfall, und auch das letzte Flüstern verstummte. »Es ist noch nicht einmal eine Woche vergangen, seit wir uns hier in diesem Saal versammelt haben, um zu hören, welchen von Gavin Fitzgeralds Söhnen Lady Brianna als ihren Bräutigam auswählen würde. Wie wir alle wissen, sollte auf Wunsch der Prinzessin jeder Sohn zuerst ein Geschenk für sie finden, ein Geschenk, um sie zum Lachen zu bringen, und sie hat geschworen, denjenigen zum Manne zu nehmen, der sie am längsten und lautesten zum Lachen brächte.«

Die Leute stimmten ihm zu und stießen sich gegenseitig an, während sie Burke neugierige Blicke zuwarfen. Der stand geduldig an der Seite des Raumes, zu seinen Füßen lag eine riesige Satteltasche. Brianna hatte kurz den Eindruck, die Tasche bewege sich von selbst, doch als sie noch einmal hinsah, war alles wieder still.

Sie schluckte und preßte die Hände noch stärker zusammen. Lucs Entschlossenheit schien sich auf sie zu übertragen, doch das Herz schlug ihr noch immer bis zum Halse.

Was wäre, wenn sie Burke nicht lieben könnte? Wenn sie nie mehr für ihn empfände als in diesem Moment? Trotz Lucs gutem Zureden war er doch noch immer ein Fremder für sie.

»Und nun«, fuhr Uther fort, »ist der erste der Söhne zurückgekehrt. Chevalier Burke de Montvieux hat ein Geschenk für unsere holde Prinzessin. Laßt uns sehen, ob es ihm gelingt, sie zum Lachen zu bringen.«

Burke verneigte sich und bedankte sich für den Beifall, der sich im Saal erhoben hatte. »Meinen Dank für diesen herzlichen Empfang«, sagte er höflich, doch seine tiefe Stimme brachte in Brianna keine Saite zum Klingen.

Wäre der Mann vor ihr Luc gewesen, ein Blick von ihm hätte genügt, um sie erschauern zu lassen.

Brianna sah zu Luc hinüber, der noch immer ganz hinten im Saal stand, und spürte, wie sie erschauerte.

Derweil durchquerte Gavins Lieblingssohn mit der Satteltasche unter dem Arm anmutig den Saal. Die Troubadoure reckten die Köpfe und flüsterten sich eifrig Einzelheiten zu. Entschlossen zwang Brianna sich, den Blick von Luc abzuwenden und Burke anzusehen, der nun vor sie trat.

Dieser Burke war ganz gewiß ein ansehnlicher Mann, jedenfalls waren alle anderen dieser Meinung. Brianna fand seine Nase jedoch zu klein, sie verlieh dem Gesicht keine Persönlichkeit. Und die graumelierten Schläfen waren für ihren Geschmack ein wenig zu vornehm.

Er würde sie ganz bestimmt nicht überraschen können.

So wie Luc.

Würde Burke je ihren Geist herausfordern, echtes Interesse an ihrer Person zeigen und sie veranlassen, ihren Verstand zu gebrauchen? Würde Burke wirklich all ihre Wünsche erfüllen oder statt dessen darauf bestehen, daß sie einen guten Grund haben müßte, wenn sie ihn um etwas bat? Würden seine Küsse ein Kribbeln in ihrer Magengrube hervorrufen und seine Berührung sie erschauern lassen?

Brianna konnte es sich nicht vorstellen.

Und sie fragte sich erneut, was Luc ihr wohl mitgebracht haben würde, wenn er sich tatsächlich dazu herabgelassen hätte, in den Wettstreit auszuziehen. Sein Geschenk, das wußte sie, wäre etwas außergewöhnlich Interessantes gewesen.

»Ich bin sicher, Burke hat das perfekte Geschenk für Euch gefunden«, brummte Gavin an Briannas Seite.

Diese Gewißheit teilte sie noch nicht einmal annähernd.

Burkes Satteltasche zappelte ganz eindeutig, als er sie vorsichtig auf den Boden setzte. Fenella, die ganz in seiner Nähe stand, lugte unter die Klappe und kicherte.

Brianna biß sich auf die Lippen und ermahnte sich noch einmal, Lucs Rat zu befolgen. Die Menschen im Saal drängten sich erwartungsvoll näher heran.

»Lady Brianna«, sagte Burke feierlich und verneigte sich tadellos tief. »Dies ist Euer Geschenk, und ich hoffe, es wird Euch gefallen.«

Brianna hatte den Eindruck, als wünschte Burke genau das Gegenteil. In seinem Verhalten lag trotz all der Ehrerbietung und Höflichkeit ein gleichgültiger Ausdruck, der sie stutzig machte, und sie lehnte sich mit einem leichten Stirnrunzeln zurück.

Es war eine Sache, auf Anraten eines Menschens, dem sie vertraute, einen Fremden zu heiraten. Aber es war etwas ganz anderes, einen Fremden zu heiraten, den der Gedanke, sich mit ihr zu vermählen, tatsächlich gleichgültig ließ. Wenn Burke tatsächlich um ihre Hand anhalten wollte, sollte er gefälligst etwas mehr Begeisterung zeigen!

Angenommen, die Aussicht, Brianna zu heiraten, behagte Burke wirklich nicht, dann konnte sie kaum hoffen, nach der Hochzeit seine Liebe zu entfachen.

Offenbar kannte Luc das Herz seines Bruders nicht.

Doch glücklicherweise hatte Brianna die Wahrheit noch rechtzeitig erkannt. In diesem Moment stand ihr Entschluß fest: Sie würde *nicht* lachen.

Was dieser Mann ihr auch mitgebracht haben mochte. Sie atmete tief durch, löste ihre verkrampften Finger und setzte sich kerzengerade auf.

Burke verneigte sich schweigend und öffnete mit einer schwungvollen Bewegung die Satteltasche.

Einen Moment lang geschah gar nichts.

Dann kamen plötzlich die überlangen Nasen von drei Wolfshundwelpen zum Vorschein. Die Frauen in der Menge jauchzten entzückt, die Männer lächelten nachsichtig, und Brianna sank mit einem erleichterten Seufzer zurück.

Hunde konnten vielleicht ganz amüsant sein, doch so komisch waren sie nun auch wieder nicht. Dieses Geschenk würde ihr zum Glück keine Schwierigkeiten bereiten.

Als habe er ihre Gedanken gelesen, sprang einer der Welpen aus der Tasche und attackierte den Saum von Fenellas Kleid. Die Hofdame wich kreischend zurück, und der kleine Hund stolperte unbeholfen über seine Pfoten. Nun sprang der zweite Welpe dem ersten hinterher und balgte sich mit ihm. Sie verwickelten sich zu einem Knäuel aus weichem Fell, nassen Nasen und riesigen Pfoten, das gegen Dermots Füße rollte.

Der Mann lächelte kalt, dann wurde ihm aber anscheinend bewußt, daß alle Blicke auf ihn gerichtet waren, denn er beugte sich zögernd hinunter und kraulte einen der Welpen hinterm Ohr. Brianna sah, wie unbehaglich er sich fühlte, und fragte sich, ob Dermot kleine Tiere nicht möge.

Der Hund bemerkte Dermots Zurückhaltung jedoch nicht. Er streckte sich ihm genüßlich entgegen und verlor prompt das Gleichgewicht. Die Menge im Saal lachte schallend. Da kletterte der andere Welpe frech auf den ersten und wollte auch gekrault werden.

Ergeben streichelte Dermot auch ihn, und das niedliche Tier grunzte vor Wohlbehagen, rollte sich auf den Rücken und streckte alle viere von sich. Dabei stieß er mit einer Pfote gegen die Nase seines Bruders, der empört aufjaulte, sich ungeschickt aufrappelte und energisch nach der Pfote schnappte.

Vergnügtes Gelächter erfüllte den Saal, als der zweite Welpe entrüstet kläffte, und die beiden Hunde eine wilde Jagd durch den Saal begannen. Sie stießen gegen Beine und Tische, liefen unter die Röcke der Damen und trieben die lachende Menge auseinander – kurz, sie stifteten ein großes Durcheinander. Nur Brianna saß mit versteinertem Gesicht da, während alle anderen lauthals über die Streiche der Welpen lachten.

Brianna fühlte sich noch nicht einmal versucht zu lächeln.

Der dritte Welpe, der sich bis jetzt in der Satteltasche verkrochen hatte, streckte nun, da er sich unbeobachtet wähnte, neugierig den Kopf hervor. Er hatte offenbar von seinem sicheren Platz in der Tasche aus alles beobachtet, denn er lief geradewegs auf Dermot zu.

Doch er kam nicht in friedlicher Mission.

Dermot sog scharf die Luft ein, als der kleine Welpe sich knurrend und mit gesträubtem Fell in sein Schienbein verbiß. Vergeblich versuchte Dermot, den ungestümen Welpen abzuschütteln. Da kamen auch schon die beiden anderen Hunde zurück und sprangen jaulend an dem erstarrten Dermot hoch. Die Menge brüllte.

Fenella wäre vor Lachen fast erstickt, als sie versuchte, dem umzingelten Dermot zu helfen. Denis lachte so sehr, daß er sich die Tränen aus den Augen wischen mußte. Schließlich ging Burke energisch zu Dermot herüber um ihm behilflich zu sein, doch die Welpen waren kaum zu bändigen.

Wegen Dermots entsetztem Gesicht hätte Brianna nun doch beinahe die Fassung verloren. Sie biß sich heftig auf die Lippen, um nicht in Lachen auszubrechen und ballte die Hände, daß die Knöchel weiß hervortraten.

Sie würde nicht lachen.

Schließlich gelang es Burke, den Welpen aufzuheben, der noch immer an Dermots Hose zerrte. Nun stieß auch Connor eine Lachsalve hervor, der Hund hatte auf Dermots Stiefeln ein Andenken hinterlassen. Vor Bestürzung traten Dermot beinahe die Augen aus dem Kopf.

Die Versammlung bog sich vor Lachen. Connor schlug sich auf die Schenkel, Gavin prustete, und sogar Vater Padraig machte ein Geräusch, das als Lachen durchgehen konnte. Nur Brianna spannte den ganzen Körper an und preßte die Lippen fest aufeinander, um ein Lachen zurückzuhalten.

Und es gelang ihr.

Nach einer Weile hatte Burke die Welpen wieder in der Satteltasche verstaut, und der Lärm im Saal legte sich. Burke verneigte sich abermals tief vor Brianna. Sein Ausdruck verriet nicht das kleinste bißchen Enttäuschung über sein Versagen, und mit einem Blick auf Gavin wußte Brianna, daß es nicht nur ihr aufgefallen war.

Sie hatte die richtige Entscheidung getroffen.

Burke hatte sich kaum aufgerichtet, als Gavin wutentbrannt aufsprang und schrie: »Du Versager! Ich will mit dir reden! Und zwar sofort!«

Burkes Augen blitzten, dann neigte er den Kopf vor seinem Vater, der Inbegriff von Eleganz und Respekt. Jedes Anzeichen von Unmut in seinen Zügen war verschwunden, als sich der Ritter geschmeidig umdrehte, um seinem Vater zu folgen.

Der humpelnde, wutschnaubende Gavin stand wirklich im extremen Gegensatz zu seinem anmutigen Sohn. Die Menge im Saal schwieg betreten, als die beiden hinausgingen, dann aber schwollen die Kommentare und Vermutungen zu einem ohrenbetäubenden Lärm an.

Brianna lächelte zufrieden. Sie suchte mit den Augen nach Luc, doch der hatte den Saal verlassen.

Vom anderen Ende des Saales aus war ihm Burkes Gleichgültigkeit sicherlich nicht aufgefallen. Wahrscheinlich nahm er es ihr auch übel, daß sie seinen Rat nicht befolgt hatte. Brianna mußte unbedingt mit Luc reden und ihm erklären, weshalb sie nicht gelacht hatte.

Brianna war sich sicher, daß Luc sie verstehen würde, wenn sie ihm ihre Zweifel offenbarte.

Er war schließlich ein vernünftiger Mann.

»Gut gemacht!« sagte Ruarke, als er auf sie zuging und sich gegen das Podium lehnte. Der aus dem Verlies entlassene erste Ritter grinste sie augenzwinkernd an, und Brianna fragte sich, weshalb ausgerechnet er so besorgt um die Wahl ihres Bräutigams sein sollte.

Dann riß Connors Stimme sie aus ihren Gedanken. »Haben dir die Welpen denn nicht gefallen?« Er sah sie eindringlich an. »Dieser Burke ist immerhin Gavins Erbe, mein Kind.«

Brianna legte ihrem Vater liebevoll die Hand auf den Arm. »Ich war ihm jedoch vollkommen gleichgültig, Vater. Außerdem kenne ich Burke doch gar nicht und noch weniger weiß ich, ob er meine einzig wahre Liebe ist.«

Connor senkte die Stimme und sagte beinahe streng: »Kind, du darfst solchen Unsinn nicht zu ernst nehmen. Mann und Frau können sich liebgewinnen, auch wenn ihre Ehe arrangiert ist.«

»Das mag sein, Vater«, sagte Brianna mit einem Lächeln. »Aber ich will ein solches Risiko nicht eingehen.«

Connor sah sie eindringlich an. »Hast du diese große Liebe, die du so eifrig suchst, vielleicht schon gefunden? Kennst du einen Mann, der dir ehrenhaft zur Seite steht und bereit ist, alles, was dir lieb und teuer ist, zu verteidigen? Ein Mann, dem du mehr als allen anderen vertraust und auf dessen Worte du dich verlassen kannst?«

Brianna starrte in die besorgten Augen ihres Vaters und schluckte. Es gab diesen Mann, dessen Gesellschaft sie suchte, auf dessen Ehrenwort sie sich verlassen konnte, der sie mit großem Respekt behandelte.

Und dessen Küsse sie entflammten.

»Hast du diesen Mann bereits gefunden, Brianna?« fragte Ruarke sanft, als sie nicht antwortete.

Brianna schaute ihren Vater und Ruarke verwirrt an, sie wußte nur, daß sie mit Luc sprechen mußte. So schnell wie möglich.

»Ich ... ich weiß nicht«, brachte sie nur heraus und hoffte, ihre Stimme klänge unbeschwert. Brianna drückte die Hand ihres Vaters und lächelte keck, dann schlüpfte sie von ihrem Stuhl und eilte aus dem Saal.

Sie lenkte ihre Schritte sofort zum Obstgarten, da sie Luc dort vermutete. Gewiß zürnte er ihr, aber Brianna war zuversichtlich, ihn umstimmen zu können.

Und sie schuldete ihm schließlich noch vier Küsse.

Ihr Herz setzte bei dem Gedanken kurz aus, und sie flog regelrecht in den Obstgarten. Sie war so in Gedanken versunken, daß sie weder Ruarkes finsteren Blick sah, noch bemerkte, wie ihr

Vater die Stirn runzelte, seinen Mantel raffte und ihr hinterherlief.

Von der Woge der Erleichterung, die durch Luc gegangen war, als Brianna nicht gelacht hatte, war ihm ganz schwindelig geworden. Er war hinausgegangen, um frische Luft zu schnappen und wieder einen klaren Kopf zu bekommen.

Die Prinzessin hatte Burke verschmäht, und nun benötigte Luc einen Plan.

Erregt stapfte er durch den Obstgarten und überlegte fieberhaft, wie er Brianna zum Lachen bringen könnte. Die Welpen waren gewiß niedlich gewesen, doch erst Dermots mißliche Lage hatte Luc zum Lachen gebracht.

Aber Brianna hatte die ganze Zeit über ungerührt dagesessen. Es schien, als wollte die Prinzessin an ihrem Entschluß festhalten und nur aus Liebe heiraten.

Und Luc wußte sehr wohl, wie hartnäckig sie sein konnte. Er schaute ratlos die Apfelbäume an und fragte sich, wie er dieses Hindernis umgehen sollte. Er konnte sich nur zu gut vorstellen, daß Brianna alles tun würde, um nicht zu lachen, was für Späße er ihr auch vorführte.

Wenn Brianna Lucs Absicht erriet – und die Prinzessin hatte einen scharfen Verstand –, würde sie ihm vielleicht sogar aus dem Weg gehen.

Und das wäre noch schlimmer.

Doch wie könnte er Brianna nur zum Lachen bringen? Luc zerbrach sich den Kopf und schritt dabei durch den gesamten Obstgarten. Im Gegensatz zu Rowan kannte er weder unzählige witzige Geschichten noch lustige Tricks, die er vorführen könnte. Er war nicht wie sein Bruder zwischen Spielmännern, Troubadouren und Gauklern aufgewachsen und empfand dies nun als einen großen Nachteil.

Plötzlich erstarrte Luc.

Wenn Brianna sich so sehr einen Mann wünschte, der sie unterhielt, dann war es sicher nicht Burke, auf dessen Geschenk sie gewartet hatte. Rowan konnte einen Stein zum Lachen bringen, Rowan würde Brianna für den Rest ihres Lebens zum Lachen bringen. Die Aufgabe dieses Wettstreits zeigte schließlich, wie wichtig Brianna lustige Unterhaltung nahm.

Und Rowan konnte jeden Moment zurückkehren.

Lucs Herz zog sich zusammen, als er daran dachte, besorgt wirbelte er herum und blickte zum leeren Burgtor. Nein! Er mußte den Wettstreit gewinnen! Er wollte sie überraschen, sie zum Lachen bringen und dann zu seiner Braut machen, auch wenn er noch nicht wußte, wie er dies zustande bringen sollte.

Und wenn alles entschieden war, konnte Luc sich an die Aufgabe machen, auch Briannas Liebe zu gewinnen.

»Luc!«

Er fuhr herum und sah die Prinzessin mit wehendem Schleier über den Burghof auf sich zueilen. Ihre Augen funkelten, sie hatte die feinen Röcke gerafft, um schneller laufen zu können, und Luc konnte ein Stück ihrer wohlgeformten Beine sehen. Ihr Lächeln ließ sein Herz schneller klopfen.

Es war nur ein Tag gewesen, aber er hatte sie schmerzlich vermißt.

»Ich habe nicht gelacht!« rief sie mit atemloser Freude, als sie vor ihm stehenblieb.

Nein, das hatte sie nicht. Erleichtert dachte Luc, daß dies eine gute Gelegenheit war, um herauszufinden, was Brianna lustig fand.

»Und warum nicht?«

Brianna legte ihre zarte Hand auf seinen Arm, der betörende Duft ihres Körpers ließ Luc erschauern. Bei Gott, hatte er je eine Frau heftiger begehrt?

»Luc, Ihr dürft mir nicht zürnen«, sagte sie hastig, und Luc fragte sich, weshalb er auf sie böse sein sollte. »Ich weiß, Ihr habt mir geraten, Burke zu wählen, und ich wollte Euren Rat auch befolgen, wirklich, Ihr dürft nicht glauben, daß ich nur deshalb nicht gelacht habe, weil ich Euch kein Vertrauen schenke.«

Luc blinzelte verwundert und versuchte, dieses unerwartete Geständnis zu deuten. Was für einen Rat?

Brianna seufzte und sah ihn flehentlich an, mit den Fingern knetete sie den Stoff seines Hemdes. »Aber ich konnte es einfach nicht tun! Burke war so gleichgültig«, erklärte sie atemlos. »Ich weiß, daß Ihr es vom anderen Ende des Saales aus nicht erkennen konntet.«

Ach, ja! Luc hatte ihr geraten, Burke zu heiraten.

Das hatte er ganz vergessen.

Und Brianna hätte beinahe gelacht, nur auf seinen törichten Rat hin.

Die Prinzessin sah ihn mit weit aufgerissenen Augen an. »Luc, natürlich wäre es nicht so schlimm, daß Burke für mich ein Fremder ist, da Ihr mir glaubhaft versichert habt, er sei ein ehrenhafter, guter Mann, aber wenn er doch an der Verbindung überhaupt nicht interessiert ist ...«, Brianna kam noch näher an ihn heran, krampfhaft umfaßte sie seinen Arm und sah ihn zutiefst besorgt an, »... wie soll dann nach der Hochzeit Liebe zwischen uns wachsen?«

O Gott, und Luc hätte beinahe seine eigenen Pläne zunichte gemacht!

Und dennoch war es sehr beruhigend, daß Brianna seinen Rat ernst genommen hatte. Das wollte Luc gleich noch einmal hören.

Er nahm beruhigend ihre Hände. »Wolltet Ihr Burke tatsächlich wählen, nur weil ich es Euch geraten habe?«

»Ja.« Brianna lächelte ihn so zaghaft an, daß sich Lucs Herz zusammenzog. »Ihr habt mir doch versichert, er sei ein ehrenhafter Mann. Und für Euch ist Burke schließlich kein Fremder.«

Allein die Vorstellung, Brianna an seinen eigenen Bruder zu verlieren, ließ Luc weiche Knie bekommen. Eines Tages, wenn alles gutginge, würde er vielleicht darüber lachen können.

Jetzt hatte er es hingegen sehr eilig, die günstige Gelegenheit beim Schopfe zu packen.

Doch wie sollte er die Prinzessin zum Lachen bringen?

»Ihr dürft nicht beleidigt sein«, drängte Brianna ihn, scheinbar mißdeutete sie sein Schweigen. »Ich habe mich nicht gegen Burke entschieden, weil ich Euch nicht vertraue.«

Luc drückte ihre Hände. »Mylady«, flüsterte er ihr ins Ohr, und seine Stimme bebte vor Zärtlichkeit. »Ihr irrt Euch, ich bin sehr froh, daß Ihr nicht gelacht habt.«

Brianna sah ihn verwirrt an. Dann krauste sie die Stirn. »Aber Ihr habt mir doch geraten ...«

»Ja, das habe ich.«

»Aber ...«

Luc konnte Briannas sinnlichem Mund nicht länger widerstehen. Er legte ihr einen Finger auf die vollen Lippen, um sie zum Schweigen zu bringen, und ein erregender Schauer durchlief seinen Körper, als er ihre zarte Haut spürte. »Ja, aber ich habe mich getäuscht«, gestand er. »Ich bin überaus erleichtert, daß Ihr meinen Rat nicht befolgt habt.«

»Ihr habt Euch getäuscht?« Briannas Augen blitzten gefährlich, und sie stieß Lucs Finger weg. »Ihr habt Euch getäuscht, und hieltet es nicht einmal für nötig, mich davon in Kenntnis zu setzen?« Sie wies ärgerlich auf den Burgsaal und rief vorwurfsvoll: »Ich hätte vorsätzlich lachen können! Und dann wäre ich gezwungen gewesen, diesen Mann zu heiraten! Und Ihr sagt mir jetzt einfach, Ihr hättet Euch geirrt?«

»Es tut mir leid«, begann Luc ehrlich, doch Brianna ließ ihn nicht zu Wort kommen.

»Es tut Euch leid? Leid?« fauchte sie und geriet erst recht in Rage. »Und was hätte mir das genützt, wenn ich mit dem falschen Mann verheiratet worden wäre? Ihr hättet auf der Stelle zu mir kommen müssen, um mich über Euren Irrtum aufzuklären!«

»Mylady, ich habe heute morgen versucht, mit Euch zu sprechen, aber Ihr wart zu beschäftigt...«

»Zu beschäftigt, um eine so lebenswichtige Mitteilung zu erhalten?« Brianna schnaubte zornentbrannt. »Das glaube ich nicht!« Sie verschränkte die Arme vor der Brust und blickte Luc stolz an. »Ich verlange auf der Stelle eine Entschuldigung von Euch.«

Luc fuhr sich zerknirscht mit der Hand durchs Haar und nickte. »Ihr habt recht«, räumte er ein. »Vergebt mir. Es tut mir aufrichtig leid. Ich habe wirklich alles versucht, um nach meiner Ankunft mit Euch zu sprechen, doch das Glück schien sich gegen mich gewendet zu haben. Ich bin wirklich sehr froh, daß Ihr eine so überaus kluge Frau seid.«

Brianna setzte eine verächtliche Miene auf, als wäre sie nicht im geringsten beeindruckt, doch der kurze Blick, den sie Luc zugeworfen hatte, verriet ihm, daß seine Entschuldigung sie sehr wohl bewegte.

Und die Tatsache, daß sie noch immer vor ihm stand und sich nicht einfach abgewendet hatte, war sehr ermutigend.

Vielleicht durfte er doch noch hoffen. Es gab sicherlich mehr als einen Weg, der Prinzessin ein Lachen zu entlocken. »Ihr schuldet mir noch vier Küsse, Mylady«, erinnerte er sie mit einem Lächeln. »Sollen wir unsere Pflicht noch heute morgen erledigen?«

»Oh!« Zwei feuerrote Kreise brannten plötzlich auf Briannas Wangen.

Luc grinste. Er war ihr ganz und gar nicht gleichgültig und schon gar nicht die Aussicht auf vier Küsse.

Das konnte nur ein gutes Zeichen sein.

Brianna wich ein halbes Dutzend Schritte zurück und starrte

ihn an. »Ihr seid unverbesserlich!« rief sie hitzig. »Und vermessen. Und respektlos. Und, und ...«

Befriedigt verschränkte Luc die Arme vor der Brust und begegnete belustigt ihrem Blick. »Und darf ich zu hoffen wagen, daß ich auch interessant bin?« Er zog eine Braue hoch, aber Brianna verschlug es die Sprache. »Oder faszinierend? Herausfordernd?« Luc hielt inne und sah der Prinzessin tief in die Augen.

»Oder gar lustig?«

Brianna rang nach Luft, dann fand sie ihre Sprache endlich wieder. »Wie könnt Ihr auch nur annähernd lustig sein? Ihr wollt mich doch gar nicht zum Lachen bringen, Ihr habt Euch geweigert, an dem Wettstreit teilzunehmen, Ihr habt Euch geweigert, mir ein Geschenk zu bringen, Ihr habt Euch geweigert, überhaupt irgend etwas zu tun, worum ich Euch gebeten habe!« Sie rang die Hände. »Ihr seid der lästigste und unverschämteste Mann, der mir je begegnet ist!«

»Weil ich nicht bedingungslos Euren Willen erfülle?« Luc schaute sie skeptisch an. »Ihr könnt mir nicht weismachen, holde Prinzessin, daß Ihr einem solch jämmerlichen Mann den nötigen Respekt entgegenbringen würdet. Ihr würdet Euch wahrscheinlich noch nicht einmal dazu herablassen, mit mir zu sprechen, wenn ich so fügsam wäre wie ein abgerichteter Hund.«

Brianna blinzelte verwundert und errötete noch tiefer, doch sie wich Lucs Blick nicht aus. Dann breitete sich langsam ein Lächeln über ihre Lippen.

»Nein«, gestand sie. »Nein, Ihr habt recht. Dann würde ich gewiß nicht mit Euch sprechen.«

Luc stellte befriedigt fest, daß er bei diesem Schlagabtausch den Sieg davongetragen hatte, da neigte Brianna den Kopf. »Ich wünschte, Ihr wäret in meinen Wettstreit ausgezogen«, sagte sie leise.

Das war ein ebenso verheißungsvolles wie unerwartetes Geständnis.

Eine Gelegenheit, die er sich nicht entgehen lassen durfte.

Luc sah der Prinzessin fest in die Augen, entschlossen, den Grund dafür herauszufinden. »Warum denn?« fragte er sanft.

Brianna schien zu erraten, wie wichtig ihm ihre Antwort war, denn sie wich Lucs Blick verlegen aus. »Ein Geschenk verrät viel über die Persönlichkeit des Schenkenden«, erklärte sie beiläufig. »Ich würde einfach nur gerne wissen, was Ihr mir gebracht hättet.«

»Nein.« Luc schüttelte den Kopf, und sie sah ihn erschreckt an. »Mit Eurem Wettstreit wolltet Ihr nichts über unsere Persönlichkeit erfahren, und das wißt Ihr ganz genau.«

»Doch!« Brianna rang nach Luft, als Luc beherzt auf sie zuging.

Aber sie wich nicht zurück.

»Mylady! Glaubt Ihr, ich hätte schon wieder vergessen, daß Ihr Euren Vater wieder auf Tullymullaghs Thron verhelfen wollt?«

Brianna erbleichte. »Ich ... ich ...«

»Ihr hegtet einen Plan«, sagte Luc entschieden, »einen törichten Plan, der Euch sehr gefährlich hätte werden können.« Er hob eine Braue. »Mit Eurem Wettstreit wolltet Ihr doch nur mich und meine Brüder von Tullymullagh fernhalten, um Euren Plan in die Tat umsetzen zu können.«

Brianna preßte trotzig die Lippen aufeinander, er hatte sie ganz eindeutig überführt.

Luc wollte sie nicht weiter quälen, deshalb machte er noch den letzten Schritt auf sie zu, nahm ihr Kinn in die Hand und sagte: »Glücklicherweise ist alles gutgegangen.«

»Dank Euch«, erwiderte Brianna ruhig, doch ihre Wangen brannten.

»Mylady, ich bin froh, daß ich nicht in Euren Wettstreit ausgezogen bin«, sagte Luc, und damit sie seine Entschlossenheit hörte, fügte er hinzu: »Denn so konnte ich Euch davon überzeugen, wie töricht es ist, sich Gavin zu widersetzen.«

Die Prinzessin schluckte. »Noch nie hat sich jemand geweigert, meinem Willen zu gehorchen«, gestand sie leise, dann hob sie den Kopf, und ihre Blicke trafen sich. »Niemand außer Euch.«

Sie sah unglaublich verletzlich aus, sie war zutiefst verwundert und erschüttert darüber, daß es tatsächlich jemanden gab, der ihr die Stirn bot. Luc verspürte nur noch den Wunsch, ihr das Gefühl von Sicherheit zu geben. Er wollte, daß sie wieder lächelte.

»Ach!« Luc zog eine Augenbraue hoch und zwinkerte ihr nekkisch zu. »Deshalb habt Ihr mich also so sehr vermißt!«

Brianna stockte vor Überraschung der Atem.

Sie kicherte, ihre Augen glänzten. Sie hob eine Hand an die Lippen, aber vergebens.

Die Prinzessin lachte.

Luc befolgte wirklich nie ihren Willen.

Und Brianna hätte tatsächlich weit weniger von ihm gehalten, wenn er ihren Wünschen stets bedingungslos nachgekommen wäre.

Doch die Unterstellung, sie hätte ihn schmerzlich vermißt – weil er sich all ihren Erwartungen widersetzte –, hatte sie einfach zum Lachen gebracht.

Und als Brianna einmal angefangen hatte, konnte sie gar nicht mehr aufhören zu lachen.

Bis Luc ihr grinsend seine warmen Händen auf die Schultern legte und lauthals rief: »Lady Brianna lacht über mich!«

Brianna war im Nu wieder ernst.

Was hatte das denn nur zu bedeuten?

Das Lachen blieb ihr im Halse stecken, und sie starrte Luc an, erst jetzt begriff Brianna, was sie gerade getan hatte. Sie drehte sich um und sah ganz Tullymullagh aus dem Bergfried stürzen und sich die Neuigkeit zurufen.

Der gesamte Haushalt kam herbeigeeilt, um die Wahrheit mit

eigenen Augen zu sehen, Brianna hörte das Echo ihrer Stimmen, das sich an den Mauern brach und wandte sich entsetzt wieder Luc zu.

»Ihr habt mich hereingelegt!« rief sie.

Er grinste neckisch, und Brianna sah, wie sehr er sich über sein Werk freute. »Ihr habt gelacht«, stellte er fest.

Wie konnte er es wagen, sie derart hereinzulegen? »Das zählt nicht!«

»Natürlich zählt es«, sagte er nachdrücklich, seine Augen leuchteten tiefblau. »Ihr habt über einen Witz gelacht, den einer von Gavins Söhnen gemacht hat, und nun, Mylady, werden wir heiraten.«

Heiraten?

Luc?

»Das entspricht aber ganz und gar nicht meinem Plan!« protestierte Brianna, noch nie zuvor waren die Geschehnisse so außer Kontrolle geraten. »Ihr seid nicht einmal in meinen Wettstreit ausgezogen!«

Luc warf ihr einen durchdringenden Blick zu. »Wie es aussieht, hatte ich das auch nicht nötig.«

»Aber ... aber ...« Brianna suchte verzweifelt nach einem Gegenargument. Dieser Mann konnte den Spieß doch nicht einfach umdrehen! Der einzige Zweck dieses Wettstreits war schließlich, daß sie keinen der drei Brüder heiraten müßte! »Pah!« rief sie plötzlich freudig. »Aber Ihr habt mir kein Geschenk gemacht!«

Luc zögerte einen Moment, und Brianna wußte, daß sie ihn damit geschlagen hatte.

»Ihr habt mir kein Geschenk gemacht, also zählt mein Lachen nicht!« wiederholte sie, und es gefiel ihr, Luc so durcheinander zu sehen.

Ha! Sie würde doch das letzte Wort haben!

Doch da räusperte sich jemand nachdrücklich hinter Brianna.

Sie fuhr herum und sah ihren Vater durch die Apfelbäume auf sie zugehen. Er schüttelte feierlich den Kopf. »Das stimmt leider nicht ganz, mein Kind. Luc hat dir wahrlich ein einzigartiges Geschenk gemacht.«

Brianna war empört, daß ihr Vater für Luc Partei ergriff. »Was denn für ein Geschenk?«

Connor lächelte. »Die Erfahrung, daß ein Paar sich niemals Vorschriften machen soll, denn die Stärke einer guten Ehe liegt in gegenseitigem Verständnis und Miteinander.«

Brianna überlegte fieberhaft, was sie darauf entgegnen könnte, doch Connor nickte bereits Luc zu. »Ich muß gestehen, daß ich Euer Gespräch belauscht habe«, räumte er ein.

Luc neigte den Kopf, offenbar schien ihn dies nicht weiter zu stören. »Es ist nur vernünftig, daß Ihr Euch um das Glück Eurer Tochter kümmert.«

Connor strahlte, dann wandte er seinen durchdringenden Blick wieder Brianna zu. »Ich bin mir ganz sicher, mein Kind, daß du stolz sein kannst, diesen Mann, der deinen Verstand herausfordert und sich ernsthaft um deine Sicherheit sorgt, an deiner Seite zu haben.«

Brianna rang nach Atem, ihr Herz pochte wie wild. Entrüstet sah sie Luc an. »Wie könnt Ihr darauf nur bestehen?« fragte sie hitzig. »Ihr wißt doch ganz genau, wieviel es mir bedeutet, nur aus Liebe zu heiraten.«

Kaum hatte sie diese Worte ausgesprochen, da nahm Luc wieder ihre Hände. »Mylady«, sagte er leise. »Ich kann sehr wohl verstehen, wie wichtig das für Euch ist, und deshalb bedeutet es auch mir sehr viel.«

Brianna schluckte, das tiefblaue Leuchten in Lucs Augen verriet ihr, daß er seine Worte ernst meinte.

»Ich möchte Euch glücklich machen, und Ihr sollt diese Heirat niemals bereuen. Mylady, ich versichere Euch, alles zu tun, um Euer Herz zu gewinnen.«

Briannas Herz raste. Ihr war, als müßte es jeden Augenblick zerspringen. Sie konnte den Blick nicht von Luc abwenden, der ihr unbeirrbar in die Augen schaute, dann führte er ihre Hände an den Mund und streifte mit den Lippen über ihre Knöchel.

Brianna war sich sicher, daß ganz Tullymullagh den Schauer sehen konnte, der sie durchlief.

»Wirklich, Brianna«, flüsterte er, und diese Worte waren nur für ihre Ohren bestimmt, »ich schwöre es Euch.«

Luc hatte sie noch nie beim Namen genannt. Doch es klang so vertraut, daß seine Stimme Erinnerungen an die Küsse heraufbeschwörte und ihr von berauschenden Geheimnissen zu künden schien, in die sie bald eingeweiht werden würde. Brianna rang nach Atem und wandte den Blick ab.

Sie wußte, mit welcher Entschlossenheit Luc sein Wort hielt.

Könnte er wirklich ihre Liebe gewinnen? Allein der Gedanke daran war reizvoll und grauenvoll zugleich. Brianna bewunderte ihn bereits, sie vertraute ihm und wußte, daß sie sich auf ihn verlassen konnte.

Und seine strahlenden Augen hatten sie schon längst in ihren Bann geschlagen.

Doch würde Luc sie wirklich lieben? Seine Worte klangen nicht so, als hege er die Absicht, ihr sein Herz zu schenken.

Und das war freilich beunruhigend.

Die Unsicherheit der Prinzessin entmutigte ihn. Gab es da vielleicht doch etwas, wovon Luc nichts wußte? Er hatte durchaus erwartet, daß Brianna sich über seine Liebe bei ihrer Heirat Sorgen machen würde, und daher alles versucht, um sie davon zu überzeugen, wie ernst er die Angelegenheit nahm.

Doch Luc traute weder ihrem Schweigen, das so gar nicht ihrem Wesen entsprach, noch der Art, wie sie mit kraus gezogener Stirn in die Ferne blickte.

Was ging nur in Briannas Kopf vor?

»Laßt mich vorbei!« Ruarke drängte sich durch die herbeigelaufene Menge. Er blickte Luc oder vielmehr dessen Hände, die sich noch immer um Briannas Hände schlossen, zornig an. Luc straffte die Schultern und machte sich auf ein heftiges Wortgefecht gefaßt. Je öfter er diesen Ritter sah, desto weniger gefiel er ihm.

»Was soll das hier?« fragte Ruarke. »Mir ist da irgendein Unfug zu Ohren gekommen, daß Brianna gelacht haben soll.«

»Das ist kein Unfug«, gab Luc zurück, ohne Ruarkes ungehobeltes Benehmen zu beachten. »Sie hat gelacht, und wir werden heiraten.«

»Was?« Ruarkes Augen blitzten zornig. »Das ist ausgeschlossen! Die Prinzessin kann jemanden wie Euch unmöglich heiraten! Ihr seid ja noch nicht einmal ein Ritter!«

»Ganz im Gegenteil«, erklärte Luc kühl. Vor den Augen der Prinzessin wollte er sich Ruarkes lautes Gebaren nicht gefallen lassen. »Ich bin vor fast fünfzehn Jahren in Ritterstand getreten.«

Doch er unterließ es, eine Bemerkung über Ruarkes freie Deutung der Pflichten eines Ritters zu machen. Seiner Meinung nach hätte dieser Mann Tullymullagh nicht verlassen dürfen, als die Burg so schwer belagert wurde, erst recht nicht als Connors erster Ritter.

Und es mißfiel ihm sehr, wie schnell Ruarke sich Gavin unterworfen hatte. Ein Mann wie Connor verdiente von seinen Rittern größere Treue.

Ruarke hätte immerhin Tullymullagh verlassen können, auch wenn er damit nur ein kleines Zeichen setzen würde, daß er mit dem neuen Herren nicht einverstanden war. Ein tapferer Ritter würde zweifellos an einem anderen Hof dienen und somit seine Ehre wahren können.

Ruarke sah ihn verwundert an. »Aber Ihr kleidet Euch nicht wie ein Ritter.«

»Kleider machen noch lange keine Leute.« Luc konnte sich diese spitze Bemerkung über Ruarkes feine Gewänder einfach nicht verbeißen. Es überraschte ihn wirklich nicht, daß dieser erste Ritter von Tullymullagh sich verdrückt hatte, als die Burg angegriffen wurde.

Im Kampf hätte schließlich Ruarkes neuer Wappenrock beschmutzt werden können.

Die zwei Männer maßen sich schweigend mit Blicken, und Luc begriff plötzlich, daß auch Ruarke Brianna zu seiner Braut machen wollte.

Er fragte sich, was die Prinzessin wohl darüber dachte.

Ruarke warf sich zornig in die Brust. »Und was ist mit dem dritten Bruder?« fragte er Connor. »Lautet die Aufgabe des Wettstreits nicht, daß die Prinzessin denjenigen heiraten wird, der sie am längsten und lautesten zum Lachen bringt?«

»Ja, das stimmt!« sagte Brianna sofort beharrlich. »Gott segne dich, Ruarke, daß du dich daran erinnert hast!«

Was war das denn für ein Aberwitz?

Für diesen Mann, der sich so wenig für Tullymullagh verdient gemacht hatte, verspürte Brianna doch nicht etwa Zuneigung? Warum sollte ihr Verstand sie ausgerechnet jetzt im Stich lassen?

Luc sah die Prinzessin entgeistert an.

Dies war also ihre Antwort. Damit hatte er nicht gerechnet. Lucs Schwur, das Herz der Prinzessin zu gewinnen, war mit einem Mal sinnlos geworden, da sie es bereits verschenkt hatte.

Er fühlte sich plötzlich sehr elend. Abrupt ließ er ihre Hände fallen und wich einen Schritt zurück, in diese Angelegenheit wollte er sich nicht einmischen. Brianna sah ihn beunruhigt an – aber was erwartete sie eigentlich von ihm? Er hatte sie zum Lachen gebracht, hatte ihr seine ehrlichen Absichten offenbart, und doch hatte sie seine Hand verschmäht.

Ein ehrenhafter Mann drängte sich nicht weiter auf.

Ruarke freilich stürzte sich sogleich auf Briannas freigewordenen Hände, während die Prinzessin unschlüssig von einem zum andern blickte. Er warf Luc noch einen letzten vernichtenden Blick zu und sagte mit seinem gewinnendsten Lächeln zu Brianna: »Kommt, Mylady, kommt und frühstückt mit mir.«

»Aber ...«

Luc war keineswegs überrascht, daß es Brianna nicht gefiel, wenn Ruarke Entscheidungen für sie traf. Sie hatte schließlich ihren eigenen Kopf.

Waren ihre Einfälle auch noch so töricht. Doch Luc fragte sich noch immer, weshalb sie an Ruarke interessiert sein sollte.

»Nichts aber«, sagte Ruarke, als würde er ein ungehorsames Kind zurechtweisen. »Es wird Zeit, daß Ihr Euch endlich wieder in feinere Gesellschaft begebt. Und was ist mit Eurer Stickerei?« Er zog Brianna regelrecht aus dem Obstgarten.

Am Ende des Gartens warf die Prinzessin noch einen flehenden Blick über die Schulter, doch Luc wandte sich ab. Hierbei würde er ihr gewiß nicht zu Hilfe eilen. Brianna hatte ihren Ritter gewählt und konnte nun endlich dafür sorgen, daß alles so vonstatten ging, wie sie es wollte.

Luc verschränkte die Arme vor der Brust und blickte finster zur Darrow hinunter. Er war wirklich ein ausgewachsener Dummkopf gewesen.

Kapitel 12

Brianna und Ruarke waren gerade im Saal verschwunden, da schlug die Küchentür heftig zu. Ohne irgend jemanden oder irgend etwas auf seinem Weg zu beachten, schritt Burke über den Burghof. Verwundert beobachtete Luc dieses Schauspiel, er hatte seinen Bruder noch nie zuvor so außer sich erlebt.

Gleich darauf humpelte Gavin mit geballten Fäusten seinem Lieblingssohn hinterher. »Dann geh doch! Geh ruhig! Du bist sowieso nicht länger mein Sohn, Burke de Montvieux!«

»Wunderbar!« schrie Burke mit einem Trotz, den Luc an seinem Bruder gar nicht kannte. Ebenso wie fast alle anderen Bewohner von Tullymullagh kniff Luc angestrengt die Augen zusammen und reckte den Kopf, um sich kein Wort des Streites entgehen zu lassen. »Es ist eine Schande, daß ich Euer schmutziges Blut nicht aus meinen Adern waschen kann!«

Gavins Gesicht lief dunkelrot an, er sah aus, als würde er gleich aus der Haut fahren. Wutschnaubend wies er mit dem Finger auf Burke. »Ich werde dir alle deine Ländereien wieder aberkennen! Ich werde auch dafür sorgen, daß du Montvieux nicht erbst! Und ich werde mir jede einzelne Münze zurückholen, die du je errungen hast, wenn du nicht auf der Stelle zurückkommst – und zwar auf den Knien, Chevalier – und dich bei mir entschuldigst.«

Burke drehte sich um, stemmte die Hände in die Seiten und warf seinem Vater einen verächtlichen Blick zu. »Meinetwegen, nehmt Euch ruhig alles!« brüllte er. »Der Preis für Eure Gunst ist mir zu hoch!«

Luc traute seinen Augen und Ohren kaum. Eine solche Reaktion hätte er seinem Bruder nicht zugetraut, er hätte auch nie erwartet, daß Burke sich ihrem Vater jemals widersetzen würde. Aber Burke kehrte Gavin den Rücken zu und ging erhobenen Hauptes zu den Ställen. Gavin war sprachlos, während die Leute auf dem Hof in aufgeregtes Gemurmel ausbrachen.

Donnernde Hufschläge kündigten einige Augenblicke später Burkes Aufbruch an. Er ritt sein schwarzes Streitroß aus dem Stall und trabte geradewegs auf die Burgtore zu, ohne sich noch einmal umzusehen. Luc bemerkte, daß sein Bruder keine Satteltaschen mit sich führte und nur mit den Kleidern, die er auf dem Leibe trug, und seinem Schwert von dannen ritt.

Gavin stürzte über den Burghof und brüllte: »Wenn du jetzt weggehst, ohne ein anständiges Geschenk für die Prinzessin zu suchen, rede ich nie wieder ein Wort mit dir!«

Burke spie auf das Pflaster. »Das wäre allerdings ein großer Verlust!« gab er zurück.

Und während Gavin noch außer sich vor Wut unzusammenhängende Worte stammelte, gab Burke seinem Pferd die Sporen und galoppierte durch das Tor, ohne sich um das Geschrei zu kümmern.

»Ich werde dich zu Grunde richten!« schrie Gavin. Doch Burke war bereits zu weit entfernt, um sein Toben noch zu hören. »Ich werde dich um jeden müden Heller bringen!« In seiner Machtlosigkeit sprang Gavin mitten auf dem Burghof auf und ab. »Ich werde dafür sorgen, daß du von jeder Burg in der gesamten Christenheit abgewiesen wirst!«

Doch Burke war schon fort.

Als Gavin sich dessen endlich bewußt wurde, hielt er benommen inne und starrte die gewundene Straße hinunter.

Die Hufschläge waren längst verhallt, doch Gavin stand noch immer wie angewurzelt da und starrte durch das offene Burgtor. Dieser unverhoffte Ausgang der Dinge hatte ihn vollkommen überwältigt. Schließlich sank er zutiefst erschüttert vor dem Torhaus auf eine Bank.

Das Gerede der Leute im Burghof wurde lauter. Wenn sein Vater tatsächlich auf Burkes Rückkehr warten wollte, dachte Luc belustigt, dann müßte er aber sehr lange dort sitzen bleiben.

Connor von Tullymullagh hatte nicht nur den flüchtigen Ausdruck der Verwunderung in Briannas Gesicht bemerkt, nachdem ihr Lachen verstummt war, er hatte auch die Bedeutung dieses Blickes erkannt. In jenem Moment ähnelte seine Tochter ihrer Mutter wirklich sehr, und Connor konnte sich sehr gut erinnern, woran Eva gedacht hatte, wenn dieses sanfte Leuchten in ihre Augen getreten war.

Dann hatte sie immer etwas besonders Gefühlvolles gesagt.

Und Brianna hatte Gavins ältesten Sohn genau so angesehen.

Connor betrachtete Luc nachdenklich, der erhitzte Wortwechsel des Paares klang ihm noch in den Ohren. Der junge Mann war zutiefst getroffen, daß Brianna auf seinen Schwur so abweisend reagiert hatte, obwohl er natürlich mit allen Mitteln versuchte, dies zu verbergen.

Zwischen den beiden herrschte eine große Leidenschaft, das war nicht zu leugnen. Die Auseinandersetzung zwischen Luc und Brianna erinnerte Connor an die Mißverständnisse, die es anfangs auch zwischen Eva und ihm gegeben hatte, und er fühlte sich plötzlich wieder jung.

In jenen Tagen war er ein tapferer Krieger gewesen, dem es ziemlich schwerfiel, einem Edelfräulein zu sagen, was sein Herz bewegte. Doch mit der Zeit hatte Eva ihn gelehrt, seine Gefühle zu offenbaren – und sie hatte Übung darin bekommen, von seinen Augen all das abzulesen, was Connor nicht in Worte fassen konnte.

Aber in ihrer Ehe hatte es auch Auseinandersetzungen gegeben. So schmerzhaft Streit auch war – Connors Lächeln wurde breiter –, die Versöhnungen waren um so schöner.

Connor wußte, daß Brianna ihre große Liebe gefunden hatte, auch wenn sie der Wahrheit noch nicht ins Auge sehen wollte. Und ihm gefiel, daß Luc so ein außergewöhnlich ehrenhafter Mann war. Connor war längst aufgefallen, mit welcher Entschlossenheit Luc Ruarke verteidigt hatte, wie hartnäckig er sich weigerte, Brianna alles recht zu machen, und wie entschieden er seinem Vater die Stirn bot.

Kein Wunder, daß Brianna nicht über Burkes Welpen gelacht hatte. Dieses störrische Kind. In Connors Gesicht trat ein zärtlicher Ausdruck, während er durch den Obstgarten auf den Mann zuging, der Tullymullagh bald an seiner Stelle regieren würde. Connor wußte, daß Luc sehr hart gearbeitet hatte, um diese vernachlässigten Bäume zu retten, und ihm wurde ganz warm ums Herz.

Evas geliebter Garten würde im nächsten Frühjahr endlich wieder so schön blühen wie einst. Unter Lucs Herrschaft würde Tullymullagh gedeihen, und der Saal wäre erfüllt von dem Lachen der Kinder, die Brianna ihm schenken würde.

Connor lächelte still vor sich hin. »Ihr werdet ihr sehr guttun«, sagte er freundlich, als er den jüngeren Mann erreichte.

Luc zuckte nur die Schultern und runzelte die Stirn. »Bei all meinem Respekt, Sir, aber das scheint mir sehr unwahrscheinlich.«

Doch sein Blick wanderte verräterisch zum Bergfried.

»Aber warum denn?«

Luc nickte zum Bergfried. »Ihr Herz scheint ganz und gar Eurem ersten Ritter zu gehören«, sagte er, und sein Mund wurde schmal. »Es steht mir nicht zu, das zu nehmen, was er rechtmäßig gewonnen hat.«

»Nein«, sagte Connor nachdrücklich. »Brianna liebt Ruarke nicht.« Lucs Überraschung gefiel ihm.

»Aber das ist unmöglich. Sie ist doch mit ihm weggegangen.«

Connor schüttelte den Kopf. »Ich kenne Brianna gut genug, um zu wissen, daß sie nur völlig durcheinander war.« Er lehnte sich gegen einen Baum und fuhr mit der Hand über einen beschnittenen Ast. »Ihr müßt viele Stunden hier gearbeitet haben. Die Bäume sind seit Jahren nicht so liebevoll gepflegt worden.«

Luc kam näher, seine Miene war finster wie vor einem Gewitter. »Was meint Ihr damit, daß sie ducheinander war?«

Connor sah ihm in die Augen. »Ihr Blick hat es mir verraten, und ich kenne meine Tochter. Sie liebt Ruarke nicht, auch wenn es eine Zeit gab, in der ich von Herzen wünschte, es wäre so.«

Luc schaute Connor lange an. »Aber sie hat sich doch mit allen Mitteln der Kunst gegen mich gesträubt.«

Connor sah ihn ironisch an. »Und das wundert Euch?« sagte er mit einem Grinsen. »Und ich dachte, Ihr würdet sie besser kennen!«

Luc lachte verlegen und fuhr sich mit einer Hand durchs Haar. Zufrieden bemerkte Connor, wie Luc langsam wieder zu seiner Entschlossenheit zurückfand. »Seid Ihr Euch denn sicher?«

»Brianna wollte nicht lachen«, sagte Connor ernst. »Da bin ich mir ganz sicher. Und sie lernt erst, daß sie nicht immer ihren Willen durchsetzen kann.« Er zuckte mit den Schultern. »Es war mein Fehler, wahrscheinlich habe ich sie zu sehr verwöhnt, aber von Euch hat sie bereits viel gelernt. Ihr bedeutet Brianna sehr viel, Luc Fitzgavin, und mit Eurem Versprechen habt Ihr sie tief beeindruckt. Ihr dürft Brianna nicht die Schuld geben, daß sie durcheinander ist und sich ein wenig überrumpelt fühlt.«

Luc seufzte tief und schüttelte den Kopf. »Sie hat mich getäuscht«, gestand er.

»Das tun alle Frauen«, sagte Connor, und beide schmunzelten. Dann sah Connor ihm fest in die Augen. »Gewinnt ihr Herz,

Luc, so wie Ihr es geschworen habt, und sie wird Euch gehören.« Er klopfte Luc auf die Schulter. »Das weiß ich, ebenso wie ich mir sicher bin, daß ihr beide gut zusammenpaßt.«

Luc lächelte. »Ich danke Euch für die Ermutigung, Sir«, sagte er höflich und blickte zum Bergfried. »Ich werde Euren Rat befolgen.«

»Gut!« sagte Connor und hob einen Finger. »Laßt sie jetzt erst einmal in Ruhe über die Ereignisse nachdenken. Heute abend wird sie Euch ganz bestimmt wieder sehen wollen.«

Luc verneigte sich leicht. »Ich danke Euch nochmals, Sir.«

Connor gefiel das entschlossene Leuchten in Lucs Augen. Luc Fitzgavin war ein Mann, den Connor respektieren könnte. Luc würde Brianna gewiß glücklich machen, er würde sie lieben und ehren und wie niemand sonst beschützen.

Und dieser Mann verdiente es, die Wahrheit über die Rose von Tullymullagh zu erfahren. Connor stutzte einen Moment, als er sich dessen bewußt wurde, doch schließlich ging es um Briannas Erbe, das auch einmal auf die Kinder der beiden übergehen sollte.

Und es war an der Zeit, daß er jemandem sein Geheimnis offenbarte.

Connor runzelte die Stirn und sah sich um, es waren zu viele Menschen in der Nähe. »Kommt heute abend ein wenig früher an die Tafel«, sagte er leise. »Es gibt etwas, das Ihr erfahren sollt, bevor Ihr meine Tochter zur Frau nehmt.«

»Es wird mir eine Ehre sein, Euer Vertrauen zu genießen, Sir«, sagte Luc und verneigte sich tief.

Connor war froh, daß sich alles so gut gefunden hatte. Eva hätte diesen Mann sicher gemocht. Als er zum Bergfried zurückging, kam ihm plötzlich ein Gedanke. Er blickte zu den Toren, Gavin saß noch immer niedergeschlagen auf der Bank.

Und wenn Gavin vor den Toren saß, war niemand im Gaden. Connor könnte in der Kapelle allein sein.

Er wollte Gott danken, daß alles gekommen war, wie er und Brianna es sich gewünscht hatten. Er würde danksagen, daß es seinem einzigen Kind vergönnt war, das Glück seiner Eltern zu wiederholen. Und er würde Eva erzählen, was geschehen war und was er sich für die Zukunft erhoffte, denn in der Kapelle fühlte er sich seiner verstorbenen Frau am nächsten.

Es war ein großes Geschenk, zu wissen, daß Brianna für den Rest ihrer Tage sicher und glücklich sein würde. Eva mußte es sofort erfahren. Connor beschleunigte seine Schritte. Er wollte nicht länger warten!

Doch Connor nahm nicht als einziger die Gelegenheit wahr, in der privaten Kapelle des Burgherren allein zu sein.

Brianna saß unruhig über dem Haushaltsbuch, Uther hatte ihr aufgetragen, die Rechnungen zu überprüfen. Ruarke hatte ihre Zeit nur kurz in Anspruch genommen, sobald sie in den Saal gekommen waren, hatte er irgendeinen Vorwand gefunden, sie allein zu lassen. Brianna hätte sich jetzt sehr über Fenellas fröhliche Gesellschaft gefreut, doch ihre Hofdame trieb sich wahrscheinlich wieder in der Küche herum.

Brianna müßte mit ihr bei Gelegenheit einmal ein ernstes Wort reden und sie von diesen unschicklichen Gewohnheiten abbringen. Ein Edelfräulein durfte zwar ruhig ein wenig plaudern, doch Fenellas Vater erwartete schließlich, daß seine Tochter die Etikette einer Dame und die Aufgaben und Pflichten einer Burgherrin erlernte.

Genau das, was Brianna auch lernen sollte. Sie seufzte und starrte auf die dicken Pergamentblätter vor sich, doch das Bild von Luc, der schwor, ihre Liebe zu gewinnen, ging ihr einfach nicht aus dem Kopf. Allein die Erinnerung an seine Worte ließ ihr Herz wie wild klopfen.

Würde es ihm tatsächlich gelingen?

Könnte Brianna im Gegenzug etwa auch sein Herz gewinnen?

War die große Liebe, von der sie so lange geträumt hatte, wirklich so nah?

Sie nahm den Federkiel und wünschte, sie wäre besser im Rechnen. Die Führung des Haushaltsbuchs hatte sich als die größte Herausforderung bei der Verwaltung herausgestellt, und Brianna mochte diese Aufgabe am wenigsten.

Und bei all der Aufregung konnte sie sich erst recht nicht auf die Überprüfung der Einnahmen und Ausgaben konzentrieren, vor allem bei der Addition unterliefen ihr immer wieder Fehler.

Aber genau deshalb bestand Uther so sehr darauf, daß sie sich daran setzte. Brianna schnitt der Rechnung ein Gesicht, doch die Zahlen addierten sich nicht von selbst.

Sie verlor sich wieder in Gedanken an Luc, und bei der Vorstellung, ihn zu heiraten, spürte sie ein heftiges Kribbeln in der Magengrube, als tanzten Schmetterlinge darin. Seine Küsse waren wirklich unbeschreiblich, und nur zu gern wüßte sie, was danach kam.

Die Geschehnisse im Brautgemach waren stets ein großes Geheimnis, und Brianna konnte sich nicht ausmalen, was sich wirklich dort zutrug. Zu Lebzeiten ihrer Mutter hatte sie sich nie Gedanken darüber gemacht. Die Frage war ihr erst in den Sinn gekommen, nachdem Luc mit seinen Küssen all diese unbekannten Gefühle in ihr erweckt hatte.

Und nun gab es noch nicht einmal jemanden, dem sie sich anvertrauen konnte.

»Mylady«, rief Uther vorwurfsvoll und unterbrach ihre Tagträume. »Habt Ihr diese einfachen Rechnungen noch immer nicht beendet?«

»Nein, Uther, noch nicht.«

Der Verwalter schnalzte unmutig mit der Zunge. »Es war

Euer Wunsch, diese Arbeit kennenzulernen, Mylady«, mahnte er sie streng, »und ausgeglichene Hauptbücher sind entscheidend für einen gut geführten Haushalt.«

»Ja, Uther.« Pflichtbewußt beugte sie sich abermals über die Zahlen, und Uther ließ sie mit ihrer Arbeit wieder allein, doch sie sollte nicht lange ungestört bleiben.

Im Gaden war es dunkel, doch Connor war schon so oft in die Kapelle gegangen, daß er den Weg auch im Schlaf gefunden hätte. Er zählte die Stufen der engen Wendeltreppe, dann hob er seine Laterne.

Connor stockte der Atem bei dem, was seine Augen erblickten. Zwei Maskierte, die ihm dennoch vertraut vorkamen, empfingen ihn. Connors Hand, mit der er die Laterne hielt, zitterte heftig, als er sah, wie sie diesen heiligen Ort zugerichtet hatten. In dem unruhig flackernden Licht erkannte er schließlich die beiden Männer.

»Ihr?« stammelte er fassungslos und zeigte auf die Kirchenschänder. »Und Ihr!« Er trat in die Mitte der Kapelle und richtete sich zur vollen Größe auf. Entgeistert starrte er die beiden an. »Was ...?« Mehr konnte er nicht sagen. Der erste Schlag überraschte ihn so sehr, daß er benommen auf die Knie fiel. Er wollte sich wieder aufrichten, doch da streckte ihn ein zweiter Hieb zu Boden. Ein stechender Schmerz trübte seinen Blick, und er war außerstande zu begreifen, was er falsch gemacht hatte.

Jemand, dem Connor lange vertraut hatte, trat dem alten König heftig ins Gesicht. Er schmeckte sein eigenes Blut, dann spürte er, wie ihm die scharfe Spitze eines Dolches in die Seite gestochen wurde. Er rang nach Atem, ein stechender Schmerz durchflutete ihn, als die Klinge mit unglaublicher Brutalität noch tiefer hineingestoßen wurde.

Dann verlor Connor die Besinnung.

»Himmel, Arsch und Zwirn!« brüllte Gavin, als er in den Saal trat. Seine dröhnende Stimme war so laut, daß Brianna mit ihrer Rechnung wieder einmal durcheinandergeriet.

Nachdem Gavin sich vergewissert hatte, daß alle Blicke auf ihn gerichtet waren, schüttelte er die Faust und schrie: »Ständig bin ich von Menschen umgeben! Ich habe die Nase voll von euch allen.«

Bevor irgend jemand auch nur verlauten lassen konnte, daß sie seiner Gegenwart ebenso überdrüssig waren, schnappte sich Gavin einen der Küchenjungen, der gerade zwischen den Tischen hindurchging. »Du! Bring mir mein Mahl in den Gaden. Sofort!«

Der Junge schrie erschrocken auf und rannte in panischer Angst zur Küche. Uther verzog mißbilligend den Mund, und Brianna beugte sich stirnrunzelnd wieder über ihre Rechnung.

Sie würde diese verflixte Addition noch einmal von vorn beginnen müssen.

Doch es sollte nicht lange dauern, bis Gavins empörtes Gebrüll aufs neue erscholl und Brianna wieder unterbrach. Die Leute im Saal horchten beunruhigt auf. Dann schrie Gavin ein zweites Mal, und alle fuhren erschreckt hoch. Dies klang nicht nach einem der Zornausbrüche, die sie so gut an Gavin kannten.

Es klang vielmehr nach zutiefst empfundenem Grauen.

»Bei allen Heiligen im Himmel, was ist denn nur in diesen Mann gefahren?« murmelte Uther. Er richtete sich auf und ging schnell zur Treppe.

Brianna hatte plötzlich das Gefühl, daß nichts Gutes geschehen war. Sie schlug das Haushaltsbuch zu und eilte hinter Uther her, um mit eigenen Augen zu sehen, weswegen er so schrie.

Offenbar hatte sie diesen Gedanken nicht als einzige, denn der gesamte Haushalt lief ebenfalls zur Treppe – alle sahen überaus verunsichert aus.

Die Tür zum Gaden stand sperrangelweit offen, Gavin befand sich nicht in dem Gemach, doch ein Geräusch von oben verriet, daß er in der Kapelle war.

»Wäre es nicht gänzlich unwahrscheinlich, würde ich sagen, er hat eine Erscheinung gehabt«, meinte Uther leise, als sie die Wendeltreppe hinaufstiegen.

Brianna ging gleich hinter ihm, ihr ungutes Gefühl wuchs mit jedem Schritt. Sie konnte sich beim besten Willen nicht vorstellen, daß Gavin aus einem guten Grund in der Kapelle war.

Der Söldner machte auf sie keinen besonders religiösen Eindruck.

Gavin stand benommen am Treppenabsatz, sein Gesicht war schwarz verschmiert. Er starrte wie gebannt vor sich auf den Fußboden und schien sie gar nicht zu bemerken.

Uther stieß Gavin mit Gewalt zu Seite, und Brianna stockte der Atem, als sie die große Blutlache sah. Dann erblickten der Verwalter und die Prinzessin gleichzeitig, was Tullymullaghs Eroberer so erschüttert hatte.

Inmitten der dunkelroten Lache lag der leblos hingestreckte Körper von Connor.

»Vater!« schrie Brianna.

Sie fiel neben seinem reglosen Körper auf die Knie und barg den Kopf ihres geliebten Vaters in ihrem Schoß, dann legte sie einen Finger an seinen Hals.

Sie spürte kein beruhigendes Herzklopfen.

Nein! Brianna beugte sich über Connor, verzweifelt suchte sie nach einem Lebenszeichen. Angestrengt lauschte sie nach seinem Atem.

Doch Connor atmete nicht mehr.

Ihr Blick trübte sich mit Tränen, Brianna schüttelte den Kopf, außerstande, zu begreifen, daß er von ihr gegangen war, so plötzlich und unwiederbringlich. Es konnte einfach nicht wahr sein. Es durfte nicht wahr sein.

Das war doch alles nur ein grausamer Scherz. Es mußte ein Scherz sein. Etwas anderes würde sie nicht zulassen.

Brianna sah Uther an, kaum fähig, die Wahrheit zu begreifen.

»Er ist tot«, flüsterte sie mit unsicherer Stimme. »Uther, er ist tot.«

Der Verwalter fuhr herum und stieß Gavin in seinem Zorn beinahe die Treppe hinunter. »Wie könnt Ihr es wagen, an diesem heiligen Ort eine solche Sünde zu begehen?«

»Was sagt Ihr da?«

»Spielt nicht den Unschuldigen!« schrie Uther, wie er es sonst nie tat. »Ich habe die Feindseligkeit zwischen Euch und meinem Herren sehr wohl bemerkt! Ich habe gesehen, wie sehr Euch seine Gegenwart zuwider ist! Und ich habe miterlebt, wie Ihr ihm auch noch das letzte bißchen Ehre genommen habt!«

Uther sog scharf die Luft ein. Sein Zorn war förmlich zu spüren. »Was seid Ihr nur für ein Unmensch, daß Ihr in Gottes Haus einen Mord begeht?«

Brianna kam wieder zur Besinnung und starrte in das bleiche Gesicht ihres Vaters, langsam begriff sie. Sie hatte nicht das viele Blut bedacht, doch nun zählte sie eins zum anderen.

Ihr Vater war ermordet worden.

In seiner eigenen Kapelle.

Connors Augen waren noch geöffnet, doch ihre silberne Farbe trübte sich bereits. In seinen erstarrten Zügen spiegelten sich Schmerz und Schrecken. So blickte nur ein Mann, der verraten worden war, und als Brianna das erkannte, mußte sie die Augen abwenden.

Ihre Kehle war wie zugeschnürt. Ein Mitglied seines eigenen Haushaltes hatte ihren Vater getötet. Briannas Brust zog sich schmerzhaft zusammen. Sie sah in die Gesichter all derer, die bereits in der Kapelle waren, doch auch auf der Treppe drängten sich noch Menschen.

Dermot, Fenella, Ruarke, der Koch, alle waren zugegen, jedem standen tiefe Trauer und Entsetzen ins Gesicht geschrieben. Brianna hörte Schritte und wußte, daß noch mehr Leute in den Gaden kamen.

Wer konnte dieses schreckliche Verbrechen begangen haben?

Ihr Blick fiel auf Gavin, der sich hartnäckig verteidigte, und Brianna wurde sich bewußt, daß auch sie ihn voller Abscheu ansah.

Da drängte sich Vater Padraig mit mißbilligendem Zischen durch die Menschenmenge auf der Treppe und fiel neben Brianna auf die Knie. »Die Schalen des Zornes Gottes werden in diesen Tagen über uns ausgegossen«, murmelte er finster. »Und der Preis für unsere Sünden ist hoch.«

Verwundert blinzelte Brianna ihn durch ihre Tränen an. »Mein Vater hat nicht gesündigt.«

Vater Padraig warf ihr einen strengen Blick zu. »Wir sind alle Sünder, Mylady, denn wir werden durch die sündige Vereinigung von Mann und Frau geboren.«

Wie konnte der Priester nur so über ihren Vater sprechen? Brianna war entrüstet. »Aber mein Vater ...«

»Hat die schwere Sünde des Stolzes auf sich geladen, Mylady«, verkündete Vater Padraig mit eigenartiger Härte. »Weshalb wollte er wohl sonst den Gaden nicht freiwillig räumen? Weshalb schlich er sich sonst in die Kapelle, als sie ihm längst nicht mehr gehörte? Eine Kapelle, die Gott geweiht ist, gehört unserem Herren allein, niemandem sonst. Der Herr bemerkte Connors Sündhaftigkeit und hat ihn zerschmettert!«

»Es war nicht Gott, der meinen Herren Connor getötet hat«, warf Uther kalt ein und starrte Gavin an. »Es gab einen sehr weltlichen Anwalt für diese niederträchtige Tat.«

»Groß und wundersam sind die Werke des Herren, gerecht und wahrhaftig seine Wege«, psalmodierte Vater Padraig.

Brianna starrte ihn an, sprachlos über seine harten Worte, aber der Priester beachtete sie nicht weiter und machte ein Kreuz auf Connors Stirn, dann stimmte er die Totengebete an.

Gavin begann sich plötzlich leidenschaftlich zu verteidigen. »Ich habe ihn nicht getötet! Warum sollte ich so etwas denn tun? Ich hatte ihn doch bereits besiegt und alles bekommen, was ihm gehörte!«

»Außer der Treue seiner Untertanen«, schnaubte Uther. »Ihr glaubt wohl, Ihr könntet uns zum Narren halten? Wer hätte denn sonst einen Grund, diesem edlen Mann den Tod zu wünschen?«

»Mir ist Eure Treue gleichgültig!« widersprach Gavin hitzig. »Ich habe Euch doch bereits gesagt, daß ich angegriffen wurde, als ich in den Gaden kam. Jemand warf mir Ruß aus der Kohlenpfanne in die Augen und lief hinaus. Ich glaube, es waren zwei.«

»Habt Ihr die Gesichter erkannt?« fragte Uther argwöhnisch.

»Sie waren maskiert«, gestand Gavin ebenso verächtlich.

»Ach ja?« riefen Uther und Ruarke gleichzeitig, Gavins Ohren liefen rot an. Er hatte gerade angesetzt, um sich erneut gegen diese Anschuldigung zu verwehren, als von unten eine vertraute Stimme erschallte.

»Entschuldigt, ich muß hier vorbei!«

Brianna seufzte erleichtert, als sie den leisen Klang von Lucs Worten hörte. Auf der Treppe wurde es unruhig, und plötzlich kam er am Treppenabsatz zum Vorschein, die Augenbrauen vor Sorge finster zusammengezogen.

»Mylady, warum habt Ihr denn geschrien?« fragte er und verstummte, als er Connors Körper am Boden gewahrte. Luc erbleichte, dann drängte er sich durch die Menge. »Wie konnte das geschehen? Wer hat das getan?«

Ruarke trat ihm mit vor Zorn entstelltem Gesicht in den Weg. »Besudelt diesen Ort nicht mit Eurer Gegenwart«, zischte er.

Luc richtete sich auf, seine Augen wurden schmal. »Ich dachte immer, alle Menschen seien in Gottes Haus willkommen«, sagte er.

»Nicht jene, in deren Adern das Blut eines Mörders fließt!«

»Wie bitte?«

Uther war nur allzu bereit, Luc aufzuklären. »Euer Vater hat meinen Herren gerade unbarmherzig abgeschlachtet.«

»Das stimmt nicht!« protestierte Gavin. »Ich habe Euch doch schon gesagt, daß er bereits tot war, als ich hier heraufkam! Und ich habe Euch die Wahrheit gesagt!«

»Ja, die Wahrheit über zwei maskierte Männer, die Euch angegriffen haben und jetzt spurlos verschwunden sind«, schnaubte Uther, und Ruarke rollte mit den Augen. »Eine sehr glaubwürdige Geschichte.«

»Aber das ist unmöglich«, behauptete Luc da entschieden. »Gavin kann doch erst vor wenigen Augenblicken hier oben angekommen sein.« Alle sahen Luc verwirrt an.

»Genau.« Gavin nickte. »Ich bin direkt vom Burgtor in mein Gemach gegangen, dank deines treulosen Bruders stand mir nicht der Sinn nach Gesellschaft.«

»Aber Connor ist schon länger tot.« Luc drängte sich an Ruarke vorbei und beugte sich hinunter, um Connors Wange zu berühren. Dann blickte er über die Schulter die Umstehenden an. »Seht ihn Euch doch an! Sein Fleisch wird schon kalt. Jegliche Farbe ist bereits aus seinem Gesicht gewichen.«

»Ihr wollt nur Euren Vater verteidigen!« beschuldigte Ruarke ihn ärgerlich.

»Gavin war eben noch vor den Toren«, gab Luc zurück. »Ihr müßt ihn doch alle gesehen haben, als er in den Saal kam.« Ein zustimmendes Gemurmel erhob sich. »Und seht! Es ist kein Spritzer Blut an Gavins Wappenrock, trotz der großen Menge Blut, die hier vergossen wurde, außerdem trägt er dieselben Gewänder, die er schon den ganzen Tag über getragen hat. Und dann schaut Euch einmal hier um – die Kapelle ist rücksichtslos zerstört worden.«

Brianna hob den Blick, erst jetzt bemerkte sie die Spuren des Überfalls. Der Altar war umgestoßen und das Altartuch zerrissen, die Kerzen lagen auf dem Boden verstreut. Das Kruzifix war von der Wand gerissen worden, und es sah tatsächlich so aus, als habe jemand versucht, die Holzplanken des Fußbodens herauszubrechen.

Luc richtete sich wieder auf, er verschränkte die Arme vor der Brust und sah Ruarke herausfordernd an. »Ich finde es sehr unwahrscheinlich, daß Gavin all das getan haben kann, ohne sich dabei mit Blut zu beschmutzen. Danach soll er sich wohl selbst Ruß ins Gesicht geschmiert und Euch herbeigerufen haben, und alles so kurz nach seiner Rückkehr. Natürlich kann ich die Zeit nur zwischen Gavins Rückkehr in den Saal und Lady Briannas Schrei bemessen.«

Luc hatte recht.

Alle redeten plötzlich laut durcheinander und pflichteten Luc bei. Dennoch hatte er gerade keine angenehme Tatsache enthüllt. Jetzt wußte Brianna mit endgültiger Gewißheit, daß zwei Personen unschuldig waren – denn Luc selbst war eben erst in den Bergfried gekommen –, doch einer der beiden war der Mann, dem sie dieses Verbrechen am liebsten angehängt hätte.

Das bedeutete, hinter jedem schmerzlich vertrauten Gesicht konnte sich der hinterhältige Mörder ihres Vaters verbergen. Diese Erkenntnis erschütterte Brianna zutiefst, und sie begann am ganzen Leibe zu zittern. Verzweifelt blickte sie ihren Vater an und wünschte, er könnte ihr irgendwie die Wahrheit sagen, damit dieser grauenhafte Mord nicht ungerächt bliebe.

Doch dafür war es zu spät.

Brianna stiegen wieder die Tränen in die Augen. Ihr war plötzlich eiskalt. Luc schien bemerkt zu haben, wie entsetzt und verstört sie war, denn er trat zu ihr und beugte sich über sie. Fast wie von selbst heftete sich Briannas Blick auf seine leuchtendblauen Augen. Sie ließ es zu, daß er ihr den Leichnam aus den Armen nahm. Luc legte ihren toten Vater vorsichtig zu Boden, dann nahm er sie in seine starken Arme und führte sie zur Treppe.

Es tat gut, seine Kraft zu spüren. Brianna nahm nichts mehr wahr, außer dem Schmerz in ihrem Herzen und der beruhigenden Wärme von Lucs Arm um ihre Schultern.

»Fenella, bringt Eure Herrin in die Küche und gebt ihr einen großen Becher Glühwein«, sagte Luc bestimmt. »Kümmert Euch darum, daß sie ihn vollständig leert, und wenn die Prinzessin davon nicht einschläft, dann sorgt dafür, daß sie noch einen bekommt.«

»Überaus vernünftig«, bemerkte Uther.

Lucs Miene wurde streng, er durchbohrte das Mädchen regelrecht mit seinem Blick. »Und was auch geschieht, laßt Lady Brianna nicht einen Augenblick allein.«

Fenella nickte. »Ja, Sir.«

»Nehmt Ihr jetzt die Sache in die Hand?« fragte Ruarke spöttisch. »Wollt Ihr Euch etwa hier als Burgherr aufspielen, auch wenn alle um Euch herum anderer Meinung sind?«

Luc musterte den Ritter kalt. »Die Herrschaft von Tullymullagh ist jetzt wirklich das geringste Problem.«

Ruarke grinste. »Eure Bescheidenheit ist zwar bewegend, aber leider sehr unglaubwürdig.«

Ungerührt straffte Luc die Schultern und sah Ruarke fast mitleidig an. »Wenn sich eine Dame in Not befindet«, sagte er kalt, »dann sollte jeder Mann, gleich welchen Standes, ihr selbstlos zu Hilfe eilen und vor ihr das Knie beugen.« Der Ritter ärgerte sich zweifelsohne über diese Zurechtweisung, und es schien, als wollte er Luc widersprechen, doch Brianna war das gleichgültig.

»Luc hat recht«, sagte sie einfach. »Ich werde hinuntergehen.« Sie nahm Fenellas Hand und folgte ihrer Kammerfrau, doch auf dem Treppenabsatz wandte sie sich noch einmal um und sah Luc an. Seine leuchtenden Augen waren so voller Sorge, daß etwas von der Taubheit, die sie einhüllte, zu schmelzen schien.

»Was werdet Ihr jetzt tun?« fragte sie.

»Ich werde Bruder Thomas aufsuchen, bevor er nach Endlist zurückkehrt«, erklärte er ruhig und bestimmt. »Seid nicht besorgt, Mylady, alles wird in Ordnung gebracht werden. Man soll Euren Vater sogleich aufbahren, und wir werden den Schuldigen für dieses Verbrechen finden.«

»Ja«, bestätigte Uther, und Brianna bemerkte, wie der Verwalter Luc einen prüfenden Blick zuwarf. Die Anwesenden äußerten sich anerkennend über Lucs Feingefühl und sahen ihn erwartungsvoll an.

»Uther, gibt es einen Raum, in dem wir mit jedem Bewohner der Burg ungestört sprechen können?« fragte Luc. »Möglicherweise hat jemand etwas gesehen, das uns bei der Lösung dieses Rätsels helfen könnte.«

»Natürlich!«

»Wir werden den Mörder finden«, versicherte Gavin. Ruarke schnaubte wütend, doch Brianna waren die Bedenken des Ritters gleichgültig.

Sie sah Luc tief in die Augen, und sein fester Blick gab ihr wieder Kraft. Als Fenella an ihrer Hand zog, wandte sich Brianna nur widerwillig von ihm ab. Doch sie preßte ihre zur Faust geballte Rechte an die Brust, als könnte sie darin für den Rest des Tages etwas von dem warmen Mitgefühl in Lucs Augen bewahren.

Als sie mit Fenella die Treppe hinunterstieg, begann Ruarke lautstark mit jemandem zu streiten, Vater Padraig mischte sich ein, und Uther verteidigte erhitzt seine Meinung, doch Brianna wollte von alldem nichts mehr mitbekommen. Die Leute ließen sie schweigend vorbei, alle blickten sie voller Mitleid an. Doch Brianna nahm sie gar nicht wahr. Luc würde alles wieder in Ordnung bringen. Brianna konnte ihm vertrauen, ihm allein, und zwar mit ganzem Herzen.

Und plötzlich wurde ihr bewußt, daß dies in Anbetracht der Ereignisse des heutigen Tages nicht wenig war.

Bedrückt ging Luc ins Dorf und dachte verzweifelt über Connors rätselhaften Tod nach. Er hatte Uther damit beauftragt, ein Zimmer für die Befragung vorzubereiten und alle Bewohner der Burg im Saal zu versammeln.

Luc bedauerte sehr, daß er Ismay abgewiesen hatte, als sie ihm die Geschichte über die Rose von Tullymullagh erzählen wollte, an die sich niemand mehr erinnerte.

Und was hatte Connor ihm vorhin anvertrauen wollen?

Luc würde es wohl nie erfahren.

Er hatte das Gefühl, daß beide Geschichten von großer Bedeutung sein könnten, um dieses Verbrechen aufzuklären. Er mußte den Mörder von Briannas Vater finden, er konnte Connors gewaltsamen Tod nicht unaufgeklärt lassen.

Denn jemand, der einmal getötet hatte, würde bestimmt erneut töten.

Luc wollte gar nicht erst an die Gefahren denken, die seiner Prinzessin drohten. Er mußte sicherstellen, daß sie keinen Augenblick lang allein blieb und stets beschützt wurde. Er mußte den Mörder finden, bevor dieser Unmensch wieder zuschlagen konnte.

Bruder Thomas saß am Tisch neben seinem Bruder, der aussah wie das jüngere, aber etwas stärker von Sorge gezeichnete Abbild des Mönchs. Er stippte gerade mit einem Stück Brot die letzten Tropfen Soße aus seinem Teller. Bei dem leckeren Geruch nach Kanincheneintopf protestierte Lucs leerer Magen lauthals.

Fröhlich winkte Bruder Thomas Luc zur Begrüßung mit seinem Brotkanten. »Luc! Ich wünsche Euch einen guten Tag, mein Herr! Kommt Ihr von der Burg, um ein wenig Klatsch auszutauschen?«

»Luc?« wiederholte Matthews Frau und warf ihrem Gatten einen panischen Blick zu. »Seid Ihr etwa Gavin Fitzgeralds Sohn?«

»Genau der«, jauchzte Bruder Thomas stolz, noch bevor Luc antworten konnte. »Er ist derjenige von den dreien, der nicht ausgezogen ist!«

Matthew sah nun ebenso besorgt aus wie sein Weib, schuldbewußt wanderte sein Blick zu der Schüssel mit dem Kanincheneintopf.

Offensichtlich teilten die Müllersleute die Begeisterung des Mönchs keineswegs.

Erschrocken sah die Frau Luc an. »Herr! Wir haben nicht auf dem Land des Herrschers gewildert, das müßt Ihr uns glauben. Das Kaninchen hat sich an meinen Kohlköpfen vergriffen. Wir haben ganz bestimmt nicht ohne Erlaubnis gejagt.« Flehentlich rang sie die Hände. »Wir mußten die Falle aufstellen, sonst hätten wir diesen Winter nichts zu essen gehabt.«

Ach so, das alte Gesetz, nach dem nur der Herr das Recht besaß, auf seinen Ländereien zu jagen, war der Grund für die Sorge der Frau. Die Strafen waren streng, das wußte Luc, und sie zeigten deutlich, wie gering die Adligen all jene schätzten, die auf ihre Großzügigkeit angewiesen waren.

»Ich bin nicht gekommen, um die Ansprüche meines Vaters auf Tullymullaghs Wild geltend zu machen«, sagte Luc ruhig.

Der Frau fiel eine zentnerschwere Last von den Schultern. Doch plötzlich runzelte sie verwirrt die Stirn. »Aber warum seid Ihr dann gekommen?«

Luc sah Bruder Thomas an. »Es hat einen Toten im Bergfried gegeben. Ich bin gekommen, um noch einmal Eure Hilfe zu erbitten.«

Bruder Thomas schluckte betroffen sein Brot hinunter und sah Luc fragend an. »Wer ist denn gestorben?«

»Connor.«

Die drei rangen gleichzeitig nach Luft. »Das kommt aber sehr plötzlich«, rief der Müller und sprang auf. »Ich wußte gar nicht, daß mein Herr krank war. Adelina kennt sich mit Kräutern gut aus, sie wäre doch vorbeigekommen.«

Matthews Frau nickte energisch. »Ich hätte alles für Connor von Tullymullagh getan. Er ist ...«, sie schluckte, »... er war ein guter Mann.«

»Ja, das stimmt«, sagte Luc. »Deshalb wiegt der Mord an ihm auch um so schwerer.«

Die Augen der drei weiteten sich vor Entsetzen.

»Mord? Aber wer hat eine so niederträchtige Tat begangen?«

»Das wissen wir noch nicht.«

Bruder Thomas erhob sich, plötzlich lag ein energisches Funkeln in seinem Blick. »Ich werde sofort mit Euch kommen. Und ich muß alles darüber erfahren.«

Sie traten gemeinsam aus der Hütte des Müllers und ließen betretenes Schweigen zurück. Als sie durch das Dorf liefen, rülpste Bruder Thomas laut und klopfte sich auf den Bauch. »Es ist zu bald nach einer guten Mahlzeit für so einen flotten Spaziergang«, murmelte er entschuldigend, dann sah er Luc forschend an. »Ihr wißt mehr über diesen Mord, als Ihr uns erzählt habt.«

»Ich habe bisher nur Vermutungen«, sagte Luc. »Aber vielleicht könnt Ihr mir helfen.«

»Ich?«

»Ja.« Luc warf dem Mönch einen Blick zu und beschloß, die wichtigste Frage zuerst zu stellen. Er durfte keine Zeit verlieren. »Was wißt Ihr über die Rose von Tullymullagh?«

Der Mönch sah Luc mit weit aufgerissenen Augen an. Er

schluckte, dann schüttelte er heftig den Kopf. »Nein, das nicht.«

Bruder Thomas wußte etwas. Das erkannte Luc sofort. Doch es widerstrebte dem Mönch, ihm die Geschichte anzuvertrauen. Luc senkte die Stimme und sagte eindringlich: »Bruder Thomas, ich glaube, Ihr erinnert Euch an etwas, an eine Geschichte etwa, die möglicherweise sehr viel mit Connors Tod zu tun hat.«

Bruder Thomas atmete scharf ein und blickte finster auf die Straße. Er rang ganz offensichtlich mit sich, denn er rieb nervös seine dicken Wurstfinger aneinander.

Plötzlich sah er Luc wieder energisch an. »Es wurde mir einst anvertraut«, gestand er leise, »und ich habe geschworen, es niemandem zu erzählen.«

»Wer hat Euch die Geschichte seinerzeit anvertraut?«

»Connor selbst«, sagte der Mönch, und Lucs Herz begann heftig zu klopfen. Bruder Thomas betrachtete den hohen Bergfried, der vor ihnen aufragte. »Ich kann nicht einfach einen Schwur brechen, jetzt wo der Mann, dem ich ihn gegeben habe, nicht mehr unter den Lebenden weilt, bei meiner Leibseele.«

»Auch nicht, wenn diese Geschichte dazu beitragen würde, den Mörder zu finden und vor Gericht zu stellen?«

Der Mönch sah Luc lange an, dann schüttelte er den Kopf. »Es ist nicht gut, wenn ein Mann in seinem eigenen Haus ermordet wird.«

»Und noch weniger, wenn dieser Mord in einer Kapelle geschieht.«

Bruder Thomas rang nach Atem und bekreuzigte sich. »Nein!«

»Doch«, bestätigte Luc finster. »Ihr müßt Euch auf einen furchtbaren Anblick gefaßt machen.«

Bruder Thomas erbleichte, dann ging er mit neuer Willenskraft weiter.

Gavin und Vater Padraig hielten am Fuße der Wendeltreppe zur Kapelle Wache, ein so ungleiches Paar, wie es kein zweites auf der Welt geben konnte. Beide grüßten Bruder Thomas und ließen ihn nach oben, aber Vater Padraig wollte Luc abhalten.

»Ich brauche seine Hilfe«, sagte der Mönch ernst und ging weiter.

Vater Padraig zögerte.

»Laßt ihn durch!« fuhr Gavin ihn barsch an. »Oder es wird Euch teuer zu stehen kommen.«

Der Mund des Priesters wurde schmaler, schließlich trat er gerade eben so weit zur Seite, daß Luc sich an ihm vorbeizwängen konnte. Als Luc in die Kapelle kam, lehnte der Mönch an der Wand. Er zitterte und hielt die Augen geschlossen, mit einer Hand befingerte er den Rosenkranz an seinem Gürtel.

Luc ließ ihm etwas Zeit, um sich wieder zu sammeln, und registrierte aufmerksam, welche Zerstörung die Mörder in der Kapelle angerichtet hatten. Überrascht spürte er plötzlich das Gewicht von Bruder Thomas' Hand auf der Schulter.

Der Mönch sah ihn bewegt an. »Ich werde Euch alles erzählen«, sagte er. »Aber nicht in diesen Mauern.« Angespannt schaute er wieder auf seinen alten Freund. »Diese ruchlose Tat darf nicht ungerächt bleiben.«

In der Gewißheit, daß unten zwei Paar Ohren angestrengt lauschten, erhob Luc die Stimme und sagte: »Ja, er ist wirklich ein sehr großer Mann. Selbstverständlich helfe ich Euch dabei, ihn wegzutragen. Ich bin harte Arbeit gewohnt.«

»Gott segne Euch«, flüsterte Bruder Thomas, dann trat er benommen neben Connors Leiche. Er kniete behende neben dem toten Körper nieder und legte eine Hand auf Connors bleiche Stirn.

»Behüt' Euch Gott, Connor«, flüsterte er heiser. »Ich breche meinen Schwur nur in der Hoffnung, damit einer größeren

Gerechtigkeit zu dienen.« Dann drückte er Connor die Augen zu. »Vergebt mir, lieber Freund.«

Und als der Mönch den Kopf zum Gebet neigte, sah Luc Tränen über seine Wangen laufen.

Kapitel 13

Es war spät am Abend, als Luc seine Befragungen fürs erste abbrach. Der Saal lag bereits im Schatten, und er, Uther und Bruder Thomas waren völlig erschöpft. Sie hatten mit der Hälfte des Haushalts gesprochen, während Gavin die ganze Zeit über erregt hinter ihnen auf und ab gegangen war, doch leider hatten sie so gut wie gar nichts herausgefunden.

Alle waren entweder im Saal, in der Küche oder bei den Ställen gewesen. Niemand hatte etwas Außergewöhnliches bemerkt, aber bei so vielen Menschen war es fast unmöglich, jetzt noch festzustellen, wo jeder einzelne zum Zeitpunkt des Mordes gewesen war.

Eine Person mußte gelogen haben.

Doch Luc wußte nicht, wer es gewesen sein könnte. Und er war viel zu müde, um jetzt noch Mutmaßungen anzustellen. Ein wenig Schlaf würde vielleicht wieder etwas Ordnung in seine verworrenen Gedanken bringen. Er wünschte Uther eine gute Nacht, vergewisserte sich noch einmal, daß Brianna in ihrer Kammer war, und verließ den Saal.

Als er in den dunklen Burghof trat, vernahm er ein Flüstern.

Er blieb zunächst regungslos stehen und drückte sich dann vorsichtig an der Mauer des Bergfrieds entlang.

»Meine Herrin darf es nie erfahren«, drangen die leisen Worte an sein Ohr.

Das war eine Frauenstimme, Luc spitzte die Ohren. Angestrengt versuchte er, etwas zu erkennen, doch es war zu dunkel, und obendrein übertönte das unaufhörliche Prasseln des Regens beinahe jedes andere Geräusch.

»Sie darf nie auch nur den geringsten Verdacht schöpfen ...«

»Schhh«, das Flüstern eines Mannes war kaum zu hören. »Sie wird die Wahrheit noch nicht einmal ahnen, bis es zu spät ist«, sagte der Mann leidenschaftlich. »Ist es nicht genau das, was Ihr Euch wünscht?«

Luc beugte sich vor, eine Woge von Angst stieg in ihm auf. Was wurde da gegen Brianna geplant? Hatten diese beiden Connor ermordet?

Er dachte an die beiden Männer, die er erst kürzlich im Stall belauscht hatte, und kam zu dem Schluß, daß zwei Männer und eine Frau in diesen Plan verwickelt sein mußten, falls sie tatsächlich alle zusammenarbeiteten.

»Gewiß!« bestätigte die Frau, dann sprach das Paar noch leiser, und Luc konnte nichts mehr verstehen.

Das Flüstern entfernte sich weiter nach links, die beiden Personen waren um die Ecke des Bergfrieds gebogen. Luc erinnerte sich, daß es auf dieser Seite eine kleine Nische zwischen Bergfried und Ringmauer gab, wo in einem einfachen Schuppen Holzscheite für das Herdfeuer lagerten.

Plötzlich empörte sich die Frau über etwas, das ihr Begleiter gesagt hatte und rief: »Nein! Das dürfen wir nicht! Das sollten wir nicht tun! Ich könnte noch nicht einmal im Traum daran denken ...«

Luc stockte das Herz. Was hatte der Mann wohl gerade vorgeschlagen? Tausende von niederträchtigen Greueltaten gingen ihm durch den Kopf.

»Still!« zischte der Mann gebieterisch. »Ihr seid bereits so weit gegangen – wollt Ihr denn nun nicht zu Eurer eigenen Zufriedenheit bis zum Letzten gehen?«

»Bis zum Letzten gehen?« Die Frau rang nach Atem, dann wurde ihr Protestschrei erstickt.

Der Mann wollte eindeutig ihre Zustimmung erzwingen.

»Wer schleicht denn da herum?« Luc sprang blitzschnell in die Dunkelheit. »Wer ist da, was heckt Ihr aus?«

Als er den Schuppen erkennen konnte, war niemand mehr zu sehen. Luc hörte schnelle Schritte, doch er konnte nicht ausmachen, in welche Richtung die beiden davonliefen. Das Paar war durch den Gang zwischen Bergfried und Ringmauer entwischt.

Er fluchte und schlug mit der Hand gegen die Mauer, etwas weiter hinten befand sich eine dieser drei Stellen, an denen die Mauer noch nicht fertiggestellt war. Wahrscheinlich waren sie dort hindurchgeschlüpft und dann zum Fluß gegangen, ins Dorf oder von der anderen Seite zum Bergfried zurückgeschlichen.

Er konnte also noch nicht einmal herausfinden, wen er da belauscht hatte.

Ärgerlich verzog Luc den Mund und wünschte, er wäre schneller gewesen oder hätte eine Fackel gehabt!

Wäre er doch nur geduldiger gewesen, dann hätte er jedenfalls mehr über ihre Pläne erfahren. Er fluchte leise und wandte sich den Ställen zu. Er hatte bereits zu viele Gelegenheiten verpaßt und befürchtete, daß dies irgendwann schlimme Folgen haben könnte.

Erst am späten Montagabend fanden Bruder Thomas und Luc endlich ein wenig Zeit, den Bergfried einen Augenblick lang unbemerkt zu verlassen. Ismay war am Morgen mit einer angemessenen Zeremonie beerdigt worden. Danach hatte Bruder Thomas Connors Leichnam in der Kirche aufgebahrt. Es war ein trüber Tag gewesen.

Sie setzten sich auf die Mauer des Obstgartens, um sich einen Krug Wein zu teilen, Luc schwirrte der Kopf von den Aussagen der Leute, die er den ganzen Tag über angehört hatte. Keiner hatte ihm weiterhelfen können, die Ereignisse des vorigen Tages überschatteten die scheinbar unbedeutenden Fragen, wen man wo und wann gesehen hatte.

Warum war auch nur so viel auf einmal passiert! Normalerweise würden alle wesentlich mehr erinnern.

Luc fragte sich, ob Connors Mörder sogar das mit eingeplant hatte.

Er nahm einen Schluck Wein. Eben erst hatte er noch einmal nach Brianna gesehen und sich vergewissert, daß sie in Gesellschaft ihrer Hofdamen war. Das Entsetzen auf ihren wunderschönen Zügen zerriß ihm beinahe das Herz, denn er wußte, wie schwer es war, einen solchen Schicksalsschlag zu überwinden. Ihm war es auch nicht leichtgefallen, Tyrells plötzlichen Tod zu verarbeiten.

Brianna hatte am Abend wieder mehr Wein als gewöhnlich getrunken, dachte Luc, doch das würde ihr nur guttun. Schlaf war jetzt das beste für sie, und in ihrer Kammer könnte Brianna nichts zustoßen.

Die Prinzessin brauchte nun viel Zeit, und Luc würde warten.

Um diese Stunde hoben sich die kahlen Äste der Apfelbäume schwarz vor dem behangenen Himmel ab. Der Winter lag in der Luft, und Luc zog seinen Mantel fester um sich. Außer ihnen hatte sich niemand aus dem warmen Bergfried getraut.

Keiner konnte sie hier belauschen.

Bruder Thomas nahm einen kräftigen Schluck von dem Wein, der Wind und der Rebensaft gaben seinen Wangen wieder ihre Farbe zurück. Luc wußte, daß der Anblick seines erstochenen Freundes den Mönch noch immer tief bewegte.

Dann schürzte Bruder Thomas die Lippen. »Es geht einem sehr nahe«, sagte er leise, »wenn ein Altersgenosse stirbt.« Er trank noch mehr Wein und kuschelte sich tiefer in die Falten seines Talars. »Die eigene Sterblichkeit wird einem schonungslos vor Augen gehalten, und zwar sehr viel nachdrücklicher, als wenn der Tod die Alten und Schwachen heimsucht.«

Luc konnte sich gut vorstellen, was der Mönch empfand. Er trank seinen Wein und wartete, daß Bruder Thomas sich sammelte.

Dann räusperte sich der Mönch. »Ich habe Euch bereits erzählt, daß das Kriegshandwerk und die Kunst des Schwertkampfes früher eine große Anziehungskraft auf Connor ausübten.«

»Ja, und ich weiß, daß er einst das Kreuz nahm.«

»Genau. Er war viele Jahre fort, ich hatte lange vor seiner Rückkehr das Noviziat beendet und meine Gelübde abgelegt. Und es sollten noch einige Jahre vergehen, bis ich ihn wiedersah. Ich kam wegen eines Begräbnisses nach Tullymullagh, Connor hatte inzwischen geheiratet, und Brianna war eine süße kleine Göre, die allen möglichen Unfug anstellte.« Ein Lächeln huschte über die Lippen des Mönchs, dann wurde er wieder ernst. »Damals sah ich die Rose von Tullymullagh.«

»Brianna«, bestätigte Luc und wunderte sich, daß der Mönch ihn anblickte, als habe er etwas Falsches gesagt.

Bruder Thomas schüttelte energisch den Kopf. »Nein, nicht Brianna. Die wahre Rose von Tullymullagh.«

Luc runzelte die Stirn. »Aber ich dachte immer, die Prinzessin sei damit gemeint.«

Bruder Thomas schüttelte abermals den Kopf. »Nein, nein, obwohl Connor das die Leute später glauben machen wollte. Nein, es gab eine andere Rose von Tullymullagh, und ich fürchte, daß sie der Grund für all dieses Unheil ist.«

»Was hat es mit dieser Rose auf sich?«

»Also gut, Connor hatte in Damaskus bei einem Kaufmann gearbeitet, der mit Edelsteinen handelte ...«

»Ja, das hat Brianna mir bereits erzählt. Und er wurde für seine Arbeit mit Edelsteinen entlohnt, die er mit nach Hause brachte und verkaufte, um diesen Bergfried errichten zu lassen.«

Der Mönch sah ihn erstaunt an. »Sie hat Euch sehr viel erzählt.«

»Unbeabsichtigt«, gestand Luc mit einem Lächeln. »Es war mit der Gesichte von der Liebe ihrer Eltern verwoben.«

»Ach, ja! Die beiden empfanden eine tiefe Zuneigung füreinander, wie sie sehr selten ist.« Die beiden Männer nahmen einen Schluck Wein, als würden sie auf das verstorbene Paar trinken. »Bei meinem damaligen Besuch auf Tullymullagh tat Connor sehr geheimnisvoll. Er wollte mir einen Schatz zeigen, und ich mußte schwören, daß ich niemandem davon erzählen würde, ehe er das Geheimnis nicht öffentlich bekanntgab.«

Bruder Thomas starrte stirnrunzelnd auf seinen Becher. »Der Kaufmann hatte Connor als Zeichen seiner Wertschätzung ein ganz besonderes Geschenk gemacht. Und zwar ein Schmuckstück, das er eigens für ihn hatte anfertigen lassen – in der Form des Symbols von Connors Glauben.«

»Brianna erzählte mir, daß die Kaufleute Connor wie ihren eigenen Sohn behandelten.«

»Das glaube ich gerne, denn es war wirklich ein fürstliches Geschenk, bei meiner Leibseele.« Bruder Thomas streckte eine Hand aus und zeichnete ein Kreuz von der Spitze seines Mittelfingers bis zum Handgelenk und vom Daumen bis zum Ende des kleinen Fingers.

»Es war ein goldenes Kruzifix, ungefähr so groß, das mit Edelsteinen von seltener Größe und Reinheit besetzt war. Die Arme bestanden aus mehreren länglichen Bernsteinen. Es war mit Amethysten verziert, doch der eindrucksvollste Edelstein saß genau in der Mitte auf der Schnittstelle der beiden Balken. Es war ein gewaltiger Rubin, wie ich in meinem Leben keinen zweiten gesehen habe, so groß wie der Daumen eines Mannes und rot wie Blut.«

Luc schluckte. »So rot wie eine Rose?«

»Ja.« Bruder Thomas nickte. »Deshalb nannte Connor ihn die

Rose von Tullymullagh. Dieser wertvolle Edelstein sollte sein Erbe sein, ein Erbstück, das von Generation zu Generation weitergegeben werden würde. Vielleicht war es dieses Kruzifix, nach dem der Söldner trachtete.«

»Aber wo ist es?«

Bruder Thomas zuckte die Schultern. »Das weiß ich nicht. Ich sah es nur dieses eine Mal, und das ist sehr lange her.« Er hob den Blick und schaute Luc besorgt an. »Connor erzählte mir damals, daß er es an einem Ort versteckt hielte, an dem es gewiß niemand vermutete und wo niemand wagen würde, es zu suchen. Er sagte mir, Gottes Auge wache über die Rose von Tullymullagh.«

»Die Kapelle«, folgerte Luc, plötzlich machte der Ort von Connors Tod viel mehr Sinn.

»Ja, das habe ich mir auch schon gedacht«, gestand der Mönch. »In all diesen Jahren war es nur Connor, Eva und Brianna erlaubt, die Kapelle zu betreten. Niemand hätte gewagt, dort uneingeladen zu erscheinen, und es wäre fürwahr schwierig gewesen, unbemerkt durch das Gemach des Herren zu gehen.«

»Uther hat es mit Argusaugen bewacht.«

»Ja, bei meiner Leibseele.« Der Mönch nickte gewichtig.

Luc dachte fieberhaft nach. »Connor muß gestern jemanden in der Kapelle überrascht haben.«

»Das ist gut möglich.«

»Gavin beteuert, zwei maskierte Männer hätten ihm Asche ins Gesicht geworfen, als er in den Gaden kam, und seien dann an ihm vorbeigelaufen. Als er in der Kapelle nach dem Rechten sehen wollte, fand er Connor.«

Der Mönch seufzte tief. »Also ist Connors Schatz fort.«

»Falls er sich noch dort befand.«

»Was wollt Ihr damit sagen?«

Luc betrachtete Tullymullaghs Bergfried, dann fiel sein Blick auf die Ringmauer mit den klaffenden Löchern. Eine solche

Arbeit unvollendet zu lassen, zeugte von sehr unbedarfter Vertrauensseligkeit.

Oder von leeren Taschen.

»Hätte Connor die Rose jemals verkauft?« fragte er unvermittelt.

»Nein! Niemals.«

»Auch dann nicht, wenn er mit dem Erlös den Bau von Tullymullagh hätte vollenden können?«

Bruder Thomas sperrte den Mund auf, dann schloß er ihn wieder und runzelte die Stirn. »Aber Tullymullagh ist doch fertiggestellt.«

»Es gibt noch drei Löcher in der Ringmauer.«

»Sind das nicht Schäden aus der Schlacht?«

»Nein, ihre Unvollständigkeit war der Schlüssel für Gavins Sieg.« Luc sah den Mönch eindringlich an, seine Vermutung wurde ihm immer mehr zur Gewißheit. »Eine Burg aus Stein zu bauen, kostet ein Vermögen. Was ist, wenn Connor im Laufe der Zeit alle Edelsteine außer der Rose verkauft hatte, sich aber dann doch noch von seinem Schatz trennen mußte, weil sonst sein Lebenswerk unvollendet geblieben wäre?«

»Er hätte sich wahrscheinlich für Tullymullagh entschieden«, sagte Bruder Thomas, ohne zu zögern. »Die Burg bedeutete ihm alles. Tullymullagh für seine Tochter fertigzustellen, wäre ihm wichtiger gewesen, als ihr irgendein Schmuckstück zu vererben, wie schön es auch gewesen sein mag.«

»Wenn Connor die Rose tatsächlich verkauft hat, dann ist er umsonst gestorben«, sagte Luc kopfschüttelnd.

Bruder Thomas preßte die Lippen aufeinander. »Nein, die Mörder hatten einen anderen Grund. Nach dem Ausdruck auf seinem erstarrten Gesicht hege ich keinerlei Zweifel, daß er diejenigen kannte, die er überraschte. Deshalb mußte er sterben.«

»Ob sie nun im Besitz der Rose waren oder nicht.«

Der Mönch seufzte nur, die Trauer über den Tod seines Freundes schien noch immer schwer auf seinen Schultern zu lasten.

Luc rückte ein wenig näher, eines wollte er noch wissen. »Bruder Thomas, wer kannte sonst noch die Wahrheit über die Rose von Tullymullagh?«

Der Mönch sah ihn enttäuscht an. »Das weiß ich nicht! Als Connor heimkehrte, erzählte man sich, er habe große Reichtümer aus Outremer mitgebracht. Die Gerüchte erreichten sogar das Priorat. Und man sprach immer wieder von einer Rose von Tullymullagh, doch ich konnte mir nie etwas darunter vorstellen, bis er sie mir schließ lich zeigte. Kurz darauf nannte Connor seine Tochter öffentlich die Rose von Tullymullagh und lenkte damit die Gerüchte zweifellos absichtlich in eine andere Richtung.«

Er atmete tief durch und runzelte die Stirn. »Es kann jeder gewesen sein, jeder, der in jenen Tagen die Ohren offenhielt.«

»Und eine Person, die Connor kannte«, sagte Luc nachdenklich. »Das war also das Geheimnis, das Ismay kannte.«

»Lady Ismay von Claremont?«

»Ja, in der Nacht, als sie starb, erzählte sie mir, daß sie etwas über die Rose von Tullymullagh wüßte, das alle anderen vergessen hätten. Sie war betrunken, und ich dachte ...«

»Ihr dachtet, sie erzähle Euch ein Märchen«, sagte der Mönch, dann klopfte er Luc auf die Schulter. »Das war durchaus eine berechtigte Schlußfolgerung.«

»Aber sie fand noch in derselben Nacht den Tod«, wiederholte Luc, und sein Verdacht, daß der Sturz von der Gartenmauer kein Unfall gewesen war, erhärtete sich.

Der Mönch starrte Luc mit weit aufgerissenen Augen an. »Jemand vermutete, daß sie davon wußte.«

»Oder fürchtete, sie würde es erzählen.«

Plötzlich sprang Luc auf, die geheime Unterhaltung, die er im Stall belauscht hatte, klang ihm plötzlich wieder in den Ohren.

Jemand hatte geschworen, daß die Rose ihm gehören müsse, koste es, was es wolle! Und wenn die Mörder glaubten, daß Brianna die Wahrheit über die Rose wußte? Er spürte, daß keine Zeit zu verlieren war, und sein Inneres zog sich zusammen. »Ich muß umgehend Dermot finden.«

»Ah!« Bruder Thomas kam wieder zu Atem. »Der Name dieses Mannes ist mit einem großen Makel behaftet.« Er senkte die Stimme. »Niemand wußte, wer er war oder woher er kam, als er eines Tages auftauchte und um Ismays Hand anhielt.«

Luc verzog mißbilligend den Mund. »Lady Ismay hat mir selbst erzählt, daß er nicht der war, für den er sich ausgab.« Er holte scharf Luft und verwünschte sich, daß er die Wahrheit nicht rechtzeitig erkannt hatte. »Ich hätte ihr in jener Nacht glauben sollen!«

»Ihr konntet doch nicht ahnen, daß die Dinge einen so furchtbaren Ausgang nehmen würden, mein Sohn.« Bruder Thomas legte Luc beruhigend die Hand auf die Schulter. »Nun geht, geht und laßt diesen Mann bewachen.« Er erhob sich stolz. »Ich werde mich herausfinden, wo er war, als Lady Ismay starb – und gestern morgen.«

»Das könnte ich doch auch übernehmen.«

»Nein, Luc«, sagte Bruder Thomas augenzwinkernd. »Es ist schließlich meine Aufgabe, die Hinterbliebenen zu trösten.«

»Er scheint nicht besonders traurig zu sein«, meinte Luc, während er den Krug und die Becher einsammelte.

»Und das ist doch bereits höchst interessant«, murmelte der Mönch. »Wir gehen besser getrennt in den Saal zurück«, meinte er, bevor sie losgingen, und ließ seinen Talar im Wind wehen.

Als Brianna erwachte, herrschte eine gespenstische Stille im Bergfried. Ihre Kammer war kalt und dunkel, aber die Wärme des Weines floß noch in ihren Adern. Es war die zweite Nacht nach dem Tod ihres Vaters, und die Zeit hatte es nicht einfacher gemacht, die Wahrheit zu ertragen. Sie lag in der Dunkelheit und wünschte, sie könnte die Sterne sehen, aber noch stärker verspürte sie das Verlangen, gemeinsam mit Luc in den Himmel emporzuschauen.

Brianna vermißte ihn. Sie lächelte traurig und schlang die Arme um sich, als ihr einfiel, wie er sie mit diesem Geständnis necken würde.

In der Dunkelheit konnte sie sich leicht eingestehen, daß sie Luc am liebsten mochte.

Brianna starrte an die Decke. Über ihrer Kammer befand sich das Gemach ihres Vater. Das große Himmelbett, in dem sie gezeugt worden war, stand genau über ihrem Kopf. Ihre Mutter hatte früher regelrecht Hof in jenem Bett gehalten. Für Brianna war das Bett damals zu einer Art Spielzimmer geworden. Einmal hatte Eva den Koch sogar gebeten, ihnen dreien das Frühstück nach oben bringen zu lassen. Das waren noch glückliche Tage gewesen.

Doch nun stand Brianna ganz allein in der Welt.

Die Wahrheit stach ihr wie ein Messer ins Herz, ebenso scharf wie jenes, das ihrem Vater den Tod gebracht hatte. Sie fühlte sich so allein wie nie zuvor, und der Schmerz über den Verlust war stärker denn je. Tränen liefen ihr über die Wangen, und Brianna wußte nicht, wie sie ihnen Einhalt gebieten sollte, wußte nicht, wie sie ihre Trauer beherrschen könnte. Als ihre Mutter starb, hatten Brianna und Connor sich gegenseitig getröstet.

Diesmal war sie mit ihrer Trauer jedoch ganz allein.

Aber sie brauchte nicht allein zu sein. Auf dieser Burg weilte schließlich ein Mann, der Ähnliches erlebt hatte und dabei stark geblieben war. Er hatte geschworen, ihre Liebe zu gewinnen, und Brianna wußte, daß er sie vor jeglichem Leid beschützen würde. Es konnte kein Zufall sein, daß er der einzige Mensch war, über dessen Unschuld am Tod ihres Vaters kein Zweifel bestand.

Plötzlich verspürte sie den Wunsch, bei Luc zu sein und seine Nähe zu spüren, und dieses Verlangen wurde so stark, daß sie ihm nicht länger widerstehen konnte.

Sie sprang aus dem Bett, warf sich einen Mantel um die Schultern und ging blitzschnell zur Tür. Fenella hatte sich zum Glück noch nicht einmal geregt, als sie aus dem Bett gestiegen war, dachte Brianna zufrieden, während sie hinausschlüpfte.

Wie groß wäre ihr Erstaunen gewesen, wenn sie erfahren hätte, daß Fenella die Augen aufschlug, sobald Brianna die Tür der Kammer hinter sich geschlossen hatte. Das Mädchen verließ den Raum nur kurze Zeit nach ihrer Herrin, doch sie folgte Brianna nicht.

Fenella hatte andere Feuer zu schüren.

Luc glaubte zu träumen.

Schlaflos lag er auf dem Heuboden und starrte ins Gebälk. Es enttäuschte ihn, daß er in diesen zwei Tagen so gut wie nichts herausbekommen hatte. Immerhin schlief er diese Nacht allein auf dem Heuboden und würde niemanden mit seiner Rastlosigkeit stören. Der neue Stall war fast fertig, und Denis hatte den Stalljungen befohlen, dort zu übernachten, damit die Pferde bewacht wurden.

Wie ärgerlich, daß Dermot den ganzen Abend über im Saal getrunken hatte! Er hatte sich an Ort und Stelle so berauscht zur Ruhe gelegt, daß er zweifellos tief und fest schlief.

Luc wußte, daß dies Bruder Thomas' Verdienst war. Der Mönch hatte Dermot nicht nur getröstet, sondern auch sichergestellt, daß der Becher des Mannes ständig gefüllt war.

Und Dermot schien nicht viel Wein zu vertragen.

Doch war er ein Mörder?

Luc hatte lange dagelegen und nachgedacht, zwischendurch war er immer wieder in einen unruhigen Halbschlaf gefallen, so daß er nun nicht genau sagen konnte, wie spät es sein mochte. Plötzlich schien ihm, als öffnete sich die Stalltür, wachsam setzte er sich auf, doch alles war still.

Dann hörte er das kaum vernehmbare Geräusch von Schritten auf der Leiter. Lautlos stand Luc auf und schlüpfte in seine Stiefel, den Blick immer auf das Ende der Leiter in der Mitte des Heubodens gerichtet.

Glaubte etwa jemand, daß Luc mehr wußte, als es der Fall war?

Das Herz schlug ihm bis zum Hals. Er straffte alle Muskeln und glitt auf die Seite, die der Eindringling im Rücken haben würde. Die Leiter knarrte. Jede Faser seines Körpers war erwartungsvoll angespannt.

Erleichtert sank er gegen die Wand, als ein vertrauter goldener Haarkranz im Mondlicht aufschimmerte. »Mylady! Was führt Euch denn hierher?«

Brianna wandte sich so schnell nach Luc um, daß sie beinahe das Gleichgewicht verloren hätte, denn sie stand noch nicht auf dem Heuboden. Er stürzte nach vorn, packte ihre Arme und hob sie schnell von der Leiter.

Luc spürte, wie sie zitterte, und zog die Prinzessin ein wenig näher an sich.

»Ihr solltet doch in Euren Gemächern sein!« sagte er. »Bei Euren Hofdamen und schlafen.« Verärgert erinnerte er sich an das Versprechen der Hofdame und fügte hinzu: »Die Dunkelhaarige hat mir ihr Wort gegeben, Euch im Auge zu behalten! Wo ist sie?«

»Luc, Ihr dürft Fenella keine Schuld geben«, sagte Brianna leise und sah ihn flehend an. »Ich habe mich davongeschlichen, während sie schlief. Ich ... ich wollte unbedingt mit Euch reden.«

Brianna krampfte verzweifelt die Hände zusammen, als fürchtete sie, er würde es ihr verwehren, und Lucs Ärger verflog im Nu.

»Wir können gleich morgen früh miteinander reden«, versprach er sanft und strich ihr eine Locke aus der Stirn. »Ihr braucht jetzt Euren Schlaf.«

»Ich brauche jetzt Euren Trost!« erklärte die Prinzessin zu Lucs größter Überraschung. »Bitte, schickt mich nicht fort.«

Nicht wenige Männer hätten dieses verlockende Angebot sicher ausgenutzt, das wußte Luc sehr wohl. Er starrte die Prinzessin an, in ihren Augen glänzten unvergossene Tränen, und das hübsche Gesicht war ungewöhnlich blaß. In diesem Augenblick hatte sie so wenig Ähnlichkeit mit der starken, herausfordernden Frau, die Luc bewunderte, daß er nur noch das Bedürfnis verspürte, sie zu trösten.

Und wenn sich jemand daran störte, daß sie einen Abend mit ihm im Stall verbrachte, würde er Briannas Ehre verteidigen. Sie sollte schließlich mit ihm vermählt werden, und Luc besaß den Segen ihres Vaters. Er fühlte sich bereits voll und ganz für die Prinzessin verantwortlich.

Und er würde weder Connor noch Brianna enttäuschen.

»Natürlich«, sagte er sanft und bemerkte, wie sich ihre Schultern vor Erleichterung entspannten. Brianna erschauerte wieder, und Luc fürchtete plötzlich, sie habe sich bei dem feuchtkalten Regenwetter erkältet.

Hastig griff er nach seinem Mantel und legte ihn auch noch um ihre Schultern, während er sie aus dem kalten Luftzug führte.

»Ist Euch kalt?«

»Bis auf die Knochen«, gestand sie und schüttelte fassungslos den Kopf. Ihre Finger griffen nach Lucs Händen. »Luc, ich kann einfach nicht glauben, daß er fort ist! Wie konntet Ihr nur ertragen, Tyrell sterben zu sehen? Wie gelang es Euch, den grausamen Vorfall zu vergessen?«

Nicht zum ersten Mal wünschte Luc, Brianna wäre der Anblick ihres ermordeten Vaters erspart geblieben. Selbst ihm war es nicht leichtgefallen, den hingestreckten Mann anzusehen, und er konnte gut nachfühlen, wie sehr dieses Bild Brianna verfolgte.

»Ihr werdet es niemals vergessen«, sagte er leise und fuhr dabei mit einem Finger zärtlich über ihr Wange. »Aber die Erinnerung wird mit der Zeit leichter zu ertragen sein«, fügte er sanft hinzu, als ihr die erste Träne über die Wange rollte.

Sie fiel auf sein Handgelenk. Kurz darauf folgte eine zweite, dann noch eine, und nun hatten sich die Schleusen geöffnet. Lucs Hand hob sich wie von selbst und umfaßte Briannas Kinn. Er legte ihr einen Arm um die Schultern, obwohl Brianna noch immer gegen die Flut ihrer Tränen ankämpfte.

»Das wird Euch jetzt vielleicht unmöglich erscheinen«, murmelte er und hoffte, seine Worte würden sie beruhigen, »aber Ihr müßt mir vertrauen, Mylady, glaubt mir. Der Schmerz wird irgendwann nachlassen.«

»Ja! Ich vertraue Euch!« Brianna unterdrückte ein erneutes Schluchzen und schüttelte verzweifelt den Kopf. Sie sah Luc flehentlich in die Augen, und er erkannte das gewaltige Ausmaß ihres Schmerzes. »Luc, helft mir, bitte. Ich habe mich noch nie so allein gefühlt.«

»Als erstes, Mylady, dürft Ihr nicht gegen Eure Tränen ankämpfen. Das war mein Fehler. Es macht alles nur noch schlimmer, wenn man den Kummer nicht herausläßt.«

Briannas Lippen bebten. Sie seufzte aus tiefstem Herzen und schloß die Augen. Dann strömten ihr die Tränen in einem reißenden Strom über das Gesicht.

Luc drückte sie an seine warme Brust und schloß selbst tiefbewegt die Augen. Er streichelte ihr Haar und murmelte beruhigende Worte, wohl wissend, daß er nur wenig für sie tun konnte.

Doch er fühlte sich geschmeichelt, daß sie bei ihm Trost suchte. Es sah der Prinzessin nicht ähnlich, ihre Schwäche zu zeigen, und die bloße Tatsache, daß sie mit ihrem Kummer zu ihm kam, war sehr aufschlußreich.

Connor hatte seine Tochter richtig verstanden. Luc würde das Vertrauen dieses Mannes in keinster Weise mißbrauchen, er wollte wirklich alles für Brianna tun.

Liebevoll drückte er sie an sich und streichelte ihren Rücken. Dann führte er Brianna zu seinem Lager, nahm sie auf den Schoß und wickelte die Enden beider Mäntel um ihre Füße. Als sie sich an ihn schmiegte und in kindlichem Vertrauen die Arme um seinen Hals schlang, durchströmte Luc ein heftiges Glücksgefühl.

Ihr Haar hatte sich gelöst und umfloß sie beide. Voller Bewunderung betrachtete Luc die flachsblonde Farbe ihrer Locken. Der süße Duft ihrer Haut und die weichen Kurven ihres Körpers füllten seine Arme, und in der gesamten Christenheit gab es keinen Ort, an dem er jetzt lieber gewesen wäre.

Luc wußte nicht, wie lange sie so dasaßen, und es war ihm auch gleichgültig. Seine Hand streichelte in einer unendlichen Liebkosung über Briannas Schultern, während sie schluchzte und weinte und ihre heißen Tränen auf Lucs Brust fielen.

Schließlich legte sie ihm ihre kleine Hand auf den Arm und seufzte zitternd. »Es tut mir leid, Luc«, flüsterte sie mit unsicherer Stimme und neigte den Kopf. »Ihr müßt mich für sehr schwach halten.« Und voller Angst fügte sie hinzu: »Aber ich bin noch nie in meinem Leben allein gewesen.«

Luc legte einen Finger unter Briannas Kinn und hob sanft ihren Kopf, damit er sie ansehen konnte. »Und Ihr seid auch jetzt nicht allein«, sagte er eindringlich und bemerkte voller Mitgefühl die Tränenspuren in ihrem Gesicht.

Brianna krauste die Stirn. »Aber ...«

Er fuhr mit dem Zeigefinger über ihre Lippen. »Nichts aber«, sagte er mit freundlichem Nachdruck. Brianna sollte endlich begreifen, wie stark er sich ihr verbunden fühlte. »Ihr seid nicht allein, ich bin an Eurer Seite.« Sie sah ihn durch einen Tränenschleier an, ein Hoffnungsschimmer lag in ihren Augen. Luc lächelte schief. »Ich belästige Euch nicht nur in diesen Tagen, Mylady, ich werde Euch von nun an für immer zur Last fallen.«

Ein zaghaftes Lächeln huschte über Briannas Lippen. »Das klingt ja beinahe so, als wolltet Ihr einen Schwur ablegen.«

»Ich würde es sofort tun«, sagte Luc. »Ohne zu zögern. Ihr könnt jederzeit meinen Schwur haben, jetzt oder vor dem Altar, das macht keinen Unterschied.« Er grinste sie an. »Die Wahl, holde Prinzessin, liegt ganz bei Euch.«

Da lächelte sie ein zartes, weibliches Lächeln, das sie ganz jung aussehen ließ und nicht mehr so verletzlich. Für die Dauer eines Herzschlags zögerte Luc, dann beugte er sich über sie und berührte mit seinen Lippen ihre Augenbrauen.

Unsicher, ob er sie nicht vielleicht zu sehr bedrängte, hielt er inne, doch Brianna blickte ihn nur voller Zärtlichkeit an. Sie hob die Hand und berührte mit den Fingern seine Lippen, eine Geste, die er sonst immer machte.

»Ich mag Eure Schwüre«, flüsterte sie und sah ihn fest an. Luc stockte der Atem, und das Herz schlug ihm bis zum Hals.

»Dann werde ich nie damit aufhören.«

Doch mit einem Mal drohte Briannas Lächeln wieder zu verblassen, ihr Kinn bebte, und sie schlug schnell die smaragdgrünen Augen nieder. Luc neigte den Kopf und küßte ihre Schläfen, die Nase, die Wangen, das Kinn und schmeckte mit jedem Kuß das Salz ihrer Tränen.

Schließlich preßte er zärtlich seinen Mund auf ihre süßen Lippen. Er zog sie näher zu sich heran, fest entschlossen, seine Prinzessin vor allen Gefahren, die auf sie lauerten, zu beschützen. Von einer unwiderstehlichen Kraft getrieben, glitt seine Hand über ihre Schulter nach unten und fand ihre wohlgeformte Brust.

Brianna rang nach Atem und bog den Rücken, doch Luc wollte die zarte Rundung in seiner Hand noch nicht freigeben. Sanft fuhr er mit dem Daumen über ihre Brustwarze und spürte sogar durch die dicken wollenen Mänteln, wie sie sich aufrichtete. Voller Leidenschaft schlang Brianna die Arme um seinen Hals, und das Verlangen loderte wie eine Flamme in Luc auf.

Brianna würde seine Frau werden, seine holde Prinzessin – für immer. Sie brauchte seine tröstenden Berührungen, sie mußte in den Schlaf gewiegt werden. Brianna sollte für eine Weile ihr furchtbares Unglück vergessen und spüren, daß sie nicht allein, sondern geborgen war und geliebt wurde.

Glücklicherweise wußte Luc, wie er all dies erreichen könnte.

Brianna atmete heftig, als Luc sie sanft auf den Rücken drehte und an seine warme Brust zog, ihr Herz klopfte wie wild bei der Berührung seiner starken Hände.

Noch nie im Leben hatte sie sich derart sicher und geborgen gefühlt. Lucs Umarmung schützte sie vor der Kälte, und unter seinen zärtlichen Berührungen spürte sie, daß die große Liebe, die sie suchte, sehr nah war.

Beinahe ehrfürchtig umfaßte er ihre Brust umfaßte, voll zärtlicher Zuneigung glitt er mit seinem muskulösen Oberschenkel zwischen ihre Beine. Brianna fühlte sich in seinen Armen liebevoll verwöhnt. Das Blau seiner Augen leuchtete so stark, daß es ihr den Atem verschlug.

Sie wußte, daß sie Luc Fitzgavin vertrauen konnte, mit ihrem Leben, ihrer Ehre, einfach mit allem, was ihr lieb und teuer war. Er hatte ihr schon mehrfach bewiesen, wie entschlossen, beherzt und selbstlos er sein konnte, Luc war ein Mann mit Verstand, und er meinte es ernst mit ihr.

Brianna ahnte, daß er seinen Schwur mit Leichtigkeit erfüllen würde. Von Tag zu Tag kam er ihrem Herzen einen großen Schritt näher.

Angesichts all dessen erschien es ihr nur natürlich, sich Lucs sicheren Händen hinzugeben.

Und so überließ sie sich ganz seinen Lippen und ließ sich von ihm liebkosen. Fordernd erforschte Lucs Zunge ihren Mund, und vom süßen Geschmack seines Kusses wurde ihr ganz schwindelig. Sie schloß die Augen, schlang die Arme fester um Lucs Hals und gab sich ihren Gefühlen hin.

Luc enttäuschte sie nicht.

Noch während er sie leidenschaftlich küßte, fand sein Daumen ihre Brustwarze wieder. Seine Hand war unter ihren Mantel geglitten und hatte sich einen Weg durch das Mieder ihres Kleides gebahnt. Brianna spürte die zärtlichen Bewegungen seiner Finger durch ihr dünnes Leinenhemd. Sie stöhnte leise auf, als Lucs Hand ihre Brust umschloß und die aufgerichtete Knospe zwischen seinen Fingern sanft rieb, ihr Rücken bog sich, bebend drückte sie sich an ihn. Mit einem sanften Drängen glitt sein Oberschenkel höher und schob ihre Beine auseinander. Briannas Brüste waren gegen Lucs Oberkörper gepreßt.

Er war so anders gebaut als sie – sein Körper war heiß und muskulös, die Haut von der Sonne gebräunt und rauh –, trotzdem fühlten sich seine sicheren Berührungen unglaublich gut und richtig an.

Luc küßte ihren Hals und knabberte zart an ihrem Ohrläppchen. Sie erschauderte und griff mit beiden Händen in sein Haar. Atemlos ließ sie zu, daß seine entschlossene Hand ihren Körper erkundete. Als seine Finger unter den Saum ihres Rockes tauchten und zärtlich das weiche Haar zwischen ihren Schenkel streichelten, erstarrte Brianna für einen Augenblick, doch dann umklammerte sie leidenschaftlich seine breiten Schultern und drückte sich an ihn.

Luc murmelte sanfte, beruhigende Worte und liebkoste mit

der Zunge ihr Ohr. Brianna liefen erneut wohlige Schauer über den Rücken. Bebend flüsterte sie seinen Namen, und ihre Lippen suchten seinen Mund. Dann lehnte sie sich entspannt zurück, voller Vertrauen übergab sie sich seinen erregenden Berührungen, und Lucs Hand wagte sich noch weiter vor.

Er seufzte, als seine starke Hand die feuchte, heiße Stelle zwischen ihren Beinen erreichte, und preßte den Mund triumphierend auf ihre Lippen. Aufbäumend drängte sie sich an ihn, als seine Finger die empfindliche Perle im Herzen ihrer Glut fanden.

Luc liebkoste sie mit zärtlicher Überzeugungskraft, und eine erregende Hitze strömte durch ihren Körper, immer heftiger drängte sie sich ihm entgegen. Brianna wand sich wohlig unter seinen Berührungen und verspürte ein wildes Verlangen nach etwas, das sie nicht benennen konnte.

Ein verzehrendes Feuer loderte in ihr. Sie schlang die Beine um Lucs Körper und streckte sich fordernd seinen Berührungen entgegen. Sie spürte seinen heißen Atem auf der Haut und das wilde Pochen seines Herzens, und seine Erregung steigerte ihr eigenes Verlangen ins Unermeßliche.

Brianna versank in Lucs Umarmung und vergaß alles um sich herum. Er streichelte sie zärtlich, reizte sie unablässig, sie hatte noch nie etwas Vergleichbares empfunden.

Sie rang nach Atem und griff nach Luc. Sie konnte den Blick nicht von dem leuchtenden Blau seiner Augen abwenden, auch nicht, als sich die angestaute Flut ihres Verlangens plötzlich löste.

»Luc!« Sie umklammerte erneut seine Schultern und spürte, wie sich ihre Fingernägel in seine Haut gruben. »Bitte! Nenn meinen Namen.«

Sein Lächeln war wie ein heller Blitz in der Dunkelheit, sein heißer Atem ein wohltuender Windhauch an ihrem Ohr.

»Brianna!« flüsterte er, und der zärtliche, besitzergreifende

Ton seiner Stimme steigerte diese unbekannte Leidenschaft in ihr nur noch mehr.

»Meine Brianna!«

Mit einem glühenden Kuß ergriff Luc Besitz von ihren Lippen, als die Hitze sie durchlief und jede einzelne Faser ihres Körpers durchzuckte. Brianna rang nach Atem, dann schrie sie auf, doch Luc küßte sie nur noch inniger und preßte sie fest an seine Brust.

Seine Finger spielten unablässig weiter, und Brianna bäumte sich immer wieder auf. Schließlich sank sie erschöpft an seinen warmen Körper. Sie drückte ihm einen Kuß auf die Schulter und kuschelte sich lächelnd an ihn, als Luc ihre Augenbrauen küßte. Ihre Finger fuhren durch die dunklen, krausen Haare auf seiner Brust, und sie lächelte, als sie das ungleichmäßige Klopfen seines Herzens spürte.

Luc hatte recht. Sie war nicht allein.

Mit diesem Lächeln auf den Lippen schloß Brianna die Augen und schlief in seinen Armen ein.

Kapitel 14

Brianna streckte sich genüßlich, als sie erwachte, dann griff sie nach Lucs warmem Körper.

Neben ihr war nur Stroh. Er hatte sie doch nicht etwa verlassen! Beunruhigt richtete sie sich auf.

Doch Luc saß ihr still gegenüber, seine blauen Augen ruhten auf ihr, die Hände lagen auf den Knien, und er war vollständig angekleidet. Die Schatten der Nacht wurden bereits vom ersten Grau des anbrechenden Tages vertrieben.

Brianna wußte noch sehr gut, daß Luc sie beim Einschlafen in den Armen gehalten hatte und war enttäuscht, daß ihr dieses Geschenk beim Aufwachen verwehrt bleiben sollte.

»Mylady?« sagte er sanft, bevor Brianna auch nur einen Ton herausbringen konnte. »Ihr müßt mir etwas versprechen.«

Sie blinzelte. »Ja?«

Lucs Blick war fast streng. »Erlaubt bitte nicht, daß man Euch allein läßt, auch nicht für einen kurzen Augenblick, weder heute noch an irgendeinem anderen Tag. Schwört Ihr mir, daß Ihr nie wieder allein sein werdet?«

Brianna krauste die Stirn, sie verstand seine Besorgnis nicht. »Aber warum denn?«

»Euer Vater ist ermordet worden, und ich weiß nicht, warum oder von wem.« Luc sah sie fest an, seine Miene war sehr ernst, leise fügte er hinzu: »Und möglicherweise war Lady Ismays Tod auch kein Unfall. Ich glaube, es geht um die Rose von Tullymullagh.«

Das verwirrte Brianna nur noch mehr. »Aber so nennen die Leute doch mich! Ich habe mit all dem bestimmt nichts zu tun.«

»Ja, das weiß ich.« Luc setzte sich neben sie und nahm ihre Hand. Dann räusperte er sich. »Mylady, hat Euer Vater Euch je anvertraut, daß er einen Schatz versteckt hielt?«

Einen Augenblick lang dachte Brianna, Luc meinte die Briefe ihrer Mutter, dann verwarf sie den Gedanken wieder. Diese Briefe konnten nur einem Mädchen so viel bedeuten, das beide Eltern verloren hatte und in den geschriebenen Worten die geliebte Stimme ihrer Mutter wiederhören würde.

Sie schüttelte den Kopf. »Was für einen Schatz denn?«

»Ein edelsteinbesetztes Kruzifix, ein Geschenk dieses Kaufmannes aus Damaskus.«

Brianna schüttelte abermals den Kopf. »Nein, davon weiß ich nichts.«

»Es ist aber sehr wichtig, Mylady, denn ich fürchte, die Jagd nach diesem Kruzifix war der Grund für den Tod Eures Vaters. Vielleicht wollte er das Versteck nicht preisgeben oder besaß den Schatz schon längst nicht mehr, und die Diebe glaubten ihm nicht.«

Briannas Herz zog sich zusammen, als sie daran dachte, und sie erinnerte sich wieder an den Ausdruck von Entsetzen und Enttäuschung auf dem Gesicht ihres toten Vaters, als wäre er verraten worden. »Oder er hat sie erkannt.«

Luc nickte. »Ja. Das ist auch möglich.«

»Aber was ist an dem Kruzifix so wertvoll? Vielleicht kenne ich es unter einem anderen Namen.« Brianna verschränkte ihre Finger mit denen von Luc, es gefiel ihr, daß sie versuchten, den Fall gemeinsam zu lösen. »Vielleicht habe ich es schon einmal gesehen und nur nie seinen Namen erfahren. Wißt Ihr denn, wie es aussieht?«

»Ihr seid wirklich eine Frau mit Verstand.« Lucs Augen leuchteten anerkennend, und Brianna spürte, wie sie unter seinem Blick errötete. »Angeblich ist es ein aus Gold gearbeitetes Kruzifix, das mit mehreren Bernsteinen besetzt ist und einen großen Rubin in der Mitte trägt. Ein Rubin, der so groß sein soll wie der Daumen eines Mannes und einst die Rose von Tullymullagh genannt wurde. Glaubt Ihr, Euer Vater besaß es noch? Wißt Ihr vielleicht, wo er es versteckt haben könnte?«

Brianna rang nach Atem und hob ihre freie Hand an die Lippen, plötzlich verstand sie. »Die Mörder suchten es in der Kapelle!« erklärte sie entsetzt. »Mein Vater muß sie dabei überrascht haben! O Luc, das ist ja furchtbar!«

Luc beugte sich zu ihr. »Warum sollten sie es ausgerechnet in der Kapelle gesucht haben?«

Geistesgegenwärtig sprach Brianna so leise, daß niemand sie belauschen konnte. »Weil es einen geheimen Ort in der Kapelle gibt, ein geheimes Versteck.«

Sie dachte fieberhaft nach und erinnerte sich, daß der Quarz an dem großen Kreuz noch unverrückt an seinem Platz gewesen war, als sie ihren Vater gefunden hatten.

Vielleicht war der Schatz, von dem Luc sprach, noch in seinem Versteck! Es würde ihr unendlich viel bedeuten, dieses Kleinod zu besitzen, das ihrem Vater einst lieb und teuer gewesen war, ein Geschenk, daß er vor langer Zeit erhalten hatte.

Brianna griff nach Lucs Arm. »Wenn es tatsächlich noch im Besitz meines Vaters war, dann muß es noch dort sein!« flüsterte sie und erhob sich. »Kommt! Ich werde es Euch zeigen.«

Doch Luc schüttelte den Kopf. »Nein, Mylady, es würde Verdacht erregen, wenn wir zusammen dort hinaufgingen. Erzählt mir von diesem Versteck, und ich werde den Schatz Eures Vaters für Euch suchen.«

Brianna wußte, daß sie es Luc anvertrauen konnte. Ohne zu zögern, beugte sie sich vor und flüsterte ihm ins Ohr, wo sich das geheime Versteck in der Kapelle befand.

Luc nickte und stand auf, dann drückte er sie kurz an sich. »Und Ihr werdet nicht allein im Bergfried bleiben«, sagte er mit einem mahnenden Blick. »Versprecht es mir.«

»Ja«, lächelte Brianna. »Ich verspreche es Euch, Luc Fitzgavin.«

»Gut.« Lucs Augen blitzten in leuchtendem Blau, als er den Kopf neigte und Brianna einen kurzen Kuß auf die Lippen drückte. Ihr Herz stockte bereits bei dieser flüchtigen Berührung, und er lächelte, als spürte er sogar ihren Herzschlag. »Wir müssen uns beeilen und schnell in den Bergfried zurückgehen, bevor man Euch vermißt.«

Trotz der frühen Stunde tummelten sich bereits überraschend viele Menschen in der Küche. Der Koch formte gerade Brotlaibe und hielt mit seinen Befehlen sämtliche Küchenjungen und Mägde auf Trab. Bruder Thomas saß verschlafen in einem Winkel neben dem Ofen und nahm seinen morgendlichen Becher Ale zu sich. Brianna glaubte, einen flüchtigen Blickwechsel zwischen dem Mönch und Luc bemerkt zu haben, doch sie war sich nicht sicher.

Auch Ruarke war in der Küche, doch sehr zu Briannas Überraschung zog er die blonden Augenbrauen mißbilligend zusammen, als er sie erblickte.

»Wo seid Ihr heute morgen gewesen, Mylady?« fragte er so laut, daß jeder in der Küche es hören konnte und aufsah. Der Ritter starrte Luc an, als wollte er ihm ernsthaften Schaden zufügen. »Was habt Ihr mit der Prinzessin gemacht? Fischt Ihr etwa in fremden Gewässern?«

»Nein«, lächelte Luc mild. »Ich habe die Prinzessin lediglich aus dem Garten geleitet.«

Ruarke warf Brianna einen vernichtenden Blick zu. Der Zorn, der in den sonst so liebenswürdigen Augen des Ritters lauerte, erschreckte Brianna.

Sie zwang sich zu lächeln. »Ich verspürte den Wunsch, am Grab meiner Mutter zu beten«, log sie mit schwacher Stimme und fuhr sich mit der Hand über die Stirn, um ihn abzulenken. »Vielleicht habe ich gestern zu viel Glühwein getrunken, Ruarke, mein Kopf schmerzt ganz schön heute morgen.«

Der Ritter lief besorgt an Briannas Seite, nahm beschützend ihren Arm und sah Luc finster an.

»Das habe ich mir schon gedacht«, meinte er kalt. »Ein zartes Edelfräulein wie Ihr sollte ihren Kummer nun wirklich nicht wie eine Schankwirtin ertränken.« Ruarke zog die Augenbrauen hoch und fügte hinzu: »Zweifellos gibt es unter uns jemanden, der diesen Unterschied nicht versteht.«

»Und ich zweifle nicht daran, daß es unter uns auch jemanden gibt, der nicht weiß, wie man eine Dame behandelt«, gab Luc kühl zurück. Er verneigte sich leicht vor Brianna und ging in den Saal. Bruder Thomas erhob sich, um ihm zu folgen.

Brianna wußte so gut wie alle anderen, daß man ihr auf Lucs Rat hin Glühwein gegeben hatte, und das Getränk hatte tatsächlich den Schmerz über den Tod ihres Vaters zu betäuben vermocht.

Ebenso wie Lucs zärtliche Berührungen.

Der Koch zuckte mit den Schultern und warf Ruarke einen unwilligen Blick zu. »Ein stärkender Schluck von Zeit zu Zeit hat noch niemandem geschadet«, sagte er, und sein beachtlicher Leibesumfang verriet, daß er wohl recht oft der Ansicht war, einen tröstenden Schluck oder Bissen zu benötigen.

Ruarkes Miene wurde ein wenig freundlicher. »Vielleicht kann Wein auch keinen großen Schaden anrichten«, räumte er leutselig ein. »Ich war nur um unsere Prinzessin besorgt.« Dann gewährte Ruarke ihnen eine Kostprobe seines gewinnenden Lächelns, ein deutliches Zeichen, daß sich seine Laune schon wieder gebessert hatte.

Brianna kam es vor, als hätte lediglich Lucs Verschwinden diesen Stimmungsumschwung herbeigeführt. Ruarke zeigte jetzt nicht mehr annähernd so viel Interesse an ihr wie noch vor einigen Augenblicken.

»Mylady, ich muß mich wirklich bei Euch bedanken«, sagte der Koch plötzlich. »Es war eine große Freude, Fenella gestern wieder einmal bei uns in der Küche zu haben.« Der Koch rührte in einem Suppentopf und schüttelte den Kopf. »Das Mädchen hat ein seltenes Gespür für Neuigkeiten, und wir haben sie schon vermißt.«

»Vermißt?« Brianna stutzte. »Aber Fenella ist doch ständig in der Küche.«

Der Koch sah auf. »Ja, früher. Aber zur Zeit nicht.« Er sah seine Gehilfen an. »Letzte Woche haben wir sie kaum gesehen.«

»Das stimmt, Mylady«, bestätigte ein Bursche, der Kartoffeln schälte. Zu Briannas Überraschung pflichteten ihm alle eifrig bei.

Wenn Fenella sich die letzten Tage nicht in der Küche aufgehalten hatte, wo war sie dann gewesen?

Brianna hatte das dumpfe Gefühl, die Antwort würde ihr nicht gefallen. Es wurde Zeit, daß sie der Sache nachging. Entschlossen marschierte sie in den Saal.

»Aber Brianna, ich dachte, Ihr habt heute morgen Kopfschmerzen!« rief Ruarke ihr hinterher. Doch sie beachtete ihn nicht, sondern beschleunigte ihre Schritte, und stürmte durch den fast leeren Saal zur Treppe.

Kurz darauf stieß sie die Tür zu dem Gemach auf, das sie mit ihren Hofdamen teilte und fand eine bunte Schar verschlafener, halb angekleideter Edelfrauen vor.

Fenella fehlte.

Brianna legte ihren Mantel ab, suchte nach einem sauberen Hemd und zog sich energisch einen anderen Rock und frische Strümpfe an. Je mehr Zeit verstrich, desto größer wurde ihr Ärger. Fenella war nach Tullymullagh geschickt worden, um auf ihre zukünftige Rolle als Burgherrin vorbereitet zu werden. Und nach Connors Tod lag die Verantwortung für dieses Mädchen ganz allein auf Briannas Schultern.

Sie würde diese Pflicht nicht vernachlässigen.

Luc beobachtete lächelnd, wie Brianna inmitten einer lärmenden Gruppe von Hofdamen den Saal durchquerte. Sie schien seinen Rat sehr ernst zu nehmen – das konnte nur ihre Sicherheit erhöhen.

Jedenfalls vorerst. Luc runzelte die Stirn, er fürchtete, Connors Mörder könnten immerhin glauben, Brianna selbst habe den Schlüssel zu dem Schatz ihres Vaters. Es lag nahe, daß sie in die Geheimnisse ihres Vaters eingeweiht war. Deshalb hatte Luc sie auch danach gefragt.

Der Gedanke war sehr beunruhigend. Doch solange Luc nicht wußte, wer Connor ermordet hatte, konnte er nur – so gut es eben ging – versuchen sicherzustellen, daß Brianna nichts zustieß. Er hoffte von ganzem Herzen, daß dieser neue Tag endlich etwas Licht in das Dunkel des Rätsels bringen würde.

»Wie ich bereits sagte«, murmelte Bruder Thomas in seinen Alekrug, »unser Opfer war noch zarter besaitet, als ich je für möglich gehalten hätte.«

Luc schob seine Gedanken beiseite und wandte seine Aufmerksamkeit wieder unauffällig dem Mönch zu. Obwohl die beiden am selben Tisch saßen, versuchten sie den Anschein zu erwecken, als frühstückten sie jeder für sich.

Bruder Thomas sprach offensichtlich von Dermot, der sich, wie Luc bereits aufgefallen war, an diesem Morgen verdächtigerweise weder im Saal noch in der Küche zeigte. »Wirklich?«

»Ja, wirklich.« Bruder Thomas nahm lächelnd ein großes Stück Brot an, das ein Diener ihm anbot. Auch Luc nahm eines. Nachdem der Junge gegangen war, sprach der Mönch leise weiter. »Die harmlosesten Geschichten, in denen auch nur ein kleines bißchen Blut vergossen wurde, haben ihn bereits völlig verstört. Ich kann einfach nicht glauben, daß er einen so brutalen Mord verübt hat.«

Luc ließ sich die Behauptung des Mönchs durch den Kopf gehen, während er sein Ale trank. »Eine solche Reaktion auf Eure Geschichten könnte durchaus von seinem eigenen Entsetzen über die Tat herrühren. Vielleicht plagt ihn sein schlechtes Gewissen.«

»Ja, das ist gut möglich.« Bruder Thomas sah stirnrunzelnd sein Brot an, als sei er überrascht, daß kein Honig darauf war. »Aber er hat nicht die Kraft, um einen so großen Mann wie Connor niederzuschlagen.«

»Es heißt, er sei ein Ritter.«

»Nur nach dem, was er selbst über sich erzählt hat. Er ist nie in den Kampf gezogen, und er soll sich mehr als ungeschickt angestellt haben, als Claremont angegriffen wurde.« Bruder Thomas zwinkerte Luc zu. »Ich glaube, seine Nutzlosigkeit war einer der Gründe für Lady Ismays Unzufriedenheit. Der Verlust ihrer Ländereien hat sie sehr betrübt.«

»Trotzdem, er könnte in Panik geraten sein und Connor einen tödlichen Stich versetzt haben.«

»Siebenmal?«

»Sieben?« Luc sah überrascht auf, doch der Mönch blickte ihn ernst an und nickte, dann wandte er sich wieder ab.

Siebenmal war also auf Connor eingestochen worden. Luc schluckte und starrte auf sein Ale, ihm war der Appetit vergangen. Bruder Thomas hatte den Leichnam angekleidet – er mußte es wissen.

Ja, dachte Luc erschüttert, niemand war imstande, so brutal zuzustechen, wenn er nicht wollte, daß Connor stürbe, ohne seine Angreifer auch nur mit einem Laut zu verraten.

»Junge!« rief der Mönch. »Hast du vielleicht etwas Honig für mich?«

»Flüssigen oder Wabenhonig?«

Bruder Thomas verdrehte erfreut die Augen. »Bring mir ein Scheibchen Wabenhonig, mein Junge, und ich bin ein glücklicher Mann.«

Luc mußte endlich nachprüfen, was Brianna ihm letzte Nacht erzählt hatte. Diese Angelegenheit konnte nicht schnell genug erledigt werden.

Er stand auf und murmelte zur Entschuldigung, daß er seinen Vater treffen müßte, dann ging er schnell zur Treppe. Niemand bemerkte sein Weggehen, die Leute im Saal schliefen ohnehin noch fast alle. Und die meisten Hofdamen waren mit Brianna weggegangen.

Das zweite Stockwerk lag still und verlassen da. Luc öffnete die Tür, hinter der die Treppe zum Gaden hinaufführte und lauschte angestrengt. Kein Laut war zu hören. Vorsichtig schlüpfte er hinein und stieg die Stufen hinauf, ein leises Schnarchen ließ ihn zusammenfahren.

Verstohlen spähte Luc über das Treppengeländer. Gavin schlief in dem Himmelbett auf der anderen Seite des Gadens, eine Hand hing über den Bettrand. Das Holz in den Kohlenpfannen glühte nur noch ganz schwach, es war kalt in dem Raum.

Außer seinem Vater war niemand zu sehen.

Selbst Gavin sollte nicht wissen, was er da tat. Er schlich die letzten Treppenstufen hinauf, der Söldner schlief ruhig weiter. Vorsichtig durchquerte er den Raum, doch plötzlich knarrte eine Holzplanke unter seinen Füßen. Er erstarrte und sah zu seinem Vater hinüber, sicher, daß Gavin ihn gleich mit einem Gebrüll, das Tote zum Leben erwecken konnte, zur Rede stellen würde.

Doch der rollte sich nur auf die andere Seite, grunzte und begann gleichmäßig zu schnarchen.

Was für ein Hohn, daß gerade der Mann, dem Luc eine solche Grausamkeit zutrauen würde, der einzige war, dessen Unschuld nicht in Frage gestellt werden konnte. Auch wenn sein Vater wahrscheinlich den Wunsch verspürt hatte, Connor – den alten König, dem alle auf Tullymullagh noch immer treu ergeben waren – aus dem Weg zu räumen. Hatte Gavin vielleicht zwei seiner Männer damit beauftragt, Connor umzubringen? Luc glaubte nicht, daß sein Vater dann so große Überraschung und Bestürzung hätte vortäuschen können. Gavin war bei weitem nicht so raffiniert. Und es erschien Luc sehr unwahrscheinlich, daß Connor zwei von Gavins Männern erkannt hätte.

Doch noch beunruhigender war der Gedanke, daß die Mörder zu Connors Haushalt gehörten. Uther? Aus welchem Grunde? Vielleicht wußte er über die Rose von Tullymullagh Bescheid, möglicherweise hätte er den Edelstein nur vor Gavins Gier schützen wollen. Doch wäre er imstande gewesen, Connor zu töten? Das konnte Luc einfach nicht glauben. Die Treue des Verwalters war unerschütterlich und gewiß völlig selbstlos.

Könnte Dermot den Schatz so stark begehrt haben, daß er seinen alten Nachbarn dafür getötet hätte? Oder ging Bruder Thomas recht in der Annahme, daß dieser Mann absolut unfähig war, richtig zuzustechen?

War Ismay ebenfalls ermordet worden? Und wenn ja, wer war dann ihr Mörder? Luc dachte daran, wie überzeugt sie davon gewesen war, etwas über die Rose zu wissen, das alle anderen vergessen hatten. War dies vielleicht ihr Todesurteil gewesen? Doch wer konnte an jenem Abend im Saal ihre Worte noch gehört haben? Wie oft hatte sie es überhaupt gesagt?

Luc erinnerte sich nicht mehr daran. Er huschte zur Wendeltreppe. Die Stufen knarrten leise, als er hinaufstieg, aber Gavin schlief tief und fest weiter.

Dann betrat Luc endlich die zerstörte Kapelle. Es war entsetzlich, was für ein heilloses Durcheinander die Mörder an diesem heiligen Ort angerichtet hatten, doch er wagte nicht, länger bei diesem Anblick zu verweilen. Rasch ging er zu dem gewaltigen Kreuz, das von der Wand gerissen worden war.

Es lehnte an der hinteren Wand, der lange Arm war gesplittert und zerbrochen. Doch in der Mitte, genau auf dem Schnittpunkt der beiden Arme, strahlte der Edelstein, von dem Brianna ihm erzählt hatte. Es war eine Halbkugel aus poliertem Quarz, so glatt und vollkommen, daß Luc einen Moment lang bewundernd innehielt.

Brianna hatte ihm gesagt, der Quarz sei mit einem Scharnier versehen und ließe sich öffnen. Gespannt fuhr Luc mit den Fingern über den Stein und seine Einfassung, doch er spürte nichts, was auch nur annähernd ein Scharnier hätte sein können.

Geschweige denn ein Riegel. Doch er wollte sich den Quarz lieber noch einmal ganz genau ansehen, denn dies war vielleicht seine letzte Gelegenheit, in der Kapelle allein sein zu können. Er hob seine Laterne und trat ganz dicht vor das Kreuz. Auf der rechten Seite des Steines glaubte er einen undeutlichen Schatten auszumachen, der eigentlich nicht dort sein sollte. Er griff nach dieser Stelle, und ein Schauer des Triumphes durchfuhr ihn, als er ein Klicken vernahm.

Der Stein bewegte sich mit einem leisen Knarren auf ihn zu. Voller Bewunderung für diese Kunstfertigkeit, öffnete Luc die kleine Tür und berührte die versteckten Scharniere. Dahinter befand sich ein kleiner, dunkler Hohlraum, so groß wie seine Faust. Luc hielt den Atem an und griff hinein, doch seine Finger fanden nichts.

Connors geheimes Versteck war leer.

Die Wendeltreppe knarrte hinter Luc, es kam jemand hinauf. War sein Vater etwa doch erwacht? Luc blickte über seine Schulter, während er die geheime Tür schnell wieder zudrückte, dann stand er auf und drehte sich um.

Im selben Moment kam Vater Padraigs Tonsur zum Vorschein. Als der Priester Luc bemerkte, verfinsterte sich seine Miene. Die beiden Männer maßen sich mit Blicken, jeder stellte das Recht des anderen, in dieser Kapelle zu sein, in Frage.

War der Priester aus demselben Grund gekommen wie Luc?

Unerschrocken verschränkte Luc die Arme vor der Brust und sagte scharf: »Weiß mein Vater, daß Ihr hier seid?«

Der Priester räusperte sich. »Ich wollte die Kapelle aufräumen, falls Euer Vater heute morgen wünscht, daß ich ihm dort die Messe lese.«

»Habt Ihr denn an seine Tür geklopft?«

»Er gab keine Antwort.«

»Und dennoch verliert Ihr keine Zeit, noch während er schläft, eine Messe vorzubereiten?« Luc ging in die Mitte der Kapelle. »Ich wußte gar nicht, daß mein Vater so religiös geworden ist.«

Die Augen des Priesters blitzten. »Für alle Sünder auf Erden besteht die Hoffnung, daß sie bereuen und Gott sie wieder auf den rechten Weg zurückführt, bevor es zu spät ist.«

»Dringt Ihr oft in die Schlafgemächer der Burg ein?« fragte Luc.

Vater Padraig schnaubte. »Ich muß über meine Herde wachen. Diese Aufgabe nimmt mich von früh bis spät in Anspruch.«

Bevor Luc antworten konnte, trat der Priester ganz in die Kapelle. Der knapp bemessene Raum erlaubte den beiden Männern nicht, weit voneinander entfernt zu stehen. »Und was führt Euch so früh am Morgen an diesen heiligen Ort, werter Herr?«

»Ich dachte, ich hätte etwas verloren, als wir vor zwei Tagen alle hier waren«, log Luc. »Es stört meinen Vater nicht, wenn Familienangehörige seine Gemächer betreten.«

Vater Padraig sah ihn von oben herab an. »Und was mag das gewesen sein, wenn ich fragen darf?«

»Ach, nur die Schnalle von einem Pferdegeschirr, das ich gerade flickte«, behauptete Luc. »Ich wollte meinen Vater nicht wegen einer solchen Kleinigkeit stören.«

»Und Ihr sucht sogar unter dem Kreuz danach?«

Luc lächelte gelassen. »Man weiß nie, wo solche Dinge hinrollen können.«

Doch der Priester blieb abweisend kühl. »Habt ihr Eure Schnalle denn gefunden?«

»Nein.« Luc bemühte sich, eine unbekümmerte Miene aufzusetzen, und zuckte mit den Schultern. »Ich muß sie doch woanders verloren haben, vielleicht im Stall. Guten Tag, Vater«, sagte er und ging zur Treppe.

Als Luc sich noch einmal umwandte, waren die durchdringenden Augen des Priesters auf ihn gerichtet. Dann fiel sein Blick hinter den schwarzgekleideten Mann, und das Herz rutschte ihm in die Hose.

Das kleine Fach stand noch offen. Luc war sich ganz sicher, daß er es wieder zugedrückt hatte, doch das Scharnier war wohl nicht richtig eingerastet.

Und nun würde Vater Padraig seine Entdeckung bemerken.

Er konnte es nicht mehr verhindern. Luc konnte unmöglich hinter den Priester springen und das Türchen schließen, ohne daß Vater Padraigs Aufmerksamkeit auf die winzige Schatzkammer gelenkt wurde.

Es war zu spät.

Also lächelte Luc gezwungen, hoffte das beste und ging die Treppe hinunter, aber auf jeder einzelnen Stufe verfluchte er seine Dummheit. Wie konnte er nur so nachlässig gewesen sein?

Durfte er zu hoffen wagen, daß Vater Padraig das Versteck nicht bemerken würde? Oder daß Connors Beichtvater bereits von dem verborgenen Fach wußte. Vielleicht würde Vater Padraig lediglich das Türchen schließen und ein weiteres Geheimnis für sich bewahren, wie es eigentlich die Pflicht eines jeden Priesters war.

Luc hoffte es inständig, als er an seinem schnarchenden Vater vorbei aus dem Gaden schlüpfte und die Treppe zum Saal hinunterging.

Er kam gerade rechtzeitig dort an, um den empörten Schrei von draußen zu vernehmen. Es war ein leichtes, sich unter die Menschen zu mischen, die verwirrt durcheinanderredeten, aufgeregt vom Saal in den Burghof liefen und nach dem Grund für diesen Schrei suchten.

Verwundert dachte Luc, daß Connors Mörder am Sonntag vielleicht genau das getan hatten. Sie könnten aus der Kapelle gekommen sein, als Gavin schrie, und sich in einen Raum im zweiten Stock oder sogar in einem Winkel des Gadens versteckt haben. Dann, als alle zur Kapelle hinaufstürzten, hatten sie sich einfach unter die Leute gemischt.

Als wären sie gerade eben erst angekommen.

Doch was war mit dem Blut? Jemand mußte Blutflecken an seiner Kleidung gehabt haben, oder die Klinge mit irgend etwas abgewischt haben. Hatte einer mitten unter ihnen die Kleider gewechselt? Luc konnte sich nicht mehr genau daran erinnern, wer alles in der Kapelle gewesen war, doch gemeinsam mit Brianna, Uther und Gavin würde er es vielleicht herausfinden.

Noch in Gedanken lenkte Luc seine Schritte der Menge hinterher, die jetzt zur Waffenkammer lief. Es überraschte ihn wenig, Lady Brianna dort im Mittelpunkt des Aufruhrs zu finden.

Ihr Stöhnen hatte sie verraten.

Brianna hielt inne, als sie das unverkennbare Geräusch hörte, und sie spürte, wie sich ihre Wangen glühend rot färbten. Das klang so sehr nach den Lauten, die sie unter Lucs zärtlichen Berührungen ausgestoßen hatte, daß sie im ersten Moment fürchtete, jemand hätte sie belauscht und machte sich nun vor aller Welt über sie lustig.

Doch das Stöhnen ertönte erneut und stammte eindeutig nicht von einer der Hofdamen, die mit ihr nach Fenella suchten.

Es schien aus der Waffenkammer zu kommen.

Das war allerdings eigenartig, denn so früh am Tage arbeitete noch niemand dort oder machte gar Feuer in der Schmiede. War Fenella vielleicht hingefallen?

Der Laut ertönte noch einmal, und jetzt stöhnte jemand so eindeutig vor Lust, daß einige Hofdamen verstohlen kicherten. Andere erröteten, und Brianna war sich in diesem Augenblick ziemlich sicher, welche der Frauen noch unschuldig waren und welche nicht. Und offensichtlich verstanden mehr Frauen dieses Geräusch, als Brianna lieb gewesen wäre. Doch sie mußte sich jetzt erst einmal um die Waffenkammer kümmern.

Zweifellos rührten die Laute von einer Magd und einem Söldner her, die sich liebten. Trotzdem konnte Brianna das Stöhnen nicht ignorieren, da alle es bereits vernommen hatten. Und vielleicht könnte sie sogar ein Exempel statuieren, wenn sie das Mädchen vor den alles andere als unschuldigen Kammerfrauen zurechtwies.

Brianna raffte ihre Röcke und trat entschlossen in die Schmiede. Unter der niedrigen Tür mußte sie sich ducken, dann stand sie einen Moment lang blinzelnd in der dunklen Werkstatt, bis sich ihre Augen an das fahle Licht gewöhnt hatten.

»Nein, tiefer!« stöhnte eine vertraute Stimme. »Tiefer, noch tiefer.«

»Fenella!« rief Brianna scharf. Die anderen Mädchen drängten sich mit unverhohlener Neugierde um ihre Herrin.

Weit hinten in der Waffenkammer raschelte Stroh, dann war ein Keuchen zu vernehmen, und es wurde geflüstert. Mit fest aufeinandergepreßten Lippen schritt Brianna durch die Schmiede und sagte streng: »Fenella, wenn Ihr es seid – und ich weiß ganz genau, daß ihr es seid –, dann befehle ich Euch, auf der Stelle hervorzukommen und mir Euer Verhalten zu erklären.« Briannas Stimme war schneidend kalt. »Und wer auch immer da mit Euch flüstert, soll ebenfalls vortreten, damit Ihr Euer Tun gemeinsam rechtfertigen könnt.«

Die Hofdamen kicherten aufgeregt, dann schrie eine von ihnen leise auf, als Fenella ziemlich zerzaust ins Licht trat. Das Haar des Mädchens war voller Stroh, das Mieder ihres Kleides stand offen, und ihre Lippen sahen geschwollen aus, doch am unerhörtesten war ihr glückseliger und gar nicht reumütiger Gesichtsausdruck.

Obwohl man sie erwischt hatte.

Brianna stockte das Herz. Fenella würde ihren guten Ruf verlieren.

»Guten Morgen, Mylady«, sagte das Mädchen mit einem sanften Lächeln. »Vergebt mir, daß ich nicht bei Euch war, als Ihr erwachtet, aber ich war ... heute morgen verhindert.«

Dann drehte sich Fenella um und reichte jemandem in der Dunkelheit hinter sich die Hand.

Die Frauen schrien überrascht auf, als Dermot neben Fenella trat, er hielt ihre Hand ganz fest, seine Gewänder waren nicht weniger zerknittert als die des Mädchens.

Er verneigte sich sogar leicht vor der fassungslosen Brianna. »Guten Morgen, Mylady.«

Brianna sog scharf die Luft ein. »Dies ist alles andere als ein guter Morgen. Fenella, Ihr wurdet dem Haushalt meines Vaters anvertraut, um Eure zukünftigen Aufgaben und Pflichten als Burgherrin zu erlernen. Ihr seid doch sicherlich nicht so einfältig, daß Ihr die Gastfreundschaft meines Vaters mißbraucht und Euch sowie Euren Vater durch ein solches Verhalten in schlechten Ruf bringt?«

Fenella trat in das matte Licht und lächelte verträumt. Sie strahlte Dermot an, der zu Briannas größtem Erstaunen das Lächeln erwiderte.

Das Paar schien nichts um sich herum wahrzunehmen, noch nicht einmal die prekäre Lage.

»Ich liebe ihn«, flüsterte Fenella mit glänzenden Augen und sah Brianna trotzig an. »Ich kann Euch das Gefühl nicht beschreiben, Mylady, aber Anstand und Ansehen sind mir gleichgültig, wenn Dermot mich in seinen Armen hält.«

Die Hofdamen rangen nach Atem und tauschten aufgeregte Kommentare. Briannas entsetzte Antwort wurde von ihrem Geplapper völlig übertönt. Unterdessen waren noch mehr Menschen in die Schmiede gekommen, sie hatten vom Saal aus die Aufregung gehört und wollten sehen, was geschehen war. Immer mehr Neugierige drängten sich in die kleine Schmiede und reckten die Köpfe, und die Kammerfrauen erzählten allen gehorsam, was sich bisher zugetragen hatte.

Bestürzt betrachtete Brianna die vielen Menschen, wie sollte sie nun bloß Fenellas Ruf retten. Als sie Luc gewahrte, der am Türpfosten lehnte, fuhr sie zusammen.

Das Leuchten in seinen Augen verriet, daß nicht nur sie sich an die Ereignisse der vergangenen Nacht erinnerte. Doch das war etwas ganz anderes als diese flüchtige Liebschaft zwischen Dermot und Fenella, denn Luc hatte darauf geachtet, daß Briannas Ruf keinen Schaden nehmen würde.

Er hatte ihr Genuß geschenkt, aber sich selbst zurückgehalten und seiner eigenen Lust entsagt.

Deshalb konnte sie Dermots Verhalten ganz und gar nicht gutheißen. Außerdem sollte er eigentlich in Trauer um Ismay sein!

»Und was ist mit Euch, Sir?« fragte Brianna. »Könnt Ihr noch nicht einmal Ismays Begräbnis abwarten, ehe Ihr Euer Auge auf andere werft? Wie könnt Ihr bloß so treulos sein? Was seid Ihr nur für ein Ehemann?«

Dermot räusperte sich und schlug beschämt den Blick nieder. »Zweifellos ein jämmerlicher Ehemann«, räumte er ein und sah Brianna mit seinen sonderbar farblosen Augen an. »Und es gibt auch keine Entschuldigung für das, was ich getan habe. Leider hatte ich es zu eilig, eine wohlhabende Frau zu finden, als mein Vater mich damals hinauswarf. Hätte ich mehr darauf geachtet, mit welcher Frau ich mich vermählte, dann wäre ich Ismay vielleicht ein besserer Ehemann gewesen.«

»Ich weiß, daß Ihr ein vorbildlicher Ehemann sein werdet!« rief Fenella, und die beiden sahen sich wieder schwärmerisch an.

»Was soll das denn heißen?« fragte Brianna. »Es ist doch wohl nicht Eure Absicht, diesen Mann zu heiraten? Fenella, nehmt endlich Vernunft an! Euer Vater wird bald einen Ehemann für Euch bestimmen – und sicherlich wird seine Wahl nicht auf diesen Mann hier fallen, der keinen Hehl daraus macht, Ismay nur wegen ihrer Mitgift geheiratet zu haben!«

»Mein Vater wird keine andere Wahl haben«, sagte Fenella mit einer seltsamen Ruhe und sah Brianna fest in die Augen. »Von Euch habe ich gelernt, wie wichtig wahre Liebe zwischen Mann und Frau ist, Mylady, und daß ich in dieser Angelegenheit meinen Willen durchsetzen muß.«

Bei allen Heiligen im Himmel. Brianna schluckte, darauf wußte sie nun wirklich nichts zu erwidern.

Verliebt drückte Fenella Dermots blasse, elegante Finger. »Und damit wir die Zustimmung meines Vaters bekommen, habe ich Dermot meine Jungfräulichkeit geschenkt. Ich liebe ihn ebensosehr, wie er mich liebt, und nun hat mein Vater keine andere Wahl.«

Brianna atmete zitternd ein und sah fassungslos das Paar vor sich an. Offenbar glaubte Fenella, sie folgte Briannas Beispiel, und erkannte dabei nicht, daß sie womöglich geradewegs in eine Falle lief. Denn Brianna war ganz und gar nicht davon überzeugt, daß Dermot sich geändert hatte, und konnte sich nicht vorstellen, daß er Fenella wirklich liebte.

Zweifellos hatte er ein Auge auf ihre beachtliche Mitgift geworfen.

Doch es war nicht an Brianna, diese Entscheidung zu treffen. Sie sah Dermot ungerührt in die Augen. »Was gedenkt Ihr in dieser Angelegenheit zu unternehmen, Sir? Ihr müßt die Verantwortung für Eure Tat übernehmen.«

»Ja.« Dermot setzte eine ernste Miene auf. »Ich werde sofort zu Fenellas Vater reiten und ihm mein Anliegen vorbringen. Ich werde ihn um Fenellas Hand bitten.«

Die Frauen brachen wieder in aufgeregtes Geplapper aus, aber Brianna war noch nicht davon überzeugt, daß Fenella wirklich soviel Glück hatte. »Also gut, Ihr werdet losreiten, Ihr werdet Euch unverzüglich auf den Weg machen. Und ich schicke Fenellas Vater schon mal einen Boten, mit der Nachricht, daß Ihr kommt und was vorgefallen ist.«

Dermot sah sie beunruhigt an. »Vertraut Ihr mir denn nicht?«

»Ehrlich gesagt, nein«, gab Brianna zurück.

»Und das mit Recht«, mischte sich Uther ein. »Wenn ich mich nicht täusche, traf Lady Ismay vor ihrer Hochzeit mit Euch die gleiche Entscheidung wie Fenella, um die Einwilligung ihres Vormundes zu erlangen.« Der alte Mann sah das schuldige Paar finster an. »Eure Mitgift ist beachtlich, nicht wahr, Fenella?«

Das Mädchen wurde feuerrot. »Mylady, sagt ihm doch, wie wichtig es ist, aus Liebe zu heiraten!«

Brianna spürte die Blicke aller auf sich ruhen, besonders zwei leuchtendblaue Augen. »Fenella«, sagte sie sanft, »ein Mann, der Eure Liebe wirklich verdient, würde Euch von Anfang an mit Respekt behandeln. Dermot jedoch hat sich um nichts anderes als sein eigenes Vergnügen gekümmert.« Sie räusperte sich. »Es tut mir leid, Fenella, doch das ist kein gutes Zeichen.«

»Aber ich liebe ihn!« widersprach das Mädchen hitzig.

»Und ich liebe sie«, sagte Dermot und drückte Fenellas Hand.

Brianna spürte, wie ihre Miene sehr streng wurde. »Dann beeilt Euch und reitet zu ihrem Vater. Aber seid gewarnt, Dermot, solltet Ihr nicht dort ankommen, oder solltet ihr es versäumen, aus Fenella eine ehrenhafte Frau zu machen, so könnt Ihr sicher sein, daß die Kunde über Eure Tat im gesamten Königreich Heinrichs II. von England verbreitet werden wird.«

Brianna holte tief Luft, die Schärfe in ihrer Stimme klang wie ein Echo der Autorität ihres Vaters. »Ich möchte Euch dringend ersuchen, Sir, nicht den Ruf dieser Frau zu besudeln, die der Obhut von Tullymullagh anvertraut worden ist.«

Zwei blaßrote Flecken breiteten sich auf Dermots Wangen aus, doch er hielt den Kopf aufrecht. »Aber ich liebe sie, Lady Brianna«, erklärte er. »Ihr habt nichts zu befürchten.«

Brianna zuckte mit den Schultern. »Dann braucht auch Ihr nichts zu fürchten.«

Zu ihrer Überraschung sagte Luc plötzlich mit fester Stimme: »Es sei denn, Ihr wißt, wie Lady Ismay zu Tode kam.«

Die Leute rangen nach Atem und sahen Luc an, der sich einen Weg durch die Menge bahnte, ohne den immer nervöser werdenden Dermot aus den Augen zu lassen.

»Aber sie ist doch gestürzt!« rief Dermot, und plötzlich war in seinem Gesicht ungewöhnlich viel Farbe. »Ihr habt doch alle gesagt, daß sie gestürzt ist!«

»Oder sie wurde gestoßen«, behauptete Ruarke kalt und trat ebenfalls vor. »Wie lange macht Ihr diesem Mädchen eigentlich schon den Hof, Sir? Seid Ihr etwa ein Ehebrecher?«

Die Leute bekamen große Augen und drängten noch näher heran. Fenella wurde feuerrot, und Brianna hatte ein äußerst ungutes Gefühl. »Ich liebe ihn schon seit langem«, gestand das Mädchen. »Aber erst bei diesem Besuch, als Dermot so unglücklich aussah, habe ich versucht, ihn zu trösten.«

Dermot ließ den Kopf hängen. »Es ist wahr, die Dinge haben sich ganz plötzlich entwickelt«, sagte er betreten, dann sah er mit leuchtenden Augen auf. »Aber ich habe Ismay nicht gestoßen! Sie war betrunken, ich ließ sie Freitag abend im Saal zurück, wieder einmal angewidert von ihrem Verhalten. Vor Jahren hat sie mich bereits aus ihrem Bett verbannt, und seit dem Verlust von Claremont verspottete sie mich vor allen Leuten.«

»Und wo seid Ihr hingegangen?« fragte Luc kalt.

Fenellas Wangen überzogen sich mit einer noch tieferen Schamesröte. Doch sie trat stolz vor und verschränkte ihre Finger fest mit denen von Dermot. »Wir waren hier, zusammen, bis zum Morgengrauen«, sagte sie.

Dieses Geständnis versetzte die Hofdamen in helle Aufregung, und ihr ohrenbetäubendes Geschnatter erfüllte die ganze Schmiede. »Wir waren zusammen!« schrie Dermot. »Wir können es gegenseitig bezeugen.«

»Und Ihr hattet beide ein Interesse daran, Lady Ismay aus dem Weg zu räumen«, bemerkte Luc.

Die Liebenden sahen sich bestürzt an, aber Brianna bemerkte, daß drei Stallburschen sich verlegene Blicke zuwarfen. Auch Luc war offenbar auf die Jungen aufmerksam geworden, denn er fragte den ältesten: »Was weißt du?«

»Wir haben sie gesehen, Sir, und gehört«, sagte der Junge. »Denis bat uns, in der Waffenkammer zu schlafen, weil der Stall überfüllt war.« Der Stallknecht nickte, und wie zur Bekräftigung bewegte sich seine zusammengewachsenen Augenbrauen heftig auf und nieder. Der Junge wandte sich grinsend an Fenella und Dermot. »Dieses Gestöhne«, beschwerte er sich. »Wir konnten kaum ein Auge zutun.«

»Bist du sicher, daß sie es waren?« fragte Luc.

Die Stallburschen nickten heftig. »O Dermot!« seufzte einer.

»Fenella, mein liebes, süßes Mädchen«, flötete ein anderer, dann brachen die drei in Gelächter aus.

»Ihr habt zugehört!« rief Fenella.

»Es blieb uns ja nichts anderes übrig!«

»Oho, aber das war noch gar nichts gegen Sonntag abend!«

Fenella und Dermot erbleichten, dann färbten sich ihre Gesichter purpurrot. »Da habt ihr doch nicht auch zugehört?« schrie Fenella empört.

»Mylord, nehmt mich!« stöhnte ein Junge. »Nehmt mich jetzt!«

Fenella rang nach Atem und wollte sich zornig auf die Jungen stürzen. Doch die verschwanden blitzschnell in der Menge, ihre spöttische Parodie ertönte aus jedem Winkel der Schmiede, während Fenella verzweifelt versuchte, sie zu fangen.

Brianna mußte ein Lächeln unterdrücken. Dermot mochte zwar kein so ehrbarer Mann sein wie Luc, aber er war gewiß kein Mörder.

»Ehebrecher!« zischte Vater Padraig. »Eure Sünden werden nicht vergessen werden.«

»Wir sollten ihn ins Verließ werfen«, schlug Ruarke vor.

Luc schüttelte den Kopf. »Wir sollten Dermot unverzüglich wegschicken, damit er Fenellas Vater endlich sein Geständnis vorbringt«, sagte er bestimmt und sah dabei Brianna an. »Die Prinzessin hat eine überaus weise Entscheidung getroffen. Allein Fenellas Vater gebührt das Recht, ihm eine angemessene Strafe zuteil werden zu lassen.«

Dermot wurde merklich blasser, obwohl er zustimmend nickte. Ein anerkennendes Gemurmel erhob sich unter den Anwesenden, aber Brianna hatte nur noch Augen für Luc. Langsam gingen alle wieder hinaus und an ihre Arbeit zurück, Luc freilich wartete auf Brianna, ein stolzes Lächeln spielte um seine Lippen.

»Gut gemacht, holde Prinzessin«, sagte er leise. »Ihr habt sehr schnell gelernt, über einen Bergfried zu herrschen.«

Brianna erwiderte sein Lächeln, ein heißes Glücksgefühl durchflutete ihren Körper. Sie wußte, daß Luc nicht großzügig mit seinem Lob umging und freute sich deshalb um so mehr über diese anerkennenden Worte.

Kapitel 15

In einem Winkel des Saales brütete Luc über Uthers umfangreichen Notizen, bis die Schatten länger wurden. Irgendwo in diesem Stapel Pergament war die Antwort auf Connors Tod verborgen. Irgendwo dort lauerte eine Lüge.

Luc mußte sie nur finden. Er las gerade die Beobachtungen des Kochs durch, als er vor sich eine Bewegung gewahrte, und er blickte auf.

Brianna ließ sich ihm gegenüber auf eine Bank fallen und beugte sich zu ihm herüber. Luc bemerkte besorgt, daß sie noch immer sehr blaß aussah und unter ihren leuchtenden Augen dunkle Schatten waren.

»Habt Ihr etwas gefunden?« fragte sie ängstlich-besorgt. Brianna meinte natürlich das geheime Versteck in der Kapelle.

Luc schüttelte den Kopf. »Es war leer.«

»Oh.« Sie ließ sich zurückfallen und faltete die Hände, dann deutete sie mit den Augen auf die Stapel engbeschriebenen Pergaments vor Luc. »Habt Ihr bereits mit allen gesprochen?«

»Ja.« Lucs Blick verfinsterte sich. »Und doch bin ich der Wahrheit noch keinen Schritt nähergekommen. Irgend jemand muß etwas verschweigen!«

Er sah auf, Brianna lächelte geheimnisvoll. »Eure Augen sind sehr blau«, sagte sie leise.

Luc schaute sie einen Augenblick lang an, es gefiel ihm, daß eine leichte Röte ihre Wangen überzog, während er sie so eingehend beobachtete. »Dies scheint für Euch eine besondere Bedeutung zu haben, Mylady«, meinte er, und sie wurde feuerrot.

»Ich habe bemerkt, daß sie immer dann tiefblau leuchten, wenn Euch etwas ...«, Brianna stockte und benetzte sich die Lippen, dann warf sie Luc einen scheuen Blick zu, »... interessant erscheint.«

Sie war so verlegen, daß Luc sich fragte, wann seine Augen noch so blau geleuchtet haben mochten.

»Tatsächlich?« Luc witterte die Gelegenheit, der Prinzessin wieder einmal ein Lächeln zu entlocken. Und diese Aussicht war unendlich viel reizvoller, als noch einmal die Erinnerungen des Kochs zu lesen. Luc legte das Pergament beiseite und stützte seine Ellenbogen auf den Tisch. »Und was hat sie bisher noch veranlaßt, so blau zu werden?«

»Ihr erlaubt Euch wieder einen Spaß mit mir!« Brianna wußte nicht, wo sie hinschauen sollte, ihr Blick fiel auf Lucs Lippen, dann sah sie ihm wieder in die Augen und errötete bis über beide Ohren. »Ihr wißt es genau!«

»Nein, ich weiß es nicht.« Luc seufzte übertrieben und schüttelte den Kopf. »Wirklich nicht. Ihr müßt es mir schon verraten, Mylady.«

Brianna blickte sich um, als wolle sie sich vergewissern, daß niemand zuhörte, dann lehnte sie sich über den Tisch und flüsterte: »Sie waren so blau, als Ihr mich geküßt habt.«

»Ah!« Er grinste. »Ihr habt recht, Mylady, das war wirklich überaus interessant.«

Brianna rang nach Atem und starrte ihn mit offenem Mund an. Luc hatte das Gefühl, daß es plötzlich merklich wärmer im Saal wurde, als er ihren Blick so auf sich gerichtet spürte.

Und er erinnerte sich an etwas, das er in den vergangenen Tagen vollkommen vergessen hatte. Er tippte mit dem Zeigefinger auf den Tisch. »Schuldet Ihr mir nicht noch vier Küsse?«

Brianna lächelte in sich hinein und warf ihr Haar zurück, dieser kecke Gesichtsausdruck glich schon eher der Frau, die Luc vor wenigen Wochen kennengelernt hatte. »Ich weiß nicht«, sagte sie neckisch. »Ich müßte eine genaue Nachrechnung verlangen, um sicherzugehen.«

»Oh, falls ich die Rechnung machen soll, dann kann ich Euch jetzt schon sagen, wie das Ergebnis ausfallen wird«, sagte Luc. Ihre Blicke trafen sich, er zwinkerte Brianna zu, und sie grinste.

»Das kann ich mir lebhaft vorstellen«, räumte sie mit gespielter Resignation ein und krauste die Nase. »In solchen Angelegenheiten, Sir, seid Ihr stets auf Euren eigenen Vorteil bedacht.« Sie sahen sich lange an, und Luc wagte zu hoffen, daß die Prinzessin seine Werbung ernsthaft in Betracht ziehen würde.

Er hoffte, Connor hatte sich nicht in den Gefühle seiner Tochter geirrt.

Brianna tippte mit einem Finger auf das Pergament, jedoch blickte sie nicht schnell genug nach unten, um das ängstliche Leuchten in ihren Augen zu verbergen. »Aber ich muß mich doch fragen, Luc, ob Ihr Pergamentstapel tatsächlich ebenso interessant findet wie die Küsse einer Prinzessin.«

Luc lächelte sie an, dann fuhr er sich mit der Hand durchs Haar und betrachtete den Berg von Uthers Notizen. »Seid versichert, es ist nicht das Pergament«, sagte er fast grimmig, »sondern der Wunsch, den Mörder Eures Vaters zu finden, was hier mein Interesse geweckt hat.«

Brianna lehnte sich mit weit aufgerissenen Augen vor. »Wißt Ihr denn, wer dieses Verbrechen begangen hat?«

»Nein!« Luc verzog das Gesicht. »Und es gibt so gut wie keine Hinweise. Ich belauschte Sonntag abend einen Mann und eine Frau, die miteinander flüsterten, doch nun kann ich nur zu dem Schluß kommen, daß es Dermot und Fenella waren.«

»Was haben sie denn gesagt?«

»Daß ihre Herrin es niemals erfahren dürfe, aber die Wahrheit nicht ahnen würde, ehe es zu spät wäre, und daß Heimlichkeit unerläßlich sei.«

Brianna richtete sich auf. »Glaubt Ihr, sie wollten ausreißen, um zu heiraten?«

»Nein«, sagte Luc verdrossen. »Ich glaube, sie planten den Verlust von Fenellas Jungfräulichkeit. Die Frau protestierte, doch der Mann beharrte darauf, daß sie beenden müßten, was sie begonnen hatten, um ihr Verlangen zu befriedigen.«

Die Augen der Prinzessin weiteten sich. »Oh!« Dann zog sie die Augenbrauen zusammen. »Diese schamlose Person!« rief sie und sah Luc empört an. »Was soll nur geschehen, wenn er nicht zu Fenella zurückkehrt, sondern sie mit dieser Schande sitzenläßt?«

Luc zuckte mit den Schultern. »Schande kann einfacher zu ertragen sein als ein schlechter Ehemann.«

Briannas Sorge um ihre Hofdame war aufrichtig. »Vielleicht liebt er sie ja wirklich«, murmelte sie, doch sie wirkte ganz und gar nicht davon überzeugt. »Vielleicht wird er sich ändern und ihr ein guter Ehemann sein.«

Briannas Stimme war so voller Hoffnung, daß Luc es nicht übers Herz brachte, seine Meinung auszusprechen.

»Vielleicht«, räumte er unwirsch ein, diese Möglichkeit erschien ihm zu optimistisch, und er konnte einfach nicht daran glauben. »Ich hoffe es, Fenella zuliebe.«

Brianna sah ihn prüfend an. »Ihr scheint an Dermot aufrichtiger Liebe zu zweifeln«, sagte sie gerade so, als wollte sie ihn anklagen.

Luc schaute sie unbefangen an. »Ich habe in meinem Leben bisher nur wenig Liebe gesehen«, gestand er. »Und meist wird sie als Entschuldigung für Torheit mißbraucht.«

»Wie bei Fenella.«

Luc nickte nachdrücklich.

Brianna krauste die Stirn und lehnte sich wieder über den

Tisch, dabei legte sie ihre zarte Hand auf die seine. »Aber zwischen Mann und Frau kann sehr wohl eine lautere Liebe bestehen, so wie bei meinen Eltern. Ich habe es selbst erlebt«, sagte Brianna und sah Luc fest in die Augen.

Sie schluckte, und als sie fortfuhr, klang ihre Stimme auffallend unverbindlich. »Könntet Ihr Euch denn vorstellen, eine solche Liebe für eine Frau zu empfinden?«

Luc mußte lächeln. Er nahm ihre Hand und lehnte sich über den Tisch. »Irgendeine Frau«, fragte er neckisch, »oder eine ganz bestimmte?«

»Luc!« rief Brianna und versuchte vergeblich, ihm ihre Hand zu entziehen. »Ich meine, ob Ihr Euer angetrautes Weib von ganzem Herzen lieben könntet.«

Luc verschränkte seine Finger mit den ihren und blickte sie an. »Ihr wollt wissen«, korrigierte er sanft, »ob ich *Euch* lieben kann.«

Brianna errötete, doch das war für Luc Antwort genug. Sie öffnete den Mund und schloß ihn wieder, offensichtlich fand sie darauf keine Worte.

Doch Luc wußte genau, was sie hören wollte.

Sanft liebkoste er mit seinem Daumen ihre Hand. »Mylady«, sagte er leise und eindringlich. »Brianna.« Die smaragdgrünen Augen der Prinzessin blitzten, als er ihren Namen aussprach. »Ich hege nicht den geringsten Zweifel, daß Ihr mein Herz ebenso vollständig gewinnen werdet, wie ich das Eure erobern möchte ...«

Brianna musterte Luc, als würde sie nach einem Anzeichen von Unaufrichtigkeit suchen.

Aber er wußte, daß sie nichts finden konnte.

»Oh.« Ihre Antwort war nicht mehr als ein leises Atmen, doch Luc war, als hörte er, wie Brianna ein Stein vom Herzen fiel.

Seiner Ansicht nach war es äußerst ungeschickt von Uther, gerade in diesem Augenblick zu erscheinen. Der Verwalter kam an ihren Tisch und räusperte sich gewichtig. Brianna schreckte bei dem Geräusch auf. »Mylady? Vielleicht möchtet Ihr Euch zurückziehen?«

Briannas Unschlüssigkeit war bezaubernd. Erst sah sie Uther verwundert an, doch dann schien sie überaus erleichtert über die Möglichkeit, diesen Ort verlassen zu können. Zögernd sah Brianna Luc wieder an.

»Vielleicht ist das eine gute Idee«, schlug er vor und erinnerte sie dann geschickt an das Versprechen, das sie ihm gegeben hatte. »Besonders, wenn Uther Euch hinaufgeleiten kann.«

Das überzeugte Brianna. »Natürlich, Uther.« Zu Lucs Freude drückte sie seine Finger und lächelte ihn schüchtern an, bevor sie ihm die Hand entzog und sich erhob.

Es war kein Zufall, daß Luc der Prinzessin nachblickte, als sie zur Treppe ging, und auch nicht, daß ihm das Herz stockte, als sie am Treppenabsatz innehielt und sich noch einmal nach ihm umschaute.

Er war bereits bis über beide Ohren in Brianna verliebt und wußte sehr wohl, daß ihr Einfluß auf ihn mit der Zeit nur noch größer werden würde.

Und dieser Gedanke gefiel ihm über alle Maßen.

In langsamen Zügen trank er seinen Wein, bis das leise Echo des Riegels, der sich vor Briannas Tür schob, an seine Ohren drang. Erst jetzt verspürte er die Gewißheit, daß Brianna in dieser Nacht nichts zustoßen könnte. Nun leerte Luc seinen Becher und schob Uthers Notizen zu einem Stapel zusammen. Er war todmüde, und es war sehr unwahrscheinlich, daß ihm diese Nacht noch etwas Außergewöhnliches auffiel.

Etwas Schlaf würde auch ihm guttun. Als Uther zurückkam, bat Luc ihn, die Notizen sicher zu verwahren und ging dann aus dem Saal.

Doch es war nicht die Aussicht auf Schlaf, die seine Gedanken beschäftigte. Er dachte an Briannas leisen, anerkennenden Seufzer und das erwartungsvolle Leuchten in ihren Augen. Er wollte das Herz dieser Prinzessin gewinnen, koste es, was es wolle.

Ihre Liebe war jeden Preis wert.

Es war Vollmond, und Luc ging beschwingt über den stillen Burghof. Der Wein rann ihm warm durch die Adern, und er war so froh gestimmt, daß er keinen Verdacht schöpfte, als er Schritte hinter sich hörte.

Vielleicht war es Uther. Luc wandte sich halb um und wollte der Person gerade eine gute Nacht wünschen, als ihm ein Tuch über den seinen Kopf geworfen wurde und jemand ihm einen Kinnhaken verpaßte.

Aber Luc war nicht so tief in Gedanken versunken, daß er den Schlag nicht sofort erwiderte.

Brianna erwachte früh am Mittwoch morgen, und Lucs Erklärung klang ihr wieder in den Ohren. Sie mußte fortwährend an ihn denken, sogar ihre Träume waren von Luc erfüllt gewesen.

Und sie verspürte den unbändigen Wunsch, ihn wiederzusehen.

Als die ersten Sonnenstrahlen durch die Fensterläden fielen, kleidete Brianna sich hastig an. Auch Fenella war bereits erwacht, und da sie Luc ihr Wort gegeben hatte, befahl Brianna ihrer Zofe, sie zu begleiten.

Gleichgültig, ob die Hofdame, die seit Dermots Abreise ausgesprochen unglücklich zu sein schien, schmollend hinter ihr hertrottete.

Luc war weder im Saal, noch in der gerade zum Leben erwachenden Küche. Fenella dicht auf den Fersen, wandte sich Brianna den Ställen zu. Sie überlegte, wie sie Fenella loswerden könnte, um einen Augenblick mit Luc allein zu sein, doch dann wurde ihr bewußt, daß sie ihren Ruf nicht so geringschätzen durfte.

Damit würde sie nur ein schlechtes Beispiel geben. Ganz zu

schweigen davon, daß sie Luc versprochen hatte, nicht ohne Begleitung umherzulaufen. Brianna kletterte die Leiter zum Heuboden hinauf und rief leise seinen Namen.

Doch auch hier war er nicht. Sie krauste besorgt die Stirn. Es sah Luc ganz und gar nicht ähnlich, einfach so zu verschwinden.

Als Brianna herunterkam, stand der Stallknecht gähnend im Gang zwischen den Boxen. »Denis, wo ist Luc?«

Seine Augenbrauen arbeiteten heftig. »Er schläft immer auf dem Heuboden.«

»Aber da ist er nicht. Sein Lager sieht sogar völlig unberührt aus. Bist du sicher, daß er gestern abend zum Schlafen hierhergekommen ist?«

Der Stallknecht runzelte die Stirn. »Ich weiß es nicht. Ich habe ihn nicht gesehen.«

»Vielleicht ist ihm etwas zugestoßen?« Fenella sprach aus, was alle dachten.

»Edward!« brüllte der Stallknecht. »Andrew! Cedric!« Die drei Jungen kamen herbeigerannt und blieben aufmerksam vor Denis stehen. Als sie Fenella erblickten, schlugen sie schuldbewußt die Augen nieder. »Habt ihr Luc heute morgen gesehen? Oder gestern abend?«

Die Jungen schüttelten den Kopf und tauschten erstaunte Blicke aus. »Nein, nicht seit dem Abendessen«, behauptete einer, die anderen nickten.

»Das ist kein gutes Zeichen«, sagte Denis. »Andrew und Cedric, ihr sucht den Burghof ab und fragt dann im Dorf nach ihm. Edward und ich werden in den Ställen suchen und dann die Nebengebäude überprüfen. Mylady, vielleicht könntet Ihr noch einmal im Saal nachsehen. In einem so großen Bergfried ist ein einzelner Mann sehr leicht zu übersehen.«

»Natürlich.« Brianna verspürte ein hartnäckiges, banges Herzklopfen. »Vielen Dank, Denis.«

»Wir werden ihn schon finden, Mylady.« Der Stallknecht verneigte sich tief und trieb die Jungen an. Brianna nahm Fenella an der Hand, beunruhigt traten sie auf den Burghof hinaus. Nur wenige Augenblicke später rannten die beiden Jungen an ihnen vorbei durch das Tor und dann weiter zum Dorf.

Was war Luc bloß zugestoßen? Brianna hatte ein ungutes Gefühl, sie konnte den Blick nicht vom Obstgarten abwenden, dem Ort, an dem sie sich zum ersten Mal begegnet waren.

Und sich heftige Wortgefechte geliefert hatten.

Ihr Blick fiel auf ein schwarzes Bündel, das vor der Ringmauer lag. Nicht weit entfernt von der Stelle, an der Luc sie zum ersten Mal geküßt hatte. Und nahe des Aussichtspunktes an der Mauer, von dem aus Luc Ismay erblickt hatte.

Brianna lenkte ihre Schritte unverzüglich in den Obstgarten.

»Mylady, Euer Kleid!« jammerte Fenella.

Brianna kümmerte sich nicht weiter um ihr Kleid. Sie wollte nur noch Luc finden und sich vergewissern, daß alles in Ordnung war.

Es war nur ein Stück Stoff, das der Wind wohl gegen die Mauer geweht worden war. Schwarzer Stoff. Brianna krauste die Stirn, bemerkte die ausgefransten Ränder und fragte sich, wie es an diesen Ort gekommen war.

Als sie es aufhob, fiel etwas klappernd zu Boden. Brianna sah gleichzeitig den dunklen Fleck in der Mitte des Stoffes und den blutigen Dolch im Gras. Das Herz stand ihr still, panische Angst schnürte ihr die Kehle zu. Sie berührte den Fleck, er war noch feucht.

Und an ihren Fingern klebte Blut.

Sie rang nach Atem. Beunruhigt blickte Brianna über die Mauer zu der Stelle, an der Ismay gefunden worden war, und erstarrte.

Auf dem rauhen Felsgestein, das sich von der Mauer zur

schnell fließenden Darrow erstreckte, lag ein Mann. Sein Gesicht war blutverschmiert, sein Gewand zerrissen, er bewegte sich nicht.

In seinem wirren ebenholzfarbenen Haar leuchtete eine weiße Strähne.

»Luc!« schrie Brianna. »Nein, nicht Luc!«

Nicht ihr Luc! Sie sprang über die niedrige Mauer, wäre beinahe über ihre verflixten Röcke gestolpert und rannte dann so schnell sie konnte zu der reglosen Gestalt.

Sie fiel neben ihm auf die Knie und berührte die klaffende Wunde an seiner Wange. Er war totenbleich, der Schnitt sah böse aus und war offenbar nicht seine einzige Wunde. Lucs Wange fühlte sich eiskalt an und auch, als Brianna ihn behutsam an den Schultern rüttelte, bewegte er sich nicht. Ihr Herz krampfte sich vor Angst zusammen.

Sie flüsterte Lucs Namen, sich kaum der Tränen bewußt, die ihr über das Gesicht rannen. Es durfte nicht noch eine Beerdigung auf Tullymullagh geben – sie konnte Luc jetzt nicht verlieren.

Doch Luc rührte sich nicht.

Brianna hörte Fenellas aufgeregte Rufe hinter sich, aber es war ihr gleichgültig, was ihre Zofe sagte. Mit zitternden Händen faßte sie unter Lucs Wappenrock, ohne vor dieser Pflicht zurückzuschrecken, auch wenn sie das schlimmste befürchtete.

Aber sie spürte das schwache Klopfen seines Herzens.

Erleichtert schrie Brianna auf. Sie beugte sich über Luc und flüsterte immer wieder seinen Namen, küßte seine Wangen, die blauen Flecken an seinen Händen, seine Stirn. Erst als sie sich ganz nah über ihn beugte, fühlte sie auch den leisen Hauch seines Atems an ihrem Gesicht.

Wer hatte ihm das angetan? Und warum? Warum?

Gerade als sie davon überzeugt war, daß Luc sie nicht hören konnte, öffnete er vorsichtig die Augen. Eines war rot angeschwollen und schmerzte sicherlich sehr. Anstelle des blauen Leuchtens sah Brianna nur eine mattgraue Farbe.

»Ihr seid ja allein«, bemerkte Luc, und seine Stimme klang rauh.

Die Worte trieben Brianna Tränen in die Augen. Obwohl er verwundet auf den Felsen lag, sorgte er sich zuerst um ihr Wohlergehen! Luc war wirklich ein einzigartiger Mann.

Brianna biß sich auf die Lippen, doch sie konnte den Strom ihrer dankbaren Tränen nicht zurückhalten. Und plötzlich mußte sie wieder an die Nacht denken, in der er sie getröstet hatte, und sie beschloß, seine Besorgnis absichtlich mißzuverstehen.

»Nein, ich bin nicht allein«, flüsterte sich mit unsicherer Stimme und berührte seine Schulter. »Ihr seid doch bei mir.«

Luc schloß die Augen, und machte trotz seiner Schmerzen eine Grimasse. »Ihr habt es versprochen. Nie allein.«

Wenn er sich etwas in den Kopf gesetzt hatte, konnte er sehr stur sein, soviel war sicher!

»Ja, das habe ich. Macht Euch keine Sorgen – Fenella ist hinter mir, und Denis wird auch gleich kommen.« Brianna neigte den Kopf und berührte mit der Nase sanft die seine. »Wir gleichen uns sehr in der Entschlossenheit, mit der wir unsere Versprechen einhalten wollen.«

Seine Lippen bewegten sich, als wollte er lächeln, doch sie waren zu aufgeschlagen und geschwollen. Er stöhnte leise und nahm vorsichtig ihre Hand.

Lucs Finger waren so ungewöhnlich kalt, daß Brianna erneut um sein Leben fürchtete.

»Vorsicht«, sagte er eindringlich. »Vater Padraig. Nehmt Euch in acht.«

Der Priester? »Aber warum?«

Luc runzelte die Stirn, jedes Wort war anscheinend eine Qual für ihn. »In der Nähe, als Ismay sprach. Hinter mir in der Kapelle, gestern.«

Brianna rang nach Atem. »Als Ihr im Kreuz nach dem Versteck gesucht habt?«

Luc murmelte bejahend, dann runzelte er die Stirn. »Nicht geschlossen, mein Fehler, überrascht.« Er seufzte schwer, zweifellos vor Enttäuschung über sich selbst. »Vater Padraig kam.«

Briannas Augen weiteten sich, als sie begriff. Das geheime Versteck war nicht richtig verschlossen gewesen, weil der Priester Luc überrascht hatte.

Sie drückte seine Hand und beugte sich noch weiter herunter, mit der anderen Hand strich sie ihm das Haar aus der Stirn. »Aber was ist geschehen? Ihr seid doch im Saal geblieben, als ich mich gestern abend zurückzog.«

Luc fuhr sich mit der Zunge über die Lippen, doch seine Augen öffneten sich nicht mehr. »Ihr wart in Sicherheit.«

Brianna lächelte über seine rauhbeinige Fürsorge. »Ich war und bin in Sicherheit«, versicherte sie ihm ruhig. »Erzählt mir, was geschehen ist.«

Er runzelte abermals die Stirn. »Konnte nichts sehen.«

»Aber es war Vollmond.«

»Dunkles Tuch.« Wieder ertönte ein verzweifeltes Geräusch aus seiner Kehle. »Überrascht. Wieder.«

Der Stoff im Obstgarten. Vater Padraig mußte Luc aus dem Hinterhalt überfallen und ihm das Tuch über den Kopf geworfen haben, so daß es Luc kaum mehr möglich war, sich zu wehren.

Oder den Angreifer zu erkennen.

Vater Padraig mußte gedacht haben, daß Luc die Rose hatte. Glaubte er etwa, ein Anrecht auf die Rose von Tullymullagh zu haben, nur weil ein Kruzifix mit diesem Edelstein besetzt war? Oder konnte ein Priester ebenso leicht der Habgier verfallen wie andere Menschen?

Trotz seiner Niedergeschlagenheit zweifelte Brianna nicht daran, daß Luc sich gewehrt hatte, als er angegriffen wurde.

Allein die vielen Blutergüsse auf Gesicht und Händen verrieten, daß es kein kurzer Kampf gewesen war. Sie beugte sich hinunter und küßte wieder seine Stirn, der Gedanke, daß er die ganze Nacht über hier draußen gelegen hatte, war ihr unerträglich.

Er hätte erfrieren können!

»Gleich wird Hilfe kommen«, flüsterte sie. Zur Antwort drückte Luc ihre Hand, doch Brianna wurde immer unruhiger, je länger sie wartete.

Was hielt Fenella denn nur auf? Brianna wandte den Kopf und traute ihren Augen kaum, als sie die vielen Menschen erblickte, die neben Fenella an der Mauer standen. Und keiner von ihnen eilte ihr zu Hilfe! Brianna winkte verzweifelt, doch die Leute beachteten sie gar nicht.

Sie starrten wie gebannt auf einen Punkt weiter unten. Bisher hatte Brianna nur Augen für Luc gehabt, doch nun sah sie sich um.

Weiter unten hatte der Fluß den Körper eines Mannes an einen Felsen geschwemmt. Er schaukelte leblos in der Strömung hin und her, und Brianna hegte keinen Zweifel, daß dieser Mann nicht mehr atmete.

Es würde also doch eine weitere Beerdigung auf Tullymullagh geben.

Erst jetzt erkannte Brianna, daß die Leiche keinen gewöhnlichen Mantel, sondern einen Talar trug.

Nun wußte sie, daß von Vater Padraig nichts mehr zu befürchten war.

Luc erwachte umgeben von einer ungewohnten Weichheit und Wärme, der vertraute Duft nach Rosenöl erfüllte seine Nase. Völlig gewiß, wer sich in seiner Nähe befand, streckte er sich im Bett aus und wollte lächeln, doch er zuckte vor Schmerz zusammen.

Erst jetzt erinnerte Luc sich daran, daß er überfallen worden war. Aber er hatte sich nicht widerstandslos überwältigen lassen. Man würde seinen Gegner deutlich erkennen können.

Er hatte schließlich dafür gesorgt, daß sein Widersacher nicht ohne ein blaues Auge davonkam.

»Bewegt Euch nicht!« schalt Brianna. Luc spürte die Wärme ihres Körpers, als sie mit einem Kräutersud die Schnittwunde an seiner Wange betupfte. Ein entsetzlich heißes Brennen, das nicht nur von der Salbe herrührte, sondern auch von der leidenschaftlichen Reaktion seines Körpers auf Briannas Nähe, durchlief ihn, und es versicherte Luc, daß er durchaus noch am Leben war.

So schwer konnte er doch gar nicht verwundet sein. Luc öffnete mühsam die Augen und sah Brianna neben dem Bett stehen. Ihr hübsches Gesicht war blaß, sie schien sehr besorgt zu sein.

Und offensichtlich galt diese Sorge ausschließlich ihm.

Lucs Herz pochte heftig, er sah sich im Raum um, während er über dieses Wunder nachdachte. Dies mußte das Gemach der Edelmänner sein. Hinter der Prinzessin stand Uther mit einem Tablett voller Salben. Selbst Gavin ging am anderen Ende des Zimmers auf und ab.

Luc stützte sich auf die Ellenbogen, als er das blaue Auge seines Vaters entdeckte. »Ihr habt ja ein blaues Auge!«

»Ihr müßt liegenbleiben«, ermahnte Brianna ihn, doch Luc konnte in diesem Moment ihren gutgemeinten Rat nicht befolgen.

»Jedenfalls habe ich meinen Kampf gewonnen«, brummte Gavin.

»Was für einen Kampf denn?« fragte Luc.

Gavin humpelte verächtlich schnaubend näher. »Mit keinem geringeren als diesem ersten Ritter. Stockbetrunken war er, von dem Wein aus meinen eigenen Kellern, und wollte sich für die Zurechtweisung revanchieren.«

Er schnaubte. »Nun wird er genug Zeit haben, sich über seine Dummheit Gedanken zu machen. Niemand legt sich ungestraft mit mir an.« Gavin warf Brianna einen bösen Blick zu. »Und niemand wird ihm dieses Mal etwas zu essen bringen.«

Anscheinend spielte Brianna noch nicht einmal mit dem Gedanken, Gavin zu widersprechen. Luc war erleichtert, daß sie endlich gelernt hatte, seinen Vater nicht zu behelligen.

Es gab bereits genug Gründe, sich um sie zu sorgen, und es fehlte gerade noch, daß sie seinen Vater verärgerte.

Luc legte sich wieder schwerfällig zurück und beschloß, in Gegenwart der anderen weniger deutlich zu sprechen als mit Brianna. »Gibt es heute morgen vielleicht noch jemanden im Bergfried, der ein blaues Auge hat?«

»Nein«, sagte Uther kurz angebunden. »Außer Vater Padraig natürlich.«

Luc richtete sich trotz seiner Schmerzen erneut auf. »Und was ist mit Vater Padraig geschehen? Wie ist er zu seinem blauen Auge gekommen?«

»Wahrscheinlich durch Euch, obwohl er es uns nie wird erzählen können«, sagte Gavin barsch.

Luc spürte, wie sich seine Augen verengten. »Was soll das heißen?«

»Er ist tot, in der Darrow ertrunken.«

»Tot?« Alle nickten, und Luc befürchtete, daß sie ihn verdächtigten. »Ich habe ihn nicht umgebracht«, sagte er schnell, denn da war er sich ganz sicher.

»Das kann ich nur bestätigen«, sagte Bruder Thomas von der Tür aus. Sich die Hände reibend, trat er in den Raum und betrachtete prüfend Lucs blauen Flecken.

»Ihr wißt, daß ich mich besser mit den Toten als mit den Lebenden auskenne«, brummte er augenzwinkernd, »aber es sieht so aus, als würdet Ihr uns noch ein Weilchen erhalten bleiben.« Er schnupperte an der Salbe, die Brianna noch in der Hand hielt und nickte zustimmend, dann zeigte er auf eine Wunde an Lucs Kinn. »Tut etwas mehr davon hierauf.«

Die Prinzessin kam der Bitte des Mönchs sofort nach, und Luc ballte die Fäuste, als die Salbe einen stechenden Schmerz durch seinen Körper trieb. Bruder Thomas unterdrückte ein Lächeln, offensichtlich kannte er die Wirkung dieser Arznei.

»Woran ist Vater Padraig denn gestorben?« fragte Uther.

»Er ist ertrunken«, verkündete Bruder Thomas. »Ich glaube, Vater Padraig wollte nach seinem Kampf mit Luc aus Tullymullagh fliehen, denn er muß fast auf der anderen Seite des Flusses angelangt sein.« Der Mönch nickte Brianna zu. »Es ist sehr gut möglich, daß der Dolch, den er im Obstgarten fallenließ, derselbe ist, durch den Euer Vater zu Tode kam.«

Luc sah Brianna verwirrt an. »Ich fand dort auch ein blutbeflecktes schwarzes Tuch«, erklärte sie.

Er nickte grimmig. »Damit hat er mir die Augen verbunden.«

»Gut möglich«, stimmte Brianna zu. »Aber darin war ein Dolch eingewickelt.«

Luc wurde hellhörig, als auch Bruder Thomas nickte. »Ja, von diesem Dolch könnten auch Connors Wunden stammen. Wahrscheinlich hat Vater Padraig sowohl Lady Ismay als auch Connor ermordet.«

Bruder Thomas runzelte die Stirn. »Das Tuch sieht so aus, als sei es ein Stück eines alten Talars, und außer Lucs Blut klebt auch noch altes Blut daran.«

Die Anwesenden tauschten betroffene Blicke. »Lord Connors Blut, das Blut meines Herren«, murmelte Uther, und Bruder Thomas nickte wieder.

»Ja, ich denke, Vater Padraig trug auch an jenem Tag einen schwarzen Talar.«

Man konnte das Gefühl der Erleichterung, das sich in dem kleinen Zimmer ausbreitete, regelrecht spüren. Vater Padraig war also der Schuldige. Luc lehnte sich zurück und schloß die Augen.

»Seid Ihr ganz sicher, daß er ertrunken ist?« fragte Gavin.

»Ja, so etwas kann sehr leicht passieren.« Der Mönch packte mit den Händen sein weites Gewand. »Diese Talare sind verflucht schwer, dicke Wolle, aber das ist noch gar nichts im Vergleich zu ihrem Gewicht, wenn sie naß sind. Ich verlor einmal beinahe den Halt, als ich einen recht flachen Bach durchwatete und sich der nasse Talar um meine Füße wand. Vermutlich ist Vater Padraig gefallen und mit dem Kopf auf einen Stein aufgeschlagen, als der Fluß ihn mit sich fortriß.«

»Aber aus welchem Grund sollte er Connor getötet haben?« fragte Gavin.

Bruder Thomas warf Luc einen bedeutungsvollen Blick zu. »Scheinbar besaß Connor einen Schatz, der noch aus der Zeit seines Kreuzzugs in den Orient stammt, oder jedenfalls waren manche der Ansicht, daß er ihn noch besaß. Er wurde die Rose von Tullymullagh genannt.«

Gavin sah Brianna an und runzelte verwirrt die Stirn, doch Uthers Augen weiteten sich erstaunt. »Ich konnte diesen Gerüchten nie rechten Glauben schenken«, gestand er leise.

»Vater Padraig dagegen schon«, sagte Luc.

»Und er begehrte den Schatz für sich«, schnaubte Gavin, dieses Motiv konnte er offenbar sehr gut nachvollziehen. »Der Schatz hätte eigentlich mir gehören sollen!«

»Ich glaube, daß er schon seit langem verschwunden ist«, sagte Luc, und sein Vater machte ein enttäuschtes Gesicht. »Am Abend vor ihrem Tod erzählte mir Ismay, sie wüßte noch etwas über die Rose von Tullymullagh, das alle anderen längst vergessen hätten. Vater Padraig war ganz in der Nähe, als sie das sagte.«

»Er wollte sicher nicht, daß jemand anders versuchte, den Schatz zu bekommen«, vermutete Uther.

Gavin nickte. »Ja, es ist einfacher, alleine zu suchen.«

»Mein Vater hatte ein geheimes Versteck in der Kapelle«, warf Brianna da unvermittelt ein.

»Aber Vater Padraig wußte nicht, wo in der Kapelle es sich befand«, sagte Uther atemlos, als er verstand. »Und Connor überraschte den Priester, als er danach suchte. Mein Herr muß ihn erkannt haben!«

»Deshalb mußte er sterben«, folgerte Gavin. Dann wies er plötzlich mit dem Finger auf seinen Sohn. »Aber warum hat er dich angegriffen?«

»Brianna hat mir von dem Versteck in der Kapelle erzählt, doch als ich gestern dort nachschaute, war es leer.« Luc schüttelte den Kopf. »Diesmal überraschte Vater Padraig mich, und es gelang mir nicht rechtzeitig, das kleine Türchen zu verschließen.«

»Also glaubte er, Ihr hättet die Rose von Tullymullagh entdeckt«, rief Uther.

»Und überfiel dich im Burghof«, nickte Gavin.

»Aber warum wollte er dann fliehen?« fragte Luc leise. Alle sahen ihn entgeistert an. »Mir konnte Vater Padraig die Rose von Tullymullagh nicht wegnehmen, schließlich besaß ich sie gar nicht. Also konnte er auch nicht mit dem begehrten Schatz fliehen!«

»Vielleicht hielt er Euch für tot und befürchtete, man habe ihn beobachtet«, überlegte Bruder Thomas. »Oder es kam jemand vorbei und sah, was er tat.«

»Aber niemand wußte, daß Luc verletzt ist, keiner hat Lärm geschlagen«, bemerkte Brianna. »Ich habe ihn doch erst heute morgen gefunden, und das auch nur durch Zufall.«

Der Mönch runzelte die Stirn. »Vielleicht wagte er nicht, länger hierzubleiben, nachdem Luc ihn erkannt hatte.«

»Ja. Oder es gibt da noch etwas, das wir nicht wissen«, sagte Luc grimmig. Er sah seinen Vater an. »Habt Ihr nicht gesagt, daß zwei Männer in der Kapelle waren?«

Gavin nickte und machte wieder ein finsteres Gesicht. »Ein Komplize!«

Und Luc hatte in jener Nacht im Stall ebenfalls zwei Männer belauscht. Vermutlich war einer der beiden Vater Padraig gewesen.

Bei dem anderen konnte es sich um jeden handeln.

Vielleicht war es aber dieser zweite, der so ausdrücklich erklärt hatte, er wäre fest entschlossen, in den Besitz der Rose von Tullymullagh zu gelangen. Lucs Herz krampfte sich bei diesem Gedanken zusammen.

Uther warf Gavin einen kalten Blick zu. »Ihr könntet Euch geirrt haben. Seid Ihr wirklich sicher, daß es zwei waren?«

Gavin runzelte die Stirn. »In dem Augenblick, als es geschah, war ich mir ganz sicher ...« Er verstummte, und Uther schnaubte verächtlich.

Bruder Thomas zuckte mit den Schultern. »Vielleicht hat Dermot Vater Padraig geholfen.«

Luc betrachtete seinen Vater. Hatte Gavin am Ende doch etwas mit dieser ruchlosen Tat zu tun?

»Ich schlage vor, wir erklären den Fall hiermit für erledigt«, sagte Uther kurz. »Es besteht keinerlei Gewißheit darüber, ob Vater Padraig allein gearbeitet hat oder nicht.«

»Ja, es genügt, daß wir den Mörder von Connor entlarvt haben«, pflichtete Gavin ihm bei. »Und wir wissen, daß er Ismay getötet hat. Sollte er jemanden gezwungen haben, ihm in der Kapelle zu helfen, so spielt dies sicherlich keine große Rolle.«

Luc war sich dessen nicht so sicher, aber offensichtlich hielten Uther und Gavin alle wichtigen Fragen für geklärt.

»Ganz meiner Ansicht«, sagte der Verwalter.

»Es ist wirklich kein Verlust, daß dieser Mann nicht mehr unter uns weilt«, brummte Gavin und fügte hinzu: »Tut es nicht gut, endlich die Wahrheit zu wissen?« Er blickte Luc und Bruder Thomas um Zustimmung heischend an, dann wandte er sich zum

Gehen, doch in der Tür drehte er sich noch einmal um und sagte ein wenig barsch zu Luc: »Ich hoffe, dir geht es bald besser.«

Luc blinzelte überrascht, aber sein Vater war bereits verschwunden.

Nun trat Bruder Thomas an das Krankenlager und verzog den Mund, als er die Wunde auf Lucs Wange untersuchte. »Dieser Schnitt hier muß genäht werden«, erklärte er mit einem vielsagenden Blick auf Uther und Brianna. »Hinaus mit Euch. Es wird nicht einfach sein, und mein Patient muß ungehindert schreien können.«

Bevor sie hinausging, beugte sich Brianna plötzlich lächelnd über Luc und streifte mit ihren zarten Lippen über seine Stirn. Eine wohlige Wärme breitete sich in seinem Körper aus, während die Prinzessin über ihre Verwegenheit errötete.

»Ich werde den Koch bitten, Euch einen Teller heiße Suppe zu bringen«, sagte der Verwalter. »Das wird das beste für Euch sein, Suppe und Schlaf. Damit werdet Ihr im Nu wieder gesund.« Er verneigte sich tief und lächelte Luc etwas steif an. »Dank Eurer Hilfe, Sir, ist dem Mörder meines Herren Connor Gerechtigkeit widerfahren, auf die eine oder andere Art.«

Luc nickte, doch er hatte noch immer kein gutes Gefühl und konnte nicht glauben, daß nun alles in Ordnung sein sollte. Seine Prinzessin war noch längst nicht in Sicherheit, das wußte er. Ruhelos wollte er aufstehen, doch Bruder Thomas drückte ihn mit seiner großen Hand wieder aufs Bett.

»Ihr werdet jetzt nirgendwo hingehen, mein Freund«, bestimmte er streng. »Und Ihr könnt Euch glücklich schätzen, wenn ich Euch erlaube, dieses Bett für Connors Begräbnis in zwei Tagen zu verlassen.«

»Aber auch die letzten offenen Fragen müssen so schnell wie möglich geklärt werden!«

»Der Mörder ist gefunden, Luc. Sein Verbündeter, wenn es tatsächlich einen gibt, wird abwarten.«

Luc seufzte und runzelte die Stirn, nur widerwillig blieb er liegen, denn davon war er nicht im geringsten überzeugt.

»Gut, macht Euch auf das Schlimmste gefaßt«, warnte ihn Bruder Thomas. Ergeben schloß Luc die Augen und unterdrückte eine Grimasse, als die Nadel in seine Haut stach, doch er war so niedergeschlagen, daß die Schmerzen ihn gleichgültig ließen.

Am Freitag morgen fühlte sich Brianna unglaublich müde. Sie vermutete, daß man noch nie zuvor auf einer Burg während der traurigen Vorbereitungen für die zweite Beerdigung innerhalb einer Woche bereits die dritte planen mußte. Das Priorat hatte eilig einen anderen Priester geschickt, damit jemand die Messe für Connor lesen konnte. Sogar der Prior selbst war mit verkniffenem Mund nach Tullymullagh gekommen, um zu entscheiden, wo Vater Padraig beerdigt werden sollte.

Doch es waren nicht diese dringenden Vorbereitungen, die ihr jegliche Kraft raubten. Diese Aufgaben hatten sie vielmehr von den Gedanken an ihren Vater abgelenkt, sonst hätte der Schmerz sie noch völlig übermannt.

Es war die Gewißheit, daß ihr Vater an diesem Tag zur letzten Ruhe gebettet werden sollte.

Und Brianna war noch immer nicht bereit, Abschied zu nehmen.

Lange Zeit lauschte sie dem sanften Prasseln des Regens gegen die Fensterläden und stellte sich vor, daß es keine Beerdigung geben könnte, wenn sie einfach nicht aufstehen würde.

Natürlich war das Unsinn, dennoch zögerte sie den schweren Gang, der vor ihr lag, so lange wie möglich hinaus.

Erst als Fenella sie am Ellenbogen berührte, faßte Brianna sich ein Herz. Sie wußte, daß die Bewohner von Tullymullagh auf sie warteten. Alle vertrauten darauf, daß sie ihnen mit ihrer Stärke ein Beispiel gab, und sie müßte trotz ihrer unermeßlich tiefen Trauer liebenswürdig sein.

Brianna wußte nicht, wie sie das schaffen sollte. Auf der Türschwelle ihrer Kammer wäre sie beinahe wieder umgekehrt, denn sie glaubte, noch nicht einmal die Prozession überstehen zu können, wenn die Trauer sie wieder überwältigen würde.

Doch aus dem Dunkel des Ganges kam jemand auf sie zu, ein Mann in dunklen Gewändern und mit ruhigen blauen Augen. Brianna blieb stehen, und Luc bot ihr seinen Arm.

»Ich möchte nicht, daß Ihr alleine geht«, sagte er nur.

Brianna traten plötzlich Tränen in die Augen. »Ich dachte, Bruder Thomas erlaubt Euch nicht aufzustehen.«

Luc rollte mit den Augen, und Brianna wußte, daß er ihr dadurch ein Lächeln entlocken wollte. »Zwei Tage Bettruhe und heiße Suppe haben mir genug Kraft verliehen, um ihn im Zweifelsfall zu bezwingen,« scherzte er.

Als sie ihn ein wenig genauer betrachtete, erkannte Brianna, daß die Wunde an seiner Wange nicht mehr ganz so arg aussah und die Schwellung um sein Auge erheblich zurückgegangen war. Sogar die aufgeplatzte Lippe schien rasch zu heilen.

Sein fester Blick verlieh ihr neue Kraft, und ihr wurde ganz warm ums Herz. Brianna freute sich, daß Luc geahnt hatte, wie sehr sie ihn brauchen würde, und eigens aufgestanden war.

Dankbar nahm sie Lucs Hand, und seine starken Finger, die sich sanft um ihre kalte Hand schlossen, gaben ihr das Gefühl von Geborgenheit. »Er ist ein sehr weiser König gewesen«, sagte sie leise.

»Ja«, pflichtete Luc ihr bei. »Ein guter Herr erfüllt selbstlos seine Pflichten, nimmt die Aussagen derer um sich herum ernst und trifft seine Entscheidungen stets zum Wohle aller. Euer Vater hat ein einzigartiges Beispiel davon gegeben. Ich bin mir sicher, daß die Erinnerung an ihn in den Herzen der Bewohner von Tullymullagh noch lange lebendig sein wird.«

Der Gedanke, daß ihr Vater in ihrem sowie in den Herzen aller Menschen, die ihn gekannt hatten, weiterleben würde, ließ die Zeremonie dieses Tages weniger endgültig erscheinen. Auch andere hatten versucht, Brianna damit zu trösten, doch deren Worte waren ihr leer erschienen.

Luc sah Brianna fest in die Augen und zog dabei ganz leicht eine Augenbraue hoch. »Als Herrin von Tullymullagh werdet Ihr Connors Andenken gewiß alle Ehre machen.«

Die ganze Zeit über streichelte er mit dem Daumen ihre Handfläche, als wollte er ihr damit sagen, daß sie diesen Tag ganz gelassen überstehen könnte.

Und er hatte recht, sie war nun die Herrin von Tullymullagh. Und damit übernahm sie eine große Verantwortung, was ihr während der Arbeit an Uthers Seite bereits bewußt geworden war. Wenn sie allen, die ihr nun unterstanden, gerecht werden wollte, bedeutete das, nicht nur die eigenen Interessen zu berücksichtigen.

Brianna erkannte plötzlich, daß sie Luc allein aus Eigensinn abgewiesen hatte – es war nicht mehr als ein selbstsüchtiger Wunsch gewesen, alles und jeden bestimmen zu wollen. Doch nun erschien ihr dieses Verhalten unglaublich kindisch, und sie begriff, wieviel sie in den letzten Tagen gelernt hatte.

Ihr Vater war der Meinung gewesen, daß Luc eine gute Wahl für seine Tochter wäre. Das war bereits dadurch deutlich geworden, wie sehr er sich für Luc eingesetzt hatte. Luc forderte sie heraus, er heiterte sie auf, beschützte sie, konnte größere Ländereien verwalten, und er hatte Connors Mörder gefunden.

Luc würde gewiß einen guten Herren von Tullymullagh abgeben.

Und er hatte geschworen, ihre Liebe zu gewinnen. Brianna straffte die Schultern und erwiderte seinen Blick, von nun an würde sie kein eigensinniges, verwöhntes Mädchen mehr sein, dachte sie und drückte Lucs Hand.

»Würdet Ihr heute an meiner Seite gehen, Luc Fitzgavin?« fragte Brianna leise und schaute ihm in die Augen. »Es wäre der einzig angemessene Platz für den Mann, den ich bald heiraten werde.«

Es schien, als weiteten sich Lucs Augen ein wenig in erfreutem Verwundern, ihr leuchtendes Blau war sogar in der Dunkelheit des Ganges zu erkennen, dann huschte ein Lächeln über seine Lippen. Brianna stockte das Herz, als sie sah, wie sehr er sich freute, und sie wußte, daß dies nur ein gutes Zeichen für ihre gemeinsamen Jahre sein konnte.

»Es wäre mir eine große Ehre«, sagte er mit einer solchen Überzeugung in der Stimme, daß kein Zweifel über seine Gefühle bestand. Er küßte ihre Hand und geleitete Brianna dann hinunter. »Der einzige Ort, an dem ich sein möchte, Mylady, ist an Eurer Seite.«

Und Brianna durchströmte die verheißungsvolle Gewißheit, die richtige Wahl getroffen zu haben.

Der kalte Regen peitschte heftig an diesem unfreundlichen Tag, und der Wind zerrte unerbittlich an den Gewändern der Trauergäste. Es schien, als beklagte sich sogar Tullymullaghs Wetter über den Verlust seines Herren. Luc blieb beharrlich an Briannas Seite, er versuchte, sie vor dem Regen zu schützen und stützte sie, wenn sie taumelte.

Es war eine feierliche und würdevolle Beerdigung, man hatte nicht an Kerzen und Weihrauch gespart. Uther hielt eine lange Trauerrede, die kein Auge in der kleinen Kirche trocken ließ. Die Dorfbewohner drängten sich vor der Tür, um von ihrem König Abschied zu nehmen.

Brianna machte dem Andenken ihres Vaters alle Ehre, genau wie Luc es erwartet hatte. Nur er wußte, wann sie seine Hand fester umklammerte. Nur Uther und er konnten ihre Tränen während Uthers gefühlvoller Abschiedsrede erkennen.

Die Prinzessin trug ein nachtblaues, fast schwarzes Kleid, in dem sie so zerbrechlich wirkte wie eine seltene Blume. Obwohl Brianna verschleiert ging, vermochte der zarte Stoff weder den wunderbaren Schein ihres goldenen Haares zu verbergen, noch ihre vollkommenen Züge zu verhüllen. Luc vermutete, daß sie kein Karmin verwendet hatte, und dennoch waren ihre vollen Lippen feuerrot. Briannas einziger Schmuck bestand aus dem goldenen Haarreifen, der ihren Schleier fest an seinem Platz hielt.

Sie war unbestritten eine einzigartige Schönheit, und es beschämte Luc fast ein wenig, daß sie seinen Heiratsantrag angenommen hatte. Er würde sie auf Händen tragen, gelobte er feierlich, und ihm war, als weilte Connor mitten unter ihnen.

Luc würde diese Frau mit all der Ehrerbietung behandeln, die ihr gebührte.

Alles andere wäre zu wenig.

Der Wind peitschte den Regen noch immer über den Friedhof, als Brianna die erste Handvoll Erde in das Grab ihres Vaters warf. Bei dem dumpfen Geräusch, als die Erde auf den Sarg fiel, zuckte sie zusammen, dann begannen die Totengräber, die nasse Erde auf das Grab zu schaufeln. Brianna wandte sich ab, sie lehnte sich stärker als bisher gegen Luc, und er geleitete sie schweigend aus dem Kirchhof.

Die Prinzessin brauchte schleunigst etwas Heißes zu trinken. Der Koch sollte ihr wieder einen Glühwein zubereiten, denn tiefer Schlaf würde abermals den Schmerz der Prinzessin lindern.

Am folgenden Tag würden sie dann gemeinsam ihre Hochzeit planen. Es wurde wirklich höchste Zeit für ein fröhliches Ereignis auf Tullymullagh.

Kapitel 16

Ganz Tullymullagh freute sich auf die bevorstehende Hochzeit. Am Nachmittag des Montags, der auf Connors Beerdigung folgte, war der Saal mit grünen Zweigen geschmückt, in der Kapelle brannten duftende Bienenwachskerzen, und Brianna lächelte endlich wieder. Gavin knurrte jeden an, der seine Aufgaben nicht in aller Eile erfüllte. Aus der Küche drangen verlockende Düfte. Emsig wie eine Biene eilte Uther von einem Ort zum anderen.

Überall herrschte eine so ausgelassene Fröhlichkeit, daß Luc fast glaubte, Uther und Gavin hätten recht behalten, und es sei nichts mehr zu befürchten.

Doch noch immer nagte ein leiser Zweifel an ihm, und er achtete weiterhin darauf, daß seine Prinzessin nicht allein gelassen wurde. Sehr zu ihrer Belustigung erfand Luc immer neue Ausreden, um bei ihr bleiben zu können.

An diesem Montag morgen schien die Sonne mit ungewöhnlicher Kraft für diese Jahreszeit. Luc ertappte sich dabei, wie er eine fröhliche Melodie pfiff, als er zum Fluß hinunterging, um sich in dem eiskalten Wasser zu waschen. Er füllte seine Lungen tief mit der Morgenluft, froh, dem Lärm der Küche entgangen zu sein. Heute würden sicher alle lauthals nach einem Bad schreien, er aber hätte diese wenigen Augenblicke ganz für sich allein.

Aus irgendeiner Truhe hatte Uther einen dunkelgrünen Wappenrock und ein weißes Hemd aus fein gewebtem Leinen für Luc hervorgezaubert, eine wesentlich angemessenere Kleidung für diesen besonderen Tag als die einfachen Gewänder, die er sonst trug. Seine Stiefel waren poliert worden, und er hatte sich das Haar schneiden lassen.

An diesem wunderschönen Tag würde er Brianna zu seiner Frau machen.

Und Luc wollte so gut wie nur möglich aussehen. Ein wenig skeptisch betrachtete er sein Spiegelbild im Wasser und stellte erleichtert fest, daß sein blaues Auge kaum noch zu sehen war. Er versuchte, nicht zu dem Felsen hinüberzuschauen, an dem Vater Padraig sein Leben gelassen hatte, und begann sich mit seinem Messer zu rasieren.

Plötzlich ertönten vom Burghof her der Ruf des Turmwächters und das Klingeln unzähliger heller Glöckchen. Luc wandte den Kopf und kniff die Augen zusammen. Die Musik und der lustige Gesang konnten nur bedeuten, daß gerade Spielmannsleute eintrafen.

Und das war ganz gewiß kein Zufall. Rowan mußte zurückgekehrt sein. Natürlich hatte Rowan irgendwo eine Truppe von Gauklern gefunden, schließlich war er zwischen ihnen aufgewachsen, dachte Luc und lächelte, sie kamen wirklich genau zur rechten Zeit.

Es würde großartig sein, auf dem Hochzeitsfest gute Unterhaltung zu haben.

Rasch beendete Luc seine Morgentoilette, streifte das neue Hemd über und stieg zum Obstgarten hinauf. Als er über die Mauer kletterte, sah er gerade noch das Ende eines farbenfroh gekleideten Zuges von Gauklern im Saal verschwinden. Voller Vorfreude zog er den neuen Wappenrock an, schnallte seinen Gürtel darum und eilte den Spielleuten hinterher.

Aus den Schatten des Saaleinganges trat ihm plötzlich Ruarke in den Weg. Das blaue Auge, das Gavin ihm verpaßt hatte, leuchtete noch immer grünlich gelb. Der Ritter hatte so lange im Verließ gesessen, daß er beinahe in Vergessenheit geraten war.

Jedenfalls hatte Luc schon seit geraumer Zeit nicht mehr an

ihn gedacht. Er verspürte eine eigenartige Genugtuung, daß Ruarke nicht so schnell genesen war wie er, dann tadelte sich Luc im stillen für sein fehlendes Mitleid.

»Was ist das nur für ein widersinniges Gerede?« fragte Ruarke. »Ich habe gerade erfahren, daß Ihr Brianna heiraten wollt!«

»Aber das ist doch keine Neuigkeit, Ruarke«, gab Luc ruhig zurück. »Ihr wart doch selbst im Garten dabei, als sie gelacht hat.«

»Sie wird Euch nicht heiraten«, knurrte Ruarke. »Sie kann Euch gar nicht heiraten.« Stolz schlug er sich gegen die Brust. »Es war nämlich Connors Wunsch, daß Brianna *mich* heiratet.«

Luc wollte an Ruarke vorbeigehen, die rechthaberischen Einwände des Ritters interessierten ihn nicht. »Wie schade, daß Connor dieses Detail vergaß, als ich seine Tochter zum Lachen gebracht habe.«

»Das hat er nicht!«

»Doch, das hat er«, sagte Luc bestimmt. »Connor hat an jenem Tag im Garten meine Werbung gutgeheißen, und das wißt Ihr sehr wohl.«

Zu Lucs Überraschung grinste Ruarke kalt. »Es wundert mich, daß Ihr Euch nur daran erinnert«, meinte er. »Connor hat nämlich auch eingeräumt, daß Brianna denjenigen von Gavins Söhnen heiraten muß, der sie am längsten und lautesten zum Lachen bringt.«

Luc schwieg, denn er wußte, daß Ruarke auf etwas Bestimmtes hinauswollte.

»Es ist wirklich sehr eigenartig«, sinnierte dieser, während er die Arme vor der Brust verschränkte, »aber ich kann nicht umhin, an das letzte Mal zu denken, als Gaukler nach Tullymullagh kamen.«

»Ach, ja?«

»Ja.« Ruarkes Grinsen wurde breiter, doch seine Augen funkelten feindselig. »Vor lauter Lachen sind Lady Brianna die Tränen gekommen. Sogar am folgenden Tag lachte sie noch.«

Plötzlich gefror Luc vor Schreck das Blut in den Adern. Jeder wußte, daß Brianna an jenem Tag im Garten nicht sehr lange, geschweige denn schallend gelacht hatte. Es würde bestimmt nicht schwer sein, das zu überbieten!

Aber Luc durfte sie jetzt nicht verlieren!

Ruarke kam ganz nah an Luc heran und fügte gehässig hinzu: »Wiegt Euch bloß nicht in Sicherheit, lieber Luc, noch gehört Euch die Prinzessin nicht.«

Luc biß sich auf die Zunge und unterdrückte seine Antwort, er war bereits viel zu sehr auf Ruarke eingegangen. »Ich danke Euch für Euer Mitgefühl«, sagte er kalt. »Es ist wirklich gut, daß Ihr mir Eure Anteilnahme zeigt, auch wenn Ihr dabei selbst nichts gewinnen könnt.« Die Augen des Ritters blitzten verärgert auf, aber Luc drehte sich um und schritt in den Saal.

Und es entging ihm nicht, daß Ruarke ihm unverzüglich folgte.

Auch wenn er sich auf eine komische Vorstellung eingestellt hatte, bestürzten Luc die Possen von Rowans Gefolge. Gerade als er näherkam, ertönten ein Trommelwirbel und eine Fanfare, dann purzelte ein grün und gelb gekleideter Gaukler kopfüber durch den Saal. Sogleich sprang er wieder auf die Füße und grinste die versammelten Leute geradeheraus an.

Drei Gaukler trotteten hinter ihm her. Ihre Gewänder waren nicht weniger farbenfroh. Sie hatten ihre Gesichter bemalt und sich Glöckchen an die Knie gebunden. Flink stellten sich die vier auf und stimmten ein lustiges Lied an, in das man sogleich hätte einfallen mögen, dazu vollführten sie einen wilden Tanz.

Einer von ihnen ermunterte die neugierigen Zuschauer, im

Takt mitzuklatschen. In der Zwischenzeit hatten auch die fahrenden Sänger, die sich gerade auf Tullymullagh aufhielten, ihre Lauten und Fiedeln ausgepackt und gesellten sich zu den Musikanten der Truppe.

Die Menschenmenge applaudierte und lachte, alle schienen sich sehr über die Ankunft der Gaukler zu freuen. Luc hielt fieberhaft nach Brianna Ausschau, bis er sie auf dem Podium erblickte. In Dunkelgrün und Gold gekleidet, sah sie atemberaubend schön aus. Er drängte sich durch die Menge, um so schnell wie möglich an ihre Seite zu gelangen.

»Rowan!« schrie Gavin, der gerade aus der Küche kam. Er hielt einen Becher hoch und warf Luc einen bedeutungsvollen Blick zu.

»Mein Sohn Rowan de Montvieux kehrt für den Wettstreit um die Braut zurück!«

Zweifellos hatte Gavin nicht die Absicht, die Stellung seines ältesten Sohnes zu verteidigen. Luc überlegte, welchen Vorteil sein Vater sich davon erhoffte und mußte daran denken, was für einen starken Einfluß Margaux auf Gavin ausübte.

Doch Luc wußte, daß nun alles in Briannas Händen lag. Und auch wenn er sich wünschte, es sei anders, so hatte Ruarke doch recht.

Die Prinzessin mußte sich an die Regeln halten, die sie selbst aufgestellt hatte.

Auf Gavins Worte hin begannen alle aufgeregt durcheinanderzureden, und auch diejenigen, die noch an den Tischen saßen, bezeugten nun ein stärkeres Interesse an den Gauklern.

»Aber ... aber das ist unmöglich!« protestierte Brianna. »Es gibt keinen Wettstreit mehr, schließlich werde ich heute mit Luc vermählt!«

»Mylady!« Schnell trat Luc an ihre Seite, und alle Blicke richteten sich auf ihn. Doch er nahm nur Brianna wahr, die ihn so bestürzt ansah, daß sein Herz heftig zu pochen begann. Luc mochte sie nicht zurechtweisen, doch über den richtigen Weg in dieser Angelegenheit bestand kein Zweifel.

Es war eine Frage des Prinzips. So sehr Luc sich auch darüber ärgerte.

»Ihr habt diesen Wettstreit ausgerufen«, erinnerte er sie ernst, »und Ihr müßt Euch an Euer Wort halten.«

»Genau«, rief Ruarke. »Der Sieg gebührt dem Bruder, der die Prinzessin am längsten und lautesten zum Lachen bringt!«

Die Leute verstummten und sahen die Prinzessin gespannt an. Brianna fluchte leise. Unter anderen Umständen hätte ihr Gesichtsausdruck auf ihn überaus komisch gewirkt, doch Luc fühlte sich ebenso niedergeschlagen wie sie.

»Verdammte Pflicht«, murmelte Brianna, dann warf sie Luc einen rebellischen Blick zu. »Diese Lektion, mir mein selbstsüchtiges Verhalten auszutreiben, kommt wirklich im ungünstigsten Augenblick«, beschwerte sie sich.

Luc schüttelte den Kopf und stellte sich hinter sie. Sie würde es schon richtig machen, das wußte er. »Ihr wißt, was zu tun ist«, sagte er daher nur leise.

Brianna seufzte und straffte die Schultern, doch sie lehnte sich ganz leicht gegen Luc, als würde sie seinen Beistand brauchen. Dann wandte sie sich an die Menge und sprach mit erhobener Stimme: »Luc hat recht. Ich stehe zu meinem Wort und den Regeln des Wettstreits, den ich selbst ausgerufen habe. Die Gaukler sollen beginnen.«

Und ihre Finger schlossen sich mit aller Kraft um seine Hand. »O Luc«, flüsterte Brianna. »Warum ausgerechnet Gaukler? Alles andere wäre leichter gewesen.«

»Lacht bloß nicht«, beschwor Luc sie eindringlich.

»Ich werde mein Bestes tun«, sagte Brianna und atmete tief durch.

Erst jetzt gewahrte Luc seinen Bruder, der sich lässig gegen eine Wand des Saales lehnte. Rowan erhob eine Hand, die Musikanten spielten auf, und die vier Gaukler begannen mit ihren Kunststücken. Die Leute klatschen wieder im Takt der Musik, als einer der Artisten einen wackeligen Handstand machte. Der Rest der Truppe tanzte ausgelassen um ihn herum.

Neugierig reckten die Leute ihre Köpfe. Manche flüsterten aufgeregt, der Gaukler würde garantiert gleich umkippen. Eine Frau hielt sich sogar die Augen zu, als er nicht nur auf den Händen durch den Saal ging, sondern auch noch einen zweiten Gaukler auf sich hinaufklettern ließ. Dieser stützte sich zunächst auf die Knie des ersten, dann drückte er sich ebenfalls in den Handstand.

Die Zuschauer waren fasziniert.

Briannas Griff um Lucs Hand wurde fester.

Als der dritte Gaukler auf die anderen beiden kletterte und deren Haltung nachahmen wollte, hielten alle den Atem an. Nun erhoben sich auch die letzten, die noch an den Tischen gesessen hatten. Das Klatschen wurde lauter und schneller, die Musik der Spielmänner immer wilder. Fast alle stampften mit dem Fuß im Takt der Musik und begannen mitzusingen.

Brianna schien noch nicht einmal zu atmen.

Die Menge jubelte, als der dritte Gaukler das Gleichgewicht fand. Dann schrie alles auf, als der menschliche Turm ins Wanken geriet, auch wenn dies zweifellos mit Absicht geschah.

Schließlich schickte sich der vierte Gaukler an hinaufzuklettern. Er tat so, als wäre er der ungeschickteste der Gruppe und zog ständig Grimassen, als wüßte er nicht, wohin er die Füße setzen sollte. Die anderen Akrobaten rollten mit den Augen, wenn er wieder mal eine falsche Bewegung machte, und einige der Zuschauer riefen ihm sogar Ratschläge zu. Plötzlich trat er dem zweiten Gaukler in die Leiste, der daraufhin ein so schmerzverzerrtes Gesicht machte, daß viele laut auflachten.

Luc wagte nicht, die Prinzessin anzusehen. Sie hielt gerade den Atem an, doch ihre Schultern bebten, und ihm stockte das Herz.

Doch einen Augenblick später hatte sie sich schon wieder gefangen.

Die Bestürzung des unbeholfen kletternden Gauklers entlockte den Zuschauern indessen nur noch mehr Gelächter. Schließlich verlor er endgültig das Gleichgewicht und fiel mit lautem Gepolter zu Boden, zog eine Grimasse und kratzte sich am Kopf. Dann rannte er verzweifelt um den Turm herum und suchte in seiner letzten Not Hilfe unter den Zuschauern.

Er wählte Ruarke aus.

»Nein, nicht Ruarke!« flüsterte Brianna mit unsicherer Stimme. Zur Antwort drückte Luc nur ganz fest ihre Hand.

Der Ritter lächelte nachsichtig und verneigte sich tief vor Brianna, als der Gaukler ihn in die Mitte des Saales zog. Dieser veranstaltete ein großes Theater, um zu zeigen, wie Ruarke, der so viel größer war als er, ihn mit Leichtigkeit nach oben heben könnte. Ruarke lachte gelassen. Dann hob er den viel kleineren Mann hoch und wollte ihn tatsächlich auf die übereinandergestapelten Akrobaten setzen.

Blitzschnell bewegte sich der unterste Gaukler ein Stück zur Seite, und die beiden über ihm wankten leicht, verloren aber freilich nicht das Gleichgewicht. Scheinbar hatten sie diese Bewegung geplant. Selbst Luc beugte sich vor und war erstaunt, wie leicht die Artisten dieses Kunststück vollbracht hatten.

Jetzt machte sich der vierte Gaukler über Ruarkes blaues Auge lustig, indem er mit fliegenden Fäusten einen wilden Kampf nachahmte.

Luc rang mit den anderen Zuschauern nach Atem, als Ruarke, irritiert von diesem Spektakel, den kleinen Gaukler, den er noch immer auf den Armen trug, an der falschen Stelle absetzte.

Der Mann stieß einen Schrei aus und ruderte mit den Armen hilflos durch die Luft. Scheinbar versuchte er, sich an dem menschlichen Turm festzuhalten, und die anderen Akrobaten kreischten in gespielter Bestürzung. Erschrocken schrie auch das Publikum auf.

Luc bemerkte, wie der letzte Gaukler kräftig an einem Band zog, das an Ruarke befestigt schien.

Der gesamte Turm stürzte in sich zusammen, und die Gaukler purzelten wild durcheinander zu Boden, als hätten sie keine Knochen im Leib, dann sprangen sie blitzschnell wieder auf, um den Applaus des Publikums entgegenzunehmen. Zum Abschluß verneigten sie sich jedoch vor Ruarke.

Der blickte sie verwundert an, scheinbar war er nicht ganz sicher, womit er sich diese Ehrerbietung verdient hatte, da rutschten ihm auch schon seine Hosen hinunter.

Die Zuschauer brüllten vor Lachen, sowohl über Ruarkes entsetztes Gesicht als auch über sein entblößtes Hinterteil. Luc mußte mit aller Kraft ein Lachen unterdrücken und spürte, wie auch Briannas Schultern bebten. Ein verdächtiges Geräusch kam aus ihrer Kehle, als würde sie gegen ein unbezähmbares Lachen ankämpfen. Luc wagte nicht, sie anzusehen, denn dann wären sie beide in lautes Gelächter ausgebrochen.

Die Gaukler hatten ihr Opfer wirklich gut ausgewählt. Ruarke, der stets so stolz auf sein vornehmes Auftreten und seine feinen Gewänder war, lief puterrot an und zog sich so hastig und beschämt die Hose wieder hoch, daß Luc ein Glucksen entfuhr.

Brianna versetzte ihm einen Stoß in die Rippen, und Luc beherrschte sich schleunigst wieder.

Nun wußte er, an welchem Band der Gaukler gezogen hatte. Irgendwie war es dem geschickten Mann gelungen, seine Hose aufzubinden, während die anderen den Ritter abgelenkt hatten.

Ruarke war in eine Ecke des Saals zurückgewichen, die Hose bedeckte wieder sein Gesäß, doch scheinbar bemerkte er gerade, daß das Band fehlte. Allein, wie er sich suchend umsah, war überaus komisch, denn offenbar bemerkte er nicht, daß der gesamte Saal ihn dabei beobachtete.

Dann hob Ruarke den Blick, und seine Lippen wurden zu einer dünnen Linie, als er alle Augen auf sich gerichtet fand.

Der dreiste Gaukler verspottete den Ritter vom anderen Ende des Saales aus und wedelte mit dem Band, als würde er eine Katze mit einem Wollfaden ärgern. Er sprang auf und ab und hielt dabei immer wieder das Band hoch, als wollte er, daß Ruarke ihm hinterherjagte.

Die gute Laune des Ritters war nun endgültig verflogen, wutschnaubend rannte er dem Quälgeist hinterher.

Natürlich rutschte dabei seine Hose wieder herunter. Ruarke stolperte, fluchte laut, und zog sich dann tatsächlich das lästige Kleidungsstück aus und lief halbnackt weiter, seinen Allerwertesten den Blicken aller ausgesetzt.

»Bei allen Heiligen im Himmel!« wisperte Brianna mit erstickter Stimme. Sie biß sich auf die Lippen, als wäre dies das einzige Mittel, sich zu beherrschen. Ihre Mundwinkel zuckten, und sie umklammerte Lucs Hand so fest, als wollte sie ihm die Finger brechen.

Die Zuschauer johlten, als Ritter und Gaukler über Tische und Bänke sprangen. Der Rest der Truppe ermunterte die Leute wieder zum Klatschen. Einige vorlaute Frauen riefen anzügliche Kommentare, als sie einen Blick unter Ruarkes Wappenrock werfen konnten, und der Ritter errötete noch tiefer. Er fluchte verärgert und haschte nach dem Mann, der ihn so unerbittlich zum Narren hielt.

Der Lärm im Saal war ohrenbetäubend, ganz Tullymullagh lachte schallend.

Außer der Prinzessin.

Und dem Mann hinter ihr.

Schließlich ergatterte Ruarke sein Hosenband, Luc vermutete, daß nur die Anwesenheit der vielen Menschen den Ritter davon abhielt, dem Gaukler diese Demütigung gehörig zu vergelten. Denn Ruarke war außer sich vor Wut.

Der Gaukler wischte sich die Stirn ab, als sei er unaussprechlich erleichtert, dann schlenderte er reuelos davon. Ruarke machte ein finsteres Gesicht und verließ schnurstracks den Saal, zweifellos, um sich wieder anständig anzukleiden.

Luc machte sich bereits auf eine neue komische Vorführung gefaßt, da trat Rowan vor und verneigte sich tief vor dem Podium. »Lady Brianna, ich habe versucht, Euch ein Lachen zu entlocken, und dabei eindeutig versagt«, erklärte er galant. »Mögt Ihr dennoch eines Tages einen Mann finden, der Euch zum Lachen bringt.«

Erst jetzt begriff Luc, wessen Hochzeit Ruarke beiwohnen würde.

Denn die Prinzessin hatte nicht gelacht.

»Ich habe doch bereits einen gefunden«, erklärte Brianna mit einem Lächeln, das nur für Luc bestimmt war. »Luc Fitzgavin hat mich zuerst und am längsten zum Lachen gebracht.« Brianna blickte Luc an, und in ihre wunderschönen Augen trat ein triumphierendes Leuchten.

Sie hatten es geschafft!

Vor Freude und Erleichterung brach Luc in herzliches Lachen aus, dann schloß er seine Braut in die Arme. Er wirbelte sie durch die Luft, und die Anwesenden klatschten begeistert. Brianna kicherte, als sie Luc die Arme um den Hals schlang. Er drückte sie fest an sich und spürte überglücklich das Klopfen ihres Herzens an seiner Brust.

Er hatte tatsächlich diesen Wettstreit gewonnen!

Luc wandte sich an die ausgelassenen Menschen im Saal. »Somit endet also der Wettstreit um Prinzessin Brianna«, verkündete er stolz. »Es wird endlich Zeit, daß Tullymullagh eine Hochzeit erlebt.«

Und der gesamte Haushalt stimmte ihm jubelnd zu.

Rotwein war in Strömen geflossen, seit das neuvermählte Paar aus der Kirche gekommen war. Rowans Gaukler hatten zum Bleiben überredet werden können, und es war ausgiebig getanzt worden. Lady Briannas Augen sprühten vor Freude.

Luc hatte jede sich bietende Gelegenheit ergriffen, um seine Braut innig zu küssen. Das war noch immer ein überaus angenehmes Mittel, um sie zu überraschen, und er freute sich bereits unbändig darauf, ihr in dieser Nacht noch schönere Überraschungen zu bereiten.

Trotzdem gelang es Brianna, auch ihn in Erstaunen zu versetzen. Der Wein hatte offenbar ihre Schüchternheit vertrieben, denn als Luc sie wieder einmal küßte, fuhr sie schüchtern mit der Zunge in seinen Mund.

Luc mußte nach Atem ringen, und Briannas Kichern perlte gegen seine Lippen. Heftiges Verlangen durchströmte seine Glieder, und er hob abrupt den Kopf, denn er wußte, daß die Gäste mehr zu sehen bekommen würden, als ihnen zustand, wenn er diesen Kuß jetzt nicht unterbrach. Wahrlich, Luc glaubte, seine Hose müßte zerreißen.

Brianna errötete leicht, als er den Kuß so abrupt beendete, sie schien über ihre eigene Kühnheit erstaunt zu sein, dann tippte sie ihm spielerisch gegen die Nasenspitze.

»Blaue Augen«, lachte sie.

Luc schnaubte. »Ja, und du weißt, was das bedeutet«, erwiderte er vielsagend und schaute sie nachdrücklich an. Bedächtig räusperte er sich. »Sag mal, verspürst du nicht auch das Bedürfnis, dich zurückzuziehen, Brianna?«

Sie starrte ihn mit leicht geöffneten Lippen an, dann neigte sie sich vor und sagte leise: »Luc! Wir können doch jetzt nicht gehen! Was würden denn die Leute von uns denken?«

»Nur, daß zwischen uns alles in Ordnung ist.« Grinsend nahm er ihre Hand. Brianna lächelte, und Luc wollte sie gerade noch einmal eindringlich bitten, sich baldmöglichst von dem Fest zu entfernen, als sich Gavin erhob und in die Hände klatschte, um die Aufmerksamkeit der Hochzeitsgesellschaft zu erlangen. Offenbar trat für seinen Geschmack nicht schnell genug Ruhe ein, denn er stieß einen furchterregenden Schrei aus, den er, wie Luc wußte, vor langer Zeit auf den Schlachtfeldern zur Vollendung gebracht hatte.

Die Gäste verstummten unwillig.

»Und nun«, brüllte Gavin, als müßte er noch immer den Lärm des Festes übertönen, »ist der große Augenblick gekommen, auf den wir alle gewartet haben. Mein Sohn hat die Prinzessin von Tullymullagh geheiratet ...«, überall erhob sich Jubel, »... und es ist an der Zeit, daß ihm die Frucht dieser Verbindung zuteil wird.«

Lucs Augen verengten sich, er traute seinem Vater nicht. Was für eine Frucht meinte Gavin?

Dieser sah Luc jedoch lächelnd an und winkte ihn zu sich.

»Komm, Luc von Llanvelyn, komm und gelobe mir deine Treue. Das Siegel von Tullymullagh soll hiermit Briannas Ehemann übergeben werden, so wie ich es ihrem Vater und König Heinrich von England geschworen habe.«

Das Siegel von Tullymullagh? Luc blinzelte. Er hatte nie weiter gedacht als bis zu ihrer Vermählung, doch nun erkannte er, wie töricht es gewesen war, ein so entscheidendes Detail zu vergessen. Der Gedanke, daß ihn die Herrschaft über die ausgedehnten Ländereien von Tullymullagh dem Leben, das er hinter sich gelassen hatte, wieder einen großen Schritt näherbrachte und daß er Gavin nun die Treue geloben sollte, ließen Luc zögern.

»Luc! Er will dir jetzt schon das Siegel zusprechen!« Brianna war ganz aufgeregt.

Freilich waren seine Vorbehalte nichts im Vergleich dazu, wieviel Tullymullagh Brianna bedeutete.

Luc drückte ihre Hand und erhob sich entschlossen. Als er den Saal durchquerte, machten die Leute ihm Platz, wie sie es erst vor wenigen Wochen für die drei Brüder getan hatten. Luc fiel vor seinem Vater auf die Knie, während Gavin Uther ein Zeichen gab. Eilig brachte der Verwalter Gavin einen kleinen, prallgefüllten Beutel.

Luc streckte die Hände seinem Vater entgegen, seine Haltung ähnelte der eines Betenden. Feierlich legte Gavin seine schwieligen Hände um die seines Sohnes. Sie sahen sich fest in die Augen, und es wurde ganz still im Saal, als Luc seinem Vater feierlich die Treue schwor.

Dann beugte Gavin sich hinunter, so wie es der Brauch verlangte, und nachdem er seinen Sohn auf beide Wangen geküßt hatte, nahm er erneut Lucs Hände und hob ihn wieder auf. Nun überreichte Gavin ihm mit unerwarteter Anmut das Siegel. Der Beutel war schwerer, als Luc erwartet hatte, und er befühlte neugierig seinen Inhalt.

Es waren nicht ein, sondern zwei Siegel darin.

Luc warf seinem Vater einen fragenden Blick zu, und Gavins selbstgefälliges Lächeln verriet ihm, worum es sich bei dem zweiten Siegel handelte.

»Mein Wort«, sagte Gavin leutselig, »ist nicht so bedeutungslos, wie einige glauben mögen.«

Luc hielt endlich das Siegel von Llanvelyn in den Händen! Er brauchte nicht in den Beutel zu schauen, um sich davon zu vergewissern. Und nur, um endlich in den Besitz dieses Siegels zu gelangen, war er ursprünglich nach Tullymullagh gekommen.

Doch eigenartigerweise freute sich Luc gar nicht so sehr darüber, daß er sein Ziel erreicht hatte. Er erkannte, daß ihm nicht mehr besonders viel daran lag, nach Wales zurückzukehren, auch wenn er seine dortigen Pflichten ganz bestimmt nicht vernachlässigen würde.

Denn alles, was Luc sich je gewünscht hatte, war jetzt hier, seine Zukunft lag innerhalb der Mauern von Tullymullagh.

In Gold und Grün gekleidet wie eine Elfenkönigin.

Luc blickte in Briannas leuchtende Augen und ein heftiges, beinah schmerzhaftes Glücksgefühl durchflutete ihn, als er verstand, daß er mit dem größeren Geschenk nie gerechnet hatte.

Doch das größte Geschenk würde Lady Briannas Herz sein. Und Luc wollte keine Zeit verlieren, die Liebe der Prinzessin zu gewinnen.

In diesem Augenblick hob Gavin seinen Becher. »Ich trinke auf die Gesundheit des neuen Herren von Tullymullagh!« schrie er.

Ein Page reichte Luc einen Becher, aber er trank nicht gleich, sondern rief, den Blick fest auf seine Braut gerichtet: »Nein, wir trinken auf die Gesundheit der Herrin von Tullymullagh!« Alle Gäste stimmten ihm lauthals zu und erhoben ebenfalls ihre Becher.

Drei flackernde Öllampen tauchten den Gaden in ein geheimnisvolles Licht, zuckende Schatten tanzten an den Wänden, und nachdem die Gaukler das frisch vermählte Paar mit nichts als ihren Hemden auf dem Leib allein gelassen hatten, schien es, als würde der Raum in erwartungsvoller Spannung verstummen.

Wie ein riesiger Phantasievogel, der sich herausgeputzt hatte, harrte das Himmelbett frisch bezogen in einer Ecke. Seine Vorhänge waren zurückgebunden und sämtliche Kissen aufgeschüttelt. Brianna sah das Bett an, ganz gewiß, daß es mehr über das wußte, was hier noch geschehen würde, als sie.

»Fürchtest du dich?« fragte Luc sanft.

Er hatte die Arme vor der Brust verschränkt und betrachtete sie nachdenklich, seine blauen Augen leuchteten. Brianna zwang sich zu lächeln. »Ein bißchen.«

Mit einem Schritt war Luc bei ihr. Bereits seine Nähe hatte eine beruhigende Wirkung auf sie. Er stand ganz dicht vor ihr, nahm aber nur ihre Hand, er wollte wohl nicht, daß Brianna sich bedrängt fühlte.

»Du brauchst keine Angst zu haben«, sagte er leise und küßte liebevoll ihre Handfläche. »Wir werden uns ganz langsam vortasten, und du brauchst es mir nur zu sagen, wenn wir aufhören sollen.« Brianna blickte ihn atemlos an. »Hat deine Mutter dir schon etwas darüber erzählt?« fragte er zärtlich.

Brianna schüttelte hastig den Kopf.

Auch Lucs unbefangenes Lächeln war beruhigend. »Dann werde ich es wohl tun müssen«, sagte er gelassen und nickte zum Bett hinüber, noch bevor Brianna überlegen konnte, was sie ihn fragen sollte. »Das Bett deiner Eltern?«

»Der ganze Stolz meiner Mutter.« Brianna lächelte, als sie sich an die Geschichte des Bettes erinnerte. »Ein Hochzeitsgeschenk ihres Vaters. Oh, und wie sehr die Bediensteten es verflucht haben!«

»Warum?«

»Als die Burg gebaut wurde, mußte es immer wieder umgestellt werden. Meine Mutter wollte in keinem anderen Bett schlafen, und mein Vater bestand darauf, daß sie stets in dem besten Zimmer des Bergfrieds schliefen.«

Briannas Lächeln wurde breiter. »Zuerst stand es im alten Saal, dann in dem Raum, der heute der Saal dieses Bergfrieds ist, danach im ersten Stockwerk und schließlich hier.«

Sie sah Luc an, und ihre Lippen kräuselten sich. »Angeblich hat es in jener Nacht, als meine Mutter sich mit dem Standort des Bettes endlich zufrieden erklärte, ein rauschendes Fest in der Küche gegeben.«

»Das kann ich mir gut vorstellen«, lachte Luc und öffnete mit seinen starken Händen die Spangen in Briannas Haar. Er ging dabei viel sanfter vor als Fenella. Brianna musterte ihn ausgiebig, während er ihren Zopf löste und studierte seine Gesichtszüge, die im Licht der Laternen golden schimmerten.

»Dein Haar ist wirklich sehr lang«, sagte er warm. »Du schneidest es wohl nicht sehr oft.«

»Nein.« Brianna schüttelte den Kopf. »Fenella schneidet nur manchmal die Spitzen.« Luc fuhr fast ehrfürchtig über ihre langen Locken.

»Die Farbe ist einfach wundervoll«, flüsterte er und sah sie an. Die Bewunderung in seinen Augen verschlug Brianna den Atem. »Schau nur, wie es das Licht einfängt.« Luc ließ ihr Haar durch seine Hände gleiten, goldene Funken tanzten darin. »Ich habe noch nie etwas Vergleichbares gesehen.«

»Das Haar meiner Mutter hatte auch diese Farbe.«

Er lächelte und schaute ihr in die Augen. »Kein Wunder, daß dein Vater bereits bei ihrem ersten Anblick verzaubert war. Dein Haar sieht aus, als habe es das Sonnenlicht eingefangen.«

Brianna blinzelte und spürte, wie sie errötete. »Warst du denn auch so verzaubert?«

Luc grinste. »Ja«, gestand er und fügte ernst hinzu: »Ich hatte noch nie zuvor eine Frau wie dich gesehen, aber es waren vielmehr deine unerwarteten Bedingungen, die meine Aufmerksamkeit erregten, nicht bloß deine flachsblonden Locken.«

Briannas Herz pochte wie wild, als sie dieses Geständnis vernahm, und Luc begann, mit den Fingern sanft ihr Haar zu kämmen. »Es ist so unglaublich weich«, flüsterte er und heftete seinen glühenden Blick plötzlich auf Briannas Mund. Ihre Lippen kribbelten in der Erwartung seines Kusses. »Ist alles an dir so weich, meine Gemahlin?«

»Das weiß ich nicht«, stammelte sie atemlos.

Luc beugte sich über sie und streifte mit seinen Lippen über ihren Mund. Dann hob er den Kopf und zog eine Augenbraue hoch. »Weich«, stellte er fest und küßte ihre Nasenspitze. »Zweifelsohne weich.«

Brianna kicherte ausgelassen über seine verrückten Einfälle, während seine Lippen über ihre Wange wanderten. »Sehr weich«, murmelte er, sein Atem kitzelte ihre Schläfe, und sie schloß die Augen. »Ah! Wunderbar weich.«

Luc umfaßte ihre Taille, sein Oberkörper war ganz dicht vor Briannas Gesicht. Sie atmete tief ein, der frische, männliche Geruch von Lucs Haut erschien ihr köstlich und überaus betörend. Er knabberte zärtlich an ihrem Ohr, und Brianna rang nach Atem.

»Zu weich, um aus Fleisch und Blut zu sein«, flüsterte er ihr ins Ohr, dann schaute er sie entsetzt an. »Bist du vielleicht eine Elfenkönigin?«

Brianna lachte, es gefiel ihr, daß er sich so sehr bemühte, ihr die Angst zu nehmen. »Nein, ich doch nicht!«

»Gut.« Luc tat erleichtert. »Ich möchte nämlich nicht erwachen und mich in einem Grabhügel wiederfinden oder in einem anderen furchtbaren Gefängnis.«

Brianna krauste die Stirn, sie wollte endlich mehr über die Geheimnisse der Hochzeitsnacht erfahren. Nervös zupfte sie an seinem Hemd, obwohl sie genau wußte, daß er ihr jede Frage ehrlich beantworten würde.

Er wartete schweigend und geduldig, ohne etwas zu verlangen.

»In den Gemächern der Frauen hört man so manche Gerüchte, Luc«, begann Brianna, dann stockte sie und sah ihn an, unfähig, ihre Furcht zu verbergen. »Wird es weh tun?«

Luc schaute ihr ernst in die Augen. »Vielleicht nur beim ersten Mal, vielleicht aber auch öfter.« Er schüttelte den Kopf und streichelte ihre Wange. »Man kann es unmöglich vorher wissen.« Brianna spürte, wie ein Schauer über ihren Rücken lief.

»Aber über eines kannst du dir ganz sicher sein«, fuhr Luc fort und tippte entschlossen gegen ihr Kinn. »Ich werde mir alle Mühe geben, damit es überhaupt nicht weh tut.«

Brianna brachte ein zaghaftes Lächeln zustande. »Schwörst du es mir?«

Luc grinste, doch seine Augen leuchteten. »Ja! Wir können uns gegenseitig Freude schenken, nur Vergnügen und Sinnenfreuden sollen einen Platz in diesem Bett haben.« Er beugte sich hinunter und küßte sie sanft, seine Liebkosung war so unendlich zart wie der Flügelschlag eines Schmetterlings. »Vertrau mir«, sagte er leise. »Brianna.«

Ihr Vertrauen in ihn und seine unerschütterliche Ruhe bestärkten Brianna. Sie legte die Arme um seinen Hals und sah ihren Ehemann liebevoll an. »Ich mag es, wenn du meinen Namen aussprichst«, gestand sie.

Grinsend umfaßte Luc ihre Hüfte. »Wer bin ich schon, daß ich dir etwas ausschlagen könnte?« sagte er neckisch und zwinkerte. »Brianna.« Sein Atem rief ein heftiges Kribbeln auf ihrer Haut hervor, als liefe eine ganze Horde Ameisen über ihren Körper. Langsam zog Luc eine Linie aus Küssen über Briannas Wange und versah jeden Kuß mit ihrem Namen.

Er küßte ihre Schläfen, seine Lippen wanderten über ihre Stirn zur Nasenspitze und dann zu ihren Augen, als könnte er von dem Geschmack ihrer Haut nicht genug bekommen. Bei jedem Kuß murmelte Luc ihren Namen, und jede seiner zärtlichen Berührungen erweckte dieses wohlige Kribbeln in Brianna, das sie nur in seiner Nähe verspürte.

»Aber Luc, ich weiß doch gar nicht, was ich tun soll«, protestierte sie.

»Du brauchst nichts zu tun«, flüsterte er ihr ins Ohr. Er kitzelte ihr Ohrläppchen mit der Zunge, und ein angenehmer Schauer durchlief ihren Körper. »Du brauchst gar nichts zu tun, meine Brianna, du sollst nur genießen.«

Diese Aufgabe war freilich einfach. Luc malte mit den Daumen Kreise auf ihren Rücken, er plagte sie mit kurzen Küssen, überall hin, nur nicht auf ihre Lippen. Sie sehnte sich danach, wieder seinen Mund zu schmecken und vergrub die Hände in seinem dichten Haar, sein heftiger Atem an ihrem Ohr erregte sie wie nie zuvor.

Luc streifte ihr das Hemd von der Schulter, der Pfad seiner

Küsse führte nun ihren Hals hinunter, die Schulter entlang über ihr Schlüsselbein zu der kleinen Mulde am Ende ihres Halses. Brianna lehnte sich in seinen starken Armen zurück, sie spürte die Berührung seiner Küsse am ganzen Körper. Dann hob Luc die Hand und legte sie fest um ihre Brust.

Brianna rang nach Atem. Ganz langsam beugte er sich weiter hinunter und küßte die Wölbung ihrer Brust, sein heißer Mund schloß sich um ihre aufgerichtete Knospe. Brianna entfuhr vor Leidenschaft ein kurzer Schrei. Sie schlang ihre Arme um Lucs Hals und bedeckte seine Schulter mit unzähligen Küssen.

Gerade als sie glaubte, es nicht länger aushalten zu können, richtete Luc sich auf. »Wahrlich weich«, stieß er hervor, dann eroberte er ihre Lippen.

Brianna drängte sich ihm entgegen, öffnete ihren Mund unter seinem Kuß und überließ sich ganz seinen erregenden Liebkosungen. Sie war sich zwar nicht ganz sicher, wonach sie sich sehnte, doch sie wußte, daß dieser Mann es ihr geben würde. Brianna erwiderte Lucs innigen Kuß. Sie neckte ihn mit der Zunge, wie er es sonst tat, und bemerkte zufrieden, daß er sie noch fester an sich drückte.

Ohne die Lippen von ihrem Mund zu lösen, hob Luc Brianna hoch und trug sie zum Bett. Er legte sich neben sie und begann das Band ihres Hemdes aufzuknoten. Dann richtete er sich auf und betrachtete mit einem glücklichen Lächeln ihre Rundungen.

Brianna wollte sich verlegen bedecken, doch Luc hielt ihre Hand fest und drückte einen Kuß auf ihre Finger. »Du bist wunderschön, Brianna«, flüsterte er, und seine Stimme ließ keinen Zweifel an seiner Aufrichtigkeit. »Schöner als jede Elfenkönigin.«

Und wie zur Bekräftigung zeichnete Luc mit dem Finger die Kurven ihrer festen Brüste nach. »Noch immer ängstlich?« fragte er und sah sie zärtlich an.

Brianna schüttelte den Kopf. »Ich habe mich nur noch nie so gefühlt«, gestand sie atemlos.

Er zog eine Augenbraue hoch. »Darf ich zu hoffen wagen, daß es ein gutes Gefühl ist?«

Brianna lächelte. »Ja!«

Lucs schiefes Grinsen erwärmte sie von Kopf bis Fuß. »Gut.«

Dann beugte er sich über sie und küßte erneut ihre Brust.

Als seine Zunge ihre magischen Kreise auf ihrer weichen Haut beschrieb, glaubte Brianna, sie müßte vor Lust ohnmächtig werden. Sie bog genußvoll den Rücken und stöhnte, während Luc mit Lippen und Zähnen sanft ihre zarten Knospen liebkoste. Noch nie zuvor war Brianna sich jeder Faser ihres Körpers so bewußt gewesen wie in diesem Augenblick.

Lucs Hand glitt unter ihr Hemd, dann hob er den Kopf und küßte sie wieder auf die Lippen. Seine Finger strichen mit verführerischer Langsamkeit über die Innenseite ihrer Schenkel. Brianna erriet seine Absicht, sie erinnerte sich noch gut daran, wie er ihr schon einmal jenen schier unerträglichen Genuß bereitet hatte, und öffnete sich ihm bereitwillig.

Wieder berührte er sie, wieder trieben seine geschmeidigen Finger heiße Wogen des Verlangens durch ihren Körper. Er liebkoste sie, drängte und neckte, spielte mit ihr, bis sie glaubte, den Verstand zu verlieren.

Brianna wand sich in seinen Armen, doch Luc gewährte ihr keine Ruhe, sondern steigerte ihre Lust bis zum Äußersten. Brianna drängte sich voller Verlangen an ihn. Sie war davon überzeugt, seine zärtlichen Berührungen keine Sekunde länger aushalten zu können.

Aber Luc fuhr unbeirrt fort. Brianna bebte und wand sich. Sie wußte, daß sie seinen gewandten Händen nicht entkommen konnte.

Es war diese Gewißheit, die sie schließlich über die Schwelle trieb. Vor Erregung bebend rief sie seinen Namen, heiße Schauer liefen ihr immer wieder über den Rücken.

Als Brianna die Augen aufschlug, ruhten Lucs unendlich blaue Augen auf ihr. Unfähig, sein zufriedenes Lächeln zu verbergen, legte er ihr den Arm um die Schultern und fragte zärtlich: »Na, hat es dir gefallen?«

»Luc!« Brianna rang nach Atem, sie versuchte noch nicht einmal zu verbergen, wie glücklich sie war. »Es war so viel intensiver als beim letzten Mal!«

Luc lachte. »Tatsächlich?« sagte er neckisch. »Dann müssen wir dafür sorgen, daß es beim nächsten Mal noch besser wird.«

Sie mußte über seine Entschlossenheit lachen, aber verstummte plötzlich, als Luc sich aufsetzte. Er zog mit schnellen Bewegungen sein Hemd aus und warf es achtlos zur Seite, im Licht der Öllampen schimmerte seine Haut goldbraun.

Brianna schluckte, sie konnte ihre neugierigen Blicke nicht von ihm abwenden. Luc schien amüsiert, und Brianna spürte, wie sie errötete. »Ich habe noch nie einen entblößten Mann gesehen.«

»Dann schau mich ruhig an«, sagte er und streckte sich wohlig auf dem großen Bett aus.

Bei dem Anblick seines schlanken, starken Körpers durchfuhr Brianna ein erneuter Schauer. Luc war so anders gebaut als sie, so sehnig und kräftig. Sie fuhr mit der Hand über seine Schulter und bis zu seinem Ellenbogen hinunter, fasziniert, daß sich sein Körper so anders anfühlte als der ihre. Sogar die Haare auf seinen Unterarmen waren viel härter.

Ermutigt von seiner Geduld, streichelte Brianna seine flache Brustwarze und das krause dunkle Haar auf seiner Brust. Sie fand seinen Herzschlag, spürte das heftige Pochen und hob den Blick. Luc lächelte, als wollte er bestätigen, welche Wirkung sie auf ihn ausübte.

Noch immer ein wenig verlegen, biß sich Brianna auf die Lippe und betrachtete Lucs Nabel, wo die Haare zu einer Spitze zuliefen, dann glitt ihr Blick weiter nach unten.

Schnell wandte sie sich um. »Ist es immer so?«

Luc schüttelte feierlich den Kopf. »Nur, wenn eine gewisse Frau mich küßt«, sagte er neckisch. Er nahm ihre Hand und legte sie wieder auf sein Herz. »Das schlägt in ihrer Gegenwart auch wesentlich schneller.«

Brianna sah ihm lange in die Augen, es freute und beruhigte sie, daß nicht nur ihr Körper so stark auf die Anwesenheit eines anderen Menschen reagierte.

Dann wanderten ihre Finger neugierig Lucs Körper entlang und berührten vorsichtig Lucs Geschlecht. Sein Glied regte sich unter ihrer Berührung, hastig zog sie die Hand weg.

Luc lachte.

»Das ist nicht komisch. Ich habe noch nie so etwas gesehen!« protestierte sie mit glühenden Wangen.

Luc grinste frech und drückte sie auf den Rücken. »Ach«, seufzte er, »diese Worte möchte jeder Mann in seiner Hochzeitsnacht hören.«

Und er gab Brianna einen leidenschaftlichen Kuß, der ihr Lachen verschluckte. Sein Geschlecht stieß gegen ihre Schenkel, und Brianna rang nach Atem, als sie begriff, wo diese Kraft hingehörte.

Aber sie vertraute ihrem Gatten. Luc verschränkte seine Finger mit den ihren und stützte sich auf die Ellenbogen, die Haare an seiner Brust kitzelten sie.

Dann sah er Brianna fest in die Augen.

»Sag mir, wenn es weh tut«, bat er sie so ernsthaft, daß Brianna wußte, er würde sofort aufhören, wenn sie auch nur das geringste Geräusch von sich gab.

»Das werde ich.« Sie fühlte Lucs pulsierendes Glied zwischen den Schenkeln und hielt den Atem an.

Doch einen Augenblick später spürte sie nur ein leichtes Ziehen. Luc glitt sanft in sie hinein, als wäre sie nur für ihn geschaffen. Brianna seufzte selig, als er sie endlich ganz ausfüllte.

»Brianna?«

Luc sah sie besorgt an. Brianna lächelte und streckte sich, um ihm einen Kuß auf den angespannten Mund zu geben. »Ich bin dein«, flüsterte sie, unfähig, den Blick von seinen leuchtenden Augen abzuwenden. »Ganz und gar dein.«

Sie wollte an keinem anderen Ort der Welt sein. In Lucs Armen fühlte Brianna sich sicher und geborgen.

Ein Schauer lief durch Lucs Körper bei ihren Worten, dann begann er, sich mit kraftvoller Anmut zu bewegen. Brianna spürte sofort, daß dies die Erfüllung war, nach der sie sich immer gesehnt hatte.

Lucs Geruch hüllte sie ein, seine Kraft umgab sie, sein hartes Glied rieb gegen die Perle, die er vorher entflammt hatte. Mit überraschender Schnelligkeit spürte Brianna erneut eine Woge der Leidenschaft in sich emporsteigen. Voller Verlangen hob sie sich Luc entgegen und schlang die Arme um seine breiten Schultern.

Zusammen bewegten sie sich in vollkommener Harmonie, während die Hitze ihrer Körper immer stärker wurde, und das Feuer der Lust loderte in ihren Adern.

Dann erblickte sie wieder die Sterne. Brianna schrie auf, im gleichen Moment, als Luc ihren Namen rief.

Sein heißer Samen ergoß sich in ihr. Sie lächelte, als er ihr einen Kuß aufs Ohr hauchte und schlummerte zufrieden ein, wie an jenem Morgen im Stall.

Als Brianna erwachte, lag Luc dicht an sie gedrückt. Im Gemach war es dunkler, zwei der Lampen waren bereits verloschen. Sie streckte sich behaglich, als sich seine Hand sanft um ihre Brust schloß. Dann wanderten seine Hände über ihren Körper, unvermittelt schmiegte sie sich an ihn. Luc lachte leise.

»Müde?«

»Nein.«

Seine Hände glitten tiefer, und Brianna seufzte genüßlich. »Schmerzen?«

Sie lächelte ihn über die Schulter an. »Nein.«

Ihr wurde ganz warm ums Herz, als sie Lucs liebevollen Blick bemerkte. »Du bist so klein und zart«, sagte er. »Ich hatte große Angst, dir weh zu tun.«

Brianna gab ihm einen Kuß. »Du warst sehr vorsichtig.«

Ihre Blicke trafen sich einen atemlosen Augenblick lang, dann glitten Lucs Finger wieder über Briannas Körper. »Du hast viel zu viel an«, bemerkte er, und Brianna mußte lachen, als sie ihr verheddertes Hemd sah. Sie setzte sich auf, wohl wissend, daß der anerkennende Blick ihres Mannes auf ihr ruhte, zog das Hemd über den Kopf und warf es zur Seite.

»Besser?«

Lucs Augen funkelten, mit gespielter Besorgnis hob er die Augenbrauen. »Du trägst ja noch deine Strümpfe!« Er schnalzte mit der Zunge, so wie Uther stets seine Mißbilligung kundtat. »Ihr werdet sie noch ruinieren, wenn Ihr sie im Bett tragt, Mylady.«

Als Brianna Lucs Absicht erriet, war er bereits zum Fußende des Bettes getaucht. Sie spürte seinen heißen Atem auf den Schenkeln und erschauerte. Luc hob ihr Bein und machte sich daran, ihre Kniekehlen mit Tausenden von Küssen zu bedekken.

»Luc!« Seine Liebkosung kitzelte erbarmungslos. Er sah sie mit glühenden Augen an, während er mit den Zähnen ihre Strumpfbänder löste, Brianna bebte, heiße Schauer durchliefen sie. Lucs starke Finger zogen ihr die Strümpfe von den Beinen und glitten dabei warm über ihre Haut.

Seine bedächtigen Küsse entfachten Briannas Leidenschaft erneut. Luc kostete ihre Waden, probierte ihre Knöchel, küßte nacheinander jeden einzelnen Zeh. Er liebkoste den Spann ihrer Füße und streichelte mit dem Daumen ihre Fußsohlen, Brianna hatte das Gefühl, ihre Knochen würden schmelzen.

Dann kroch er langsam wieder zurück, gelangte an ihre Knie, Küsse und Hände glitten über ihre Schenkel, während er immer weiter nach oben rückte. Seine Zunge fuhr über Briannas Beine, Lucs Zähne, seine Lippen und Fingerspitzen liebkosten sie überall, so zärtlich und entwaffnend, daß Brianna nichts mehr wahrnahm, außer seinen Berührungen.

Sie griff nach ihm und wollte ihn zu sich nach oben ziehen, doch sie sah nur sein verschmitztes Lächeln, als er ihren Händen auswich. Brianna krauste verwirrt die Stirn. Sie betrachtete Lucs breite Schultern, die weiße Strähne in seinem ebenholzfarbenen Haar und das tiefe Blau seiner Augen, dann spürte sie, wie er die Hände um ihr Gesäß legte.

Und plötzlich glitt Lucs warme Zunge durch die weichen Haare zwischen ihren Schenkeln zu jenem verborgenen Punkt.

Brianna sank leise stöhnend in die Kissen zurück und erkannte, daß sie noch viel über die Freuden lernen mußte, die sie in diesem Bett teilen konnten. Sie lächelte, und es gefiel ihr ungemein, daß ihr Ehemann so fest entschlossen war, sie möglichst schnell in die Geheimnisse der Liebe einzuweihen.

Kapitel 17

Als Luc erwachte, fiel bereits das Morgenlicht in den Gaden und warf seine langen Schatten durch die Fensterläden. Er betrachtete das Wunder, das noch in seinen Armen schlief, und mußte lächeln. Brianna begegnete wirklich jeder Facette des Lebens mit der gleichen zügellosen Leidenschaft, und Luc gefiel diese Eigenschaft sehr gut. Sein Blick wanderte über ihre anmutigen Wangenknochen, ihre geschwungenen Lippen, die goldenen Wimpern auf ihrer elfenbeinfarbenen Haut.

Ein einziger unwillkommener Gedanke beeinträchtigte sein Glück. Er legte sich zurück und schaute stirnrunzelnd zum Baldachin des Bettes hinauf: Die Ungewißheit, wer Vater Padraigs Komplize gewesen sein könnte, bedrückte ihn wieder. Wessen Stimme hatte er nur im Stall gehört?

Lucs Entschlossenheit, Brianna zu beschützen, war nach dieser ersten gemeinsamen Nacht noch viel stärker geworden, und er befürchtete noch immer, daß dieser unbekannte Mann ihr früher oder später etwas antun würde. In den letzten Tagen hatte er bei der Lösung dieses Rätsels keine nennenswerten Fortschritte gemacht, und der Gedanke, auf Tullymullagh zu bleiben, wo hinter jeder Ecke eine Gefahr lauern konnte, erschien ihm unerträglich.

Es gab nur einen Ausweg. Sie mußten Tullymullagh verlassen, nur sie beide ganz allein, damit Briannas Sicherheit gewährt wäre. So könnten sie der Bedrohung vielleicht entfliehen, oder jener unbekannte Verbündete würde in ihrer Abwesenheit ebenfalls die Burg verlassen.

Nur wenn sie zu zweit waren, konnte Luc sicher sein, daß Brianna nichts zustieß, denn dann müßte er nicht die ganze Zeit über versuchen, Hunderte von fremden Menschen im Auge zu behalten.

Aber Brianna durfte nichts von seinen Ängsten erfahren. Er wollte sie nicht mit seinen Vermutungen beunruhigen, die sich vielleicht irgendwann als falsch erweisen würden.

Ah! Luc lächelte zufrieden, als ihm eine ausgezeichnete Lösung einfiel. Er würde Brianna in aller Eile mit nach Llanvelyn nehmen. Dort mußten ohnehin verschiedene Angelegenheiten geregelt werden, und Luc wußte, daß seiner Prinzessin in dem abgelegenen und beschaulichen Baronat keine Gefahren drohten. Zudem kannte er dort jeden einzelnen Menschen.

Das war wirklich eine sehr gute Idee.

Brianna erwachte eng an Luc geschmiegt, seine Beine waren noch immer mit den ihren verschränkt. Er lag auf dem Rücken, mit einem Arm hielt er sie umschlungen. Sie räkelte sich genüßlich und öffnete die Augen, Lucs Blick ruhte auf ihr. Er lächelte, als er sah, daß sie erwacht war, doch Brianna hatte bereits seine besorgte Miene bemerkt.

»Ist etwas nicht in Ordnung?«

Luc schürzte die Lippen. »Nein. Ich habe nur nachgedacht.«

»Worüber?«

Er schaute ihr in die Augen. »Über Llanvelyn.«

Brianna setzte sich abrupt auf, das offene Haar umfloß ihre Schultern. Angst schnürte ihre Kehle zusammen, denn Luc hatte schließlich selbst zugegeben, nur nach Tullymullagh gekommen zu sein, um endgültig das Siegel für diese Ländereien zu bekommen. »Was ist denn mit Llanvelyn?«

Luc zuckte mit den Schultern. »Es gibt keinen Verwalter dort.

Ich habe nach Pyrs Tod niemanden ernannt, sondern die Aufgabe einfach selbst übernommen.« Er sah sie vorsichtig an und schien seine Worte genau zu bedenken, sanft streichelte er über ihren Rücken. »Was würdest du davon halten, wenn wir dorthin gingen?«

Brianna schluckte und versuchte, sich zu beherrschen. »Um dort zu leben?«

Luc schüttelte so schnell den Kopf, daß sie erleichtert aufatmete. »Nein!« sagte er mit einem liebevollen Lächeln und gab ihr einen zärtlichen Nasenstüber. »Der bloße Gedanke daran scheint dich regelrecht zu erschrecken.«

Brianna errötete leicht. »Ich dachte nur, daß du Tullymullagh vielleicht gar nicht regieren möchtest.« Sie zog die Umrisse seiner Hand nach, die auf dem Laken zwischen ihnen lag. »Ich hatte Angst, du könntest es vielleicht nicht mit deiner Entscheidung vereinbaren, nie wieder das Leben eines Ritters zu führen.«

»Ach, dieser Entschluß ist doch schon elf Jahre her.«

»Dann freust du dich also, der neue Herr von Tullymullagh zu sein?«

Luc nickte feierlich. »Ja, es sind wirklich sehr schöne Ländereien.«

Brianna lächelte. »Du hast gezögert, als dein Vater dir das Siegel verleihen wollte. Ich fürchtete erst, du würdest ablehnen.«

Luc rollte mit den Augen. »Ich hab nur überlegt, ob es klug ist, meinem Vater die Treue zu schwören.«

»Hast du das nicht schon vorher getan?«

»Nein, obwohl ich sein Vasall gewesen bin, denn ich habe Llanvelyn an seiner Stelle verwaltet. Eigentlich ist es die gleiche Verantwortung, doch Tullymullagh ist viel größer und unübersichtlicher.« Er streichelte ihre Wange und lächelte. »Ich kann sehr gut verstehen, daß du das Land deines Vaters vor Gavins direktem Zugriff bewahren willst.«

»Er glaubt wohl, daß du seine Befehle befolgen wirst.«

Luc machte eine Grimasse. »Nach all den Jahren sollte Gavin es besser wissen.«

Brianna wollte nicht, daß es zwischen ihnen Unstimmigkeiten gab. Sie rückte wieder ein wenig näher und tippte mit einem Finger auf das Kissen. »Aber du hast mir erzählt, daß du einen Schwur geleistet hast, als Tyrell starb.«

»Ein Schwur, der allerdings nicht davon in Frage gestellt wird, daß ich das Siegel von Tullymullagh annehme«, räumte er ein und fügte entschlossen hinzu: »Ein vernünftiger Mann kann in elf Jahren sehr viel lernen und sollte den Mut haben zuzugeben, wenn er sich geirrt hat. Ich kann nicht vor mir selbst fliehen, und ebensowenig kann ich mich vor meinen Ambitionen verstecken. Vom ersten Moment an, da ich Tullymullagh erblickte, bewunderte ich diese Burg, und hier habe ich gelernt, daß es auch eine andere Art der Herrschaft gibt, als die Unterdrückung, die Gavin und Tyrells Vater ausüben.«

Brianna schaute in Lucs Augen und sah darin nur tiefe Ehrlichkeit.

»Dein Vater«, sagte er fest, »hat ein leuchtendes Beispiel dafür gegeben, daß ein Edelmann ein ehrbares Leben führen und seine Leibeigenen gerecht behandeln kann. Er hat Tullymullagh ein einzigartiges Vermächtnis hinterlassen, das ich liebend gerne fortführen möchte.«

Brianna lächelte beruhigt. »Warum müssen wir dann überhaupt nach Llanvelyn gehen?«

Luc zuckte mit den Schultern und wandte den Blick ab. »Wenn wir Tullymullagh zu unserem Wohnsitz machen wollen, muß ich noch einige Angelegenheiten dort in Ordnung bringen«, sagte er steif, und Brianna spürte, daß dies nicht die ganze Wahrheit war. »Llanvelyn braucht schließlich einen Verwalter.«

»Kann Gavin sich nicht darum kümmern?«

Luc schnaubte. »Der doch nicht!« Er nahm ihre Hand und küßte die Finger. »Brianna, ich bin kein Mensch, der eine Aufgabe gern unvollendet läßt.« Luc sah sie ernst an, dann senkte er die Stimme. »Ich bitte dich doch nur darum, mir dieses eine Mal etwas zu gewähren, meine holde Gemahlin.«

Brianna stockte der Atem. Wie konnte sie ihm diese Bitte abschlagen, wo er doch bereits so viel getan hatte, um sie glücklich zu machen?

Trotzdem würde sie ihn auch ein wenig necken. »Vielleicht!« sagte sie schelmisch. »Aber womit werde ich belohnt, wenn ich deinem Wunsch nachgebe?«

Ein fröhliches Funkeln trat in Lucs Augen. »Keine Angst, Brianna, ich werde schon dafür sorgen, daß sich dein Zugeständnis lohnt«, knurrte er, stürzte sich auf sie und kitzelte Brianna, bis sie vor Lachen kreischte. Sie wand sich und versuchte vergeblich, sich zu wehren. Lachend und kämpfend rollten sie über das große Bett.

Bis Luc sie schließlich an einen der massiven Pfosten getrieben hatte. Brianna warf ihr Haar zurück und verschränkte die Arme vor der Brust, behielt aber vorsichtshalber seine Finger im Auge. »Wie lange werden wir fort sein?« fragte sie und schob trotzig das Kinn vor.

Luc zuckte mit den Schultern. »Wahrscheinlich den ganzen Winter über. Das schlechte Wetter wird schließlich bald einsetzen.« Er betrachtete sie mit einem Lächeln, das ihren Herzschlag beschleunigte. »Aber wie sollen wir dich bloß warm halten?« Luc zog eine dunkle Augenbraue hoch, und Brianna gingen ein Dutzend Möglichkeiten durch den Kopf, doch plötzlich vertrieb ein anderer Gedanke ihre Fröhlichkeit.

Sie griff nach Lucs Arm. »Aber was ist mit Fenella?« fragte sie besorgt. Lucs Augen verengten sich. »Möglicherweise geht sie im Frühjahr mit einem Kind schwanger, und wenn Dermot sie nun verschmäht, und ihr Vater sie daraufhin verstößt...« Sie sah Luc bestürzt an. »Was ist, wenn ihr Vater vorbeikommt, während wir fort sind? Luc, er könnte sie schlagen!«

Luc verzog den Mund. »Auf Tullymullagh soll keine Frau geschlagen werden.« Er legte die Hände auf Briannas Schultern und sah ihr fest in die Augen. »Fenella ist der Fürsorge von Tullymullagh anvertraut, und wir tragen die Verantwortung für sie. Wenn Dermot sie tatsächlich verschmähen sollte und ihr Vater sie verstößt, werden wir uns eben um sie kümmern. Das verspreche ich dir.«

»Dann gehen wir also nicht fort?«

Luc runzelte die Stirn und sprang aus dem Bett. Unruhig ging er im Raum auf und ab. Brianna sank das Herz, denn sie begriff, wie verzweifelt Luc nach Llanvelyn zurückkehren wollte. Würde er auf Tullymullagh je wirklich glücklich sein?

»Wie weit ist es denn bis zu der Burg von Fenellas Vater?«

Brianna versuchte, sich daran zu erinnern. »Ein siebentägiger Ritt, höchstens ein oder zwei Tage länger.«

»Und was für ein Mann ist Fenellas Vater?«

Brianna zuckte die Schultern. »Ich kenne ihn nicht sehr gut. Er ist ein entfernter Vetter – mein Vater war besser mit ihm bekannt als ich.«

Luc schaute eine Weile nachdenklich aus dem Fenster, dann warf er ihr einen durchdringenden Blick zu und sagte: »Wir werden auf seine Ankunft warten, damit du beruhigt bist. Ich möchte nicht, daß du dich den ganzen Winter über um sie sorgst.« Er nickte. »Dann werden wir auch Zeit haben, vor unserer Abreise alle wichtigen Angelegenheiten auf Tullymullagh zu regeln.«

Es klopfte an der Tür, und Luc tauchte schnell wieder unter die warmen Decken. »Sie kommen wegen des Lakens.« Brianna rang nach Atem und sah sich um, ob auch alles in Ordnung war.

Der dunkle Fleck ihrer Jungfernschaft war mehr als deutlich zu sehen.

»Oh, aber wer kommt denn wohl, um den Beweis entgegenzunehmen?« scherzte Luc wieder frohgestimmt und drückte Brianna zärtlich an sich. Seine liebevolle, fürsorgliche Art nahm Brianna jegliche Befangenheit vor diesem nötigen Brauch, und sie war froh, daß sie sich gemeinsam der Prüfung des Haushaltes stellten.

»Gavin«, flüsterte Brianna voller Gewißheit und zog die Decke über ihre nackten Brüste. »Er will sich versichern, daß du deinen Preis wahrhaftig gewonnen hast.«

»Nein, es ist Uther«, behauptete Luc fest überzeugt. »Er will mit eigenen Augen sehen, daß der Tochter seines Herren keine Schande widerfahren ist.« Er fischte sein Hemd vom Boden, zog es über den Kopf und band es mit geschickten Fingern zu. Dann nahm er ihren Kopf zwischen die Hände, sie sahen sich tief in die Augen und dachten an die vergangene Nacht.

Ihre Hochzeitsnacht war der Erzählung eines Barden würdig, befand Brianna.

»Ich glaube, ihr ist keine Schande widerfahren«, flüsterte sie atemlos.

Luc lächelte langsam, dann beugte er sich zu ihr. »Gut«, sagte er und küßte sie leidenschaftlich.

Es klopfte erneut, Luc löste sich nur widerwillig von Briannas Lippen, dann zog er eine Augenbraue hoch. Seine saphirblauen Augen funkelten gefährlich. »Sollen wir eine Wette abschließen, Mylady, wer wohl zuerst über die Türschwelle tritt?«

Brianna lachte fröhlich über diesen unerwarteten Vorschlag. Sie vermutete, daß selbst der Verlierer nicht wirklich im Nachteil wäre. »Gern!« willigte sie ein und tippte mit einem Finger gegen Lucs Brust. »Der Gewinner stellt die Bedingungen.«

Luc grinste, dann wandte er sich der Tür zu. »Herein!« rief er, und die Tür wurde unverzüglich aufgestoßen.

Vor ihnen standen die beiden Männer, und alle beide verlangten, den Beweis zu sehen. Uther wollte gerade über die Türschwelle treten, da stieß Gavin ihm entschlossen einen Ellenbogen in die Rippen und drängte sich zuerst in den Gaden. Sein

Gesichtsausdruck war triumphierend, doch seine rauhe Art ließ Brianna vor Angst erschauern.

Plötzlich erinnerte sie sich daran, daß Luc vor langer Zeit geschworen hatte, niemals wieder ein Schwert in die Hand zu nehmen. Was geschähe, wenn in der Zukunft so jemand wie Gavin vor Tullymullaghs Tore kam? Würde Tullymullagh dann wieder erobert werden?

Und ginge dann alles ebenso glücklich aus wie dieses Mal? Brianna konnte sich nicht vorstellen, daß das Schicksal es noch einmal so gut mit ihr meinen würde.

Sie schluckte und erkannte, daß sie nur hoffen konnte, Luc würde seine Meinung ändern. Vielleicht kehrte er nicht nur zu dem friedfertigen Leben der Adligen zurück, sondern übernahm auch wieder die Verantwortung für einen Krieg.

Doch Brianna wußte, mit wieviel Stolz und Entschlossenheit Luc einen Schwur hielt.

Die Tage auf Tullymullagh vergingen wie im Flug, trotz Lucs Ungeduld, endlich fortzugehen. Es gab tatsächlich viel zu tun. Bruder Thomas, der Prior und sein Priester kehrten umgehend nach Endlist zurück, und Luc sorgte dafür, daß sie nicht ohne eine großzügige Spende für das Kloster gingen. Der Prior versicherte ihnen, sich darum zu kümmern, daß Vater Padraig in ungeweihter Erde beerdigt werden würde. Nur wenige Tage darauf kam ein neuer Priester an, der ein ausgesprochen lustiges Wesen hatte, und Luc freute sich, daß die Leute im Dorf ihn so freundlich aufnahmen.

Ruarke verkroch sich in den hintersten Winkel des Saales und schien den Entschluß gefaßt zu haben, den Weinkeller von Tullymullagh ganz allein zu leeren. Er spielte den sitzengelassenen und enttäuschten Freier bis zum Äußersten, doch Luc bemerkte, daß Brianna überhaupt keine Zeit für den Ritter hatte.

Und er konnte nicht leugnen, daß er darüber eine gewisse Genugtuung empfand.

Rowan machte sich am gleichen Tag auf den Weg, an dem auch seine Gaukler weiterzogen, und bevor sie sich wieder trennen mußten, verbrachten die beiden Brüder noch einige heitere Stunden miteinander. Auch Gavin verließ Tullymullagh und kehrte nach Frankreich und zweifellos unter Margaux' Fuchtel zurück.

In Wirklichkeit atmete Luc erleichtert auf, als sein Vater endlich abreiste, denn er konnte den Verdacht nicht vollständig loswerden, daß Gavin mehr über Connors Tod wußte, als er erzählte. Gewiß war es die Grausamkeit des Mordes, die Lucs Gedanken in diese Richtung lenkte, dennoch winkte er Gavin und seinen Söldnern herzlich zum Abschied.

Brianna machte sich voller Eifer an ihre Aufgaben als Burgherrin. Sie nahm einen Großteil der Schlüssel an sich, und die Bediensten zeigten bereits nach kurzer Zeit großen Respekt vor ihren Bestandsaufnahmen. Sie vergaß kaum etwas, und Luc verfolgte nicht ohne Stolz, wie sehr alle Bewohner von Tullymullagh Connors Tochter bewunderten.

Er verspürte selbst ein großes Maß an Bewunderung für sie. Mit jedem Tag, der verging, bemerkte Luc, daß er immer öfter Briannas Gesellschaft suchte, und jeden ihrer Erfolge genoß er, als habe er ihn errungen. Eines Tages brachte er Brianna bei, wie man schneller addierte und verdiente sich einen langen Kuß für seine Hilfe.

Obwohl Brianna erst spät begonnen hatte, sich mit den Aufgaben der Verwaltung des Bergfrieds zu befassen, lernte sie dank ihres scharfen Verstandes mit atemberaubender Geschwindigkeit.

Luc zog Brianna eines Abends damit auf, daß sie ihn bald nicht mehr brauchen würde. Als ihr helles Lachen die Luft erfüllte, packte er seine Gemahlin und schleppte sie auf direktem Weg in den Gaden, sehr zur Belustigung aller im Saal.

Und dann entfachte er in ihr eine nie gekannte Leidenschaft und zeigte ihr genüßlich, daß es sehr wohl etwas gab, wofür sie ihn immer brauchen würde.

Luc und Uther setzten einen wöchentlichen Gerichtstag an, und die zahlreichen Fälle von zu knapp bemessenen Gallonen, gestohlenen Schweinen und verschwundenen Mehlsäcken ähnelten den Streitigkeiten, die Luc regelmäßig in Llanvelyn geschlichtet hatte. Brianna saß auf seine Bitte hin neben ihm, denn sie kannte die Gewohnheiten auf Tullymullagh besser. Luc ernannte Matthew, den Müller, bald zum Vogt, denn der Mann schien den Respekt vieler im Dorf zu genießen, und auch Brianna hatte eine gute Meinung von ihm.

Zweimal in der Woche brachten Luc und Brianna Almosen zu den Armen und besuchten in der Wochenmitte die Kranken und Schwachen. Luc wußte, daß durchaus jemand anderer aus dem Bergfried Brianna bei diesen Pflichten, die lange für eine Domäne der Frauen gehalten wurden, hätte begleiten können, doch es bereitete ihm große Freude. Außerdem war es eine gute Gelegenheit, seine Pächter näher kennenzulernen.

Außerdem nahm Luc sich die Zeit, ein gewisses Streitroß zu pflegen, er striegelte das Fell des Pferdes, bis es glänzte, und ritt Raphael, sooft er konnte. Wäre da nicht die ständige Furcht gewesen, daß Brianna innerhalb der Mauern von Tullymullagh noch immer Gefahr drohte, hätte er seine gesamte freie Zeit auf dem Rücken des Pferdes verbracht.

Am ersten Advent kam Fenellas Vater aus den Bergen hinuntergeritten, und Brianna fürchtete das Schlimmste.

»Tochter!« brüllte er, noch bevor er vom Pferd gestiegen war. »Zeige dich, Fenella, und lege mir Rechenschaft über deine Taten ab!«

Brianna lief aus der Küche und sah, wie Luc bereits mit furchteinflößender Miene über den Burghof schritt. Der gesamte Haushalt versammelte sich neugierig um die Hauptdarsteller dieses Schauspiels. Brianna war heilfroh, daß Luc so früh von seinem Ausritt zurückgekehrt war, denn die Ankunft ihres Vetters ließ sie um Fenellas Haut fürchten.

Diese trat ihrem Vater jedoch erhobenen Hauptes entgegen, auch wenn ihre Züge sehr blaß waren. »Hier bin ich!«

»Stimmt es, daß du ohne den Segen Gottes deine Jungfräulichkeit geopfert hast?«

»Ja!« Das Gesicht des Mädchens färbte sich glühend rot.

Fenellas Vater schnaubte. »Und ißt du nun für zwei?« brüllte er. Er war ein korpulenter Mann mit schneeweißem Haar, dessen Gesicht eine gesunde rote Farbe hatte, und er wirkte älter, als Connor je geworden war.

Fenella warf ihr Haar zurück. »Nein.«

»Gott sei gelobt für diese bescheidene Gnade.« Ihr Vater saß ab und warf die Zügel einem Stallburschen zu, der sich beeilte, sie aufzufangen. »Jedenfalls gibt es keinen weiteren Stoff für Gerüchte.« Fenella machte ein langes Gesicht.

Luc trat vor. »Seid Ihr Fenellas Vater?«

»Ja.«

»Was gedenkt Ihr zu tun?«

Fenellas Vater warf Luc einen finsteren Blick zu. »Wer seid Ihr, daß Ihr Euch anmaßt, nach meinen Absichten zu fragen? Sie ist ganz allein meine Tochter, und ich muß mich jetzt um ihre Zukunft kümmern.«

Luc verschränkte die Arme vor der Brust. »Ich bin der Herr von Tullymullagh, und dieses Mädchen ist meinem Schutz anvertraut. Sie wird innerhalb dieser Mauern nicht geschlagen werden und die Burg auch nicht verlassen, bevor ich mich nicht persönlich davon überzeugt habe, daß ihr nichts geschieht.«

Fenellas Vater blickte ihn wild an. »Aha, dann seid Ihr also derjenige, der Connors Tochter geheiratet hat.«

»Ja«, sagte Luc ruhig. »Ich bin Luc Fitzgavin, jetzt von Tullymullagh.«

Der ältere Mann musterte die Leute im Burghof und schien seinen Ärger hinunterzuschlucken.

»Es freut mich«, fuhr Luc mit ausgesuchter Höflichkeit fort, »die Bekanntschaft des Vetters meiner Frau zu machen.«

»Ganz meinerseits.« Fenellas Vater sah seine Tochter streng an. »Ich wünschte allerdings, die Umstände unseres Zusammentreffens wären nicht so unerfreulich. Habt Ihr auf dieser Burg nicht einen Schluck Ale für einen Mann, der einen langen und beschwerlichen Ritt hinter sich hat?«

»Natürlich. Vielleicht sollten wir die Zukunft Eurer Tochter im Saal besprechen?« Luc wies zum Eingang, und Brianna schickte die Bediensteten los, um Speis und Trank vorzubereiten.

Fenellas Vater brummte zum Einverständnis und stapfte hinter Luc in den Saal, unter den Anwesenden brach aufgeregtes Gemurmel aus. Schließlich saßen sich die beiden an einem Tisch gegenüber, Fenella blieb ängstlich ein paar Schritte hinter ihrem Vater stehen.

Brianna stand hinter Luc und hoffte, er würde dafür sorgen, daß sich ihre Befürchtungen nicht erfüllten. Sie bezweifelte, daß Fenella in dieser Angelegenheit selbst den besten Weg erkennen könnte und wünschte von ganzem Herzen einen guten Ausgang der Dinge herbei.

Ihr Vetter schien ihre Gegenwart zu billigen, denn er nickte ihr zu, dann erhob er seinen Becher. Die Männer stießen förmlich an und tranken auf gegenseitige Gesundheit.

»Dermot ist also zu Euch gekommen«, meinte Luc.

Brianna hielt den Atem an. »Ja, das ist er«, erwiderte der ältere Mann.

»Und hat er Euch alles erzählt?«

Fenellas Vater schnaubte. »Ja, ich kenne diese erbärmliche

Geschichte bereits in- und auswendig.« Er schlug mit der Hand auf den Tisch, und sein Gesicht lief rot an, er bot wahrlich einen beängstigenden Anblick. »Und ich muß Euch sagen, daß ich nicht gerade geneigt war, ihn willkommen zu heißen, als er an meine Tore kam. Ich erinnere mich nämlich noch sehr gut daran, mit welcher Entschlossenheit sich Ismay von Claremont mit diesem Mann vermählen lassen wollte, und wie die beiden die Heirat gegen die berechtigten Einwände ihres Vormundes durchsetzten.«

Er rollte mit den Augen und nahm noch einen Schluck Ale. »Es hat mich nicht besonders überrascht, als er mir sein Liebesverhältnis mit Fenella beichtete, obwohl ich wirklich geglaubt hätte, daß dieses Mädchen ein bißchen mehr Verstand besitzen würde.«

Fenella rang nach Atem, doch Brianna bedeutete ihr zu schweigen. Es würde ihr nichts nützen, wenn sie ihren Vater jetzt auch noch verärgerte.

»Es überrascht mich, daß er nicht mit Euch gekommen ist«, sagte Luc.

»Ha!« Fenellas Vater leerte mit einem Schluck seinen Becher. »Dazu hatte er gar keine Gelegenheit!« erklärte er. »Ich wollte den Burschen prüfen. Das hat mich auch so lange aufgehalten.«

»Prüfen?« Luc richtete sich auf.

»Ja.« Der ältere Mann nickte energisch. »Ich erklärte ihm, daß ich meine Ländereien niemandem überlassen würde, der sie nicht verwalten oder verteidigen könnte. Dann habe ich ihn meinen Rittern übergeben.«

Fenella riß die Augen auf. »Nein Vater, das habt Ihr nicht getan!«

»Doch, natürlich. Und zu seiner Ehre muß ich sagen, daß er nicht nur überlebt, sondern sich sogar ganz gut geschlagen hat.« Fenella atmete erleichtert auf, doch ihr Vater schüttelte drohend den Zeigefinger. »Du kannst sicher sein, daß der Mann, den du mir geschickt hast, nicht der gleiche ist, der jetzt auf dich wartet.«

»Aber ...«

»Nichts aber! Ich werde einen ehrenhaften Mann aus ihm machen, und wenn es das letzte wäre, was ich in meinem Leben täte.«

»Aber Vater, Ihr könnt ihn doch nicht so schlecht behandeln! Das ist ungerecht!«

Der ältere Mann wandte sich ruhig um und sah seine empörte Tochter an. »Ungerecht? Wie kann es ungerecht sein, wenn ich dich gut verheiraten will, mit einem ehrenhaften Mann, auf den du dich verlassen kannst? So Gott will, wirst du noch viele Jahre ohne mich leben, Fenella, und es ist meine Pflicht, dir eine sichere Zukunft zu gewährleisten.« Er setzte ein finsteres Gesicht auf und schaute sich mißbilligend im Saal um. »Und was hast du nur dem neuen Herren von Tullymullagh über mich erzählt, daß er glaubt, ich würde dich für deine Torheit schlagen?«

Fenella errötete. »Nichts, Vater.«

Er stieß mit dem Finger durch die Luft und zeigte auf seine Tochter. »Habe ich je Hand an dich gelegt?«

Fenella zuckte zusammen und schüttelte den Kopf. »Nein, Vater. Aber Ihr schreit oft sehr fürchterlich.«

»Ha.« Ihr Vater nahm noch einen Schluck Ale und wandte sich wieder an Luc. »Kann man einem Mann die Schuld dafür geben, wenn die Frauen ihn den ganzen Tag über in den Wahnsinn treiben?«

Zögernd trat Fenella einen Schritt näher.

Luc räusperte sich, offenbar bemerkte er ihre Unsicherheit und erriet, was ihr auf dem Herzen lag. »Und was ist mit Dermot?«

»Er wird jetzt zweifellos einen annehmbaren Ehemann abgeben«, sagte Fenellas Vater barsch.

Fenella jauchzte. »Wirklich?«

»Ja, wirklich. Der Priester bereitet schon die Predigt für Eure Hochzeit vor, und deine Mutter...«, er rollte mit den Augen, »... macht mich bald verrückt mit ihrer Aufregung. Dieser Dermot ist nicht der Mann, den ich für dich gewählt hätte, aber da du ihn dir nun einmal ausgesucht hast, wird er genügen müssen.«

»O Vater!«

Der Mann sah seine Tochter an, die zögernd ein halbes Dutzend Schritte von ihm entfernt stand. »Du bist auf Tullymullagh zu einer Frau herangewachsen«, sagte er unsicher. »Und nun wirst du bald eine Braut sein.« Er öffnete die Arme. »Komm her, Fenella, und laß dich anschauen.«

Fenella brach vor Erleichterung in Tränen aus. Dann lief sie in die Arme ihres Vaters. Er drückte sie fest an sich. »Keine Angst, mein Kind, ich habe nicht vor, zu sterben, bevor ich aus Dermot nicht einen annehmbaren Erben und guten Ehemann für dich gemacht habe.«

Luc räusperte sich nachdrücklich, und Fenellas Vater sah ihn über das dunkle Haar seiner Tochter hinweg an. »Ihr habt nichts zu befürchten, Luc von Tullymullagh«, erklärte er würdevoll. »Ich gebe Euch mein Wort, daß meine Tochter nicht bestraft wird, so töricht sie sich auch verhalten haben mag. Sie ist meine einzige Tochter und mein ganzer Stolz, und wir sollten diese Angelegenheit gemeinsam zu einem guten Ende bringen.«

Er bot Luc die Hand.

Die Männer schüttelten sich feierlich die Hände und besiegelten damit eine Übereinkunft zwischen Ehrenmännern, und ganz Tullymullagh atmete erleichtert auf.

Brianna biß sich auf die Lippen, Tränen stiegen ihr in die Augen. Dermot mußte Fenella wirklich lieben, wenn er die Prüfung ihres Vaters auf sich genommen hatte. Dies konnte nur ein gutes Zeichen für die Zukunft der beiden sein.

Luc überließ Vater und Tochter ihrer Wiedersehensfreude und trat an Briannas Seite. »Tränen?« fragte er lächelnd und wischte mit dem Finger über ihre Wange. »Sag jetzt bloß nicht, du hättest einen anderen Ausgang als diesen gewollt?«

»Luc!« Brianna atmete tief durch und lehnte sich gegen ihn. »Ich danke dir dafür.«

Lucs schiefes Lächeln und das Gewicht seines Armes um ihre Taille erfüllten Briannas Herz mit Freude. »Ich drücke mich weder vor meiner Verantwortung«, beteuerte er und gab ihr einen zärtlichen Nasenstüber, »noch lasse ich mir auch nur eine Gelegenheit entgehen, meiner Gemahlin ein Lächeln zu entlocken.«

Brianna lächelte, sie wußte, daß es nun an ihr war, Luc um eine Sorge zu erleichtern. »Nun können wir nach Llanvelyn reisen«, sagte sie sanft, und Luc nickte.

»Sollen wir morgen aufbrechen?«

»Ja.« Brianna nickte. »Aber vorher muß ich noch etwas aus einem geheimen Versteck holen.« Luc sah sie verwirrt an, doch Brianna drückte zärtlich seine Hand. »Einige Briefe meiner Mutter, die sie meinem Vater geschrieben hat, bevor sie heirateten.«

Luc lächelte. »Sie müssen ein wertvolles Andenken für dich sein. Natürlich werden wir nicht ohne sie fortgehen.«

Am nächsten Morgen führte Brianna Luc mit hastigen Schritten an das Grab ihrer Mutter. Sie sah sich prüfend um, ob auch niemand in der Nähe war, und ließ sich dann schnell auf die Knie fallen. Stirnrunzelnd folgte Luc ihrem Beispiel, sagte aber nichts.

Brianna machte sich daran, den ziemlich fest sitzenden Stein herauszuziehen, und sobald Luc sah, was sie tat, half er ihr. Seine Hände waren viel stärker als die ihren, und er hatte den Stein schnell gelockert.

Endlich lag das metallene Kästchen wieder sicher in Briannas Händen. Sie seufzte erleichtert, dann übergab sie es ihrem Gatten. »Könntest du es für mich aufbewahren?«

»Ist dir das lieber?« fragte er, und Brianna nickte. Sie hatte das Gefühl, daß der Schatz bei ihr nicht so sicher war wie bei Luc. Mit einem Lächeln nahm er das Kästchen und steckte es in den Beutel, den er unter seinem Wappenrock trug.

Dort bewahrte er das gesamte Geld für ihre Reise auf, und es freute Brianna, daß Luc die Briefe ihrer Mutter für ebenso wertvoll erachtete. Dann zog er seinen Wappenrock und Mantel zurecht und blickte Brianna fragend an.

»Man kann nichts erkennen«, bestätigte sie.

Ein Geräusch kam von den Ställen herüber. Brianna rang nach Atem und tat, als würde sie beten, während sie mit zitternden Fingern versuchte, den Stein wieder zurückzusetzen.

Luc nahm ihr den Stein aus der Hand und schob ihn ruhig wieder an seinen Platz, dabei murmelte er ein Paternoster.

Als sie fertig waren, half Luc seiner Frau auf und geleitete sie zu den Ställen. Die Stalljungen kümmerten sich eifrig um zwei Zelter, während Denis keinem anderen beruhigende Worte ins Ohr flüsterte als Raphael.

Brianna sah ihren Gatten überrascht an, doch Luc trat wie selbstverständlich neben den Hengst und nahm eine Bürste in die Hand. »Er scheint es kaum erwarten zu können, endlich wieder Auslauf zu bekommen, Denis.«

»Wie immer, Mylord. Er spürt es, wenn Ihr ihn reiten wollt.«

»Du reitest ihn seit dem Tag, an dem du Bruder Thomas aus Endlist geholt hast?« fragte Brianna verwundert.

Luc grinste. »Ja, ein Mann muß sich doch beschäftigen, während seine Frau die Haushaltsbücher führt.«

»Luc! Soll das etwa heißen, ich habe gearbeitet, während du dich amüsiert hast?«

Luc lachte und zwinkerte Denis zu. »Lady Brianna hat scheinbar noch nie ein großes Streitroß gestriegelt und die Hufe von Schmutz gesäubert.«

Der Stallknecht nickte. »Ja, das sind ein paar Stunden harte Arbeit, Mylady, das könnt Ihr mir glauben.« Er schaute den Hengst strahlend an. »Aber so viel Aufmerksamkeit hat dir auch wirklich gutgetan.«

Raphael, der anscheinend wußte, daß über ihn gesprochen wurde, schnaubte. Er sah Luc erwartungsvoll an und warf seinen Kopf zurück. Als Denis jedoch nach den Zügeln griff, wich das Pferd aus.

Luc lachte, nahm die Zügel und zog den Hengst an seine Seite. »Immer gut für eine Überraschung, nicht wahr?« murmelte er Raphael ins Ohr und streichelte seinen Hals. Das Streitroß beschnupperte Luc mit offensichtlicher Zuneigung. »Aber wenn es darauf ankommt, kann man sich auf ein so edles Pferd blind verlassen. Ich habe seinesgleichen vermißt, Denis.«

Raphael schüttelte die Mähne, als wollte er Luc zustimmen. Dabei klingelten die vielen kleinen Silberglöckchen, die an seinem Geschirr befestigt waren. Man konnte nicht übersehen, daß der Hengst sehr stolz auf sein Aussehen war, denn seine Augen leuchteten.

Luc prüfte Raphaels Geschirr und sprach dabei leise mit dem Tier. Jede seiner Bewegungen war voller Zärtlichkeit, und als Brianna so in dem warmen Stall stand und Luc zuschaute, erfüllte eine einzige Gewißheit ihr Herz.

Sie liebte diesen Mann. Sie liebte seine Sanftheit und seine Kraft, sie liebte seine Anteilnahme und seine Fürsorge. Brianna wußte, daß sie sich stets auf ihn verlassen konnte, er sie zuweilen aber auch überraschen würde.

Luc Fitzgavin hatte geschworen, ihre Liebe zu gewinnen, und Brianna lächelte, weil er wieder einmal sein Wort gehalten hatte.

Als er sich schließlich umwandte und ihr die Hände reichte, waren seine Augen tiefblau. Nicht zum ersten Mal hatte sie das Gefühl, er könnte geradewegs in ihr Herz sehen.

Doch nun machte es Brianna nichts mehr aus. Sie blickte ihm in die Augen und lächelte.

»Mylady, sollen wir zusammen reiten?«

Gerne nahm sie Lucs Hilfe an, das sichere Gefühl, wenn er ihre Taille umfaßte, gefiel Brianna immer wieder aufs neue. »Vielleicht«, flüsterte er an ihrem Ohr, »könntest du so lieb sein, und mich daran erinnern, meine Sporen zu suchen, wenn wir in Llanvelyn sind.«

Sie wandte den Kopf. »Du hast sie noch?«

»Natürlich!« Bedeutungsvoll blickte er das Streitroß an. »Und ich werde sie brauchen, um dieses temperamentvolle Pferd zu reiten.«

Entschlossen klopfte Brianna ihm auf die Schulter. »Wenn deine Sporen noch da sind, dann werden wir auch dein Kettenhemd mitnehmen. Ich möchte nicht, daß du ohne den Schutz einer Rüstung reitest.«

Aber Luc lachte nur über ihre Besorgnis. »Denis, ich glaube, Lady Brianna möchte mich noch ein wenig behalten.«

Der Stallknecht lachte herzlich. Luc küßte Briannas Augenbrauen, als könnte er der Gelegenheit nicht widerstehen, dann hob er sie aufs Pferd. »Luc, ich meine das wirklich ernst.«

»Ich weiß.« Einen Augenblick später schwang er sich hinter sie in den Sattel und legte einen Arm um ihre Taille. Sie spürte Lucs warmen Körper, die muskulösen Oberschenkel und seinen Atem in ihrem Haar. »Keine Angst«, sagte er leise, »du wirst Zeit genug haben, um auf' Llanvelyn die Dinge auszuwählen, die wir bei unserer Rückkehr nach Tullymullagh mitnehmen sollen.«

Damit mußte Brianna sich zufriedengeben.

Das Streitroß scharrte ungeduldig mit den Hufen. Rasch band Denis die Zügel der beiden Zelter an Raphaels Sattel, dann trabten die drei Pferde in den kalten Burghof hinaus. Brianna freute sich, daß so viele der Bewohner von Tullymullagh sich versammelt hatten, um sie zu verabschieden.

»Ich werde mich um alles kümmern«, versicherte Uther.

»Daran zweifle ich nicht im geringsten«, erwiderte Luc scherzhaft. Er hielt Brianna fest und trieb Raphael energisch an. Die ersten Schneeflocken fielen aus dem perlmutterfarbenen Morgenhimmel, als Brianna zum ersten Mal in ihrem Leben Tullymullagh verließ.

Doch Luc war bei ihr, und die Liebe, die sie im Herzen verspürte, sagte ihr, daß sie überall dort zu Hause sein würde, wo dieser Mann war. Brianna hatte ihre einzig wahre Liebe gefunden, wie sie es sich immer erträumt hatte.

Und nun mußte Brianna nur noch Lucs Herz für sich gewinnen.

Freilich behandelte er sie mit so viel Ehrfurcht und Hingabe, daß sie zu hoffte wagte, bereits auf dem richtigen Wege zu sein.

Zwei Tage später erwachte Brianna, als der heraufziehende Morgen einen dünnen roten Streifen an den Horizont malte. Das Licht der schwachen Dezembersonne fiel durch die Fensterläden und tauchte das bescheidene Zimmer des Gasthofes in zarte Rosatöne.

Glücklich kuschelte sie sich enger an den warmen Körper ihres Gatten. Luc atmete tief und gleichmäßig, und so dicht an ihn geschmiegt, spürte Brianna auch den steten Rhythmus seines Herzens. Sie hatten wunderschöne Tage zusammen verbracht, ohne von den alltäglichen Pflichten abgelenkt zu werden, und die Vertrautheit zwischen ihnen war stetig gewachsen.

Brianna lächelte, denn sie mußte sich wieder einmal eingestehen, daß Luc recht gehabt hatte.

Bald müßten sie sich auf den Weg zum Schiff machen, dachte Brianna, als sie das Durcheinander ihrer Habseligkeiten betrachtete, und sie beschloß, Luc zu überraschen. Sie mußte sich kurz überwinden, das warme Bett zu verlassen, doch dann packte sie schnell ihre wenigen Sachen zusammen und ließ den Blick über Lucs verstreuten Kleider schweifen.

Kirchenglocken läuteten in der Ferne, sicher riefen sie zur Morgenmesse.

Doch Luc rollte sich nur auf den frei gewordenen Platz, an dem Brianna gelegen hatte, seufzte und schlief seelenruhig weiter. Sie wollte ihn nicht wecken, denn er hatte in der vergangenen Nacht hart gearbeitet. Brianna lächelte in sich hinein, dann faltete sie sein Hemd und legte es neben die Hose, die er auf dem Schiff tragen würde.

Daneben lag der Beutel, den Luc unter dem Wappenrock trug. Brianna konnte der Versuchung nicht widerstehen, kurz nachzuschauen, ob das kostbare Kästchen mit den Briefen ihrer Mutter noch da war. Natürlich war es da, und daneben fand sie auch den kleinen Beutel, den Gavin Luc bei seiner Belehnung übergeben hatte.

Neugierig, da sie noch nie das Siegel von Tullymullagh in Händen gehalten hatte, zog Brianna den Beutel hervor. Sie warf dem schlafenden Luc einen Blick zu und beschloß, daß es nicht schaden könnte, sich einmal das Siegel anzusehen. Sie lockerte das Band und schüttete den Inhalt heraus. Zu ihrer größten Verwunderung fielen nicht nur ein Siegel heraus, sondern zwei.

Eines trug das vertraute Wappen von Tullymullagh.

Beim Anblick des anderen erbleichte Brianna. Sie konnte das seitenverkehrte Wappen nicht genau deuten, deshalb knetete sie den Siegellack, der sich ebenfalls in dem Beutel befand, und drückte das Siegel fest in die weiche Masse. Als sie den Abdruck betrachtete, spürte sie, wie ihr das Blut in den Adern gefror.

Sie hielt das Siegel von Llanvelyn Manor in der Hand.

Und Luc hatte einmal beteuert, allein nach Tullymullagh gekommen zu sein, um dieses Siegel zu bekommen, das Gavin ihm so lange verweigert hatte.

Und das Gavin ihm versprochen hatte, wenn er in den Wettstreit um Brianna auszöge.

Gleichgültig, ob er gewinnen oder verlieren würde.

Luc hatte das Angebot ausgeschlagen, Brianna hatte Burke nicht geheiratet, und dennoch besaß Luc nun das Siegel.

Brianna schluckte. War ihre Hochzeit etwa das Ergebnis eines Abkommens zwischen Vater und Sohn? Sie konnte es einfach nicht glauben!

Sie mußte die Wahrheit erfahren. Brianna stürzte zum Bett und schüttelte Luc. Würde er sie wirklich beruhigen können?

»Wann ist dir das Siegel von Llanvelyn übergeben worden?« fragte sie atemlos, als Luc langsam die Augen öffnete.

»Was?« gähnte er und fuhr sich mit der Hand durchs Haar, er sah sie an, als spräche sie in einer fremden Sprache. Brianna fuchtelte mit dem Siegel vor seiner Nase herum, bis ein Ausdruck des Erkennens in seine Augen trat.

»Du hast mir erzählt, dein Vater habe sein Wort gebrochen und würde dir das Siegel vorenthalten«, stammelte Brianna mit tränenerstickter Stimme. »Und Gavin hat irgendwann gesagt, er würde es dir nur geben, wenn Burke mich zur Frau nähme oder du in den Wettstreit ausziehen würdest. Luc! Hast du mich etwa aus diesem Grunde geheiratet?«

Luc streckte sich. »Brianna, du irrst dich. Es ist nicht so, wie du denkst.« Er wollte sie in die Arme nehmen, doch Brianna wich zurück.

»Warum hat er es dir denn dann übergeben?«

»Ich weiß es nicht! Warum tut dieser Menschen überhaupt irgend etwas?« Luc runzelte ungeduldig die Stirn und setzte sich auf die Bettkante. »Brianna! Du machst aus einer Mücke einen Elefanten. Laß mich dir erklären ...«

»Du mußt mir nur eines erklären«, rief Brianna vom anderen Ende des Zimmers aus. Sie wußte, daß ihr nun die volle Aufmerksamkeit ihres Gatten zuteil wurde, denn seine Augen leuchteten tiefblau. »Hat dein Vater dir das Siegel von Llanvelyn gegeben, weil du mich geheiratet hast?«

Luc wandte den Blick ab. Er verzog den Mund und fluchte leise, dann sah er Brianna an. »Ich weiß es nicht. Ich kann seine Gedanken nicht lesen.«

Briannas Kehle schnürte sich zusammen, das hatte sie gewiß nicht von Luc hören wollen. »Wann hat er es dir gegeben?«

Luc fluchte wieder. »Du mußt das nicht so wichtig nehmen«, sagte er eindringlich. »Aber zusammen mit dem Siegel von Tullymullagh übergab er mir auch das Siegel von Llanvelyn.«

»Am Tag unserer Hochzeit?«

»Ja.«

Brianna krauste die Stirn. »Aber davon hast du mir nie etwas erzählt. Warum machst du so ein Geheimnis daraus, wenn du nichts zu verbergen hast?«

Luc schloß die Augen und schüttelte den Kopf. »Es erschien mir nicht wichtig.«

»Nicht wichtig!« Brianna war außer sich über diese Worte. »Aber Luc, du hast behauptet, es bedeute dir alles!«

»Ich habe mich eben geirrt.« Er zuckte mit den Schultern. »Als Gavin es mir übergab, empfand ich rein gar nichts.« Luc schaute ihr fest in die Augen. »Es hat mir nichts mehr bedeutet. Brianna, ich schwöre dir, daß ich dich nicht wegen Llanvelyn geheiratet habe«, sagte er leise.

Da glaubte Brianna ihm. Luc hatte sie nie belogen, und auch jetzt blickte er sie voller Aufrichtigkeit an.

Doch sie mußte noch ein ganz bestimmtes Geständnis von ihm hören, und das konnte nicht länger warten. Nur drei Worte, die alles wieder in Ordnung brächten.

Brianna hielt den Atem an und sah Luc direkt in die Augen.

»*Warum* hast du mich geheiratet?« fragte sie mit bebender Stimme. »Du hast mir selbst erzählt, daß die Ehe dir nichts bedeutet. Was hat dich schließlich dazu gebracht, deine Meinung zu ändern?«

Und zum ersten Mal, seit Brianna ihn kannte, schien Luc Fitzgavin keine Antwort zu wissen. Er starrte sie an und bekam nicht ein einziges Wort über die Lippen.

Ihre Frage hatte ihn vollkommen durcheinandergebracht.

Doch Brianna wußte ganz genau, was sein Schweigen bedeutete. Und es zerriß ihr schier das Herz. Luc konnte ihr seine Liebe nicht gestehen, weil er sie nicht liebte.

Und Luc log nie.

»Elender Schuft!« schrie Brianna und warf ihm das Siegel ins Gesicht. »Ich habe dich geliebt! Ich habe dir alles gegeben! Ich glaubte sogar, daß du tatsächlich etwas für mich empfinden würdest!«

Luc legte das Siegel, das er fast unbewußt aufgefangen hatte, beiseite. Nackt ging er auf sie zu, seine Augen leuchteten entschlossen. »Brianna, laß mich erklären ...«

Doch sie wußte bereits, daß er ihr nicht das sagen konnte, was sie hören wollte. Sie schnappte sich die Tasche mit ihren Habseligkeiten, Tränen traten ihr in die Augen, und sie verabscheute sich dafür, daß sie so schwach war.

»Du und mein Vater, ihr hattet recht«, gestand sie leise. Ihre Stimme bebte vor Zorn. »Es war wirklich töricht, an die wahre Liebe zu glauben.«

Sie drehte sich um und ging zur Tür.

»Brianna!« rief Luc, doch sie würde nicht stehenbleiben. Sie lief aus dem Zimmer und schlug die Tür trotz der frühen Stunde heftig hinter sich zu. Heiße Tränen rannen ihr über die Wangen und trübten ihre Sicht, doch sie hielt sich am Geländer fest und rannte so schnell sie konnte die Treppe hinunter.

Sie war ja so dumm gewesen!

Ihr war die große Liebe nicht vergönnt. Sie würde nach Tullymullagh zurückkehren, denn es gab keinen anderen Ort, an den sie gehen konnte, und dann würde sie weinen, bis sie keine Tränen mehr hatte.

Brianna hörte Luc hinter sich rufen und stolperte hastig die letzten Stufen hinunter. Sie floh vor ihrem abtrünnigen Herzen, das sich zu Luc zurücksehnte.

Weshalb war sie ihm nur so gleichgültig?

Brianna erreichte die Straße und glitt auf dem mit Rauhreif überzogenem Pflaster aus. Weinend rappelte sie sich wieder auf und wollte zum Stall des Gasthofes laufen, um eines ihrer eigenen Pferde zu stehlen.

Doch dorthin gelangte Brianna erst gar nicht. Als sie um die Ecke des Hauses eilte, wurde sie von jemandem gepackt.

Diebe!

Eine Hand preßte sich über ihren Mund, mit der anderen Hand drückte der Mann ihr die Arme auf den Rücken. Brianna wehrte sich vergebens und wünschte zu spät, sie wäre vorsichtiger gewesen.

»Guten Morgen, Lady Brianna«, eine furchtbar vertraute Stimme dröhnte ihr ins Ohr.

Brianna wand sich und versuchte, sich umzudrehen – der Mann hatte ganz und gar nichts dagegen, daß sie ihn ansah. Ihre Augen weiteten sich vor Entsetzen, als er sie mit kaltem, boshaftem Blick angrinste.

Und voller Grauen begriff Brianna, wer ihrem Vater in der Kapelle auf Tullymullagh begegnet war.

Und daß sie in Kürze sein Schicksal teilen würde.

Kapitel 18

Luc fluchte laut. Er kämpfte mit seiner Hose und den Stiefeln, doch jedes einzelne Kleidungsstück schien sich gegen ihn zur Wehr zu setzen. Er war noch ganz schlaftrunken, auch sein Hemd kam ihm überhaupt nicht entgegen.

Und seine Frau war weggelaufen.

Luc rang mit dem Beutel, endlich gelang es ihm, sich das störrische Band um den Hals zu binden und seinen Wappenrock darüberzuziehen. Er wollte nichts im Zimmer zurücklassen, denn das würde nur Diebe anlocken, also warf er seinen Mantel über, schnappte sich die Satteltaschen und schaute sich noch einmal im Zimmer um. Dann folgte er seiner wütenden Frau.

Er konnte Brianna keine Schuld für ihren Gefühlsausbruch geben. Sie hatte alles völlig falsch verstanden, und Luc war ihr auch wirklich nicht entgegengekommen.

Luc verfluchte sich gründlich, als er seinerseits die Tür zuwarf und die Treppe hinunterstürmte. Brianna hatte ihm die Gelegenheit gegeben, ihr seine Liebe zu gestehen, und er war zu dumm gewesen, seine Gefühle in Worte zu fassen. Briannas eigene Liebeserklärung hatte ihn derart überrascht, daß er einen Moment gebraucht hatte, um zu erkennen, wie sehr auch er sie liebte.

Doch da war die Prinzessin bereits fort gewesen.

Luc riß die Tür zur Straße auf. Wenn Brianna etwas zustieß, würde er sich das nie im Leben vergeben. Es steigerte seine Unruhe, daß sie so ungestüm war und stets jegliche Vorsicht in den Wind schlug, selbst wenn sie sich dadurch in Gefahr brachte.

Er blickte die stille Straße hinunter, rechts von ihm lag der verlassene Hof. Nirgends war auch nur das geringste Zeichen einer zornentbrannten Edelfrau zu sehen oder auch nur ein Echo ihrer Schritte zu hören.

Doch Brianna war eine Frau von Verstand. Sie würde sich auf den Weg zurück nach Tullymullagh machen, da war Luc ganz sicher, und für diese Reise brauchte sie ein Pferd. Verdrossen ging Luc zu den Ställen hinüber. Nie hätte er geahnt, welcher Anblick ihn dort erwartete.

Hinter Raphael stand Ruarke de Rossiers, eine Hand preßte er auf Briannas Mund, mit der anderen hielt er ihr eine Klinge an die Kehle. Ihre Tasche war zu Boden gefallen.

Luc erstarrte. In Briannas Augen stand blankes Entsetzen geschrieben, doch sie schien unverletzt zu sein.

Jedenfalls im Augenblick noch.

Es sah ganz so aus, als wäre es ihnen doch nicht gelungen, vor der Gefahr auf Tullymullagh zu fliehen. Und Luc allein trug die Verantwortung dafür.

Ruarke grinste. »Na endlich«, säuselte er. »Ich habe schon befürchtet, Ihr würdet Euch nicht dazu herablassen, uns Gesellschaft zu leisten, Lord von Tullymullagh.«

Trotz der scheinbar aussichtslosen Situation trat Luc beherzt in den Stall. Langsam, ohne Ruarke aus den Augen zu lassen, setzte er die Satteltaschen ab. Die Tür fiel zu, und nun schienen nur noch einige schwache Sonnenstrahlen durch die Ritzen der Wände.

»Ihr seid uns gefolgt«, hielt Luc Ruarke vor.

»Ja, aber ich war mir nicht sicher, wo ihr die Nacht verbrachtet. Jedenfalls nicht«, Ruarke verstärkte seinen Griff um Brianna, die ihn entsetzt anstarrte, »bis heute morgen.«

»Was wollt Ihr?« fragte Luc beschwichtigend. Er trat einen Schritt vor, und sofort wich Ruarke zurück. Dabei bewegte sich das Messer an Briannas Kehle für Lucs Geschmack entschieden zu heftig.

Er blieb stehen und wartete, in der Hoffnung, Brianna würde sich ruhig verhalten.

»Ich will die Rose von Tullymullagh«, sagte Ruarke dreist. »Sie war mir versprochen. Connor hatte mich zu seinem Erben bestimmt.«

»Brianna hat ihren Gatten selbst gewählt«, sagte Luc ruhig, ganz bewußt verstand er Ruarke falsch. »Und unsere Ehe ist ordnungsgemäß vor Gott und der Welt geschlossen worden.«

Ruarke schnaubte. »Die Frau ist mir doch egal!« Er drückte die Klinge fester in Briannas weiche Haut und konnte ihren Schmerzensschrei nicht gänzlich ersticken. Luc sprang nach vorn, doch Ruarke schüttelte den Kopf und zwang Brianna auf die Zehenspitzen. Luc sah, daß seine Gemahlin vor Angst zitterte.

Er mußte ihr helfen!

»Macht jetzt bloß keinen Fehler«, säuselte Ruarke. »Sie ein hübscher Preis, aber die Rose ist viel kostbarer und längst nicht so anspruchsvoll. Gebt sie mir, Luc, gebt mir, was mir gebührt, und Eure Braut darf leben.«

»Die Rose von Tullymullagh ist nur eine Legende«, erwiderte Luc eindringlich. »Sie ist schon seit langer Zeit verschwunden.« Er besaß den Edelstein nicht, den Ruarke haben wollte, aber irgendwie mußte er Brianna retten.

Und es schien keinen ehrenhaften Weg zu geben, sie aus Ruarkes Klauen zu befreien.

»Ihr lügt!« rief Ruarke. »Ich weiß, daß es die Rose von Tullymullagh gibt, und sie soll mir gehören!«

»Wie könnt Ihr Euch da so sicher sein?« Luc versuchte, Zeit zu gewinnen.

»Ich hatte die verschiedensten Gerüchte gehört, und als Connor mich während der Belagerung fortschickte, traf ich einen alten Landsmann, der mir schließlich Näheres über die Rose erzählte. Er versicherte mir, daß Connor sich niemals von dem

Edelstein trennen würde und ihn persönlich in der privaten Kapelle des Gadens versteckt haben mußte.«

Luc machte vorsichtig einen Schritt auf die beiden zu. »Dann müßt Ihr es gewesen sein, den ich damals im Stall gehört habe«, vermutete er.

»Ach!« Ruarkes Augen blitzten. »Ihr habt demnach dieses verfluchte Tier nervös gemacht?« sagte er verächtlich. »Es ist auch kein Wunder, daß ein Außenseiter wie Ihr und dieser verrückte Gaul zueinanderfinden.« Raphael schnaubte und stampfte mit den Hufen. Auch diesmal schien ihm die Nähe des Ritters ganz und gar nicht zu behagen.

»Aber wie ist es nur möglich, daß Ihr in jener Nacht überhaupt auf Tullymullagh wart?« fragte Luc ruhig, entschlossen, endgültig alle offenen Fragen zu klären. »Ihr seid doch erst Tage später zurückgekehrt.«

Ruarke lachte rauh. »Ich war in jener Nacht und etliche Male zuvor dort. Ihr glaubt doch nicht wirklich, ich würde mich mit so grauenhaften Dingen wie dem Krieg abgeben? Ich muß schließlich auf mein Aussehen und meine neuen Pferdedecken achtgeben und mich um die Gesundheit meines Streitrosses kümmern.«

Er lachte. »Nein, es kam mir wirklich sehr gelegen, als Connor mich um Hilfe ausschickte, denn so hatte ich eine ausgezeichnete Ausrede, mich von dem Schlachtfeld fernzuhalten. Eigentlich habe ich ihn sogar auf die Idee gebracht.« Ruarkes Augen funkelten. »Doch ich blieb stets in der Nähe, nachdem ich erfahren hatte, daß sich der Schatz noch innerhalb der Mauern von Tullymullagh befand.«

Brianna schnaubte, ihre Augen blitzten vor Wut. Es war nicht zu übersehen, wie sehr sie das Verhalten von Tullymullaghs erstem Ritter verabscheute, der ihrem Vater einst die Treue geschworen hatte, und Luc wußte, daß bei Gavins Überfall viele das Leben gelassen hatten.

Er stellte sich absichtlich dumm, versuchte verzweifelt, noch mehr Zeit zu gewinnen und einen Ausweg aus dieser mißlichen Lage zu finden. »Aber wie gelang es Euch, unbeobachtet zurückzukehren?«

»Es gibt drei Löcher in der Mauer an drei Seiten der Burg«, erklärte Ruarke. »Für jemanden, der nicht auf den Kopf gefallen ist, war es ein leichtes, unbemerkt auf Tullymullagh ein- und auszugehen.«

Luc zog eine Augenbraue hoch. »Für jemanden, dem Connors Schatz zusteht?«

»Genau! Die Rose von Tullymullagh ist kein hübsches Frauenzimmer, sondern ein Edelstein, der einem Mann für den Rest seines Lebens einen beachtlichen Reichtum sichern würde. Ich wollte ihn haben, und ich hätte ihn verdient – als der von Connor bestimmte Erbe stand mir der Schatz zu, ebenso wie Tullymullagh oder seine Tochter.« Ruarke lachte höhnisch. »Obwohl mir diese Nebensächlichkeiten nie wirklich wichtig waren.«

Brianna rang empört nach Atem und versuchte noch einmal, sich zu befreien. Ruarkes Augen verengten sich, er verzog den Mund zu einer grausamen Linie, und Luc machte besorgt noch einen Schritt nach vorn.

Doch Brianna überraschte sie beide.

Ihre Augen blitzten, plötzlich stieß sie Ruarke mit aller Kraft die Hacke in den Schritt. Der Ritter verdrehte die Augen und schwankte, da versetzte Brianna ihm mit dem Ellenbogen einen Stoß in die Rippen. Ihr Zusammenzucken verriet, daß Ruarke sein Kettenhemd trug, doch ehe er sich's versah, gab sie ihm mit dem Kopf einen Kinnhaken.

»Meine Zunge!« schrie Ruarke mit schmerzverzerrtem Gesicht. In diesem Moment gelang es Brianna, sich zu befreien. Luc stürzte nach vorn, jetzt verwünschte er sich dafür, daß er noch immer so weit von Ruarke und Brianna entfernt war.

»Luc!« Brianna wollte zu ihrem Gatten laufen, doch Ruarke

griff nach ihrem Haar. Er erwischte das Ende ihres Zopfes und zog sie wieder zu sich. Luc war schon fast bei ihnen, doch dem Ritter blieb noch genug Zeit, um Brianna zu packen und sie der Länge nach in einen Verschlag zu werfen.

Ihr Kopf schlug dumpf auf die Holzbohlen, es war ein abscheuliches Geräusch. Ruarke spie neben ihren schlaffen Körper in das Stroh und drehte sich mit einem kalten, siegessicheren Grinsen um, das Luc das Blut in den Adern erstarren ließ.

»Gebt mir sofort die Rose«, verlangte er.

Luc sah ihn entgeistert an. »Ich habe sie nicht.«

»Ihr müßt sie haben!«

»Ich habe sie weder gesehen, noch in meinen Besitz gebracht.«

Zu Lucs größter Erleichterung rührte sich Brianna ein wenig. Als sie die Augen aufschlug, warf er ihr einen durchdringenden Blick zu. Brianna schien zu verstehen, denn sie erstarrte und lehnte sich wieder gegen die Wand, vorsichtig befühlte sie ihren Kopf.

Aber sie verfolgte aufmerksam den Wortwechsel zwischen Luc und Ruarke.

Der hatte ihr Erwachen indessen nicht bemerkt.

»Ihr lügt!« Ruarkes Augen blitzten. »Die Rose war in der Kapelle, das weiß ich ganz genau.« Er ging wild gestikulierend auf Luc zu. »Leider überraschte Connor uns dort, aber es war wirklich Pech, daß Vater Padraig zusehen mußte, wie Ihr Euch mit dem Schatz aus dem Staub machtet. Ich weiß ganz bestimmt, daß Ihr ihn irgendwo versteckt habt, denn in jener Nacht hattet Ihr ihn nicht bei Euch.«

»Dann habt Ihr mich also überfallen und nicht Vater Padraig?«

Ruarke grinste. »Ja, und Ihr habt mir ganz schön zugesetzt. Den Streit mit Gavin hatte ich nur angefangen, um mein blaues Auge erklären zu können.«

»Und Ihr habt den Priester getötet?«

»Vater Padraig hatte ausgedient«, sagte Ruarke abfällig.

»Und Ismay?«

»Natürlich! Diese dumme Frau hätte alles ausgeplaudert, was sie über die Rose wußte und damit meinen Plänen geschadet. Also hat sich Vater Padraig rechtzeitig darum gekümmert, daß sie schweigt – für immer.« Ruarkes Augen verengten sich prüfend. »Aber ich konnte einfach nicht in Erfahrung bringen, wo Ihr die Rose versteckt hattet.«

»So ein Schatz muß gut verwahrt werden«, gab Luc gelassen zurück.

Ruarke grinste. »Vertraut mir, solange ich lebe, werde ich ihn wie meinen Augapfel hüten.« Er streckte die Hand aus. »Aber ich habe gesehen, wie Ihr vor Eurer Abreise aus Tullymullagh den Schatz aus seinem neuen Versteck geholt habt. Gebt mir, was Ihr aus Evas Grab genommen habt. Gebt mir, was mir rechtmäßig zusteht.«

Luc blinzelte.

Briannas Kästchen.

Das Kästchen mit den Briefen, die Connor ihr gegeben hatte, Briefe, die angeblich von Briannas Mutter stammten. Wenn sich die Rose von Tullymullagh tatsächlich in diesem Kästchen befand, dann hing der Schatz um Lucs Hals.

Brianna mußte den Inhalt des Kästchens nie zu Gesicht bekommen haben, denn er wußte, daß sie ihm die Wahrheit gesagt hätte.

Doch Luc würde nichts herausgeben, was Brianna so viel bedeutete. Ganz gleich, ob es sich nun um die Briefe ihrer Mutter oder um einen Edelstein ihres Vaters handelte.

Es war allein ihr Erbe.

In diesem Augenblick erkannte Luc, daß er einen alten Schwur brechen würde, um die Angelegenheit in Ordnung zu bringen. Er mußte Brianna um jeden Preis retten und ihren Schatz schützen, und das war es wert, dieses Gelübde zu brechen, das er vorschnell abgelegt hatte. Leider wurden nur allzuoft unschuldige Menschen durch Waffengewalt tyrannisiert, und dennoch konnte ein ehrbarer Mann mit seinem Schwert Gerechtigkeit üben.

Deshalb mußte Luc jetzt Briannas Anrecht auf das Kästchen, das Connor ihr anvertraut hatte, verteidigen.

»Ich werde Euch die Rose niemals geben«, verkündete er grimmig.

»Dann habt Ihr sie also!« Ruarkes Augen blitzten triumphierend.

»Und genau aus diesem Grunde werdet Ihr sie nie bekommen.« Luc zog den kurzen Dolch, der in seinem Gürtel steckte, und trat unerschrocken vor den Ritter. »Auch wenn ich nur eine kleine Klinge trage, diesen Schatz werdet Ihr mir nicht so leicht abnehmen können.«

Ruarke schnaubte. »Noch eine Lüge!« rief er höhnisch und griff in eine Satteltasche auf dem Boden, die Luc erst jetzt bemerkte. Ein Schwert blitzte auf und schwirrte durch die Luft. Zitternd blieb es im Boden stecken, das Sonnenlicht brach sich an seiner scharfen Schneide.

Es war ein gutes Schwert.

Es würde reichen müssen.

»Nehmt dieses Schwert, ich bitte Euch darum«, sagte Ruarke mit einem kalten Grinsen. »Euer Vater hat mir schon erzählt, Ihr würdet nie wieder den Knauf eines Schwertes in die Hand nehmen.« Seine Lippen kräuselten sich. »Feigling!«

Luc warf der wachsamen Brianna einen Blick zu, dann trat er entschlossen vor. Mit einer geschmeidigen Bewegung zog er das Schwert aus dem Boden. Er wog die Waffe in der Hand und blickte seinem verblüfften Gegner fest in die Augen.

»Mein Vater verkennt oft, was mir wichtig ist«, erwiderte er kalt.

Ruarkes Augen blitzten, dann zog er sein Schwert. »Ich fürchte mich nicht vor einem Ritter, der aus der Übung gekommen ist! Ihr werdet Euch nicht mit meiner Fertigkeit messen können!« Ruarkes Schwert blitzte gefährlich, als er es erhob. »Auf Leben und Tod, Luc Fitzgavin, um die Rose von Tullymullagh.«

»Auf Leben und Tod«, stimmte Luc fest zu und stellte sich in Position. »Aber um die Ehre von Lady Brianna, nicht um den Edelstein.«

»Ihr seid ein Tor!« rief Ruarke und machte einen schnellen Ausfallschritt.

Es war kein fairer Kampf!

Noch immer ein wenig benommen, erhob Brianna sich unsicher, als die Schwerter der Ritter mit aller Wucht gegeneinanderschlugen. Ruarke trug sein Kettenhemd, und er hatte seinem Gegner sicherlich nicht die bessere Klinge angeboten – denn in den Adern des einstmals ersten Ritters von Tullymullagh floß ganz offensichtlich nicht ein einziger Tropfen Edelmut.

Luc trug kein Kettenhemd. Und er hatte seit über einer Dekade kein Schwert mehr geführt. Brianna fürchtete, daß ihm die fehlende Übung zum Verhängnis werden würde.

Seine edle Geste hatte ihr den Atem verschlagen, und sie hoffte nur, noch einmal die Gelegenheit zu bekommen, damit sie Luc das sagen konnte.

Voller Angst klammerte Brianna sich an die Trennwand des Verschlages, aber Luc kämpfte gut. Seine Augen blitzten entschlossen, und mit unerwarteter Kraft parierte und erwiderte er Ruarkes Hiebe. Da traf Luc den Ritter am Arm, Ruarke schrie auf, jedoch zweifellos mehr aus Ärger als vor Schmerz. Wutentbrannt fiel er über Luc her. Als sich die beiden Männer umkreisten, sah Brianna, welcher Haß in Ruarkes Augen loderte.

Wie konnte sie nur je geglaubt haben, daß irgendeine Spur von Güte in seinem Herzen war?

Lucs Augen waren jetzt kalt auf seinen Widersacher gerichtet. Immer wieder gelang es ihm, Ruarke zu treffen, und dieser schlug immer heftiger zurück. Ruarke stieg das Blut in den Kopf, doch Luc wich seinen Schwertstreichen anmutig aus.

Es schien, als wollte er den besser bewaffneten Mann provozieren. Auf Ruarkes Stirn glänzten Schweißperlen, und Brianna erinnerte sich daran, wie ihr Vater sich immer über das furchtbare Gewicht des Kettenhemdes beschwert hatte.

Luc wollte seinen Gegner ermüden. Obwohl Ruarke immer energischer zuschlug, wurden seine Hiebe immer ungenauer.

Brianna faltete die Hände und schickte ein inbrünstiges Stoßgebet zum Himmel.

»Ich hätte erwartet, Ihr würdet um einiges geschickter kämpfen«, bemerkte Luc ohne auch nur das geringste Anzeichen von Ermüdung in der Stimme.

Ruarke schnaubte. »Ich bin ein weitaus edlerer Ritter, als Ihr je gewesen seid!« gab er verärgert zurück. »Denn ich bin kein Feigling!« Und er unterstrich seine Beleidigung mit einem kraftvollen Schwertstreich.

Beinahe hätte er Luc am Bein getroffen, doch dieser wich im letzten Moment behende aus. Spöttisch zog er eine Augenbraue hoch.

Ruarke fluchte und griff mit neuer Kraft an. Brianna hatte das Gefühl, als kämpften die beiden Ritter schon unendlich lange, sie trieben sich vor und zurück durch den Stall, doch dann taumelte Luc plötzlich, und Brianna rang nach Atem.

Sie hatte sich also doch nicht eingebildet, daß er Ruarkes letzten Streich mit weniger Entschlossenheit pariert hatte. War er etwa schon so erschöpft?

Offensichtlich hatte Ruarke Lucs Schwäche erkannt. Brianna erstarrte vor Schreck. Mit einem triumphierenden Schrei stürzte sich Ruarke nach vorn und zielte genau auf Lucs Herz.

»Nein!« schrie Brianna, doch der Streich streckte Luc zu

Boden. Er lag auf dem Rücken im Heu und bewegte sich nicht mehr.

Brianna wich alles Blut aus den Adern.

Dann hörte sie, wie Ruarke seinen Dolch aus der Scheide zog.

»Tut ihm bitte nichts an!« flehte sie, doch der Ritter bedachte sie nur mit einem spöttischen Blick.

»Wir haben auf Leben und Tod gekämpft, Mylady.« Ruarke lachte, als er über Luc trat. »Habt nur einen Augenblick Geduld, bis ich diese Angelegenheit hier beendet habe.«

»Nein!« schrie Brianna. Ohne zu wissen, wie sie Luc helfen sollte, aber fest entschlossen, irgend etwas zu tun, sprang sie aus dem Verschlag.

Doch dann blieb sie wie angewurzelt stehen.

Genau in dem Moment, als er sich siegessicher über Lucs reglosen Körper beugte, sah Ruarke, daß er sich zu früh gefreut hatte. Ein Schwert blitzte auf. Brianna sah Lucs entschlossen leuchtende Augen, als er seinem Gegner mit unverhoffter Kraft das Schwert in die Brust stieß.

Brianna rang nach Atem.

Ruarke taumelte nach hinten, mit den Händen umfaßte er den Griff seiner eigenen Klinge. »Mein Schwert«, flüsterte er mit schwacher Stimme. »Mein eigenes Schwert verrät mich.«

»So, wie Ihr viele andere verraten habt«, sagte Luc kalt. Er erhob sich und beobachtete ungerührt, wie der andere Ritter schwankte.

»Ihr... Ihr habt die Rose von Tullymullagh«, stammelte Ruarke und ballte die Faust. »Das ist ungerecht, das ist falsch, sie hätte *mir* gehören sollen.«

Luc hob seinen leuchtendblauen Blick und sah Brianna fest in die Augen. »Die wirklich kostbare Rose von Tullymullagh hättet Ihr leicht gewinnen können«, sagte er bedächtig. »Wenn Ihr nur ernsthaft um sie geworben hättet.«

Ruarke blickte Luc ungläubig an. »Sentimentaler Narr!« Er fiel auf die Knie, hustete und rang nach Atem, Blut quoll ihm durch die Finger. Dann wurde sein Gesicht kreidebleich, und er fiel kraftlos in einen Verschlag. Das Streitroß, das darin untergebracht war, würdigte den verwundeten Ritter zu seinen Füßen nur eines kurzen Blickes.

Dann schnaubte Raphael und versetzte Ruarkes Kopf einen grausamen Tritt.

Und der einstmals erste Ritter von Tullymullagh war nicht mehr.

»Nein, Ihr seid der Narr gewesen, Ruarke de Rossiers«, sagte Luc ruhig. Dann lief er zu Brianna.

»Bist du verletzt?« Noch bevor Brianna antworten konnte, betastete Luc vorsichtig ihren Kopf.

Sie schrie leise auf, als er die schmerzende Stelle fand. »Es ist nur eine kleine Beule, Luc, du brauchst dir keine Sorgen zu machen.«

»Es war ein grauenhaftes Geräusch«, sagte er beharrlich und sah sie höchst besorgt an.

Brianna lächelte zu ihm hinauf. »Angeblich habe ich einen außerordentlich harten Kopf.«

Luc lächelte schief zurück. »Ich habe das nie behauptet.«

»Und was ist mit dir?« fragte Brianna nicht weniger besorgt. »Ich dachte, Ruarke hätte dich schwer getroffen.«

»Ja, aber meine liebe Gemahlin hat mir das Leben gerettet«, sagte Luc augenzwinkernd, obwohl Brianna sich nicht vorstellen konnte, wie das möglich war. Er griff unter seinen Wappenrock und klopfte auf die Stelle, wo ihn das Schwert getroffen hatte.

Ein metallenes Geräusch ertönte.

Briannas Augen weiteten sich. »Das Kästchen mit den Briefen meiner Mutter!«

»Ja, obwohl es vielleicht gar keine Briefe enthält«, erklärte Luc. Staunend berührte er Briannas Wange, als könnte er kaum glauben, daß sie unversehrt war. »Hoffentlich irre ich mich, denn ich weiß, wie sehr du dich darauf gefreut hast zu lesen, was sie geschrieben hat.«

Brianna legte die Hände auf seine Brust, sie konnte es noch immer nicht fassen, daß er unverwundet war. »Das Kästchen hat den Stoß vollständig abgefangen? Bist du dir ganz sicher?«

Luc verzog den Mund zu einem kläglichen Grinsen. »Es hat freilich eine Delle davongetragen, und auf meiner Brust wird sich bald ein hübscher blauer Fleck ausbreiten. Der Stoß hat mich einen Moment lang wirklich außer Gefecht gesetzt, soviel ist sicher.«

»Aber sonst ist dir nichts geschehen.« Brianna atmete erleichtert auf.

»Nein.« Luc lächelte zu ihr hinunter. »Sonst nichts.«

Die plötzliche Leidenschaft in seinen Augen ließ Briannas Herz schneller schlagen. »Du bist vorhin einfach weggelaufen, bevor ich die richtigen Worte finden konnte«, sagte er ein wenig vorwurfsvoll. »Ich hätte es mir nie vergeben, wenn Ruarke dir etwas angetan hätte.«

Brianna wagte kaum zu atmen. »Welche Worte?«

»Ich möchte nicht, daß du irgendwelche Zweifel hegst, Brianna«, sagte er leise. »Nichts als Liebe hätte mich dazu bewegen können, dich zu heiraten. Ich konnte meine Gefühle nicht gleich ausdrücken, aber vom ersten Augenblick an, als ich dich sah, hast du mich verzaubert wie keine Frau zuvor.«

Luc lächelte. »Das war nur ein Zeichen dafür, daß du mein Herz bald erobern würdest.«

Er preßte seine Lippen auf ihre Hände und schaute Brianna tief in die Augen. »Ich liebe dich, Brianna. Ich schwöre es dir.«

Aus seinen Worten sprach tiefe Zuneigung.

Noch bevor Brianna wieder Atem schöpfen konnte, trat ein neckisches Funkeln in seine Augen. »Es hätte mich wirklich nicht überraschen sollen, daß auch du mein Herz erobern würdest, während ich so beflissentlich das deine suchte. Du hast in der Tat die Eigenart, alle Erwartungen zu übertreffen.«

Brianna lächelte ihn glücklich an. »So wie du!«

»Oh, dann sollten wir uns vielleicht noch viele Jahre lang überraschen.«

»Das wäre das einzig richtige!« gab Brianna fröhlich zurück, und Luc zog sie an sich.

In diesem Moment wurde die Stalltür aufgestoßen. »Warum in Gottes Namen macht Ihr am frühen Morgen einen solchen Lärm?« beschwerte sich der Gastwirt. »Ich weiß, daß Ihr das Schiff nicht verpassen dürft, das in wenigen Stunden mit der Ebbe ausläuft, aber ist es denn zuviel verlangt, ein wenig Rücksicht...«

Der Mann stockte, als er Ruarkes grauenvoll zugerichteten Leichnam sah.

Luc wandte sich um und sagte mit gewichtiger Stimme: »Dieser Mann, einst Ruarke de Rossiers, hat Connor von Tullymullagh, Ismay von Claremont und einen Priester getötet.«

»Heilige Jungfrau Maria!« flüsterte der Gastwirt und bekreuzigte sich.

»Einst war er der erste Ritter von Tullymullagh, er ist uns hierher gefolgt, mit der Absicht, meine Frau und mein Streitroß zu rauben. Aus irgendeiner unerklärlichen Überzeugung heraus glaubte er, sie ständen ihm zu. Mir blieb natürlich nichts anderes übrig, als die Ehre meiner Gattin zu verteidigen.«

Luc sah Raphael an und dann den Hufabdruck auf Ruarkes Stirn. »Der Hengst ist wie viele von seiner Sorte ein wenig temperamentvoll.«

»Natürlich, Mylord.« Die Augen des Wirtes weiteten sich. »Und was soll nun mit der Leiche geschehen?«

»Trage dafür Sorge, daß dieser Körper zu meinem Verwalter Uther geschickt wird, zusammen mit dieser Geschichte. Er wird dich gebührend für diese Unannehmlichkeiten entschädigen.«

Der Wirt verneigte sich tief. »Jawohl, Mylord! Aber was werdet Ihr nun tun?«

»Wir werden uns beeilen, damit wir das Schiff noch erreichen.« Luc wandte sich um und reichte Brianna den Arm. »Sollen wir, Mylady?«

Brianna lächelte. »Gern.«

Brianna vertrug den Seegang nicht. Kaum daß sie den Hafen verlassen hatten, wurde sie bleich wie ein Laken, und Luc verbrachte den größten Teil des Tages damit, Brianna festzuhalten, während sie sich, über die Reling gebeugt, Erleichterung verschaffte.

Er wollte seine Braut jetzt nicht verlieren.

Bei Einbruch der Dunkelheit fühlte Brianna sich zwar noch schwach, behauptete aber, es ginge ihr besser. Luc brachte sie in den Frachtraum hinunter, wo man ihnen, den einzigen zahlenden Passagieren auf dieser letzten Reise im Jahr, einen Winkel überlassen hatte. Trotz seiner barschen Art hatte der Kapitän ihnen ein paar größere Tücher zur Verfügung gestellt, mit denen Luc ihr Lager verhängte, damit sie ein wenig für sich sein konnten. Die beiden Zelter und Raphael waren auf dem Mittelschiff in improvisierten Ställen untergebracht.

Luc tat alles, um es seiner Gemahlin so behaglich wie möglich zu machen. Er hatte ein wahres Nest aus Mänteln und Umhängen für sie gebaut und an einem Balken über ihnen eine Laterne aufgehängt. Brianna hatte es selbst in diesem Zustand noch vermocht, den Schiffskoch zu bezaubern, denn der Mann brachte ihr eine Schüssel heiße Fleischbrühe.

Nachdem Luc sich versichert hatte, daß sie die Suppe bei sich behalten würde, legte er seine Kleider ab und kuschelte sich an Brianna, um sie zu wärmen. Dann griff er nach seinem Beutel und nahm ein gewisses metallenes Kästchen heraus, das er in die zarten Hände seiner Frau legte.

Brianna drückte es zärtlich an sich, doch plötzlich krauste sie die Nase. »Ich habe fast Angst davor, es zu öffnen.«

»Es gehört dir ganz allein«, versicherte Luc ihr ruhig. »Was auch immer sich darin befindet.«

Brianna fuhr mit den Fingern über die Delle im Deckel und lächelte ihn an. »Meine Mutter wollte, daß du am Leben bleibst«, sagte sie scherzhaft.

Sie tauschten ein warmes Lächeln, schließlich öffnete Brianna das Kästchen. Ihr zuliebe hoffte Luc, daß sie tatsächlich irgendwelche Briefe darin finden würde.

Dann verschlug der Anblick des Schatzes ihnen den Atem. Er sah wunderschön aus, viel schöner, als Luc es je erwartet hätte.

Die Rose von Tullymullagh.

Im Licht der Laterne strahlte das in Gold eingefaßte Kruzifix aus Bernsteinen, und in der Mitte leuchtete der Rubin.

Er war daumengroß und blutrot. Sein Schliff war von einer Kunstfertigkeit ohnegleichen, und es erfüllte Luc mit großer Ehrfurcht, daß einem Menschen ein so fürstliches Geschenk gemacht werden konnte.

Mit zitternden Fingern berührte Brianna den Edelstein, Tränen standen ihr in den Augen. »Dafür ist also mein Vater ermordet worden«, flüsterte sie mit schwacher Stimme.

»Nein!« Luc nahm ihre Hände und sah sie fest an. »Es ist ein wunderbares Geschenk, das deinem Vater einst gemacht wurde«, berichtigte er. »Ein Zeichen der Wertschätzung zweier Menschen, die ihn liebten, als sei er ihr eigener Sohn. So und nur so darfst du an diesen Schatz denken.«

Brianna lächelte ihn durch den Schleier ihrer Tränen an und fuhr mit einem Finger über den Bernstein. »Diese Geschichte gefällt mir schon besser.« Sie zeichnete die Einfassung des Rubins nach. »Er muß ihnen wirklich sehr viel bedeutet haben.«

»Ebenso wie du deinem Vater alles bedeutet hast«, sagte Luc ernst. »Er hat dafür gesorgt, daß der Schatz in deine Hände gelangen würde, denn für ihn bestand kein Zweifel darüber, daß dieser Edelstein für dich ein Erbstück von unschätzbarem Wert ist.« Brianna hob den Kopf, und Luc fügte lächelnd hinzu: »Obwohl die symbolische Bedeutung der Rose von Tullymullagh wahrlich das größere Vermächtnis ist.«

Brianna schaute Luc lange in die Augen, und langsam wich die Traurigkeit aus ihren Zügen. Als Luc wieder das Kästchen ansah, das sie noch immer in den Händen hielt, bemerkte er, daß ein Stück Pergament unter dem Kruzifix verborgen lag. »Schau nur! Es ist noch etwas darunter.«

Staunend zog Brianna das Pergament heraus, ihre schlanken Finger zitterten, als sie nicht nur ein, sondern zwei Blätter auseinanderfaltete. Die Tinte war längst verblaßt, doch man konnte die Schrift noch lesen, und sie schien von einer geschulten Hand zu stammen. Erwartungsvoll wendete Brianna die Blätter und überflog den Text.

Dann jauchzte sie vor Freude.

»Luc! Sie sind von meiner Mutter unterzeichnet!« rief sie mit leuchtenden Augen. »Es sind Briefe von ihrer Hand an meinen Vater!« Brianna schüttelte ungläubig den Kopf und betrachtete den Inhalt des Kästchens. »Nie hätte ich mir erträumt, einen solchen Schatz zu besitzen, geschweige denn die Rose von Tullymullagh selbst.«

»Nein«, widersprach Luc, und als Brianna ihn verwirrt ansah, grinste er. »Die Rose von Tullymullagh«, sagte er ernsthaft, »gehört mir ganz allein.« Brianna kicherte, doch Luc neigte sich über sie und küßte seine Rose so innig, daß sie nicht mehr imstande war zu kichern.

Es war durchaus nicht komisch, wenn ein Mann alleinigen Anspruch auf das Herz seiner Frau erhob. Und ebensowenig, wenn er ihr im Austausch dafür sein Herz schenkte.

Epilog

Tullymullagh April 1172

Es war Ostersonntag auf Tullymullagh, der Frühling lag in der Luft, und das erste zarte Grün färbte Wiesen und Felder. Die Vögel sangen wieder ausgelassen, und selbst die Sonne lachte zur Feier des Tages vom Himmel.

Sehr zu Briannas Erleichterung war diesen Winter unter Uthers Aufsicht die Ringmauer fertiggestellt worden. Nun schritten Luc und Brianna, die erst kürzlich aus Llanvelyn zurückgekehrt waren, von der Kirche zur Burg. Sämtliche Bewohner des Dorfes säumten ihren Weg und folgten dem Paar zum Saal. Wie es Brauch war, überbrachten sie ihnen Eier als Geschenk. Alle plauderten fröhlich und erwarteten voller Ungeduld das Fest, das die Herren von Tullymullagh ihren Pächtern an diesem Tag ausrichteten.

Aus der Küche drangen bereits verführerischen Düfte in den Burghof. Jedem lag ein herzlicher Willkommensgruß und ein Lächeln auf den Lippen. Manch einer drückte seiner Frau eine der ersten Blumen in die Hand, und sie errötete unter dem stolzen Blick ihres Gatten. Es würde eine Woche der Festlichkeiten werden, und Brianna war froh, endlich wieder daheim zu sein.

Llanvelyns ländliche Schönheit hatte ihr sehr gefallen, und auch die Menschen dort waren bezaubernd gewesen. Dennoch hatte Brianna bald erleichtert festgestellt, daß Luc nicht vorhatte, lange dort zu bleiben. Sie begleitete ihn an Pyrs Grab, aber glaubte nicht, Luc nehme für immer Abschied. Brianna hatte verstanden, daß sie in regelmäßigen Abständen wiederkehren würden, um nach dem Rechten zu sehen, doch Tullymullagh würde ihr Zuhause sein.

Brianna legte eine Hand auf das Geheimnis in ihrem Leib und dachte, daß Llanvelyn später einmal ein schönes Geschenk für ihren Sohn wäre.

Falls sie tatsächlich einen Jungen unter dem Herzen trug. Über eine Tochter würde sie sich natürlich ebensosehr freuen, beschloß sie mit einem Lächeln.

Plötzlich waren Hufschläge zu hören, und alle wandten sich nach den Burgtoren um. Ein schwarzes Streitroß trabte unter den Fallgittern hindurch und schüttelte stolz seine Mähne, als sein Ritter es vor den vielen Menschen anhielt.

»Das ist ja Burke«, murmelte Luc überrascht, dann ging er auf seinen Bruder zu, um ihn willkommen zu heißen.

Brianna fragte sich, warum Lucs Bruder wohl zurückgekehrt war. Überbrachte er etwa Befehle von Gavin? Hatte Burke sich am Ende wieder der Macht seines Vaters unterworfen?

Die Brüder umarmten sich, dann sagte Burke leise etwas zu Luc. Was hatte das nur zu bedeuten? Als die beiden auf Brianna zukamen, fiel ihr auf, wie ähnlich sich Luc und Burke eigentlich sahen. Sie waren nicht nur von gleicher Statur und Größe, in den Augen beider Ritter lag auch eine Entschlossenheit, die sehr faszinierend war.

Obwohl nur die saphirblauen Augen eines dieser Männer ihr Herz schneller schlagen ließen.

Zu Briannas größter Überraschung fiel Burke vor ihr auf die Knie. »Mylady, es ist Zeit, Buße zu tun, und ich möchte mich bei Euch entschuldigen.«

Brianna blinzelte, unsicher, wie sie dieses Geständnis auffassen sollte. Sie sah Luc verunsichert an, doch der schien ebenso verwundert zu sein. »Entschuldigen?« wiederholte sie.

Burke nickte kurz. »Ja, obwohl die Sache offensichtlich ein glückliches Ende genommen hat, muß ich Euch gestehen, nur mit halbem Herzen in Euren Wettstreit gezogen zu sein. Ich habe Euch Unrecht getan, Mylady, denn in Wirklichkeit wollte ich gar nicht um Eure Hand anhalten.«

Brianna rang überrascht nach Atem. »Dann hatte Gavin also doch recht!«

Burke zog eine Grimasse. »Ja, er kennt mich gut genug«, gestand er und sah das Paar vor sich an, dann neigte er wieder den Kopf. »Und natürlich gratuliere ich Euch nachträglich zu Eurer Vermählung. Ich hoffe, Mylady, Ihr habt gefunden, wonach Ihr suchtet.«

Brianna warf Luc einen Blick zu und spürte, wie sie errötete. »Ja, das und noch viel mehr«, sagte sie lächelnd. Luc hob eine Augenbraue, doch Brianna wandte ihre Aufmerksamkeit wieder dem reuigen Ritter vor sich zu. »Aber warum wolltet Ihr den Wettstreit nicht gewinnen? Wünschtet Ihr Euch denn keine Braut?«

Burke seufzte und runzelte die Stirn. »Ich konnte doch nicht mit gutem Gewissen um die Hand einer Dame anhalten, wenn mein Herz bereits einer anderen gehört.«

»Wer ist sie?« rief Brianna erfreut. »Wann werdet Ihr sie ehelichen?«

In Burkes Augen trat Kummer. »Alys hat mich vor sieben Jahren verschmäht, aber noch immer steht mein Herz in ihrem Banne.«

»Oh! Hat sie Eure Zuneigung denn nicht erwidert?«

»Sie wußte nichts davon«, erklärte Burke grimmig. »Leider habe ich ihr meine Liebe nie gestanden.«

»Aber wenn Ihr sie liebt, muß sie es erfahren!« Und da Burke Brianna ein wenig unsicher ansah, legte sie ihm ermutigend eine Hand auf die Schulter und sagte eindringlich: »Burke, begeht nicht den Fehler, den ich beinahe gemacht hätte! Ich wollte Luc zurückweisen, als ich an seiner Liebe zweifelte«, gestand sie sanft. »Aber ich hatte mich geirrt. Es wäre sehr schmerzlich gewesen, wenn er mir nicht die Wahrheit erzählt hätte, denn dann wäre uns das Glück, das wir jetzt teilen, versagt geblieben.«

Burke schüttelte niedergeschlagen den Kopf. »Aber ich weiß nicht, wo Alys hingegangen ist. Sie ist vor langer Zeit von der Burg ihrer Familie weggelaufen.« Er räusperte sich. »Mylady, es ist gewiß nicht Eure Aufgabe, mir zu helfen. Ich bin wirklich nur gekommen, um mich zu entschuldigen, denn mein Benehmen war mehr als unritterlich.«

Brianna richtete sich auf, plötzlich kam ihr ein Gedanke. »Ich werde Euch nicht vergeben«, verkündete sie frech, und bemerkte befriedigt, wie sich die Augen der beiden Brüder weiteten.

»Brianna!«

»Mylady!«

Brianna hob das Kinn. »Ich werde Euch nur dann vergeben, wenn Ihr Alys sucht und ihr Eure Liebe gesteht.« Die Männer starrten sie verwundert an. »Ich vergebe Euch nur, Burke de Montvieux, wenn Ihr unverzüglich in Euren eigenen Wettstreit um eine Braut auszieht.«

Burke war sprachlos, doch Luc begann zu lachen. Stolz sah er Brianna an, seine Augen funkelten. »Brianna trifft stets vernünftige Entscheidungen – in dieser Sache wie auch in vielen anderen Dingen«, riet er seinem Bruder. »Liebe bedeutet meiner Gemahlin so viel, daß es ihr gelungen ist, sogar mich von der Kraft der Liebe zu überzeugen.«

Burke blickte zwischen ihnen hin und her, doch Brianna nahm kaum etwas anderes wahr als die tiefe Zuneigung, die in den Augen ihres Gatten glühte.

»Ich werde es tun!« erklärte Burke plötzlich. Die Leute im Hof, die aufmerksam jedem Wort gelauscht hatten, brachen in Jubel aus. »Ich werde Alys suchen und mich ihr offenbaren!« Der Ritter erhob sich entschlossen. »Ich breche sofort auf.«

»Nein, bleib jedenfalls zum Festmahl, mein Bruder«, sagte

Luc scherzhaft und zwinkerte Brianna zu. »Wenn Alys eine ebenso große Herausforderung ist wie Brianna, dann wirst du all deine Kräfte brauchen.«

»Oh!« Brianna stürzte sich auf ihren Gatten, der sie lachend auf den Arm nahm. Sie schlug ihm leicht gegen die Brust. »So schwierig bin ich nun auch wieder nicht, Luc!«

»Nein, aber du bist äußerst verführerisch, wenn deine Augen leuchten«, sagte er und unterstrich seine Erklärung mit einem Kuß. Glücklich schmiegte sich Brianna an ihn, während Luc sie zum Saal trug, Burke folgte ihnen in einem diskreten Abstand. Außerstande, ihr Geheimnis noch länger für sich zu behalten, flüsterte Brianna Luc die Neuigkeit ins Ohr.

»Ein Kind? Du bekommst ein Kind?«

»Ich bekomme dein Kind.«

Luc sah sich besorgt um. »Gibt es überhaupt eine Hebamme auf Tullymullagh?«

Brianna lachte. »Luc! Eine Hebamme brauche ich erst in sechs Monaten.«

»Man kann nie gut genug vorbereitet sein«, sagte er grimmig.

Brianna nahm seine Hand und legte sie auf ihren noch flachen Bauch. »Es wird mehr als genug Anzeichen geben, wenn es soweit ist, Luc.«

Er atmete tief durch und grinste, dabei wiegte er sie sanft in den Armen. »Ja, du hast recht.« Dann drückte er Brianna an sich und blickte sie ernst an. »Ich will dich dabei nicht verlieren, Brianna. Es gibt keine Wahl zwischen dir und einem Kind.«

Sie küßte seine Wange und strich die Sorgenfalten von seiner Stirn. Das Ausmaß der Liebe, die Brianna in seinen Augen gewahrte, rührte sie. »Du kannst hierbei nicht wählen, Luc.«

»Aber du bist doch so klein und zart!«

»Meine Mutter war noch kleiner als ich, und sie hat die Geburt auch gut überstanden.«

Lucs Augen verengten sich, prüfend sah er sie an. »Warum hast du dann keine Geschwister?«

Brianna lachte. »Mein Vater wollte nichts davon hören, daß sie noch ein Kind empfing«, erklärte sie und krauste die Stirn. »Soweit ich mich erinnern kann, war es das einzige, worüber sie stritten.«

Luc schnaubte und stieg die Stufen zum Saal hoch, ohne sie abzusetzen. »Wieder einmal kann ich nur zu dem Schluß kommen, daß Connor von Tullymullagh ein Mann von außergewöhnlichem Verstand war«, sagte er und fügte entschlossen hinzu: »Es wird Zeit, Brianna, daß du in den warmen Saal kommst.«

»Luc, ich kann noch selber gehen!«

»Du darfst dich nicht anstrengen.«

Brianna lachte laut angesichts dieser übertriebenen Fürsorge und strampelte zum Spaß mit den Füßen. »Eines Tages«, neckte sie ihn, »wirst du erkennen, daß ich nicht aus Spinnfäden gemacht bin wie eine Elfenkönigin.«

»Und meinst du denn, Brianna«, fragte Luc mit einer Stimme, die sofort jenes Kribbeln durch ihren Körper schickte, »das würde irgend etwas ändern?«

Nur ein Blick in das leuchtende Blau seiner Augen verriet Brianna die Wahrheit. Sie schüttelte den Kopf und beobachtete gebannt, wie sich ein Lächeln über seine Züge breitete.

Denn es stand Brianna von Tullymullagh fürwahr sehr gut an, sich Lucs Liebe gewiß zu sein.

Wenn Sie mehr über Luc und Brianna und das Schicksal der Fitzgavin-Brüder erfahren möchten, wird Ihnen der nächste Band der Brautsuche-Trilogie von Claire Delacroix gefallen. In dem Band *Dame meines Herzens,* der demnächst im Ullstein Taschenbuch Verlag erscheint, macht sich Ritter Burke auf die Suche nach seiner großen und einzigen Liebe Alys. Er findet sie auf dem Schloß ihrer Verwandten im tiefsten Irland – und muß leider feststellen, daß sie ihm gar nicht wohlgesonnen ist... Doch lesen Sie selbst:

Kapitel 1

Guten Abend, Alys«, grüßte Godfrey, als sie in den Schatten der Tore Kiltorrens trat. Alys versuchte, sich zu beeilen, da sie wußte, daß die Torflügel geschlossen werden sollten, doch der große Mehlsack, den sie trug, behinderte ihre Schritte.

Die Ziegen drängten sich um ihre Waden, blökten und stießen ihr an die Knie. Edana, die Ziegenhirtin, schlüpfte an ihr vorbei, rief mit der ihr eigenen Fröhlichkeit einen Gruß und scheuchte die Ziegen durch das Tor.

Alys hob den schweren Sack trotz der Schmerzen in ihrem Rücken ein Stück höher, erlaubte sich einen unfreundlichen Gedanken an die unaufhörlichen Forderungen ihrer Tante und brachte ein Lächeln für den freundlichen Wärter zustande.

»Auch dir einen guten Abend, Godfrey.«

Godfrey runzelte besorgt die Stirn, während er ihre Last betrachtete. »Das is viel zu schwer für Euch«, sagte er, » is doch keine Arbeit für eine Dame.«

Alys stellte den Sack im Hof ab und wischte sich über die Stirn. »Gott sei Dank ist es von hier nicht mehr weit zur Küche.« Sie lächelte tapfer. »Ich schaffe es schon, Godfrey, wie ich es immer tue.«

Doch der alte Mann schüttelte mißbilligend den Kopf. »Das is nich recht. Euer Großvater würde sich im Grab umdrehen...«

Bevor Alys den Wärter wegen dieser Ungebührlichkeit warnen konnte, tönte der Donner von Hufschlag in ihren Ohren. Sie wandte sich um und sah ein riesiges schwarzes Kriegspferd auf das Tor zusprengen. Das Schlachtroß war von der Farbe vollkommenen Ebenholzes mit einer seidigen Mitternachtsmähne, ein stolzes Tier von seltener Größe.

Alys Mund war plötzlich wie ausgetrocknet, denn sie hatte es erkannt. Sie schloß die Augen, sicher, daß sie sich getäuscht hatte, doch der Reiter brachte sein Roß mit einer Gewandtheit im Torbogen zum Stehen, die sie nur zu gut kannte. Jeder Bedienstete und Bauer in der Nähe des Tors blieb stehen, um den Ritter anzustarren, so daß Alys in ihrer einfachen Kleidung unter ihnen fast unsichtbar war.

Er nahm seinen Helm ab und schüttelte das schwarze Haar, während das Roß ungeduldig aufstampfte. Burke de Montvieux war nach Kiltorren zurückgekehrt.

Alys Herz setzte aus.

Denn Burke war nicht nur zurück, er sah auch besser aus als je zuvor. Die Jahre hatten seine Schläfen mit attraktiven silbernen Strähnen überzogen, sein Kinn war kantig, seine Nase adlergleich und seine Augen von jenem silbrigen Blau, das jede Täuschung zu durchschauen schien.

Um seine Lippen bemerkte sie eine ungewohnte Angespanntheit, und er maß Godfrey mit prüfendem Blick. Burkes Schultern schienen noch breiter, seine Gestalt noch muskulöser als die des Mannes, der hartnäckig seinen Platz in ihren Träumen behauptete. Eine Aura von Autorität umgab diesen Ritter, die er, als sie ihn das letzte Mal gesehen, noch nicht besessen hatte.

»Ich bin Burke de Montvieux«, verkündete er, und allein der Klang seiner Stimme ließ Alys Herz schneller schlagen. »Ich komme mit dringlichem Begehr nach Kiltorren.«

»Ja?« Godfrey trat bedächtig in die Mitte des Torbogens und stützte die Hände in die Hüften. Der unerschütterliche Torwächter war kein kleiner Mann, und seine Mißbilligung war spürbar. »Und was ist Euer Begehr?«

»Ich komme«, gestand Burke mit gesenkter Stimme, aus der der Schalk sprach, »auf Geheiß Prinzessin Briannas.«

Alys verspürte einen ungewohnten Anflug von Eifersucht, obwohl sie versuchte, ihre Reaktion zu unterdrücken. Sie wußte, daß Burke ein Mann von großem Charme war, ein Ritter, der geübt darin war, die Zuneigung von Edelfrauen zu gewinnen. Sie hätte nicht überrascht sein sollen, daß er einer berühmten Schönheit diente.

»So?« fragte Godfrey abweisend.

»Ja.« Burke grinste offen und hob eine dunkle Augenbraue. »Ich komme nach Kiltorren auf der Suche nach einer Braut.«

Alys verschlug es den Atem. Das war nicht möglich! Der leise Laut, den sie hervorstieß, genügte, um Burkes Blick auf sie zu lenken.

Dem Ritter stockte auf höchst befriedigende Weise der Atem. Alys durchlief ein freudiger Schauer, als sie sah, wie seine Augen bei ihrem Anblick leuchteten. Godfrey schickte einen Boten in das Schloß.

»Alys«, murmelte Burke und schwang sich mit einer Begeisterung aus dem Sattel, wie sie offensichtlicher nicht sein konnte. »Ihr seid es wirklich!« Seine Augen strahlten mit einer Glut, an die Alys sich noch gut erinnerte, und ein warmes Lächeln lag auf seinen Lippen. »Ich kann mein Glück gar nicht fassen!«

Burke überwand die Entfernung zwischen ihnen mit ein paar langen Schritten. Er ergriff Alys' Hand und küßte sie mit einer Inbrunst, die ihre Knie weich werden ließ.

Wie in Heloises besten Märchen kümmerten ihren Helden die bescheidenen Umstände, in denen sie lebte, nicht. Burke hatte sie nicht im Stich gelassen, hatte sie nicht der Schande preisgegeben, wie die Tante behauptete.

»Guten Tag, Burke«, flüsterte Alys, unfähig zu einer angemesseneren Begrüßung. Ihr Herz schlug höher, und sie errötete unter seinem prüfenden Blick. Burke entledigte sich seiner Handschuhe und hob eine starke Hand an ihre Wange; die Wärme seiner Finger ließ Alys in Erinnerung an seine Zärtlichkeit erschauern. Er schien sie mit Blicken zu verschlingen, und sie schalt sich, daß sie je an seinen guten Absichten gezweifelt hatte.

Burke senkte den Kopf zu einem Kuß, und Alys stellte sich auf die Zehenspitzen, um ihm entgegenzukommen.

»Ich hatte die Hoffnung schon fast aufgegeben, Euch ebenfalls hier anzutreffen«, sagte er leise, sein Atem warm auf ihren Lippen.

»Ebenfalls?« fragte Alys überrascht.

Burke lächelte mit der ihr wohlvertrauten Zuversicht auf sie herab. »So wie Eure Kusinen. Daß sie unvermählt sein würden, wußte ich im voraus.« Er zwinkerte, doch Alys wich zurück.

»Ihr habt nicht erwartet, mich auf Kiltorren anzutreffen, und doch kamt Ihr, eine Braut zu finden?«

»Ja, ich war sicher, Ihr wäret verschwunden.« Burkes Lächeln wankte nicht. »Es kommt in der Tat höchst gelegen.«

Aber Zweckmäßigkeit war nicht Teil der romantischen Sage, wie Alys sie kannte.

Die Lösung des Rätsels wurde immer deutlicher: Burke kam auf Brautsuche nach Kiltorren, in der Überzeugung, Alys nicht anzutreffen.

Was nur bedeuten konnte, daß Alys den Platz an seiner Seite nicht einnehmen sollte. Genau wie die Tante immer behauptete, wie Alys immer befürchtet hatte: Dieser Ritter sah in ihr eine Geliebte, aber keine Braut.

»Schamloser Hund!« Alys schlug Burke so hart sie konnte ins Gesicht, rannte davon und verfluchte ihr törichtes Hoffen. Mühsam hielt sie die Tränen zurück.

»Alys!« rief Burke. Doch sie wollte nicht hören, was er zu sagen hatte. Ja, in ihrer Hast stolperte sie fast über den Saum ihres Rockes. Alys entfernte sich eilig einige Schritte, wirbelte dann herum und drohte dem erstaunten Ritter mit dem Finger.

»Und kommt ja nicht mehr auf die Idee, mir noch einmal zu nahe zu treten!«

Ohne Zweifel hätte er sie damals vor drei Jahren einfach auf den Rücken geworfen, wenn sie nicht gestört worden wären, und nun kam es ihm »gelegen«, sie zu seiner Verfügung zu haben, während er ihre Kusinen umwarb.

Oh, sie hätte schreien mögen.

Burke hielt inne und sah aus wie ein Mann, der einem ungeahnten und unbegreiflichen Feind gegenüberstand. Godfrey beobachtete die beiden mit mißtrauischem Blick. »Alys, was habt Ihr? Vor einem Augenblick noch wart ihr bereit, Euch meiner Umarmung hinzugeben.«

»Noch vor einem Augenblick war mir das Ausmaß Eurer Gemeinheit nicht bewußt!« gab Alys leidenschaftlich zurück. Ihre Wangen glühten rot, so erhitzt war sie. »Ihr mögt vergessen haben, was sich zwischen uns begab...«

»Alys«, unterbrach Burke sie leise. »Nichts an Euch kann ich vergessen.«

Die Intensität seiner Stimme brachte Alys augenblicklich zum Verstummen. Sie schluckte und erwiderte seinen Blick. Der sinnliche Glanz seiner Augen ließ sie erröten.

Instinktiv wollte sie ihm vertrauen, obwohl sie nicht vergessen hatte, welche Probleme er ihr in der Vergangenheit bereitet hatte. Alys Entschlossenheit wankte gefährlich, als Burke einen kleinen Schritt auf sie zu machte, und ihr Herz schlug schneller.

»Glaubt mir, meine Dame«, sagte er sanft, und sein Blick füllte sich mit Zuneigung, »nur die Hoffnung auf ein Lächeln von Euch hat mich wieder zu diesen Toren geführt.«

Diese unverschämte Lüge brach den Bann.

»Ihr lügt! Gerade eben noch habt Ihr erklärt, Ihr hättet nicht erwartet, mich hier zu finden!« Alys machte einen Schritt rückwärts, wütend, daß sie ihm wieder vertraut hatte.

Burkes Lächeln gefror. Er runzelte die Stirn und sah plötzlich sehr jung aus. »Es ist wahr, ich wußte, Ihr würdet nicht auf Kiltorren sein ...«

Alys stützte die Hände in die Hüften und fragte herausfordernd: »Und was soll dann dieser Unsinn über mein Lächeln bedeuten?«

Burke kam auf sie zu, und seine Augen blitzten. »Ich hatte immer vor, Euch zu finden, Alys.«

»Nachdem Ihr Euch mit einer meiner Kusinen vermählt habt?« fragte sie, denn seine Behauptung, daß er gekommen sei, eine Braut zu nehmen, schmerzte sie immer noch. »Oder vielleicht während Eurer Verlobungszeit? Wie überaus galant!«

Burkes Augen funkelten gefährlich. »Alys, das habe ich nicht gemeint. Ihr habt mich mißverstanden.« Er fuhr sich mit der Hand durchs Haar und warf den umstehenden Zuschauern einen wütenden Blick zu. Er beugte sich näher zu Alys und senkte die Stimme. »Alys, wir müssen einen Augenblick allein sein ...«

»Ihr werdet mich nicht wieder allein antreffen, dessen könnt Ihr Euch sicher sein.«